ullstein

Das Buch

Wien im Jahr 1683. Anna ist froh, dass sie nach einer grausamen Ehe bei ihrer Tante Theresa endlich einen sicheren Hafen gefunden hat. Mit Männern will sie nichts mehr zu tun haben, sie kann als Hebamme für sich selbst sorgen. Gemeinsam mit Theresa hilft sie den Frauen von Wien bei Schwangerschaften und Geburten. Für besonders schwierige Fälle setzen die beiden heimlich eine Geburtszange ein – ein Gerät, das von der Kirche verboten ist, weil es angeblich gegen Gottes Gebot verstößt. Werden sie entdeckt, so droht ihnen ein Prozess oder gar der Scheiterhaufen. Der eifernde Prediger Abraham a Santa Clara, der sich wegen einer lang zurückliegenden Demütigung an Theresa rächen will, ist fest entschlossen, ihnen diese Ketzerei nachzuweisen und sie beide als Hexen hinrichten zu lassen. Doch das ist nicht die einzige Gefahr für die beiden Hebammen, denn eine mächtige Streitmacht der Türken nähert sich der Stadt Wien. Da begegnet Anna auf dem Markt einem jungen Mann, der ihren Vorsatz, sich vom anderen Geschlecht fernzuhalten, ins Wanken bringt.

Die Autorin

Beate Maly wurde 1970 in Wien geboren. Nach ihrer Ausbildung zur Kindergärtnerin spezialisierte sie sich auf Frühförderung. Sie veröffentlichte zahlreiche Kinderbücher, Sachbücher und Anthologien. Beate Maly lebt mit ihrer Familie in Wien, *Die Hebamme von Wien* ist ihr erster historischer Roman.

Beate Maly

Die Hebamme von Wien

Historischer Roman

Ullstein

Besuchen Sie uns im Internet:
www.ullstein-taschenbuch.de

Umwelthinweis:
Dieses Buch wurde auf chlor- und säurefreiem Papier gedruckt.

Originalausgabe im Ullstein Taschenbuch
1. Auflage Januar 2009
3. Auflage 2009

Umschlaggestaltung: HildenDesign, München
Titelabbildung: Frau: © Portrait of a Young Girl, Raphael
(Raffaello Sanzio of Urbino)/Musée des Beaux-Arts, Strasbourg/
The Bridgeman Art Library;
Stadtansicht: © Blick vom Leopoldstädter Ufer,
Johann Adam Delsenbach/Wien Museum/akg-images
Satz: LVD GmbH, Berlin
Gesetzt aus der Stempel Garamond
Druck und Bindearbeiten: CPI – Ebner & Spiegel, Ulm
Printed in Germany
ISBN 978-3-548-28004-2

I

Jänner 1683

Die Fensterläden klapperten, und die neuen, sündhaft teuren Glasscheiben vibrierten bedrohlich in ihren massiven Bleirahmen. Warum setzten Stürme oft so unerwartet ein? Noch vor wenigen Stunden war der Himmel wolkenlos und sternenklar gewesen, nichts hatte auf das kommende Unwetter hingedeutet. Hoffentlich hielten die Scheiben dem Schneesturm stand. Anna hatte vergangenen Sommer darauf bestanden, die grünen Butzengläser, von denen man wusste, dass sie robust genug waren, um Schnee, Eis und Wind zu trotzen, gegen diese hellen, zerbrechlich wirkenden Fensterscheiben einzutauschen. Jetzt lag sie wach in ihrem Bett und warf ängstliche Blicke in die Dunkelheit, als könnte sie auf diese Weise das kostbare Material vor dem Zerbrechen bewahren. Eine neue Sturmböe warf sich mit aller Gewalt gegen das Fenster. Anna begann zu zittern. Das hatte sie wieder einmal von ihrem Starrsinn. Warum hatte sie sich auch unbedingt gegen den Willen ihrer Tante durchsetzen müssen?

Ein dunkler Körper plumpste auf ihre Decke und schlich sich schnurrend in Richtung Kopfkissen. »Du mochtest die Butzengläser, nicht wahr?« Die schwarze Katze streckte sich behaglich aus, scheinbar völlig unbeeindruckt von dem Unwetter. »Du denkst, es geschieht mir ganz recht, wenn ich jetzt nicht schlafen kann?« Die Katze stieß mit ihrem rabenschwarzen Kopf gegen Annas Hand, die ganz automatisch mit dem Streicheln begann. »Du hast ja recht, das grüne Waldglas war praktisch, aber es machte das Zimmer so dunkel. Und du weißt, wie sehr ich die Dunkelheit hasse.« Die Katze schnurrte zustimmend.

Plötzlich mischte sich in den Lärm des Sturms noch ein weiteres Geräusch. Jemand pochte wie wild gegen die Haustür. Oder war es doch das Geräusch zerbrechenden Glases? Anna setzte sich auf. Nein, es bestand kein Zweifel, das Klopfen kam eindeutig von unten, und es waren die ungeduldigen Fäuste eines Menschen. Bekam etwa die Goldschmiedin schon ihr Kind? Es wäre um vier Wochen zu früh. Blitzschnell sprang die Katze vom Bett und schlüpfte zur Tür hinaus.

Ein weiteres Geräusch drang herauf, die Stimme ihrer Tante Theresa. »Ist ja gut, ich komme schon!«, rief ihre Tante. Offenbar hatte der Lärm sie geweckt, und nun kletterte sie die enge Holztreppe hinunter. Anna schlüpfte ebenfalls aus dem Bett, wickelte sich die Decke um die Schultern und hockte sich auf den oberen Treppenabsatz. Ja, sie war eine fürchterlich neugierige Person. Sie wusste das, sah sich aber außerstande, daran etwas zu ändern. Anna beobachtete ihre Tante, die an der letzten Glut im Ofen eine Kerze entzündete.

Das Pochen war noch so heftig wie zuvor. »Ich komme schon!«, rief die alte Frau jetzt ungehalten. Kraftvoll schob sie den schweren Riegel zurück und öffnete die Haustür. Ein heftiger Windstoß, gefolgt von feinen Schneeflocken, riss ihr die Tür aus der Hand, eiskalte Luft fegte ins Haus und ließ die massige Holztür gegen die Hausmauer krachen.

Augenblicklich schob sich ein hagerer Junge herein. Er

war in einen viel zu dünnen Mantel gehüllt, der ihm sicher seit Jahren zu klein war. Seine schlaksigen Arme und Beine waren damit nur notdürftig vor der Kälte geschützt, die nackte Haut, die hervorlugte, war blaugefroren. Theresa versuchte, die Tür wieder zu schließen, was wegen des Windes gar nicht so einfach war. Sie kannte den Jungen vom Sehen, hatte aber keine Ahnung, was er von ihr wollte.

»Die Hafnerin liegt in den Wehen und braucht Eure Hilfe!«, keuchte der Bursche, dabei trat er von einem Fuß auf den anderen, rieb seine eisigen Finger gegeneinander, formte zwei hohle Fäuste und blies hinein, um etwas Wärme in seine Glieder zu bringen.

»Die Hafnerin?«, fragte Theresa erstaunt. »Die Hafnerin wird doch von Gudrun betreut. Sie hat ihr schon bei den ersten fünf Kindern beigestanden. Du hast die falschen Hebammen aus dem Schlaf gerissen!« Verärgert wandte Theresa sich wieder zur Tür und wollte sie öffnen, um den Jungen auf die Straße hinauszuschieben.

»Halt!«, rief dieser und drängte zurück in die Stube. »Die Hebamme ist schon seit gestern bei der Meisterin, aber sie kann ihr nicht helfen. Der Meister hat mich geschickt, denn der Bäckermeister Wandel behauptet, Ihr seid die Einzigen, die Mutter und Kind noch retten können.«

Theresa zog die Augenbrauen finster zusammen. »Wollt Ihr uns Hebammen gegeneinander ausspielen? Meine Nichte und ich können auch nicht mehr machen, als Gudrun bereits tut. Der gute Wandel soll den Teig für seine Semmeln gewissenhaft abwiegen und uns Hebammen in Ruhe arbeiten lassen. Und jetzt verschwinde und richte deinem Meister einen schönen Gruß von mir aus!«

»Ich darf nicht ohne Euch zurückkommen!«, rief der Junge. In seiner Stimme lag Verzweiflung. »Der Meister würde mich sofort wieder herschicken, und dann verbringe ich die ganze Nacht in der eisigen Kälte auf der Straße. Gudrun hat gesagt, die Hafnerin und ihr Kind werden sterben, weil seit Stunden nichts weitergeht. Das Kind steckt fest. Bitte kommt mit!«

»Gudrun ist eine erfahrene Hebamme, sie weiß, was sie tut. Bestimmt unternimmt sie alles, was möglich ist.« Theresas Gesicht nahm einen drohenden Ausdruck an. »Und jetzt lass uns endlich weiterschlafen.«

Der Junge überlegte panisch, wie er die Hebamme dazu bewegen könnte, ihn zu begleiten, doch es fiel ihm nichts Rechtes ein. Egal, was in dieser Nacht geschah, sein Lehrherr würde auch ihm die Schuld daran geben.

Währenddessen wurde es Anna auf den kalten Stufen immer unbequemer. Sie hielt es auf ihrem heimlichen Lauschposten nicht mehr aus und schlich, beinahe so geräuschlos wie die schwarze Katze, die Treppe hinunter. Selbst die alte, knarrende Holztreppe schwieg unter ihren nackten Füßen, die sich mittlerweile wie Eisklumpen anfühlten.

»Ist die Hafnerin bei Bewusstsein?«, fragte sie und ließ damit Theresa und den Jungen gleichzeitig zusammenfahren. Der Junge sah Anna an, als wäre sie ein Gespenst, das aus den Wänden dieses kleinen Hauses gestiegen war, um unschuldige Lehrlinge zu erschrecken.

Nach einem kurzen Augenblick der Überraschung fuhr Theresa ihre Nichte verärgert an: »Was machst du hier unten?« Anna lächelte. »Wie soll man schlafen, wenn du den armen Jungen so anschreist.«

»Ich schreie nicht«, sagte Theresa betont leise und sichtlich beleidigt. »Du hast schon wieder keine Schuhe an und wirst dir den Tod holen. Wir sind ohnehin fertig. Der Bursche geht wieder.« Manchmal sprach Theresa mit Anna wie mit einem kleinen Kind. Dabei war sie mit ihren dreiundzwanzig Jahren schon lange erwachsen und seit vier Jahren eine ehrbare Witwe.

»Vielleicht können wir Gudrun unterstützen und der Hafnerin helfen«, sagte sie in vorsichtigem Ton, um ihre Tante nicht noch mehr zu verstimmen. Die Sache mit den Schuhen ignorierte sie.

»Zu viele Köche verderben den Brei, und zu viele Hebammen bringen einander auf den Scheiterhaufen«, zischte Theresa.

Anna machte einen Schritt auf ihre Tante zu, nahm sie beim Arm und zog sie zur Seite. »Denkst du nicht, dass wir die Pflicht haben, es zu versuchen?«, flüsterte sie so leise, dass nur Theresa sie verstehen konnte.

Ein verächtliches Schnaufen war die Antwort. »Wenn ich das Wort Pflicht nur höre, kommt mir schon das Abendessen hoch!«

Neue Hoffnung schöpfend, machte der Junge einen weiteren Schritt in die Stube, um nur ja nicht wieder auf die Straße geschoben zu werden.

»Ich finde, wir müssen es probieren.« Anna warf ihrer Tante einen vielsagenden Blick zu, den nur sie verstehen konnte.

Die Hände in die Hüften gestemmt, richtete Theresa sich auf. Die Jahre hatten ihrer Figur nicht viel anhaben können, sie war nach wie vor groß und schlank. Bloß das allmählich ergrauende Haar und zahlreiche Fältchen im Gesicht verrieten ihr Alter.

»Willst du mir vorschreiben, was ich zu tun habe?«

»Das würde ich niemals wagen.« Etwas in Annas Stimme deutete darauf hin, dass sie ihre Antwort nicht ganz ernst meinte. Ausdruckslos hielt sie dem ärgerlichen Blick der Tante stand.

»Man übernimmt keine Geburt, bei der eine andere Hebamme schon ihre Hände im Spiel hatte«, erklärte Theresa. Anna wusste, wie groß die Gefahr war, die Schuld für eine Totgeburt zugeschoben zu bekommen, und wie leicht ihr Berufsstand in Verruf geraten konnte. Erst vorige Woche hatte man in Wiener Neustadt eine Hebamme vor den Richter gebracht, weil die Frau eines angesehenen Bürgers bei der Geburt gestorben war.

Schließlich seufzte Theresa laut und sagte in resigniertem Tonfall: »Meinetwegen. Sehen wir uns die Hafnerin an.«

Der Junge verstand nicht, was hier eben vorgefallen war, aber er machte sich auch nicht die Mühe, länger darüber nachzudenken. Vielleicht hatte sein Lehrherr ja recht mit der Behauptung, dass Denken nicht seine Stärke war. Erleichtert machte sich der Bursche mit der guten Nachricht, die Hebamme komme gleich, auf den beschwerlichen Weg zurück zum Hafnersteig.

Nachdem Anna sich ihr dunkelblaues Wollkleid angezogen hatte, ging sie in die Küche. Auf der Treppe band sie ihre roten Locken zu einem Zopf zusammen und schüttelte sie nachlässig zu einer halbwegs ansehnlichen Frisur. Manchmal hatte sie den Eindruck, dass es egal war, wie viel Mühe sie sich mit dem Frisieren gab. Innerhalb kürzester Zeit machten die Locken ohnehin, was sie wollten.

In der Küche trat sie zu der schweren, dunklen Truhe aus Nussholz, die meist unbeachtet in einer Ecke stand. Zuerst nahm sie einen Kerzenleuchter, der erschreckend staubig war, und einen Korb voll Nüsse von der Truhe und stellte beides auf den Boden. Dann hob sie den schweren Deckel und fing an, allerlei Küchengerät herauszuräumen und ebenfalls auf den Holzfußboden zu legen. Schließlich lockerte sie vorsichtig den doppelten Boden der Truhe. Behutsam holte sie einen dicken Samtsack heraus. Auch er war staubig.

Wie um alles in der Welt gelangte der Staub in die geschlossene Truhe? Das Möbelstück hatte außer dem Deckel, der nur selten angehoben wurde, keinerlei Öffnung. Anna hielt kurz inne und überlegte.

»Was immer gerade in deinem Kopf vorgeht, es hat sicher nichts mit der Hafnerin zu tun«, sagte Theresa ernst. Trotz des spärlichen Lichts im Raum sah Anna das Funkeln in ihren klaren, hellgrünen Augen. Annas Augen waren so ganz anders: dunkelgrün und unergründlich wie ein Teich an einem trüben Herbsttag.

»Liebste Tante, du weißt, dass die Kirche es nicht gerne sieht, wenn Frauen sich im Gedankenlesen versuchen.«

Theresa schüttelte den Kopf. »Die Kirche sieht auch den Inhalt dieses Sackes nicht gerne. Dennoch müssen wir die Zange gründlich reinigen, sie liegt schon seit Monaten unbenutzt in der Truhe.« Anna nickte. Niemand außer ihnen beiden durfte dieses Gerät sehen. Allein der Besitz der Zange konnte für die beiden Hebammen den Tod bedeuten.

Ihr Erfinder, der Engländer Peter Chamberlen, hatte vor einigen Jahren aus Paris flüchten müssen, weil eine Frau nach drei Tagen Wehen auch mit seiner Zange nicht hatte gerettet werden können. Jetzt war der Gebrauch der Geburtszange in ganz Europa verboten. Nur in England verwendete Chamberlen sie weiter mit Erfolg, hütete sich aber, sein Geheimnis preiszugeben. Theresa gehörte zu den wenigen Hebammen, die von der Zange wussten. Sie hatte bei einer Hebamme in Augsburg gelernt, die im Besitz einer solchen Zange gewesen war. Brunhilde hatte Theresa beigebracht, wie man bei schwierigen Geburten die Gebärenden mit Chamberlens Erfindung unterstützen konnte.

»Die Zange ist Segen und Fluch zugleich«, stöhnte Theresa, während Anna einen Topf mit Wasser am Herd zum Kochen brachte und sie selbst Kräuter, Nadeln, Fläschchen und Tücher zusammenpackte. »Sie kann Leben retten und uns Hebammen für den Versuch, Leben zu retten, auf den Scheiterhaufen bringen.« Voll Bitterkeit dachte sie an Brunhilde, deren Leben auf so sinnlose und barbarische Weise beendet worden war. Während sich die schrecklichen Bilder aus der Vergangenheit in ihrem Kopf drehten, sah sie Anna dabei zu, wie sie ein sauberes Tuch holte, um damit die Zange zu säubern.

»Manche der anderen Hebammen ahnen, dass wir die Zange haben und benutzen. Wüssten sie es mit Sicherheit, würden sie entweder alles tun, um ebenfalls in den Besitz der Zange zu gelangen, was eine gute Sache wäre, oder sie würden alles daran setzen, uns vor den Stadtrichter zu bringen. Und das hätte schlimme Folgen für uns.« Theresa spuckte die letzten Worte regelrecht aus. Sie dachte an einen ganz bestimmten Prediger, dem sie seit Jahren ein Dorn im Auge war. Anna ahnte nichts davon, doch auch sie zweifelte nicht an der Aussage der Tante. Es gab viele Neider auf dieser Welt, auch unter den Hebammen.

»Das reicht, pack die Zange ein.«

Anna wickelte das Gerät in ein frisches Tuch, das sie zu einem Päckchen zusammenschlug. Theresa nahm ihr das kostbare Bündel so vorsichtig ab, als handelte es sich um ein Neugeborenes, und verstaute es in ihrem Korb, wo bereits eine Reihe anderer Hilfsmittel lagen.

»Falls die Hafnerin trotzdem stirbt, wird Gudrun versuchen, uns die Schuld zuzuschieben?«, fragte Anna, plötzlich gar nicht mehr so sicher, eine kluge Entscheidung getroffen zu haben.

»Kann sein. Ich kenne Gudrun nicht so gut wie andere Hebammen.«

Anna hielt ihre Tante kurz am Arm fest. »Du wärst auch gegangen, wenn ich nichts gesagt hätte. Habe ich recht?«

»Lass uns jetzt endlich gehen, die Sache ist längst entschieden.« Theresa trat hinter Anna auf die Straße, weshalb diese ihren amüsierten Gesichtsausdruck nicht sehen konnte. Immer häufiger ertappte sie sich dabei, dass sie in Anna die Tochter sah, die das Leben ihr vorenthalten hatte. Dabei hatte Theresa mit Annas Mutter Hermine nie das Band einer schwesterlichen Liebe verbunden. Im Gegenteil: Ihr Verhältnis zueinander war geprägt von gegenseitigem Unverständnis, Gleichgültigkeit und sogar Gefühlskälte. Später hatte eine unglückliche Verkettung von Zufällen das Verhältnis völlig zerstört.

Vom Tag ihrer Geburt an war Theresa unter den Ihren eine Außenseiterin gewesen, die dritte Tochter in einer Familie ohne Sohn. Während die Mutter sie sehr geliebt hatte, war sie vom Vater und den beiden Schwestern missachtet worden. Nachdem der Vater, ein wohlhabender Kaufmann, die ersten beiden Töchter mit großzügiger Mitgift ausgestattet hatte, war bei Theresa das Geld knapp geworden, aber für sie war ohnehin das Kloster vorgesehen. Kurz vor dem bevorstehenden Klostereintritt, gegen den Theresa sich heftig gewehrt hatte, war die geliebte Mutter gestorben. Theresa hatte nur einen Ausweg gesehen: ihre Sachen zu packen und davonzulaufen. In Augsburg hatte sie dann Brunhilde getroffen, eine alte, erfahrene Hebamme, die sie bei sich aufgenommen und das Handwerk einer Hebamme gelehrt hatte.

Bei ihrer Rückkehr nach Wien vor fünf Jahren war Theresa zum ersten Mal Anna begegnet. Die Nichte hatte eines Tages vor ihrer Tür gestanden. Im Schlepptau hatte sie einen

Notar, der ihr half, den Nachlass der Familie zu regeln. Die große Pest hatte alle Familienmitglieder bis auf Anna und Theresa ausgelöscht, auch Annas Gemahl, mit dem diese eine unglückliche Ehe geführt hatte.

Schon nach dem ersten Treffen war Anna klar gewesen, dass Theresa ihr einen Weg in eine unabhängige Zukunft bieten konnte. Die Erfahrungen, die sie während ihrer ersten Ehe gemacht hatte, reichten für ein Leben. Nachdem alle Schulden beglichen und die Gläubiger ausbezahlt waren, war den beiden Frauen ein hübsches Häuschen mit Garten mitten in Wien, in der Tuchlauben, geblieben. Sie hatten sich die Frage nach dem Verkauf nie gestellt und waren gemeinsam eingezogen. Seither ging Anna bei ihrer Tante in die Lehre, um einen Beruf zu erlernen, der ihr eine weitere Ehe ersparte.

Die Hebammen brauchten für den Weg zum Hafnersteig länger, als sie erwartet hatten. Der Schneesturm war heftiger geworden und hatte kniehohe Schneeverwehungen aufgehäuft, die das Weiterkommen beschwerlich machten. Vom Komfort der gepflasterten Straßen Wiens war in dieser Nacht nicht viel zu merken, denn durch den Schnee waren selbst diese Wege beinahe unpassierbar geworden.

Anna steckte ihre Hände unter den Umhang und wickelte sie gegen die Kälte ein. Dennoch hatte sie Angst, die Finger könnten taub werden. Ihre Hände waren ihr wichtigstes Instrument. Anna hatte rasch begriffen, dass sie es schützen musste, denn ohne Hände war eine Hebamme hilflos.

Sehen konnte sie nicht viel, der Wind hatte die ohnehin nur spärliche Straßenbeleuchtung ausgeblasen. Ein unverkennbares Geräusch zeigte den Frauen an, dass sie endlich am Ziel waren. Es war das Kratzen von gebranntem Ton, der an einer Hausmauer rieb. Von früheren Besuchen wussten sie, dass über der Eingangstür eine kunstvoll gearbeitete Tonscheibe hing, auf der drei bunte Tontöpfe aufgemalt waren, und an ihr rüttelte der Sturm jetzt bedrohlich. Anna dachte erneut sorgenvoll an ihre gläsernen Scheiben.

Noch bevor eine der Hebammen an die Tür klopfen konnte, wurde diese geöffnet. Offenbar hatte Meister Krüger hinter dem Fenster auf die beiden gewartet. »Ich danke Euch, dass Ihr gekommen seid.«

Der Hafner war ein großer, kräftiger Mann, mit riesigen Händen und ebenso großen Füßen. In seinem kleinen Haus wirkte er irgendwie unpassend, wie ein ungelenker Riese in einem winzigen, verwinkelten Zwergenbau. Ob sein krummer Rücken daher rührte, dass er seinen völlig kahlen Kopf immer etwas gebeugt halten musste, damit er nicht an die Decke stieß?

Theresa nickte bloß, und der Hafner führte die beiden Frauen rasch durch seine Werkstatt. Hier standen Regale, die über und über mit Tongefäßen in allen nur erdenklichen Größen und Formen gefüllt waren. In einer kleinen Nische neben der Hintertür, die in den Hof führte, stand die Töpferscheibe, das wichtigste Werkzeug des Hafners. Direkt vor der Töpferscheibe befand sich ein außergewöhnlich großes Fenster, das für genügend Licht bei der Arbeit sorgte.

»Meine Frau liegt in der Schlafkammer«, sagte Meister Krüger. Kaum hörbar fügte er hinzu: »Der Priester ist bei ihr.« Er stieg die schmale Holztreppe hinauf ins erste Stockwerk, wo es so eng war, dass der Eindruck von einem Riesen unter Zwergen noch verstärkt wurde. Unter der Treppe führte eine Tür in die Küche, aus der man leise, verhaltene Kinderstimmen hörte. Sie war angelehnt, die Tür zur Schlafkammer hingegen stand offen. Auf einem hohen Holzbett hinter dicken Vorhängen lag wimmernd und zusammengekrümmt die Hafnerin. Neben ihrem Bett saß ein Geistlicher in der Ordenstracht der Franziskaner. Anna erkannte ihn sofort. Es war Pater Anselm, ihr Beichtvater und Leiter des kleinen Hospitals im Franziskanerkloster.

Als er die beiden Hebammen sah, erhob er sich und kam ihnen lächelnd entgegen. Er war trotz seines hohen Alters ein großer, hagerer Mann mit einem schmalen Gesicht und gütigen Augen. Anna konnte sich keinen besseren Beichtvater vorstellen. Zu keinem anderen Mann der Kirche hatte sie so viel Vertrauen.

»Gut, dass Ihr gekommen seid«, sagte er und ergriff mit seinen schlanken, kräftigen Fingern zuerst Annas, dann Theresas Hand.

»Seit wann versucht Ihr Euch in der Geburtshilfe?«, fragte Theresa, bereute angesichts des Ernstes der Lage jedoch augenblicklich ihre spöttische Bemerkung. Sie sah sich suchend um: »Wo ist Gudrun?«

»Ich habe sie aus dem Haus gejagt«, brummte der Hafner grimmig. Er stand hinter Theresa. »Sie wollte einen Arzt holen, damit er meine Frau aufschneidet, sobald sie tot ist. Ich habe stattdessen nach Pater Anselm gerufen. Mit Gottes Hilfe und Eurem Wissen wird meine Frau überleben. Sie ist seit zwei Stunden immer wieder ohne Bewusstsein.« Bei den letzten Worten traten Tränen des Zorns und der Trauer in die Augen des großen Mannes.

»Und wenn Gott andere Pläne hat und auch wir ihr nicht helfen können, jagt Ihr uns dann ebenfalls weg oder hetzt uns gar den Stadtrichter auf den Hals?«, wollte Theresa wissen.

Währenddessen war Anna zum Bett der Hafnerin getreten, hatte energisch die Vorhänge weggezogen und die schlaffe Hand der gebärenden Frau ergriffen. Meister Krügers Blick folgte zuerst Anna, dann blieb er auf seiner Frau hängen, die erschöpft und blass auf dem Bett lag. Die Sorgen und Ängste des Hafners waren unübersehbar, und seine Verzweiflung rührte Anna.

Meister Krüger murmelte fast tonlos: »Ich will, dass meine Frau am Leben bleibt. Ich habe drei gesunde Kinder, zwei hat Gott von der Pest holen lassen, natürlich freue ich mich über ein viertes, aber ich will vor allem meine Frau behalten.« Der Hafner warf einen verzweifelten Blick zum Bett. »Ich will nicht wissen, wie Ihr es macht oder womit Ihr meine Frau rettet, aber bitte rettet sie.«

Pater Anselm, der sich leise in den dunklen hinteren Teil der Kammer zurückgezogen hatte, trat nun wieder in den Schein der Kerzen und meinte leise: »Meister Krüger, gebt acht! Das sind gefährliche Worte.«

Theresa klang weitaus weniger gedämpft: »Wir tun nichts anderes, als alle anderen Hebammen auch tun würden, und falls Ihr daran Zweifel habt, verlassen wir augenblicklich Euer Haus.« Obwohl Theresa eine große Frau war, reichte sie dem Hafner gerade bis zur Schulter.

»Jedes Wort über besondere Hilfsmittel oder außerordentliche Fähigkeiten ist gelogen und bringt mich und meine Nichte auf den Scheiterhaufen. Ich hoffe, dass dies auch dem Bäckermeister Wandel klar ist.«

Der Hafner nickte betroffen und meinte mit brüchiger Stimme: »Der Bäckermeister hat nur die allerbesten Dinge von Euch und Eurer Nichte erzählt. Bitte rettet meine Frau.« Als er sich umdrehte, um die Kammer zu verlassen, hielt Theresa ihn zurück: »Egal, was Ihr in den nächsten Stunden hören werdet, ich will nicht, dass Ihr hereinkommt. Aufgeregte, ängstliche Gesichter können wir im Moment nicht brauchen. Kommt erst, wenn Anna oder ich Euch rufen.«

Er wirkte verwundert, nickte aber nur schweigend.

»Eure Magd soll uns zwei Eimer voll heißem Wasser bringen und dann ebenfalls unten warten.«

»Zwei Eimer heißes Wasser«, wiederholte der Hafner, um irgendetwas zu sagen, und ging in die Küche, wo seine drei gesunden Kinder, der Lehrjunge und eine Magd eng gedrängt beim Tisch saßen und warteten, dass der Kampf endlich ausgestanden war. Pater Anselms hagere Gestalt folgte ihm, er zog die Tür leise hinter sich zu und murmelte: »Ich bin in der Küche, falls Ihr mich braucht.«

Theresa nickte ihm zu und trat neben Anna. Die Hafnerin war nicht ohnmächtig, wie der Lehrjunge behauptet hatte. Sie war in einen Erschöpfungsschlaf gefallen, während die Wehen ausgesetzt hatten. Theresa fühlte den Puls der geplagten Frau, tastete den Bauch ab, horchte auf die Geräusche des ungeborenen Kindes und untersuchte den Schoß der Gebärenden.

»Der Puls ist schwach, aber das Kind lebt«, sagte sie dann. »Wir müssen die Hafnerin aufwecken, die Wehen wieder beschleunigen und dann das Kind so rasch wie möglich holen. Aus irgendeinem Grund ist diesmal der Geburtskanal zu eng, die Wehen reichen nicht aus. Vielleicht hat das Kind einen größeren Kopf als die anderen fünf Kinder, auf alle Fälle steckt das arme Würmchen fest.«

»Hast du bemerkt, wie riesig der Hafner ist?«

Theresa verzog das Gesicht: »Es war nicht zu übersehen.«

»Und sieh nur, wie klein und zart seine Frau ist. Wenn das Kind nach seinem Vater gerät, muss es doch viel zu groß für die arme Frau sein. So als wollte ein Rind einen Elefanten zur Welt bringen.«

»Sie hat schon fünf Kinder von diesem Mann zur Welt gebracht. Aber du hast recht, vielleicht ist dieses Kind größer.« Theresa kniff die Augen zusammen. »Egal, lass uns beginnen.«

»Blauer Hahnenfuß?«, fragte Anna.

Theresa überlegte kurz: »Ja, aber misch ihn mit schwarzer Schlangenwurzel, damit die Wehen regelmäßig kommen!«

Während Anna die Tinktur mischte, versuchte Theresa, der Hafnerin ein kreislaufstärkendes Mittel zu verabreichen, damit sie wieder zu sich kam und mitarbeiten konnte. Riechsalz, ein kräftiger Ingwertee und aufrechte Position halfen, die Gebärende zu wecken. Anna war nicht sicher, ob die Frau tatsächlich bei Bewusstsein war. Die grauen Haare hingen ihr schweißverklebt in leere, teilnahmslose Augen. Anna tropfte ihr die Flüssigkeit auf die Zunge.

»Wenn die Medizin wirkt, werden die Wehen wieder einsetzen.« Angstvoll schüttelte die Hafnerin den Kopf. Sie hörte also doch, was man zu ihr sagte.

»Wenn die Schmerzen zu groß werden, geben wir Euch etwas dagegen.«

Die Worte, die von den aufgesprungenen, blutigen Lippen der Hafnerin kamen, waren so leise, dass Anna sie bloß erahnen konnte: »Mein ganzer Leib ist ein einziger Schmerz«. Anna betupfte die Lippen mit selbstgemischter Ringelblumensalbe und bereitete anschließend ein Schmerzmittel vor. Dafür mischte sie Wacholder, Kamille, Beifuß, Arnika mit einer winzigen Spur der Mohnpaste.

Ein Klopfen an der Tür ließ sie hochschrecken. »Das wird die Magd mit dem Wasser sein. Soll ich sie bitten, in der Küche Gundelrebe und Fenchel für warme Leibwickel zu kochen?« Theresa schüttelte den Kopf: »Dazu ist keine Zeit mehr, der Hahnenfuß wirkt.«

Anna nahm der Magd die Eimer mit dem Wasser ab, doch kaum hatte sie die Tür wieder geschlossen, setzten plötzlich und mit unerwarteter Heftigkeit die Wehen wieder ein. Eine Schmerzwelle überrollte die Frau und ließ sie laut aufschreien, niemand hätte ihr diese Lautstärke noch zugetraut.

»Wer so schreien kann, kann auch pressen«, sagte Theresa und tätschelte die eiskalte, verschwitzte Hand. Kurz hatte es den Anschein, als würde die Hafnerin tatsächlich das Bewusstsein verlieren, sie rollte die Augen nach oben. »Maria Krüger, Ihr dürft nicht einschlafen, Ihr müsst mithelfen.«

Der Kopf des Kindes war bereits zu ertasten, aber als die nächste Wehe den Körper der Frau durchzuckte, bewegte sich das Kind kein Stück vorwärts. Allein mit den Wehen würde es unmöglich sein, es aus dieser Position zu befreien. Anna und Theresa sahen einander schweigend an. Beide wussten, was zu tun war.

»Wir müssen sie auf den Rücken legen«, sagte Theresa. Anna reagierte sofort, hob den Kopf der Hafnerin an, die fast teilnahmslos alles mit sich geschehen ließ, und zog die Kissen unter ihr weg, damit sie flach auf dem Bett lag. Im nächsten Moment krampfte sich ihr Körper erneut zusammen, und auf ihrer Stirn bildeten sich winzige Schweißtropfen. Ihre Gesichtsfarbe glich dem weißen Leintuch, auf dem sie lag.

Anna ging zur Tür, öffnete sie einen Spalt und versicherte sich, dass niemand vor der Kammer stand. Der Gang lag völlig im Dunkeln, die Tür zur Küche war verschlossen. Erst als Anna sie wieder zugezogen hatte, holte sie die Zange aus dem Korb. Theresa machte in der Zwischenzeit den Geburtskanal der Hafnerin mit Rosenöl geschmeidig. Die letzten zwei heftigen Wehen hatten das Kind kein Stückchen weiter nach unten rutschen lassen. Anna flößte der Frau das Schmerzmittel ein und stellte sich so hin, dass die Gebärende die Zange nicht sehen konnte. Mit klopfendem Herzen, aber ohne zu zögern, führte Theresa die Zange ein.

Wieder einmal ärgerte sie sich über deren plumpe Verarbeitung. Wie gern hätte sie jetzt Brunhildes feingeschmiedetes Werkzeug gehabt, das dem Hexenwahn zum Opfer gefallen war. Dennoch bahnte sich Theresa mit der Zange so geschickt einen Weg zum Kopf des Kindes, als verfügte sie über eine verlängerte Hand. Es war gut, dass die Hafnerin schon fünf Kinder zur Welt gebracht hatte und so der Geburtskanal breiter war als bei Erstgebärenden. Theresa fasste das Köpfchen seitlich über den Schläfen, genau wie es sein sollte.

»Jetzt kräftig pressen«, sagte Theresa, als sie die nächste Wehe kommen spürte. Anna begann zur Unterstützung einen tiefen Ton zu summen. Die Hafnerin tat es ihr nach und presste, so gut es ging. Das Kind setzte sich tatsächlich in Bewegung. Theresa zog vorsichtig, aber im nächsten Moment war die Wehe vorüber und das Kind steckte wieder fest. Ein Wimmern und Stöhnen der Hafnerin folgte.

»Bei der nächsten Wehe wieder pressen, Ihr macht das ganz großartig«, sagte Theresa. Anna wischte mit einem kühlen Tuch über die schweißbedeckte Stirn der überanstrengten Frau. Die nächste Wehe setzte ein, Anna brummte wieder, aber diesmal gelang es der Hafnerin nicht, sich mitreißen zu lassen. Theresa zog etwas fester als beim ersten Mal, und kurz darauf kam der Kopf mit einer schnellen Bewegung bis an die Scheide. »Gleich ist es überstanden. Nicht aufgeben. Immer schön tief einatmen. Nächste Woche werden alle Eure Freunde und Verwandte kommen, beladen mit Honigkuchen und Schmalzbroten, und sich über das neue Menschenkind freuen.«

Die nächste Wehe ließ nicht lange auf sich warten. Theresa lockerte mit einer Hand den Griff der Zange, während sie mit der anderen den Kopf ertastete. Dann ließ sie die Zange los, und diese fiel mit lautem Klirren zu Boden. Die Hafnerin öffnete kurz die Augen, schloss sie aber gleich wieder.

»Bei der nächsten Wehe ist das Kind da«, sagte Theresa,

um die Hafnerin von dem Metallgeräusch abzulenken. Anna reagierte blitzschnell und schob mit dem linken Fuß die Zange unter ihren Rock. Als sie wieder aufsah, setzte die nächste Wehe ein. Sie war kurz, fast nur noch ein Zucken. Theresa zog an den Schultern des Kindes und hielt kurz darauf ein Neugeborenes in den Händen.

Anna betrachtete es ungläubig. Es war ein riesiger dunkelrot-blauer Junge mit einer Unzahl von langen schwarzen Haaren auf seinem großen Kopf. Wie klug von dir, Kind, dachte Anna, so sind die Spuren der Zange schön verdeckt. Theresa dachte offenbar an das Gleiche, denn sie kontrollierte sofort den Kopf des Neugeborenen. Wie durch ein Wunder hatten die Löffel der Zange kaum Spuren hinterlassen.

»Ihr habt einen ungewöhnlich großen, gesunden Jungen«, sagte Theresa und legte das blutige Bündel Mensch auf den Bauch der Hafnerin. Der Mund der Mutter verzog sich zu einem glücklichen Lächeln, doch die Erschöpfung hinderte sie daran, ihr Kind in Augenschein zu nehmen. Anna nutzte den Augenblick, um nach der Zange zu greifen, sie rasch in ein Tuch zu wickeln und ganz unten im Korb zu verstauen.

Sie ließ sich ein wenig Zeit, bevor sie die Nabelschnur durchtrennte und den übrigen Nabel mit einem Faden abband. Danach wusch sie das Kind in einem der Eimer, während Theresa auf die Nachgeburt wartete. Nach dem Baden legte Anna einen in Olivenöl getränkten Verband auf den Restnabel, ließ je einen Tropfen Öl in die Augen des Jungen fallen, säuberte seine Nase und Ohren und wickelte ihn schließlich in ein warmes, sauberes Leintuch. Seine samtigen Bäckchen waren vor Anstrengung noch rotgefleckt, aber die bläuliche Färbung war weg.

Die Nachgeburt kam problemlos. Theresa untersuchte sie sofort. Es schien alles in Ordnung, die große Gefahr schien gebannt. Gemeinsam wechselten Anna und Theresa das Laken und zogen der Hafnerin ein frisches Hemd an, dann erst legte Anna ihr das Kind in den Arm. Kaum roch der Kleine die Milch der Mutter, riss er den Mund suchend auf. Anna half der völlig entkräfteten Frau, das frische Hemd zu öffnen und das Kind anzulegen. Sofort hörte man zufriedene Schmatzgeräusche.

Theresa ging zur Tür und rief den Vater. Augenblicklich polterte der Hafner die Treppe herauf und kam in die Kammer gestürmt. Kaum erblickte er seine Frau, lebendig und mit dem neuen Kind im Arm, begann er vor Erleichterung zu weinen.

»Es ist ein Wunder. Wie kann ich Euch jemals danken?«, stammelte er und blickte von einer Hebamme zur anderen.

»Eure Frau und Euer Sohn sind gesund, aber Eure Frau ist sehr schwach und braucht dringend Ruhe. Sie muss das Wochenbett einhalten und einige Tage liegen bleiben, sie darf auf keinen Fall arbeiten.«

Der Hafner nickte eifrig. »Vielleicht kann Else, die Schwägerin, für ein paar Tage kommen und helfen, wie sie es versprochen hat«, überlegte er laut.

»Das wäre gut. Anna oder ich werden morgen wieder nach Eurer Frau sehen. Aber haltet Euch unbedingt an unsere Anweisungen, selbst wenn sie sich stark genug fühlen sollte, um aufzustehen.«

Mutter und Kind waren beide eingeschlafen. Meister Krüger trat leise zum Bett und nahm vorsichtig sein jüngstes Kind in den Arm. Er sah den schlafenden Jungen glücklich an. »Hubert wirst du heißen«, sagte er liebevoll und stolz zugleich.

Der Hafner bot einen ungewöhnlichen Anblick. Nur selten nahmen Väter ihre Kinder gleich nach der Geburt in den

Arm und betrachteten sie mit so viel Zärtlichkeit. Ein glatzköpfiger, gutmütiger Riese mit seinem dunkelroten, großen Kind. Kein Maler hätte sich die Mühe gemacht, die beiden auf einer Leinwand zu verewigen, dennoch hätte es ein großartiges Kunstwerk werden können. Würde der Hafner die roten Male entdecken, die den Gebrauch der Geburtszange verrieten?

»Ihr habt den beiden das Leben gerettet. Den Rest schaffen wir.« Die Stimme des Hafners klang belegt. Er schien das Wunder, das seiner Familie widerfahren war, immer noch nicht fassen zu können.

Pater Anselm war ebenfalls leise ins Zimmer getreten. Die Freude auf seinem Gesicht war nicht zu übersehen.

»Ich denke, wir können von einer Nottaufe Abstand nehmen und in aller Ruhe einen Termin in ein paar Wochen ansetzen«, sagte er sichtlich erleichtert.

Der Hafner drehte sich strahlend zu ihm. »Ja, das können wir und wir würden uns freuen, wenn Ihr Huberts Taufvater werdet.«

Pater Anselm lachte: »Nach dieser anstrengenden Nacht würde ich jede andere Entscheidung als Beleidigung verstehen.«

Während die beiden Männer über einen passenden Termin nachdachten, suchte Theresa in ihrem Korb nach Gundermannblättern und Katzenminze für die Nachwehen. Beides gab sie dem Hafner. »Lasst Eurer Frau einen Tee zubereiten, und falls die Schmerzen unerträglich werden, gebt ihr ein paar Tropfen hiervon.« Sie drückte dem Hafner eine kleine Flasche Schmerzmittel in die Hand. »Sollte sich der Zustand von Mutter oder Kind verschlechtern, was wir alle nicht hoffen, lasst uns sofort rufen.«

Als Anna und Theresa den Heimweg antraten, hatte der Schneesturm sich gelegt. Unter ihren Schritten knirschte der Schnee leise und gedämpft, die Luft roch wunderbar klar, und die Stadt sah so sauber aus, als hätte ein ganzer Putztrupp die Nacht über gearbeitet. Die unangenehmen Gerüche waren verschwunden. Ein leichter Westwind, der so typisch für Wien war und fast unaufhörlich das Donautal entlangwehte, beförderte winzige, feine Schneekristalle von einem Schneehaufen zum anderen. Es schien, als erlaubte sich der Wind ein Spiel mit den Anwehungen, in dem es darum ging, ihnen eine möglichst perfekte Form zu verleihen. Anna atmete tief ein, sie fühlte sich benommen von der hellen, klaren Schönheit, die die verschneite Stadt im Moment bot.

Plötzlich öffnete sich ein Fensterladen und krachte donnernd gegen eine Steinfassade. Hinter Anna kippte jemand seinen Nachttopf aus dem Fenster. Um ein Haar hätte er sie damit getroffen und damit die friedliche Stimmung dieses ganz besonderen Morgens zerstört. Ganz genau so, wie Annas Ehemann jeden Augenblick des Friedens und der Ruhe zerstört hatte. Mit dem Gedanken tauchte sofort auch das Bild ihres verstorbenen Ehemanns vor ihr auf, und sie hätte es gerne wieder verdrängt. Ihre Ehe war schmutzig, verdorben und hässlich gewesen. Sie hatte körperliche und seelische Narben hinterlassen, die vielleicht nie wieder heilen würden. Nichts, was sich im Moment ihren Augen darbot, passte zu diesen unerfreulichen Erinnerungen. Warum musste sie ausgerechnet jetzt an dieses dunkle Kapitel ihres Lebens denken?

Es waren ihre Eltern gewesen, vor allem ihre Mutter, die sie in den sechs Monate andauernden Alptraum mit einem wohlhabenden, aber gewalttätigen Kaufmann gezwungen hatten. Eine Peitsche aus Leder hatte noch zu den harmloseren Spielzeugen des kranken Mannes gehört. Schon nach der ersten Woche klebte so viel von Annas Blut daran, dass ihre Bänder hart wie Nägel waren. Als ihr Ehemann Monate später die erste Pestbeule an seinem Körper entdeckt hatte, waren in Anna die ersten Keime der Hoffnung gesprossen. Drei Tage später war Anna erlöst gewesen. Niemals zuvor hatte der Tod eines Menschen das Gefühl der Befreiung in ihr ausgelöst, noch heute schämte sie sich für die empfundene Erleichterung. So sehr, dass sie es nicht einmal wagte, sich während der Beichte davon zu befreien.

Ein zweiter Topf wurde entleert. Diesmal direkt vor Theresas Füße. Sie blickte nach oben und rief erbost: »Habt Ihr die Infektionsordnung vergessen? Oder hat Euch etwa die letzte Pestepidemie nicht gereicht?« Als Antwort wurde auch die zweite Hälfte des Fensterladens geräuschvoll aufgeschlagen. Anna zog die Tante rasch weiter.

Die Turmuhr von St. Stephan schlug die siebente Stunde, und ein langsam hell werdender Himmel kündigte den Tagesbeginn an. Die beiden Frauen beeilten sich, nach Hause zu kommen, wo eine Menge Arbeit und ein hoffentlich heil gebliebenes Fenster auf sie warteten. Sie stiegen den Hafnersteig empor, durch verwinkelte, enge Gassen, über die Schönlaterngasse immer Richtung Stadtmitte. Plötzlich spürte Anna, wie eine bleierne Müdigkeit von ihr Besitz ergriff. Vielleicht würde ein wohlverdientes Frühstück ihre Lebensgeister wieder wecken.

In der vorderen Bäckerstraße machten sie halt, um frische Semmeln zu kaufen. Zuerst wollte Anna wie gewohnt zum Bäcker Wandel gehen, doch Theresa hielt sie zurück. Anna verstand sofort und entschied sich für einen anderen Bäckerladen, wo sie für zwei Kreuzer zwei Semmeln erstand.

Als die beiden endlich zu Hause ankamen, war ganz Wien erwacht und auf den Beinen. Das kleine Häuschen der Hebammen befand sich hinter St. Peter unter den Lauben. Es war ein kleines, aber solides Steinhaus, das inmitten der reichen Kaufmannshäuser wie ein fremder Eindringling wirkte. Theresa sperrte das Schloss der schweren Türe aus Eichenholz auf und trat ein. Sofort umstreifte die schwarze Katze Annas Beine. Es war ungewöhnlich kalt, und sie merkten bald, wieso: Das Feuer in der Küche war ausgegangen. Anna fachte es wieder an, während Theresa den Korb auspackte und alle Utensilien verstaute. Während sie die Geburtszange mit Wasser und einem weichen Tuch säuberte, stieß sie erneut einen tiefen Seufzer aus.

»Diese Zange ist nicht annähernd so gut wie die Zange meiner Lehrherrin.« Wieder musste sie daran denken, wie das feingearbeitete Gerät mitsamt seiner klugen und großzügigen Besitzerin auf dem Scheiterhaufen gelandet war.

»Vielleicht finden wir jemanden, der nach einer neuen Zeichnung eine verbesserte Zange herstellt«, meinte Anna. Endlich brannte das Feuer im Ofen, und sie setzte einen Kessel mit Wasser auf.

»Vielleicht«, brummte Theresa. Sie dachte an das Versprechen, das Brunhilde ihr im Augsburger Stadtgefängnis abverlangt hatte: »Versprich mir, dass du eine Zange anfertigen lässt, die noch feiner und sauberer verarbeitet ist als meine. Setze die Zange ein und gib dein Wissen darüber weiter. Das sinnlose Sterben der Frauen bei der Geburt muss ein Ende haben.«

Nur zu gut erinnerte sich Theresa daran, wie kompliziert es gewesen war, einen Gesellen zu finden, der ihr zumindest dieses plumpe Werkzeug anfertigte. Der Bursche hatte dabei seinen Arbeitsplatz und seinen Kopf riskiert. Dinge, die den Frauen die Geburt erleichterten, wurden von der katholischen Kirche strengstens verboten, und alle, die es wagten, sich über dieses Verbot hinwegzusetzen, liefen Gefahr, angezeigt zu werden.

Eines Tages würde Theresa ihr Versprechen einlösen. Doch dafür musste sie erst einen Schmied finden, der nicht nur sein Handwerk verstand, sondern zudem bereit war, den ungewöhnlichen Auftrag auszuführen. Und dem sie vertrauen konnte.

2

Komorn, Jänner 1683

SEIT STUNDEN TRIEBEN DIE BEIDEN REITER ihre Pferde durch die unwirtliche Winterlandschaft. Ein langer und beschwerlicher Weg lag hinter ihnen. Kälte, Schnee und Sturm hatten ihre Reise in den letzten Stunden zu einer Tortur werden lassen. Wie winzig kleine, spitze Nadelstiche bohrten sich die unzähligen Eiskristalle in die Haut ihrer Wangen. Unbarmherzig wirbelte der Wind immer wieder neue Schneeböen auf und trieb sie ihnen mit voller Wucht entgegen, so dass die Pferde nur langsam vorankamen. Inzwischen hatte das dichte Schneetreiben etwas nachgelassen, und als jetzt zwischen den grauen Wolken die Stadtmauer Komorns auftauchte, atmeten beide Männer erleichtert auf. Der Ritt durch die Straßen der Stadt zu Graf Starhembergs Quartier war nur noch ein Kinderspiel. Auf dem gepflasterten Innenhof des Palais spritzte grauer Schnee unter den Hufen der Pferde weg, und nach dem langen Ritt über verschneite Waldwege klang das Geklapper der Pferde wie Musik in ihren Ohren.

Lorenzo schwang sich als Erster aus dem Sattel. Er war durchgefroren und bewegte sich schwerfällig. Sein Freund Rudolf folgte ihm. Augenblicklich lief ein kleiner, pummeliger Stallbursche in den Hof und nahm den erschöpften Kurieren die Pferde ab.

»Der Graf wartet schon seit gestern auf Euch«, sagte er. Der Vorwurf in seiner Stimme war nicht zu überhören. Wenn sich der Stallbursche diesen Tonfall erlaubte, wie würde erst der Graf auf ihre Verspätung reagieren?

Lorenzo warf Rudolf einen vielsagenden Blick zu. Doch dieser hob nur gelassen die Schultern. »Von mir erfährt der Graf nichts über den kleinen Zwischenfall. Und du solltest ihn besser auch nicht erwähnen, du kennst seine Meinung über dich als Kurier.«

Niedergeschlagen ließ Lorenzo den Kopf hängen. Ja, er wusste, dass der Graf ihn nur ungern als Kurier einsetzte, denn eigentlich war Lorenzo Jurist. Und wieder einmal war er es gewesen, der sich und seinen Freund in eine gefährliche Situation gebracht hatte. Was Rudolf als kleinen Zwischenfall bezeichnete, war ein Überfall gewesen. Es war allein Lorenzos Schuld gewesen, dass die kleine Gruppe herumziehender Tartaren auf sie aufmerksam geworden war. Begeistert von der Schönheit der schneebedeckten Weinberge, war er unvorsichtig geworden. Er hatte die Spuren im Schnee übersehen und war ihnen geradewegs gefolgt. Als Rudolf den Fehler bemerkt hatte, war es bereits zu spät gewesen. Die beiden waren in eine Falle getappt. Wären sie rechtzeitig ausgewichen, hätten sie sich den erbärmlichen Kampf und die halsbrecherische Flucht erspart. Die wichtigen Dokumente aus Polen, die sie bei sich trugen, wären nicht eine Sekunde gefährdet gewesen.

»Du bist eben ein lausiger Kurier!«, lachte Rudolf und

klopfte Lorenzo so fest auf die Schulter, dass dieser fast stolperte. »Dafür aber ein schneller Reiter. Dein Vater hat vermutlich gut daran getan, dich nach Siena zum Jurastudium zu schicken.« Seine Worte sollten den Freund aufheitern, bewirkten aber das Gegenteil.

»Hat er nicht!«, zischte Lorenzo ungehalten. Er war sich seiner Fehler als Kurier durchaus bewusst, aber das hieß noch lange nicht, dass er seinem Vater recht geben musste.

Im Augenblick blieb ihm keine Zeit, länger darüber nachzudenken. Der Stallbursche bedeutete den Männern, ins Haus zu gehen, da sie bereits erwartet wurden.

Hinter einem kleinen Empfangsraum befand sich die Tür zum Arbeitszimmer des Grafen. Noch bevor Lorenzo die Tür öffnete, hörte er die ungeduldigen Schritte seines Auftraggebers. Die Absätze der hohen Reitstiefel hallten auf dem Fliesenboden wider.

Als die Tür aufging, blieb der Graf abrupt vor dem massiven Eichentisch stehen, auf dem ungeordnet Papiere und Landkarten in unterschiedlichsten Größen lagen, und starrte die beiden Kuriere verärgert an. Sie hatten keine Gelegenheit gehabt, sich umzuziehen oder auch nur notdürftig zu säubern. Ihre langen Mäntel waren mit Schlamm bespritzt, und ihre Gesichter trugen dicke Schmutzkrusten. Rudolfs blondes Kinnbärtchen war kaum noch zu erkennen, und Lorenzos Wangen, die er stets glattrasierte, waren voller dunkler Bartstoppeln.

»Martecelli, Geiger, Ihr kommt später als verabredet«, donnerte der Graf, sah dabei jedoch ausschließlich Lorenzo an, so als habe er nur auf ihn gewartet oder bereits von seinem Missgeschick erfahren.

»Das Wetter zwang uns, langsamer zu reiten«, sagte Rudolf.

Graf Starhemberg warf dem Kurier einen eisigen Blick zu.

»Ich weiß über das Wetter Bescheid, schließlich habe ich Augen im Kopf und kann aus dem Fenster schauen.«

»Wir wurden überfallen«, sagte Lorenzo.

Rudolf seufzte und verdrehte die Augen. Gleich würde Graf Starhemberg die beiden wütend aus dem Zimmer werfen. Aber nichts dergleichen passierte. Ganz im Gegenteil, er machte eine wegwischende Bewegung mit der Hand, und für den Bruchteil eines Augenblicks glaubte Lorenzo auf dem Gesicht des Grafen so etwas wie Zufriedenheit zu erkennen. Als er weitersprach, klang seine Stimme nicht mehr ganz so verärgert.

»Ich nehme an, dass Ihr die Briefe aus Polen nicht verloren habt und sicher bei Euch tragt.« Auf den Überfall ging er nicht weiter ein. Er musste bereits davon erfahren haben. Aber wie und von wem?

»Die Briefe sind alle in dieser Tasche«, sagte Rudolf und klopfte stolz auf seine alte Umhängetasche aus braunem Ziegenleder. Auf seinem Gesicht machte sich ein Lächeln breit.

»Gut«, sagte Starhemberg. »Dann bringt sie einem der Sekretäre und ruht Euch aus, Euer nächster Ritt führt Euch im Auftrag des Kaisers nach Krakau.«

Erstaunt über diese kurze Unterhaltung, drehten Rudolf und Lorenzo sich zur Tür. Aber der Graf winkte Lorenzo zurück.

»Martecelli, Ihr bleibt noch!« Also würde es doch noch eine Strafpredigt wegen des Überfalls geben.

Mit einem hilflosen Schulterzucken verließ Rudolf das Arbeitszimmer. Er hätte dem Freund gerne beigestanden, sah aber im Moment keine Möglichkeit zu bleiben. Als die Tür sich hinter Rudolf schloss, umrundete Starhemberg seinen Tisch und nahm dahinter Platz. Mit einer einladenden Geste deutete er Lorenzo an, ebenfalls Platz zu nehmen.

Ein eigenartiger Beginn für ein zurechtweisendes Gespräch. Verunsichert nahm Lorenzo Platz. Er strich sich die schweißverklebten schwarzen Locken aus dem Gesicht und legte sie hinter die Ohren. Was hatte der Graf vor?

»Martecelli, Ihr seid mein fähigster Jurist. Bis jetzt habe ich Euren unsinnigen Wünschen nachgegeben und Euch mit Geiger quer durch Europa geschickt. Aber es ist eine Verschwendung Eures Potentials ...«

Lorenzo setzte zu einem Widerspruch an, doch Starhemberg winkte ungeduldig ab.

»Mit Eurem bedingungslosen Hang zur Ehrlichkeit gefährdet Ihr meinen besten Kurier. Auch seinen Verlust kann ich mir im Augenblick nicht leisten.«

Lorenzo schluckte hart. Dagegen konnte er nichts einwenden.

»Hartenberg, mein Jurist in Wien, hat sich bei einem Sturz vom Pferd sämtliche Knochen gebrochen. Jemand muss ihn ersetzen, bis er wieder einsatzbereit ist. Ihr seid der Einzige, der diese schwierige Aufgabe übernehmen kann.«

Eigentlich sollte Lorenzo sich freuen, dass der Graf so viel Vertrauen in ihn setzte, aber die Freude wollte sich nicht einstellen.

»A Vienna?«, murmelte er beinahe fassungslos. Der Graf warf ihm einen verständnislosen Blick zu.

Lorenzo wünschte sich weit weg von diesem Raum. Er musste nachdenken, aber genau das konnte er im Moment nicht, da der Graf das Thema wechselte und auf ihn einredete, als sei die Sache mit Wien schon entschieden. Lorenzo fiel es schwer, sich auf die Worte Starhembergs zu konzentrieren. Er sah sich selbst hinter einem Schreibtisch sitzen und langweilige Verträge aufsetzen. Und das alles in Wien, ausgerechnet in der Geburtsstadt seines Vaters.

»... Ich habe eine genaue Aufstellung von Waffen, Munitionsvorräten, Spezialisten und Handwerkern der Stadt verlangt, erhalten habe ich nichts davon. Wenn es zum Krieg mit den Türken kommt, wird Oberungarn niedergewalzt und Komorn und Raab dem Erdboden gleichgemacht.« Starhemberg warf energisch den Kopf in den Nacken, wodurch die hohe silbergraue Lockenperücke bedenklich ins Wanken geriet. Er warf Lorenzo einen kritischen Blick zu. »Ihr hört mir überhaupt nicht zu!«, schrie er verärgert. Auf seiner Stirn bildeten sich rote Flecken.

»Verzeiht«, sagte Lorenzo und schüttelte seinen Kopf, als könnte er damit seine Gedanken über seinen Vater vertreiben.

»Habt Ihr Neuigkeiten aus Polen?«, fragte Starhemberg.

Lorenzo berichtete, dass Sobieski, der polnische König, das Bündnis mit dem österreichischen Kaiser befürwortete. Sollte Österreich von den Türken besiegt werden, würde Polen das nächste Opfer sein. Ein Bündnis zwischen den beiden Ländern garantierte beiden mehr Sicherheit.

Starhemberg grunzte zufrieden und nickte. »Gut, und jetzt zu den Informationen, die mir noch nicht bekannt sind.« Er sah den jungen Mann eindringlich an.

»Die Entscheidung ist noch nicht endgültig gefallen, und im Moment versuchen die Franzosen das Bündnis noch mit allen Mitteln zu verhindern. Sie intrigieren im polnischen Adel und sammeln Stimmen gegen Sobieskis Entscheidung«, erklärte Lorenzo.

Starhemberg trommelte mit den Fingern laut und ungehalten auf seine Schreibtischplatte. »Diese verdammten Franzosen. Für sie wäre es die größte Freude, wenn Leopolds Reich von den Osmanen überrollt werden würde und der Name Habsburg für immer ausgelöscht wäre.«

Lorenzo nickte, der ewige Streit zwischen Frankreich und dem Habsburgerreich war nichts Neues. Der französische König Ludwig würde nichts unversucht lassen, um dieses Schutzbündnis zu verhindern. Dass ein riesiger Osmanenstaat im Herzen Europas über kurz oder lang auch für Frankreich eine Bedrohung darstellen würde, schien ihm nicht bewusst zu sein.

»Aber Sobieski hat von der geplanten Intrige erfahren und versucht nun, Beweise für das infame Spiel zu erhalten, damit er gegen die Verräter vorgehen kann. Er hat seinen Geheimdienst auf die beiden französischen Abgesandten De Vitry und Morsztyn angesetzt«, erklärte Lorenzo.

»Das ist gut! Wir wollen hoffen, dass der Geheimdienst zügig arbeitet, denn die Zeit wird knapp, verdammt knapp. Sie läuft uns überall davon, und unser Kaiser ist sich der Gefahr, in der sich das ganze Reich befindet, nicht im Geringsten bewusst. Er widmet sich seinen geliebten Opern und vergisst dabei, seine Länder vor eindringenden Feinden zu schützen.«

Lorenzo bemühte sich, keine Reaktion zu zeigen. Es stand ihm nicht zu, über den Kaiser zu urteilen. Aber er wusste, dass Starhemberg recht hatte. Dem Kaiser war die drohende Gefahr aus dem Osten nicht bewusst. Die Bewohner seiner eigenen Länder im Osten waren seit Jahrzehnten unzufrieden. Das brutale Vorgehen gegen die Luthersche Kirche war den Menschen noch in grauenvoller Erinnerung. Viele von ihnen waren bereit, die Osmanen zu unterstützen und sich ebenfalls gegen das Haus Habsburg und somit gegen die katholische Kirche aufzulehnen, anstatt das Land gegen die Hohe Pforte zu verteidigen.

»Martecelli, Ihr werdet heute noch nach Wien aufbrechen.«

Heute noch? Lorenzo war müde und erschöpft, er wollte sich einfach hinlegen und schlafen.

»Vorher werdet Ihr ein Schreiben aufsetzen, in dem ich von der Hofkammer ausdrücklich die Säuberung des Verbindungskanals verlange, der innerhalb der Basteien vom Zeughaus zum an der Stadt vorbeifließenden Donauarm führt. Wir müssen den ungehinderten Transport von Waffen und Munition aus dem Arsenal per Schiff sichern.«

Manchmal war es schwierig, den Gedankensprüngen dieses vielbeschäftigten Mannes zu folgen. Hatte er nicht gerade noch über die Intrigen am polnischen Hof gesprochen?

»Das Schreiben muss am Nachmittag fertig sein, damit ich es unterzeichnen kann. Seid in Eurer Wortwahl nicht zimperlich, die Dringlichkeit muss erkannt werden. Sobald es fertig ist, könnt Ihr unverzüglich aufbrechen.« Mit einer Handbewegung zeigte Starhemberg an, dass Lorenzo nun entlassen war, und widmete sich wieder seinen Papieren auf dem Tisch.

Lorenzo verbeugte sich kurz und ging zur Tür. Als er die Türklinke schon in der Hand hielt, rief ihm Starhemberg, ohne von seinen Papieren aufzublicken, zu: »Martecelli, wenn Ihr in Wien seid, besorgt Euch endlich eine anständige Perücke, die Eurer Stellung gebührt. Ihr seht aus wie ein Tagelöhner.«

»Ich werde darüber nachdenken«, sagte Lorenzo. Er war kaum noch in der Lage, seinen Unmut zurückzuhalten. Graf Starhemberg grinste.

Lorenzo fand Rudolf in der Küche. Der Freund hatte sich bereits vom ärgsten Schmutz befreit, gekämmt und rasiert, saß an einem Tisch und unterhielt sich auf Ungarisch mit der Küchenmagd. Ohne Frage kokettierte er mit dem Mädchen. Die Magd warf Rudolf verführerische Blicke zu und legte ihm eine Extraportion Fleisch auf den Teller.

»Setz dich, mein Freund. Ich sehe, du hast die Strafpredigt überlebt und deinen hübschen südländischen Kopf behalten dürfen.« Rudolf schob für Lorenzo einen Sessel zum Tisch.

Sollte Lorenzo sich ebenfalls waschen, bevor er zu essen begann? Nein, er fühlte sich elend und wollte einen Schluck Wein trinken.

So als könnte er die Gedanken seines Freundes lesen, griff Rudolf nach dem Weinkrug und schenkte Lorenzo einen Becher voll. »Dieser Tropfen wird dir schmecken«, sagte er und prostete ihm zu.

Lorenzo nahm einen kräftigen Schluck. Es war ein schwerer, ungarischer Wein, der ihn an Maulbeeren erinnerte. Lorenzo stimmte Rudolf zu, dieser Wein war tatsächlich hervorragend. Ein schwacher Trost nach dem Gespräch mit dem Grafen.

»Nun spann mich nicht weiter auf die Folter und erzähl, was der Graf so lange mit dir besprochen hat.« Rudolf schnitt mit seinem Messer das große Stück Fleisch in handliche Happen und ließ einen davon im Mund verschwinden. Dann stellte er den Teller zwischen sich und Lorenzo auf den Tisch und ermutigte den Freund, ebenfalls zuzugreifen. Der nahm lieber noch einen kräftigen Schluck aus seinem Becher.

Wehmütig dachte er an den Wein aus Montepulciano. Auf dem Weingut seiner Eltern wuchsen die Reben für einen kräftigen, würzigen Wein, der die Sonne der Toskana in sich trug. Vielleicht hätte er nie weggehen sollen. Aber sein Vater hätte ihm niemals erlaubt, Weinbauer zu werden. Er wollte, dass Lorenzo eine juristische Laufbahn einschlug. Deshalb hatte er schon früh darauf bestanden, dass der Sohn drei Sprachen lernte, und ihn direkt nach der Klosterschule nach Siena zum Jurastudium geschickt. Anders als seine vier älteren Schwestern durfte Lorenzo nicht auf dem Weingut bleiben, um von einem Privatlehrer unterrichtet zu werden. Lorenzos Vater war ein ehrgeiziger Mann, der es trotz widriger Umstände weit gebracht hatte. Nach einem abgebrochenen Studium war er auf das Weingut seines Onkels nach Krems gezogen und hatte dort das Handwerk eines Winzers erlernt. Doch während der Schwedenkriege war alles rund um die Stadt zerstört worden, und Lorenzos Vater war in den Süden geflüchtet, wo er seine zukünftige Frau kennengelernt hatte. Die junge, kinderlose Witwe, die sich in den jungen Mann aus dem Norden verliebte. Innerhalb weniger Jahre hatten die beiden das Weingut verdreifacht und machten den besten Wein der ganzen Umgebung. Bis nach Hamburg wurden ihre Fässer verschickt.

Lorenzo hatte sich stets den Wünschen seines Vaters gefügt. Als er jedoch schließlich von ihm verlangte, die langweilige Tochter eines verarmten Adeligen zu heiraten, sah Lorenzo nur noch eine Möglichkeit: die Flucht. Er packte kurzerhand seine Sachen, verließ nachts das elterliche Haus und hinterließ bloß einen kurzen Brief, in dem er erklärte, warum er nicht bleiben konnte.

Rudolf beobachtete mit gerunzelter Stirn den Freund: »Also erzählst du mir jetzt, was der Graf von dir wollte?«

Lorenzo griff nach einem Stück Fleisch. »Er will, dass ich mir eine Perücke kaufe.«

»Wie bitte?«, fragte Rudolf.

Lorenzo nahm ein weiteres Stück Fleisch, lehnte sich zurück und begann dann, seinem Freund sein Herz auszuschütten.

3

»Es hat schon wieder zu schneien begonnen.« Anna kam mit einem vollen Einkaufskorb zur Tür herein. Sie klopfte sich den frischen Schnee von den Schultern und schüttelte ihn von der Haube.

»Mach rasch die Tür zu, bevor die ganze Stube eingeschneit ist«, sagte Theresa. Sie legte Holz in den Ofen nach, damit das Feuer nicht ausging und die Linsensuppe genug Hitze zum Köcheln hatte. Die Aufgabe nahm Theresa voll in Anspruch. Mühselig kam sie wieder auf die Beine. Mit vierzig machten sich die ersten Boten des Alters bemerkbar. Seit ein paar Jahren fiel es ihr schwer, vom Boden aufzustehen, ihre Gelenke schmerzten. Dieser Zustand war bei Kälte besonders schlimm. Lange Zeit hatte sie die Schmerzen ignoriert, aber jetzt ging es nicht mehr. Besonders hart traf sie die Tatsache, dass ihre Finger an nasskalten Tagen dick angeschwollen waren und sie nicht so geschickt zugreifen konnte wie gewohnt.

»Wenn es so weiterschneit, müssen wir am Nachmittag noch einmal Schnee schaufeln«, seufzte Theresa. Ihr Rücken schmerzte noch von gestern. Sie hatte den ganzen Nachmittag damit verbracht, den Bereich vor dem Haus freizulegen. In Zukunft musste Theresa ihre Nichte darum bitten, diese Arbeiten zu übernehmen, so schwer ihr das auch fallen würde.

Sie beobachtete Anna, wie sie die Einkäufe aus dem Korb räumte. Einen Kohlkopf, Butter, Brot und Nussschnecken mit Honigguss. Missbilligend betrachtete Theresa das süße Gebäck.

»Es grenzt an ein Wunder, dass deine Zähne noch nicht schwarz und löchrig sind«, sagte sie abfällig. Anna wusste selbst, dass sie zu viel Zuckerwerk aß. Aber sie konnte einfach nicht widerstehen, wenn sie beim Bäcker die süßen Köstlichkeiten sah und zufällig einen Kreuzer zu viel in der Tasche einstecken hatte. Theresa wollte noch weiter über Annas enormen Zuckerverbrauch schimpfen, als ein Klopfen an der Tür sie unterbrach.

»Wollte die Hutmacherin nicht erst nach Mittag kommen?«

»Es ist nicht die Hutmacherin.« Vor der Tür stand ein dünner, schmutziger Knabe. »Es ist Hannes, und er sieht noch erbärmlicher aus als sonst.«

Der Junge grinste Theresa müde aus einem verrußten Gesicht an. Das Weiß der Augen, das sich sonst so strahlend von der Schmutzschicht abhob, war von roten Äderchen durchzogen.

»Bitte, habt Ihr etwas zu essen für mich? Ich habe seit Tagen keine richtige Mahlzeit mehr bekommen«, stammelte er und sah trotz der Kälte verschwitzt aus.

»Meinetwegen«, schnaubte Theresa und verfolgte ihn mit aufmerksamen Blicken. Irgendetwas stimmte mit dem Jungen heute nicht. »Setz dich an den Tisch, es gibt Linsen mit Speck.« Freude spiegelte sich auf seinem Gesicht wider, das müder wirkte als sonst. »Aber wasch dir zuvor die Hände. Unter der Stiege steht ein Eimer mit Wasser.«

Der Junge machte sich daran, den Eimer zu suchen. »Dein Gesicht könnte auch etwas Wasser vertragen«, rief ihm Theresa hinterher.

Hannes war eines der zahlreichen elternlosen Kinder, die allein auf den Straßen Wiens lebten. Die große Pestepidemie vor vier Jahren hatte sie zu Waisen gemacht. Sie hausten in Kellerlöchern und Unterschlüpfen, verdienten sich hin und wieder ein paar Kreuzer mit Botengängen, die sie für reiche Bürger erledigten, und schlugen sich so mehr schlecht als recht durchs Leben. Es gab niemanden, der sich um sie kümmerte. Wenn sie beim Stehlen erwischt wurden, warf man sie ins Gefängnis und sperrte sie weg. Die Kinder hatten keine Zukunft, sie lebten von einem Tag auf den anderen und von der Hand in den Mund. Einige von ihnen schlossen sich zu kleinen Banden zusammen.

Hannes, der sehr klein und ungewöhnlich zart für seine zehn Jahre war, gehörte zu keiner Bande. Er versuchte, allein durchzukommen. Kurz vor Weihnachten hatte er die beiden Hebammen kennengelernt. Der Schmied hatte ihn dafür bezahlt, die beiden zur Niederkunft seiner Frau zu holen. Seit Hannes wusste, dass es Anna und Theresa gab, kam er regelmäßig. In der Tuchlauben bekam er immer zu essen und konnte sich kurz aufwärmen. Es war wenig, was er den Frauen an Gegenleistung anbieten konnte, er erzählte den neuesten Klatsch der Stadt und überbrachte Nachrichten für die beiden.

Als Hannes zurück zum Tisch kam, war sein Gesicht fast sauber, wodurch er unnatürlich blass und ungesund aussah. Während Anna weiter den Tisch deckte, warf auch sie ihm einen beunruhigten Blick zu. Sie holte drei Holzschalen, Löffel und Tonbecher. Anschließend schnitt sie das frische Brot in dicke Scheiben. Es war noch lauwarm und duftete nach Anis und Fenchel. Normalerweise konnte Hannes es kaum erwarten, den ersten Bissen davon in den Mund zu stecken. Heute setzte er sich langsam, beinahe vorsichtig auf seinen Hocker. Er zitterte.

»Was tut sich Neues auf den Straßen unserer Stadt?«, fragte Anna und reichte ihm das Randstück vom Brot. Es war besonders knusprig. Der Junge nahm es, konnte sich aber lange nicht dazu entschließen, davon abzubeißen.

»Gestern Nacht ist im Springer'schen Haus am Bauernmarkt der Hofkanzler an der Schwindsucht gestorben«, sagte Hannes.

»Johann Paul Hocher?«, fragte Theresa.

Hannes biss nun endlich vom Brot ab und nickte, er kaute eine Ewigkeit an seinem Bissen, so als würde die gekaute Masse sich in seinem Mund verdoppeln. Theresa holte den heißen Topf vom Herd und stellte ihn in die Mitte des Tisches. Ein würziger Duft nach Linsen, Lorbeerblatt und deftigem Speck stieg von ihm auf. »Ungarn wäre einiges erspart geblieben und wir müssten jetzt nicht Angst vor der Hohen Pforte haben, wenn Gott den Mann früher zu sich geholt hätte«, sagte Theresa, während sie den heißen Eintopf auf die Schüsseln verteilte. Hocher war einer jener gewesen, die für die Verfolgung der Protestanten in Ungarn eingetreten waren und ihren eigenen Besitz und den der Hofkammer erheblich aufgebessert hatten, in dem sie riesige Besitztümer und Ländereien hatten konfiszieren lassen. Die Erinnerungen an diese Gräueltaten waren in vielen Dörfern noch sehr frisch, denn Männer waren in die Sklaverei geschickt worden und fehlten den Familien immer noch als wertvolle Arbeitskräfte.

»Hocher wird heute bei den Jesuiten beigesetzt«, berichtete Hannes, dabei tauchte er seinen Löffel in die Linsen und löffelte dann zögernd den Inhalt der Schüssel in seinen Mund. Anna beobachtete den Jungen besorgt, während Theresa eine weitere böse Bemerkung über die Jesuiten auf der Zunge lag, denen nach wie vor nichts Besseres einfiel, als gegen die Evangelischen und Akatholischen zu wettern, so als hätte Wien im Moment keine anderen Probleme.

Hannes schleckte sich mit der Zunge über die aufgesprungenen Lippen. Er hatte die Schüssel noch nicht geleert, schob sie aber dennoch von sich.

»Ich dachte, du hast so großen Hunger.«

Sofort holte Hannes die Schüssel wieder zu sich und stocherte lustlos darin herum.

»Hast du etwas von der Türkengefahr gehört?«, fragte Anna.

Der Junge kratzte sich nachdenklich am Kopf, sein strähniges Haar, das vielleicht blond war, fiel ihm dabei in die Stirn und blieb kleben. Er schwitzte. »Ja, immer mehr Leute reden davon. Der Kaiser hat ein Patent erlassen, in dem er aus den umliegenden Orten Männer nach Wien befiehlt, um bei Schanzarbeiten zu helfen, damit die Stadt verteidigt werden kann, falls die Hohe Pforte kommt. Ich will auch mithelfen, es gibt freies Quartier und Verpflegung.«

Anna stellte sich den dürren, abgemagerten Jungen mit einem Spaten in der Hand vor, wie er zwölf Stunden am Tag einen Graben buddelte, gemeinsam mit anderen ausgebeuteten Landarbeitern die tiefgefrorene Erde aufhackte, keinen Lohn erhielt, dafür aber von einem strengen Aufseher dazu gezwungen wurde, weiterzumachen, auch wenn der Rücken schmerzte und die Hände blutige Blasen trugen, und das alles für einen Teller magerer Suppe und einen Kanten schimmliges Brot. Der Junge hatte ein hartes Los gezogen.

Nach dem Essen half Hannes, den Tisch abzuräumen. Als er vom Sessel aufstand, knickte er zusammen und verzog das Gesicht.

»Was ist los?«, wollte Theresa nun endlich wissen. Ihre Geduld war zu Ende, sie hatte dem Theater des Jungen lang genug zugesehen.

»Ein schwerer Gegenstand ist auf meine Zehe gefallen. Aber es geht schon wieder.«

»Zeig mal her!«

»Nein, nicht nötig, es geht schon!«, sagte der Junge und

versuchte, ohne zu humpeln das Geschirr wegzutragen. Aber es gelang ihm nicht.

Theresa bestand darauf, Hannes' Verletzungen zu sehen. Widerwillig setzte er sich auf die Bank und schälte seinen Fuß aus einem dicken Packen alter Lumpen. Das war sein Ersatz für Schuhe, die er nicht besaß. Augenblicklich breitete sich im Raum eine entsetzliche Geruchsmischung aus Blut, Eiter und ungewaschenen Füßen aus.

»Um Himmels willen«, rief Theresa entsetzt aus. »Wie kann man denn damit noch laufen?«

Die restliche noch vorhandene Farbe war plötzlich aus Hannes' Gesicht verschwunden. Er lehnte sich tief durchatmend gegen die Wand.

»Der Nagel und die Zehe stehen völlig unter Eiter.« Theresa hielt sich die Nase zu. »Was um alles in der Welt hast du auf den Nagel geschmiert?«

Hannes' Stimme war kaum hörbar: »Hühnermist!«

»Wie bitte?«, riefen Theresa und Anna gleichzeitig.

»Ich war beim Schmied, der wollte, dass ich eine Nachricht von seiner Frau zu seiner Schwägerin bringe. Ich bin ihm wohl im Weg herumgestanden, als ihm die Zange aus der Hand gerutscht und mir auf die Zehe gefallen ist. Seine Frau hat gemeint, da hilft Hühnermist, und den hat sie mir auf die blutende Stelle gelegt. Das war schlimmer als der Unfall selbst.«

»Und ist eine der unsinnigsten Geschichten, die ich je gehört habe. Der Nagel muss gezogen werden, anschließend brauchst du einen ordentlichen Verband. Wo schläfst du im Moment?«

Hannes drehte sich verlegen weg. »In einem kleinen Verschlag unterhalb der Ruprechtskirche. Der Pfarrer hat mich schon dreimal verjagt, aber im Winter ist es so kalt, dass ich ohne den Schutz der Mauer erfrieren würde.«

»Ein wahrhaft christliches Verhalten«, schnaubte Theresa und griff Hannes an die Stirn. Der Junge glühte regelrecht. Ganz offensichtlich hatte er Fieber, wahrscheinlich sogar sehr hohes. »Solange deine Zehe eine einzige offene Wunde ist und du Fieber hast, kannst du bei uns bleiben. Wenn wir dich damit auf die Straße schicken, hat die Entzündung morgen deinen ganzen Körper befallen und du krepierst in deinem Bretterverschlag. Ich will nicht für den Tod eines kleinen Jungen verantwortlich sein.«

Hannes' Augen weiteten sich vor Überraschung, er konnte nicht glauben, was er eben gehört hatte. Trotz all der Schmerzen hatte er heute einen besonderen Glückstag. Am Morgen hatte er auf der Straße einen Kreuzer gefunden, dann war er zum Essen eingeladen worden, und jetzt sollte er für ein paar Tage ein Dach über den Kopf bekommen. Ein angenehmes, warmes Gefühl breitete sich in seinem Bauch aus.

Hannes' Nase begann zu jucken und die Augen zu brennen. Nein, er würde nicht zu heulen anfangen, schließlich war er kein kleines Mädchen. »Danke«, stammelte er und wischte sich rasch mit dem Ärmel über die rinnende Nase.

Theresa machte eine abfällige Handbewegung. »Aber bevor ich diesen entsetzlich stinkenden Fuß anfasse, wirst du ihn waschen. Oder besser, wir stecken dich ganz in den Badezuber, sonst ist unser Haus nach dieser Nacht voller Flöhe.«

Hannes hatte sein letztes Bad im Spätsommer in der Donau genommen, aber für ein paar Tage Ruhe würde er alles tun, sogar baden. Während die beiden Frauen das nötige Wasser aus dem hauseigenen Brunnen holten, saß der Junge in der Küche und wartete. Er hatte eine wichtige Nachricht unterschlagen. Die Hebamme Gudrun erzählte in der ganzen Stadt herum, dass Anna und Theresa mit unerlaubten Mitteln arbeiteten und die Geburt des Hafnerkindes nicht mit rechten Dingen zugegangen sei. Im Moment schenkte ihr niemand Glauben, aber hier und dort wurde hinter vorgehaltener Hand getuschelt. Hannes musste den beiden Frauen davon berichten. Später.

In dieser Nacht, in der Hannes frisch gewaschen, satt und gut versorgt auf einer sauberen Strohmatratze unter der Treppe der Hebammen lag, gingen ihm viele Gedanken durch den Kopf. Seit dem Tod seiner Mutter hatte er sich nicht mehr so wohl, geborgen und sicher gefühlt wie im Haus der beiden Hebammen. Daran änderten auch das Fieber und die Schmerzen nichts. Dieses wundervolle, warme Gefühl im Bauch wollte er auf keinen Fall wieder aufgeben. Deshalb fasste er kurz nach Mitternacht einen Entschluss, der sein Leben verändern sollte. Er nahm sich vor, dieses Haus nie wieder zu verlassen, und er wusste auch genau, was er dazu tun musste.

Schon nach wenigen Tagen begann Hannes trotz seiner Verletzung, den Holzboden der Stube zu schrubben. Er holte Brennholz für den Ofen und hackte es zu kleinen Scheiten, er trug Einkäufe nach Hause, packte sie aus und verstaute sie. Er half, wo immer er gebraucht wurde, und versuchte, sich unentbehrlich zu machen. Er unterhielt die beiden Frauen mit einem schier unerschöpflichen Vorrat an kleinen Geschichten über die Bewohner der Stadt und kam mit den neuesten Nachrichten nach Hause.

Anna und Theresa sahen, wie sehr sich Hannes um ihre Gunst bemühte. Immer wieder zögerten sie den Zeitpunkt der Trennung hinaus. Aber ein zusätzlicher Esser war eine Belastung, die Einschränkung bedeutete. Je länger die beiden Frauen zögerten, umso heftiger strengte sich Hannes an, sie davon zu überzeugen, dass sie ohne ihn kaum auskämen.

An einem Abend Ende März beschlossen Anna und Theresa, den Jungen bezüglich seiner Zukunft anzusprechen. Nach dem Abendessen hielten sie Hannes zurück.

»Hannes, bleib noch kurz da«, sagte Anna und ergriff seine Hand. Der Junge zuckte unter ihrer Berührung zusammen. Er hatte gehofft, dass es zu so einem Gespräch niemals kommen würde. Was konnte er den Frauen schon anbieten, wozu sie nicht selbst imstande waren?

Blass und schweigsam nahm er erneut Platz. Hannes senkte seinen Kopf, dass ihm die blonden, frisch gewaschenen Haare ins Gesicht hingen und die Angst auf seinem Gesicht verbargen.

»Hannes, meine Tante und ich hätten gerne, dass du bei uns bleibst«, verkündete Anna schließlich.

Es dauerte einen Augenblick, bis Hannes begriff, was Anna ihm eben gesagt hatte. Fassungslos hob er den Kopf und blickte der jungen Frau in die dunkelgrünen Augen. Machte sie sich über ihn lustig?

Anna deutete die Zurückhaltung des Jungen falsch und meinte: »Natürlich nur, wenn du hierbleiben willst.«

Diesmal reagierte Hannes schnell. Er nickte heftig und beeilte sich mit der Antwort. Ja, er wollte unbedingt hierbleiben. Wie konnten sie nur daran zweifeln? Noch nie zuvor in seinem Leben hatte Hannes sich so gefreut. Nicht einmal damals, als er fünf Jahre alt gewesen war und seine Mutter ihm erlaubt hatte, einen kleinen, struppigen Straßenköter zu behalten. Anna lächelte zufrieden, auch Theresa wirkte erleichtert.

»Ich denke, wir sollten uns noch einen Nachtisch gönnen und alle Einzelheiten besprechen«, sagte Anna und stand auf, um aus der Vorratskammer einen großen Topf Apfelmus zu holen.

Danach besprachen die drei, wie das Zusammenleben in Zukunft organisiert werden konnte. Hannes sollte im Haushalt mithelfen, hin und wieder einkaufen gehen und einen Teil der groben Arbeiten erledigen. Anna und Theresa konnten ihm keinen Lohn dafür bezahlen, dafür boten sie ihm kostenloses Essen und ein Dach über dem Kopf. Leider musste er aus Platzgründen im Moment unter der Treppe schlafen, aber irgendwann im Sommer könnte man den Dachboden zu einer Schlafkammer umbauen.

Hannes nickte immer noch, konnte sein Glück kaum fassen und grinste stumm vor sich hin. Er vergaß sein Apfelmus. Heute war Weihnachten, Ostern und Pfingsten gleichzeitig.

In dieser Nacht weinte er. Es war das erste Mal seit dem Tod seiner Mutter und seiner kleinen Schwester Antonia. Seit vier Jahren hatte er diese Tränen mit sich herumgetragen, es war ihm einfach nicht gelungen, sie loszuwerden.

Als es still im Haus war und die beiden Hebammen schliefen, begannen sie zu fließen, leise, ungehört, aber stetig. Und sie versiegten erst, als es draußen schon dämmerte.

4

Seit einer Woche hatte es keine neuen Schneefälle mehr gegeben, und die Frühlingssonne legte langsam an Kraft zu. Nur noch vereinzelt lagen weiße Überreste in den schattigen Ecken des Gartens, doch auch dort drängten die ersten Frühlingsblumen durch die Schneedecke.

Anna freute sich über die gelben Primeln, schnappte ihren

Korb und machte sich gutgelaunt auf den Weg zum Bauernmarkt.

Hier hatte das bunte Treiben bereits eingesetzt. Anna schlenderte durch die Reihen der Verkaufsstände. Die Bauern aus den umliegenden Dörfern waren gekommen, um ihre Ware anzubieten. Viele hatten einfache Holztische aufgebaut, einige begnügten sich mit Holzkisten und Körben, die sie am Boden aufstellten. Neben frischen Kräutern, Zwiebeln und Rüben gab es den ersten Bärlauch, den die Bäuerinnen in den Auwäldern entlang der Donau geerntet hatten und nun in Form von Pasteten und Aufstrichen feilboten. Ein feiner Knoblauchgeruch hing über den Marktständen.

Trotz der aufkommenden Frühlingsstimmung war die Angst vor der drohenden Kriegsgefahr allgegenwärtig. Kein Geschäft, und war es noch so klein, wurde getätigt, ohne ein Wort über die Hohe Pforte zu verlieren. Es gingen die Gerüchte, dass die ersten reichen Bürger bereits die Stadt verließen und sich in Richtung Westen in Sicherheit brachten. Aber der Kaiser machte keine Anstalten, vor irgendetwas zu fliehen, stattdessen bereitete man sich bei Hof auf ein üppiges Osterfest vor. Solange der Kaiser nicht an Krieg dachte, konnte die Situation nicht so schlimm sein, wie allerorts gemunkelt wurde.

Anna hörte den Verkaufsgesprächen zu, schaute die Ware an und kaufte schließlich frische Eier und einen Topf Honig.

»Werdet Ihr in Wien bleiben, wenn die Türken kommen?«, fragte die Bäuerin, während sie Anna das Wechselgeld reichte. Es war die am häufigsten gestellte Frage der letzten Tage. Anna kannte die Frau, sie kaufte regelmäßig Eier bei ihr, da ihre Ware immer frisch war.

»Ich denke schon. Und Ihr?«, stellte Anna die erwartete Gegenfrage. Die Frau lachte kehlig. »Das bisschen Land, das wir besitzen, liegt bei Perchtoldsdorf. Wir werden es gemeinsam mit den anderen bis aufs Blut verteidigen, was bleibt uns denn sonst übrig? Wir haben nichts, was wir mitnehmen könnten, um anderswo zu leben.«

»Ihr könntet nach Wien kommen, innerhalb der Stadtmauer ist es sicherer«, erwiderte Anna, der die Vorstellung nicht gefiel, etwas *bis aufs Blut* zu verteidigen. »Ja, das könnten wir. Aber wohin sollten wir zurück, wenn die Türken unseren Hof niederbrennen und unser Land unfruchtbar machen?« Die nächste Kundin drängte nach vorn, und die Bäuerin wandte sich von Anna ab. War es tatsächlich besser, mitsamt seinem Land zu verbrennen, als mittellos in eine Stadt zu flüchten?

Am nächsten Stand kaufte Anna ein Säckchen Zimtschnecken und steckte die erste davon sofort in den Mund. Zucker und Zimt hatten eine angenehm beruhigende Wirkung auf sie, und schon bald spürte sie, wie sich ihre Stimmung aufhellte. Für einen winzigen Moment schloss sie die Augen, streckte das Gesicht der Sonne entgegen und bemerkte nicht, dass sie schon seit einer Weile beobachtet wurde.

Eigentlich hätte Lorenzo seit Stunden in der winzigen, staubigen Schreibstube sitzen und Verträge, Rechnungen, Schuldscheine und andere uninteressante Schriftstücke durchsehen sollen. Seit Ende Jänner war er jetzt in Wien, und es war noch schlimmer, als er befürchtet hatte. Seine Tätigkeit als Jurist langweilte ihn, zudem drohte die Enge der winzigen Kanzlei ihm die Luft zum Atmen zu nehmen. Immer häufiger suchte er Ausreden, um für kurze Zeit vom Schreibtisch zu fliehen. So wie eben jetzt. Er musste einfach an die frische Luft und den freien Himmel sehen. Soweit das in einer Stadt wie Wien überhaupt möglich war.

Ziellos war er durch die Gassen der Stadt gelaufen und schließlich auf dem Bauernmarkt gelandet. Die Menschen, die hier ihre Ware verkauften, mussten sich nicht mit rechtlichen Streitereien herumärgern. Fast neidisch beobachtete Lorenzo die wettergegerbten Gesichter der Bauern und seufzte.

Plötzlich blieb sein Blick an einer jungen Frau hängen, die völlig verzückt eine Zimtschnecke aß. Irgendetwas an ihr faszinierte ihn. Er konnte es nicht in Worte fassen. Waren es die unzähligen Sommersprossen? Die roten Locken, die unter der weißen Haube hervorgerutscht waren, oder ihr völlig entspannter Blick? Rund um sie tummelten sich die Menschen, doch sie stand nur da und biss genussvoll in eine Zimtschnecke, so als würde sie das Treiben auf dem Markt nicht wahrnehmen. Sie hatte sich ihre kleine, persönliche Oase geschaffen, inmitten des Getümmels.

Lorenzos Aufmerksamkeit wurde abgelenkt. Ganz plötzlich war ein Tumult entstanden. »Haltet den Dieb«, schrie ein dicker Händler, der Nüsse, Linsen und Bohnen verkaufte. In einem seiner Körbe lagen schrumpelige Äpfel aus dem Vorjahr. Die eingetrockneten Früchte konnten bestenfalls in Kuchen oder Kompotten verarbeitet werden, so zäh und welk sahen sie aus. Ein schmutziger, dürrer, in Lumpen gehüllter Knabe hatte dennoch zwei davon gestohlen und lief nun mit seiner mageren Beute flink durch die Menge. Entschlossen, den Jungen nicht entkommen zu lassen, stellte sich ihm eine Küchenmagd in den Weg. Doch ihr Versuch, ihn zu fangen, scheiterte. Trotzdem verwirrten ihre fahrigen Bewegungen den kleinen Dieb, so dass sein Vorsprung dahinschmolz.

Jetzt griff eine Bäuerin ein. Sie kam hinter ihrem Stand hervor und wollte dem Bub ebenfalls den Weg versperren. Im gleichen Moment schien die junge Frau mit den Zimtschnecken aus ihrem Tagtraum zu erwachen. Sie reagierte blitzschnell, tat so, als würde sie stolpern, und rempelte dabei die Bäuerin so unsanft an, dass beide ins Wanken gerieten und schließlich am Boden lagen. Der Junge konnte ungehindert vorbeilaufen und rasch in der nächsten Gasse verschwinden.

»Habt Ihr denn keine Augen im Kopf?«, schalt die dicke Bäuerin sie. Die junge Frau setzte einen unschuldigen Gesichtsausdruck auf.

»Ich wollte doch nur helfen«, stammelte sie scheinbar verlegen.

»Ihr habt nur dem kleinen Dieb geholfen und sonst niemandem«, schimpfte die Bäuerin. Lorenzo war sich sicher, dass genau das ihre Absicht gewesen war. Als sie aufstand, konnte er ein winziges Grinsen auf ihrem Gesicht erkennen. Sie klopfte sich den Staub aus dem Rock.

Die schaulustigen Zuschauer lachten, verloren aber rasch das Interesse. Auch die Bäuerin strich sich ihr Kleid ab und kehrte zu ihrem Stand zurück.

Aus purem Übermut drängte sich Lorenzo durch die Menge und ging direkt auf die junge Frau zu: »Warum habt Ihr dem Jungen geholfen?«

Augenblicklich zuckte sie zusammen und erschrak.

»*Scusi,* verzeiht, ich wollte Euch nicht erschrecken, aber ich habe den Vorfall eben beobachtet.«

Anna hatte sich wieder gefasst, sie sah Lorenzo forsch an und meinte knapp: »Ich wollte den Jungen selbstverständlich fangen und ihm nicht zur Flucht verhelfen.«

»Dazu habt Ihr Euch aber reichlich ungeschickt angestellt«, erwiderte Lorenzo mit breitem Grinsen. Er wusste, dass ihm sein Lächeln gut stand, aber auf Anna hatte es keinerlei Wirkung.

»Mit Verlaub«, zischte sie. »Es steht Euch nicht zu, darüber zu urteilen, wie geschickt oder ungeschickt ich bin.«

»Natürlich nicht. Ich frage mich dennoch, was eine junge Frau dazu bewegt, sich in den Dreck zu werfen und dabei auch noch zwei gute Eier zu opfern«, Lorenzo warf einen Blick in ihren Korb, »damit ein kleiner Gassenjunge Reißaus nehmen kann.«

»Wenn jemand für zwei fast ungenießbare Schrumpeläpfel eine harte Strafe riskiert, muss er sehr verzweifelt sein. Es erscheint mir äußerst unchristlich, diesen Jungen zu bestrafen. Passender wäre es, ihm eine Handvoll Nüsse zu geben«, ereiferte sich Anna und richtete ihre Haube.

»Ihr hättet ihm also eine Handvoll Nüsse gegeben?«

»Vielleicht.«

»Wo kämen wir hin, wenn wir allen Bettlern zu essen geben würden?«, fragte Lorenzo und klang dabei belustigt und provokant zugleich.

»Ja, wo kämen wir hin? Vielleicht in eine bessere Welt. Aber daran hat scheinbar niemand Interesse. Ich wünsche Euch einen guten Tag.« Anna drehte sich um, aber Lorenzo wollte das Gespräch noch nicht beenden.

»*Che interessante!* Ein interessanter Gedanke von einer interessanten Frau.«

»Und eine unnötige Bemerkung von einem geschwätzigen Mann«, erwiderte Anna. Sie machte sich daran, noch einmal zum Stand der Bäuerin mit den frischen Eiern zu gehen.

»Wenn wir mit allen Bettlern teilen würden, gäbe es keine Armen mehr.« Lorenzo hatte nicht vor, sich abschütteln zu lassen.

»Das wäre doch eine wundervolle Sache. Wenn niemand arm wäre, müsste niemand stehlen, und ich bräuchte mich nicht in den Dreck zu werfen, um einem kleinen Jungen zur Flucht zu verhelfen.«

»Also hatte ich doch recht«, Lorenzo grinste. »Ihr könntet Euch aber nicht mehr als Retterin fühlen.«

»Wer sagt Euch, dass ich mich jetzt als Retterin fühle?«, zischte Anna, drehte sich abrupt um und bestellte bei der Bäuerin noch einmal zwei Eier. Als sie bezahlen wollte, stellte sie fest, dass sie ihren letzten Kreuzer für die Zimtschnecken ausgegeben hatte. Ungeduldig beobachtete die Bäuerin Anna beim Durchwühlen ihrer Börse. Aber Anna konnte keine Münze mehr finden.

»*Posso?* Darf ich?« Lorenzo reichte der Bäuerin einen Kreuzer, ohne auf Annas Antwort zu warten. Die Frau ließ die Münze zufrieden in ihrer Schürze verschwinden. Das geschah so rasch, dass Anna mit ihrem Protest zu spät kam: »Nein, bitte nicht, ich will nicht, dass Ihr meine Eier bezahlt.«

»Wieso, ich tue nur das, was Ihr vorher für den Jungen gefordert habt. Ich teile mit Euch.« Lorenzo gefiel das Spiel, es war um vieles besser als die Arbeit in der Kanzlei.

»Ich will nicht, dass Ihr mit mir teilt«, sagte Anna aufgeregt.

»Wenn Euch der Kreuzer so beunruhigt, könnt Ihr ihn mir irgendwann zurückzahlen. In diesem Fall müssen wir uns allerdings wiedersehen.« Lorenzo lächelte. Es gelang ihm sonst immer, einer Frau ein winziges Lächeln zu entlocken, aber diesmal scheiterte er.

»Und wenn ich keinen Wert darauf lege, Euch wiederzusehen?«

»Dann gibt es zwei Möglichkeiten. Die eine ist, Ihr nehmt die Eier als kleines Geschenk an, oder aber Ihr bleibt mir einen Kreuzer schuldig.«

»Ich laufe rasch nach Hause, hole den Kreuzer und gebe ihn Euch zurück. Bitte wartet hier auf mich.« Anna wandte sich erneut zum Gehen.

»Ich kann Euch begleiten«, sagte Lorenzo und bemerkte sofort Annas beunruhigten Blick. Vielleicht war sie ja nicht mehr ungebunden. Sie trug eine kleine Spitzenhaube, die darauf hindeuten konnte, dass sie verheiratet oder verwitwet war.

Die Turmuhr von St. Stephan schlug die zehnte Stunde. Lorenzo war bereits zwei Stunden unterwegs, in der Kanzlei wartete mit Sicherheit eine Menge Ärger auf ihn. »Ich kann leider nicht bleiben und eigentlich kann ich Euch auch nicht begleiten, denn meine Arbeit ruft. Bitte seht die Eier als Geschenk.«

Fast enttäuscht nahm Lorenzo wahr, dass Annas Blick sich entspannte. Mit einem letzten Lächeln, diesmal nicht ganz so strahlend wie zuvor, verabschiedete er sich von Anna.

Mit den Eiern im Korb blieb Anna zurück. Ihr gefiel die Lösung gar nicht. Es hatte fast etwas Anzügliches, von einem fremden Mann Eier geschenkt zu bekommen, auch wenn Ostern direkt vor der Tür stand. Verwirrt dachte sie über den Vorfall nach. Warum hatte der junge Mann mit dem eigenartigen Akzent sie eben angesprochen? Was wollte er von ihr? Anna war sich sicher, dass er sich über sie lustig machte. Das verrieten ihr seine unverschämt hellblauen Augen. Anna hatte den Spott darin erkannt und noch etwas anderes. Aber das konnte sie im Moment noch nicht zuordnen.

5

Um zum Schuhmacher Riem zu kommen, musste Theresa in die Naglergasse gehen, die von ihrem Haus nur wenige Meter entfernt lag. Mit ihrem vollen Korb eilte sie an dem schönen Brunnen vorbei zum Graben und bog schließlich in das kleine, enge Gässchen ein, in dem sich Handwerkerhaus an Handwerkerhaus drängte. Die Häuser hier waren alle sehr schmal und hoch. Die meisten hatten zwei bis drei Stockwerke und verfügten über kleine Erker und Balkone. Dadurch lag die Naglergasse bis auf ein paar Minuten gegen Mittag, wenn die Sonne hoch am Himmel stand, den ganzen Tag über im Schatten und war selbst an einem sonnigen Tag wie heute finster.

Da Ostersonntag war, der höchste Feiertag des Jahres, arbeitete heute niemand. Die Menschen waren am Morgen in der Kirche gewesen, um die Auferstehung Christi zu feiern, und spazierten jetzt, freigesprochen von allen Sünden, nach Hause oder saßen bereits beim üppig gedeckten Ostertisch und ließen sich Schinken, Eier und andere Köstlichkeiten schmecken.

Aus einem der offenen Fenster drang der verführerische Duft von frischem Lammbraten mit Rosmarin. Theresa lief das Wasser im Mund zusammen, und ihr Magen knurrte, aber sie musste weiter, die menschenleere Gasse entlang. Das Kind des Schuhmachers hielt sich nicht an kirchliche Feiertage. Meister Riems Wohnhaus lag am Ende der leicht abschüssigen Gasse. Theresa dachte über die Kräuterbeete in ihrem Garten nach, die unbedingt umgegraben werden mussten, und achtete nicht auf die Schritte, die aus einer der winzigen Seitengassen zu hören waren.

Erschrocken sprang Theresa im letzten Augenblick zur Seite und verhinderte so einen Zusammenstoß. Plötzlich und völlig unerwartet stand ein Mann in schwarzer Kutte vor ihr und schnitt ihr den Weg ab. Es war der stadtbekannte Prediger und Augustinerpater Abraham. Ein kleiner, untersetzter Mann, dessen mächtiger Bauch auch von der weitgeschnittenen, dunklen Ordenstracht nicht versteckt werden konnte. Bis auf einen kleinen, grauen Kranz besaß er keine Haare am Kopf und ersparte sich somit die Tonsur. Sein rundes, rotes Gesicht zeugte davon, dass er sowohl dem guten Essen als auch dem Wein nicht abgeneigt war. Er schien über das unerwartete Zusammentreffen ebenso entsetzt zu sein wie Theresa.

»Würdet Ihr bitte einen Schritt zur Seite treten, damit ich meinen Weg fortsetzen kann? Ich werde im Haus des Schuhmachers gebraucht«, sagte Theresa mit belegter Stimme.

»Es stimmt also, was man sich in der Stadt erzählt«, antwortete der Priester und machte keinerlei Anstalten, Theresa vorbeizulassen. Im Gegenteil, er stemmte seine Hände in die breiten Hüften und schnaufte verächtlich: »Ihr wagt es immer noch, ehrbare Christen mit Euren Kräutern zu verhexen.«

»Es stimmt, dass ich Kräuter verwende. Aber mit dem Teufel habe ich nichts am Hut. Das wisst Ihr ganz genau, schließlich wart Ihr in Augsburg dabei und habt meinen Freispruch miterlebt. Was ich tagtäglich mache, steht im Dienste der Schöpfung Gottes.« Der letzte Satz kostete Theresa all ihren Mut.

»Ihr solltet Euch nicht auf Gott berufen, es klingt wie Spott aus Eurem Mund. Ihr versucht den Frauen während der Geburt die Schmerzen zu nehmen. Aber es sind Evas Schmerzen, zu welchen Gott die Frauen verurteilt hat, um sie zu bestrafen. Wer seid Ihr, dass Ihr Euch Gottes Urteil widersetzt?« Die Augen des Priesters funkelten gefährlich.

»Ich glaube, dass Gott gütig ist und niemanden bestrafen will. Er hat nicht nur die Schmerzen erschaffen, sondern auch die Kräuter, welche die Schmerzen lindern. Was sollte er dagegen haben, wenn diese Kräuter den Frauen gegeben werden, während sie neues Leben zur Welt bringen?«, fragte Theresa mit zittriger Stimme. Am liebsten hätte sie den dicken Priester zur Seite geschoben und wäre an ihm vorbeigelaufen. Aber das war undenkbar.

»Ihr seid in Augsburg dem Gottesurteil entgangen, weil Ihr den Stadtrichter verhext habt. Euer Zauber war stärker als der Eurer Komplizin, die ihre gerechte Strafe bekommen hat.« Schweißperlen traten auf die Stirn des Priesters.

Erneut tauchte das Bild der brennenden Brunhilde vor Theresa auf, und sie meinte, den schrecklichen Gestank von verbranntem Menschenfleisch zu riechen. Sie versuchte, die Bilder zu verdrängen, und sagte leise: »Ich diene Gott auf meine Weise, so wie Ihr ihm auf Eure Weise dient. Ich bin keine Hexe. Gott weiß das, und Ihr solltet es auch wissen. Jetzt lasst mich bitte vorbei.«

Pater Abraham zögerte einen Augenblick, doch schließlich trat er einen Schritt zur Seite. »Wir werden uns wiedersehen, Theresa Zapf.«

»Ja, ich fürchte, das werden wir.« Als Theresa sich an seinem mächtigen Körper vorbeizwängte, stieg ihr ein säuerlicher Geruch nach Schweiß in die Nase.

Nur wenige Augenblicke später rief ihr Abraham mit seiner drohenden, donnernden Stimme hinterher: »Auch wenn Ihr noch so schnell rennt, Ihr entgeht der gerechten Strafe Gottes nicht.« Es klang wie aus einer seiner Strafpredigten und verfehlte die Wirkung nicht. Ohne sich noch einmal umzudrehen, lief Theresa ängstlich weiter.

Sobald sie außer Sichtweite war, bog sie in eine kleine Seitengasse und blieb unter einem breiten Erker stehen. Theresa stützte sich mit einer Hand gegen die Steinmauer des Hauses und presste ihre heiße Stirn dagegen. Der kühle, feuchte Stein fühlte sich gut an. Dennoch hörte ihr Herz nicht auf zu rasen, auch das Atmen fiel ihr schwer. Seit Jahren hatte sie sich vor diesem Augenblick gefürchtet. Theresa wusste, dass Pater Abraham in Wien lebte. Sie war ihm schon öfter begegnet, auf der Straße oder in der Kirche. Aber sie war noch nie allein mit ihm zusammengetroffen.

Er war es gewesen, der sie und ihre liebevolle, großzügige Lehrmeisterin in Augsburg wegen Hexerei angezeigt hatte. Nie würden Theresa die Erinnerungen an den Kerker verlassen. Vor allem der Anblick der Folterwerkzeuge und Brunhildes Schreie, als sie ihren Körper mit den Zangen und Brenneisen traktierten, würde sie niemals vergessen. Theresa war verschont geblieben. Eine Woche zuvor hatte sie die Frau des Stadtrichters von einem gesunden Knaben entbunden, und der stolze Vater hatte dafür gesorgt, dass die Hebamme seiner Frau freigesprochen wurde. Brunhilde hatte keinen einflussreichen Fürsprecher gehabt.

Theresa schüttelte den Kopf, um die Bilder zumindest für den Moment zu vertreiben. All diese Ereignisse lagen viele Jahre zurück. Warum war sie damals Hals über Kopf von zu Hause davongelaufen? Aus Angst vor dem Kloster? Theresa wusste, dass die Antwort komplizierter war.

Sie war die jüngste von drei Schwestern gewesen. Für sie war das Kloster bestimmt, und der Vater hatte beschlossen, sie von Anfang an Bescheidenheit zu lehren. Sie hatte sich stets unerwünscht gefühlt, denn sowohl der Vater als auch die Schwestern hatten sie keines Blickes gewürdigt. Nur die Mutter hatte sie mit Liebe überhäuft und ihr das Leben im Haus des Vaters erträglich gemacht. Ein dünner, goldener Armreif erinnerte Theresa stets an ihre Mutter.

Im Sommer 1662, vor genau einundzwanzig Jahren, als der Eintritt ins Kloster bevorgestanden hatte, hatte Theresa beschlossen, ihre letzten Tage in Freiheit zu genießen. Es war ein besonders heißer Sommer, und Theresa holte sich jeden Tag heimlich das Pferd ihres Vaters, um damit zum Baden in die Donauauen zu reiten. Freiheit, Selbstbestimmung, Unabhängigkeit, das war es, was sie begehrte und was so unerreichbar schien. Allein ungestüm durch die Auen zu reiten und so nackt, wie Gott sie geschaffen hatte, in die Donau zu springen, ließ sie ein winziges Stückchen dieser heißersehnten Freiheit spüren.

Es war purer Zufall, dass ein junger Edelmann genau den gleichen Platz zum Baden gewählt hatte und die beiden einander regelmäßig trafen. Heute noch konnte Theresa den Duft des kalten, dunkelgrünen Wassers heraufbeschwören. Eine winzige Note Fisch lag darin. Sie sah die hellen, saftigen Blätter des dichten, üppigen Auwaldes, durch dessen Mantel nur hin und wieder helle Sonnenstrahlen drangen. Und wenn sie die Augen schloss, konnte sie den warmen Wind in den langen Haaren spüren und das prickelnde Gefühl von Wassertropfen, die den Körper entlanglaufen. Es war eine kurze Zeit der Freiheit und der ungewöhnlichen Sinnlichkeit gewesen, und sie hatte sie unendlich genossen.

Der junge Mann kam jeden Tag, genau wie Theresa, und sie lernten einander im Wasser kennen und lieben. Sie vertrauten sich Dinge an, die sie sonst niemandem erzählten, und kamen sich auch körperlich so nah, wie Mann und Frau es vermögen. »Keinen Namen«, flüsterte Theresa dem jungen

Mann ins Ohr. »Ich will nicht wissen, wie du heißt«, wisperte er zurück. Theresa wollte das Leben in wenigen Tagen in all seinen Facetten kennenlernen. Je mehr sie darüber erfuhr, umso unmöglicher erschien es ihr, ins Kloster zu gehen. Der Gedanke, den Rest des Lebens in einer winzigen Zelle zu verbringen und die Schönheit und Wildheit der Natur nicht mehr zu erleben, erschien ihr ebenso unerträglich wie die Vorstellung, auf das Glück zu verzichten, in den Armen eines Mannes die Liebe zu erfahren. Nie wieder hatte sie sich seither so frei und wunschlos glücklich gefühlt wie an jenen romantischen Nachmittagen in der Au. Manchmal wurde das Glück ein wenig getrübt, denn Theresa glaubte hinter einem Busch jemanden zu sehen, der sie beobachtete. Aber ihr Liebhaber lachte und meinte: »Niemand außer uns beiden geht am Nachmittag allein in die Donauauen zum Baden.«

Das Glück nahm ein jähes Ende, als Theresa erfuhr, dass ihr heimlicher Geliebter der Sohn einer verarmten Adelsfamilie und der zukünftige Mann ihrer Schwester Hermine war. Die Ehe war seit vielen Jahren arrangiert gewesen.

Nach weiteren drei Wochen entdeckte Theresa, dass ihr heimliches Tun in der Au nicht ohne Folgen geblieben war. Es gab niemanden, dem sie sich anvertrauen konnte, denn die Mutter lag bereits im Sterben. Theresa musste den Weg zu der alten Frau in der Leopoldstadt allein gehen. Es war einer der längsten ihres Lebens. Die Alte wohnte in einer schimmligen Holzhütte und gab Theresa die Frucht des Sadebaums, um damit das Kind abzutreiben. Die hohe Dosierung tötete jedoch nicht nur das Kind, sondern führte zu einer lebensbedrohlichen Gebärmutterblutung. Schon bald stand fest, dass Theresa zeit ihres Lebens kinderlos bleiben würde. Zwei Tage später starb Theresas Mutter. Der Vater hatte es nun noch eiliger und wollte sie noch vor der Heirat ihrer Schwester ins Kloster bringen. Daher sah Theresa keinen anderen Ausweg mehr, als die Stadt zu verlassen.

Also packte sie heimlich ihre Sachen und fuhr auf dem Wagen eines Weinhändlers in Richtung Passau. Über Umwege gelangte sie nach Augsburg und begann eine Lehre bei Brunhilde. Sie wollte jungen Mädchen die Erfahrungen ersparen, die sie selbst hatte machen müssen. Jahrelang lernte, lebte und arbeitete sie in Augsburg, bis die Hexenangst von der Stadt Besitz ergriff und ein ehrgeiziger Hexenverfolger namens Abraham in die Stadt kam. Er sorgte dafür, dass Brunhilde und Theresa der peinlichen Befragung unterzogen wurden. Und schon nach den ersten Prozesstagen war Brunhilde auf dem Scheiterhaufen verbrannt worden. Hätte an Theresas Stelle eine andere Hebamme die Frau des Stadtrichters bei der Geburt betreut, hätte sie das gleiche Schicksal erlitten.

Mit diesem Gedanken löste Theresa ihre Stirn von der kalten Mauer. Sie musste weiter, die Frau des Schuhmachers wartete auf sie.

6

Hannes lebte sich rasch im Haushalt der Hebammen ein. Er entwickelte in den nächsten Wochen einen enormen Appetit und konnte erstaunlich große Mengen an Lebensmitteln verdrücken. Sein schmales Gesicht wurde langsam ein wenig runder, und bald war er nicht mehr gar so mager. Theresa bestand darauf, dass Hannes sich regelmäßig wusch und badete. Nach anfänglichem Protest gewöhnte er sich daran und ging schließlich auch unaufgefordert zum Brunnen, um seine Waschschüssel mit kaltem Wasser zu füllen.

Wenn einer der beiden Frauen etwas Zeit blieb, versuchte sie Hannes das Lesen, Schreiben und Rechnen beizubringen. Schon nach wenigen Wochen zeigte sich, dass Hannes eine besondere Begabung für Zahlen hatte. Mühelos rechnete er achtstellige Beträge im Kopf zusammen und zog genauso lange Zahlen wieder ab. Hannes dividierte und multiplizierte mit einer Schnelligkeit, bei der Anna schwindelig im Kopf wurde.

Anders verhielt es sich mit dem Schreiben. Anna hatte eine kleine Tafel besorgt, auf der Hannes mühsam seine ersten Buchstaben malte. Der Junge war schlau und saugte das Wissen auf wie ein ausgetrockneter Schwamm. Er merkte sich rasch jeden neuen Buchstaben und konnte erstaunlich schnell die ersten Wörter lesen. Doch beim Schreiben plagte er sich. Seine Finger waren nicht daran gewöhnt, einen Federkiel zu halten und damit in kleinen, feinen Schreibbewegungen über das Papier zu gleiten. Die Hand völlig verkrampft, versuchte er, kleine, gleichmäßige, runde Buchstaben zu malen, und ärgerte sich jedes Mal über die eckigen Ergebnisse. Dennoch gab er nicht auf, Abend für Abend bemühte er sich beim schwachen Schein einer teuren Kerze aufs Neue. Das Leben hatte ihm eine Gelegenheit geschenkt, und die wollte er nutzen.

Manchmal überlegte Hannes, ob Gott seine Hand mit im Spiel gehabt und ihm dieses wundervolle neue Heim verschafft hatte. Aber dann erschienen die Bilder seiner toten Mutter und seiner hübschen, zarten Schwester, wie sie entstellt von der Krankheit im Massengrab lagen, und die Vorstellung eines gerechten, liebevollen Gottes löste sich augenblicklich in Luft auf. Die Priester hatten damals behauptet, Gott hätte die Krankheit den Menschen geschickt, um sie zu bestrafen. Aber was hatten Hannes' Mutter und seine zweijährige kleine Schwester verbrochen? Wenn es einen Gott gab, so war dieser rachsüchtig und böse. Hannes wollte mit ihm nichts zu tun haben. Sein neues Heim hatte er ausschließlich der Großzügigkeit der beiden Hebammen zu verdanken.

Anfang April ereilte Wien die Nachricht, dass das Schutz- und Trutzbündnis zwischen Polen und dem Kaiser nun unterzeichnet und damit endgültig besiegelt war. Trotz der ansteigenden Unruhe ging ein kleiner Seufzer der Erleichterung durch die Stadt. Wenn die Türken es wirklich wagen sollten, die Stadt zu belagern, dann würden die Polen kommen und die Wiener befreien. Der endlich einsetzende Frühling und das Ende der Fastenzeit trugen das Ihre dazu bei, die Stimmung in der Stadt ein wenig zu heben.

Am Freitag nach Ostern nutzten Anna und Theresa das warme Frühlingswetter, um in ihrem kleinen Garten zu arbeiten. Die Sonne erwärmte den langgezogenen, von zwei Mauern und einer Hecke eingefassten Garten. Die ersten Frühlingsblumen, Veilchen und Himmelschlüssel, bewiesen, dass der lange Winter nun endlich überstanden war. Theresa kontrollierte die winterharten Kräuterstöcke an der schützenden Hausmauer, während Anna neue Beete anlegte, die Hannes für sie mit dem Spaten vorbereitete.

»Haben wir noch ein Stück vom Osterstriezel?«, fragte Anna mit knurrendem Magen. Auch Hannes verspürte Hunger. Er wischte sich mit dem Ärmel über die schweißnasse Stirn. Das Umgraben der Gemüsebeete war anstrengend, denn die Erde war nach dem langen, kalten Winter hart und trocken.

»Ihr solltet euch den Bauch nicht ständig mit Süßigkeiten vollstopfen«, sagte Theresa scharf.

Plötzlich klopfte es heftig an der Haustür. Froh über die Unterbrechung beim anstrengenden Umstechen, lief Hannes rasch ins Haus und öffnete die Tür. Vor ihm stand eine hochgewachsene, blonde Frau. Sie trug ein prachtvolles dunkelgrünes Kleid aus teurem Taft, das rundherum mit feinster weißer Spitze besetzt war. Auf ihrer kunstvoll hochgesteckten Frisur saß ein passender Hut mit einer Pfauenfeder. Hannes war von diesem Anblick so verblüfft, dass er sich stumm verbeugte und der vornehmen Dame die Tür aufhielt. Er kannte die Frau, und auch Anna und Theresa hatten sie auf den ersten Blick erkannt: Es war die Fürstin Auersberg. Natürlich hatten sie alle noch nie ein Wort mit ihr gewechselt, sondern sie nur von fern gesehen, wenn sie im kaiserlichen Gefolge eine Messe besuchte oder bei festlichen Anlässen in der Kutsche zur Hofburg fuhr. Im Volk erzählte man sich, sie sei ehrgeizig, aber gottesfürchtig und besuche regelmäßig die Kirche.

Nun trat sie durch die Pforte, gefolgt von einer jüngeren Frau, die ihr so ähnlich sah, dass sie ihre Tochter sein musste. Die Fürstin grüßte Theresa mit einem huldvollen Nicken.

»Verzeiht mein unangemeldetes Kommen, aber ich muss in einer dringlichen und höchst vertraulichen Angelegenheit unter vier Augen mit Euch sprechen.«

Theresa wischte sich die Hände an der Schürze ab und winkte Anna zu sich.

»Vor meiner Nichte habe ich keine Geheimnisse. Sie ist bei mir in der Ausbildung.«

Die Fürstin kniff die Lippen zusammen. Sie war daran gewöhnt, dass man ihren Wünschen Folge leistete. Nur widerwillig nickte sie und betrat schließlich hinter Theresa das Haus. Anna und die junge Frau folgten ebenfalls. Nur Hannes blieb im Garten zurück. Er spürte, dass dieser Besuch nichts Gutes bedeutete. Die Jahre auf der Straße hatten ihn gelehrt, drohende Gefahr rechtzeitig zu erkennen.

In der kleinen Stube wirkten die Fürstin und ihre Tochter in ihren prachtvollen Kleidern noch unpassender als im Garten. Theresa bot ihnen einen Platz an, den die Frauen unter lautem Taftrauschen einnahmen. Die schwarze Katze, die auf der Bank lag, sprang sofort auf, als die Gräfin sich setzte, und lief in den Garten zu Hannes.

»Dürfen wir Euch etwas zu trinken anbieten?« Die Fürstin lehnte dankend ab, dennoch holte Anna einen Krug mit verdünntem Apfelwein und vier saubere Becher, die sie sogleich füllte. Kaum standen die Becher auf dem Tisch, griff die Fürstin unaufgefordert nach einem davon.

»Euer Wein schmeckt vorzüglich«, sagte sie anerkennend. Theresa lächelte: »Vielleicht ist Euch unser großer Apfelbaum im Garten aufgefallen. Er bringt jedes Jahr so viel Ernte, dass wir die Äpfel nicht nur trocknen, sondern einen Teil davon zu Wein verarbeiten.« Die Fürstin nickte wohlwollend, schien aber mit den Gedanken bereits ganz woanders zu sein.

»Mein Besuch wird Euch verwundern«, setzte sie an und nippte erneut an ihrem Wein.

»Das stimmt, wir hatten noch nie fürstlichen Besuch und sind auch in keiner Weise darauf eingerichtet«, sagte Theresa. Nur mit Mühe gelang es ihr, die Nervosität in ihrer Stimme zu verstecken.

»Ich will nicht lange um den heißen Brei reden: Ich benötige Eure Hilfe«, kam die Fürstin zur Sache und stellte den Becher geräuschvoll auf den Tisch.

»Ihr erwartet ein Kind?«, fragte Theresa.

Die Fürstin schüttelte so heftig den Kopf, dass ihr vornehmer Hut mit der langen Pfauenfeder verrutschte. Sofort rückte die Fürstin ihn wieder zurecht. Dabei rutschten einige der blondgefärbten Strähnen aus ihrer kunstvoll hochgesteckten Frisur.

»Nicht ich bin schwanger, sondern meine Tochter ist es«, erklärte sie und drehte dabei ihren Kopf zu der jungen Frau, die neben ihr saß und bis jetzt geschwiegen hatte. Sie war blass, und das lag offenbar nicht nur an der dicken Puderschicht, die ihr Gesicht bedeckte. Die rot unterlaufenen Augen ließen darauf schließen, dass sie vor kurzem geweint hatte. Jetzt senkte sie den Kopf und starrte auf die Tischplatte.

»Sie möchten also, dass wir Eure Tochter bei der Niederkunft unterstützen«, fragte Theresa.

Die Fürstin verzog ihre schmalen, rot geschminkten Lippen zu einem sarkastischen Lächeln und sagte so leise, dass es fast nicht zu vernehmen war: »Ihr sollt verhindern, dass es in sechs Monaten zu einer Geburt kommt.«

Theresas Herz schlug so laut, dass sie Angst hatte, man könnte es hören. Es entstand eine lange Pause, während von draußen die Geräusche des Gartens zu ihnen drangen. Eine Amsel sang dort scheinbar mit einer Drossel um die Wette. Theresa betrachtete ihre Finger, sie waren heute wieder rot und geschwollen. Vorsichtig strich sie mit der rechten Hand über die entzündeten Fingerknöchel der linken und sagte schließlich in eine beinahe unerträgliche Stille: »So etwas machen wir nicht.«

Die Fürstin schnappte nach Luft. »Natürlich tut Ihr es, das gehört zu Eurem Beruf. Alle Hebammen machen es«, platzte sie heiser hervor und gab dann ein unangenehmes, hartes Lachen von sich. »Es gibt jedoch einen kleinen, feinen Unterschied zwischen Euch und anderen Hebammen: Die Frauen, die zu Euch kommen, überleben Eure Methode. Ich will, dass meine einzige Tochter diese schreckliche Geschichte ohne Schaden übersteht, bevor sie im Sommer Graf Lichtenberg heiratet und ihm viele männliche Erben gebären wird.«

»Ich weiß nicht, woher Ihr Euer Wissen bezieht, aber ich kann Euch nur versichern, dass wir den Kindern helfen, in diese Welt zu kommen, und nicht umgekehrt«, sagte Theresa, wobei sie es nach wie vor schaffte, ihre Nervosität zu verbergen. Anna, die bis jetzt kommentarlos dem Gespräch gelauscht hatte, gelang das nicht. Ihre Hände zitterten so stark, dass sie regelrecht auf den Tisch klopften. Eilig nahm sie die Hände von der Tischplatte und versteckte sie in den Falten ihres Rockes, den sie mit schwitzigen Fingern zerknüllte.

Die Augen der Fürstin verengten sich zu winzigen Schlitzen: »Jetzt hört mir gut zu. Ich bin nicht gekommen, um mich mit Euch auf irgendwelche Spielchen einzulassen. Aus verlässlicher Quelle weiß ich, dass Ihr im Vorjahr einer Zofe der Gräfin Lamberg aus einer misslichen Lage geholfen habt. Ich habe eine Zeugin, die das Ganze vor Gericht bestätigen würde. Ihr könnt Euch vorstellen, was Euch und Eurer reizenden Nichte passiert, wenn dieser Fall vor den Richter kommt.«

Das entsprach der Wahrheit. Theresa und Anna hatten im Vorjahr tatsächlich einer Zofe der Gräfin Lamberg geholfen. Der ehrwürdige Graf selbst hatte die Zofe in diese missliche Lage gebracht, und seine Frau hatte das arme Mädchen daraufhin entlassen wollen. Mit einem unehelichen Kind hätte es nie wieder einen Posten bekommen und wäre auf immer mittellos gewesen. Sie hätte betteln oder sich mit Prostitution durchschlagen müssen. Beide Hebammen fragten sich jetzt, wie die Fürstin von der Sache erfahren hatte und wer die Zeugin war.

Als könne sie Gedanken lesen, sagte die Fürstin: »Ihr fragt

Euch, wer der Zeuge ist? Nun, ich will es Euch verraten: Bedienstete sind meist nicht nur dumm, sie sind auch geschwätzig. Das kopflose Ding hat ihr Geheimnis ihrer einzigen Vertrauten, der Amme, weitererzählt. Die wiederum ist mit unserer Kinderfrau gut befreundet, die sich meiner Tochter verpflichtet fühlt. Ein Haufen schwatzender Abschaum.«

Plötzlich spürte Anna, wie Übelkeit in ihr hochstieg. Das Mittagessen drohte ihren Magen verlassen zu wollen und verursachte ein saures Aufstoßen. Was, wenn ihr Mageninhalt gleich auf dem teuren Taftkleid der Fürstin landete?

Völlig unerwartet meldete sich die Tochter der Fürstin zu Wort und sagte mit dünner Stimme: »Ich will dieses Kind bekommen.«

Die perfekte Fassade der Fürstin wirkte für einen kurzen Moment einsturzgefährdet: Ihre Augen zuckten, und die Mundwinkel verrutschten nach unten. »Du wirst dieses Kind nicht bekommen, denn du wirst im Sommer Graf Lichtenbergs Frau werden«, zischte sie ungehalten.

»Ich werde den Grafen heiraten, aber ich will das Kind. Es ist das Einzige, was mir von …«

»Untersteh dich, hier diesen Namen auszusprechen!«, rief die Fürstin, wobei ihre Stimme sich überschlug und ihre schmale, weiße Hand so heftig auf die Tischplatte donnerte, dass die Becher vibrierten.

Es war Anna, die den Streit zwischen Mutter und Tochter unterbrach: »Ihr sagt, Ihr seid im dritten Monat schwanger?«

»Ja, das Kind wurde am Aschermittwoch gezeugt«, antwortete die Fürstentochter.

»Einen passenderen Tag hättest du dir zum Sündigen nicht aussuchen können«, höhnte die Fürstin.

Anna rechnete nach und verkündete: »Dann hat Eure Blutung höchstens zweimal ausgesetzt.«

Die junge Frau nickte. »Ich dachte, dass mir diese ganze Peinlichkeit erspart bleibt, wenn die Schwangerschaft schon weiter fortgeschritten ist. Jeder weiß, wie gefährlich dieser Eingriff ist. Aber das Leben der Tochter zählt nichts im Vergleich zum Ruf der Familie.« Bei diesen Worten warf die junge Frau ihrer Mutter einen eisigen Blick zu, und ihre Stimme nahm erstmals einen scharfen Unterton an.

»Mach dich nicht lächerlich. Du weißt genau, dass weder du noch sonst jemand sich ein uneheliches Kind leisten kann«, erwiderte die Fürstin, schlug dabei aber einen etwas versöhnlicheren Ton an.

Anna rechnete im Kopf weiter, zählte die Monate an ihren Fingern ab. »Wenn Ihr bereits im Mai heiraten würdet, könnte das Kind in Eurem Bauch offiziell ein eheliches Kind sein«, platzte sie dann heraus.

Beiden Frauen stand die Überraschung ins Gesicht geschrieben. In der anschließenden Stille hätte man selbst eine Haarnadel fallen hören.

Plötzlich brach die Fürstin das Schweigen mit einem lauten, herzhaften Lachen: »Ihr habt das Gesicht eines unschuldigen Engels. Aber hinter Eurer Stirn verbirgt sich ein raffinierter Verstand.«

Nun begannen auch Theresa und die junge Fürstentochter zu begreifen, was Anna meinte. Würde die Hochzeit bereits im Mai stattfinden, so wäre die junge Frau erst im dritten Monat schwanger, und noch niemand würde etwas von dem wachsenden Kind in ihrem Bauch sehen. Schon kurz nach der Hochzeitsnacht könnte sie erzählen, dass sie schwanger sei, und wenn im Oktober ein Kind zur Welt käme, wäre das zwar früh, aber nicht ungewöhnlich.

»Alles, was meine Tochter nun noch braucht, ist eine vertrauensvolle Hebamme, die es nicht anstößig findet, dass ihre

Gebärmutter bereits nach der Hochzeitsnacht mit einem kleinen Kind gefüllt ist.« Die Fürstin nahm erneut einen Schluck aus ihrem Becher und grinste zufrieden. Sie richtete ihren Blick auf Anna: »Ich wünsche, dass Ihr diese Hebamme seid.«

Die Worte der Fürstin trafen Anna wie ein Schlag ins Gesicht. Sie taumelte auf ihrem Stuhl zurück. Gut, dass sich eine Lehne hinter ihrem Rücken befand.

Theresa wollte etwas erwidern, aber die Fürstin schnitt ihr mit einer ungehaltenen Handbewegung das Wort ab. »Wir sehen einander im Mai wieder, und ich hoffe, dass es nicht notwendig sein wird, eine Anklage beim Stadtrichter einzubringen.« Daraufhin griff sie erneut zu ihrem Becher, der aber schon leer war. Anna schenkte ihr rasch nach. Dabei zitterte sie so heftig, dass sie ein paar Tropfen verschüttete.

»Der Wein schmeckt wirklich vorzüglich. Ich werde meinen Gärtner bitten, sich Euren Apfelbaum anzusehen.«

Und wenn nötig einzupacken und mitzunehmen, ergänzte Anna in Gedanken. Allmählich verwandelte sich ihre Angst in Wut. Die Fürstin versuchte über sie zu bestimmen, als wäre sie eine Leibeigene.

Nachdem die Fürstin auch ihren zweiten Becher Apfelwein geleert hatte, verließ sie mit ihrer Tochter das kleine Haus der Hebammen. Kaum hatte sich die Tür hinter ihnen geschlossen, kam Hannes in die Stube. Er hatte die Hebammen und ihren vornehmen Gast nicht belauschen wollen, er war es einfach nur gewohnt, Gespräche selbst durch dicke Mauern zu hören, um so an Informationen zu gelangen, die nicht für ihn bestimmt waren. Anna sah den Jungen an und wusste sofort Bescheid.

»Ich hoffe, du weißt, was du mit deinem Wissen machen wirst«, sagte sie.

»Es ganz schnell vergessen«, antwortete Hannes. Das kleine Stückchen Unbeschwertheit, das er soeben zu genießen begonnen hatte, war mit einem Schlag verschwunden. Hannes hasste die Fürstin dafür.

7

Selbst das warme Frühlingswetter konnte Lorenzos Stimmung nicht aufhellen. Er verbrachte den Großteil seiner Arbeitstage in der winzigen Kanzlei Graf Starhembergs und brütete über Bergen von Papieren, während sich auf den Straßen der Stadt die Menschen über den Frühling freuten.

Sehnsuchtsvoll schaute er zu dem kleinen Fenster neben seinem Schreibtisch, durch welches das helle Sonnenlicht nur spärlich zu ihm drang. Es war kalt in dem kleinen Raum. So kalt, dass der Kanzleileiter in seinen Wintermantel gehüllt im Nebenzimmer saß. Der alte, dürre Mann mit der verfilzten Perücke auf dem kahlen Kopf und dem verdrießlichen Gesichtsausdruck trug nicht dazu bei, Lorenzos Stimmung zu heben.

Plötzlich wurde die Tür schwungvoll aufgerissen, und Graf Starhemberg betrat die Kanzlei. Er war prachtvoll gekleidet, was darauf schließen ließ, dass er sich soeben mit wichtigen Männern des Staates getroffen hatte oder ein solches Treffen vor ihm lag.

Der Schnurrbart des Grafen war kunstvoll gedreht und nach oben gezwirbelt, die Perücke frisch gepudert und fein säuberlich über die Schultern gelegt. Außerdem zierte eine eindrucksvolle Schärpe, die er quer über der Brust trug, seine teure Jacke.

»Martecelli, ich bin auf dem Weg zur Hofburg und habe nur wenig Zeit. Setzt Euch, damit ich Euch rasch über Eure nächsten Aufgaben informieren kann.«

Lorenzo war zur Begrüßung aufgestanden und ließ sich nun wieder auf seinen Stuhl fallen. Der Graf hingegen nahm auf Lorenzos Schreibtisch Platz und brachte auf diese Weise alle Papiere durcheinander, die Lorenzo im Laufe des Vormittags geordnet hatte. Es würde ihn eine gute Stunde kosten, alles wieder so zu ordnen, dass er weiterarbeiten konnte. Lorenzo seufzte.

»Es wird höchste Zeit, dass ich meine privaten Besitztümer in Sicherheit bringe«, erklärte der Graf und griff sich nachdenklich an seinen Schnurrbart, als wollte er überprüfen, ob er noch die gewünschte Form hatte.

»Ich fürchte, es wird nur wenige Wochen dauern, bis die Türken vor den Stadtmauern lagern. Es wird also ernst.«

»So rasch?«, fragte Lorenzo erstaunt. Natürlich war die Stadt voller Gerüchte, aber wie weit die Hohe Pforte tatsächlich schon vorgedrungen war, wusste niemand so genau.

»Angeblich ist Kara Mustafa, der Oberbefehlshaber der türkischen Armee, mit hunderttausend Mann gegen Raab unterwegs.«

»Hunderttausend Mann«, wiederholte Lorenzo und pfiff dabei durch die Zähne. »Damit hat niemand gerechnet.«

Der Graf nickte: »Ich werde nächste Woche als Befehlshaber der Artillerie nach Osten reiten, um mir selbst ein Bild zu machen.«

Kurz flammte Hoffnung in Lorenzo auf. Vielleicht wollte der Graf, dass er ihn begleitete. Aber bereits der nächste Satz machte diese Hoffnung wieder zunichte.

»Ich wünsche, dass Ihr mir ein Schiff organisiert, das meine Besitztümer sicher nach Passau bringt. Der Kapitän darf nicht wissen, was er transportiert. Der Inhalt der Ladung ist zu wertvoll«, erklärte der Graf mit gesenkter Stimme. Lorenzo warf ihm einen fragenden Blick zu.

»Wollt Ihr die Gegenstände versichern?«, fragte Lorenzo.

Der Graf lachte: »Niemand würde es wagen, diese Kostbarkeit zu versichern.« Er beugte sich quer über den Tisch zu Lorenzo. Jetzt war auch der Rest des Schreibtisches verwüstet. »Es ist der rechte Zeigefinger von Johannes dem Täufer.«

Lorenzo sah den Grafen verständnislos an. Er sollte um teures Geld ein Schiff organisieren und eine Mannschaft anheuern, die den verwesenden Körperteil irgendeines armen Menschen die Donau hinauftransportierte? Wahrscheinlich war es tatsächlich besser, wenn der Kapitän nicht wusste, wofür er sein Leben riskierte. Herumirrende Janitscharen machten das Reisen an Land wie auch auf dem Wasser zu einer gefährlichen Angelegenheit.

»Damit niemand Verdacht schöpft, werde ich einige meiner Gemälde und wertvolle Möbelstücke ebenfalls nach Passau verschicken«, sagte der Graf.

Lorenzo nickte. Er hatte keine Ahnung, wo er ein passendes Schiff auftreiben sollte, und noch weniger, was so ein Transport kosten durfte. Er würde sich erkundigen müssen.

»Wenn ich in einigen Tagen zurück bin, möchte ich, dass die eben genannten Dinge bereits auf dem Weg nach Passau sind. Sie werden dort im Haus meiner Schwester untergebracht werden. Zwei meiner Diener werden den Transport begleiten«, beschied der Graf, nachdem er sich mit Schwung von seinem selbst gewählten Platz erhoben hatte. »Wir sehen uns also in spätestens einer Woche wieder«, sagte er und warf dabei einen Blick auf Lorenzos Schreibtisch. »Wie könnt Ihr in dieser Unordnung arbeiten?«

Lorenzo schluckte fassungslos.

»Na, egal. Ich bin mit Eurer Arbeit sehr zufrieden.« Mit einem lauten Knall flog die Tür hinter dem Grafen ins Schloss. Es dauerte einen Augenblick, bis Lorenzo begriff, dass sein Arbeitgeber ihm mit dem letzten Satz jede Hoffnung auf einen anderen Aufgabenbereich genommen hatte.

Die Suche nach einem geeigneten Schiff gestaltete sich noch schwieriger, als Lorenzo gedacht hatte. Am Morgen sollte Munition aus Steyr angeliefert werden. Drei Schiffe wurden erwartet und legten um die zehnte Stunde beim Roten Turm an. Geladen hatten sie zweitausend eiserne Kanonenkugeln und einige Tausend Kettenkugeln.

Lorenzo nutzte die Gelegenheit und ging an Bord eines der großen Holzschiffe, um mit dem Kapitän zu verhandeln. Doch wenig später musste er es enttäuscht wieder verlassen, weil das Schiff bereits von einem reichen Kaufmann angemietet worden war, der seine Wertgegenstände in Sicherheit bringen wollte. Auch die anderen beiden Schiffe waren voll mit dem Besitz adeliger Familien und reicher Bürger. Alle, die etwas von Wert besaßen, setzten alles daran, ihre Schätze aus der Stadt zu schaffen und bei Verwandten oder in ihren Zweitwohnsitzen sicher unterzubringen, bis die drohende Gefahr vorüber war.

Nachdem Lorenzo an den Schiffsanlegestellen erfolglos war, versuchte er sein Glück in einer der dunklen, verrauchten Gaststätten, die regelmäßig von Schiffsarbeitern und Fischern besucht wurden. Beim Betreten der Spelunke blieb ihm die Luft weg, so dicht war hier der Rauch. Lorenzos Augen begannen augenblicklich zu tränen. Er bestellte sich am

Tresen einen Krug Bier und fragte den dicken, kahlköpfigen Wirt, dessen Gesicht vom Fett glänzte, nach einem Schiff, das noch keine Ladung hatte und in Richtung Passau fuhr. Als Antwort erhielt er ein kehliges Lachen, das eine Reihe schwarzer Stummelzähne freilegte. »Ihr seid heute sicher schon der dritte feine Herr, der sich nach einem Schiff erkundigt. Ihr könnt wohl alle nicht schnell genug Eure Schätze in Sicherheit bringen.«

Die beiden schmutzverschmierten Matrosen neben ihm hörten zu und lachten ebenfalls. Einer klopfte sich auf die Schenkel und verschüttete ein paar Tropfen seines Biers, so gut amüsierte er sich. Die Vorstellung, dass die Reichen Angst um ihr Hab und Gut hatten, schien ihnen zu gefallen. Das konnte man ihnen kaum verdenken. Sie selbst besaßen keinerlei Wertgegenstände, um die sie sich Sorgen machen mussten.

Lorenzo sah ein, dass man ihm hier nicht weiterhelfen würde. Er ließ das Bier, das abgestanden und fahl schmeckte, stehen und verließ die Gaststätte wieder. Nach dem stickigen, rauchigen Raum war der frische Frühlingswind, der ihm aus Westen kommend entgegenwehte, eine wahre Wohltat. Die Sonne stand schon hoch am Himmel. Es war also bald Mittag, und Lorenzo hatte nichts erreicht. Gestern Abend hatte eine Marktfrau ihm den Namen eines Kaufmanns genannt. Angeblich verfügte er über ein Schiff, das in einigen Tagen in Richtung Passau unterwegs sein sollte und noch Platz an Bord hatte. Obwohl er nicht so recht daran glaubte, wollte Lorenzo dem noch nachgehen, bevor er sich in einem der Wirtshäuser in der Stadt ein Mittagessen gönnte.

Zielstrebig marschierte er in Richtung Stadtmitte, ging über den Stephansplatz, bog dann in die Kärntnerstraße ein und schließlich in die Krugerstraße, wo sich das stattliche, dreistöckige Haus des besagten Kaufmanns befand. Es verfügte über große Glasfenster und kleine Erker, die den Wohlstand und Reichtum des Besitzers demonstrierten. Das imposante, geschnitzte Holztor, das in den Hof führte, stand offen.

Lorenzo schritt durch das Tor und stand alsbald in einem schmucken Innenhof, in dessen Mitte sich ein runder Ziehbrunnen befand. Blumengeschmückte Galerien säumten alle vier Hausfronten, und ein üppig wachsender Efeu kletterte die helle Hausmauer empor. Vor dem Brunnen liefen zwei Kinder einander lachend hinterher, offenbar spielten sie Fangen. Als sie den fremden Besucher sahen, rannten sie quietschend ins Haus und versteckten sich. Sofort erschien eine kleine, rundliche Magd mit sauberer Schürze und ebenso sauberer Haube.

»Zu wem wollt Ihr?«, fragte sie nicht unhöflich, aber sichtlich gehetzt.

»Zu Meister Kästner. Es geht um eine Schiffsladung nach Passau«, erklärte Lorenzo. Hinter der Magd erschienen erneut die Kinder. Ein etwa sechsjähriger Knabe und ein Mädchen, das nur ein oder zwei Jahre jünger war. Sie sahen Lorenzo aus großen, hellblauen Augen neugierig an.

Die Magd drehte sich zu den Kindern: »Emma, Eric, bringt den Herrn zu Eurem Vater.«

»Machen wir!«, sagte der Junge und hüpfte voraus, gefolgt von seiner Schwester. »Ihr müsst im Haus aber leise sein«, sagte er zu Lorenzo. »Großmutter schläft, und die wird echt böse, wenn man sie aufweckt.« Zur Bekräftigung hielt er seinen Zeigefinger vor den Mund.

»In Ordnung«, flüsterte Lorenzo.

Die beiden Kinder führten Lorenzo ins Haus, allerdings über einen schmalen Seiteneingang. Scheinbar war das Haus in einen Wohnbereich und einen Arbeitsbereich des Kaufmanns aufgeteilt. Die Großmutter schien neben den Arbeitsräumen zu schlafen, vielleicht war es dort leiser als im Rest des Hauses.

Vor einer niedrigen Holztür machten die Kinder halt. Der Junge klopfte, wartete aber auf keine Antwort, sondern platzte sofort ins Zimmer. »Vater, da will Euch jemand sprechen«, rief er, vergaß seine eigene Anweisung bezüglich des leisen Verhaltens und lief ungestüm zu seinem Vater. Die Schwester folgte ihm. Kaum angekommen, hüpfte das Mädchen dem Mann auf den Schoß und drückte ihm einen Kuss auf die Wange. Der Kaufmann schmunzelte.

»Was macht Ihr da?«, fragte sie.

Der Knabe stellte sich ganz nah zum Schreibtisch des Vaters, nur zu gerne wäre er ebenfalls auf seinen Schoß geklettert. »Darf ich auch schreiben?«, fragte er.

Herr Kästner hob seine Tochter liebevoll auf den Boden zurück. »Wolltet ihr nicht den Baselisk in unserem Brunnen bekämpfen?«, fragte er.

»Ach, der ist doch schon lang weg«, sagte Eric und machte eine wegwerfende Handbewegung.

»Und was ist mit den bösen Zwergen auf dem Dachboden?«

»Da dürfen wir nicht mehr hin. Rosa hat es verboten, weil unsere Kleider immer schmutzig werden«, erklärte Emma, offensichtlich noch immer zutiefst enttäuscht darüber.

»Verstehe«, brummte der Kaufmann.

»In meiner Heimat leben in alten Bäumen hin und wieder freche Trolle. Wenn man denen nicht rechtzeitig zeigt, wo es langgeht, machen sie die unsinnigsten Dinge«, mischte sich Lorenzo in das Gespräch ein.

»Trolle zähmen. Das klingt gut«, sagte Eric.

»Sind die Trolle gefährlich?«, fragte Emma.

»Nicht wirklich. Sie sind eher frech. Wenn man nicht aufpasst, bewerfen sie einen mit schleimigen Sumpfkapseln.«

»Schleimige Sumpfkapseln. Igitt!«, rief Emma, hatte aber offensichtlich Spaß an der Vorstellung.

»Komm«, sagte sie entschlossen und zog ihren Bruder hinter sich her. Der hatte aber noch ein dringendes Anliegen: »Vater, macht Ihr mein Holzschwert wieder ganz?«

»Später, Eric. Wenn ich hier fertig bin, werde ich es reparieren«, sagte der Kaufmann. Damit war der Junge zufrieden, und die Kinder trampelten über den Gang, die Treppe hinunter. Der Kaufmann verzog das Gesicht. »Das gibt Ärger, jetzt ist meine Schwiegermutter sicher munter. Ein Glück, dass sie morgen wieder abreist und fortan meinem Schwager das Leben schwermacht.«

Der Kaufmann wandte sich Lorenzo zu: »Was kann ich für Euch tun?«

Meister Kästner hatte ein freundliches, breites Gesicht mit einem Kinnbart, der nicht ganz der neuesten Mode entsprach. Er trat hinter seinem Schreibtisch hervor und reichte Lorenzo die Hand. Der Kaufmann war einen ganzen Kopf kleiner als Lorenzo, dafür aber doppelt so breit wie er.

Lorenzo erwiderte den Händedruck, stellte sich vor und erklärte, dass er ein Schiff nach Passau benötige, um einige von Graf Starhembergs Besitztümern zu transportieren. Während er sprach, warf er einen vorsichtigen Blick durch das Zimmer, das offensichtlich als Arbeitszimmer genutzt wurde. Es verfügte über ein riesiges Fenster, dem das Zimmer seine Helligkeit verdankte. Der Schreibtisch des Kaufmanns war mit Papieren, Mappen und Büchern übersät. Es war schwer vorstellbar, dass sich in diesem Chaos jemand zurechtfinden konnte. Der übrige Raum war dagegen sehr ordentlich, wie überhaupt das ganze Haus einen warmen, gemütlichen Eindruck machte. Es erinnerte Lorenzo an sein Elternhaus in Montepulciano. Mit einer entscheidenden Ausnahme: Sein Vater hatte ihm nie ein Holzschwert repariert, sondern ihn ständig zum Lernen ermahnt. Lesen, schreiben, auswendig lernen. Heute noch hatte er die Worte seines Vaters im Kopf: »Dein Wissen kann dir niemand wegnehmen.« Aber welcher Sechsjährige erwärmt sich schon für die Deklination des lateinischen Wortes »Terra« mehr als für ein Holzschwert?

»Eigentlich hatte ich geplant, meine Frau, meine Kinder und meinen eigenen Haushalt zu meinem Schwager zu bringen. Aber wie es aussieht, kann meine Frau im Moment keine Reise antreten, es wäre mir also ganz recht, wenn ich einem zahlungskräftigen Kunden das Schiff überlassen könnte«, sagte der Kaufmann. Er nannte Lorenzo eine Summe, die Graf Starhemberg sicher bereit war zu zahlen. Entsprechend einigten sich die beiden Männer in kürzester Zeit, ganz ohne Taktieren und Feilschen. Wenig später unterschrieb Lorenzo den Vertrag, der ihm ein Schiff für die nächste Woche zusicherte.

»Nun müsst Ihr mich leider entschuldigen. Meine Frau hat gesundheitliche Probleme, die Hebamme ist gerade da, und ich will unbedingt mit ihr reden, bevor sie wieder geht. Ich habe den Eindruck, meine Frau sagt mir nicht die Wahrheit.«

Der Kaufmann verließ hinter Lorenzo das Arbeitszimmer, zog die niedrige Tür aus schwerem dunkelbraunen Holz zu und stieg die Treppe wieder hinunter.

»Seid Ihr verheiratet?«, fragte der Kaufmann.

Lorenzo schüttelte überrascht den Kopf.

»Ich dachte, Ihr hättet Kinder, weil Euch so rasch die Geschichte mit den Trollen einfiel«, sagte der Kaufmann und fügte hinzu: »So wundervoll jedes neue Kind ist, so groß ist die Angst, bei der Geburt Frau oder Kind zu verlieren.«

Als sie in den Hof kamen, wartete die Hebamme bereits auf den Kaufmann. Lorenzo erkannte das sommersprossige Gesicht sofort wieder. Anna schien über das unerwartete Wiedersehen ebenso überrascht zu sein wie Lorenzo.

»Ich freue mich, Euch wiederzusehen«, begrüßte Lorenzo sie mit einem breiten Lächeln auf seinem sonnengebräunten Gesicht.

»Oh, Ihr kennt einander«, sagte der Kaufmann.

»Kennen wäre übertrieben«, sagte Lorenzo. »Wir sind einander noch nicht namentlich vorgestellt worden.«

Der Kaufmann wirkte verwirrt, zuckte aber mit den Schultern und meinte höflich: »Na, dann werde ich das nachholen. Darf ich bekanntmachen: Dieser junge Mann hier ist Lorenzo Martecelli, Jurist im Dienste Graf Starhembergs, und diese junge Dame ist eine vereidete Hebamme der Stadt Wien und hört auf den Namen Anna Stöckel.«

»Ihr seid Hebamme?«, fragte Lorenzo erstaunt.

»Ja«, antwortete Anna knapp und wandte sich dem Kaufmann zu: »Die vorzeitigen Wehen Eurer Frau haben wieder nachgelassen. Sie muss regelmäßig von der Medizin trinken, die ich Euch dagelassen habe, und darf auf keinen Fall aufstehen. Habt Ihr mich verstanden? Das ist äußerst wichtig, sie ist momentan so schwach, dass ich fürchte, eine Geburt würde nicht nur den Tod Eurer Kinder bedeuten, sondern auch das Leben Eurer Frau gefährden.«

Annas unmissverständliche Worte setzten dem Kaufmann sichtlich zu: »Ich werde dafür sorgen, dass sie diesmal Eure Anweisungen befolgt. Es darf nicht sein, dass sie erneut zusammenbricht.«

Mit dieser Antwort war Anna zufrieden: »Falls es irgendwelche Probleme gibt, lasst mich rufen.«

Der Kaufmann nickte.

Plötzlich kam Eric über den Hof gelaufen und zupfte Lorenzo an der Jacke: »Was kann man gegen die Flecken von schleimigen Sumpfkapseln machen?«

Bedauernd hob Lorenzo die Schultern: »Das weiß ich leider bis heute nicht. Aber falls du ein Mittel findest, lass es mich unbedingt wissen.«

»Mach ich«, rief Eric und lief zurück zu seiner Schwester, die hinter dem Brunnen auf ihn wartete.

»Das klingt nach Ärger mit der Magd«, seufzte Meister Kästner, verabschiedete sich und ging zurück ins Haus.

Gemeinsam verließen Anna und Lorenzo den Hof des Kaufmanns. Ein Knecht schloss hinter ihnen das schwere Holztor.

»Ich habe immer gedacht, Hebammen wären unattraktive, alte Frauen«, sagte Lorenzo und grinste schief, »erstaunlich, wie man sich irren kann.«

»Ich frage mich, wie viele Hebammen Ihr wohl schon kennengelernt habt, um zu diesem Glauben zu gelangen«, fragte Anna scharf.

»Ihr seid die erste«, gab Lorenzo zu. »Man sollte sich nicht von Vorurteilen leiten lassen.«

»Ist das Euer Vorsatz für die Zukunft?« Anna hob sarkastisch die Augenbrauen.

»Wahrscheinlich sollte es das«, sagte Lorenzo zerknirscht, fügte dann aber umso munterer hinzu: »Ich hoffe, Ihr erlaubt mir dieses Mal, Euch nach Hause zu begleiten?«

Von der Frage überrumpelt, antwortete Anna nicht sofort. »Ich gehe noch nicht nach Hause«, sagte sie schließlich. »Ich muss zuvor in die Apotheke.«

»Dann lasst mich Euch dorthin begleiten.«

Scheinbar resignierend zuckte Anna mit den Schultern: »Meinetwegen!«

Gemeinsam bogen die beiden in die Kärntnerstraße ein, wo um diese Tageszeit viele Menschen unterwegs waren. Ständig mussten sie zur Seite springen, um einem Handkarren, einem Reiter oder einer Sänfte auszuweichen.

»Ihr seid ein Freund der Kaufmannfamilie?«, fragte Anna.

Lorenzo schüttelte den Kopf: »Nein, ich habe den Kaufmann heute erst kennengelernt.«

»Aber der kleine Junge hat Euch gekannt«, sagte Anna.

Erneut schüttelte Lorenzo den Kopf.

»Die Apotheke befindet sich in der Wollzeile. Wir müssen also über den Stephansplatz gehen«, erklärte Anna und zeigte in die Richtung des Doms.

»Das ist ein schöner Spaziergang«, sagte Lorenzo.

»Wien ist nicht Eure Heimatstadt?« Ihre Frage klang mehr wie eine Feststellung. Lorenzo sprach beinahe akzentfrei Deutsch, aber manche Wörter betonte er seltsam. Außerdem hätte kein Wiener den Weg als schönen Spaziergang bezeichnet. Wer in dieser Stadt lebte, war in seinem Leben so oft am Stephansdom vorbeigelaufen, dass der Weg zum Alltag gehörte wie das Kaufen von frischen Semmeln.

»Ich wurde in der Toskana geboren, aber mein Vater stammt aus Wien«, erklärte Lorenzo.

»Es ist ein weiter Weg aus der Toskana nach Wien.«

»Ja, das ist es«, stimmte er ihr zu. Eigentlich hatte Lorenzo vorgehabt, etwas über Anna zu erfahren, stattdessen stand er nun selbst Rede und Antwort.

»Wie kommt es, dass Ihr bei Graf Starhemberg im Dienst seid?«

»Ich habe mich bei ihm als Kurier beworben und anfangs auch als solcher gearbeitet. Doch dann fand der Graf heraus, dass ich ihm als Jurist nützlich sein könnte.« Lorenzo war selbst überrascht, wie deutlich ihm die mangelnde Begeisterung darüber anzuhören war.

»Ihr hättet es vorgezogen, weiter als Kurier zu arbeiten?«, fragte Anna.

»Ja, das hätte ich«, erwiderte er knapp.

Anna war zu neugierig, um sich damit zufriedenzugeben: »Ist es nicht furchtbar, ständig unterwegs zu sein und nirgendwo ein dauerhaftes Zuhause zu haben?«

»Es ist befreiend!«

»Das klingt ja fast, als wärt Ihr vor etwas auf der Flucht«, sagte Anna.

»Ist das da vorne die Apotheke, die wir suchen?«, fragte Lorenzo ernst. Mit ausgestrecktem Arm wies er nach vorne. Das Zeichen von Kelch und Schlange war bereits auszumachen.

»Ja, wir sind da«, antwortete Anna. In ihrem Kopf schwirrten noch ein Dutzend weiterer Fragen, die sie nun wohl für einen späteren Zeitpunkt aufheben musste. »Wollt Ihr mit hereinkommen? Meister Konrad hat ganz absonderliche Dinge in seinem Verkaufsraum. Letzten Herbst hat er ein getrocknetes Krokodil erstanden. Es hängt über seinem Tresen.«

»Wie einladend«, sagte Lorenzo. »Das muss ich natürlich sehen.«

Beim Betreten der Apotheke schlug ihnen eine dicke Geruchswolke entgegen. Anna schien der Gestank nicht zu stören, doch Lorenzo, der in seinem ganzen Leben erst zweimal in einer Apotheke gewesen war, meinte, davon erdrückt zu werden. Er konnte kaum durchatmen, so dicht war das Duftgemisch aus Kräutern, Salben und Tinkturen. Der stechende Geruch von Ammoniak durchdrang alles und verursachte ein Kratzen in seiner Luftröhre. Wie konnte der Apotheker den ganzen Tag in diesem Raum verbringen, ohne Kopfschmerzen zu bekommen? Gerne hätte Lorenzo gesagt, er warte lieber draußen, aber die Vorstellung, Anna allein in diesem dunklen Laden mit all den merkwürdigen Dingen zu lassen, missfiel ihm.

Wie angekündigt hing über dem Tresen tatsächlich ein braunes, verschrumpeltes Krokodil, dessen Maul weit offen stand, so dass man die scharfen, gelben Zähne sehen konnte. Auf einem Regal an der Wand standen neben einer Reihe von Töpfen und Gläsern auch Glasröhrchen, in denen merkwürdige Dinge schwammen. Beim genauen Hinsehen entdeckte Lorenzo eingelegte Augen, Frösche und Kröten. Instinktiv machte er einen Schritt zurück, dabei stieß er mit einem Skelett zusammen, das in etwa seine Größe hatte.

»Achtung, Thomas ist etwas wackelig«, drang eine Stimme aus dem Nebenraum.

»Das Ding hat einen Namen?«, fragte Lorenzo und sah den Knochenmann entsetzt an.

»Ja, natürlich«, flüsterte Anna.

»Guten Tag, Frau Stöckel. Das ist aber schön, dass Ihr wieder einmal den Weg zu mir gefunden habt«, begrüßte der kleine alte Mann seine Kundschaft, kaum dass er hinter einem dicken Vorhang hervorgetreten war und sich hinter sein Verkaufspult gestellt hatte. Seine Haut war beinah so ledern und verschrumpelt wie die seines Krokodils, und auf seiner spitzen Nase saß eine Brille mit klobigem Metallrahmen, die seine Augen winzig klein erscheinen ließ. Dennoch konnte man sehen, dass sie von einem stechenden Hellgrün waren.

»Es tut mir leid, wenn Thomas Euch erschreckt hat, aber in meinem kleinen, bescheidenen Laden habe ich so wenig

Platz, dass alles ein wenig gedrängt stehen muss«, erklärte der Apotheker, während er über seinen Brillenrand hinweg Lorenzo musterte.

»Herr Martecelli war so freundlich, mich zu begleiten«, sagte Anna.

Der alte Apotheker kam hinter dem Tresen hervor, machte einen Schritt auf Lorenzo zu und nahm seine Brille ab. Nachdenklich kratzte er sich am Kopf: »Warum werde ich das Gefühl nicht los, Euch von irgendwoher zu kennen? Aber der Name Martecelli sagt mir überhaupt nichts.«

»Vielleicht seid Ihr mir auf der Straße begegnet, schließlich bin ich seit Februar in Wien«, schlug Lorenzo vor, dem es unangenehm war, so eindringlich angestarrt zu werden. Die hellgrünen Augen wirkten ohne Brillenglas fast blind.

»Wenn ich Euch anschaue, habe ich den Namen Kaltenberg im Kopf«, sagte der alte Mann und wedelte wie zur Betonung des Gesagten mit seiner Brille.«

Lorenzo zuckte unmerklich zusammen. Kaltenberg war der Name seines Vaters gewesen, bevor dieser in die Familie seiner Mutter eingeheiratet und sich seiner Vergangenheit entledigt hatte. Da Lorenzo nicht die geringste Lust verspürte, sich mit dem alten Mann über seinen Vater zu unterhalten, bemühte er sich um einen möglichst neutralen Gesichtsausdruck.

»Ich versichere Euch, dass ich Martecelli heiße.«

»Verstehe«, antwortete der Apotheker bedeutsam und nickte. Meister Konrad war in seinem Leben genug Menschen begegnet, die es vermieden, über ihre Vergangenheit oder ihre Familie zu sprechen. Sie alle hatten ihre guten Gründe dafür. Auch er selbst erzählte nicht gerne aus seiner eigenen Jugend.

»Womit kann ich Euch heute dienen?«, wandte er seine

Aufmerksamkeit wieder Anna zu. Erleichtert drehte sich Lorenzo zu einem der Regale, die sich an der Hinterseite des Verkaufsraums befanden.

»Ich brauche Rosskastanientinktur für Frau Kästner, Kreuzkrauttinktur, Lobelienkraut und hochwertigen Alkohol«, sagte Anna.

»Hat die Frau des Kaufmanns immer noch Probleme mit den Krampfadern?«, fragte Meister Konrad, während er sich zu einem der Schränke hinter seinem mit Flaschen in allen nur erdenklichen Formen und Größen vollgestellten Verkaufstresen drehte.

»Die Krampfadern sind ihr kleinstes Problem«, erwiderte Anna. »Ich komme gerade von ihr. Leider haben erneut die Wehen eingesetzt. Ich konnte sie eindämmen, aber ich weiß nicht, für wie lange.«

»Stimmt es, dass sie zwei Kinder im Bauch trägt?«, erkundigte sich der Apotheker. Seine Neugier war rein beruflicher Natur, für Klatsch hatte er nichts übrig.

»Ja, sie wird Zwillinge bekommen. Aber ich hoffe, die haben es nicht eilig«, seufzte Anna, ernsthaft in Sorge über das Wohl von Mutter und Nachwuchs.

»Ich nehme an, Ihr braucht deshalb das Lobelienkraut«, sagte Meister Konrad. »Womit mischt Ihr die Tinktur?«

»Mit Himbeerblättern, Heckenrosenkraut und der Kreuzkrauttinktur«, antwortete Anna. Lorenzo kannte außer den Himbeerblättern keine der genannten Pflanzen. Es war fast, als unterhielten sich die beiden in einer ihm unbekannten Fremdsprache.

Meister Konrad beugte sich weit über seinen Verkaufstresen und flüsterte Anna hinter vorgehaltener Hand zu: »Habt Ihr es schon mit dem Pulver zerriebener Einhornhörner versucht?«

Anna schüttelte den Kopf. Sie wusste von Gudrun, dass sie damit arbeitete, selbst hatte sie es noch nicht verwendet und hielt auch nichts davon. Genau genommen zweifelte sie daran, dass es überhaupt Einhörner gab.

»Meister Konrad«, sagte sie tadelnd. »Ihr wisst, dass ich diese Art Heilmittel nicht verwende.«

»Es war ja nur ein Vorschlag«, sagte der alte Mann und holte einen Topf vom Regal auf der anderen Seite des Raums. »Aber Schneeballrinde verwendet Ihr doch, oder?«

»Davon habe ich noch nie gehört«, gab Anna ehrlich zu.

»Vor der großen Pestepidemie hat bei mir regelmäßig eine Hebamme eingekauft, die auf die entspannende Wirkung dieser Pflanze schwor«, sagte der Apotheker und stellte den Topf auf den Tresen.

»Wenn Ihr wollt, gebe ich Euch eine Handvoll davon mit.« Anna war einverstanden.

Zum Abschied reichte der Apotheker Anna ein Säckchen Orangenblüten. Er wusste, wie gern Theresa sich Tee aus Orangenblüten und Melisse kochte. Jedes Mal, wenn Anna kam, erkundigte er sich nach ihrer Tante. Er schien Theresa sehr zu mögen, obwohl er um viele Jahre älter war. Nachdem Anna bezahlt hatte, verabschiedeten sich Lorenzo und sie und verließen den kleinen Laden.

So schlecht die Luft in der Stadt auch sein mochte, nach dem Aufenthalt in der Apotheke war sie eine Erfrischung für Nase und Lunge.

»Ob der alte Mann die Gerüche in seiner Apotheke noch riecht?«, fragte Lorenzo.

»Ich hoffe für ihn, dass er sie nicht mehr wahrnimmt«, meinte Anna lachend. Ihr Lachen hatte etwas Ansteckendes. Und Lorenzo ließ sich gerne anstecken.

»Darf ich Euch noch nach Hause begleiten?«, fragte er.

Anna nickte. Ihre sofortige Zustimmung schien sie selbst ebenso zu überraschen wie Lorenzo.

8

Den Weg in die Tuchlauben hätte die Magd des Kaufmanns Kästner mittlerweile mit verbundenen Augen zurücklegen können, so oft war sie die Strecke in den letzten Tagen gelaufen. Der Zustand ihrer Herrin verschlechterte sich von Tag zu Tag. Heute Morgen waren die Wehen so heftig geworden, dass an ein Hinauszögern der Geburt nicht mehr zu denken war.

Kaum dass Anna die Nachricht vernommen und die Magd den Rückweg angetreten hatte, griff sie nach dem fertig gepackten Korb, in dem ganz unten, in einem sauberen Leinensack, die Geburtszange lag.

»Soll ich mitkommen?«, fragte Theresa, die mit Hannes im Garten beschäftigt war. Während der Junge lange Stecken in die Beete klopfte, setzte Theresa die im Haus vorgezogenen Erbsen- und Bohnenpflanzen daneben.

»Ja, bitte!«, sagte Anna erleichtert.

Theresa, die am Boden gekniet hatte, richtete sich mühsam auf. »Einen Moment, ich muss mir noch die Hände waschen.« Heute schmerzten nicht nur ihre Knie, sondern auch ihre Hände. Die Fingerknöchel waren rot und geschwollen, als sitze eine böse Entzündung darin.

»Du solltest bei der Gartenarbeit nicht mehr knien und vor allem nicht mehr in der feuchten Erde wühlen«, ermahnte ihre Nichte sie, erntete aber nur ein ungehaltenes

Schnaufen. Deshalb wechselte sie lieber das Thema. »Haben die Kinder eine Chance zu überleben, wenn sie heute schon kommen?«, fragte sie.

Theresa zuckte mit den Schultern: »Ich habe schon Neugeborene erlebt, die nicht mehr gewogen haben als ein Wecken Brot. Sie haben keine sieben Monate im Bauch der Mutter verbracht und dennoch überlebt. Manchmal ist Gott gnädig und gibt den kleinen Würmchen genügend Kraft, ein anderes Mal holt er sie nach dem ersten Atemzug zu sich. Es gibt keine Regeln, an die er sich dabei hält.«

Die beiden Hebammen beeilten sich, in die Krugerstraße zu kommen, doch waren sie unterwegs gezwungen, stehenzubleiben, weil ihnen auf der Kärntnerstraße Soldaten entgegenmarschierten, denen sie den Vortritt lassen mussten. Seit Tagen zogen immer wieder Truppen an Wien vorbei oder direkt durch Wien durch. Sie alle wollten nach Kittsee zur großen Heerschau, die Kaiser Leopold dort veranstaltete, um die Stärke seiner christlichen Armee zu demonstrieren.

Sobald die Menge sich lichtete, zwängten die Frauen sich vorbei und liefen zur Krugerstraße, wo ihnen die Magd durch das offenstehende Tor entgegengelaufen kam. Ihre Haube war verrutscht, und das Haar hing ihr nachlässig in die Stirn.

»Bitte, kommt rasch, meiner Herrin geht es gar nicht gut«, rief sie verzweifelt. »Überall Blut, es ist furchtbar!« Die kleine runde Frau fuchtelte nervös mit den Armen und trieb die Hebammen zur Eile an. Anna und Theresa rannten hinter ihr her die breite Holztreppe in den ersten Stock hinauf, die unter ihren hastigen Schritten heftig knarrte. Auch die Tür zur Schlafkammer stand offen. Auf einem hohen Bett, das rundherum mit bunten Stoffen versehen war, lag Frau Kästner und wimmerte.

Anna warf einen Blick auf die Leintücher. Das Bett war voll mit blutigem Fruchtwasser. Das war kein gutes Zeichen. Sie brauchten heißes Wasser und saubere Tücher. Die Magd lief sofort los, um beides zu besorgen.

Anna trat ans Bett und kniete sich neben Frau Kästner. Die Kauffrau sah sie aus blutunterlaufenen Augen an und klammerte sich an Annas Hand fest. Ihre Stimme klang verzweifelt: »Die Schmerzen sind furchtbar. Ich will keine toten Kinder gebären.«

Anna strich der Frau eine verschwitzte Haarsträhne aus der Stirn. »Das Allerwichtigste ist, dass Ihr die Geburt ohne Schaden übersteht. Euer Mann und Eure zwei gesunden Kinder brauchen Euch.«

Unterdessen begann Theresa, den Bauch abzutasten und mit ihrem langen Hörrohr abzuhören. Sie warf Anna einen besorgten Blick zu und schien abzuwägen, welche Worte sie nun verwenden sollte: »Ich fürchte, eines der Kinder ist tot, aber das andere könnte noch leben.«

Plötzlich schrie Frau Kästner laut auf. Eine heftige Wehe überrollte sie wie eine riesige Flutwelle und drohte sie in die Ohnmacht mitzureißen.

Niemand hörte das Klopfen an der Tür, also trat die Magd unaufgefordert ein, um den Eimer und die Tücher zu bringen. Dabei warf sie einen ängstlichen Blick zum Bett.

»Sagt Eurem Herrn, er soll nach einem Priester schicken«, wies Theresa sie an. Das blanke Entsetzen spiegelte sich auf dem Gesicht der armen Frau wider.

»Eines der Kinder wird vielleicht tot zur Welt kommen, ich kann keinen Herzschlag mehr hören, und niemand kann sagen, wie gesund das andere sein wird. Die Kinder sollten gleich getauft werden.« Theresa hatte ihre Stimme gesenkt, aber die Magd rief laut und entsetzt: »Jesus, Maria und Josef!«, warf beide Hände vors Gesicht und lief die Treppe hinunter in die Stube, wo der Kaufmann saß und wartete.

Die nächste Stunde kostete die Kauffrau viel Kraft. Immer wieder drohten heftige Wehen ihr das Bewusstsein zu nehmen. Als das Stundenglas voll war, sagte Theresa: »Bei der nächsten Wehe könnt Ihr schon pressen.« Die Kauffrau ergriff Annas Hand und drückte sie so fest zusammen, dass ihre Finger unter dem Druck zu brechen drohten.

Schließlich rutschte das Kind mit einem erleichternden Schwall auf das blutige Bettlaken. Es war ein winziges Mädchen, und es lebte. Noch nie zuvor hatte Anna ein so zierliches, zerbrechliches Wesen gesehen.

Aber für Frau Kästner gab es noch kein Ende, denn nun galt es, das wahrscheinlich tote Kind zu gebären. Gnadenlos setzten erneut die Wehen ein, diesmal nicht ganz so heftig wie zuvor.

Anna kümmerte sich derweil um das lebende Mädchen. Sie wusch es im warmen Wasser und wickelte es in die sauberen Tücher.

»Wir brauchen heiße Ziegelsteine«, sagte Theresa. »Dieser Winzling muss warmgehalten werden.«

Anna legte das Kind ab und lief in die Küche. Auf halbem Weg kam ihr Herr Kästner in Begleitung eines Priesters entgegen, eines hageren, ernst dreinblickenden Augustiners in schwarzer Ordenstracht, der auf Anna eher bedrohlich als fürsorglich wirkte.

»Wir brauchen dringend heiße Ziegelsteine«, rief Anna dem Kaufmann zu. »Ihr habt soeben eine winzige Tochter bekommen, die Wärme braucht. Nun muss Eure Frau noch das zweite Kind zur Welt bringen, und wir fürchten, dass es tot ist.«

Auf dem Gesicht des Kaufmanns wechselten Freude, Schrecken und Angst so rasch, dass sie nicht erkennen konnte, welches Gefühl im Moment die Oberhand hatte.

Der Augustiner runzelte die Stirn: »Wie könnt Ihr jetzt schon wissen, ob ein Kind tot oder lebendig sein wird?«

»Man kann keinen Herzschlag hören, und das Kind bewegt sich nicht mehr, außerdem hatte das Fruchtwasser eine absonderliche Farbe. Es ist ein Wunder, dass das kleine Mädchen lebt.« Zweifelte der Priester etwa an ihrem Wissen als Hebamme?

Zurück im Schlafzimmer sah sie ihre Tante verzweifelt vor Frau Kästner knien: »Ohne Zange wird es nicht gehen«, sagte Theresa.

»Herr Kästner hat einen Augustiner holen lassen. Er ist schon im Haus und sieht nicht so aus, als würde er die Geburtszange gutheißen«, flüsterte Anna. Sie hatte Angst, die beiden Männer könnten jeden Moment ins Zimmer kommen oder das Gespräch belauschen.

»Wenn wir die Zange nicht verwenden, stirbt die Frau, und drei Kinder verlieren ihre Mutter.« Theresa redete ebenfalls leise. »Schau zur Tür, ob jemand kommt.«

Anna zitterte heftig, als sie zur Tür ging und sie einen Spalt öffnete. Am Ende des Flurs saßen der Augustiner und Herr Kästner. Einer schien leise zu beten, der andere wirkte ernst und auf das Schlimmste gefasst. Anna zog die Tür wieder leise zu und holte die Zange. Theresa rieb sich die geschwollenen Finger, sie zögerte. Anna begriff sofort. Ihr Herz begann zu rasen. »Ich kann das nicht«, flüsterte sie.

»Doch, du kannst. Und du musst. Komm her, meine Hände sind völlig klamm.«

Frau Kästner war in einen unruhigen Halbschlaf gefallen, der ihr die Schmerzen ersparte.

»Aber ohne Wehe kann ich das Kind nicht rausholen«, sagte Anna, die zumindest aufgehört hatte zu zittern. Kalter Angstschweiß lief ihr über den Rücken.

Theresa erklärte genau, wo Anna die Zange anzusetzen hatte. Die junge Hebamme war überrascht, wie gut sie den Kopf des Kindes damit umklammern konnte. Es kam ihr tatsächlich vor, als wäre die Zange die Verlängerung ihrer Hände. Vorsichtig zog sie, aber ohne Mithilfe der Gebärenden war auch mit Zange nichts zu machen. Theresa flößte der Kauffrau erneut das Kreislaufmittel ein. Die nächste Wehe ließ nicht lange auf sich warten. Die erschöpfte Frau tat ihr Bestes, und während sie noch einmal ihre Kräfte mobilisierte, zog Anna vorsichtig das tote Kind aus dem Geburtskanal.

»Ihr habt es überstanden«, sagte Theresa, doch Frau Kästner hörte es nicht mehr. Sie war wieder zurück in die Kissen gesunken.

Vor Anna lag ein winziger, blauer Knabe, der noch zarter und feingliedriger war als seine lebende Schwester. Kurz tauchte ein längst verdrängtes Bild vor ihr auf. Ein blutiger Klumpen in ihrem Nachttopf. Aber Anna hatte keine Zeit, weiter darüber nachzudenken, denn es klopfte an der Tür, und im nächsten Moment trat die Magd mit den Ziegelsteinen ein. Erschrocken versteckte Anna im letzten Augenblick die Geburtszange unter ihrer Schürze.

Als die Magd das tote Kind vor dem Bett liegen sah, schrie sie entsetzt auf. Der Schrei war so markerschütternd, dass Herr Kästner und der Augustiner von ihren Plätzen aufsprangen und ins Zimmer geeilt kamen. Anna stand wie angewurzelt da, immer noch die Geburtszange zwischen Schürze und Rock. Wohin sollte sie jetzt mit dem Ding? Theresa deutete auf den Korb, aber es war unmöglich, die Zange unauffällig darin zu verstauen.

Herr Kästner stürzte zu seiner Frau und vermied es, das tote Kind anzuschauen. Trotzdem streifte sein Blick kurz das Bündel Mensch, und der Anblick löste in ihm sofort eine Mischung aus Ekel, Furcht, Verzweiflung und Wut aus. Die Hebammen konnten zusehen, wie sich die Gefühle auf seinem Gesicht ausbreiteten.

»Ist sie …?«, fragte der Kaufmann in Richtung seiner bewusstlosen Frau.

»Bewusstlos«, sagte Theresa. Ihre Aufmerksamkeit gehörte immer noch Anna. Die bewegte sich langsam, aber beständig auf den Korb zu, es trennten sie nur noch wenige Meter, als der Blick des Augustinerpaters sie jäh innehalten ließ. Ob der Priester bemerkte, dass sie unter der Schürze etwas verbarg? Seine Augen wanderten zu dem toten Kind. Kurz hatte Anna den Eindruck, dass er an dem grausigen Anblick Gefallen fand.

Sie nutzte die Gunst des Augenblicks und machte drei große Schritte zum Korb. Hastig kniete sie sich hin und durchwühlte ihn, so als würde sie etwas suchen. Anschließend nahm sie ihre Schürze ab und ließ sie samt Zange hineinfallen. Doch dabei stieß das Metall auf eine Glasflasche. Das laute Klirren erregte augenblicklich die Aufmerksamkeit des Augustiners. Aus zusammengekniffenen Augen warf er Anna einen strengen Blick zu.

»Wird meine Frau überleben?«, fragte in dem Moment der erschütterte Kaufmann. Die Frage klang seltsam emotionslos.

Theresa antwortete nicht sofort. »Wir müssen noch auf die Nachgeburt warten. Darf ich Euch also bitten, das Zimmer zu verlassen, damit wir unsere Arbeit beenden können? Ihr könnt das tote Kind für die Nottaufe mitnehmen und uns die Ziegelsteine für das lebende Mädchen dalassen.« Theresas unerbittlicher Ton gab den Männern unmissverständlich zu verstehen, dass sie im Zimmer einer Gebärenden nichts zu suchen hatten.

Herr Kästner gehorchte sofort und schob den Augustinerpriester vor sich her, der nicht aufhören konnte, neugierig und angewidert jede Einzelheit in sich aufzunehmen. Anna wickelte das tote Kind in ein frisches Tuch. Die roten Male der Geburtszange waren unübersehbar. Sie bemühte sich, das ganze Kind und ganz besonders den Kopf einzuwickeln. Anschließend übernahm die Magd unter Tränen das Bündel.

Anna betete inständig, dass der neugierige Augustiner nicht darauf bestand, den Säugling während der Taufe aus dem Tuch zu wickeln. Gleichzeitig zwang sie sich, ihre Gedanken auf das zu konzentrieren, was jetzt im Moment ihre Pflicht war, während sie zum Bett der Kauffrau zurückkehrte. Diese war wieder zu Bewusstsein gekommen, und endlich hatten die Nachwehen eingesetzt, wenig später kam auch die Nachgeburt ohne weitere Komplikationen. Routiniert wuschen die Hebammen die Frau, überzogen ihr Bett frisch und halfen ihr dabei, das Kind an die Brust zu legen. Danach übernahm die Magd die Pflege von Mutter und Kind. Theresa schärfte der Frau ein, das Mädchen warmzuhalten, damit es nicht auskühlte.

In der Stube wartete der Kaufmann auf die beiden Hebammen. Tiefe, dunkle Schatten lagen rund um seine Augen, die letzten Stunden hatten ihm offenbar zugesetzt.

»Habt Ihr schon einen Namen für Eure Tochter?«, erkundigte sich Anna.

»Sie soll Fabienne heißen, und ihren Bruder habe ich eben auf den Namen Robert taufen lassen«, antwortete Herr Kästner. »Der Augustiner war so schnell weg, dass ich mich nicht einmal von ihm verabschieden konnte. Ein eigenartiger Mann war das. Fabienne wird von unserem Pater Lorenz getauft werden. Diesen finsteren, lauernden Mann möchte ich nicht noch einmal in meinem Haus haben.«

»Hat er den Jungen mitgenommen?«, fragte Anna vorsichtig.

»Natürlich nicht«, sagte der Kaufmann empört. »Wir werden ihn morgen in unserem Familiengrab beisetzen lassen.«

Anna atmete tief durch, bemüht, sich ihre Erleichterung nicht anmerken zu lassen.

9

DER KOCH IM AUGUSTINERKLOSTER legte höchsten Wert auf die Qualität der Zutaten, die er verwendete. Er war ein Meister im Umgang mit Küchenkräutern und hielt anders als viele seiner Kollegen nichts vom übermäßigen Gebrauch von teurem Salz oder exotischen Gewürzen. Er verwendete lieber die Kräuter, die schon seit Jahrhunderten im Klostergarten wuchsen und hervorragend zu den Getreide-, Gemüse- und Fleischspeisen passten, die auf den Tisch der Augustiner wanderten.

Heute standen Hühnerkeulen mit Estragonsauce auf dem Speiseplan. Der Koch hatte sich für dieses Gericht entschieden, weil der Prior des Klosters Maria Brunn, Pater Abraham, zu Besuch war. Der berühmte Prediger war bekannt für seine Vorliebe für gute Küche. Hühnerkeulen in Estragonsauce gehörten zu den bevorzugten Speisen des Priors. Den ganzen Nachmittag hatte der Koch seinen Küchenjungen dazu angehalten, die Sauce glatt und cremig zu rühren. Es gab nichts Schrecklicheres als Klümpchen in der Sauce. Das Ergebnis konnte sich sehen lassen: eine herrlich schaumige, hellbraune Kräutersauce. Als Nachspeise servierte der Koch eine Obersmohncreme mit Dörrpflaumenkompott. Er hatte eigens einen Laienbruder um einen Eimer frisches Obers geschickt, damit die Creme besonders fein und mollig wurde. Das süße Obers harmonierte mit den süßsauren Dörrpflaumen und dem herben Mohn, aber nur die perfekte Mischung sorgte für ein einmaliges Geschmackserlebnis.

Jetzt stand der Koch zufrieden in der Küche und grinste über die leer gegessenen Schüsseln. Die Brüder hatten die letzten Reste der Sauce mit Brot aus dem Geschirr gewischt und sich bei der Creme mit den Fingern geholfen, um ja keinen Hauch von der Köstlichkeit zu vergeuden.

Während der Küchenjunge sich mit dem schmutzigen Geschirr abmühte, wurden im Speisesaal die Tische gesäubert. Ein hagerer, griesgrämig dreinblickender Pater stand von seinem Platz auf und ging direkt auf den Prior von Maria Brunn zu. Abraham runzelte die Stirn. Er wollte in Ruhe seinen Becher Wein genießen und nach der vorzüglichen Mahlzeit nicht gestört werden. Am liebsten hätte er den Pater mit einer lästigen Handbewegung verscheucht. Aber was der Mann zu sagen hatte, weckte rasch das Interesse des Priors, und er setzte sich kerzengerade auf.

»Ihr sagt, zwei Wiener Hebammen haben den Tod eines Kindes vorhergesagt? Und das Kind ist tatsächlich tot zur Welt gekommen?«

Der hagere Priester nickte. »Es waren zwei Kinder im Leib der Frau, ein Junge und ein Mädchen. Der Junge starb, das Mädchen überlebte. Ich habe den Jungen getauft und ich sage Euch, er hatte ganz absonderliche Male am Kopf, so als hätte eine riesige Schlange seinen Kopf gepackt und zugebissen.« Bei der Erwähnung des toten Kindes schüttelte der Priester angewidert den Kopf, aber seine Augen verrieten das Vergnügen, das ihm die Vorstellung von Schlangen und Hexen bereitete.

Abraham spitzte die Lippen und schnalzte mit der Zunge: »Das klingt nach Hexerei!«

Der Augustiner neigte den Kopf zur Seite: »Ich weiß, deshalb bin ich zu Euch gekommen, denn Ihr seid ein Experte auf diesem Gebiet und habt schon vielen Teufelsanbeterinnen das Handwerk gelegt.«

»Ja, das habe ich«, sagte Abraham zufrieden. Er lehnte sich in seinem Stuhl zurück und faltete die Hände vor seinem großen Bauch. Er dachte an all die Prozesse, in denen er die Bösartigkeit der Weiber hatte nachweisen können. »Aber in Wien sind Hexenprozesse nicht sehr beliebt. Die letzte Hexe, Elisabeth Plainacher, ist vor hundert Jahren auf dem Scheiterhaufen gelandet.«

»Heißt das, in unserer Stadt gibt es weniger Böses als in anderen Städten?«, fragte der Augustinerpater.

Abraham machte eine abfällige Handbewegung und beugte sich vor: »Natürlich nicht. Ganz im Gegenteil. Wie jede große Stadt ist Wien eine Brutstätte des Bösen. Aber die Wiener sind träge. Hier geht alles schleppender und langsamer als in anderen Städten. Bis endlich jemand verhört werden kann, haben sich die Wogen schon wieder geglättet, und die Ankläger ziehen ihre Vorwürfe zurück. Es ist eine Schande für eine katholische Stadt mit einem katholischen Kaiser.«

Abraham lehnte sich wieder zurück: »Wir werden der Sache dennoch nachgehen und eine Untersuchung veranlassen. Dieser Fall riecht so stark nach Hexerei, dass der faulige

Geruch bis zum Himmel stinkt. Es ist unsere Aufgabe, etwas dagegen zu unternehmen und Gott von dem Gestank zu befreien.«

10

»Es war die grösste Heerschau, die ich je miterlebt habe«, sagte Rudolf und prostete seinem Freund zu. »Sei froh, dass du dir den Affenzirkus erspart hast. Du kannst dir nicht vorstellen, was dort veranstaltet wurde.«

Lorenzos Gesicht verdüsterte sich. Er griff ebenfalls nach seinem Glas. Diesmal hatte er den teuersten Wein des Hauses bestellt, in der Hoffnung auf einen genießbaren Tropfen. Doch wieder war es saures Essigwasser. Lorenzo schwor sich, in Wien nie wieder Wein zu trinken. Was man dort bekam, war eine Beleidigung für den Gaumen. Rudolf schien sich nicht daran zu stören. Vielleicht war er selbst einfach zu kritisch.

»Erzähl von Kittsee«, sagte Lorenzo mürrisch. Er war immer noch aufgebracht darüber, dass Graf Starhemberg ihm nicht erlaubt hatte, bei dem Spektakel anwesend zu sein, und wollte jede noch so winzige Einzelheit wissen. Bei der Heerschau des Kaisers waren nicht nur die Adeligen, Einflussreichen und Machthabenden des eigenen Reiches, sondern auch Gesandte von fremden Höfen, Beobachter, Agenten und Spione dabei gewesen.

»Der Kaiser selbst hat dafür gesorgt, dass seine Hofmusikkapelle aufspielt. Trommler und Trompeter haben einen Riesenlärm gemacht, es war ein unglaubliches Schauspiel.« Rudolf verdrehte die Augen. »Das Geld, das dort ausgegeben worden ist, hätte man besser in die Befestigung der Städte rund um Wien investiert. Wenn die Türken kommen, werden die Janitscharen alles dem Erdboden gleichmachen, was nicht zuvor von den Tartaren niedergebrannt wurde.«

Lorenzo nahm erneut einen Schluck von seinem Essigwein und verzog angewidert das Gesicht.

»Um acht Uhr morgens gab es eine feierliche Feldmesse, danach trat die gesamte kaiserliche Armee, 32 400 Soldaten, sowie 6000 Mann der ungarischen Miliz von Graf Esterhazy in Schlachtordnung an. Das war beeindruckend, weil sie zusätzlich 72 Geschütze, 15 Mörser und 20 Kanonen aufgestellt haben. Kannst du dir vorstellen, wie viel Zeit das gekostet hat? Zeit, die im Moment niemand hat.« Rudolf konnte sich mit seiner Kritik nicht zurückhalten. Zur Betonung schüttelte er den Kopf und verdrehte abermals die Augen.

»Der Kaiser war auch dabei?«, fragte Lorenzo.

»Ja, er war da, gemeinsam mit der Kaiserin, der Erzherzogin Maria Antonia und dem Kurfürst Max Emanuel von Bayern. Alle waren sie sehr zufrieden mit der Schau. Kein Wunder, schließlich war es genau wie eines dieser monströsen Musikschauspiele, die der Kaiser so liebt.«

»Das heißt, der Kaiser hat sich mit der Heerschau selbst am allermeisten beruhigt«, sagte Lorenzo bitter. Wie gern wäre er dabei gewesen.

»Würden dich fünfunddreißigtausend Soldaten beruhigen, wenn du wüsstest, dass der Feind mit zweihunderttausend Mann angreift?«, fragte Rudolf.

»Wer glaubt schon an zweihunderttausend Mann?«, spottete Lorenzo. Diese Zahl erschien ihm doch reichlich übertrieben. Vor einem Monat hatte Graf Starhemberg noch von einhunderttausend Mann gesprochen. Wenn die Entwicklung so weiterging, würden es nächsten Monat dreihunderttausend sein.

»Ich kann dir sagen, wer daran glaubt: Männer, die sich um andere Dinge kümmern als um Heerschauen und das Herzeigen von Prunk und Reichtum. Du hättest das Zelt sehen müssen, die feinen Herren haben auf brokatüberzogenen Sesseln die allerfeinsten Leckerbissen verspeist, Austern, Fisch, Wachteleier, und zum Abschluss wurde eine Salve aus siebzig Geschützen abgefeuert. Vielleicht hätten sie die Munition besser für eine bevorstehende Belagerung Wiens aufgehoben.« Rudolf rief die Schankmagd zu sich und bestellte Brot und Speck.

Nachdem beides gebracht worden war, beugte sich Rudolf vertraulich zu Lorenzo über den Tisch: »Zu allem Überfluss streitet sich die Spitze der Heerführung über das Vorgehen. Karl von Lothringen bevorzugt die Offensive, Hermann von Baden die Defensive. Nach dem Kriegsrat ist es zum Affront gekommen. Baden hatte nach seiner Inspektion von Raab darauf verzichtet, von Lothringen über seine Eindrücke zu informieren. Die Streiterei der beiden kann sich noch verheerend auf die Kriegsführung auswirken.«

»Dabei gibt es genug andere Probleme«, sagte Lorenzo und griff nach Rudolfs Brot.

»Das Schlimmste aber ist, dass von Lothringen nicht ahnt, was wirklich auf ihn zukommt. Er rechnet immer noch mit einem überschaubaren Krieg im Grenzland, in dem seine Armee das Heft des Handelns in der Hand behalten wird.«

»Eine gefährliche Illusion, die auch die Wiener zu teilen scheinen«, bemerkte Lorenzo. »Die Leute in der Stadt sind völlig gelassen. Sie meinen, sie hätten schon einmal eine Belagerung der Türken überstanden, und sehen einer zweiten entspannt entgegen.«

»Wundert es dich da, wenn der Kaiser sich immer noch der Jagd und den schönen Künsten widmet, anstatt sich um die Sicherung seines Reiches zu kümmern?«, schnaufte Rudolf verächtlich. »Er vertraut von Lothringen, seinem Generalissimus, dem kaiserlichen Oberbefehlshaber, und ahnt nicht, wie unfähig dieser Mann ist.«

»Die richtigen Personalentscheidungen machen einen guten Kaiser aus, während dagegen die falschen …« Lorenzo formulierte seine Gedanken nicht zu Ende, denn sie grenzten an Hochverrat.

»Wenn du mich fragst, hätten wir uns die ganze Situation ersparen können. Hätte der Kaiser schon vor Jahren darauf verzichtet, in unzähligen Wahnsinnsaktionen ganze Dörfer im Osten zu rekatholisieren und seine Untertanen als Sklaven in die Fremde zu schicken, dann müssten wir uns jetzt keine Sorgen darüber machen, dass eben diese Regionen die Osmanen unterstützen und zum Feind überlaufen.« Rudolf warf einen vorsichtigen Blick über seine Schulter, aber in der lauten Wirtsstube schien niemand von den beiden Männern Notiz zu nehmen.

»Irgendwann werden wir uns beide am Galgen zuwinken können. Es ist gefährlich, seine Meinung öffentlich auszusprechen«, sagte Lorenzo.

»Du hast recht, mein Freund, aber bis dahin werden wir unser Leben genießen. Weißt du schon, wie lange du noch in Wien bleiben wirst?«

Lorenzo schüttelte den Kopf. Hartenberg ging es zwar schon besser, aber er konnte immer noch nicht seiner Arbeit nachgehen, und allmählich wuchs in Lorenzo die Befürchtung, dass Starhemberg Hartenberg auch nach dessen Genesung nicht mehr als Jurist einsetzen wollte. Der Graf war mit Lorenzos Arbeit höchst zufrieden.

»Im Moment sieht es so als, als würde ich noch den ganzen Sommer hier in Wien verbringen«, seufzte Lorenzo.

»Das kann spannend werden«, sagte Rudolf.

»Mach dich nur lustig über mich.«

»Nein, ich meine es im Ernst. Ich verwette einen Monatslohn, dass die Hohe Pforte spätestens Anfang Juli hier ist und versuchen wird, die Stadt einzunehmen.«

»Ich kann mir etwas Lustigeres vorstellen, als von einer Horde Janitscharen belagert zu werden«, erwiderte Lorenzo und verzog dabei seinen Mund zu einer Grimasse.

»Ich reise noch heute Abend nach Bayern, um ein paar unwichtige, aber persönliche Briefe der Kaiserin abzuliefern. Danach kehre ich wieder nach Wien zurück.«

»Ich nehme an, du wirst einen kleinen Umweg über Regensburg machen«, sagte Lorenzo mit wissendem Grinsen.

Doch statt des erwarteten Lächelns legte sich ein dunkler Schatten über Rudolfs Gesicht. »Maria hat kurz nach Ostern geheiratet, sie ist nun die Frau eines Gürtelmachers.«

»Oh, das tut mir leid.« Die Nachricht überraschte Lorenzo nicht sonderlich, nahm sein Freund es mit der Treue doch nicht besonders ernst. Regelmäßig traf er Mädchen in anderen Städten. Maria hatte es immer geahnt, aber lange Zeit hatte sie an Rudolfs Versprechen geglaubt, sie eines Tages zu heiraten. Dieser Glaube ging irgendwann verloren, und so hatte sie schlussendlich einen anderen geheiratet. Lorenzo wusste, was Rudolf für Maria empfand. Seine Angst, sich endgültig zu binden, war ihm nun zum Verhängnis geworden.

Rudolf machte eine abfällige Handbewegung: »Ist schon in Ordnung, es gibt genug andere Frauen. In jeder Stadt mindestens drei.« Sein Lachen klang unecht und konnte Lorenzo nicht überzeugen.

»Ich bin längst über sie hinweg«, verkündete Rudolf, griff nach seinem Becher und leerte ihn in einem Zug. »Heute Abend treffe ich mich mit Irma. Sie soll eine entzückende kleine Schwester haben. Was hältst du davon?«

Lorenzo schüttelte den Kopf.

»Das Stadtleben bekommt dir nicht, mein Freund.« Rudolf warf Lorenzo einen besorgten Blick zu. Er wusste, dass es für den hübschen Lorenzo ein Leichtes war, die Gunst einer Frau zu gewinnen. Bis jetzt hatte er immer gern an Rudolfs abendlichen Eroberungszügen teilgenommen.

»Hast du jemanden kennengelernt?«, fragte Rudolf. Als Lorenzo nicht sofort antwortete, wusste sein Freund schon Bescheid.

»Erzähl mir alles über sie«, sagte Rudolf.

»Leider gibt es nichts zu erzählen«, seufzte Lorenzo, und dann brach er seinen eben getroffenen Vorsatz, in Wien keinen Wein mehr zu bestellen.

Als er Stunden später in sein Zimmer in der Goldenen Gans kam, spürte er die Wirkung des Weins. Natürlich hatte er doch über Anna gesprochen. Das Wenige, was er von ihr wusste, hatte er dem Freund lang und breit erzählt. Ob er mit seinen Beschreibungen ein wenig übertrieben hatte? War sie wirklich so herzlich, intelligent und witzig, wie er behauptet hatte? Schließlich hatte er sie erst zweimal gesehen. Oder hatte der schlechte, saure Wein ihn dazu getrieben, ein Trugbild zu zeichnen? Seinem Vater wäre das nicht passiert. Der hätte in diesen sogenannten Wein bestenfalls seine Oliven eingelegt.

Lorenzo zog sein Hemd aus und warf es über einen Sessel. Dabei fiel sein Blick auf einen Umschlag auf dem Tisch. Der Brief lag seit einigen Tagen hier, ungeöffnet, weil er es bis jetzt nicht gewagt hatte, ihn aufzumachen. Er kam direkt aus dem südlichen Herzogtum Toskana, und der Absender war diesmal nicht Cecilia Martecelli, seine Mutter, sondern Carlo Martecelli, der vor Jahren einmal Karl Kaltenberg geheißen hatte.

Es war der erste Brief seines Vaters seit über vier Jahren. Auch jetzt fand Lorenzo nicht den Mut, ihn zu lesen. Stattdessen schob er das hellblaue Kuvert unter die leere Obstschüssel auf dem Tisch, damit er ihn nicht mehr sehen konnte, und ging zu Bett.

»Die Hebammen sind nicht da«, sagte Hannes mürrisch, als schon wieder der lästige Mann mit dem komischen Akzent und den seltsam blauen Augen vor der Tür stand. Er hatte Anna vor ein paar Tagen nach Hause begleitet, und Anna hatte den ganzen Abend verträumt vor sich hingestarrt. Hannes fand ihr Verhalten seither sehr beunruhigend.

»Und wo kann ich sie finden?«, fragte Lorenzo immer noch freundlich.

Hannes überlegte, ob er Auskunft geben sollte. Er entschied sich dafür, weil der Mann ohnehin nicht ins Haus einer kranken Kauffrau eindringen konnte. Frau Kästner hatte ein paar Tage nach der Geburt hohes Fieber bekommen und kämpfte nun ums Überleben.

»Sie sind in der Krugerstraße«, sagte Hannes. Er sah dem hochgewachsenen Mann hinterher, der, nachdem er sich höflich verabschiedet hatte, gutgelaunt in den Graben einbog und dabei eine fremdländische Melodie pfiff.

Lorenzos gute Laune hatte einen Grund. In seiner Tasche befand sich ein Brief von Kaufmann Kästners Schwager, den ihm der Kapitän des Schiffes nach seiner Rückkehr in die Hand gedrückt hatte. Auf diese Weise konnte er gleich zwei

Fliegen mit einer Klappe schlagen. Den Brief abgeben und Anna wiedersehen.

Immer noch bester Stimmung betrat er den Hof des Kaufmanns, in dem sich eine Menschentraube versammelt hatte. Alle redeten wild durcheinander. Lorenzo brauchte eine Weile, bis er die unterschiedlichen Stimmen auseinanderklauben konnte. Zuerst verstand er nur einzelne Wortfetzen, doch dann ganze Sätze.

»Das tote Kind muss untersucht werden, weil der Pater, der es getauft hat, Teufelsmale an ihm gesehen hat«, rief eine aufgeregte Stimme.

»Mein Kind wird von niemandem untersucht. Das ist ein Unsinn, ich habe es selbst gesehen, und es hatte keinerlei Auffälligkeiten. Es war einfach nur klein, weil es zu früh auf die Welt gekommen ist«, empörte sich Meister Kästner.

Der Kaufmann stand in der Mitte der Menschenansammlung, direkt neben ihm ein Augustinerpater. Der Augustiner war auffallend groß und dürr und hatte einen unangenehm stechenden Blick. Außer den beiden waren noch ein Beamter der Stadt, ein Medicus und die beiden Hebammen da. Die Frauen sahen blass, übernächtigt und verängstigt aus.

»Diese Weiber sind dafür verantwortlich, dass ich die Frau des Kaufmanns nicht mehr behandeln durfte, und deshalb ist die arme Frau jetzt krank.« Die Stimme des Medicus klang schrill und viel zu hoch für einen Mann, und während er sprach, zeigte er mit seinem krummen, schmutzigen Finger auf Anna und Theresa.

»Ihr habt die Frau zur Ader gelassen. Das hat sie noch weiter geschwächt«, verteidigte sich Anna leise. Lorenzo musste seine Ohren weit aufsperren, um sie überhaupt zu verstehen.

»Es steht Euch nicht zu, die Arbeitsweise eines Arztes zu

kritisieren«, erwiderte der kleine Mann in seinem ungewaschenen Arztmantel. Sein Gesicht war dunkelrot, und auf seiner hohen Stirn bildeten sich Schweißtropfen.

»Wir behandeln schwangere Frauen, das ist unsere Aufgabe. Schließlich sind wir vereidigte Hebammen der Stadt Wien«, verteidigte sich Anna nun noch leiser. Die Angst tropfte aus ihren Worten wie zähflüssiger Honig.

»Die Krankheit der Kaufmannsfrau übersteigt Euer bescheidenes Wissen. Sie ist meine Patientin, denn ich habe damit begonnen, sie zu behandeln, und das sollte ich auch weiterhin tun.« Der Arzt war offenbar verärgert, dass ihm eine zahlungskräftige Patientin mit einer großen Familie abhandenkam.

»Ihr werdet weder meine Frau noch sonst jemanden in meiner Familie je wieder behandeln«, sagte der Kaufmann bestimmt. »Meine Frau hat das Kindbettfieber. Wenn ihr jemand helfen kann, dann diese beiden Hebammen. Es war ein Fehler von mir, Euch zu rufen.« Dann sah Meister Kästner den Augustiner an und fügte hinzu: »Und Euch zu rufen, war ein weiterer Fehler.«

»Wir werden die Sache leider untersuchen müssen. Es hat eine Anzeige gegeben«, sagte der städtische Diener. »Wir werden Eure Frau befragen und das tote Kind exhumieren müssen.« Dem Mann hörte man deutlich an, dass ihm die Angelegenheit unangenehm und lästig zugleich war. Die Stadt hatte im Moment ganz andere Probleme zu lösen.

»Solange meine Frau fiebernd im Bett liegt, wird niemand sie befragen«, beschied Kästner in einem Ton, der unmissverständlich klarmachte, dass man nur über seine Leiche in die Schlafkammer seines Hauses gelangen würde. »Und mein totes Kind wird so lange in Ruhe gelassen, bis meine Frau wieder gesund ist und von der Sache erfahren kann.«

»Das ist unmöglich, so lange können wir nicht warten. Der Leichnam verändert sich stündlich, und die Male können bis dahin verschwunden sein«, rief der Augustinerpriester und fuchtelte aufgeregt mit den Armen. Theresa begann zu zittern, Anna griff nach ihrer Hand, um sie zu beruhigen.

»Ich bestehe darauf, dass das tote Kind untersucht wird«, zeterte der Priester.

Der städtische Diener, der heute Morgen den Auftrag erhalten hatte, die aus Linz gelieferten Kanonenkugeln zu überprüfen, hatte nun endgültig genug. Die Sache war der reinste Unfug, und er hatte noch einen langen Arbeitstag vor sich.

»Wenn diese Male tatsächlich am Kopf des toten Kindes zu finden sind, werden sie auch in einer Woche noch da sein«, sagte er ärgerlich und fuhr an den Kaufmann gewandt fort: »Wir werden mit der Befragung Eurer Frau warten und auch noch keine Exhumierung vornehmen. Wenn der Gesundheitszustand Eurer Frau stabil ist, werden wir wiederkommen und der Sache nachgehen.« Er drehte sich zu Anna und Theresa: »Bis dahin dürft Ihr die Stadt nicht verlassen. Ihr werdet eine schriftliche Anordnung erhalten. Und jetzt, meine Herren«, sagte er zu den anderen, »werden wir alle diesen Hof verlassen.«

»Der Prior von Maria Brunn wird gegen diese Entscheidung Einspruch erheben«, zischte der Augustinerpriester.

»Ich weigere mich zu gehen. Ich verlange, meine Patientin untersuchen zu dürfen«, quietschte der Medicus und fuhr sich mit den schmutzigen Fingern aufgeregt durchs fettige Haar.

»Meine Frau ist nicht mehr Eure Patientin«, sagte Kästner, wobei seine Stimme einen drohenden Unterton annahm. Der kleine runde Mann mit dem sonst so freundlichen Gesicht stemmte beide Hände in die Hüften und stellte sich breitbeinig vor den Medicus.

»Dann werdet Ihr die Schuld am Tod Eurer Frau tragen«, schimpfte der übelriechende Mann und hüpfte nervös herum. Er glich einem Gaukler auf dem Jahrmarkt, der Purzelbäume für die Kinder schlug.

»Der Kaufmann Kästner kann selbst entscheiden, wer seine Frau behandeln soll. Ich ersuche jetzt alle, diesen Hof zu verlassen«, befahl der Mann, der hier im Namen der Stadt Wien entschied. Jeder weitere Protest war sinnlos.

Als die Männer auf die Straße drängten, musste Lorenzo aufpassen, um nicht mitgeschoben zu werden. Er drückte sich gegen die Hauswand und ging, als die Männer sich entfernten, auf Meister Kästner und die Hebammen zu.

»Guten Tag, Magister Martecelli, was führt Euch zu mir? Ist das Schiff wohlbehalten in Passau eingetroffen?«, fragte der Kaufmann, offenbar erfreut, einen Menschen zu sehen, der ihn nicht zwingen wollte, sein totes Kind auszugraben oder seine Frau von einem schmierigen Medicus untersuchen zu lassen.

»Das Schiff ist samt Ladung vollständig und unbeschädigt in Passau angekommen. Vielen Dank.«

»Das freut mich zu hören. Hier stehen die Dinge leider gar nicht gut. Habt Ihr das Gespräch eben mitgehört?« Auf dem Gesicht des Kaufmanns zeigte sich eine Mischung aus Wut und Sorge.

»Die Herren waren so laut, dass man sie nicht überhören konnte.« Lorenzo hatte bis jetzt noch keinen Hexenprozess miterlebt, aber sein Wissen reichte aus, um diese Art von Verfahren mit Folter, Ungerechtigkeit und einem menschenunwürdigen Tod der Verurteilten zu verbinden. Er schüttelte die Vorstellung ab und wandte sich dem Kaufmann zu: »Ich habe einen Brief für Euch, von Eurem Schwager.«

Kästner übernahm den Umschlag und bedankte sich. »Wollt Ihr mit mir einen Becher Bier trinken und mir von den Vorgängen in der Stadt erzählen? Ich habe während der letzten Tage keinen Fuß vor das Haus gesetzt und bin nicht informiert. Ich würde es nicht einmal wissen, wenn die Türken schon vor der Stadtmauer lagerten.«

»Glaubt mir, das hättet Ihr erfahren«, sagte Lorenzo. »Aber ich trinke gerne einen Becher Bier mit Euch.«

Während er sprach, warf er Anna einen Blick zu, der sie verwirrte, und fragte: »Darf ich auf Euch warten und Euch nachher wieder nach Hause begleiten?«

Anna spürte, dass ihr die Röte ins Gesicht stieg, antwortete jedoch zu ihrer eigenen Überraschung: »Das würde mich freuen.«

Diese Erwiderung trug ihr einen argwöhnischen Blick ihrer Tante ein, den sie ignorierte.

Maria Kästner lag im Bett und zitterte von dem hohen Fieber. Auf ihrer Stirn klebten schweißnasse Haare, und sie wälzte sich unruhig von einer Seite auf die andere. Anna hatte die winzige Fabienne im Arm und konnte den Blick nicht von dem zerbrechlichen Wesen abwenden. Bis jetzt hatte sie immer geahnt, dass die Kinder bereits nach sieben Monaten so perfekt aussahen und scheinbar nur noch an Gewicht im Bauch ihrer Mütter zunahmen. Die Haut der kleinen Fabienne war so durchsichtig, dass man den Verlauf ihrer Adern sehen konnte. Es hatte den Anschein, als würde blaues Blut durch ihren Körper transportiert werden, was natürlich ein Unsinn war, es war so rot wie das aller anderen Menschen auch. Die Sorge um die Mutter des kleinen Mädchens half Anna, nicht über die eigenen Probleme nachdenken zu müssen.

»Was mag der Grund für das hohe Fieber sein?«, fragte Anna und legte das Mädchen zurück in die Wiege, in der sich warme Ziegelsteine befanden.

»Eine Entzündung«, sagte Theresa. »So ähnlich wie eine eitrige Mandelentzündung oder eine entzündete Wunde.«

»Was hältst du von Schafgarbe, Kamille und Frauenmantel?«, fragte Anna.

»Gute Idee«, befand Theresa und nickte. Ihre Nichte hatte in den letzten Jahren viel gelernt. Bald würde sie Anna nichts Neues mehr beibringen können.

»Und gegen das Fieber machen wir einen Kaltansatz aus Silberweidenrinde, Eichrinde und Schwarzpappelrinde. Außerdem geben wir der Frau einen kräftigen Schluck Sanddornsirup«, sagte Anna und kramte bereits im Korb nach den Kräutern.

»Wer war der junge Mann?«, fragte Theresa scheinbar beiläufig.

Anna zuckte mit den Schultern: »Ein Jurist im Dienste Starhembergs.«

»Und was wollte er von dir?«

»Mich nach Hause begleiten«, sagte Anna.

»Warum?«

»Wie soll ich das denn wissen?« Anna hatte alle Kräuter beisammen und ging damit in die Küche, um die Magd anzuweisen, einen Aufguss zuzubereiten. Sie hatte nicht die geringste Lust, sich weiter von ihrer Tante verhören zu lassen.

Nachdem Anna und Theresa alles für die Kaufmannsfrau getan hatten, was in ihrer Macht stand, beschloss Theresa zu bleiben, um den weiteren Verlauf des Fiebers zu beobachten. Sie schickte Anna nach Hause und bat sie, Hannes von dem Vorfall im Hof zu erzählen, vor allem von den Anschuldigungen gegen sie beide. Sie wollte nicht, dass der Junge auf der Straße davon erfuhr.

Als Anna die Treppe herunterkam, verabschiedete Lorenzo sich rasch von Meister Kästner und trat auf sie zu.

»Posso?«, fragte er mit einem Blick auf Annas Korb. Als Antwort reichte sie ihm wortlos den Korb, der heute ungewöhnlich schwer war. Die Ereignisse der letzten Stunden hatten Anna zugesetzt, deshalb war sie besonders froh, den Weg in die Tuchlauben nicht allein gehen zu müssen.

Lorenzo schwieg eine Weile. Dann stellte er die Frage, die ihm seit der Szene im Hof nicht aus dem Kopf ging: »Von welchen Teufelsmalen fantasierten der Mönch und der ungewaschene Medicus da eigentlich?«

Anna zögerte. Dann sagte sie: »Er meinte rote Flecken am Kopf des toten Kindes.«

»Es waren ja zwei Kinder im Bauch der armen Frau, vielleicht kommen die Flecken daher, dass sie so dicht beieinandergelegen haben. Könnte das nicht sein?« Lorenzo war davon überzeugt, dass es für alles eine logische Erklärung gab, und glaubte nicht an den Teufel. Aber er wusste, dass manche Menschen zu Taten imstande waren, die man allgemein lieber dem Teufel zuschrieb.

»Der Mönch behauptet, die Male hätten ausgesehen wie der Biss einer riesigen Schlange«, sagte Anna.

Lorenzo blieb stehen und sah sie ernst an: »Und? Haben sie das?«

Anna zuckte mit den Schultern, sie mied seinen Blick und ging rasch weiter.

»Es muss eine Erklärung für diese roten Flecken geben«, sagte Lorenzo, während er sich vorzustellen versuchte, wie so ein winziges, zwei Monate zu früh geborenes Kind aussah. Seine Vorstellungskraft reichte leider nicht aus, ihm fehlte jede Erfahrung mit Neugeborenen.

Je länger er nachdachte, umso nervöser wurde Anna. Sollte sie ihn einweihen? Was würde der praktisch veranlagte Jurist von einer Geburtszange halten? Würde er sie verurteilen?

»Habt Ihr Erfahrungen mit Hexenprozessen?«, fragte Anna.

»Gott sei Dank nein.«

»Aber während Eures Studiums habt Ihr doch bestimmt über Hexenprozesse gelernt«, fragte Anna.

»Das blieb mir natürlich nicht erspart«, sagte Lorenzo, und vor seinem inneren Auge tauchte das kantige, asketische Gesicht eines alten Klerikers auf, der mit fanatischer Stimme die jungen Studenten davon überzeugen wollte, dass die Existenz von Hexen wissenschaftlich zu beweisen sei.

»Dieser Teil des Studiums gehörte nicht zu meinen Lieblingsthemen.«

»Kann man einen Hexenprozess unbeschadet überstehen?«, wollte Anna wissen.

Auf einmal hatte Lorenzo das sichere Gefühl, dass Anna von sich sprach. Sofort fürchtete er, dass die Sorge in seinem Gesicht zu lesen war.

»Ich weiß zu wenig über diese Art der Prozesse«, log er. Auf seinen Reisen war er zweimal unfreiwilliger Zeuge von Hexenverbrennungen geworden, und beide Male hatte er den Blick auf die von Folter entstellten Körper vermieden. Der Gedanke, Anna in einer ähnlichen Situation wiederzufinden, jagte ihm Angst ein.

»Wir werden herausfinden, was es mit den Malen auf sich hat, und die Sache aufklären«, sagte er entschlossen.

»Würde es mich entlasten, wenn ich zugebe, dass ich die Male selbst verursacht habe?«, fragte Anna vorsichtig.

»Macht Euch nicht lächerlich«, sagte Lorenzo. Wollte Anna ihm einreden, tatsächlich eine Hexe zu sein?

»Aber ich bin wirklich schuld an den Malen«, gestand Anna so leise, dass sie selbst sich nicht sicher war, ob man sie überhaupt hören konnte.

»Wie bitte?«, rief Lorenzo ungewollt scharf und völlig verständnislos.

Augenblicklich bereute Anna ihren letzten Satz, aber sie konnte das Gesagte nicht mehr zurücknehmen. »Wir wussten, dass das Kind tot war, und es steckte fest. Die Frau hatte keine Kraft mehr, sie wäre gestorben, hätte ich nicht geholfen«, verteidigte sie sich.

»Und da habt Ihr mit einer Schlange gearbeitet?«, fragte Lorenzo ärgerlich. Die Geschichte kam ihm absurd und gefährlich vor.

Anna schüttelte den Kopf: »Nein, natürlich nicht. Ich habe eine Geburtszange verwendet.« Anna hatte gehofft, das Geständnis würde ihr Erleichterung verschaffen, aber im Moment war davon nichts zu spüren.

Lorenzo riss seine ohnehin großen Augen noch weiter auf. »Was zum Henker ist eine Geburtszange?«, fragte er. In seiner Unwissenheit hatte er immer gedacht, die Kinder kämen einfach zur Welt, ohne dass man recht viel dazu beitragen musste. Er hatte offenbar keine Ahnung von der Wirklichkeit.

»Ich glaube, wir sprechen lieber im Haus weiter. Wenn Ihr wollt, zeige ich Euch die Zange. Ihr Gebrauch ist verboten, nicht nur in Wien. Sie darf nur in England verwendet werden.« Anna öffnete die Tür ihres kleinen Hauses und ließ Lorenzo den Vortritt.

»In mancher Hinsicht sind die Engländer ein kluges Volk, sie haben die Katholiken schon vor der Reformation aus dem Land gejagt«, murmelte Lorenzo leise.

»Seid Ihr ein Lutheranhänger?«, fragte Anna überrascht. »Die erlauben den Gebrauch der Zange übrigens auch nicht.«

Lorenzo schüttelte den Kopf. »Nein, ich stamme aus einer braven katholischen Familie. Während der Fastenzeit gehen meine Mutter und meine Schwestern dreimal am Tag in die heilige Messe. Was angesichts der endlos langen Messen, die in meiner Heimat nach wie vor in Latein abgehalten werden, ein echtes Martyrium ist.«

»Nur weil Eure Familie die heilige Messe besucht, heißt das noch lange nicht, dass Ihr ein ehrfürchtiger Katholik seid«, sagte Anna bitter, in Erinnerung an ihren verstorbenen Ehemann. Der war täglich dreimal, auch außerhalb der Fastenzeit, in die Messe gelaufen. Aber das hatte ihn nicht davon abgehalten, seine junge Ehefrau zu misshandeln.

»Wäre das ein Problem, wenn ich kein Katholik wäre?«

Anna überlegte. Das Thema des Gesprächs war gefährlich.

»Nein, ich denke, es ist mir gleich, ob Ihr Katholik oder Lutheranhänger seid«, sagte sie ehrlich.

»Und wie wäre es mit einem Juden oder einem Muslim?«

»Ich kenne keine Juden, unser Kaiser hat alle aus der Stadt vertrieben, als ich noch ein Kind war, und vor den Muslimen habe ich im Moment Angst, wo wir doch damit rechnen müssen, von ihnen überfallen zu werden.«

»Aber Ihr würdet mit mir reden, auch wenn ich einem anderen Glauben anhinge?«, fragte Lorenzo.

»Ihr wärt immer noch ein Mensch.«

»Aber einer mit einem anderen Glauben.« Lorenzo ließ nicht locker.

»Und deshalb weniger wert?«, stieß Anna ärgerlich hervor. »Wie ist Eure Meinung dazu?«

»Es kommt darauf an, wie wir leben, und nicht darauf, welchen Namen wir dem Gott geben, zu dem wir beten.

Und ich hoffe, Ihr werdet diesen Satz rasch wieder vergessen und niemals in einem Prozess gegen mich verwenden«, sagte Anna.

»Dieser Satz zeigt, wie weit Ihr davon entfernt seid, etwas Teuflisches an Euch zu haben. Dennoch würde ich Euch raten, Eure Meinung nicht öffentlich kundzutun.«

»Ihr habt mich danach gefragt«, sagte Anna patzig und warf lauter als beabsichtigt die Tür hinter sich ins Schloss.

»Ich weiß, verzeiht mir, und nun zeigt mir Eure Geburtszange«, sagte Lorenzo. Anna führte Lorenzo in die Küche, wo Hannes am Küchentisch saß und in Annas Haushaltsbuch blätterte.

»Ich habe den Fehler gefunden«, rief er stolz.

»Das ist ja unglaublich«, sagte Anna. Seit Tagen brütete sie jeden Abend über dem verhassten Haushaltsbuch, in dem sie alle Einnahmen und Ausgaben festhielt. Irgendwo hatte sich ein Rechenfehler eingeschlichen, den sie einfach nicht hatte finden können. Sie war Hannes sehr dankbar, dass er ihr die unangenehme Arbeit abgenommen hatte. Der Junge besaß eine besondere Begabung für Zahlen – das Rechnen und der Umgang mit dem Haushaltsbuch schien ihm sogar Spaß zu machen! Hannes grinste, aber sein Gesicht verfinsterte sich, als er sah, wen Anna mitgebracht hatte.

»Hannes, kannst du bitte in die Wollzeile laufen und bei Meister Konrad eine Flasche Sanddornsirup abholen?«, fragte Anna.

Nur widerwillig verließ Hannes das Haus und ließ Anna mit dem Besuch allein. Er warf Lorenzo einen düsteren Blick zu, bevor er sich die Mütze auf den Kopf setzte und loslief.

Kaum war die Tür ins Schloss gefallen, machte sich Anna daran, die Truhe abzuräumen und die Geburtszange hervorzuholen.

Fasziniert betrachtete Lorenzo das ziemlich grob aussehende Werkzeug. Er konnte nicht glauben, dass man damit Kinder aus dem Bauch schwangerer Frauen holen konnte. »Ist das Ding nicht zu klobig?«, fragte er und wog es in seiner rechten Hand.

»Es ist nicht einfach, einen geschickten Schmied zu finden, der eine solche Zange anfertigt, ohne neugierige Fragen zu stellen.«

Das konnte Lorenzo sich sehr gut vorstellen. Zu wissen, dass dieses Instrument in Annas Haus lag, beunruhigte ihn. Kein Richter würde zögern, die Hebammen zu verurteilen, wenn er erfuhr, dass sie mit dieser Zange arbeiteten.

»Wie oft verwendet Ihr die Zange?«, fragte Lorenzo besorgt.

»In diesem Jahr haben wir sie zweimal benutzt«, sagte Anna wahrheitsgetreu.

»Ihr habt Euch damit zweimal in die Gefahr begeben, auf dem Scheiterhaufen zu landen.« Lorenzo gab Anna die Zange zurück.

»Hätten wir die Hafnerin und ihren kleinen Hubert sterben lassen sollen? Oder Frau Kästner und Fabienne?«, fragte Anna aufgebracht, während sie die Zange wieder ganz unten in der Truhe verstaute. Anschließend räumte sie Küchengeräte auf den doppelten Boden, verschloss die Truhe und stellte die Schüssel mit Nüssen auf das unauffällige Möbelstück.

»Bitte versprecht mir, die Zange nicht mehr zu benutzen, solange die Sache mit der Anklage nicht erledigt ist«, sagte Lorenzo und sah sie dabei direkt an. Annas Knie wurden weich, und ihr Magen zog sich zusammen. Lag es an seinen hellblauen Augen, dass Anna ihm das Versprechen gab? Sie konnte es hinterher nicht mehr sagen.

11

Am anderen Ende der Stadt, im Palais Auersberg, hatte ein Diener zum Mittagessen geläutet. Kurz darauf erschienen der Fürst und seine Gemahlin im großen Esszimmer. Der Raum wirkte trotz der hohen Fenster dunkel, kalt und unpersönlich. Der Fürst und die Fürstin nahmen an den beiden Enden der endlos langen Tafel Platz.

Ein Diener wollte die Suppe einschenken, nahm aber die leeren Teller wieder mit, da sowohl die Fürstin als auch der Fürst auf die Kresseschaumsuppe verzichteten. Gleich darauf trug ein anderer Diener die Hauptspeise auf: gebratene Wachteln mit dicker Sauce und glacierten Äpfeln. Die Fürstin verzichtete auf die Sauce und das Brot. Sie verdünnte den fruchtigen Weißwein mit Wasser und beobachtete die helle Flüssigkeit, die im kunstvoll geschliffenen, hellgrünen Glas perlte.

»Was wollte Pater Abraham von dir?«, fragte sie, während sie mit ihrer silbernen Gabel einen winzigen Bissen zum Mund führte.

»Einen Gefallen, wie immer«, sagte der Fürst. Unter seiner hohen Perücke rann ihm der Schweiß in die Stirn. Er wischte ihn mit einem spitzenbesetzten Ärmel weg und winkte dem Diener, damit dieser den leeren Weinkelch erneut auffüllte.

»Welche Art von Gefallen?«, fragte die Fürstin spitz. Jeder in der Stadt wusste, dass sie diejenige war, die in diesem Haus die Entscheidungen traf. Warum war der Pater zu ihrem Mann gegangen und nicht zu ihr?

»Es geht um eine Hexengeschichte. Zwei Hebammen sollen ein Kind umgebracht und die Mutter verhext haben. Pater Abraham will, dass die Angelegenheit untersucht wird.« Der Fürst nahm einen kräftigen Schluck aus dem frisch gefüllten Glas.

Seine Frau legte die Gabel an den Rand des Tellers. Ihr war der Appetit vergangen: »Um welche Hebammen handelt es sich dabei?«

»Keine Ahnung, ich merke mir doch keine Namen«, erwiderte der Fürst und leerte sein Glas in einem Zug. Diesmal stand der Diener unaufgefordert mit der vollen Karaffe hinter ihm und füllte augenblicklich nach. Die Fürstin warf ihrem Mann einen angewiderten Blick zu. Noch war er bei klarem Verstand, aber schon der nächste Becher würde seine Sinne vernebeln und seine Zunge schwermachen.

»Unsere Stadt hat im Moment fürwahr andere Probleme als die Verfolgung von Hexen«, sagte sie vorsichtig.

»Da hast du recht, mein Täubchen.« Der Fürst schnalzte mit der Zunge, und die Fürstin zuckte zusammen. Sie hasste diesen Kosenamen, den man schwachen, kleinen Frauen gab.

»Kann es sein, dass die Hebammen Stöckel und Zapf heißen?«, fragte die Fürstin.

Begeistert ließ der Fürst seine Faust auf den Tisch donnern: »Ja, mein kluges Täubchen. Du hast wieder einmal recht.«

Verärgert schob die Fürstin ihren Teller zur Seite, faltete die Serviette aus teurem Damast, stand auf und schritt die lange Tafel entlang. Ihre hohen Absätze klapperten auf dem gefliesten Boden. Sie setzte sich direkt neben ihren Mann und senkte die Stimme: »Du wirst dem Priester eine Absage erteilen und ihm deutlich zu verstehen geben, dass er die Hebammen in Ruhe lassen soll.« Mit routinierter Handbewegung schickte sie die Diener aus dem Raum. Es gab Themen, die man vor dem Personal geheim halten musste.

Der Fürst hob überrascht den Kopf. Sein Gesicht glänzte vom Alkohol, sein Mund war nach dem Essen umgeben von Fettspuren. Auf ihren strengen, musternden Blick hin entfernte er sie mit seinem Spitzenärmel und blickte seine Frau mit rot unterlaufenen Augen neugierig an.

»Anna Stöckel ist die Hebamme, die noch in dieser Woche die Schwangerschaft deiner Tochter bestätigen wird. Verstehst du mich?« Die Fürstin senkte abermals die Stimme und flüsterte nur noch. Manchmal hatten die Wände des Palais Ohren, die nichts von dieser Angelegenheit erfahren durften.

Trotz des dritten Glases Weißwein verstand der Fürst sofort. Nach einer kurzen Denkpause meinte er: »Wir sollten den Prediger dennoch nicht ganz vergrämen, vielleicht erweist es sich im Herbst von Vorteil, eine bestimmte Person elegant beiseitezuschaffen.«

Die Fürstin lächelte. Ja, das war der Grund, warum sie diesen Mann trotz seiner Trinksucht und seiner schlechten Manieren manchmal mochte und ihre Ehe nicht ständig bereute.

»Ich werde mit Abraham reden und die Sache regeln«, verkündete der Fürst. Als die Fürstin zufrieden aufstand, fügte er leise hinzu: »Mein Täubchen!« Er unterließ es, seiner Frau auf den Hintern zu klopfen, auch wenn die Verlockung sehr groß war.

12

Die Nachricht über die Anklage gegen Anna und Theresa verwirrte Hannes. Anna versuchte, ihm gegenüber die Sache herunterzuspielen, was ihr aber nicht recht gelang. Der Junge machte ein entsetztes Gesicht, stellte aber keine

Fragen, sondern zog sich wortlos in den Garten zurück. Als Anna in der Küche Zwiebeln schälte, hörte sie, wie die Haustür sich leise öffnete und wieder schloss. Hannes verließ das Haus, ohne Anna zu sagen, wohin er wollte. Das hatte er bis jetzt noch nie getan. Beunruhigt sah ihm Anna durch das Küchenfenster nach, konnte aber nur noch seinen Rücken erkennen.

Hannes hätte nicht sagen können, wohin er gehen wollte, denn er wusste es selbst nicht genau. Er hatte einfach das dringende Bedürfnis, sich zu bewegen und auf diese Weise das Bild, das sich in seinem Kopf befand, wieder loszuwerden. Er sah den entstellten Körper seiner Mutter neben einem Pestwagen liegen. Daneben die dürre, unterernährte Gestalt seiner kleinen Schwester. Und er sah sich selbst, wie er von der erfolglosen Suche nach Lebensmitteln zurückgekommen war und ein buckliger, sturzbetrunkener Mann seine Mutter auf den Wagen geworfen hatte wie ein Stück Vieh. Hannes hatte geschrien und getobt und sich auf die Leichen seiner Mutter und seiner Schwester stürzen wollen. Doch man hatte ihn nur mit einem heftigen Stoß weggetreten. So hatte er sich nicht einmal verabschieden können.

Die Vorstellung, Anna und Theresa nach so kurzer Zeit ebenfalls zu verlieren und mitansehen zu müssen, wie sie verurteilt und vielleicht sogar gefoltert und verbrannt wurden, war unerträglich. Diesmal würde er rechtzeitig handeln. Hätte Hannes damals für gutes Essen gesorgt, wären seine Mutter und seine Schwester vielleicht noch am Leben. Er hatte zu lange gewartet, hatte sich nicht aus dem versiegelten Haus gewagt, das wegen der Pest niemand hatte verlassen dürfen. Deshalb war er in seinen Augen mitschuldig am Tod seiner Mutter. Das passiert mir nicht noch einmal, sagte er sich. Er musste diese Anklage verhindern, bloß wie?

Völlig in seine Gedanken versunken, lief der Junge planlos die Tuchlauben entlang und stieß nach drei Kreuzungen auf eine bekannte Person. Nur einige Meter vor ihm ging Martecelli und bemerkte ihn nicht. Hannes beschloss, ihm zu folgen. Er traute dem Kerl nicht. Vielleicht war er ja sogar schuld an der Sache? Schließlich kannte er die Kaufmannsfamilie in der Krugerstraße. Anna hätte ihn niemals ins Haus gelassen, wenn sie nicht so verzweifelt gewesen wäre. Je länger Hannes darüber nachdachte, umso besser passten seine Überlegungen zusammen. Vielleicht steckte Martecelli hinter der Angelegenheit. Er brachte Anna in Gefahr, um sich jetzt ihre Gunst und ihr Vertrauen zu erschleichen. Aber Hannes würde ihm einen Strich durch die Rechnung machen. Er würde seine Pläne vereiteln.

Unauffällig folgte er dem hochgewachsenen Mann. Martecelli bog in eine Seitengasse ein, blieb unschlüssig stehen und drehte wieder um. Hannes sprang in letzter Sekunde in einen dunklen Torbogen. Sein Herz schlug rasend schnell. Was hatte der Mann vor? Was wollte er hier überhaupt? Wäre er ein erwachsener Mann, er würde Martecelli ordentlich verprügeln und ihm klarmachen, dass er Anna in Ruhe lassen sollte. Aber was konnte ein klein geratener, zehnjähriger Junge schon ausrichten? Ein Messer, er bräuchte das lange Küchenmesser, mit dem Theresa immer Fleisch und Speck schnitt. Damit könnte er dem Mann drohen.

Hannes drückte sich ganz dicht an die Hausmauer. Martecelli war bisher noch nicht an ihm vorbeigekommen, wahrscheinlich war er weitergegangen. Vorsichtig schaute Hannes aus seinem sicheren Versteck. Die Gasse war leer. Verdammt, er hatte den Mann verloren. Rasch lief er die Gasse entlang bis zur nächsten Kreuzung. Er schaute nach rechts und links, aber von Martecelli fehlte jede Spur. Verärgert drehte er sich um und rannte in die andere Richtung, wahrscheinlich hatte er den Mann nicht gesehen, als er an ihm vorbeigegangen war. Hannes bog nach rechts ein und befand sich plötzlich auf dem Bauernmarkt. Er sah sich hastig um und entdeckte Martecelli ganz hinten bei einem Blumenstand. Wollte er Anna Blumen schenken? Oder hatte er noch mehr Frauen, deren Gunst er sich erschlich?

Hannes merkte, dass er sich nicht mehr zurückhalten konnte. Er lief blindlings auf ihn zu, rammte dabei aber einen Stand mit frischen Gewürzen. Der Tisch fiel laut krachend um. Sofort entstand ein Tumult. Die Marktfrau schrie wie verrückt, sie hielt Hannes für einen Dieb und zeterte und brüllte. Ein kräftiger, dicker Mann mit einer langen Schürze vor dem mächtigen Bauch zerrte Hannes, der bei dem Unfall zu Sturz gekommen war, auf die Füße und hielt ihn grob fest.

»Holt die Wache. Der Junge wollte mich bestehlen!«, rief die aufgebrachte Frau. Ohne Vorwarnung gab der dicke Mann Hannes eine Ohrfeige, so dass der Kopf des Jungen nach hinten flog und so heftig gegen eine Holzstange des Marktstandes prallte, dass er eine Platzwunde erlitt. Zudem surrte jetzt sein rechtes Ohr. Er konnte nichts hören, sah sich verwirrt um und bemerkte vor Aufregung gar nicht, dass ihm warmes Blut auf die Schulter tropfte.

Während seiner gesamten Zeit als Straßenjunge war ihm nichts dergleichen passiert. Jetzt, da er ein festes Dach über dem Kopf hatte und weit davon entfernt war, zu stehlen, wurde er des Diebstahls beschuldigt. Das Leben war verrückt. Gleich würde die Stadtwache kommen und ihn mitnehmen, ohne ihn vorher anzuhören. Hannes wusste, wie man mit Dieben umging, und im Moment konnte er auch kein Zuhause angeben. Unter keinen Umständen würde er den Hebammen noch mehr Probleme bereiten.

»Lasst den Jungen los. Ich kenne ihn, er ist kein Dieb«, rief plötzlich jemand. Als Hannes sich zu der Stimme umdrehte, sah er Lorenzo Martecelli neben dem dicken Mann stehen.

»Ich denke nicht daran«, rief die Marktfrau. »Der Bursche hätte meinen ganzen Stand auseinandernehmen können.«

»Hat er aber nicht«, sagte Lorenzo scharf. Die künstliche Aufregung der Frau war reichlich übertrieben.

Der Dicke sah Lorenzo abschätzend von oben bis unten an. Der junge Mann war ein Gelehrter, das sah man auf den ersten Blick. Die feinen Hände mussten keine harte Arbeit verrichten. Sollte die Marktfrau die Sache selbst klären. Er hatte keine Lust auf Streit, vor allem dann nicht, wenn es gar nicht um seinen Besitz ging. Brummend ließ er von Hannes ab, versetzte ihm aber noch einen heftigen Stoß, dass der Junge in Lorenzos Richtung taumelte. Der fing ihn auf und suchte vergebens nach einem Tuch, mit dem er die Platzwunde zudecken konnte.

»Habt Ihr ein sauberes Tuch? Der Junge blutet«, fragte Lorenzo.

»Ja sicher, so stellt der feine Herr sich das vor. Jetzt werde ich den kleinen Dieb auch noch verbinden«, empörte sich die Marktfrau, dabei gestikulierte sie wild mit den Armen. »Die Stadtwache, ich brauche die Stadtwache, der kleine Dieb entkommt mir sonst noch!«

Hannes war immer noch benommen von der Ohrfeige. Sollte er es wagen und davonlaufen? Aber das würde so aussehen, als hätte er tatsächlich vorgehabt, die Frau zu bestehlen.

»Jetzt hört endlich auf, so zu schreien«, sagte Lorenzo verärgert. »Der Junge ist lediglich in Euren Stand gelaufen, das kann jedem passieren. Nicht ein einziger Kräutertopf fehlt Euch.«

»Aber einer ist kaputtgegangen, und dieses Grünzeug hier kann ich auch nicht mehr verkaufen, so mickrig sieht es nach dem Sturz aus!«

Lorenzo war sich sicher, dass das Büschel Petersilie in der Hand der Marktfrau vor dem Sturz auch nicht besser ausgesehen hatte. Er verdrehte die Augen, griff in seinen Geldbeutel und holte zwei Kreuzer heraus. »Mehr war das Zeug nicht wert«, sagte er und warf es der Frau abfällig auf den Verkaufstisch. Dann nahm er Hannes am Arm und zog ihn eilig von der Marktfrau weg, bevor sie womöglich wieder anfing, nach der Stadtwache zu rufen. Gierig griff die Frau nach den Münzen und ließ sie in ihre Schürze gleiten. Als sie wieder aufblickte, waren Lorenzo und Hannes verschwunden. Sie keppelte weiter, rief aber nicht mehr nach Hilfe.

»Das hätte schlimm ausgehen können«, sagte Lorenzo. Er kaufte einem Händler ein kleines Stück Tuch ab und reichte es Hannes, der es vorsichtig gegen seinen Hinterkopf drückte.

»Wo warst du denn mit deinen Gedanken, dass du den Stand einfach umgelaufen hast?«

Der Junge schämte sich, was ihm noch selten passiert war. Und er konnte Lorenzo, der ihn gerade vor dem Gefängnis bewahrt hatte, unmöglich die Wahrheit sagen.

»Weißt du, was lustig ist?«, fragte Lorenzo und sah den Jungen von der Seite an. »Ich bin Anna Stöckel das erste Mal auch auf dem Markt begegnet, in einer ganz ähnlichen Situation.«

»Anna hat einen Marktstand umgeworfen?«, fragte Hannes neugierig.

»Nein, aber sie hat kostbare Eier geopfert, um einem kleinen Jungen zur Flucht zu verhelfen.«

Hannes wurde aus der Erklärung nicht ganz schlau, fragte

aber nicht weiter nach. Sein Kopf brummte, und mit dem rechten Ohr hörte er immer noch nichts. Nur dieses Summen. Jetzt merkte er auch noch, dass ihm übel wurde, er schwankte sogar leicht.

»Ich werde dich nach Hause bringen, du siehst nicht gut aus. Aber du hast mir immer noch nicht verraten, was du auf dem Markt vorhattest. Oder willst du es nicht verraten?«

Hannes ärgerte sich über sich selbst. Dieser Mann war viel zu nett. Er sollte nicht nett sein, er hatte doch Anna angezeigt. Oder etwa doch nicht?

»Mögt Ihr Anna?«, fragte Hannes unverblümt.

Lorenzo blieb verdattert stehen. Auf diese Frage war er nicht gefasst gewesen. »Du magst sie sehr gern, habe ich recht?«, stellte er die Gegenfrage.

Hannes nickte, bereute es aber sofort, denn schon diese kleine Bewegung tat ihm weh. »Die Hebammen haben mich bei sich aufgenommen, noch vor einem halben Jahr hab ich auf der Straße gelebt.«

»So etwas Ähnliches dachte ich mir schon«, sagte Lorenzo, während er weiterging und der Junge ihm folgte. »Und jetzt machst du dir Sorgen um die beiden wegen der Anklage.«

»Ich habe Angst«, sagte Hannes leise. Eigentlich sollte er sich für diese Worte genieren, aber er fühlte sich fast erleichtert.

»Das kann ich gut verstehen«, sagte Lorenzo, wodurch Hannes sich nur noch schäbiger vorkam. Wie hatte er nur auf die Idee kommen können, dass dieser Mann etwas mit der Anklage zu tun hatte?

»Werden die beiden verbrannt werden?«, fragte Hannes.

Sofort blieb Lorenzo erneut stehen. Er wollte dem Jungen etwas von der Angst nehmen, die ihn offensichtlich schier aufzufressen drohte. Sie leuchtete förmlich aus seinen Augen und zeigte sich an seiner niedergeschlagenen Körperhaltung. Es war unmöglich, sie nicht zu spüren.

»In Wien ist erst ein einziges Mal eine angebliche Hexe verbrannt worden, und das ist hundert Jahre her. Außerdem hat die Stadt zurzeit eine Menge anderer Probleme. Auch wenn es im Moment niemand zu glauben scheint, so werden bald die Türken vor der Tür stehen. Dann wird sich niemand um zwei Hebammen kümmern, die noch dazu in der ganzen Stadt hochangesehen sind«, sagte Lorenzo. Dann fügte er hinzu: »Ich will trotzdem herausfinden, wer hinter dieser fiesen Anklage steht. Willst du mir dabei helfen?«

Hannes nickte wieder zu heftig, aber diesmal nahm er die Schmerzen tapfer in Kauf. Innerhalb einer Stunde war Lorenzo vom erbitterten Feind zum Freund und Verbündeten geworden. Deshalb ließ er sich bereitwillig von ihm zurückbringen und störte sich nicht einmal daran, dass Annas Entsetzen über seine Verletzung sie nicht davon abhielt, sich für jeden sichtbar über das schnelle Wiedersehen mit Lorenzo zu freuen.

13

Die Frau des Kaufmanns erholte sich überraschend schnell. Das hohe Fieber ging zurück, schon nach vier Tagen konnte sie wieder aufrecht im Bett sitzen und ihre winzige Tochter stillen. Anna und Theresa statteten der Wöchnerin regelmäßig Besuche ab, wobei sie nicht zu zweit gingen, sondern sich abwechselten. Beide waren mit den gesundheitlichen Fortschritten der Frau zufrieden. Auch der kleinen Fabienne schien es gutzugehen. Das Mädchen hatte Appetit und trank kräftig von der Brust der Mutter. Der Kaufmann entlohnte die Hebammen mit einer ungewöhnlich hohen Summe. Offenbar fühlte er sich schuldig, weil man Anna und Theresa angeklagt hatte, nachdem sie seiner Frau und seiner Tochter das Leben gerettet hatten.

Wenige Tage nach dem Aufruhr im Hof des Kaufmanns brachte ein Bote ein offizielles Schreiben der Stadt in die Tuchlauben. Zuerst wollte Anna den Brief nicht öffnen, da sie annahm, es handle sich um die Weisung, die Stadt nicht verlassen zu dürfen. Aber sie brach den Umschlag schließlich doch auf und konnte kaum fassen, was sie las. In feinsäuberlicher Schrift und mit schwarzer Tinte stand dort, dass es bezüglich der Totgeburt von Maria Kästner zu keiner Untersuchung kommen würde, da die Anklage fallengelassen wurde. Aus Mangel an Beweisen verzichtete das Gericht auf jedes weitere Vorgehen. Anna brauchte einen Moment, bis sie begriff, was das Schreiben bedeutete: Sie und ihre Tante konnten sich wieder frei im gesamten Habsburgerreich bewegen.

Anna ließ sich erleichtert auf die Bank in der Küche fallen.

»Wir haben einflussreiche Fürsprecher«, sagte Theresa. Sie unterbrach ihre Arbeit und legte die Karotten zur Seite, die sie gerade putzte. Auch ihr war eine große Last vom Herzen genommen. Sie dachte an eine bestimmte Person.

»Du glaubst, die Fürstin hat nachgeholfen?«, fragte Anna.

Theresa legte nur den Kopf schräg. Das war weder ein Ja noch ein Nein.

»Wir müssen trotzdem vorsichtig sein. Die Sache hat sich längst herumgesprochen, und auch wenn kein Funken Wahrheit daran ist, hat unser guter Ruf ein paar unschöne Kratzer abbekommen. Es wird dauern, bis sie verschwinden.«

»Meinst du, wir können etwas tun, damit es schneller geht?«, fragte Anna.

Theresa hob die Schultern. »Man wird sehen.«

Für den Moment war die Gefahr gebannt, aber der Samen für das nächste Unheil war gesät.

14

SCHON AM NÄCHSTEN TAG wurde Anna ins Palais Lichtenberg gerufen, um die frisch angetraute Frau des Grafen zu untersuchen. Man schickte eine Sänfte, die Anna zum Palais bringen sollte. Etwas aufgeregt und verlegen raffte sie ihre Röcke zusammen und stieg in die enge Kiste aus Holz. Eine weitere Person hätte keinen Platz gehabt, obwohl sich auf der gegenüberliegenden Seite noch eine schmale Bank befand. Anna stellte ihren Korb auf dem rot gepolsterten Sitz ab. Als sie saß, hoben die beiden Träger, zwei kräftige Burschen, die Sänfte hoch und marschierten zügig los. Neugierig zog Anna die dunklen, schweren Vorhänge zur Seite und schaute aus den winzigen Fenstern hinaus auf die Straße. Hier waren andere Sänften, zwei Pferdefuhrwerke, einige Reiter und Fußgänger unterwegs. Plötzlich machten die Träger halt. Im nächsten Moment stellten sie die Holzkiste so unsanft ab, dass Anna auf ihre Sitzbank plumpste. Was war los?

»He, du da vorne, mach schneller oder geh zur Seite!«, rief der Bursche, der den vorderen Teil der Sänfte trug. Gudrun, die Hebamme aus einer der Vorstädte außerhalb der Stadtmauer, zog eine breite, schwerbeladene Handkarre und blockierte damit die schmaler werdende Straße. Sie schimpfte laut zurück, schob ihre Karre aber auf die rechte Straßenseite und legte eine Pause ein. Sie starrte Anna feindselig an und schüttelte den Kopf. Gleichzeitig lag eine Spur Neid in ihrem Blick. Ganz sicher würde in ein paar Stunden die ganze Stadt wissen, dass sich die Hebamme Anna Stöckel in einer Sänfte durch die Stadt tragen ließ.

Kurz vor dem Burgtor endete die Reise in der Sänfte. Diesmal wurde sie deutlich sanfter abgestellt. »Ihr müsst mit dem Wagen weiter!«, sagte einer der Burschen und deutete auf eine geschlossene Kutsche.

Anna kletterte umständlich aus der Kiste. Der freundlich dreinblickende Mann auf dem Kutschbock winkte Anna zu sich. »Immer nur herein«, sagte er, während Anna in das nächste Transportmittel kletterte. Das Innere der Kutsche war weitaus geräumiger als die Sänfte. Mit einem kräftigen Ruck setzte sich das Gefährt in Bewegung, und Anna wurde erneut durchgeschüttelt. Und wieder vertrieb sie sich die Zeit, indem sie aus dem Fenster schaute. Sie hatten das weitläufige Glacis hinter sich gelassen und waren bereits in einer der Vorstädte. Es ging vorbei an kleinen, mit Stroh gedeckten Häusern. Auf der Straße spielten Kinder. Als sie die Kutsche sahen, rannten sie ausgelassen nebenher. Anna konnte nicht verstehen, was die Kinder riefen, weil der dünne, struppige Hund, der die Gruppe begleitete, so laut bellte. Der Kutscher beschimpfte ihn vergeblich. Die Kinder lachten. Am Ende des Dorfes stieg die Straße etwas an, und plötzlich lag völlig unerwartet ein großer Garten vor ihnen, der von einem hohen Metallzaun umgeben war. Gleich hinter dem Zaun befand sich eine dichtbepflanzte Hecke aus immergrünen Pflanzen, die von einem phantasievollen Gärtner zurechtgeschnitten worden war. Das breite Tor wurde geöffnet, und der Kutscher lenkte den Wagen über einen weißen Kiesweg zu dem hellen Gebäude am Ende des Weges. Unter den Rädern der Kutsche knirschte der Kies.

Anna stieg erleichtert aus. Ihr Kleid war völlig zerknittert, und ihre Gelenke fühlten sich ganz steif an. Mit weichen Knien stand sie vor den Stufen, die zum Palais führten.

»Wenn Ihr fertig seid, hole ich Euch wieder ab«, sagte der Kutscher. Sein breites Grinsen legte große Zähne frei, die ihm eine gewisse Ähnlichkeit mit dem Pferd vor seiner Kutsche verliehen. Während Anna auf den Eingang zutrat, bewunderte sie die Lorbeer-, Orangen- und Zitronenbäumchen, die in großen Terrakottatöpfen rechts und links von den Stufen standen. Noch bevor sie den Klopfer aus Metall in Form eines Löwenkopfs betätigen konnte, wurde die breite Tür geöffnet. Ein Diener in Hausuniform bat sie herein und führte sie in das Empfangszimmer. Überall im Haus waren Diener damit beschäftigt, wertvolle Dinge in Kisten zu verpacken. Anna sah sich stirnrunzelnd um.

»Wir haben den Auftrag, alle Wertgegenstände zu verpacken, damit sie in Sicherheit gebracht werden können«, erklärte der junge Mann und hielt ihr eine Tür auf. In dem luxuriös eingerichteten Zimmer dahinter warteten der Graf und die Gräfin bereits auf sie.

Die junge Gräfin musterte Anna interessiert, während ihr Gemahl, ein kleiner, fetter Mann mit arrogantem Gesichtsausdruck, sie gelangweilt ansah. Er trug hohe Stöckelschuhe und eine unglaublich hohe Perücke. Vielleicht wollte er damit den Eindruck erwecken, größer zu sein.

»Wir haben Euch rufen lassen, damit Ihr meine Frau untersucht. Sie glaubt, schwanger zu sein«, sagte der Graf mit einer hohen Fistelstimme, die ganz und gar nicht zu seinem runden Körper passte. »Geht hinauf in die privaten Räume meiner Frau und bestätigt mir die erfreuliche Nachricht, dass ich bald einen prächtigen Erben haben werde.«

Das mit der Schwangerschaft kann ich Euch gleich bestätigen, dachte Anna bitter. Ob es ein Junge wird, hängt vom Samen Eures Vorgängers ab. Gut, dass der Graf Annas Gedanken nicht hören konnte.

Gemeinsam mit der jungen Gräfin stieg sie über die breite Treppe ins obere Stockwerk. »Ihr habt ein wunderschönes Palais«, sagte Anna, um das Schweigen zu brechen.

»Wenn die Osmanen kommen, werden sie alles dem Erdboden gleichmachen«, erwiderte die Gräfin. »Es war unsinnig, in unsicheren Zeiten wie diesen ein derart großes Anwesen außerhalb der Stadtmauern zu errichten.« Ihre Stimme klang abfällig, und sie fügte hinzu: »Aber mein Mann verfügt über genügend finanzielle Mittel. Nach einem Türkenkrieg kann er die zerstörten Dörfer rundherum billig aufkaufen und ein doppelt so großes Palais bauen lassen.«

Anna schluckte laut. »Werdet Ihr die Stadt verlassen, wenn die Türken kommen?«, fragte sie.

Die Gräfin warf Anna einen belustigten Seitenblick zu. »Glaubt Ihr, dass meine Mutter in jeder beliebigen Stadt eine Hebamme findet, die sie davon überzeugen kann, mich zu unterstützen?«

Erpressen wäre das passende Wort, dachte Anna und schwieg.

»Ich bin für die nächsten Monate an Euch gekettet«, sagte die Gräfin. Diesmal hatte die Stimme einen bitteren Beigeschmack.

Als sie im Zimmer der Gräfin ankamen, machte sich Anna daran, die junge Frau zu untersuchen. Alles war genauso, wie es sein sollte. Anna gab der Gräfin teures Weizenkeimöl zur Einreibung des Bauches, das die Frau bereitwillig bezahlte. »Es verhindert unschöne Risse in der Haut. Wenn Ihr es regelmäßig anwendet, wird man hinterher keine Spuren der Schwangerschaft an Eurem Körper sehen.«

»Kann ich etwas gegen die Übelkeit tun?«, fragte die Gräfin. »Ich muss mich nach wie vor jeden Morgen übergeben.« Leider kannte Anna kein zuverlässiges Mittel gegen das morgendliche Erbrechen. »Vielleicht hilft es Euch, wenn Ihr morgens noch vor dem Aufstehen eine Tasse Tee aus Himbeerblättern trinkt und ein Stück Brot esst.«

»Ich werde es versuchen.« Die Gräfin klingelte nach ihrer Zofe, damit ihr diese beim Ankleiden behilflich sein konnte.

»Ihr solltet Eure Taille nicht zu fest schnüren lassen, das schadet Eurem Kind«, sagte Anna.

»Ich werde darauf achten. Vielleicht verzichte ich in den nächsten Monaten ganz darauf.«

»Das wäre für Euch und Euer Kind das Beste.«

»Ich hätte da noch eine Bitte«, sagte die Gräfin. Plötzlich wirkte sie wieder so verletzbar und jung wie an dem Abend in der Tuchlauben vor ein paar Wochen. »Wenn Ihr meinem Mann die Schwangerschaft bestätigt, könntet Ihr ihn dann bitte davon in Kenntnis setzen, dass jeder eheliche Kontakt in den nächsten Monaten äußerst schädlich für seinen Erben wäre?« Der angewiderte Gesichtsausdruck der Gräfin gab Anna eine Vorstellung von der Hochzeitsnacht. Bilder aus ihrer eigenen Vergangenheit tauchten vor ihr auf, und sie antwortete rasch: »Natürlich.«

Als sie das Zimmer verlassen wollte, winkte die Gräfin Anna noch einmal zurück. Anscheinend hatte sie etwas Wichtiges vergessen. »Habt Ihr das Schreiben vom Fallenlassen der Anklage gegen Euch und Eure Tante bereits bekommen?«, fragte sie.

»Ja, das haben wir.«

Die Stimme der Gräfin hatte einen kalten, fast drohenden Ton angenommen: »Ich denke, Ihr wisst, wem Ihr diese Entwicklungen zu verdanken habt.«

Anna zögerte, bevor sie langsam antwortete: »Natürlich wissen wir das.«

Anna war froh, als sie das Gebäude mit all seinem Prunk und Luxus verlassen konnte. Wieder in der Sonne, atmete sie tief durch, warf einen Blick auf den üppigen, von Farben und Formen überladenen Garten und fand die Kutsche wieder, die im Schatten unter einem zierlichen Pfirsichbäumchen auf sie wartete.

»Stört es Euch, wenn ich neben Euch auf dem Kutschbock Platz nehme?«, fragte Anna. »Ich fürchte, mein armes Hinterteil übersteht keine weitere Fahrt in Eurer Kutsche.«

Der Mann grinste: »Na, dann herauf mit Euch, junge Frau.«

Schon nach wenigen Metern kannte Anna alle Details aus dem Leben des Kutschers. Es schien, als hätte er nur darauf gewartet, dass ihm endlich jemand Gesellschaft leistete, um sich einmal alles von der Seele zu reden. Der Mann hieß Hugo und war schon seit Jahren im Dienst des Grafen. Hugos Frau arbeitete ebenfalls im Haus der Lichtenbergs. Sie war Köchin, und die beiden waren seit Jahren verheiratet.

Anna hörte den Ausführungen geduldig zu. Hugo erzählte weiter, dass er und seine Frau sich Kinder wünschten. »Viermal hat es auch schon geklappt«, sagte er, klang dabei aber traurig. »Zwei Kinder sind direkt nach der Geburt gestorben. Die anderen zwei sind schon im Bauch meiner Frau gestorben und tot zur Welt gekommen.«

»Oh, das tut mir leid«, sagte Anna betroffen.

Hugo nickte. »Ja, es ist sehr traurig. Seit dem Tod des letzten Kindes ist meine Frau nicht mehr die Alte. Sie lacht kaum mehr und weint sehr viel. Sie glaubt, ich sehe und höre es nicht. Aber nachts, wenn sie denkt, dass ich längst schlafe, höre ich sie schluchzen.«

»Das muss sehr schwer für Euch sein.«

»Ja, das ist es. Denn Trude will sich von mir nicht trösten lassen. Das Einzige, was ihr helfen würde, wäre ein Kind. Aber das kann sie nicht mehr bekommen.«

»Wer hat das gesagt?«, fragte Anna.

»Die Hebamme«, sagte Hugo. Nach einer kurzen Pause fügte er hinzu: »Es war Eure Tante.«

Eigentlich hätte Hugo Anna nur bis zur Stadtmauer bringen sollen, aber er bestand darauf, sie nach Hause zu fahren. Er passierte die Stadtmauer durch das Burgtor. Trotz der späten Stunde wurde zwischen der Burg- und der Löwelbastei fleißig gegraben. Junge Männer aus den Vorstädten waren vom Kaiser zu den Grabungsarbeiten eingeteilt worden. Weder Anna noch Hugo wussten, was hier gebaut wurde.

»He, Ihr da, was grabt Ihr da?«, rief Hugo den Burschen zu.

Zunächst bekam er keine Antwort. Als er die Frage lauter wiederholte, blickte einer der jungen Männer auf. Sein Gesicht war sonnengebräunt und glänzte vom Schweiß der anstrengenden Arbeit: »Wir bauen Kaponniere!« Der Bursche handelte sich einen bösen Blick von seinem Vorarbeiter ein, der ihn sofort wieder zum Weitergraben anhielt.

Anna machte die Antwort nicht schlauer. Die Tatsache, dass an der Befestigung der Stadt gearbeitet wurde, war beruhigend und beunruhigend zugleich. Wien galt als eine der sichersten Städte. Nach den Türkenkriegen von 1529 hatte man damit begonnen, die Stadt zu sichern und die Befestigungsanlagen auszubauen. Seither war die Stadtmauer beständig umgebaut und mit Basteien und Türmen verstärkt worden. Von außen wirkte diese zackenförmige Anordnung bedrohlich und gefährlich. Wien galt als uneinnehmbar, und dennoch brachten die Reichen der Stadt ihre Besitztümer in den Westen des Reiches in Sicherheit. Wie viel Schutz konnte die Stadtmauer tatsächlich bieten?

Anna warf einen letzten Blick auf die Arbeiter. Sie hatte in ihrem kurzen Leben noch keinen Krieg miterleben müssen. Zum ersten Mal wurde ihr bewusst, dass sich das in Kürze ändern könnte, und dieser Gedanke machte ihr auf einmal große Angst.

15

Seit Tagen lag eine drückende Hitze wie eine geschlossene Dunstglocke über der Stadt. Bei jeder noch so kleinen Bewegung begann man zu schwitzen, und ein klebriger Schweißfilm überzog den Körper wie eine zweite Hautschicht. Es war, als müsste man sich mit einem scharfen Messer einen Korridor durch die feuchte, schwere Luft schneiden. Die Wiener stöhnten dementsprechend, und das Leben in der Stadt verlangsamte sich. Auf den Märkten wurde leiser geschrien, die Pferdefuhrwerke und Kutschen drosselten ihr Tempo, und die Menschen bewegten sich gemächlicher.

Die Luft in der winzigen Kanzleistube, in der Lorenzo nun seit den frühen Morgenstunden saß, bewegte sich nicht. Wie der Kanzleivorsteher unter seiner dicken Perücke überleben konnte, war Lorenzo ein Rätsel. Er überprüfte den letzten Vertrag, setzte noch ein Zeichen darunter und legte die Schreibfeder endgültig zur Seite. Wenn er noch eine Minute länger in diesem Loch eingesperrt war, würde er zu toben beginnen.

Eine Entschuldigung murmelnd, verließ er fluchtartig das

Gebäude. Er würde später wiederkommen und die restlichen Akten durcharbeiten. Der Kanzleileiter sah ihm fragend nach, sagte aber nichts.

Lorenzo trat auf die Straße. Hier war die Luft noch heißer. Lorenzo war Hitze aus seiner Heimat gewohnt, aber dort war sie anders, man konnte sie leichter ertragen. Hier in Wien war die Luft geradezu klebrig. Der Gestank von Mist, Senkgruben und Speiseresten mischte sich mit dem Geruch ungewaschener, schwitzender Körper arbeitender Menschen. Auf den Weinhügeln seines Vaters war es auch heiß, aber die Luft dort war trocken, und es roch nach Rosmarin, Lavendel und wildem Thymian. Lorenzo seufzte. Je länger er in dieser Stadt festgehalten wurde, umso weniger verstand er sich selbst. Warum war er aus Montepulciano geflüchtet?

Er blickte stadtauswärts. In der Ferne konnte er die dunstigen Umrisse sanfter Hügel erkennen. Wien war von Weinhügeln umgeben. Sicher war die Hitze auf einem dieser grünen Hügel erträglicher. Während er darüber nachdachte, wie er dorthin gelangen konnte, schlenderte er in Richtung Stadtmauer.

Plötzlich klopfte ihm jemand von hinten auf die Schulter. Lorenzo drehte sich rasch um und blickte in ein bekanntes Gesicht.

»Magister Martecelli, worüber denkt Ihr so angestrengt nach, dass Euch die Schweißperlen von der Stirn tropfen?«, fragte Anna. »Solltet Ihr um diese Uhrzeit nicht arbeitend in der Kanzlei sitzen?«

»An einem Tag wie heute muss man gar nichts machen, um ins Schwitzen zu kommen«, sagte Lorenzo. »Ich frage mich, ob auf einem dieser wunderbar grünen Hügel die Luft genauso dick ist wie hier in der Stadt.«

»Mit Sicherheit nicht«, sagte Anna. »Wenn Ihr wollt,

könnt Ihr es selbst herausfinden. Ich bin auf dem Weg nach Nussdorf, um dort nach einer Wöchnerin zu schauen. Ihr Mann, der Winzer Zierl, schickt einen Knecht mit einem Karren zum Schottentor, um mich zu holen.«

»Könnt Ihr Gedanken lesen?«, fragte Lorenzo. »Genau das wollte ich eben machen: einen Ausflug ins Grüne.«

»Für mich ist es weniger ein Ausflug, weil ich die Reise unternehme, um ein längst fälliges Honorar zu kassieren. Aber dieser brütenden Hitze für ein paar Stunden zu entkommen, ist sicher nett, da muss ich Euch recht geben.«

Vor dem Schottentor wartete ein junger Knecht auf einem alten, klapprigen Wagen auf Anna. Er sah Lorenzo verwundert an, ließ ihn aber mit einem mürrischen Kopfnicken auf seinem wackeligen Gefährt Platz nehmen. Dann setzte das Maultier sich in Bewegung, und der Wagen holperte auf einem Schotterweg die Donau entlang. Der leichte Fahrwind war eine Wohltat, schon allein deshalb lohnte sich der Ausflug. Doch zu beiden Seiten des Wassers breiteten sich dichte Auwälder aus, und sobald der Wagen langsamer fuhr, stürzten sich unzählige winzige Mücken auf die drei Menschen. Anna verscheuchte die Tiere mit den Händen. Auch Lorenzo versuchte die Quälgeister loszuwerden. Allein den Knecht schienen die Insekten nicht zu stören, er saß seelenruhig auf seinem Kutschbock und starrte gedankenverloren vor sich hin.

Unerwartet nahm der Weg eine scharfe Rechtskurve und führte einen steilen Hügel empor. Der Wagen ratterte mitten durch Weingärten. Auf den alten, knorrigen Weinstöcken waren schon die ersten winzig kleinen, dunkelgrünen Weintrauben zu sehen.

Der Weg wurde immer enger und steiler und endete abrupt vor einem alten, mit Stroh gedeckten Steinhaus. Wortlos bedeutete der Knecht seinen Passagieren abzusteigen. Lorenzo sprang auf den lehmigen Boden und wollte Anna behilflich sein. Doch sie lehnte seine Hand dankend ab und kletterte geschickt vom Wagen.

»Ich habe die Frau letzte Woche von einem gesunden Jungen entbunden, jetzt scheint es Probleme mit der Milch zu geben«, erklärte Anna und ging durch die niedrige Tür ins Haus. Sie musste sich bücken, um nicht mit dem Kopf gegen den Türpfosten zu stoßen.

Lorenzo blieb draußen, im Haus einer Wöchnerin hatte er nichts zu suchen. Eine Weile wartete er unschlüssig vor dem Haus. Dann entdeckte er einen schmalen Weg, der durch einen frisch angelegten Weingarten hügelaufwärts führte. Um sich die Zeit zu vertreiben, folgte Lorenzo dem Weg und gelangte schon bald zu einem alten Weinkeller aus Stein, der in den Hang gebaut war. Vor dem Keller befanden sich einige einfache Tische und Bänke. Hier schenkte der Winzer im Herbst seinen Wein aus. Lorenzo nahm auf einer der wackeligen, mit Moos bedeckten Bänke Platz. Ein alter Walnussbaum spendete Schatten.

Von hier aus hatte Lorenzo eine fabelhafte Sicht auf Wien. Er konnte das weitläufige Glacis sehen, hinter dem sich die massive Stadtmauer mit ihren Basteien und Türmen aufbaute. Innerhalb der Stadtmauer bildeten die Dächer der Stadt ein rotbraunes Farbenmeer. Im Zentrum der Stadt ragte unverkennbar der Turm von St. Stephan empor. Das glänzende grün-goldene Dach des Doms setzte sich deutlich vom Rest der Dächer ab. Die Hitze drückte immer noch, aber die Luft hier oben war frisch und würzig. Am Fuße des Hügels floss träge die Donau dahin, auf ihren Wellen spiegelte sich das Sonnenlicht.

Lorenzo lehnte sich gegen den dicken, warmen Stamm des

Nussbaums. Was für ein glücklicher Zufall, hierhergelangt zu sein. Hier zu sitzen, mit der Aussicht, jeden Augenblick wieder in den Genuss von Annas Nähe zu kommen, war genau das, was er sich gewünscht hatte. Es war einer dieser wenigen friedlichen Momente, die er gerne eingefangen, festgehalten und überallhin mitgenommen hätte. Lorenzo schloss die Augen und lauschte dem Zirpen der Grillen, dem leichten Wind in den saftig grünen Blättern des Nussbaums und dem Summen der Bienen. Es dauerte nicht lange, da war er eingeschlafen. Es war Annas empörte Stimme, die ihn wieder aufweckte.

»Magister Martecelli, ich habe nicht vor, mit Euch Verstecken zu spielen«, sagte sie leicht verärgert, »ich habe bereits nach Euch gerufen, aber Ihr habt mich nicht gehört.«

»Verzeiht, ich muss eingenickt sein«, sagte Lorenzo und setzte sich wieder gerade auf, »aber dieser Platz ist einfach wie geschaffen für ein gemütliches Nachmittagsschläfchen.«

Anna schüttelte den Kopf: »Wenn Graf Starhemberg wüsste, womit sein Jurist sich die Zeit vertreibt.«

Lorenzo zuckte mit den Schultern: »Wenn Ihr mich nicht verratet, wird er es nicht erfahren.«

»Ich werde darüber nachdenken«, sagte Anna und blieb unschlüssig vor der Bank stehen.

»Habt Ihr der Frau helfen können?«, fragte Lorenzo.

»Ich denke schon«, sagte Anna, »sie hat eine Brustentzündung mit hohem Fieber. Ich habe ihr kalte Topfenwickel gemacht.«

»Und das hilft?«

»Der Topfen zieht die Entzündung aus der Brust und hilft das Fieber zu senken.« Anna beschloss, sich ebenfalls zu setzen. Die Bank war schließlich breit genug für beide. Anna achtete darauf, etwas Abstand zwischen sich und Lorenzo zu lassen. »Ein nettes Plätzchen, das Ihr Euch hier ausgesucht habt.«

»Ich habe Wien noch nie von oben gesehen. Von hier betrachtet, ist es eine schöne Stadt«, meinte Lorenzo.

»Nur von hier oben?« Anna hatte Wien noch niemals verlassen und konnte sich nicht vorstellen, wie andere Städte aussahen.

»Ich habe in Florenz studiert«, erzählte Lorenzo und fügte nach einer kurzen Pause hinzu: »Die Städte der Toskana sind anders.«

»Wie anders?« Annas Neugier war geweckt.

Lorenzo überlegte. Er dachte an die flimmernde, trockene Mittagshitze der Toskana. An die rot gedeckten Dächer und die sandsteinfarbenen Häuser. An große, imposante Kathedralen, in deren Innerem es nach Weihrauch roch und es angenehm kühl war. Zypressen, Oliven- und Orangenbäume. An den Geruch von Rosmarin und wildem Thymian und an ein orange-gelbes Blumenmeer im Garten seiner Mutter. War das wehmütige Gefühl in seinem Bauch etwa Heimweh?

Lorenzo wich Annas Frage aus: »Hat der Winzer Euch Euren Lohn gegeben?«

Anna verzog das Gesicht zu einer Grimasse. »Er hat mit Naturalien bezahlt«, antwortete sie ein wenig bitter. Doch plötzlich legte sich ein munteres Lächeln über ihr Gesicht, und sie holte eine Flasche Wein, einen Laib Käse und einen Wecken Brot aus ihrem Korb. »Habt Ihr Hunger?«

Lorenzo hatte seit dem Frühstück nichts mehr gegessen, es war ihm schlicht zu heiß gewesen. Aber hier im Schatten des großen Walnussbaums begann sein Magen zu knurren. »Und ob«, sagte er.

Anna zauberte zwei Tonbecher aus ihrem Korb. Ein Glück, dass sie vom Vortag noch da waren. Manchmal war es von Vorteil, es mit dem Wegräumen nicht ganz so genau zu nehmen. »In ungefähr einer Stunde kann der Knecht uns wieder zurück nach Wien bringen.«

»Genug Zeit für eine kleine Jause«, sagte Lorenzo und schenkte die Becher voll. Schon beim Öffnen der Flasche fiel ihm der ungewöhnlich blumige Geruch auf. Eine feine Note von Himbeeren und Brombeeren wehte ihm entgegen. Lorenzo prostete Anna zu und wollte vom Wein kosten. Er hatte sich in Wien abgewöhnt, vor dem Trinken am Wein zu riechen, wie er es von seinem Vater gelernt hatte, aber der Tropfen in seinem einfachen Tonbecher zwang ihn förmlich dazu, seine Nase in den Becher zu stecken. Da war er, der würzige, fruchtige, nach Pfeffer duftende Wein, von dem sein Vater immer gesprochen hatte. Anna, die sich längst den ersten Schluck genehmigt hatte, beobachtete Lorenzo neugierig.

»Stimmt mit dem Wein etwas nicht?«, fragte sie und warf einen misstrauischen Blick in ihren Becher. Lorenzo schüttelte den Kopf und grinste: »Ganz im Gegenteil. Wenn der Wein so schmeckt, wie er riecht, ist er mit Abstand der beste Rebsaft, den ich seit meiner Ankunft in dieser Stadt getrunken habe.«

Mit einer geschickten Drehbewegung aus dem Handgelenk schwenkte Lorenzo den Wein in seinem Becher und schnupperte erneut daran. Endlich nahm er einen Schluck und sagte begeistert: »Dieser Wein ist ein Kunstwerk.«

»Ist er das?«, fragte Anna, während sie begann, an Lorenzos Verstand zu zweifeln. Manch einer reagierte bereits auf kleine Mengen Wein mit merkwürdigem Verhalten. Vielleicht gehörte der Toskaner zu den Menschen, die nicht einmal den Geruch von Wein vertrugen.

»Könnt Ihr die Himbeeren schmecken?«, fragte Lorenzo.

»Himbeeren?«, fragte sie verdutzt. In Annas Becher befand sich dunkelroter Wein, keine Spur von Himbeeren. »Ich dachte, Wein wird aus Trauben gepresst.«

»Seht Euch um«, rief Lorenzo. »Rund um den Weingarten wachsen wilde Himbeeren und Brombeeren. Sie gehören hierher, genau wie der Wein. Alle Pflanzen geben einen Teil ihres Geruchs und ihres Geschmacks an den Boden ab. Der Weinstock nimmt diese Geschmacksteilchen auf und gibt sie an seine Früchte weiter. So entsteht ein großer, guter Wein. Wie der, den Ihr eben im Becher habt.«

»Ein großer, guter Wein?«, wiederholte Anna fragend.

»Schließt die Augen und kostet von Eurem Wein. Was schmeckt Ihr?« Lorenzo sah Anna so herausfordernd an, dass Anna schließlich die Augen schloss und an ihrem Becher nippte.

»Ich schmecke Wein«, sagte sie ernüchternd.

»Ja, aber nicht nur. Nutzt Eure Phantasie. Ich bin sicher, dann erkennt Ihr auch bald die Beeren und den Ginster und, wenn Ihr ganz genau hinschmeckt, auch den großen Walnussbaum.« Anna strengte sich an, all das zu schmecken, wovon Lorenzo sprach. Erst passierte gar nichts. Dann dachte sie, dass sowieso alles nur Einbildung wäre, und wollte ihre Bemühungen schon einstellen, als sie mit einem Mal das deutliche Gefühl hatte, den Saft einer frischen roten Himbeere auf der Zunge zu spüren. Verblüfft und entzückt öffnete sie die Augen wieder. »Vielleicht habt Ihr recht.«

»Natürlich habe ich recht. Aber leider ist nicht jeder Wein ein so facettenreicher Genuss«, sagte Lorenzo. »Was ich bis jetzt in Wien getrunken habe, hatte stets mehr mit gewürztem Essig gemein.«

Anna behielt ihren Becher in der Hand und lehnte sich ebenfalls zurück: »Habt Ihr in der Toskana Wein gemacht?«

»Meine Eltern besitzen ein großes Weingut in der Nähe von Siena.«

»Und Ihr werdet eines Tages zurückkehren und einen guten, großen Wein machen?«, fragte Anna.

Es dauerte eine Weile, bis sie eine Antwort erhielt: »Ich glaube nicht, dass ich dorthin zurückkehren werde.«

»Warum nicht?«, fragte Anna. »Die Städte sind schöner, das Wetter ist angenehmer, der Wein schmeckt besser.«

»Aber die Frauen sind nicht so neugierig«, erwiderte Lorenzo mit schelmischem Grinsen. »Und nur die wenigsten wissen, dass man mit Topfenwickel Entzündungen lindern kann.«

»Ihr weicht meiner Frage aus«, sagte Anna.

»Und Ihr meinem Blick.«

Anna errötete und kramte in ihrem Korb nach einem Messer, mit dem sie Brot und Käse teilte, um Lorenzo Stücke davon zu reichen. Als er danach griff, streiften seine Finger ihren Handrücken. Anna zuckte augenblicklich zurück. Rasch lehnte sie sich gegen den Baumstamm und rückte ein Stück von Lorenzo ab. Die beiden aßen schweigend. In Annas Kopf schwirrten eine Menge Fragen. Warum nahm jemand ein langes Studium auf sich, wenn er im Grunde seines Herzens Wein herstellen wollte? Und warum ließ sich ein qualifizierter Jurist in Wien festhalten, wenn er eigentlich zurück in seine Heimat wollte?

»Warum habt Ihr die Toskana verlassen?«, fragte Anna. Sie sah, wie Lorenzo sich mit den Fingern durch die dunklen Locken fuhr, und fand, dass er dabei sehr jung aussah.

»Mein Vater wollte, dass ich die Tochter eines verarmten Adeligen heirate, um unserer Familie endlich zu dem Namen zu verhelfen, den er sich immer gewünscht hatte.«

»Aber Ihr wolltet die Frau nicht heiraten«, sagte Anna.

Lorenzo zuckte mit den Schultern und wandte ihr den Blick zu. Anna erschrak über die Traurigkeit in seinen Augen.

»Ich habe meine Kindheit in Klosterschulen verbracht, während meine Freunde und Schwestern zu Hause unterrichtet wurden, ich habe ein Studium abgeschlossen, das ich niemals beginnen wollte, und ich habe einen Beruf ergriffen, den ich langweilig finde ...«

Anna nippte erneut an ihrem Wein, jetzt schmeckte sie tatsächlich die Brombeeren, von denen Lorenzo zuvor gesprochen hatte. »Und als Ihr jemanden heiraten solltet, den Ihr nicht liebtet, da habt Ihr einfach Eure Sachen gepackt und seid davongelaufen.«

Lorenzo nickte.

»Manchmal ist es besser davonzulaufen, als etwas zu tun, von dem man ohnehin weiß, dass es nicht gutgehen wird«, sagte Anna, die dabei an ihre Ehe dachte.

»Ich habe mit meiner Flucht eine Menge Menschen verletzt«, gestand Lorenzo mit düsterer Stimme.

»Vielleicht habt Ihr Euch selbst aber vor viel Leid bewahrt.«

Lorenzo war sich nicht sicher, ob Anna damit richtig lag. Vielleicht hätte er sich an das ruhige Leben mit Patricia Emeterio gewöhnen können. Ein solides Haus in der Stadt. Ein einträglicher Posten als Jurist, ein würdevolles Amt im Stadtrat und ein Haufen gesunder Kinder. Es gab viele Menschen, die ihn um dieses Leben beneidet hätten.

Anna unterbrach Lorenzos Überlegungen: »Der Knecht winkt uns.« Der mürrische kleine Mann stand am Ende des Weingartens und fuchtelte mit beiden Armen in der Luft herum.

»Wir müssen los«, sagte Anna bedauernd und packte zusammen. Sie griff nach dem Korb und schaute auf. Dabei traf sie Lorenzos Blick, der plötzlich sehr verschlossen wirkte.

16

Eigentlich hatte Lorenzo gar nicht vorgehabt, in die Wollzeile zu gehen. Aber ein Trupp durchmarschierender Soldaten hatte ihn von seinem eigentlichen Weg abgedrängt, und nun stand er vor Meister Konrads Apotheke. Aus einer Laune heraus beschloss er, hineinzugehen und mit dem alten Mann, der seinen Vater gekannt hatte, ein wenig zu plaudern. Bevor er die Apotheke betrat, holte er noch einmal tief Luft.

»Ah, der junge Mann aus der Toskana, der Anna Stöckel so gerne nach Hause begleitet«, begrüßte ihn Meister Konrad, dessen Brille heute nicht auf seiner Nase thronte, sondern nur in Reichweite auf dem Verkaufstresen lag. Das Hellgrün seiner winzigen Augen wirkte ohne Glas davor noch außergewöhnlicher. Plötzlich wusste Lorenzo, wer die Person war, die ebenfalls über dieses außergewöhnliche Merkmal verfügte.

»Wusstet Ihr, dass Ihr die gleiche Augenfarbe habt wie die Hebamme Theresa Zapf?«, fragte er. Auch Lorenzo konnte indiskret sein.

Der alte Mann zwinkerte nervös. »Ihr seid ein guter Beobachter!«, kicherte er dann und setzte seine Brille wieder auf. Lorenzo sah sich im Verkaufsraum um. Heute standen zwei Skelette am Fenster.

»Das ist Gwendolin, Thomas' neue Frau. Seit Gwendolin da ist, lächelt er«, sagte Meister Konrad. Lorenzo warf dem alten Mann einen verständnislosen Blick zu und führte sein merkwürdiges Verhalten auf die gefährlichen Dämpfe in der Apotheke zurück.

»Womit kann ich Euch dienen? Ein Mittel gegen Kopfschmerzen, Bauchweh oder verstauchte Glieder?« Er sah

Lorenzo aufmerksam an. »Gegen Liebesschmerzen und Heimweh kenne ich kein wirksames Mittel.«

Lorenzo schüttelte den Kopf. Er war auf Bemerkungen wie diese vorbereitet. »Ich will mich mit Euch unterhalten.«

»Unterhalten?«, wiederholte der Apotheker ungläubig. Er kratzte sich verlegen am kahlen Kopf, dann fragte er: »Kommt Ihr in den nächsten Tagen in die Tuchlauben?«

»Warum?«

»Ich habe die Tinkturen fertig, die Anna Stöckel bei mir bestellt hat.«

»Soll ich sie für Euch dorthin bringen?«, fragte Lorenzo. Die Aussicht, Anna wiederzusehen, gefiel ihm sehr.

»Das wäre sehr nett von Euch«, sagte Meister Konrad und lächelte wissend. Er suchte hinter seinem Tresen nach drei kleinen Fläschchen. Als er sie hatte, überreichte er sie Lorenzo: »Es ist gut, dass Anna Stöckel diese Art der Tinkturen nicht mehr für sich selbst anfertigen lassen muss.«

»Wie meint Ihr das?«, fragte Lorenzo.

Meister Konrad zögerte kurz und meinte dann leise: »Der Kaufmann Stöckel war kein guter Mensch.« Es gehörte sich eigentlich nicht, über Tote schlecht zu sprechen, aber im Fall von Kaufmann Stöckel kannte der alte Apotheker keine Skrupel. Er hatte Annas Rücken nie gesehen, konnte sich aber gut vorstellen, wie er aussah.

»Ihr meint, ihr Ehemann hat sie geschlagen?«, fragte Lorenzo entsetzt. Bis jetzt hatte er Annas Zurückhaltung darauf zurückgeführt, dass sie um ihren verstorbenen Mann trauerte.

»Ich meine gar nichts, ich bin ein alter Mann, der schon viel gesehen hat und vielleicht Dinge durcheinanderbringt.«

»So wie Ihr den Namen Kaltenberg plötzlich im Kopf hattet?«, fragte Lorenzo belustigt.

»Darüber wollt Ihr Euch also unterhalten?«, fragte der alte Mann zurück, setzte sich auf einen Schemel hinter seinem Tresen und tippte sich mit dem verkrümmten Zeigefinger an die Stirn. »Ihr werdet es nicht glauben, aber ich habe den Namen schon wieder im Kopf.«

»Das ist nicht weiter verwunderlich«, erwiderte Lorenzo. »Schließlich bin ich der Sohn von Karl Kaltenberg.« Lorenzo war überrascht, wie einfach ihm der Name über die Lippen gekommen war.

Meister Konrad kratzte sich erneut am Kopf: »Ja, ich habe den Karl gekannt. Er war ein junger Draufgänger. Sollte Recht studieren, war aber immer nur am Wein interessiert.«

»Sollte Recht studieren?«, wiederholte Lorenzo. »Hat er es denn nicht getan?«

Meister Konrad verzog die Lippen zu einem eigenartigen Schmollmund. »Ich weiß es nicht mehr. Es sind so viele Studenten in meine Apotheke gekommen, wie soll ich da noch wissen, wer von ihnen sein Studium abgeschlossen hat und wer nicht?«

Lorenzo glaubte ihm kein Wort. Meister Konrad wusste ganz genau über seinen Vater Bescheid.

»Euer Vater war von der fixen Idee beseelt, einen wohlschmeckenden Wein zu machen, und er hat hier in Wien tatsächlich einen Rebstock aufgetrieben, der einen fruchtigen, leicht pfeffrigen Tropfen abwarf. Den hat er mit den Rebsorten am Weinberg seiner Familie gekreuzt. Ich glaube …« Er musste offenbar kurz nachdenken. »Ja, ich bin ziemlich sicher, der Weinberg war bei Krems an der Donau. Ich kann mich aber auch irren.«

Natürlich irrte sich Meister Konrad nicht.

»Alle, die es sich leisten konnten, wurden damals von den Kaltenbergs mit vorzüglichem Wein beliefert«, erzählte der

Apotheker und kicherte dabei wieder leise. »Auch ich habe regelmäßig ein kleines Fässchen gekauft.« Er schnalzte mit der Zunge. »Ein vorzügliches Tröpfchen, ich habe nie wieder so guten Wein getrunken. Ewig schade!«

Lorenzo konnte sich ein Grinsen nicht verkneifen. Ja, das passte ins Bild, das er von seinem Vater hatte.

»Gibt es das Weingut noch?«, fragte Lorenzo.

»Ich fürchte, nein. Die Schweden haben alles niedergebrannt und zerstört. Die Arbeit einer ganzen Generation. Der Krieg ist das schrecklichste und gefräßigste Ungeheuer, das ich kenne. Da können solche wie der da«, Meister Konrad zeigte auf das Krokodil über ihm, »nicht mithalten.«

»Ihr sagt, Ihr wisst nicht, ob mein Vater sein Studium abgeschlossen hat«, sagte Lorenzo.

»Würde es denn etwas ändern, wenn es so wäre?«, fragte der Apotheker.

Lorenzo überlegte: »Ich weiß nicht. Mein Vater hat immer behauptet, er hätte in Wien die Rechtswissenschaften studiert.«

»Damit hat er nicht gelogen«, erwiderte der alte Mann.

Lorenzo dachte über die Worte nach.

Plötzlich ging die Tür zur Apotheke auf und brachte die dort angebrachten Glöckchen zum Läuten. Eine offenbar betuchte Kaufmannsgattin kam herein und grüßte. Lorenzo nahm die Tinkturfläschchen und verabschiedete sich ebenso höflich wie eilig.

17

Die Gerüchte über einen bevorstehenden Türkenkrieg wurden immer hartnäckiger. Es gab detaillierte Berichte über Scharmützel im Osten und Süden des Reiches. Ganze Dörfer waren schon geplündert worden und der blinden Kriegswut zum Opfer gefallen. Niemand hatte im Moment eine konkrete Vorstellung davon, wie viele Osmanen auf dem Weg nach Wien waren. Auch die Kriegsverantwortlichen des Habsburgerreiches waren nicht in der Lage, sich ein Bild über die Größe der feindlichen Streitmacht zu machen. Nach wie vor hoffte die Mehrzahl der Wiener darauf, dass Kaiser Leopold recht behielt und die Türken gar kein Interesse an ihrer Stadt hatten. Dennoch wollte der Zug flüchtender Bürger nicht abreißen. Wer es sich leisten konnte, trug all seine Besitztümer zusammen und brachte sie Richtung Norden oder Westen in Sicherheit.

Plötzlich gab es Menschen, die sich wieder an Erzählungen ihrer Vorfahren erinnern konnten. Überall redete man über die Türkenbelagerung von 1529. Damals war die Stadt bei weitem nicht so gut gesichert gewesen wie heute. Es wurden Gräuelmärchen von plündernden Soldatentruppen erzählt, die Frauen vergewaltigten und Kinder zu Tode prügelten. Erfahrungen aus dem Dreißigjährigen Krieg mischten sich mit den Erinnerungen an die Türkenbelagerung und den entsetzlichen Bildern, welche die Pest hinterlassen hatte. Mit den grausigen Geschichten schlichen sich Angst und Ungewissheit in die Stadt ein. Trotz der gewaltigen Befestigungsanlagen, der Basteien, Stadtmauern, Wehrtürme und des Glacis fühlten sich die Wiener plötzlich bedroht. Die Angst war allgegenwärtig. Ob beim Bäcker oder beim Schuster, auf dem Markt oder beim Medicus – überall herrschte ein Gesprächsthema vor: die Osmanen. Würden sie kommen oder auf Wien verzichten?

Auch in der Tuchlauben widmete man sich dieser Frage. Auf dem schweren, dunklen Eichentisch in der Küche lag einer der Flugzettel, die seit Tagen in der ganzen Stadt verteilt wurden: »Der Türke ist ein Antichrist, er ist eine eitle Schlange, ein unersättliches Vieh, er ist der eingefleischte Satan, ein Nimmersatt, eine Bestie, ein gewissenloser Kronendieb, ein orientalisches Drachengift, ein kettenloser Höllenhund und er ist die gerechte Strafe Gottes für das sündhafte Leben der Christen. Deshalb tut Buße und bekämpft den Türken.«

Angewidert warf Theresa das Schreiben in den Korb zum Feuerholz. Der Text stammte von keinem Geringeren als Pater Abraham. Seit ihrem Zusammenstoß in der Naglergasse war die Hebamme ihm nicht mehr begegnet. Dieses Hetzblatt trug eindeutig die Handschrift des Priesters und überraschte sie in keinster Weise.

Ein Klopfen an der Tür ließ sie hochfahren.

»Ich geh schon«, rief Anna und öffnete die Tür. Lorenzo stand davor. In einer Hand hielt er drei kleine Fläschchen, in der anderen ein Säckchen.

»Die Tinkturen schickt Meister Konrad, ich war bei ihm und habe versprochen, sie vorbeizubringen«, sagte er und fügte dann etwas verlegen hinzu: »Außerdem habe ich Euch Blumen mitgebracht.« Er überreichte ihr das Säckchen. Anna nahm es überrascht entgegen und bat Lorenzo herein.

Hannes freute sich, den jungen Toskaner wiederzusehen. »Meister Martecelli!«, rief er aufgeregt. »Werden die Türken bis nach Wien kommen?«

Lorenzo nickte: »Ich bin davon überzeugt, dass Wien das

wichtigste Ziel der Osmanen ist. Die Stadt ist das Tor zum Westen.«

Hannes schüttelte verwirrt den Kopf: »Aber der Kaiser ist doch noch hier. Wenn die Türken kommen, wird er nicht bleiben, oder?«

Lorenzo zuckte mit den Schultern: »Im Osten brennen die ersten Dörfer, aber der Kaiser setzt auf die Kriegskunst Karls von Lothringen. Vielleicht ist ihm die Gefahr nicht wirklich bewusst.«

»Aber Euch ist sie bewusst?«, fragte Theresa mürrisch. Sie musterte den jungen Mann ungeniert und bemühte sich erst gar nicht, ihre Abneigung gegen ihn zu verbergen.

Lorenzo wiegte den Kopf.

»Nur ein Tor kann glauben, die Türken würden Oberungarn niederwalzen, um kurz vor Wien haltzumachen und dann wieder abzuziehen«, antwortete er ernst.

»Wenn Wien tatsächlich angegriffen wird, sollten wir Vorkehrungen treffen.« Anna öffnete das Säckchen mit den kandierten Veilchen und wurde rot.

»Woher wisst Ihr von meiner Schwäche für Süßigkeiten?«

Lorenzo grinste: »Ich dachte an die Zimtschnecken bei unserer ersten Begegnung.«

Annas Gesichtsfarbe wurde noch dunkler. »Wir haben im Garten einen Tisch mit Stühlen aufgestellt. Wollt Ihr einen Becher Apfelwein mit uns trinken?«, fragte sie.

Ohne Lorenzos Antwort abzuwarten, lief Hannes in die Speisekammer und holte einen vollen Krug und vier Becher.

Theresa sah ihm zu, zählte die Becher und winkte verärgert ab. »Ich habe keine Zeit, mich mitten am Tag in die Sonne zu setzen und zu plaudern.«

»Ach, Tantchen, nun komm schon«, sagte Anna. »Eine kurze Pause schadet niemand.«

Theresa verdrehte die Augen, seufzte und nahm schließlich ihre Schürze ab. Sie hängte sie an den Haken neben dem Ofen und trat ebenfalls in den Garten.

Lorenzo nahm auf der Gartenbank Platz. Theresa setzte sich rechts von ihm, Hannes links. Anna schenkte unterdessen die Becher voll: »Unser Apfelwein ist einer der besten der Stadt«, sagte sie lächelnd. »Auch wenn er keine Spuren von Himbeersträuchern, Ginster oder Brombeeren enthält.«

Lorenzo warf ihr einen Blick zu, der ein ungewohntes Gefühl in Annas Magengrube hinterließ.

Auch Theresa entging der Blick nicht. »Viele Menschen verlassen im Moment die Stadt«, sagte sie mürrisch, »was denkt Ihr darüber?«

»Wer die Möglichkeit hat, in kurzer Zeit irgendwo anders, und damit meine ich Entfernungen wie Salzburg oder Passau, ein gesichertes Leben zu beginnen, sollte gehen.« Lorenzo nahm einen Schluck vom verdünnten Apfelwein. Er war in der Tat sehr gut.

»Wer hat diese Möglichkeit schon?«, fragte Theresa.

Lorenzo zuckte mit den Schultern, anscheinend gab es genug Menschen, denn sonst wären die Schiffe nicht jeden Tag voll mit flüchtenden Wienern und Wienerinnen. »Ich denke, dass man in Wien sicherer sein wird als in allen umliegenden Orten. Bereits eine Handvoll Janitscharen kann die lächerlichen Mauern und Gräben dieser Ortschaften locker überwinden. Wenn die kaiserlichen Truppen keine Hilfe bringen, sind die Menschen dort verloren.«

»Und mit ihnen ihre Ernte«, sagte Theresa bitter. »Nach diesem verdammten Krieg werden viele Menschen hungern.«

»Nicht nur danach. Auch während des Krieges und während einer Belagerung wird es Engpässe bei der Versorgung mit Lebensmitteln geben.« Lorenzo stellte seinen Becher zurück auf den Tisch und fragte besorgt: »Verfügt Ihr über genügend Vorräte?«

Theresa schüttelte den Kopf, und Anna dachte an die fast leere Vorratskammer. Dort gab es nichts außer ein paar Zwiebeln, Karotten und Linsen.

»Ihr solltet unbedingt Bohnen, Getreide, Mehl und getrocknetes Fleisch einlagern«, sagte Lorenzo. »Vielleicht kann Meister Kästner Euch helfen. Er hat gute Verbindungen zu Händlern aller Art.«

Theresa nickte. »Eine Ziege wäre auch nicht schlecht. So hätten wir ausreichend Milch.«

»Wo sollen wir denn jetzt eine Ziege auftreiben? Der nächste Viehmarkt findet erst in ein paar Wochen statt.« Anna schüttelte den Kopf und sah sich in dem kleinen Garten um. Die Vorstellung, dass ihre Kräuter von einer Ziege aufgefressen würden, missfiel ihr.

»Ein oder zwei Hühner wären auch eine gute Investition«, überlegte Theresa. »Ich werde Meister Kästner heute Nachmittag aufsuchen, sicher kennt er jemanden, der uns zwei Hühner verkaufen kann.« Abrupt stand sie auf und meinte: »Es gibt noch eine Menge zu tun, und das Beste wird sein, gleich damit anzufangen.« Sie sammelte die leeren Becher wieder ein und ging zurück in die Küche. Hannes folgte ihr, und auch Anna erhob sich.

»Ich habe den Ausflug auf den Nussberg sehr genossen«, sagte Lorenzo. Anna spürte, wie ihr das Blut in die Wangen schoss, und schwieg.

»Wir sollten das wiederholen.«

»Sollten wir das?«, fragte Anna verwirrt und einer Antwort ausweichend.

»Ja, unbedingt«, sagte Lorenzo.

Anna drehte sich zum Gehen, wandte sich aber noch einmal zu Lorenzo und fragte eine Spur zu beiläufig: »Werdet Ihr in Wien bleiben?«

»Ich denke schon. Graf Starhemberg hat bis jetzt nichts anderes gesagt.«

Die Erleichterung auf Annas Gesicht war unübersehbar.

18

Gutgelaunt kehrte Lorenzo in das Gasthaus zurück, in dem er ein Zimmer gemietet hatte. Beschwingt stieg er die Treppe zu seinem Zimmer hoch, als seine Wirtin, eine dicke Frau mit knallroten Wangen und einer fleckigen Bluse, ihn lautstark zurückhielt. »Herr Martecelli, Ihr habt Besuch von Eurem Freund.«

»Von Rudolf?«, fragte Lorenzo.

Die Frau zuckte mit den Schultern, so dass ihr mächtiger Busen bedenklich auf und ab wippte: »Keine Ahnung, wie der Kerl heißt, aber er ist schon öfter hier gewesen. Ich habe Euch mit ihm schon ein paarmal im Schankraum gesehen. Er hat meiner Tochter schöne Augen gemacht.« Die Wirtin stemmte beide Hände an die Stelle, wo sich bei anderen Menschen die Hüfte abzeichnete. Bei ihr konnte man sie bestenfalls erahnen.

»Dann muss es Rudolf sein«, sagte Lorenzo mehr zu sich selbst als zur Wirtin.

»Gut möglich, auf alle Fälle hat er nicht gut ausgesehen, deshalb habe ich ihm den Schlüssel zu Eurem Zimmer gegeben und ihm erlaubt, dort auf Euch zu warten. Der Mann wäre mir hier vom Sessel gekippt. Ich hoffe, das war in Ordnung.« Leise, so dass Lorenzo es nicht hören konnte, fügte sie hinzu: »Und ich hoffe, der Kerl lebt noch.«

Ohne darauf zu antworten, eilte Lorenzo die Holzstiege hinauf. Er nahm immer zwei Stufen auf einmal, riss seine Tür, die unverschlossen war, auf und trat ein. Rudolf lag auf Lorenzos Bett und schlief. Als er seinen Freund hörte, öffnete er die Augen einen Spaltbreit und blinzelte in Lorenzos Richtung. Rudolfs Gesicht war blass. Er schwitzte und atmete flach.

»Alter Freund, was ist los mit dir?«, fragte Lorenzo besorgt. Er griff Rudolf an die nasse, verschmutzte Stirn. Sie glühte förmlich.

»Ich bin vom Pferd gestürzt«, presste Rudolf unter Schmerzen hervor. Seine rechte Wange war völlig zerkratzt. Eine dicke, blutige Kruste zog sich vom Kinn bis zur Schläfe.

»Du bist vom Pferd gefallen?«, fragte Lorenzo entgeistert. Sein Freund war einer der besten und sichersten Reiter, die er kannte.

Rudolf nickte. »Lange Geschichte«, sagte er nur. »Kannst du einen Arzt für mich holen?«

»Ich hole eine Hebamme, das geht schneller«, sagte Lorenzo.

»Eine Hebamme?«, fragte Rudolf, aber Lorenzo konnte ihn nicht mehr hören, denn er lief bereits die Stiegen hinunter, diesmal immer drei Stufen auf einmal nehmend.

»Ihr habt Euch mindestens drei Rippen gebrochen und Euch eine böse Schnittverletzung unterhalb der gebrochenen Rippen zugezogen«, sagte Anna und tastete vorsichtig Rudolfs Brustkorb ab. Lorenzo stand daneben und ärgerte sich über das schiefe Grinsen seines Freundes. Der fand es offensichtlich anregend, von einer so hübschen jungen Frau untersucht zu werden. Lorenzo hätte lieber Theresa mitbringen sollen, aber die war bereits bei Meister Kästner gewesen.

»Und Euer Knöchel gefällt mir auch nicht. Der sieht ebenfalls gebrochen aus«, fügte Anna hinzu.

»Wie schade, dass Ihr keinen Gefallen an meinem Knöchel habt«, sagte Rudolf. Annas Wangen färbten sich rot, und Lorenzo hätte den Freund am liebsten aus dem Zimmer geworfen. Noch vor einer Stunde hatte er keine drei Worte herausgebracht, und jetzt hatte er schon wieder genügend Kraft, um herumzukokettieren.

»Ihr sagt, dass Euch schlecht ist, vielleicht habt Ihr eine Gehirnerschütterung. Aber ich bin kein Arzt, ich kann das nicht genau feststellen«, sagte Anna.

Rudolf strahlte Anna trotz der Schmerzen an: »Glaubt mir, Ihr habt mehr Wissen als alle studierten Ärzte, denen ich in den letzten Jahren begegnet bin.«

»Ihr müsst unbedingt ein paar Tage im Bett bleiben. Ich kann Euch eine Salbe gegen die Schwellung und die Schmerzen dalassen. Das Wichtigste aber ist, dass Ihr liegen bleibt, den Fuß nicht belastet und den Oberkörper ruhig haltet. Der Tee senkt das Fieber, und falls die Schmerzen unerträglich werden, könnt Ihr etwas von dem Schmerzmittel nehmen. Hannes holt gerade meinen Beichtvater Pater Anselm aus dem Franziskanerkloster. Er wird Eure Wunde nähen.«

»Ein Beichtvater?«, fragte Rudolf skeptisch.

»Er ist ein hervorragender Arzt und wird Eure Wunde so fein vernähen, dass Ihr hinterher kaum eine Narbe sehen werdet.«

Anna wandte sich zu Lorenzo: »Achtet darauf, dass Euer Freund nur leichte Kost zu sich nimmt. Es könnte sein, dass er wegen der Gehirnerschütterung erneut erbrechen muss.«

»Schweinshaxe mit fetten Knödeln?«, fragte Lorenzo, um seiner Verärgerung über Rudolfs Benehmen Luft zu machen.

»Wie bitte?«, fragte Anna irritiert.

Lorenzo hob beschwichtigend die Hände: »Ich weiß, was leichte Kost ist. Und ich werde auf Euch hören. Schließlich habe ich keine Lust, dreimal in der Nacht den Kotzeimer auszuleeren.«

Anna schüttelte den Kopf und drehte sich dann zu Rudolf: »Wie ist der Unfall denn passiert?«

»Ich bin bei Neuhäusel in einen Hinterhalt geraten. Zwei Tartaren haben mich entdeckt und meinem Pferd einen Pfeil in den Hintern gejagt, worauf das arme Tier sich aufbäumte und davonlief. Ich fiel elegant, aber unsanft zu Boden. Hatte aber großes Glück, denn in dem hohen Gras konnte ich mich gut abrollen. Die Tartaren waren mehr an meinem Pferd als an mir interessiert. Sie sind dem Gaul hinterher und haben mich liegen lassen, wahrscheinlich dachten sie, ich hätte mir beim Sturz das Genick gebrochen.« Jetzt sank Rudolf doch in die Kissen, offenbar war langes Reden doch noch immer anstrengend für ihn. Auf seiner Stirn standen wieder Schweißperlen.

»Tartaren in Neuhäusel?«, fragte Anna entsetzt. »Haben die Truppen des Kaisers die Stadt nicht längst befreit?«

Rudolf lachte, bereute es aber sofort, denn die Erschütterungen breiteten sich blitzschnell in seinem Brustkorb aus und hinterließen das Gefühl zerschmetterter Knochen. »Wer sagt denn so etwas? Die Belagerung war ein komplettes Desaster. Karl von Lothringen hat seine halbe Armee bei der unsinnigen Aktion verloren.«

Anna schluckte laut: »Und wie ist es Euch gelungen, ohne Pferd nach Wien zu kommen?«

»Nach einigen Stunden ist ein Pferdewagen vorbeigekommen. Der Bauer hat mich für ein paar Münzen ins nächste Dorf gebracht, von dort bin ich dann mit einem Mietpferd zurück nach Wien gekommen.«

»Und das alles mit gebrochenen Rippen?«, fragte Anna beeindruckt.

»Ich musste unbedingt einen wichtigen Brief zum Kaiser bringen«, sagte Rudolf mit schiefem Grinsen.

»Warum hat der Kaiser Euch nicht zusammenflicken lassen?«, wollte Anna wissen.

»Weil der Kaiser es nicht gern sieht, wenn seine unwichtigen Kuriere erkranken. Entweder sind wir einsatzfähig, dann werden wir gut für unsere Dienste bezahlt, oder eben nicht, dann gibt es aber auch kein Geld.« Erneut sank Rudolfs Kopf in das Kissen zurück. Er hatte sich überanstrengt und wollte nur noch schlafen.

»Ich hoffe, du hast keinen weiteren Auftrag angenommen«, sagte Lorenzo.

»Was hätte ich denn anderes tun sollen? Ich brauche ein neues Pferd. Oder glaubst du, der Kaiser schenkt mir aus lauter Dankbarkeit ein neues?« Jetzt war es Rudolf, der verärgert klang.

»Du hast in den letzten Jahren genug Geld verdient, um dir drei Pferde kaufen zu können«, erwiderte Lorenzo.

»Ich habe sogar noch viel mehr Geld verdient, und als vernünftiger Mensch habe ich all diese Beträge gewinnbringend angelegt. Im Moment kann ich bloß nicht darauf zurückgreifen.«

»Was soll das heißen?«, fragte Lorenzo.

»Ich habe Aktien gekauft«, sagte Rudolf.

»Was sind Aktien?«, mischte sich Anna neugierig in das Gespräch ein.

»Das sind Anteile an einem Unternehmen. Man beteiligt

sich mit einem bestimmten Geldbetrag, bekommt den Anteil schriftlich bestätigt und erhält, je nachdem, wie viel das Unternehmen einnimmt, anteilsmäßig etwas vom Gewinn«, erklärte Lorenzo.

»Das heißt, man hat bloß ein Stück Papier in der Hand, aber in Wirklichkeit gehört einem ein Teil von einem riesigen Unternehmen in einem ganz anderen Land?« Anna fand die Idee faszinierend.

»Ja, ich glaube, so kann man es sagen«, bestätigte Lorenzo.

»Und wenn kein Gewinn gemacht wird?«, fragte Anna.

»Dann bekommt man auch kein Geld«, erklärte Rudolf von seinem Krankenlager aus, er wollte endlich seine Ruhe haben und schlafen. »Aber meine Aktien sind sicher. Es ist eine Beteiligung an der Niederländischen Ostindien-Kompanie.«

Lorenzo pfiff durch die Zähne. »Wie bist du denn an die gekommen? Oder halt«, Lorenzo hielt beide Hände abwehrend in die Höhe, »ich will es gar nicht wissen.«

»Das denke ich auch«, sagte Rudolf, »es würde nur dein lupenreines Gewissen belasten.«

»Niederländische Ostindien-Kompanie?«, wiederholte Anna fragend. Sie hatte von den Niederlanden und von Ostindien gehört, aber von einer solchen Kompanie noch nie.

»Das ist ein Handelsunternehmen mit einem Monopol auf den Gewürzhandel östlich vom Kap der guten Hoffnung. Was bedeutet, dass nur die Schiffe dieser Handelskompanie Muskatnuss, Gewürznelken und Pfeffer nach Europa bringen dürfen.«

»Jede Gewürznelke, die ich kaufe, wurde von einem Schiff der Niederländischen Ostindien-Kompanie transportiert?«, fragte Anna. Bis jetzt hatte sie sich noch nie genau überlegt, wer die Dinge aus Indien oder von fernen Inseln, deren Namen sie nicht einmal aussprechen konnte, nach Europa brachte.

»Theoretisch sollte es so sein«, sagte Lorenzo.

Anna schüttelte den Kopf. Aktien hin und Handelsgesellschaften her, sie musste zurück in die Tuchlauben, dort wartete noch ein ganzer Korb mit Flickarbeit auf sie. Anna griff nach der Türklinke, aber Rudolfs Stimme ließ sie noch ein letztes Mal zögern, obwohl der Mann mit Lorenzo sprach.

»Der Auftrag, den ich angenommen habe, führt nach Podersdorf«, sagte er.

»Wozu das denn?«, fragte Lorenzo. »Podersdorf ist eine verschlafene, kleine Winzergemeinde mit einigen unbedeutenden Fischern.«

»Ich soll bloß zwei Briefe abgeben und wieder zurückreiten.« Rudolf machte eine abfällige Handbewegung, und Anna hatte sofort den Eindruck, dass er etwas verheimlichte.

»Morgen ist Sonntag, da musst du ohnehin nicht in die Kanzlei, würdest du mir den kleinen Gefallen tun?«, fragte Rudolf.

»Natürlich kann ich das machen, vorausgesetzt, du beteiligst mich an deinen Aktien«, sagte Lorenzo lachend. Die Aussicht auf einen Ritt aus der Stadt zauberte ein Strahlen auf sein Gesicht, das Anna noch nie bei ihm gesehen hatte. Es stand ihm gut, dennoch hätte sie ihn gerne zurückgehalten. Und das beunruhigte sie noch viel mehr.

»Danke, mein Freund, ich stehe tief in deiner Schuld«, sagte Rudolf.

»Ist das etwas Neues?«, fragte Lorenzo.

19

Gleich nach Sonnenaufgang machte sich Lorenzo auf den Weg. Es war sein erster Ausritt aus der Stadt nach Monaten des sesshaften Daseins.

Zügig ritt er über das Glacis. Der frische Morgenwind pfiff ihm um die Ohren, streichelte seine Wangen und gaukelte ihm das Gefühl von Freiheit vor. In einer seiner Satteltaschen hatte er ein kleines Frühstück, das wollte er einnehmen, sobald er die erste Müdigkeit verspürte. Im Moment fühlte er sich wunderbar frisch und erholt. Das Pferd, das er angemietet hatte, war schon älter, aber in tadelloser Verfassung. Es ritt sich leicht und fügte sich Lorenzos Willen.

Erst als die Sonne hoch am Himmel stand, legte er eine Pause ein. Er führte das Pferd in den Schatten und ließ es grasen, er selbst hatte das kleine Stück Brot und den winzigen Rest Käse rasch aufgegessen. In Podersdorf würde er eine richtige Mahlzeit zu sich nehmen. Er hatte darauf verzichtet, Wein in seine Trinkflasche zu füllen, sondern setzte wie immer, wenn er unterwegs war, auf Wasser. Das Wetter war herrlich, ein warmer, aber nicht zu heißer Frühsommertag. Auf den Feldern wuchsen die Ähren, und Lorenzo konnte sich nicht sattsehen an dem frischen Grün der Bäume und Sträucher. Auch hingen schon die ersten reifen Kirschen an den Zweigen. Hätte Lorenzo mehr Zeit gehabt, hätte er Anna eine Satteltasche damit gefüllt.

Vielleicht würde er es auf dem Rückweg tun, doch jetzt galt es, die Briefe abzuliefern. Sie waren an den Schulmeister des Dorfes, Jakob Raith, und an den Vikar, den Zisterzienserpater Pfarrer Strobl, gerichtet. Es sollte nicht schwierig sein, die beiden auszumachen.

Hinter dem nächsten Nussbaum machte die Landstraße eine scharfe Rechtskurve, und dahinter tauchte in der Ferne Podersdorf auf. Die Sonne hatte inzwischen an Stärke zugenommen und der Wind aufgehört zu wehen, so dass Lorenzo in seinem Hemd schwitzte. Es war zunehmend schwül geworden. Der riesige See zu seiner Rechten lockte mit seinem kühlen Wasser. Mit etwas Verspätung sah Lorenzo die Rauchsäule, die nicht ins gewohnte Bild der Ortschaft passte. Er ritt dennoch weiter, vielleicht war ein Unglück passiert und eine unachtsame Bäuerin hatte das Stroh zu nahe am Ofen gelagert.

Je näher er kam, umso klarer wurde, dass es sich nicht um einen einzelnen Bauernhof handelte, sondern um das ganze Dorf. Der einstmals stolze Kirchturm ragte schwarz und verkohlt aus der Landschaft. Heiße, nach Menschenleichen stinkende Luft schlug Lorenzo direkt ins Gesicht. Er hielt sich die Hand vor die Nase, um sich nicht augenblicklich zu übergeben. Langsam näherte er sich dem Ort der Verwüstung. Die Angreifer waren längst weitergezogen. Das Dorf war völlig verlassen, hier gab es keinen lebenden Menschen mehr. Und auch keine Tiere. Mitten auf der Straße lag der aufgeschlitzte Kadaver eines Hundes.

Lorenzo ritt den See entlang, selbst im Schilf hingen grausam entstellte Tote. Offenbar hatten sich die Leute im seichten Wasser vor den Angreifern verstecken wollen. Eine Kinderleiche trieb mit dem Gesicht nach unten im See. Das schlammige Wasser, war vom Blut der Menschen rot gefärbt.

Lorenzo wendete das Pferd, es war sinnlos, hier weiterzureiten, er würde weder den Vikar noch den Schulmeister lebend auffinden. Und plötzlich war ihm auch klar, was die Nachricht enthielt, die er überbringen sollte: eine Warnung. Die kam allerdings zu spät. Die Tartaren waren nicht mehr im Anzug, sondern bereits über das Dorf hinweggefegt. Und sie hatten nichts davon übriggelassen.

20

NACH DEN GESPENSTISCHEN SZENEN in Podersdorf versuchte Lorenzo, um alle weiteren Dörfer einen Bogen zu machen. Am Morgen hatte er die Siedlungen gemieden, um seine Einsamkeit zu genießen, jetzt suchte er die Einsamkeit, um weiteren Schreckensbildern auszuweichen. Er wollte so schnell und sicher wie möglich zurück nach Wien. Den Umweg nahm er in Kauf.

Hinter einer der sanften Hügelketten tauchte ein Bauernhof auf. Der Geruch nach verbranntem Holz lag in der Luft und hätte ihn eigentlich warnen sollen, aber in Podersdorf hatte sich ein dicker Ruß an seine Nasenwände gelegt, eine klebrige Schicht, die jeden neuen Geruch überdeckte. Der Weg führte direkt auf den Hof zu. Lorenzos Wasserflasche war leer, und seit dem kleinen Frühstück hatte er nichts mehr gegessen. Vielleicht konnte der Hofbesitzer Lorenzos Münzen gegen einen Laib Brot und ein Stück Käse eintauschen. Als er durch das offenstehende Tor ritt, hätte er noch umkehren können. Aber Lorenzo war durstig, hungrig und unvorsichtig. Er ritt langsam in den stillen, leblosen Hof ein. Die warnende innere Stimme überhörte er geflissentlich.

Der Hof sah wie unzählige andere Höfe in dieser Gegend aus. Gleich neben dem Haupteingang stand eine große, schwere Weinpresse aus dunklem Kirschholz, die den Besitzer des Hofes als Winzer auswies. Lorenzo ritt langsam zu dem gemauerten Brunnen im Zentrum des Hofes. Eine gespenstische Stille lag über dem Anwesen. Wo waren die Bewohner? Wenn man sie überfallen hatte, müssten doch irgendwo Leichen herumliegen. Aber bis auf einen umgefallenen Eimer waren keine Spuren von Gewalt zu sehen. Der Hof war leer, saubergefegt, als hätte man kurz vor seiner Ankunft noch rasch alles in Ordnung gebracht. Lorenzo sah sich vorsichtig um. Seine Hand lag auf dem Griff seines Säbels. Nichts geschah. Die Luft war trocken und warm, ein paar Grillen zirpten im Hintergrund, ansonsten herrschte diese ungewöhnliche, fast erdrückende Stille. Lorenzo hielt sein Pferd an und stieg ab, um einen Blick ins Haus zu werfen und seinem durstigen Pferd zu trinken zu geben. Entschlossen kurbelte er den Eimer des Brunnens nach unten und holte frisches Wasser nach oben. Die rostige Kurbel quietschte, aber das Wasser roch einwandfrei. Keine Spur von Unrat oder Gift. Lorenzo nahm einen Schluck. Das Wasser war sauber und kühl, also stellte er dem Tier den Kübel hin.

Im nächsten Augenblick schlug hinter ihm völlig unerwartet eine hölzerne Stalltür gegen den Türstock. Lorenzo wirbelte herum, wobei er den Säbel in Verteidigungsstellung hielt, doch außer der Stalltür war nichts zu sehen. Vielleicht waren die Besitzer des Hofes geflüchtet, als die Tartaren im Anmarsch gewesen waren, hatten Hals über Kopf alles verlassen und versteckten sich jetzt in den Mischwäldern rund um den Hof.

Vorsichtig näherte sich Lorenzo dem Stall. War da ein leises Wimmern zu hören? Vielleicht spielte seine Phantasie ihm einen Streich. Aber das Geräusch wiederholte sich. Lorenzo dachte an ein junges Tier, das man während der Flucht zurückgelassen hatte. Er öffnete vorsichtig die Tür und schlich sich in den dunklen Stall. Sofort schlug ihm wie ein

Faustschlag der süßliche, warme Geruch menschlichen Blutes entgegen. Was er sah, ließ ihn an der Spezies Mensch zweifeln. Lorenzo musste sich augenblicklich übergeben, seine eigenen Würggeräusche drangen wie laute Hilfeschreie durch den unnatürlich stillen Stall. Er musste sofort hier raus. Ganz egal, welches Tier in einer Ecke auf ihn wartete. Er musste von hier verschwinden.

Vor ihm im Stroh lag der aufgeschlitzte Körper einer schwangeren Frau. Ihr ungeborenes Kind lag leblos daneben, es hing noch an der Nabelschnur. Über der Frau baumelte die Leiche eines jungen Mannes, der dem Massaker hatte hilflos beiwohnen müssen. Er hing mit dem Kopf nach unten und war ebenfalls aufgeschlitzt. Lorenzos Magen rebellierte erneut, doch erbrach er diesmal nur noch gelbgrüne, saure Flüssigkeit, denn sein Magen war leer.

Aus der hintersten Ecke drang wieder das leise Wimmern zu Lorenzo. Jetzt klang es nicht mehr nach einem Tier, sondern menschlich. Aber das war unmöglich, hier war jegliches menschliche Leben ausgelöscht worden, selbst das noch ungeborene im Leib einer schwangeren Frau. Aber das Geräusch wurde lauter, drängender. Es war das Weinen eines winzigen Kindes. Lorenzo ging dem Geräusch nach. Im Halbdunkel stieß er auf den leblosen Körper einer zweiten jungen Frau. Wieder war Lorenzos erster Impuls zu fliehen. So schnell wie möglich zurück ins Sonnenlicht. Aber er konnte nicht. Seine Füße waren schwer, unbeweglich, wie verwachsen mit der festgetretenen Erde des Stalls. In seinen Ohren entstand ein schrilles Surren. Dazu mischte sich das Weinen des Kindes, das er nicht sehen konnte. Wo lag es und bettelte darum, gehört zu werden?

Lorenzo machte einen Schritt auf die Tote zu. Seine Augen gewöhnten sich allmählich an das Halbdunkel des Stalls, während die Nase sich weigerte, sich an den Geruch des gestockten Blutes zu gewöhnen. Da sah er es, das winzige Wesen, das mit Weinen und Jammern auf sich aufmerksam machte. Der Säugling lag unter der Leiche der jungen Frau. Er war in Fetzen gehüllt und sah so erbärmlich aus, dass die Angreifer ihn wohl für tot gehalten hatten. Lorenzo vergaß augenblicklich die Gefahr und ließ seinen Säbel sinken. So als spüre das Neugeborene seine Anwesenheit, wurde es still und verharrte ruhig. Lorenzo kniete sich neben die Leiche der jungen Frau und drehte sie vorsichtig von dem Säugling weg. Für einen winzigen Augenblick vergaß er Zeit und Raum, bestaunte dieses kleine Wunder Mensch, so winzig und zart und dennoch perfekt. Er konnte sich nicht daran erinnern, jemals einen so kleinen Menschen gesehen zu haben. Die Hand des Kindes war so lang wie sein kleiner Finger.

Was sollte er mit diesem Bündel Mensch tun? Der Säugling steckte eine seiner winzigen Fäuste in den Mund und nuckelte lautstark daran. Die schmatzenden Geräusche füllten den Stall mit Leben. Vorsichtig, als handelte es sich um äußerst zerbrechliches Porzellan, griff Lorenzo nach dem saugenden Kind. Hier an diesem Ort der Gewalt hatte ein so kleiner Mensch nichts verloren. Es war falsch, diesen Stall mit Kindergeräuschen zu füllen. Als die Lumpen wegrutschten, kam ein dünnes, nacktes Mädchen zum Vorschein. Wahrscheinlich überrascht über seine Nacktheit und die ungewohnte Kälte, begann es zu weinen. Lorenzo versuchte eilig, es wieder in die schmutzigen Tücher zu wickeln, aber es schien sich nicht beruhigen zu wollen. Hilflos trug Lorenzo das schreiende Bündel nach draußen. Er gelangte bei der Hinterseite des Stalls ins Freie. Auch hier legten stechender Brandgeruch und eine verkohlte Rückwand Zeugnis über den Überfall ab.

Ohne zu überlegen, legte Lorenzo das Kind in seine Armbeuge. Augenblicklich wurde es ruhig und schloss friedlich die Augen. Schritt für Schritt suchte Lorenzo den Hof nach Überlebenden ab. Doch wohin er sich auch bewegte, fand er nur blinde Zerstörung und brutale Verwüstung: zerbrochene Milchkrüge, verbranntes Stroh, zerschmetterte Holzschemel und eine umgestoßene Wiege.

Planlos stand er mit dem kleinen, hilflosen Mädchen im Arm da und überlegte. Er konnte das Kind nicht hier lassen. Aber es mitzunehmen, kam ihm ebenso sinnlos vor. Wer würde in Zeiten wie diesen eine zusätzliche Esserin aufnehmen wollen? Kaum hatte er sich die Frage gestellt, tauchte vor seinem inneren Auge ein sommersprossiges Gesicht auf. Entschlossen lief er zurück zu seinem Pferd, wo er das Kind behutsam in die Satteltasche hob. Sofort begann es wieder zu wimmern. Bestimmt vermisste es den Körperkontakt. Lorenzo tauchte einen Zipfel der Lumpen in sauberes Wasser und steckte es dem Kind in den Mund. Überrascht über das nasse Tuch, öffnete das Mädchen die Augen. Sie waren hellblau, genau wie Lorenzos Augen.

Eilig sprang er auf den Rücken seines erschöpften Pferdes und machte sich auf den Weg nach Wien. Das Pferd hatte sich noch nicht lange in Bewegung gesetzt, als die Kleine in einen tiefen, friedlichen Schlaf fiel.

21

Das Wetter hatte umgeschlagen. Am späten Nachmittag war ganz plötzlich ein kalter Wind aufgekommen, der innerhalb kürzester Zeit dunkle Regenwolken gebracht und der Wärme ein jähes Ende gesetzt hatte. Kurz darauf war das erste Donnergrollen zu hören gewesen.

Hannes legte im Ofen Holz nach, und Anna bemühte sich, ein zusätzliches Licht aufzustellen, indem sie eine dicke, teure Wachskerze entzündete. Sie hasste Gewitter und vor allem die Dunkelheit. Die Stube musste hell sein, damit sie weiterhin klare Gedanken fassen konnte. Annas Angst vor der Dunkelheit hing mit den bösen Erinnerungen an ihre Ehe zusammen. Der Kaufmann hatte Anna immer wieder in einen winzigen, dunklen Abstellraum gesperrt, als Strafe für ihren angeblichen Ungehorsam. Es waren die schlimmsten Stunden ihres Lebens gewesen.

»Es hat geklopft«, rief Theresa ungeduldig aus dem Keller. »Hört ihr denn nicht, dass jemand gegen die Tür hämmert?«

Tatsächlich hatten weder Hannes noch Anna irgendwas außer dem Donner draußen gehört. Der Junge ging zur Tür und öffnete. Gemeinsam mit einem Schwall Regen trat Lorenzo ein. Er sah gespenstisch blass aus, seine heiteren Gesichtszüge waren völlig verschwunden, und er trug seine Satteltasche vor sich her, als wäre darin ein ebenso kostbarer wie zerbrechlicher Schatz.

»Habt Ihr bei dem Wetter nichts Besseres zu tun, als mit einer Tasche im Arm durch die Stadt zu laufen?«, fragte Anna.

Lorenzo stand hilflos in der Stube, unfähig, etwas zu sagen. Der Regen tropfte ihm von den Haaren auf die Schultern und rann in kleinen Bächen auf den Holzfußboden. Die Bilder der letzten Stunden ließen ihn nicht los. Der Anblick dessen, wozu die Bestie Mensch fähig sein konnte, hatte ihn zutiefst erschüttert. Lorenzos Glaube an die Menschlichkeit und seine Hoffnung auf Gerechtigkeit waren in den letzten Stunden gestorben.

»Ihr macht uns die ganze Stube nass«, schimpfte Anna.

»Legt Euren Mantel ab und stellt um Himmels willen diese Tasche ab. Welchen wertvollen Inhalt transportiert Ihr denn damit?«

Wertvoller Inhalt, ja, das stimmte. Lorenzo hoffte, dass das Bündel Mensch darin noch atmete. Er hatte den ganzen Ritt über kein einziges Mal nach dem Kind gesehen, aus Angst, es könnte den Transport nicht überlebt haben. Er war schnell geritten, hatte das arme Pferd zum Äußersten angetrieben in dem Versuch, vor dem Elend hinter sich zu fliehen. Aber vergebens, die Bilder waren für immer in sein Gedächtnis gebrannt.

»Ihr seht aus, als wäret Ihr dem Leibhaftigen begegnet«, sagte Anna.

»Ich denke, das bin ich«, antwortete Lorenzo.

»Was ist denn in der Tasche?«, fragte Hannes neugierig, denn Lorenzo hatte noch immer die Arme schützend um die lederne Satteltasche geschlossen.

Emotionslos drehte er sich zu dem Jungen: »Ein Kind!«

»Wie bitte?«, fragte Anna ungewohnt schrill. Sie hielt Lorenzos Antwort für einen merkwürdigen Scherz, sah aber gleichzeitig, dass dieser Mann im Moment nicht zum Scherzen aufgelegt war.

»Ein Kind!«, wiederholte Lorenzo. Er hielt Anna die Tasche entgegen, aber die wollte sie nicht nehmen.

»Bitte«, sagte Lorenzo. In diesem einen Wort lag so viel Hilflosigkeit und Trauer, dass Anna schließlich nach der Tasche griff.

»Ihr tragt einen Säugling in der Satteltasche spazieren?«, fragte sie.

Lorenzo nickte. Kaum hatte er die Satteltasche abgegeben, fühlte er sich um eine schwere Last erleichtert. Theresa kam mit einem Korb Zwiebeln aus dem Keller.

»Meister Martecelli hat ein Kind mitgebracht«, rief Hannes. Theresa stellte den Korb verständnislos ab.

»In seiner Satteltasche«, sagte Hannes. Der Junge wollte sehen, wie das Kind in der Tasche aussah.

»Red keinen Unsinn«, fauchte Theresa. Ein kräftiger Blitz durchzuckte die Dunkelheit, und augenblicklich folgte ein markerschütternder Donnerschlag. Anna zitterte. Lorenzo setzte sich unaufgefordert auf die Bank, verbarg sein Gesicht in beiden Händen und verharrte in dieser Position.

Verärgert öffnete Theresa den Mund, um ihn auf seinen nassen Mantel aufmerksam zu machen, unterließ es aber. Dem Donner folgte das Prasseln des Regens, und plötzlich war das leise Wimmern eines sehr kleinen Kindes zu hören. Anna sah verwundert auf die Tasche, und Lorenzo nickte müde.

Zögernd öffnete sie den Deckel. In der Tasche lag ein winziges, vielleicht drei oder vier Tage altes Mädchen. Es war in eine schmutzige Decke gehüllt und ruderte träge mit Armen und Beinen. Wahrscheinlich strampelte es schon so lange, dass es nun keine Kraft mehr hatte. Als das sanfte Kerzenlicht die Dunkelheit in der Satteltasche erreichte, blinzelte das Kind vorsichtig dem Licht entgegen. Die Augen waren hellblau, genau wie die von Lorenzo. Völlig fassungslos nahm Anna das Mädchen aus der Tasche. Sie warf abwechselnd Lorenzo und dann dem Säugling verständnislose Blicke zu.

Anna setzte zu einer Frage an, als sich das kleine Gesicht des Mädchens unzufrieden verzog. Ohne Vorwarnung begann es laut zu weinen. Sein Geschrei erfüllte das Haus und forderte von den Anwesenden eine Reaktion ein.

»Das Kind hat Hunger, es hat sicher seit gestern nichts mehr gegessen. Vielleicht auch länger, ich weiß nicht, wie lange seine Mutter schon tot neben ihm gelegen hat«, erklärte Lorenzo mit lauter Stimme, um neben dem Weinen gehört zu werden. Das Grauen, das sein Satz auslöste, war förmlich spürbar. Theresa schüttelte den Kopf und ging zur Vorratskammer. Sie holte eine Schüssel Ziegenmilch, verdünnte sie mit frischem Wasser und erwärmte die Mischung auf dem Ofen. Anschließend tauchte sie ein Stück sauberes Tuch in die Milch. Anna hielt das kleine Mädchen immer noch im Arm. Theresa reichte ihrer Nichte den Zipfel voll Milch. Das Kind schrie aus Leibeskräften, der kleine Kopf verfärbte sich dunkelrot. Rasch steckte Anna den Stoffzipfel mit Milch in den Mund des Mädchens. Augenblicklich unterbrach der Säugling sein Weinen und schmatzte zufrieden. Immer wieder musste Anna den Zipfel in die Milch tauchen und in den Mund des Kindes stecken. Zuerst schrie die Kleine jedes Mal, wenn ihr der Tuchzipfel aus dem Mund gezogen wurde, doch bald hatte sie begriffen, dass die Milch immer wieder in ihrem Mund landete, und beruhigte sich. Statt zu weinen, riss sie den Mund weit und suchend auf.

Beim Trinken öffnete das Mädchen die Augen und blinzelte Anna an. Völlig unerwartet füllten sich Annas Augen mit Tränen. Wenn ihr Ehemann damals nicht so brutal zugeschlagen hätte, würde Anna heute ihr eigenes kleines Mädchen im Arm halten und füttern. Ein grausiges Bild von einem roten, blutigen Klumpen tauchte vor ihr auf, Erinnerungen an furchtbare Schmerzen und schreckliches Leid. Der Klumpen war ihr Kind gewesen, das in ihrem Bauch gewachsen war. Anna zog geräuschvoll die Nase hoch und schluckte hart. Wenn sie jetzt anfing zu weinen, würde sie nicht mehr aufhören können.

Sorgenvoll beobachtete Theresa ihre Nichte, die mit aller Macht gegen die Tränen ankämpfte, und wandte sich an Lorenzo: »Ich denke, dass Ihr uns allerhand zu erklären habt.«

Lorenzo blickte auf, nickte stumm und fing an zu erzählen. Das half Anna, die Tränen zurückzudrängen, und sie hörte fassungslos zu, was der Jurist zu berichten hatte. Es wurde eine lange, schlaflose Nacht, in der Lorenzo kaum eine Einzelheit ausließ und alle Fragen beantwortete. Weit nach Mitternacht gingen Theresa und Hannes in ihre Betten. Theresa nahm das kleine Mädchen mit nach oben, während Anna mit Lorenzo in der Küche sitzen blieb. Auf dem Tisch stand immer noch die dicke Wachskerze und tauchte den Raum in ein schwaches, orangefarbenes Licht.

Lange Zeit saßen sie schweigend beisammen, bis Anna unvermittelt fragte: »Habt Ihr Kinder?«

Lorenzo hob überrascht den Kopf: »Nicht, dass ich wüsste. Wie kommt Ihr auf diese Frage?«

»Ich weiß nicht. Es tut mir leid.«

»Ihr müsst Euch nicht entschuldigen. Ihr seid übrigens nicht die Erste, die mir diese Frage stellt. Meister Kästner hat mich dasselbe gefragt.«

»Tatsächlich?« Diesmal war die Überraschung auf Annas Seite.

Lorenzo nickte: »Und, wie steht es mit Euch? Hattet Ihr Kinder mit Eurem verstorbenen Mann?« Lorenzo wusste, dass ihm diese Frage nicht zustand. Aber seit er das kleine Mädchen hierhergebracht hatte, spürte er in Anna eine Schwermut, die tiefere Wurzeln zu haben schien.

»Ich habe ein Kind verloren«, sagte sie leise, kaum hörbar.

»Das tut mir sehr leid.« Lorenzo griff nach Annas Hand. Für einen Moment ließ sie die Berührung zu, zog die Hand dann aber weg und legte sie in ihren Schoß.

Erneut füllten sich ihre Augen mit Tränen, und sie flüsterte: »Das braucht es nicht. Das wirklich Schlimme an der Sache ist, dass es gut war, das Kind zu verlieren.«

»Warum habt Ihr das Kind verloren?«

Anna sah schweigend auf ihre Hände in ihrem Schoß, und in Lorenzos Gedanken begann eine böse Ahnung Gestalt anzunehmen.

Nach einer schier endlosen Pause sagte Anna: »Mein Mann hat es getötet.«

Lorenzo fielen keine tröstenden Worte ein. Gerne hätte er Annas Hand ergriffen, aber die lag in ihrem Schoß.

»Was soll ich mit dem kleinen Mädchen machen?«, fragte Lorenzo.

Anna hob den Kopf. Ein Teil der Traurigkeit in ihrem Blick machte Verwunderung Platz. Lorenzo fühlte sich also nach wie vor für das Mädchen verantwortlich.

»Wir müssen jemanden finden, der das Kind gerne bei sich aufnimmt. In einem Waisenhaus würde das winzige Mädchen kaum überleben.«

Anna hatte recht. Für einen Moment hatte Lorenzo gedacht, sie würde das Kind gern selbst behalten. Doch Anna war vernünftig genug, diese Möglichkeit auszuschließen.

Plötzlich hellte sich ihr Gesicht auf. Ihr plötzliches Lächeln jagte Lorenzo eine Gänsehaut über den Rücken. Er sah sie fragend an.

»Ich glaube, ich kenne ein Ehepaar, das sich über das kleine Mädchen sehr freuen würde«, sagte sie begeistert und erzählte von ihrem Gespräch mit Hugo, dem Kutscher der Gräfin Lichtenberg.

Erst als der erste Hahn im Nachbargarten krähte, verließ Lorenzo die Tuchlauben. Sein Körper war müde, aber seine Gedanken hatten frischen Mut gefasst. Er entschied sich, sofort zu Graf Starhemberg zu gehen, um ihm einen Bericht über Podersdorf abzustatten.

22

Graf Starhemberg befand sich noch in seinen privaten Räumen, als Lorenzo bei ihm vorsprach. Unverzüglich wurde er vorgelassen und sah den Grafen zum ersten Mal ohne Perücke. Starhemberg hatte schütteres, graues Haar und am Hinterkopf eine Glatze. Lorenzo bemühte sich, seine Überraschung zu verbergen. Auch der Graf schien in der letzten Nacht wenig Schlaf gefunden zu haben, denn seine Augen waren rot und geschwollen wie die von Lorenzo. Er saß an einem Schreibtisch aus kostbarem Tropenholz, dessen Arbeitsplatte mit feinen Legearbeiten aus Edelsteinen und Elfenbein versehen war. Der Tisch war eines Kaisers würdig und so wertvoll, dass man von seinem Erlös drei fünfköpfige Familien ein Leben lang hätte ernähren können.

»Es muss eine dringliche Sache sein, wenn Ihr mich schon zu so früher Stunde sprechen wollt«, sagte der Graf. Er blickte von einem Brief auf und griff nach einer zierlichen Tasse aus feinstem Porzellan. Auch dieses Stück war ein kleines Vermögen wert. Chinesisches Porzellan mit aromatischem Tee aus Ostindien, der mit Sicherheit auf einem Schiff der Niederländischen Ostindien-Kompanie transportiert worden war.

»Ich denke, das ist es«, antwortete Lorenzo.

»Dann erzählt mir, was so dringlich ist, dass es nicht bis nach dem Frühstück warten kann.«

Ohne Umschweife berichtete Lorenzo seinem Dienstgeber von seinen Erlebnissen in Podersdorf und Umgebung. Dass die Tartaren bereits Ortschaften rund um Wien angriffen, schien den Grafen nicht zu überraschen. Stattdessen zeigte er sich irritiert darüber, dass Lorenzo die Stadt verlassen hatte, ohne ihn davon in Kenntnis gesetzt zu haben.

»Habe ich Euch den Auftrag erteilt, nach Podersdorf zu reiten?«, fragte er scharf.

»Nein, aber ich habe mir erlaubt, einen guten Freund, der verletzt im Bett liegt, zu unterstützen.«

Lorenzo war kein Leibeigener, sonntags konnte er tun und lassen, was er wollte.

Graf Starhemberg teilte diese Meinung nicht. Lorenzo hatte Tag und Nacht für ihn bereitzustehen, auch am Tag des Herrn.

»Ich wünsche keinerlei unangekündigte Ausflüge mehr. Ich brauche einen lebenden Juristen. Tot seid Ihr mir nicht von Nutzen, und ich wünsche auch nicht, dass Ihr den Feinden in die Hände fallt. Ihr verfügt über zu viel Detailwissen.«

Welches Detailwissen?, fragte sich Lorenzo verärgert. Das Einzige, worüber er genaue Informationen besaß, waren die Vermögensverhältnisse des Grafen. Lorenzos Magensäure begann gefährlich zu brodeln und wanderte langsam, aber stetig in Richtung Speiseröhre.

»Der Kaiser wird in den nächsten Tagen die Stadt verlassen«, sagte der Graf nun deutlich besänftigt. »Die Situation wird für ihn zu gefährlich. Fortan werde ich das Kommando über die Stadt übernehmen.« Eine Aufgabe, die ihm sichtlich Freude bereitete. Überrascht zog Lorenzo die Augenbrauen hoch.

»Ein undankbares Geschäft, aber mir liegt die Stadt am Herzen, nicht zuletzt, weil sich ein Großteil meiner Besitztümer hier befindet. Aber ich sehe auch eine Chance, die Stadt zu halten, und die will ich nutzen.« Der Graf stand auf und begann im Raum auf und ab zu gehen. Ohne Perücke wirkte er deutlich kleiner. Vor einem riesigen, gerahmten Bild, das die römische Frühlingsgöttin in einem weiß-goldenen Wagen zeigte, blieb er stehen.

»Sobald meine Ernennung offiziell ist, habe ich die Vollmacht, alle Entscheidungen bezüglich der Sicherheit der Stadt allein zu treffen. Oberingenieur Rimpler hat mir empfohlen, die Häuser zwischen Kärntner- und Stubentor abzubrechen, damit wir ein freies Schussfeld gewinnen. Was meint Ihr dazu?«

Lorenzo hatte keine Ahnung, was er dazu meinen sollte. Er war völlig unerfahren, was den Krieg betraf. Er fragte sich, wo die Menschen wohnen sollten, denen die Häuser in dieser Gegend gehörten. Laut sagte er: »Ich kann Euch in dieser Frage leider keine kompetente Antwort geben, ich halte aber die Meinung von Meister Rimpler für äußerst gewichtig. Er ist einer der besten Festungsbauer.«

»Ehrlich wie immer. Das schätze ich an Euch, und genau deshalb dürft Ihr dem Feind auf keinen Fall in die Hände fallen«, sagte der Graf, während er seinen Rundgang durchs Zimmer fortsetzte.

»In den nächsten Stunden wird in Wien die Hölle los sein, denn die Nachricht von der katastrophalen Niederlage bei Neuhäusel wird sich in Windeseile herumsprechen und eine letzte Massenflucht verursachen.«

Da Lorenzo bereits von Rudolf über Neuhäusel Bescheid wusste, konnte er dem Grafen gedanklich folgen.

»Viele Menschen werden in den kommenden Tagen versuchen, ihren Besitz in Geld einzutauschen, um die letzten Plätze auf den Schiffen aus der Stadt zu ergattern«, sagte der Graf. »Ich wünsche, dass Ihr das Haus des Goldschmieds in der Naglergasse aufkauft, falls er vorhat wegzugehen. Aber ich bin mir fast sicher, dass der ängstliche Mann nicht bleiben will.«

Es dauerte einen Augenblick, bis Lorenzo Graf Starhembergs Absichten erkannte. Sein Dienstgeber wollte die Angst der Bürger ausnutzen, um gute Geschäfte zu machen.

Der Graf schnalzte laut mit der Zunge: »Wir werden dem

Goldschmied eine entsprechende Summe zahlen. Es ist nur ein unbedeutendes Häuschen, aber außergewöhnlich prächtig geschmückt. In der Außenfassade befindet sich eine Statue der Muttergottes. Ein Kleinod auf dem Kunstmarkt. Der Goldschmied hat bis jetzt jedes Angebot abgelehnt. Der Wicht weiß, wie viel sein Haus wert ist, aber ich denke, dass die Zeit reif ist für einen Verkauf.«

Lorenzos Magensäure wanderte die Speiseröhre hoch und verursachte ein unangenehmes Sodbrennen, das Lorenzo wieder den ganzen Tag nicht loswerden würde.

»Ich wünsche, dass es ein gewinnträchtiger Kauf wird. Ihr versteht mich, Martecelli?«

Ja, Lorenzo verstand.

»So, jetzt muss ich mich bereitmachen und zum Kaiser gehen, um die Übergabe des Stadtkommandos zu besprechen«, verkündete Graf Starhemberg und ging direkt auf die Tür zu. Bevor er den Raum verließ, drehte er sich noch einmal um: »Ich hoffe, ich habe mich bezüglich der unangekündigten Ausritte deutlich ausgedrückt.«

»Das habt Ihr«, sagte Lorenzo bitter und hatte plötzlich das Gesicht seines Vaters vor Augen.

23

Wie der Graf prophezeit hatte, herrschte auf den Straßen der Stadt ein heilloses Durcheinander. Es gab die ersten Anzeichen von Panik, und allerorts war die Nervosität der Menschen spürbar. Während die einen versuchten, fluchtartig die Stadt zu verlassen und sich ein winziges Plätzchen auf einem der letzten Schiffe zu ergattern, kauften die anderen wahllos alle zur Verfügung stehenden Lebensmittel ein und horteten sie zu Hause für den Fall einer Belagerung. Die Stadt glich einem Bienenstock. Die Nachricht über die Niederlage bei Neuhäusel verbreitete sich in Windeseile, ebenso die Neuigkeit, dass der Kaiser noch am selben Tag Wien verlassen und Graf Starhemberg das Kommando über die Stadt übernehmen würde. Jungen in Hannes' Alter liefen mit Nachrichtenblättern durch die Stadt, die noch feucht von der Druckerschwärze waren und ihnen förmlich aus den Händen gerissen wurden. Die Türken hatten tatsächlich vor, Wien anzugreifen. Mutmaßungen über die Zahl der Angreifer wurden angestellt und wieder verworfen. Niemand hatte eine Vorstellung davon, wie viele Feinde demnächst vor den Toren der Stadt lagern würden: hunderttausend oder zweihunderttausend Mann oder gar noch mehr?

Auch in der Tuchlauben lagerte man seit Tagen Lebensmittel ein. Meister Kästner hatte Theresa dabei geholfen, eine Ziege und zwei Hühner zu kaufen. Außerdem hatte er den Hebammen zu einem erfreulich niedrigen Preis Getreide, Bohnen und Linsen verkauft. Theresa verstaute die Säcke mit den Lebensmitteln in der Vorratskammer und bat Hannes, im Schuppen hinter dem Haus nach passendem Holz zu suchen, mit dem sie später einen notdürftigen Stall für die Ziege bauen konnten.

Unterdessen machte sich Anna auf den Weg ins Palais Lichtenberg. Sie wusste, dass die junge Gräfin in die Stadt gezogen war, während ihr Gemahl sich gemeinsam mit dem Kaiser auf dem Weg in Richtung Passau befand. Doch es war nicht die Gräfin, zu der sie wollte, sondern der Kutscher Hugo und dessen Frau Trude.

Überrascht, aber erfreut winkte Hugo die junge Hebamme seiner Herrin herein und führte sie in die Küche zu seiner Frau. Anna setzte sich an den massiven Holztisch und nahm dankbar den Becher Most entgegen, den Trude ihr reichte. Die beiden einfachen, aber hilfsbereiten und warmherzigen Menschen starrten Anna neugierig an. Trude zupfte verlegen an ihrer sauberen Schürze, wusste nicht recht, was sie sagen sollte, und setzte sich schließlich zu Anna an den Tisch.

Anna wollte nicht lange um den heißen Brei herumreden und kam sofort auf ihr Anliegen zu sprechen: »Ich habe seit gestern ein Neugeborenes in meinem Haus, dessen Eltern beide von den Tartaren niedergemetzelt worden sind.«

Trude, eine runde Frau mit gutmütigem Gesicht, warf ihrem Mann einen fragenden Blick zu. Hugo zuckte mit den Schultern.

»Ich habe Anna Stöckel vom Tod unserer Kinder berichtet«, sagte er entschuldigend.

Trude wandte sich an Anna: »Warum erzählt Ihr uns davon?«

»Es ist ein winziges, aber gesundes Mädchen, das dringend einen Vater und eine Mutter braucht«, sagte sie ohne Umschweife.

Trude schüttelte den Kopf: »Wir können doch nicht einfach ein fremdes Kind aufnehmen. Was würde die Herrin dazu sagen?«

»Wollt Ihr Euch das Mädchen nicht einmal ansehen?«, fragte Anna.

»Warum behaltet Ihr das Kind nicht?«, fragte Trude zurück.

»Glaubt mir, ich würde es sofort tun«, sagte Anna traurig. »Aber mein Stand und mein Gewerbe erlauben es nicht.«

Sowohl die Köchin als auch der Kutscher schienen einzusehen, dass eine verwitwete Hebamme mit einem Kind, von dem niemand wusste, woher es kam, sich dem bösen Tratsch der Stadt aussetzen würde.

»Es ist ein Mädchen?«, fragte Trude nochmal nach.

Anna nickte: »Und es hat die wunderschönsten hellblauen Augen, die ich je bei einem kleinen Kind gesehen habe.«

Trude lächelte.

Hugo trat an seine Frau heran und berührte sie an der Schulter. »Du wünschst dir doch so sehr ein Kind. Lass uns doch einen Blick auf das Mädchen werfen. Ansehen kostet ja nichts.«

Trude schmiegte ihr Gesicht an die Hand ihres Mannes. Er hatte recht, sie wünschte sich nichts sehnlicher als ein Kind. Der Schmerz über den Verlust ihrer eigenen war manchmal beinahe nicht zu ertragen.

»Aber die Herrin«, warf sie ein.

»Ich werde mit ihr reden«, versprach Hugo.

Er grinste und legte dabei seine großen Pferdezähne frei: »Gut, dass der Graf Richtung Passau unterwegs ist.«

»Abgemacht, wir kommen mit Euch mit und sehen uns das Mädchen an«, sagte Trude, stand auf und glättete ihre Schürze. Ihre Augen leuchteten im Halbdunkel der Küche.

In der Tuchlauben hatte Theresa das kleine Mädchen gerade gefüttert und saß nun kurz mit ihm in der Sonne. Plötzlich stand Anna mit zwei Gästen im Garten. Theresa erkannte die beiden sofort. Schließlich hatte sie der Frau schon viermal bei einer Geburt beigestanden.

»Das freut mich aber, dass Ihr zu uns in die Tuchlauben kommt«, sagte sie, während sie sich erhob und auf die beiden zutrat. Sie begriff sofort, was ihre Nichte mit diesem Besuch bezweckte. Trude warf einen vorsichtigen Blick auf das Bündel in Theresas Armen.

»Soll ich?«, fragte Theresa und hielt ihr das Kind entgegen.

Trude nickte. Behutsam legte Theresa den Säugling in Trudes Arme. Als Trude in die hellblauen Augen des satt und zufrieden lächelnden Mädchens blickte, war Theresa sofort klar, dass Trude das Kind nicht mehr hergeben würde. Auch Anna deutete den Blick der Köchin richtig. Ihr Herz wurde ihr ein wenig schwer, aber sie verdrängte das Gefühl sofort wieder. Als unverheiratete Frau konnte sie das Kind unmöglich selbst behalten.

Trude drehte sich mit dem Kind im Arm zu ihrem Mann, der ebenfalls entzückt auf das Mädchen blickte. »Sie ist wunderschön«, sagte sie.

»Ja, das ist sie«, bestätigte Anna, die hinter ihr stand.

Theresa lief ins Haus und holte einen Krug Apfelwein und Becher. Bald würde ihr Vorrat davon aufgebraucht sein. So oft wie sie in letzter Zeit Besuch hatten. Trotz der anstehenden Arbeit setzten sich alle um den Tisch im Garten. Trude behielt das Mädchen im Arm. »Ich würde sie gerne Magdalena nennen«, sagte sie.

»Das ist ein sehr schöner Name«, erwiderte Anna.

»Ist das Kind schon getauft?«, fragte Trude.

Anna zuckte mit den Schultern und erzählte in gekürzter Form Lorenzos Geschichte. Während sie sprach, drückte Trude die kleine Magdalena instinktiv an sich.

»Ich will, dass es kein böses Gerede und keinen Tratsch gibt. Magdalena soll offiziell unsere Tochter sein«, sagte Hugo.

Anna konnte den Mann verstehen: »Pater Anselm vom Franziskanerkloster könnte Magdalena taufen, er wird ganz sicher keine unangenehmen Fragen stellen.«

Trude nickte: »So soll es sein.« Sie streichelte liebevoll über die weiche samtige Wange des Säuglings.

»Gut«, sagte Anna und stand auf, als Zeichen, dass alles beredet war. »Ich werde noch heute Abend zu Pater Anselm gehen und ihn bitten, die Taufe zu übernehmen.«

24

TAUFEN GEHÖRTEN ZU PATER ANSELMS Lieblingsaufgaben. Er freute sich über jedes kleine Kind, das er in die große christliche Glaubensgemeinschaft aufnehmen durfte. Obwohl er im Moment damit beschäftigt war, das Hospital für eine Belagerung der Stadt zu rüsten, nahm er sich gerne die Zeit, um mit Trude und Hugo die Taufe ihrer kleinen Tochter zu feiern.

Auch Lorenzo wurde dazu eingeladen. Nach der Feier in der Kapelle des Franziskanerklosters begab sich die kleine Gesellschaft zum Mittagessen in die Goldene Gans. Pater Anselm, der sich nur selten den Tafelfreuden hingab, schloss sich der Gruppe an. Während ganz Wien in Aufruhr war, saß die bunt zusammengewürfelte Gesellschaft bei Hühnerpastete und süßem Kompott beisammen und verleugnete für ein paar Stunden jede Gefahr.

»Ich habe gar nicht gewusst, dass die Wirtin der Goldenen Gans so vorzüglichen Wein anbietet«, sagte Pater Anselm.

»Der Wein ist nicht vom Gasthaus. Er ist von einem unbekannten Winzer bei Nussdorf«, erklärte Lorenzo. Er hatte eigens noch zwei Flaschen seiner neuen Lieblingssorte erstanden, damit sie alle zusammen mit dem edlen Tropfen auf das Wohl des Kindes und sein neues Zuhause anstoßen konnten.

»Tatsächlich?« Pater Anselm war sich sicher, dass er vor vielen Jahren schon einmal so guten Wein getrunken hatte. Wie hatte der Winzer bloß geheißen? Der Pater konnte sich nicht mehr erinnern. Es war zu lange her, und die leiblichen Genüsse waren ihm noch nie besonders wichtig gewesen.

»Wie geht es Eurem Freund, dem kaiserlichen Kurier?«, fragte er.

»Besser, er liegt in meiner Kammer und jammert«, antwortete Lorenzo.

»Gott sein Dank war seine Wunde nicht sehr tief. Ich habe sie nur oberflächlich nähen müssen«, erklärte Pater Anselm und trank erneut aus seinem Becher. »Ich glaube, dieser Wein erinnert mich an den Wein eines Winzers, der vor vielen Jahren in Krems gekeltert hat. Ich kann mich nur nicht mehr an seinen Namen erinnern.«

»Kaltenberg«, sagte Lorenzo und war über seine Antwort selbst erstaunt. Dann wandte er sich wieder Hannes zu, der ein kompliziertes Zahlenrätsel nach dem anderen einforderte.

»Richtig!«, rief Pater Anselm überrascht, ohne weiter bei Lorenzo nachzufragen.

Der Nachmittag verlief unterhaltsam und entspannt. Hannes verlangte nach weiteren Rätseln, die er flink löste, und Anna war jedes Mal aufs Neue von den Leistungen des Jungen beeindruckt. Theresa unterhielt sich mit Anselm über die Wirkungskraft bestimmter Kräuter, und Trude und Hugo freuten sich über ihr kleines Mädchen. Die dicke Wirtin warf immer wieder einen verständnislosen Blick in die Wirtsstube. Wie konnte man nur dem Müßiggang nachgehen, wenn rundherum alles aus den Fugen zu geraten drohte? Als die Turmuhr von St. Stephan die fünfte Stunde nach Mittag schlug, trat sie in die Wirtsstube, um zu kassieren.

»Ich hab schließlich noch eine Menge anderer Dinge zu erledigen«, sagte sie mürrisch.

»Ihr habt vor allem ein Wirtshaus zu führen«, konterte Lorenzo, der sich in den letzten Tagen immer häufiger über das unfreundliche Auftreten der Wirtin ärgerte. Er zahlte ihr zusätzlich Geld dafür, dass nun auch Rudolf in seiner winzigen Kammer schlief, dennoch hatte es noch keinen Tag gegeben, an dem sein Freund mit warmem Essen versorgt worden wäre. Die anderen ließen sich die gute Laune von der Wirtin nicht verderben, und jeder ging gutgelaunt nach Hause. Lorenzo brachte seinem Freund die Reste von der Hühnerpastete und dem Kompott aufs Zimmer. Auch vom Wein war noch ein Becher übriggeblieben.

»Wie schön, du erinnerst dich an deinen alten Freund, der allein in einem freudlosen Zimmer dahinvegetiert«, jammerte Rudolf.

»Die letzten zwei Tage waren ein Alptraum«, sagte Lorenzo. »Nimm die Hühnerpastete und den Wein und hör auf zu jammern.«

»O ja, es muss wahrhaft schrecklich sein, wenn man solch feine Dinge verspeisen und so köstlichen Wein dazu trinken muss.« Aus Rudolfs Stimme tropfte förmlich der Sarkasmus.

»Du scheinst wieder ganz der Alte zu sein«, konterte Lorenzo und stellte das Tablett auf seinem eigenen Bett ab, in dem Rudolf seit Tagen lag. Er selbst hatte sich auf dem Boden ein Lager aus einer alten Matratze und einer Decke gemacht.

»Dein Dienstgeber zieht es vor, nach Passau zu flüchten«, berichtete Lorenzo.

»Das habe ich bereits vernommen. Dein Fenster geht direkt auf die Straße, so kann man auch als schwerverletzter Mensch, der das Bett hüten muss, hören, was rundherum geschieht. Auch wenn der beste Freund sich den ganzen Tag mit schönen Frauen herumtreibt.« Rudolf biss von einer der Hühnerpasteten ab.

»Du bist ein altes Lästermaul«, schimpfte Lorenzo und ließ sich auf seinem Matratzenlager nieder.

Rudolf wischte sich mit dem Ärmel über den Mund. »Ich weiß, aber es soll Menschen geben, die das anziehend finden.«

»Meinst du jemanden Bestimmten?«, fragte Lorenzo und setzte sich abrupt wieder auf.

Rudolf grinste und schüttelte den Kopf. »Keine Angst, ich meine nicht deine Hebamme mit der messerscharfen Zunge. Bei der scheinen alle Männer ausgespielt zu haben.«

Lorenzo entspannte sich wieder, seufzte und legte sich erneut auf seine Matratze. Dann verschränkte er die Arme hinter dem Kopf. Rudolf hatte recht. Anna zeigte keinerlei Interesse an ihm. Weder an ihm noch an sonst irgendeinem Mann, und schuld daran war dieser verdammte Ehemann, dem die Pest ein viel zu gnädiges Ende bereitet hatte. Lorenzo verabscheute Raufereien aller Art, aber mit diesem Mann hätte er sich gern geprügelt.

»Ich hoffe, in ein paar Tagen wieder reiten zu können. Deine Anna und ihr Beichtvater meinten, wenn man den Knöchel fest bandagiert und die Brust ebenfalls zusammenschnürt, könnte ich morgen wieder aufstehen und vorsichtig herumgehen.«

»Anna Stöckel ist nicht ›meine Anna‹«, sagte Lorenzo empörter, als er war. »Und zwischen Herumgehen und Nach-Passau-Reiten ist ein riesiger Unterschied.«

»Ja, aber allerorts brennt das Land, und ich sitze den ganzen Tag tatenlos in deinem Bett in einem winzigen Zimmerchen herum und warte darauf, dass die Zeit vergeht.«

»Du bist dabei zu genesen«, erklärte Lorenzo, konnte den Freund aber sehr gut verstehen. Er musste nur daran denken, wie sehr er selbst seine Tätigkeit in der Kanzlei hasste, die ihn an dieses Zimmer, an diese Stadt fesselte.

»Lorenzo …« Rudolfs Stimme klang plötzlich sehr ernst, weshalb der Angesprochene sich fragend zu ihm umsah.

»Die Aktienbriefe meiner Beteiligung an der Ostindien-Kompanie sind in meiner Tasche«, verkündete sein Freund. »Ich trage sie immer bei mir, und falls mir etwas zustoßen sollte, wird dir diese Tasche ausgehändigt werden.«

»Klar«, sagte Lorenzo. »Wenn du in einem Scharmützel stirbst oder dich mit deinem Pferd überschlägst und in irgendeinem Straßengraben landest, wird der ehrliche Finder diese Tasche an Lorenzo Martecelli senden, der sich gerade in Irgendwo aufhält.«

Rudolf ging nicht darauf ein, stattdessen erklärte er mit ernster Miene: »Wenn die Gewinne nicht an mich ausbezahlt werden können, weil ich nicht auffindbar bin, werden sie an dich ausbezahlt. Ich habe das Weingut deines Vaters angegeben, weil du ohnehin eines Tages wieder dort landen wirst.«

»Du hast meinen Vater angegeben?«, fragte Lorenzo. Die Vorstellung, dass sein Vater von einem Unbekannten Geld ausbezahlt bekäme, amüsierte ihn.

Rudolf schüttelte den Kopf: »Nein, ich habe deinen Namen angegeben. Aber die Adresse deines Vaters, denn ich weiß, dass du noch Ende dieses Jahres in die Toskana aufbrechen wirst, um endlich das zu tun, was du schon immer tun wolltest.«

»Und das wäre?«, fragte Lorenzo neugierig.

»Wein anbauen. Genau wie dein Vater«, antwortete Rudolf.

»Dumm, dass mein Vater genau das nicht von mir erwartet«, sagte Lorenzo bitter. Er dachte daran, dass der blaue Brief immer noch ungeöffnet unter der leeren Obstschüssel lag.

»Wer weiß, ob er immer noch so denkt?«, meinte Rudolf.

25

Am Abend bestieg Kaiser Leopold seine Kutsche und die Kaiserin ihre Sänfte. Die beiden verließen Wien, um nach Krems und später nach Melk aufzubrechen. Ihr Weg führte nach Passau. Der überraschte Aufbruch des Kaiserpaares signalisierte den Wienern, dass die Gefahr einer Belagerung der Stadt unmittelbar bevorstand.

Am nächsten Tag verließen die letzten Schiffe die Stadt. Der Bürgermeister der Stadt Steyr, Gregor Schinner, hatte sie zur Verfügung gestellt. Über hundert Flüchtlinge fanden darauf Platz. Graf Starhemberg und einige andere reiche Männer der Stadt hatten die Gelegenheit genutzt und ihre letzten persönlichen Wertgegenstände ebenfalls auf eines der Schiffe bringen lassen. Lorenzo hatte einen Handwerker beauftragen müssen, die Marienstatue aus der Fassade des Hauses in der Naglergasse zu entfernen und sicher in einer Holzkiste zu verstauen. Die wertvolle Figur sollte weder den Türken in die Hände noch einer Kanonenkugel zum Opfer fallen. Außerdem wurden ein äußerst kostbarer Schreibtisch aus Tropenholz und sorgsam verpacktes chinesisches Porzellan auf das Schiff geladen.

Graf Starhembergs neuerworbenes Haus in der Naglergasse stand nun leer. Überhaupt leisteten sich viele Wohlhabende den Luxus, ihre Häuser unbewohnt zu lassen, während sich in anderen Häusern die Bewohner mit den Flüchtlingen aus den Vorstädten drängelten. Auch Lorenzo wurde aufgefordert, sein Zimmer mit einer Familie zu teilen. Die Flüchtlinge zogen es aber vor, zu Verwandten zu ziehen, und so blieb Lorenzo vorerst allein.

Am Morgen des 11. Juli wollte Rudolf entgegen Lorenzos guten Ratschlägen nach Passau aufbrechen. Anna war gekommen, um ihm den Brustkorb und den Knöchel fest zu bandagieren.

»Was Ihr vorhabt, ist unvernünftig und verantwortungslos«, sagte sie, als sie den Verband verknotete. »Wenn Pater Anselm davon erfährt, wird er mir die Leviten lesen.«

»Vernunft ist eine schrecklich langweilige Tugend, der ich noch nie viel abgewinnen konnte«, erwiderte Rudolf.

»Vernunft hat mit Verstand zu tun, und anscheinend fehlt es Euch an beidem«, sagte Anna spitz.

Rudolf grinste. »Ich werde Eure scharfe Zunge vermissen.«

Anna schüttelte den Kopf. Sie hatte alles versucht, um den jungen Mann zurückzuhalten. Auch Pater Anselm konnte hier nichts ausrichten. Lorenzo und Anna begleiteten Rudolf zu seinem Pferd. Mühsam und unter Schmerzen kletterte er auf den Rücken des Tieres.

»Vielen Dank, schönste aller Hebammen.« Rudolf schenkte Anna zum Abschied sein strahlendstes Lächeln, worauf Anna wieder einmal errötete. Lorenzo war froh, den Freund bald in weiter Ferne zu wissen.

»Pass auf dich auf«, sagte er und meinte es ernst.

»Ich werde es versuchen, und du pass auf diese geschickte Wundheilerin auf. Die Stadt wird sie in den nächsten Wochen brauchen«, gab Rudolf zurück.

Lorenzo warf Anna einen Blick von der Seite zu und ergänzte: »Ich weiß nicht, ob sie das zulassen wird.«

Rudolf winkte ihnen noch einmal kurz zu, dann war er um die nächste Straßenecke verschwunden.

»Ich muss zurück nach Hause«, sagte Anna.

»Darf ich Euch begleiten?«

»Ich denke, dass Ihr mich in letzter Zeit sehr oft begleitet habt«, sagte Anna.

»Zu oft?«, fragte Lorenzo.

Anna antwortete nicht, sondern zuckte schweigend mit den Schultern.

»Ich verstehe«, sagte Lorenzo.

»Nein, Ihr versteht nicht«, sagte Anna. »Und wie sollt Ihr auch, wenn ich mich selbst im Moment nicht verstehe?«

Lorenzo blickte verwirrt drein, aber er wollte sie nicht noch weiter in Verlegenheit bringen. Deshalb verabschiedete er sich und ging.

Anna blieb stehen und sah ihm lange nach. Eine Stimme in ihr wollte ihn zurückrufen, eine andere wollte genau das Gegenteil. Als Lorenzo hinter einer Hauswand verschwand, drehte auch sie sich um und machte sich allein auf den Heimweg.

26

Lorenzo fiel es nicht schwer, mit dem energischen Schritt Graf Starhembergs mitzuhalten. Der Stadtkommandant eilte zur Dominikanerbastei, wo kleine Teile der feindlichen Truppen schon bis zur Stadtmauer vorgedrungen waren.

»Die Vorstädte werden von der kaiserlichen Kavallerie geschützt, aber das Vorhaben ist aussichtslos«, schimpfte der Graf. Wieder einmal war er mit den Entscheidungen des Kaisers und seiner Ratgeber nicht einverstanden.

»Leopold ist auf dem Weg nach Linz, derweil seine wackeren Soldaten hier einen aussichtslosen Kampf bestehen sollen. Ich werde den Befehl erteilen, die Vorstädte abzubrennen.« Die Stimme des Grafen klang entschlossen. »Wir werden den Türken nicht die Genugtuung lassen, alles zu zerstören.«

Lieber machen wir es selber, ergänzte Lorenzo den Satz in Gedanken. Die Zerstörung war in jedem Fall sinnlos. Es bedeutete für viele Menschen Leid und Armut.

»Was passiert mit den Bewohnern der Vorstädte?«, fragte Lorenzo.

Der Graf machte eine abfällige Handbewegung: »Ich habe schon vor Tagen befohlen, dass alle in die Stadt kommen sollen. Wer immer noch in der Vorstadt sitzt, ist selber schuld.«

Aber was war mit all den Menschen, die nicht selbst entscheiden konnten?, fragte sich Lorenzo und dachte an die Alten und Gebrechlichen, die nicht mehr ohne Hilfe in die Stadt gelangen konnten.

Plötzlich hörte er Hufgeklapper. Im letzten Augenblick wich Lorenzo einem Pferdefuhrwerk aus und sprang fluchend auf die Seite. Der Graf ging unbeirrt weiter und bahnte sich einen Weg durch die Menge.

Auf den Straßen der Stadt herrschte Aufregung. Wer in den letzten Tagen geglaubt hatte, dass das Ausmaß an Chaos nicht mehr überboten werden konnte, der hatte geirrt. Überall wurden die allerletzten Vorbereitungen für die bevorstehende Belagerung getroffen. Es gab niemanden, der tatenlos herumsaß und wartete. Häuser in der Nähe der Stadtmauer waren geräumt worden, die Bewohner hatte man, sofern es möglich war, in anderen Häusern untergebracht. Strohdächer wurden abgetragen, um der Verbreitung eines möglichen Feuers entgegenzuwirken. Überall wurde geschäftig gearbeitet, gehämmert und verbarrikadiert. Wer es sich leisten konnte, legte sich einen kleinen Lebensmittelvorrat an. Die Preise für Brot und Mehl waren rasant gestiegen und würden sich in den kommenden Wochen verdoppeln, wenn nicht verdreifachen.

Als Lorenzo und Graf Starhemberg die Dominikanerbastei erreicht hatten, nahm der Graf zwei Stufen auf einmal. Lorenzo, dessen Beine um ein gutes Stück länger waren als die des Grafen, tat es ihm gleich. Noch bevor sie auf der Plattform angekommen waren, konnten sie die Rauchwolken in der Ferne sehen. Die Feinde näherten sich brandschatzend der Stadt und hinterließen ein Trümmerfeld aus Blut und Zerstörung. Kaum hatte Lorenzo die letzte Stufe erreicht, begrüßte ein wachhabender Soldat höheren Ranges den Grafen. Ihm selbst in seiner Zivilkleidung schenkte der kleine, untersetzte Mann mit dem fettigen Haar und Pockennarben im Gesicht keinerlei Beachtung.

»Der Waldschaffer Johann Egger hat Bericht erstattet, dass Purkersdorf gefallen ist«, verkündete der Soldat. Lorenzo, der bestenfalls eine ungefähre Idee davon hatte, wo Purkersdorf liegen könnte, wusste nicht recht, was genau das bedeutete. Die Stadt war nach wie vor fremd für ihn.

Der Graf lieferte die Erklärung: »Damit haben wir eine Schlüsselstellung im Wienerwald verloren.« Stirnrunzelnd blickte er zu einer neu auftauchenden Rauchsäule am Horizont.

»Wenn es stimmt, was die Truppen melden, müssen wir mit einer Übermacht von bis zu dreihunderttausend Angreifern rechnen«, sagte der kleine, schwitzende Mann. Obwohl es noch früh am Morgen war, verfügte die Sonne bereits über enorme Kraft. Den Grafen schien die Zahl nicht weiter zu verwundern, Lorenzo aber glaubte, sich verhört zu haben. Wie sollte Wien einer derart gewaltigen Armee trotzen?

»Wenn meine Befürchtungen wahr werden, steht der Feind morgen vor den Toren der Stadt. Wir können nur hoffen, dass unser Kaiser ein Entsatzheer auf die Füße stellt, damit der Feind geschlagen werden kann, denn allein werden wir es nicht schaffen. Aber wir werden alles dazu tun, dass die Türken unsere Stadt nicht einnehmen.« Gegen seinen Willen bewunderte Lorenzo die eiserne Entschlossenheit, die in der Stimme des Grafen lag.

Die Sonnenstrahlen, die durch die frisch geputzten Glasscheiben in Annas Zimmer drangen, versprachen einen heißen, sonnigen Sommertag. Die schwarze Katze hatte sich in der Nacht wieder zu Anna geschlichen. Langsam erhob sie sich und sprang elegant auf den Boden.

»Du schreckliches Tier«, sagte Anna. Die Katze streckte sich genüsslich, rieb sich an Annas Bein und sprang dann flink aus dem Zimmer. Anschließend lief sie in die Küche, in der Hoffnung, dass Hannes ihr eine Schüssel Milch geben würde. Aber Hannes war nicht da. Er hatte das Haus längst verlassen und war noch vor Sonnenaufgang auf die Straße geschlichen, um zu sehen, ob der Feind schon nähergerückt war.

Auch Theresa war schon auf den Beinen und hatte das Frühstück gerichtet. In einer Pfanne brutzelten drei Eier. Als Anna in die Küche trat, sagte sie: »Die beiden Hühner waren ein Glückstreffer. Eines der Tiere legt jeden Tag zwei Eier, manchmal sogar drei.« Sie nahm die Pfanne mit den Spiegeleiern vom Ofen. Schon vor einer Stunde hatte sie Brot in

Scheiben geschnitten und gemeinsam mit süßer Butter auf den Tisch gestellt. So als hätte Hannes gerochen, dass die Eier fertig waren, platzte er ins Haus. Doch der Junge nahm vom gedeckten Frühstückstisch keine Notiz. Er war völlig aufgelöst, stotterte einzelne Wortfetzen so wild durcheinander, dass weder Anna noch Theresa ihn verstanden.

»Immer mit der Ruhe, setz dich erst mal hin, und dann erzähl langsam eins nach dem anderen«, sagte Theresa mit der Pfanne in der Hand. Hannes ließ sich auf die Bank plumpsen, und augenblicklich sprang die Katze auf seinen Schoß. Aber im Moment hatte der Junge keine Ruhe, um das Tier zu streicheln. Er setzte die Katze auf den Boden, wo diese laut protestierte und sich beleidigt hinter dem Ofen versteckte.

»Die Türken sind da, und es sind Hunderte, Tausende«, rief Hannes. Theresa stellte die Pfanne auf einem hölzernen Untersetzer ab. Seelenruhig teilte sie die Eier aus.

»Sie ziehen einen Ring um die Stadt und bauen Zelte auf, die sind so groß wie unser ganzes Haus«, sagte der Junge. »Ihre Sättel glänzen vom Gold, mit dem sie bestickt sind, und sie führen Tiere und Lebensmittel mit sich, so als wollten sie Jahre hier verbringen. Pferde, Esel, Ziegen, Kamele und sogar Büffel haben sie dabei.«

Theresa setzte sich. Sie hatte nicht vor, sich das Frühstück verderben zu lassen.

»Die Vorstädte sind allesamt niedergebrannt. Aber das stört die Osmanen nicht, denn sie haben selbst alles mitgebracht, was sie brauchen.« Hannes war vom Reichtum des Feindes sichtlich beeindruckt. »Und es kommen ständig Truppen nach. Es sind so viele, dass man sie sicher nicht zählen kann.«

Der Junge stand unvermittelt auf. »Ich muss wieder los. Ich habe so etwas noch nie gesehen.«

»Hier geblieben«, befahl Theresa, »zuallererst musst du

dein Frühstück essen, danach kannst du von mir aus wieder losziehen. Aber vergiss deine Arbeit nicht. Wir müssen unsere Wundsalben nachfüllen, denn ich fürchte, dass die Stadt bald Unmengen von Verletzten zu versorgen hat, und wir Hebammen werden die Ersten sein, die zum Mithelfen aufgerufen werden.«

Plötzlich fiel Anna ein, dass gestern Nachmittag die Magd aus dem Haus der Familie Kästner da gewesen war. »Meister Kästner hat einen kleinen Ballen ungefärbtes, schlecht verarbeitetes Leinen geschickt, den jemand vor Monaten bei ihm bestellt und bezahlt, aber nicht abgeholt hat. Er weiß nicht, was er damit machen soll, und würde ihn uns gerne überlassen.«

»Das ist ein wundervolles Geschenk zum richtigen Zeitpunkt«, freute sich Theresa und wendete sich sofort wieder an Hannes: »Den Ballen solltest du noch am Vormittag holen, damit wir am Nachmittag damit beginnen können, das Leinen zu zerschneiden. Wer weiß, ob wir in den nächsten Wochen Zeit dafür finden werden.«

Hannes widmete sich nun doch seinem Frühstück. Das Ei war allerdings inzwischen kalt geworden.

27

Basma hatte in den letzten drei Monaten unzählige Male den Aufbau ihres Zeltes überwacht. Ihre beiden Diener beherrschten die Aufgabe mittlerweile im Schlaf, dennoch mussten sie dabei beobachtet werden. Nur zu gern ließen die Männer in ihrem Arbeitstempo nach oder legten eine unerlaubte Pause ein.

Basma rückte ihre Kopfbedeckung zurecht und schob den Schleier nach hinten. Es war drückend heiß. Hatten vor ihrer Abreise nicht alle gesagt, im Land der Giauren sei es kühler als zu Hause? Auch ihre Mutter hatte das behauptet, und die müsste es doch wissen, schließlich war sie als Christin in einer unbedeutenden Handelsstadt irgendwo jenseits der Donau geboren worden und hatte ihre Kindheit in dieser unwirtlichen Gegend verbracht.

Basma wischte sich mit dem Handrücken über die Stirn. Das Unerträglichste waren die entsetzlichen Mücken. Genervt verscheuchte sie eines der fliegenden Insekten. Seit Anfang April war sie nun unterwegs und sie hasste dieses Leben. Wie sehr sehnte sie sich nach ihrem ruhigen Haus in Istanbul. Nach dem schattigen Garten mit den Feigenbäumen, den üppig blühenden Hibiskussträuchern und dem Granatapfelbaum, der direkt neben dem Springbrunnen im Zentrum des Gartens stand. Basmas Bauch wurde immer dicker und die Reise immer beschwerlicher. Dabei war sie selbst diejenige gewesen, die ihren Mann, den Dichter Ibrahim ibn Ramazzan, unbedingt hatte begleiten wollen.

Diese Reise zum goldenen Apfel war der wichtigste Auftrag, den ihr Mann bis jetzt erhalten hatte. Ibrahim sollte den ruhmreichen Sieg über die Ungläubigen dokumentieren und in großartigen, blumigen Worten für die Nachwelt festhalten. Basma wäre es lieber gewesen, Ibrahim würde die ganze Geschichte in ihrem gemütlichen Haus in Istanbul niederschreiben. Aber Kara Mustafa, der Oberbefehlshaber der türkischen Armee, hatte darauf bestanden, dass sein Dichter ihn persönlich begleitete und jede Einzelheit des triumphalen Sieges gleich vor Ort festhielt. Dieser Auftrag würde Ibrahim ewigen Ruhm und Reichtum bringen.

Wenn Basma gewusst hätte, mit welchen Strapazen diese

Reise verbunden war, hätte sie vielleicht anders entschieden. Jetzt noch schauderte ihr bei den Erinnerungen an die Woche in den Auwäldern bei Hainburg. Sie hatte tagelang keinen Fuß vor das Zelt gesetzt aus Angst, von einem Schwarm Insekten überfallen zu werden.

Erneut wischte sich Basma einen Schweißtropfen aus der Stirn. Seit April wusste sie, dass sie schwanger war, doch Ibrahim hätte ihr die Reise niemals erlaubt, wenn er schon damals von ihrem Zustand gewusst hätte. Deshalb hatte Basma die Neuigkeit so lange für sich behalten, bis die Schwangerschaft nicht mehr verheimlicht werden konnte, aber auch eine Umkehr nicht mehr möglich gewesen war. Basma war ehrgeizig. Sie hatte es geschafft, als Tochter eines unbedeutenden Kaufmanns und einer konvertierten Muslimin die Frau des berühmten Dichters zu werden. Diese Stellung, die sie ihrer außergewöhnlichen Schönheit zu verdanken hatte, wollte sie mit niemand teilen, schon gar nicht mit irgendeiner Frau, die ihr Mann von einem Kriegszug nach Hause brachte. Basma kannte Ibrahim gut und wusste von seiner Schwäche für schöne Frauen. Deshalb war es wichtig, selbst dafür zu sorgen, dass der Sohn, den sie unter ihrem Herzen trug, keine Konkurrenz bekam. Ibrahims Reichtum und Macht sollten allein ihm vorbehalten bleiben.

»Passt doch auf«, rief sie verärgert, als einer der Diener eine Zeltstange fallen ließ und diese gefährlich nah neben ihr auf dem Boden landete. Basma ging ein paar Schritte zurück. Dabei trat sie auf einen spitzen Stein, der sich augenblicklich durch das weiche Leder ihrer Schuhe drückte.

Wo war eigentlich Salma, ihre persönliche Dienerin? Basma stampfte laut auf. Wäre diese ganze Sache doch endlich vorbei. Das Kind in ihrem Bauch rührte sich und strampelte nach unten. Manchmal hatte Basma den Eindruck, als befänden sich zwei Kinder in ihrem Leib. Ein einzelnes Kind konnte doch unmöglich so heftige Bewegungen verursachen. Sie hätte sich gern gesetzt, aber wohin? Die aufklappbaren Stühle und Polster befanden sich noch in Kisten, Truhen und Säcken.

Plötzlich stand Salma hinter ihr. Das kleine dunkelhaarige Mädchen mit dem fein geschnittenen Gesicht und der dunklen Haut hatte einen kleinen Schemel herbeigezaubert.

»Danke!«, sagte Basma.

Das Mädchen war ein Geschenk, das Ibrahim ihr bei der Abreise gemacht hatte. Basma hatte Salma auf dem Obstmarkt entdeckt, wo sie viel zu schwere Kisten tragen musste und von ihrem Besitzer in aller Öffentlichkeit geschlagen wurde. Basma hatte das Mädchen auf Anhieb ins Herz geschlossen. Ibrahim hatte dem Händler eine hohe Summe gegeben und das Mädchen freigekauft. Seither war Salma Basmas ständige Begleiterin. Es war Basma ein Rätsel, warum Gott das Mädchen mit Taub- und Stummheit gestraft hatte.

»Überwache den Aufbau des Zeltes für mich«, sagte Basma langsam und betont. »Ich bin zu müde. Die Reise hat mich erschöpft.« Während sie sprach, wandte sie Salma ihr Gesicht zu. Salmas große dunkelbraune Augen lasen Basma die Worte von den Lippen ab. Basma wusste nicht, wie alt Salma war. Sie schätzte das Mädchen auf etwa vierzehn Jahre und sie hatte den Verdacht, dass sie aus einer reichen Familie stammte und auf tragische Weise in die Sklaverei verschleppt worden war. Salma konnte lesen und schreiben und verfügte zudem noch über ein außergewöhnliches Talent: Sie konnte Tiere, Pflanzen und Menschen auf Papier genauso wiedergeben, wie sie tatsächlich aussahen.

Basma rückte den Schemel in den Schatten, lehnte sich zurück und strich über ihren gewölbten Bauch, um das Kind zu beruhigen. Wenn alles gutging, würde ihr Kind hier zur Welt kommen. In einigen Wochen würde sie schwerbeladen mit Schätzen der Giauren und einem gesunden Sohn nach Hause nach Istanbul zurückkehren. Zuerst allerdings galt es, diese Stadt zu erobern, die sich hinter der hohen Mauer vor ihnen befand. Aber Allah, der Allerhabene, war mächtig, er würde ihrem Volk genug Mut geben, um die Ungläubigen zu besiegen.

28

Am Morgen des 14. Juli überreichte Ahmed Aga, der Kommandeur der Deli, Graf Starhemberg einen Brief von Kara Mustafa. Der Osmane forderte den Grafen auf, die Stadt Wien zu übergeben. Graf Starhemberg würdigte den Brief nicht einmal einer Antwort. Kurz darauf wurde das Feuer eröffnet.

Lorenzo befand sich auf einer der Basteien und beobachtete von dort aus das Geschehen, als ein Bote nach ihm suchte. Der junge Bursche winkte ihm aufgeregt zu: »Lorenzo Martecelli, Ihr sollt rasch ins Palais Starhemberg kommen. Der Graf ist beim Inspizieren der Kanonen von einem Stein getroffen worden.«

»Ist er schwer verletzt?«, fragte Lorenzo.

Der Bursche zuckte mit den Schultern. Er war bloß der Überbringer der Nachricht.

Lorenzo brach augenblicklich auf und entschied sich für den kürzesten Weg, der ihn am Schottenkloster vorbeiführte. Dort wurde er von einem Beamten aufgehalten.

»Im Meierhof brennt es. Wenn sich das Feuer ausbreitet, ist

das kaiserliche Arsenal gefährdet! Rasch, kommt und helft beim Löschen des Brandes!« Der Mann in Uniform gestikulierte aufgebracht mit den Armen und drängte Lorenzo in eine Menschenkette, in der Wassereimer weitergereicht wurden, um das Feuer zu löschen. Die Aufregung war berechtigt, denn im Arsenal befanden sich Tonnen von Munition. Von allen Seiten strömten Freiwillige herbei und halfen mit.

Lorenzo krempelte die Ärmel hoch und reihte sich in die Menschenkette ein. Nahtlos übernahm er einen Eimer nach dem anderen. Nicht alle waren bis zum Rand mit Wasser gefüllt, denn viele der Kinder und alten Frauen, die mithalfen, konnten die Eimer kaum heben und verschütteten einen Teil des kostbaren Löschguts. Dennoch wurden die Flammen zusehends niedriger und der Rauch ließ nach. Überraschend schnell konnte das Feuer unter Kontrolle gebracht werden. Das windstille Sommerwetter trug seinen Teil dazu bei.

Doch kaum war die Gefahr gebannt, suchten die Menschen nach einem Schuldigen. Lorenzo reichte einen der letzten Eimer weiter, als die Menge bereits einen Namen brüllte.

Ein Sprechchor donnerte über den Hof des Stiftes: »Hängt ihn, hängt ihn!«

Verblüfft sah sich Lorenzo um und sah eine kleine Gestalt, die zwischen vier riesigen Männern eingekeilt war und in die Mitte des Platzes geschleppt wurde. Der Mann war dürr, er trug zerschlissene, bunte Kleider, und auf seinem spitzen Gesicht spiegelte sich das blanke Entsetzen wider. Seine fadenscheinige Perücke war ihm tief in die Stirn gerutscht und drohte ihm die Sicht zu nehmen. Er nannte sich selbst Baron Zwifl und war ein Spaßmacher. Angeblich hatte er das Feuer gelegt.

Eine alte Frau neben Lorenzo schrie: »Erschlagt den Brandstifter!« Andere jubelten ihr zu. Zwifl stolperte, fiel zu Boden und versuchte sich verzweifelt wieder aufzurichten. Aber ein kräftiger Bursche trat nach dem hilflosen Körper. Der erste Knüppel wirbelte durch die Luft und sauste erbarmungslos nieder. Zwei Beamte standen direkt daneben. Einer der beiden hatte Lorenzo zuvor zur Mithilfe gedrängt, jetzt sah er tatenlos zu.

Lorenzo brach aus der Menschenkette aus und drängte sich zu den Beamten.

»*Alto!*«, rief er, aber er wurde abgedrängt. Ein Ellbogen traf ihn im Magen, dass ihm kurz die Luft wegblieb. Er hielt sich die Seite, rappelte sich wieder auf und sah sich nach den Beamten um. Sie waren verschwunden, hatten sich einfach aus dem Staub gemacht, während der Pöbel weiter auf den kleinwüchsigen Spaßmacher einprügelte. Der Mann lag in seinem eigenen Blut und konnte längst nicht mehr aufstehen. Benommen drehte sich Lorenzo weg. Er wollte die wogende Menge rasch verlassen und drängte sich an schwitzenden Menschenkörpern vorbei. Aber die Menschen bildeten eine schier undurchdringliche Mauer. Lorenzo setzte nun selbst seine Ellbogen ein, um weiterzukommen. Er rempelte gegen Schultern und Bäuche und zwängte sich schließlich erleichtert durch einen überdachten Gassenabschnitt, von wo aus er schließlich die Herrengasse erreichte. Verärgert über den unkontrollierten Volkszorn, dem niemand auch nur versuchte, Einhalt zu gebieten, lief er weiter. Völlig außer Atem erreichte er das Palais Starhemberg.

Der Graf empfing Lorenzo in seinem Arbeitszimmer mit einem turbanähnlichen Kopfschmuck, der beinahe so hoch war wie die gepuderte Perücke, die sonst seinen Kopf zierte. Er grunzte verärgert: »Übermorgen ist das Krankentheater vorbei, dann werde ich wieder auf die Basteien steigen. Ihr seid spät.«

»Ich wurde im Schottenkloster aufgehalten. Dort ist eben ein Brand ausgebrochen, ich wurde dazu aufgefordert, beim Löschen zu helfen.«

»Das erklärt den Zustand Eurer Kleidung«, sagte Graf Starhemberg.

Lorenzo sah auf die dunklen Flecken auf seinem Hemd. Die Reinigung würde teuer werden. »Ich wurde gerade Zeuge, wie das Volk einen vielleicht unschuldigen Menschen erschlagen hat«, sagte Lorenzo bitter.

»Und Ihr seid dem armen Wicht nicht rettend zur Seite gestanden?«, fragte Graf Starhemberg voller Sarkasmus.

Lorenzo überhörte ihn geflissentlich: »Ich frage mich, wohin die Beamten der Stadt plötzlich verschwunden waren?«

»Das Volk wollte einen Schuldigen und hat ihn bekommen. Wir haben im Moment keine Zeit dafür, verwirrte Spaßmacher zu schützen. Die Beamten sind mit wichtigeren Dingen beschäftigt. Der Mann wurde übrigens erschlagen, und wenn ich richtig informiert bin, gehäutet«, erklärte der Graf.

»Wie bitte?«

»Als Stadtkommandant muss ich über alle Vorkommnisse in der Stadt unverzüglich unterrichtet werden«, erklärte der Graf.

»Aber ich war doch eben noch dort. Und …«

Ungeduldig fiel der Graf Lorenzo ins Wort: »Ihr wart eben langsamer als mein Informant.«

»Erschlagen und gehäutet«, wiederholte Lorenzo fassungslos. Damit hatte Wien sein erstes Kriegsopfer. Doch der Graf ging nicht weiter auf den Vorfall ein.

Ungehalten griff er an seinen Verband: »Vergesst den armseligen Wicht. Unser eigentliches Problem liegt direkt vor unseren Stadtmauern.« Graf Starhemberg setzte sich gerade auf: »Die Türken sehen ein, dass sie unsere Stadt auf dem herkömmlichen Weg nicht einnehmen können. Sie haben sich auf den Minenkrieg spezialisiert und wollen wie die Maulwürfe Gänge in die Stadt graben. Habt Ihr die in Tirol angeworbenen, geschulten Mineure aufgetrieben? Ober-Ingenieur Rimpler wartet auf sie.«

Lorenzo schüttelte bedauernd den Kopf: »Es gibt keine Mineure aus Tirol. Der Kaiser hat verabsäumt, sie anzuwerben.«

»Wie bitte?«, rief der Graf, hieb mit der Faust auf die Tischplatte und verzerrte vor Schmerz das Gesicht zu einer Grimasse, denn die heftige Erschütterung breitete sich bis zu seiner Kopfverletzung aus.

»Ich bin umgeben von einem Haufen Dilettanten!«, schrie Starhemberg, seine Gesichtsfarbe hatte einen dunklen Rotton angenommen.

»Bringt mir augenblicklich den Ober-Ingenieur her. Der Mann muss improvisieren. Er soll Frauen, Kinder und was weiß ich wen anheuern, damit sie die Stollen ausräumen«, befahl der Graf aufgebracht.

»Das Ausräumen der Stollen ist eine gefährliche Arbeit«, wandte Lorenzo vorsichtig ein.

»Was Ihr nicht sagt, Martecelli«, höhnte der Graf.

»Ich halte es für keine gute Idee, Kinder für diese Art der Arbeit einzusetzen.«

»Es fragt Euch aber niemand nach Eurer Meinung«, sagte der Graf und fügte hinzu: »Besser wir opfern ein paar Straßenkinder, die ohnehin niemand vermissen wird, als dass wir die ganze Stadt verlieren. Ihr seid Jurist, Ihr habt keine Ahnung von der Kriegsführung, Martecelli«, beschied der Graf. »Und nun holt mir Rimpler, damit wir das weitere Vorgehen besprechen können. Wir werden uns nicht aushöhlen lassen wie ein Kürbis.«

Als Lorenzo sich zum Gehen wandte, fiel dem Grafen noch etwas ein. »Ich werde in den nächsten Tagen einen Boten brauchen, der eine Nachricht ins Lager des Herzogs von Lothringen bringt.«

Lorenzos Herz machte wieder einen kleinen Sprung, wie beim letzten Mal, als er schon die Hoffnung gehabt hatte, einen Auftrag als Gesandter zu erhalten. Aber Graf Starhemberg schüttelte beinahe belustigt den Kopf: »Ich habe Euch schon einmal gesagt, dass ich nicht im Traum daran denke, Euch ins Lager des Feindes zu schicken. Es muss jemand sein, der über wenige Informationen verfügt und dessen Tod keinen großen Verlust bedeutet.« Das Kompliment, dass der Graf damit seinem Juristen machte, wollte Lorenzo gar nicht hören.

29

Rudolf erreichte den kaiserlichen Trupp in Melk und übergab den Brief rechtzeitig, bevor Kaiser Leopold weiter nach Passau reiste. Doch da der Ritt den Kurier sehr geschwächt hatte, entschied er sich, zwei Tage in der Krankenstation des Klosters zu bleiben, bevor er sich wieder auf den Weg zurück nach Wien machte. Der Sekretär des Kaisers hatte ihm ein Schreiben für Graf Starhemberg und eines für den Wiener Bürgermeister Liebenberg mitgegeben.

Am dritten Tag brach Rudolf gleich nach dem Frühstück auf und erreichte bereits am frühen Nachmittag Klosterneuburg. Schon von weitem erkannte er die Türme der imposanten Klosteranlage, die, umgeben von grünen Bergen, auf einer leichten Anhöhe lag. Unterhalb der Hügel befand sich die Donau. In zahlreichen kleinen Armen schlängelte sie sich durch die üppigen Auwälder.

Rudolf ritt nicht durch Klosterneuburg, sondern umrundete die Stadtmauer. Er entschied sich für den mühevolleren Weg über den Kahlenberg, weil er sich vom Gipfel des Berges einen Blick auf Wien und das Lager des Feindes erhoffte. Sein Pferd war müde und mühte sich auf dem steilen Weg bergauf. Auf dem schmalen Pfad begegnete er keinen anderen Reitern, daher gönnte er sich selbst und seinem Pferd immer wieder eine kurze Pause. Als er die Höhe des Kahlenbergs erreicht hatte, war es bereits später Nachmittag, und die Sonne stand schon tief am Himmel.

Rudolf blickte in das breite, offene Donautal des Wiener Beckens. Das Bild, das sich ihm bot, hielt er zunächst für eine optische Täuschung. Doch es war die Wirklichkeit. Seine schlimmsten Vorstellungen wurden weit übertroffen. Rund um die Stadtmauern Wiens zog sich lückenlos ein breiter, bunter Ring aus großen und kleinen Zelten. Hier lagerten mindestens zweihundertfünfzigtausend, wenn nicht sogar dreihunderttausend Mann. Zwischen den Zelten, die teilweise die Größe eines prachtvollen Hauses hatten, bewegten sich Pferde, Wagen, Kamele und andere Tiere. Die Osmanen hatten eine Zeltstadt errichtet, die in ihren Ausmaßen doppelt so groß war wie Wien. Überall wurde gehämmert und gesägt. Männer schleppten Holz herbei. Damit errichtete man Zäune für die mitgeführten Tiere. Frauen luden riesige Kupferkessel von Wagen, deren Größe erahnen ließ, wie viele Menschen hier verköstigt wurden. Andere breite Wagen trugen Kanonen. Immer mehr der gefährlichen Geschütze rollten an und wurden in Stellung gebracht. Einige davon wurden gerade mit Munition bestückt, andere beschossen in regelmäßigem Abstand die Stadtmauer. Aber auch die Wiener hatten ihre Kanonen auf den Basteien in Stellung gebracht. Schweres Geschütz flog zurück ins feindliche Lager.

Die Vorstädte waren bereits allesamt abgebrannt. Immer noch stieg vereinzelt Rauch aus den verkohlten Baracken. Ruß und Asche überzogen ganze Landschaftsstriche. Dort, wo vor einigen Tagen noch Hasen durch grüne Felder gelaufen waren, breitete sich jetzt eine graue, leblose Fläche aus.

Fassungslos hielt sich Rudolf an den Zügeln seines Pferdes fest. Wie um alles in der Welt sollte er in die Stadt gelangen? Es gab keine Schlupflöcher, keinen Teil der Stadtmauer, der nicht vom Feind kontrolliert wurde. Er musste also mitten durch das feindliche Lager. Genauso gut könnte er sich seinen Säbel eigenhändig in die Brust rammen. Nie im Leben würde er es schaffen, über die Stadtmauer zu gelangen. Rudolf stieg vom Pferd, um sich kurz ins Gras zu setzen. Der Ritt hatte ihn angestrengt, seine Verletzungen schmerzten, und er brauchte Ruhe, um nachzudenken.

Er konnte nicht über die Stadtmauer klettern, also musste er unter ihr hindurchkriechen. Eine verrückte Idee, aber vielleicht die einzige Möglichkeit, doch in die Stadt zu gelangen. Als Kind hatte er beim Spielen mit seinem Freund einen schmalen Gang entdeckt, der direkt vom Brunnen des Freundes ins Zentrum der Stadt geführt hatte. Es war ein vergessener Schacht eines alten römischen Kanalsystems gewesen. Vielleicht gab es diesen Schacht ja noch? Allerdings musste er trotzdem ins Lager der Türken, um zum Haus seines Freundes zu gelangen, also benötigte er eine geeignete Verkleidung. Rudolf schüttelte den Kopf, als er sich aus dem Gras erhob. Andererseits hatte er schon verrücktere Sachen gemacht. Also bestieg er erneut sein Pferd, wendete es und ritt zurück nach Klosterneuburg.

Niemand schien dem Mann in den dunkelgrünen Pluderhosen Beachtung zu schenken. Mit seinem gestutzten Schnurrbart und dem modernen, krempenfreien Hut mit Feder sah Rudolf aus wie ein wohlhabender Kaufmann, der sich vom Krieg noch mehr Wohlstand und die Erschließung neuer Märkte versprach. Zielstrebig schritt er durch die Zeltstadt und unterdrückte den Wunsch, sein kurzes, dunkelrotes Gilet mit den kunstvollen, farbigen Stickereien nach unten zu ziehen, um es länger zu machen.

Rudolf ging an einem der frisch errichteten Zäune vorbei, hinter dem eine riesige Schafherde lagerte. Sicher alles Tiere, die man auf dem Weg von Istanbul hierher erbeutet hatte. Eines der Schafe blökte, und Rudolf zuckte kurz erschrocken zusammen. Als er sich wieder gefasst hatte, setzte er seinen Weg fort. Er bewegte sich entlang der Tiergehege und vermied es, das Innere der Zeltstadt zu betreten. Der Schafherde folgten Hühner, Rinder und Kamele. Der Anblick der exotischen Tiere irritierte ihn, trotzdem gab er dem Impuls, die Tiere ausgiebig anzustarren, nicht nach, sondern marschierte zielstrebig auf die verkohlte Vorstadt unterhalb des Nussberges zu. Am meisten Angst hatte er davor, angesprochen zu werden. Er hoffte, dass man ihn für einen Kaufmann hielt, der in den verkohlten Überresten der Häuser nach zurückgelassenen Geldstücken und Schmuckstücken suchte.

Rudolf bemerkte nicht, dass ihn die großen braunen Augen eines zarten Mädchens verfolgten. Salma hatte ihn gleich beim Betreten des Lagers bemerkt. In ihrer stillen Welt war sie auf ihre Augen angewiesen, die jede Abweichung von der Norm wahrnahmen. Der Mann war ein Giaure, ein Ungläubiger, davon war das Mädchen überzeugt. Seine Haut war viel zu hell, und die Haare, die unter dem schicken Hut hervorschauten, waren mit Hilfe von Kohlenstaub geschwärzt worden. Sein scheinbar sicherer Gang war in Wirklichkeit ängstlich, er zitterte. Salma folgte dem Fremden unbemerkt. Sie hatte gelernt, wie man sich auch für hörende Menschen geräuschlos bewegte. Das Mädchen machte sich große Sorgen um seine Herrin. Sie wusste, dass Basma Schmerzen hatte, die von ihrem schwangeren Bauch herrührten. Das Mädchen musste eine weise Frau auftreiben. In dem Land, aus dem es stammte, gab es Frauen, die werdenden Müttern beistanden. Sie kamen, wenn es Probleme gab und der Zeitpunkt der Geburt näher rückte. So hatte Salma es bei der Geburt ihrer Geschwister erlebt. Sie wusste auch, dass im Lager der Türken keine weise Frau zu finden war. Hier gab es Wundärzte, Chirurgen und auch ein paar Frauen, die sich mit Geburten auskannten. Aber keiner dieser Frauen traute sie zu, Basma helfen zu können. Der Bauch ihrer Herrin war größer als der anderer schwangerer Frauen. Salma musste innerhalb der Stadtmauern nach einer Ungläubigen suchen, die ihrer Herrin beistehen würde. Dieser merkwürdige Fremde könnte ihr helfen, ins Innere der Stadt zu gelangen. Sie hatte noch keinen Plan, wie sie nach einer erfahrenen Hebamme suchen sollte, aber das würde sich ergeben, sobald sie es auf die andere Seite der Stadtmauern geschafft hatte. Lautlos und ungesehen folgte sie dem Giauren in die verkohlte Vorstadt.

Rudolf erkannte das Haus seines Freundes sofort wieder, auch wenn die Flammen dem Gebäude stark zugesetzt hatten. Das Dach war abgebrannt, doch die Außenmauern standen noch. Es roch nach Feuer, und bei jedem Schritt, den Rudolf machte, wirbelte Asche in die Höhe. Vergeblich bemühte er sich, gegen den entstehenden Hustenreiz anzukämpfen. Plötzlich hörte Rudolf den Lärm von Reitern. Aus einer Seitengasse schoss eine Gruppe berittener Janitscharen. Eilig schlüpfte Rudolf ins Haus. Das Getrampel der Hufe ließ die Erde erbeben, Wortfetzen einer fremden Sprache drangen an sein Ohr, dann wurde es wieder still. Erleichtert lehnte er sich gegen die Wand und ließ sich an ihr langsam nach unten gleiten. Zitternd und laut atmend hockte er am Boden.

Als seine Augen sich an das Halbdunkel im Haus gewöhnt hatten, sah er sich um. Hier hatte er die unbeschwerten Stunden seiner Kindheit verbracht. Ganze Nachmittage hatte er mit seinem Freund im Hof gespielt und nicht selten war er zum Abendessen eingeladen worden. Rudolfs eigenes Elternhaus war nach dem frühen Tod seiner Mutter ein unfreundlicher Ort gewesen, sein Vater hatte sich regelmäßig betrunken und seine Kinder häufig geschlagen.

Rudolf wusste nicht, wer bis vor kurzem in diesem Haus gewohnt hatte, denn sein Freund war schon vor Jahren nach Wiener Neustadt gezogen. Rudolfs Blick wanderte durch den Raum. Die Einrichtung des Hauses war zerstört, mutwillig hatte man Tisch und Bänke zertrümmert. Es gab nichts mehr, was man noch hätte verwenden können. Selbst die Pfannen und Töpfe waren von den Haken genommen und in einem Anflug sinnloser Zerstörungswut auf den Boden geschleudert worden. Betroffen schlich Rudolf in den Hof. Der Brunnen stand nach wie vor unversehrt in der Mitte des kleinen Platzes. Efeu und eine wilde Rose wuchsen daran empor. Das Feuer hatte den Pflanzen nichts anhaben können, es hatte ein paar Schrittlängen vor dem Brunnen haltgemacht. Die kräftigen Farben der Rose wirkten unwirklich.

Vorsichtig kletterte Rudolf auf den Rand des Brunnens, dabei riss er sich an den Rosendornen die Haut an den Händen blutig und fluchte. Doch der Blick in den Brunnen löste ein Gefühl der Erleichterung in ihm aus. Der Schacht war bei weitem nicht so tief, wie er ihn als Siebenjähriger in Erinnerung hatte. Wäre sein Knöchel schmerzfrei gewesen, hätte Rudolf sogar auf den Grund des Brunnens springen können. Er entschied sich hinabzuklettern, da der Schacht aus Natursteinen war und so zahlreiche Trittmöglichkeiten bot. Auf dem sandigen Grund angelangt, fand er sofort den Eingang zum Schacht. Hier hatte sich in den letzten zwanzig Jahren nichts verändert. Nur das Loch zum Kanalsystem war um vieles kleiner, als Rudolf es in Erinnerung hatte. Für einen Siebenjährigen wäre es kein Problem, hier hindurchzuklettern. Auch ein unverletzter Mann könnte sich ohne große Schwierigkeiten hindurchzwängen. Aber wie sollte er mit seinen gebrochenen Rippen und der erst kürzlich genähten Wunde das anstellen?

Rudolf kniete sich hin und tastete den Eingang ab. Die Felsbrocken, die schuld an der Enge waren, ließen sich nicht von der Stelle bewegen. Es half also nichts: Er musste sich so dünn wie möglich machen und hineinkriechen. Rudolf holte tief Luft, hielt den Atem an, zog die Schultern zusammen und streckte den Kopf voran in das dunkle Loch. Im Inneren war es vollkommen finster. Langsam schob er sich Stück für Stück vorwärts, wobei er die Schultern schräg hielt, um durch dieses Nadelöhr zu passen. Plötzlich durchfuhr ihn ein stechender Schmerz, und aus der Wunde, die in Melk frisch verbunden worden war, sickerte etwas Flüssigkeit. Hinter dem Eingang befand sich ein geräumiger Gang, daran erinnerte sich Rudolf. Doch bis dahin war es für ihn noch ein weiter Weg. Er brauchte jemanden, der ihn von hinten anschob. Diese verdammte Verletzung machte ihn nahezu bewegungsunfähig. Er war noch nicht kräftig genug, um sich mit den Armen vorwärtszuschieben. Als er es dennoch versuchte, wurde er sofort mit einem weiteren stechenden Schmerz bestraft, dessen Heftigkeit ihm den Atem raubte. Ohne die Wunde zu sehen, wusste er, dass sie aufgeplatzt war. Rudolf wurde schwarz vor Augen, in seinen Ohren surrte es.

Nur nicht das Bewusstsein verlieren, nicht jetzt. Sein Brustkorb war in dem schmalen Eingang zum antiken Kanalsystem eingezwängt, und Rudolf konnte sich weder vorwärts- noch rückwärtsbewegen. Im Moment konnte er nicht einmal richtig atmen. Was für eine unschicke Art zu sterben. Niemand würde ihn jemals hier finden. Das war es dann also, dachte er und schloss die Augen. Plötzlich versetzte ihm jemand von hinten einen heftigen Stoß. Rudolf fiel in den dunklen Gang und landete unsanft auf dem harten Grund. Wenig elegant rollte er sich zur Seite und atmete tief durch. War er eben in der Hölle gelandet? Nein, er war noch am Leben. Die Schmerzen waren zu heftig und zu wirklich. Rudolf griff sich an die Brust, wo sein Hemd schon ganz durchgeblutet war. Im selben Moment landete ein leichter Körper elegant auf zwei Füßen, direkt neben ihm. Das spärliche Licht, das vom Brunnenschacht durch die winzige Öffnung drang, verriet nur wenig über die kleine Person. Der Größe nach zu urteilen, handelte es sich um ein Kind.

Rudolf hustete und fragte mit belegter Stimme: »Was willst du von mir?«

Aber er erhielt keine Antwort.

»Du hast mir soeben das Leben gerettet, dafür danke ich dir.«

Wieder keine Antwort.

»Ach so, du verstehst mich nicht.« Rudolf sprach mit sich selbst, wohl um sich zu beruhigen und um sich zu vergewissern, dass er am Leben war. Die Schmerzen in seiner Brust ließen langsam nach. Das Stechen wich einem dumpfen Gefühl. Mühsam richtete er sich zu einer gebückten Haltung auf, mehr ließ der niedrige Gang nicht zu.

»Gut, du willst nicht antworten, in Ordnung. Ich muss weiter in die Stadt«, sagte Rudolf und tastete sich langsam und vorsichtig den Gang entlang. Er konnte nichts sehen, aber er spürte, dass der Knabe – oder war es ein Mädchen? – ganz dicht hinter ihm herging. Würde er oder sie ihm von hinten ein Messer zwischen die Rippen stoßen? Wahrscheinlich hatte er es mit einem feindlichen Spion zu tun, der einen geheimen Weg in die Stadt suchte, damit die Feinde ins Innere der Stadtmauern eindringen konnten. Rudolf sollte das Kind umbringen. Jetzt sofort. Aber dazu fehlte ihm die Kraft. Er musste seine gesamte Energie darauf konzentrieren, einen Fuß vor den anderen zu setzen.

Vom Weg zweigten zahlreiche schmalere Gänge ab, aber Rudolf tastete sich immer den breiten Hauptweg entlang. Zum Glück konnte er sich auf seinen Orientierungssinn verlassen. Mit schlafwandlerischer Sicherheit ging er den gleichen Weg wie vor zwanzig Jahren. Gleich würden sie die Stelle erreichen, an der er vor Jahren die alte verbogene Brosche gefunden hatte. Der einzig nennenswerte Fund neben ein paar alten Münzen und Tonscherben. An dieser Stelle fiel der Schacht ab und führte tiefer in die Erde. Während er sich blind vorwärtstastete, konnte er den Atem des Kindes hinter sich spüren. Dessen Herz schlug so schnell, dass Rudolf es beinahe hören konnte. Der Verfolger war mindestens so aufgeregt wie Rudolf selbst. Plötzlich huschte eine Ratte über Rudolfs Füße. Als er erschreckt stehen blieb, prallte das Kind gegen seinen Rücken.

»Hast du die Ratte gehört?«, fragte Rudolf, obwohl er

wusste, dass der Junge oder das Mädchen ihn nicht verstehen konnte. Von hinten kam gar keine Reaktion. Da wurde Rudolf plötzlich klar, dass die Person nicht antwortete, weil sie ihn nicht hören konnte. Das Kind hatte auch das Geräusch der Ratte nicht gehört und sich deshalb nicht erschreckt. Rudolfs Verfolger war nicht nur wie er selbst in diesem dunklen Gang seines Augenlichts beraubt, er war zudem noch taub. Langsam setzte Rudolf seinen Weg fort. Im nächsten Moment spürte er eine Hand an seiner Schulter. Offenbar hatte das Kind Angst, den Mann vor sich zu verlieren. Die Hand war zierlich und schmal, aber angenehm warm in dem kühlen Tunnel.

Kurz darauf veränderte sich der Gang. Er wurde breiter und ebener, und die Wände waren mit Steinen ausgekleidet und bestanden nicht mehr nur aus festgestampfter Erde. Rudolf wusste, dass das Ende des Tunnels bald in Sicht sein würde. Plötzlich fiel von oben diffuses Licht in den Gang. Ein Lüftungsschacht führte direkt an die Oberfläche. Die staubige, stickige Luft wurde deutlich frischer, und wenige Schritte weiter erschien eine schmiedeeiserne Tür vor ihnen. Rudolf atmete erleichtert auf, gleich hatten sie ihr Ziel erreicht. Wie vor zwanzig Jahren war die Tür unversperrt. Rudolf drückte sie vorsichtig auf. Vor ihnen lag der hinterste, unbenutzte Teil eines Weinkellers. Rechts und links lagerten riesige leere Weinfässer. Auch daran hatte sich nichts geändert, dachte Rudolf zufrieden. Erst weiter vorne, nach einer weiteren schmiedeeisernen Tür, die ebenfalls unversperrt war, begann der eigentliche Weinkeller.

Rudolf warf einen Blick nach hinten. Jetzt erst sah er, dass er von einem Mädchen begleitet wurde. Es war klein, zart und höchstens vierzehn Jahre alt. Die ersten Anzeichen einer jungen Frau waren unter dem dünnen Kleid zu erkennen. Die weit aufgerissenen braunen Augen verrieten ihre Angst.

Das Messer in ihrer Hand ließ sie nicht bedrohlich, sondern noch verletzlicher wirken. Sie hatte es die ganze Zeit über dabeigehabt und hätte es Rudolf jederzeit in den Rücken rammen können. Rudolf warf einen fragenden Blick auf die Waffe, worauf das Mädchen sie augenblicklich wegsteckte.

Am Ende des Weinkellers lag eine Treppe. »Wir sind gleich da«, sagte Rudolf, schüttelte dann aber verärgert den Kopf, weil er doch wusste, dass die Kleine ihn nicht verstehen konnte. Um sich selbst zu beruhigen, sprach Rudolf weiter: »Jetzt kommen wir in ein Gasthaus. Wir sollten uns rasch und möglichst unbemerkt durchschwindeln, denn wir sehen nicht sehr vertrauenerweckend aus.«

Die beiden hatten Glück. Die Treppe führte direkt in den Schankraum, der zu dieser Stunde noch leer war. Der Wirt war im Hof, und seine Frau machte sich in der Küche zu schaffen. Die Tür des Gasthauses stand offen, nur ein Sessel war davorgelehnt, als Zeichen dafür, dass noch geschlossen war. Eilig liefen sie durch die dunkle Wirtsstube, dabei knarrte der Holzboden, und als Rudolf den Sessel zur Seite schob, stieß er geräuschvoll gegen die Wand. Dennoch gelangten die beiden unbemerkt auf die Straße und verschwanden in der nächsten Seitengasse.

Eigentlich hatte Rudolf vorgehabt, gleich in die Goldene Gans zu gehen, um Lorenzo zu treffen. Aber der Weg dorthin war zu lang. Aus seiner Wunde trat wieder Blut, in seinen Ohren surrte es und ihm war furchtbar übel. Rudolf hatte Angst, unterwegs zusammenzubrechen. Also bog er entschlossen in die nächste Seitengasse ein, die Tuchlauben, und klopfte an die Haustür der Hebammen. Anna hatte ihm schon einmal geholfen, sie würde ihn auch heute nicht wegschicken.

Die Tür wurde schwungvoll geöffnet, und Theresa starrte den verletzten Kurier überrascht an. Trotz seiner Verkleidung schien sie zu ahnen, wer er war. Wortlos ließ sie ihn eintreten und führte ihn zu Anna in die Küche.

Salma, die sich an der Tür hinter dem Rücken des Mannes versteckt hatte, folgte ihnen unaufgefordert. Sie blieb dem Giauren auf den Fersen, in der Hoffnung, ihm irgendwann ihr Anliegen mitteilen zu können. Sie hatte keine Ahnung, wie nah sie sich bereits an ihrem Ziel befand.

»Meister Geiger«, sagte Anna überrascht und sah von ihrer Arbeit auf. Trotz der gefärbten Haare und der fremdländischen Kleidung erkannte sie Rudolf sofort und warf einen alarmierten Blick auf sein rot gefärbtes Hemd. »Ihr seid schon wieder verletzt!«

»Es tut mit leid, dass wir einander immer dann begegnen, wenn ich mich in einem schlechten Gesundheitszustand befinde«, sagte Rudolf mit schwacher Stimme. Im nächsten Augenblick wurde er schneeweiß im Gesicht und verdrehte die Augen nach oben. Anna stürzte schreiend auf ihn zu, Theresa packte von der anderen Seite zu, und zu zweit hievten sie den schweren Mann auf ihre Küchenbank.

»Um Himmels willen. Er braucht Hilfe. Hannes soll rasch Pater Anselm und Lorenzo Martecelli holen. Schließlich ist es sein Freund, der sich unser bescheidenes Haus zum Kollabieren ausgesucht hat!« Anna rief nach Hannes und schickte den Jungen zuerst in die Goldene Gans, dann ins Franziskanerkloster. Als der Junge laut die Tür hinter sich ins Schloss fallen ließ, bemerkte Anna, dass sich eine weitere, sehr stille, kleine Person in der Küche befand. Vor lauter Aufregung hatte sie das fremde Mädchen übersehen.

Theresa hatte unterdessen dem Kurier ein nasses Tuch auf die Stirn gelegt und ihm frische Luft zugefächert. Rudolf kam langsam wieder zu sich.

»Wer bist du?«, fragte Anna das dunkelhäutige Mädchen.

»Sie kann Euch nicht hören, und wahrscheinlich versteht sie unsere Sprache nicht«, sagte Rudolf. Er versuchte sich aufzusetzen, aber Theresa drückte ihn zurück auf die Bank.

»Ihr bleibt vorerst liegen«, kommandierte sie.

»Woher kommt das Mädchen?«, fragte Anna.

»Ich habe keine Ahnung. Sie hat mir das Leben gerettet, als ich in einem Steinloch feststeckte, und seither folgt sie mir, ohne mit mir zu reden.«

Anna musterte das dürre Mädchen mit den großen, ängstlichen Augen.

»Kannst du mich verstehen?«, fragte sie langsam und deutlich.

Salmas Augen hingen an ihren Lippen. Aber sie konnte die Worte nicht verstehen. Nervös schaute sie sich im Raum um. Dann blieb ihr Blick an Hannes' Schiefertafel hängen, die immer noch auf dem Tisch lag, weil Hannes vergessen hatte, sie nach seinen Lektionen wegzuräumen.

»Du willst etwas aufschreiben?«, fragte Anna und reichte dem Mädchen die Tafel.

Aber Salma hatte nicht vor zu schreiben. Anna hätte ihre arabischen Schriftzeichen ohnehin nicht lesen können. Stattdessen begann sie mit schwungvollen Linien zu zeichnen. Schon nach wenigen Strichen war eine schwangere Frau zu erkennen.

»Du bist eine echte Künstlerin«, rief Anna begeistert aus. »Du hast gerade eine wunderschöne schwangere Frau gezeichnet.«

Salma wischte das Bild mit dem Ärmel weg und zeichnete dieselbe Frau noch einmal, aber dieses Mal legte sie ihr Augenmerk nicht auf den Körper der Frau, sondern auf ihr Gesicht. Es war schmerzverzerrt.

Anna begriff sofort: »Eine schwangere Frau hat Schmerzen.«

Die Art der Verständigung glich einem Rätselspiel, das noch dadurch schwieriger wurde, dass Salma nicht wusste, ob Anna ihre Rätsel richtig löste, da sie nicht verstand, was die fremde Frau sagte.

Salma löschte das Bild erneut und zeichnete noch einmal eine Frau. Diesmal war sie nicht schwanger, sondern hielt Kräuter in der Hand.

»Eine Frau mit Kräutern?«, fragte Anna. Sie verstand nicht, was das Mädchen ihr mitteilen wollte.

Plötzlich flog die Haustür auf, und Hannes stürmte herein. Der Junge musste den ganzen Weg gerannt sein. »Pater Anselm kann erst später kommen. Er versorgt gerade einen verletzten Soldaten. Aber er hat versprochen, dass er danach sofort vorbeischaut.« Hinter Hannes betrat Lorenzo das kleine Haus. Er ging zu seinem Freund und sah ihn kopfschüttelnd an: »Es müssen wichtige Briefe sein, die es wert sind, sich solchen Gefahren auszusetzen.«

»Keine Ahnung, ich habe sie nicht gelesen. Aber ich werde sie dir übergeben, damit du sie Graf Starhemberg und dem Bürgermeister Liebenberg bringst. Sie sind in meiner Tasche.« Rudolf versuchte sich aufzusetzen, er hatte seine Tasche immer noch umhängen.

Lorenzo half ihm dabei. Währenddessen hatte Theresa Wasser heiß gemacht und saubere Tücher geholt. »Ich werde Eure Wunde säubern, damit Pater Anselm sie anschließend nähen kann«, sagte sie und begann mit spitzen Fingern das schmutzige Hemd von Rudolfs Brust zu zupfen. Der Kurier sog geräuschvoll die Luft ein.

Nun bemerkte Lorenzo das fremde Mädchen, das am Tisch saß und auf Hannes' Schiefertafel zeichnete, die es nach dem letzten Strich Anna reichte.

»Das ist ja ganz unglaublich«, sagte Anna gerade und sah

das Mädchen fassungslos an. Salma hatte in wenigen Augenblicken eine Geburtsszene gezeichnet, die so echt wirkte, dass man meinen könnte, das kleine Kind auf der Tafel schreien zu hören.

Lorenzo trat zu Anna und betrachtete das Bild. Stirnrunzelnd wandte er sich zu seinem Freund, der die Zähne zusammenbiss, um die Schmerzen zu ertragen, die das Säubern der Wunde verursachte.

»Ist das Mädchen mit dir gekommen?«

In knappen Worten erzählte Rudolf seine Geschichte.

»Es gibt einen Verbindungstunnel zwischen der Stadt und dem türkischen Lager?«, fragte Lorenzo.

»Wahrscheinlich gibt es mehrere, aber diesen einen kenne ich«, sagte Rudolf.

Lorenzo nahm dem osmanischen Mädchen die Tafel ab und schrieb mit arabischen Schriftzeichen einige Worte auf.

Die Überraschung war groß, nicht einmal Rudolf hatte gewusst, dass Lorenzo die arabische Schrift beherrschte. Bevor noch jemand etwas sagen konnte, winkte Lorenzo ab: »Ich kenne nur ein paar Wörter, und meine Schrift lässt ebenfalls zu wünschen übrig.«

Aber Salma verstand Lorenzos Worte. Ihre Augen leuchteten dankbar und erleichtert. Ein Giaure, der sie verstand und dem sie ihre Bitte erklären konnte.

»Was habt Ihr geschrieben?«, fragte Anna.

»Wer sie ist und was sie will«, antwortete Lorenzo. »Ich nehme an, dass sie von ihrer wohlhabenden Familie getrennt und als Sklavin verschleppt wurde. Denn soweit mir bekannt ist, dürfen nur die Mädchen aus sehr reichen Familien lesen und schreiben lernen.«

»Das verhält sich bei uns nicht anders«, sagte Anna bitter.

Salma nahm die Tafel entgegen und schrieb in wunderschönen Schriftzeichen, die ganz anders aussahen als die von Lorenzo, eine lange Antwort. Sie reichte die Tafel Lorenzo.

»Ich hoffe, ich verstehe alles«, sagte Lorenzo und fuhr sich mit der Hand durch die zerzausten Locken.

»Du wirst Salma genannt?«, fragte Lorenzo.

Das Mädchen erkannte an Lorenzos Lippenbewegungen den eigenen Namen und nickte aufgeregt.

Lorenzo las weiter, hielt aber inne und legte die Tafel wieder zurück auf den Tisch.

»Ich glaube, sie sucht eine Hebamme für ihre schwangere Herrin, scheinbar sind Probleme während der Schwangerschaft aufgetreten«, sagte Lorenzo.

»Und ich führe das Mädchen in das Haus der zwei besten Hebammen der Stadt«, erwiderte Rudolf belustigt. Die Vorstellung gefiel ihm.

»Die Antwort passt zu den Bildern, die Salma gezeichnet hat.« Annas Blick ruhte auf der kleinen, zarten Gestalt des Mädchens. »Salma muss ihre Herrin sehr mögen, wenn sie sich dieser unglaublichen Gefahr aussetzt.«

»Wir wissen nicht, ob sie freiwillig gekommen ist«, sagte Lorenzo.

Aber Anna hatte bereits ihre eigene Version der Geschichte. Sie war davon überzeugt, dass die Herrin dieses Mädchens nichts von seinem wagemutigen Ausflug wusste.

»Meister Geiger, erzählt mir noch einmal von dem Weg durch den Tunnel. Ist er sehr gefährlich?«, fragte Anna.

Lorenzo ahnte, was Anna vorhatte. »Es kann nicht Euer Ernst sein, dass Ihr mit dem Mädchen ins Lager der Türken marschieren wollt.«

»Magister Martecelli hat recht. Das wäre völlig unsinnig«, mischte sich Theresa ein.

Anna wiegte nachdenklich den Kopf: »Aber wenn es dort

eine Frau gibt, die meine Hilfe braucht, so kann ich ihr doch diese Hilfe nicht verweigern, nur weil sie Muslimin ist.«

»Ihr könnt nicht allen schwangeren Frauen dieser Welt beistehen«, sagte Lorenzo.

»Aber denen, die mich um Hilfe bitten.«

»Sie ist Eure Feindin. Sie belagert gerade mit dreihunderttausend Männern Eure Stadt und hat vor, Euer Haus in Brand zu stecken und Eure Kirchen zu plündern«, ereiferte sich Lorenzo.

»Ihr wisst, dass das so nicht stimmt. Wahrscheinlich hat ihr Mann sie zu dieser Reise gezwungen, sie in seinem Zelt geschwängert, und nun erwartet er, dass sie unter widrigsten Bedingungen sein Kind zur Welt bringt. Vielleicht ist es ihm sogar völlig egal, ob sie dabei stirbt oder nicht. Es sind die Männer, die diesen Krieg führen«, Anna sah Lorenzo direkt in die Augen, »nicht wir Frauen.«

»Auch wenn es stimmen mag, was Ihr sagt, wäre es der blanke Wahnsinn, ins Lager des Feindes zu gehen, um dort Geburtshelferin zu spielen.« Lorenzo wurde ungewohnt laut.

»Ihr verkennt die Tatsachen. Ich spiele nicht Geburtshelferin, ich bin Geburtshelferin, und es spielt keine Rolle, ob die Frau Christin, Jüdin oder Muslimin ist. Wenn sie Hilfe braucht, ist es meine Aufgabe, ihr beizustehen.«

»Eure Menschenfreundlichkeit in Ehren, aber es ist alles andere als ein Kinderspiel, ins Lager der Türken einzudringen«, sagte Lorenzo.

»Dessen bin ich mir vollauf bewusst. Danke!«

»Offenbar seid Ihr das nicht, sonst würdet Ihr dieses Vorhaben nicht einmal in Erwägung ziehen.« Lorenzo war nun vollkommen außer sich. Im Grunde war er ein friedlicher Mensch, aber Anna brachte Saiten in ihm zum Schwingen, von denen er bis jetzt nicht geahnt hatte, dass sie existierten.

Auch Annas Blick verfinsterte sich, sie schwieg.

»Ihr überschätzt Euch«, sagte Lorenzo.

»Und Ihr wollt das wissen? Ihr glaubt, mich zu kennen? Glaubt zu wissen, was gut für mich ist? Wie anmaßend von Euch!« Annas Augen waren gefährlich klein geworden.

»Ihr dürft nicht gehen!«, sagte Lorenzo ernst.

»Ihr wollt mir etwas verbieten?« Beinahe hätte Anna hysterisch aufgelacht.

»So nehmt doch bitte Vernunft an. Im Lager der Türken wird es Frauen geben, die der Schwangeren beistehen können.« Lorenzo schlug nun einen bittenden, fast flehenden Ton an.

Aber Anna hörte ihn nicht mehr. Kein Mann auf dieser Welt würde ihr jemals wieder befehlen, was sie zu tun und was zu unterlassen hatte.

Theresa, die dem Wortgefecht mit wachsendem Unbehagen zugehört hatte, meldete sich ebenfalls zu Wort: »Vielleicht hat Herr Martecelli recht.«

Der Versuch ihrer Tante, sich mit Lorenzo zu verbünden, machte Anna noch wütender. »Ich werde meine Sachen zusammenpacken, und Salma wird mich zu ihrer Herrin führen«, sagte sie. Niemand hätte es verwundert, hätte sie mit dem Fuß aufgestampft wie ein kleines Kind. Theresa schüttelte fassungslos den Kopf.

»Und Ihr werdet mich nicht zurückhalten«, schnauzte sie Lorenzo mit wütendem Blick an.

Es war eine Kampfansage, die er nicht verstand. *»Que peccato!«*, murmelte er, dann drehte er sich zu Rudolf: »Ich bin in der Goldenen Gans. Wenn du Hilfe brauchst, melde dich.« Dann verabschiedete er sich und verließ das Haus.

Erst auf der Straße konnte er nach und nach wieder klarer denken. Zunächst ärgerte er sich weiter über Annas Unvernunft, aber je länger er nachdachte, umso mehr richtete sich sein Ärger gegen ihn selbst. Er hatte gerade genauso geklungen wie einst sein Vater: »Du musst, du sollst, du darfst nicht …!«

Zurück in seinem Zimmer in der Goldenen Gans, hob Lorenzo die leere Obstschale auf und holte den dicken, hellblauen Umschlag hervor. Bevor er sich wieder anders entscheiden konnte, erbrach er das Siegel und faltete den Brief auseinander. Lorenzo setzte sich, um die kleine, verschnörkelte Schrift seines Vaters zu lesen. Das Fenster stand offen, und von draußen drangen die Geräusche der Straße und die Schüsse der Kanonen, die seit den frühen Morgenstunden im Einsatz waren, in den kleinen Raum. Lorenzo jedoch hörte nichts von alldem.

»An meinen Sohn, von dem ich nicht weiß, ob er noch lebt und ob er noch meinen Namen trägt.«

Lorenzo ließ das Blatt sinken. Er hatte die vorwurfsvolle Stimme seines Vaters im Kopf. In seiner Phantasie erfüllte sie donnernd den winzigen Raum.

»Ich wollte dich vergessen und aus meinem Leben streichen, aber es gelang mir nicht. Der einzige Sohn, den Gott mir geschenkt hatte, verhielt sich wie ein Dieb, wie ein Feigling, der die Nacht zur Flucht benötigt – unwürdig und feig. Deine Mutter, Gott sei ihrer Seele gnädig …«

Lorenzos Herz setzte für einen kurzen Augenblick aus. Was sollte dieser Einschub bedeuten? Rasch las er weiter, und seine schlimmste Befürchtung bewahrheitete sich.

»… ist kurz nach Ostern plötzlich und völlig unerwartet von uns gegangen. Nach einem bösen, hohen Fieber, das drei Tage lang nicht zu senken war, ist sie verstorben. Die Trauer um sie hat uns alle gelähmt. Deine Mutter war eine sanftmütige Frau, sie war dir niemals böse und hat dir noch in der

Nacht deiner Flucht verziehen. Sie hat dich immer geliebt und war bis zu ihrem Tod davon überzeugt, dass du eines Tages zurückkehren würdest. Ich weiß nicht, ob sie recht behalten wird. Ich kenne dich nicht, habe dich wohl nie richtig gekannt. Kurz nach Weihnachten ist deine älteste Schwester den Bund der Ehe eingegangen, sie erwartet im Herbst ihr erstes Kind. Nun sind alle meine Töchter verheiratet. Alle haben eine anständige Mitgift erhalten. Was nun noch übrig ist, der Hof, das Land, die Weingärten ... war immer für dich vorgesehen. Deine Mutter wollte nicht, dass sich daran etwas ändert, und ich werde mich nicht gegen ihren Willen stellen.

Deine Mutter hätte geschrieben: In Liebe und auf bald. Ich aber weiß nicht, wie man einen Sohn grüßt, der mit seinem Vater nichts zu tun haben will. Carlo Martecelli.«

Lorenzo ließ den Brief sinken und starrte auf die leere Wand hinter dem Tisch. Seine Mutter war tot, und er hatte nicht an ihrem Totenbett gesessen, hatte ihr nicht die letzte Ehre erwiesen.

Plötzlich wurde die Tür zu seinem Zimmer aufgerissen. Rudolf schleppte sich mit allerletzter Kraft herein. Lorenzo reagierte nicht sofort. Zögernd stand er auf und half dem verletzten Freund.

»Der Franziskaner hat mich zusammengeflickt. Ich sage dir, der Mann versteht sein Handwerk wie kein anderer.« Rudolf ließ sich schwer auf Lorenzos Bett plumpsen, so als hätte es immer schon ihm gehört. Mühevoll streifte er die Stiefel von den Beinen, drehte sich zur Seite und schloss seufzend die Augen. »Ich will nur noch schlafen.«

Lorenzo setzte sich an die Bettkante: »Meine Mutter ist kurz nach Ostern gestorben.«

Augenblicklich drehte Rudolf sich zurück, öffnete die Augen und schien auf einmal ganz wach zu sein.

»Mein Vater hat mir einen Brief geschrieben. Er hasst mich und teilt mir mit, dass meine Mutter tot ist.« Lorenzo reichte Rudolf den Brief seines Vaters. Er wollte ihn nicht noch einmal lesen, vor allem nicht laut. Aber er wollte den Inhalt mit jemand teilen.

Rudolf nahm das Papier und las. Lorenzo erschien es eine Ewigkeit, bis der Freund ihm den Brief wortlos zurückgab. Rudolf versuchte sich aufzurichten, aber die Bewegung bereitete ihm Schmerzen. Lorenzo drückte ihn zurück in die Kissen.

»Das hatte ich heute schon einmal«, murmelte Rudolf, wehrte sich aber nicht und blieb liegen. »Ich glaube, dein Vater ist ein Mensch, der es nicht fassen kann, dass es jemanden gibt, der sich nicht seinem Willen beugt. Du hast seinen Stolz verletzt, aber ich glaube nicht, dass er dich hasst. Auf alle Fälle wünscht er sich deine Rückkehr.« Rudolf sprach mit geschlossenen Augen und er hatte mit jedem Wort, das er sagte, recht, was Lorenzo zugleich erschreckte und erfreute.

»Ich werde mir wohl wieder ein Strohbett auf dem Boden zurechtmachen«, sagte er.

»Du bist ein wahrer Freund«, erwiderte Rudolf kaum noch hörbar, einen Augenblick später war er eingeschlafen.

»Ich weiß«, flüsterte Lorenzo und lächelte.

30

THERESA WAR WÜTEND auf den Toskaner in Starhembergs Dienst. Wenn Martecelli sich nicht so vehement gegen Annas Ausflug ins Lager der Türken ausgesprochen hätte, wäre

Anna vielleicht bereit gewesen, einzulenken und auf die Sache zu verzichten. Aber das ungeschickte Verhalten des jungen Mannes hatte zu einer aussichtslosen Situation geführt. Theresa konnte Anna verstehen, wahrscheinlich hätte sie ähnlich gehandelt, wenn auch aus anderen Motiven.

Anna hatte darauf bestanden, dass Hannes sie begleitete. »Falls uns etwas zustößt, kann einer dem anderen vielleicht beistehen und helfen«, hatte sie erklärt.

»Oder die Türken können zwei Christen abstechen«, hatte Theresa säuerlich erwidert.

Als es draußen dunkel wurde, schlichen Anna, Salma und Hannes los. Der Weg zum Wirtshaus war ebenso gefährlich wie später der Weg ins türkische Lager. Starhemberg hatte eine Ausgangssperre verhängt und Beamte ausgesandt, die seine Anweisungen überprüften. Menschen, die sich verbotenerweise auf den nächtlichen Straßen herumtrieben, wurden ins Gefängnis gebracht. Damit wollte Starhemberg verhindern, dass Wiener ins feindliche Lager überliefen und den Türken wichtige Informationen verkauften.

Die drei hatten Glück: Sie begegneten keinem einzigen Wachmann und gelangten mühelos zum Wirtshaus und ebenso unspektakulär hinein. Der Wirt war gerade dabei, seine Stube zu säubern, er wischte mit einem Tuch über die großen Tische. Die Tür zu seiner Wirtsstube war angelehnt. Die drei nutzten das Halbdunkel der Stube, um sich leise an dem Wirt vorbeizuzwängen, hinunter in den Weinkeller.

Unten angekommen, holte Hannes Zündzeug aus seiner großen Umhängetasche, die Theresa ihm vorsorglich mitgegeben hatte. Geschickt schlug er einen Funken, fing ihn mit dem Zunderschwamm auf und entzündete daran die Kerze, die er in eine Laterne stellte, um sie besser tragen zu können.

Salma ging ihnen voraus, sie kannte den Weg, der mit Licht

um vieles freundlicher und weniger furchterregend wirkte. Ohne Zwischenfälle erreichten sie den Brunnen. Salma kletterte aus dem Schacht, um Verkleidungen für die Christen zu besorgen. Anna und Hannes warteten unterdessen im Schacht. Anna kaute an ihren Fingernägeln, ertappte sich dabei und zwang sich verärgert, die Hand zwischen die Knie zu klemmen.

»Vielleicht war es verkehrt, hierherzukommen.« Obwohl Anna flüsterte, hallte ihre Stimme unnatürlich laut.

Hannes zuckte nur mit den Schultern, für ihn war das Ganze ein großes Abenteuer.

»Das Schlimmste daran ist, dass ich dich da mit hineinziehe«, sagte Anna.

»Ich bin gern mitgekommen. Aber es ist schade, dass Ihr mit Martecelli gestritten habt. Er wollte Euch nichts Böses. Er macht sich bloß Sorgen.«

»Ich weiß, dass er sich Sorgen macht«, seufzte Anna. »Aber er darf mir trotzdem nicht vorschreiben, was ich zu tun habe.«

»Meine Mutter hat mir auch immer gute Ratschläge gegeben und gesagt, was ich machen soll und was nicht.«

»Martecelli ist nicht meine Mutter, und ich bin eine erwachsene Frau, die selbst weiß, was sie tut«, empörte sich Anna. In diesem Augenblick warf Salma ein Bündel mit Kleidern in den Schacht und beendete damit das Gespräch.

Anna hüllte sich in bunte Stoffe, die so fein und leicht waren, dass sie kaum am Körper zu spüren waren. Es war ein herrlich befreiendes Gefühl. Die Frau, der die Kleider gehörten, war größer als Anna, deshalb musste Anna den Rock mit dem kostbar bestickten Gürtel etwas höher binden. Salma half ihr dabei. Eine Kunststickerin musste Wochen an dem Prunkstück gearbeitet haben, noch nie zuvor hatte Anna etwas Gleichwertiges gesehen. Ihr eigenes Kleid kam ihr daneben plump vor. Hannes bekam eine weite Hose und ein einfaches Hemd. Ihre alten Kleider ließen sie im Brunnenschacht zurück. Danach war alles ein Kinderspiel. Sie kletterten aus dem Brunnen, betraten den Hof und anschließend die staubige Straße. Vorbei an den Tiergehegen führte sie der Weg direkt in die Zeltstadt. Hannes und Anna sahen zum ersten Mal ein lebendes Kamel.

»Ich dachte immer, die Tiere haben nur einen Höcker«, flüsterte Hannes. Anna zog ihn weiter. Während die Zelte neben den Tieren eher einfach waren – sie bestanden aus einfarbigen braunen und grauen Stoffen –, waren die Zelte im Inneren des Lagers von unvorstellbarer Größe und Raffinesse. Anna musste Hannes zweimal in die Rippen stoßen, damit der Junge sie mit seinem unverhohlenen Staunen nicht verriet. Die meisten Zelte waren so hoch, dass ein erwachsener Mann aufrecht darin stehen konnte. Die Stoffe waren buntbestickt und kunstvoll gewebt, man hatte die Oberfläche des Materials besonders behandelt, damit kein Regenwasser ins Zeltinnere dringen konnte. Vor vielen Zelten waren Fahnenstangen aufgestellt, an deren Spitze ein Halbmond angebracht war. Die Monde glänzten golden in der Sonne. Herrlich bestickte Fahnen mit Symbolen, die Anna nicht kannte, hingen an den Stangen und flatterten im Wind.

Schließlich hatten sie das Zelt von Salmas Herrin erreicht. Es lag auf einer kleinen Anhöhe etwas außerhalb des Lagers. Hier gab es zwischen den Zelten mehr Platz, so dass man zwischen ihnen hindurchspazieren konnte. Das Zelt war dunkelrot und mit kostbaren goldenen Stickereien verziert. An der höchsten Zeltstange war ein glänzender Halbmond angebracht. Salma schlüpfte rasch in das Vorzelt und verständigte sich in einer merkwürdigen Zeichensprache mit ihrer Herrin. Sie hatte ihr die Ankunft der weisen Frau bereits beim Holen der Verkleidungen angekündigt.

Salma hob den schweren Zeltvorhang zur Seite und bedeutete Anna, einzutreten. Hannes sollte mit ihr im Vorzelt bleiben. Im Inneren wirkte das Zelt noch geräumiger als von außen. Es war genauso groß wie ihre Stube in der Tuchlauben. Allerdings gab es keine Möbel, nur Teppiche und Polster. Auf einem besonders prachtvoll bestickten Polster saß eine Frau und erwartete Anna.

»Ihr seid eine Giaurin«, sagte die Osmanin erstaunt. Sie beherrschte die Sprache der Ungläubigen, denn es war die Sprache, in der ihre Mutter mit ihr gesprochen hatte.

»Ich weiß nicht, was eine Giaurin ist, aber Salma hat mich gebeten, Euch bei der Geburt Eures Kindes beizustehen«, sagte Anna. Der kalte Empfang überraschte sie. Anna hatte soeben ihr Leben aufs Spiel gesetzt, um dieser Frau zu helfen.

»Was hat sie Euch dafür versprochen?«, fragte die Osmanin spitz und erhob sich schwerfällig von ihrem bequemen Lager. Unter ihrem Polster lagen wertvoll aussehende orientalische Teppiche.

»Was meint Ihr damit?«, fragte Anna irritiert.

»Welche Summe hat sie Euch genannt, dass Ihr dieses Wagnis auf Euch genommen habt?« Eine schwere Geruchsmischung aus Moschus und Weihrauch hing in der Luft. Die Osmanin machte einen Schritt auf die Schale zu, die in der Mitte des Zeltes stand. Sie war aus purem Silber und enthielt getrocknete Datteln, Feigen und Nüsse. Die Frau griff nach einer Feige, steckte sie in den Mund und wartete auf Annas Antwort.

»Wir haben noch nicht über den Lohn gesprochen«, sagte Anna wahrheitsgetreu.

»Und dennoch seid Ihr gekommen? Warum?« Das Gesicht der Osmanin war außergewöhnlich schön. Sie hatte hohe Wangenknochen, volle Lippen und große, ausdrucksvolle Augen. Ihr schwarzes, glänzendes Haar hing ihr in weichen Wellen über den geraden Rücken. Selbst die fortgeschrittene Schwangerschaft konnte ihrer Schönheit nichts anhaben. Eher ließ sie die Frau sanftmütiger erscheinen, als sie sich gebärdete.

Anna zuckte mit den Schultern. Sie kam sich sehr einfältig vor: »Ich bin Hebamme.«

»Ihr seid eine weise Frau«, widersprach die Osmanin, dabei stemmte sie beide Hände in den Rücken, was Anna zeigte, dass sie dort Schmerzen hatte. Der Bauch war ungewöhnlich groß, als trüge er zwei Kinder in sich.

»Ich bin weit davon entfernt, weise zu sein.«

»Wie auch immer. Ihr seid also hier, erwartet Euch keine maßlos übertriebene Entlohnung und wollt meinen Bauch untersuchen. Wer garantiert mir, dass Ihr mich nicht umbringen und meinen Sohn töten wollt?«, fragte die Osmanin.

Anna atmete laut und tief durch. »Niemand garantiert Euch das. Im Übrigen will nicht ich Euren Bauch untersuchen. Ich dachte, Ihr wollt, dass ich es tue.«

Die Augen der Osmanin funkelten belustigt: »Nun gut, dann lasst es uns hinter uns bringen. Wie ist Euer Name?« Sie streckte Anna ihren Bauch entgegen, als ließe sich die Untersuchung im Stehen erledigen.

»Ich heiße Anna Stöckel, und wenn Ihr wollt, dass ich Euch untersuche, so müsst Ihr Euer kostbares Kleid ablegen und auf Eurem Teppich Platz nehmen.« Die Osmanin starrte Anna entsetzt an. Sie hatte während der Schwangerschaft keine Unterstützung einer Hebamme bekommen und wusste nicht, wie sie sich zu verhalten hatte.

»Anna, ich hoffe, Ihr wisst, was Ihr tut. Ein einziger Schrei von mir, und mein Mann hetzt vier Janitscharen auf Euch, die Euch bei lebendigem Leib enthäuten«, sagte die Osmanin und fügte hinzu, »mein Name ist Basma.«

»Ihr braucht mir nicht zu drohen, Basma. Ich habe ohnehin Angst genug.«

»Ihr habt Mut«, sagte die Osmanin anerkennend, dabei umspielte ein Lächeln ihre wunderschönen Lippen. Ohne Anna aus den Augen zu lassen, entledigte sie sich ihrer Kleider und nahm auf den mit Goldfäden bestickten Polstern Platz. Anna kniete sich zu ihr. Die Teppiche unter ihren Knien waren weicher als Schaffell. Wer darauf lag, musste das Gefühl haben, im Himmel zu sein.

Anna machte sich daran, den Bauch der schwangeren Frau abzutasten. Sie ließ sich Zeit und ging gründlich vor.

»Ist mit dem Kind alles in Ordnung?«, fragte Basma. Das kundige Abtasten der warmen, festen Hände der Hebamme beruhigte und verunsicherte sie zugleich.

Anna ließ vom Bauch der Osmanin ab. »Ich glaube, dass Ihr zwei Kinder unter Eurem Herzen tragt.«

Basma sah sie entsetzt an. »Wie wollt Ihr das wissen?«

»Ich kann zwei Köpfe und zwei Hinterteile ertasten. Es müssen zwei Kinder sein.«

»Was bedeutet das für die Geburt?«, fragte Basma ängstlich.

»Es muss gar nichts bedeuten. Es kann trotzdem eine völlig problemlose Geburt werden«, erwiderte Anna, »ich würde gerne Euren Muttermund untersuchen.«

»Meinen Muttermund?« Die Osmanin hatte etwas von ihrer Arroganz abgelegt.

»Die Öffnung zu Eurer Gebärmutter. Wenn der Muttermund noch verschlossen ist, habt Ihr nichts zu befürchten.

Ist er schon weit geöffnet, solltet Ihr Euch schonen und ein paar Dinge berücksichtigen. Seit wann seid Ihr schwanger?«

»Ich denke, seit Anfang Dezember«, sagte Basma.

Anna rechnete. »Demnach wäre die Geburt im August, aber bei zwei Kindern kann die Geburt auch schon früher stattfinden. Den Kindern wird es zu eng.«

Die Osmanin machte ihren Unterkörper frei und lenkte damit Annas staunende Augen auf die intimste Stelle ihres Körpers. Sie war rasiert und so nackt wie ein Neugeborenes. Anna hatte dergleichen noch nie zuvor gesehen, es irritierte sie, und kurz hatte sie Scheu, die Frau zu berühren. Mit einem heftigen Schlucken überwand sie sich.

»Euer Muttermund ist bereits zwei Fingerbreit geöffnet. Das heißt, die Geburt kann jederzeit beginnen. Bis dahin solltet Ihr auf das Baden und den Beischlaf mit Eurem Mann verzichten.«

»Ich überlege, wo ich Euch bis dahin unterbringen kann«, sagte Basma. »Wahrscheinlich ist es am besten, Ihr bleibt in meinem Zelt.«

Anna schüttelte heftig den Kopf: »Ich kann unmöglich bleiben. Die Geburt kann zwar in wenigen Stunden losgehen, aber es kann auch Tage und sogar Wochen dauern, bis die Wehen einsetzen.«

»Ich will, dass Ihr bei der Geburt meiner Söhne dabei seid.« Der Ton der Osmanin ließ keinen Zweifel daran, dass sie Anna notfalls mit Gewalt hierbehalten würde. Hastig schlüpfte sie wieder in ihr dunkelgrünes Seidenkleid und wickelte sich einen durchsichtigen, mit Goldfäden durchzogenen Schleier um ihr üppiges Haar. Anna hatte sich immer vorgestellt, dass orientalische Prinzessinnen so gekleidet waren, aber nicht Frauen, die ihre Männer in den Krieg begleiteten.

»Ich unterstütze Euch gerne, aber Ihr müsst verstehen, dass innerhalb der Stadtmauern viele Aufgaben auf mich warten. Euer Volk macht es meinem Volk im Moment nicht besonders einfach. Es gibt zahlreiche Verwundete, die versorgt werden müssen.«

»Unsere Verliese sind äußerst unangenehm.« Basmas wunderschöne, glänzende Augen verengten sich.

»Davon bin ich überzeugt, aber eine Hebamme, die Euch hasst, wäre Euch keine gute Unterstützung.«

»Ihr wollt mir drohen?« Die Osmanin setzte sich, das Stehen bereitete ihr Schmerzen im Rücken.

»Ich hatte eher den Eindruck, dass Ihr mir droht. Alles, was ich Euch anbieten kann, ist, zu kommen, sobald die Wehen einsetzen. Salma weiß, wo sie mich findet.«

Basma schürzte die Lippen, zupfte an ihrem Schleier und wiegte nachdenklich den Kopf. Die kleine, etwas rundliche Giaurin mit den roten Locken und den unzähligen Sommersprossen im Gesicht imponierte ihr. Ihre grünen Augen waren voller Mut. Es war gut, von einer starken Frau unterstützt zu werden. Schließlich lenkte sie ein: »So soll es sein.«

Eine Woge der Erleichterung erfasste Anna.

»Bevor Ihr mich wieder verlasst, müsst Ihr einen kleinen Imbiss mit mir einnehmen. Mein Volk ist sehr gastfreundlich. Es wäre ein schweres Vergehen, wenn ich Euch ziehen ließe, ohne mit Euch zu essen und zu trinken.« Mit einer einladenden Geste bat die Osmanin Anna, neben ihr auf dem Teppich Platz zu nehmen.

Basma winkte Salma zu sich und erklärte ihr etwas in ihrer Sprache. Kurz darauf erschien die Dienerin mit einer glänzenden Silberplatte, die vollbeladen war mit goldenen Süßspeisen aus Honig, Nüssen und kandierten Früchten. Anna lief das Wasser im Mund zusammen. Das war ganz nach ihrem Geschmack.

»Greift zu«, bat die werdende Mutter, und Anna ließ sich das nicht zweimal sagen. Doch welche der Köstlichkeiten sollte sie wählen? Alle sahen gleichermaßen verführerisch aus. Anna entschied sich für ein in Honig getränktes Kuchenstück, das mit kleinen grünen Pistazienstückchen bestreut war. Es schmeckte süß und hatte trotzdem einen scharfen Nachgeschmack.

Salma erschien ein zweites Mal. Diesmal brachte sie zwei merkwürdige Metallbehälter mit Stiel. Sie stellte beide auf kleinen Untersetzern ab und verschwand wieder. Die dampfende schwarze Flüssigkeit in den Stieltassen roch würzig, aromatisch und fremd.

»Ich weiß, dass ich in meinem Zustand nur wenig Kahve zu mir nehmen soll, und ich versichere Euch, dass ich mich auf eine Tasse pro Tag beschränke«, rechtfertigte sich Basma.

»Ich kenne dieses Getränk nicht.« Anna nahm Tasse und Untersetzer auf und führte beides zur Nase. Der ohnehin intensive Geruch entfaltete sein volles Aroma.

»Ihr kennt keinen Kahve?«, sagte Basma. Diesmal klang sie ehrlich entsetzt und setzte sofort zu einer Erklärung an: »Es ist ein anregendes Getränk, das den Geist weckt und stärkt. Probiert es.«

»Ihr meint, es ist wie Wein?«

Die Osmanin schüttelte lachend den Kopf. Sie war sich ihrer Schönheit beim Lachen durchaus bewusst und verschenkte den Anblick nur selten: »Es verwirrt den Geist nicht, sondern hält ihn wach.« Basma machte den ersten Schluck. Anna nippte ebenfalls an ihrem Becher. Ein würziger, süßer und sehr intensiver Geschmack breitete sich in ihrem Mund aus. Anna fand auf der Stelle Gefallen an ihrem Kahve.

»Wie bereitet man es zu?«

»Die Bohnen des Kahvestrauchs werden geröstet, feingerieben und mit Kardamom oder Nelkenpulver vermischt. Ich bevorzuge Kardamom und Zucker. Die Mischung wird mit Wasser übergossen und in diesen Behältern, wir nennen sie Ceveze, erhitzt, so lange, bis ein Schaum entsteht. Dieser Schaum ist unbedingt wichtig, sonst schmeckt der Kahve nicht gut. Zuletzt kommt ein Löffel Rosenwasser dazu. Ihr müsst Euren Kahve vorsichtig trinken, denn auf dem Boden der Ceveze liegt immer noch das gemahlene Pulver. Nach dem Trinken kippen wir es auf unsere Untersetzer, um unsere Zukunft zu deuten.«

»Zukunft deuten?« Das hörte sich nach Aberglaube und Magie an.

Basma lachte erneut. Es klang harmonisch, fast wie Musik.

»Wir glauben nur bedingt daran. Es ist eine alte Tradition, ein Spiel, und macht Spaß«, erklärte sie. Basma hatte ihren Kahve als Erste ausgetrunken und schüttete den Sud auf den Untersetzer. »Seht nur«, rief sie, »ich sehe zwei gesunde Kinder, die mich bald sehr glücklich machen werden.«

Anna warf ebenfalls einen Blick auf den Untersetzer, aber alles, was sie sehen konnte, war nasser, dunkelbrauner Sand.

»Nun seid Ihr an der Reihe«, forderte Basma die Hebamme auf. Sie strich sich den Schleier hinter die Ohren und sah gespannt auf Anna. Wieder lag ein kleines Häufchen Sud auf dem Untersetzer.

»Und, was seht Ihr?«

Ratlos hob Anna die Schultern.

»Ihr seid darin noch nicht geübt. Gebt mir den Untersetzer«, sagte Basma und nahm ihn Anna aus der Hand. Basma kniff die Augen zusammen und spitzte den Mund: »Ich sehe die Sonne. Einfach nur die Sonne. Sie scheint noch eine wichtige Rolle in Eurem Leben zu spielen. Vielleicht habt Ihr vor, in ein Land zu ziehen, in dem es mehr Sonnentage gibt als in Eurem entsetzlich kalten Wien«, sagte Basma und gab Anna den Untersetzer zurück. Die ließ ihre Augen noch eine Weile auf dem seltsamen Gebilde ruhen. Die Osmanin hatte recht, bemerkte sie schließlich. Mit etwas Phantasie konnte man tatsächlich eine Sonne in dem braunen Sand erkennen.

Bevor Anna endgültig aufbrach, bestand Basma darauf, Anna ein Säckchen voll Kahvebohnen mitzugeben. »Ihr werdet das Getränk in den nächsten Wochen brauchen, denn ich fürchte, dass unsere Janitscharen Euch wenig Schlaf gönnen werden«, sagte die Osmanin. Zur Bestätigung ihrer Worte donnerten drei Kanonenschüsse gegen die Stadtmauer und verursachten einen ohrenbetäubenden Lärm. Die Mauer hielt dem Angriff stand, erlitt jedoch erheblichen Schaden, über den man im Lager der Türken jubelte.

31

NACHDEM RUDOLF GESCHLAFEN HATTE, fühlte er sich deutlich besser. Daher beschloss er, seine Briefe persönlich abzuliefern. Lorenzo begleitete ihn, und die beiden wurden unverzüglich ins Arbeitszimmer des Grafen vorgelassen. Der Graf trug seine volle Rüstung, da er soeben von der Stadtmauer zurückgekommen war, wo er die Stellung der Kanonen inspiziert hatte.

Graf Starhemberg nahm Rudolfs Brief entgegen: »Wie um alles in der Welt seid Ihr in die Stadt gelangt?«

»Jahrelange Erfahrung als Kurier im Dienst des Kaisers«,

wich Rudolf einer echten Antwort aus. Wenn Starhemberg von dem Tunnel erfuhr, würde er ihn augenblicklich zuschütten lassen, aus Angst, die Wiener könnten ins Lager des Feindes überlaufen und wichtige Informationen verkaufen.

»Ich könnte Euch foltern lassen, damit Ihr das Schlupfloch in der Stadtmauer verratet«, sagte der Graf verärgert. Rudolf blieb unbeeindruckt, und der Graf fuhr fort: »Leider würde ich damit einen guten Mann verlieren, und das kann ich mir im Moment nicht erlauben.«

Energisch umrundete er seinen Schreibtisch: »Ich brauche einen verlässlichen Boten, der eine Nachricht ins Lager des Herzogs von Lothringen bringt. Seht Ihr Euch dazu imstande?«

»Mit Verlaub, der Mann ist verletzt«, mischte sich Lorenzo ein. Er hatte bis jetzt unbemerkt im Hintergrund gestanden und trat nun vor.

»Das sehe ich«, winkte der Graf ungeduldig ab, »doch Geiger kann für sich selbst sprechen.«

Das kann er nicht, dachte Lorenzo bitter. Er kannte die Stärken seines Freundes. Die Fähigkeit, nein zu sagen, gehörte nicht dazu.

»Was wäre Euch ein solcher Auftrag wert?«, fragte Rudolf. Er trug ein frisches Hemd, sein Haar war gewaschen und frisiert, nur Lorenzo wusste, wie groß der Verband war, der sich unter dem weißen Hemd verbarg.

»Einhundert Dukaten«, antwortete Graf Starhemberg. Rudolf pfiff durch die Zähne, und Lorenzo verdrehte die Augen. Diesem Angebot konnte Rudolf nicht widerstehen.

»Ich werde morgen aufbrechen«, sagte Rudolf. Graf Starhemberg grunzte zufrieden und widmete sich wieder seinen Papieren, was bedeutete, dass Rudolf entlassen war.

Lorenzo folgte seinem Freund kopfschüttelnd zur Tür.

Aber kaum hatte er die vergoldete Türschnalle der hohen weißen Tür in der Hand, hörte er Starhembergs Stimme hinter sich: »Martecelli, Ihr bleibt.«

Seufzend machte Lorenzo auf dem Absatz kehrt und trat zurück in den Raum. Starhemberg setzte sich nun wieder hinter seinen soliden Schreibtisch aus Kirschholz. Das kostbare Exemplar mit den teuren Einlegearbeiten war längst in Sicherheit gebracht worden.

»Wir bekommen allmählich gesundheitliche und hygienische Probleme in der Stadt. Die Medikamente werden knapp. Aus einigen Stadtteilen meldet man die ersten Fälle von Typhus. Ich habe neben den Ärzten, Badern und Hebammen nun auch die Apotheker dazu aufgefordert, Dienst in den Hospitälern zu leisten.« Der Graf trommelte nervös mit den Fingerkuppen auf der Tischplatte. »Wenn uns die Menschen an Krankheiten sterben, sinkt die Moral der Bevölkerung. Hier und dort hört man die ersten Forderungen nach Kapitulation.« Er schnaufte verächtlich. »Diese feigen, reichen Bürger glauben tatsächlich, dass ihnen die Türken ihre Häuser und Frauen lassen und sie für den Verrat am Kaiser noch belohnen. Wie dumm und kurzsichtig von ihnen.«

Lorenzo legte den Kopf schief. Der Graf hatte recht, im Falle einer Kapitulation würden die Türken weder vor den Häusern der Wiener noch vor ihren Frauen und Kindern haltmachen.

Graf Starhemberg schlug eine der Mappen auf, die vor ihm lagen, und blätterte darin. »Wir haben in der letzten Woche eine Lawine von Anordnungen geschrieben und an die Bevölkerung ausgegeben. Ich denke, es bedarf noch weiterer.«

Energisch schlug er die Mappe wieder zu und reichte sie an Lorenzo: »Schreibt einen Brief an die Apotheker der Stadt. Sie sollen ihre Vorräte in die Hospitäler schaffen. Die

Stadt bezahlt für die Medikamente. Wir müssen dafür sorgen, dass die Verletzten behandelt werden und keine Epidemien ausbrechen.«

»Ich sehe eine große Gefahr in der Versorgung mit sauberem Trinkwasser. Einige Senkgruben wurden seit Wochen nicht mehr geleert, und die Brunnen der Menschen befinden sich oft direkt neben den übervollen Gruben«, sagte Lorenzo und dachte an den Abort in der Goldenen Gans. Seit Tagen trank er kein Wasser mehr aus dem Brunnen im Hof, sondern versorgte sich mit Wasser vom öffentlichen Brunnen am Platz vor dem Gasthaus.

»Ich stimme Euch zu, Martecelli.« Der Graf lehnte sich gegen die Tischplatte. »Also soll eine weitere Verordnung ausgehängt werden, in der steht, dass Brunnen, die sich neben vollen Senkgruben befinden, bis auf weiteres nicht zu benutzen sind. Der Bürgermeister soll einen Trupp zusammenstellen, der die vollen Senkgruben entleert.«

Lorenzo nickte: »Es wird schwierig werden, freiwillige Helfer zu finden.«

Ungeduldig fuhr der Graf mit der Hand durch die Luft: »Notfalls müssen die Leute dazu gezwungen werden. Sie werden auch bezahlt dafür. Es gilt der normale Stundenlohn, den Senkgrubenreiniger bekommen.«

Lorenzo machte sich auf einem leeren Bogen Papier Notizen.

»Menschen, deren Häuser von Kanonenkugeln stark beschädigt wurden, müssen in leerstehenden Wirtshäusern untergebracht werden. Wir können uns im Moment keine Obdachlosen leisten«, sagte Starhemberg und fügte hinzu: »Neben den Türken vor den Stadtmauern sind die Epidemien innerhalb der Mauern unsere größten Feinde. Wir müssen rechtzeitig gegen sie ankämpfen.«

»Aus dem Schottenstift wurde gemeldet, dass das Verbandsmaterial knapp wird«, berichtete Lorenzo.

»Die Bevölkerung soll dazu aufgerufen werden, alte Stoffe zu sammeln und im Stift abzugeben.«

»Ich hoffe, die Menschen lesen all die Anschläge, Verordnungen und Erlässe und halten sich daran«, meinte Lorenzo nachdenklich.

»Wer sich nicht daran hält, bekommt die Konsequenzen zu spüren. Heute Morgen wurde ein elfjähriger Knabe geköpft, weil er dabei erwischt worden ist, wie er über die Stadtmauer klettern wollte«, sagte der Graf ernst.

Entsetzt ließ Lorenzo den Bogen Papier sinken.

»Eine drastische Maßnahme, ich weiß, aber ich habe diese Stadt zu halten, bis Sobieski und von Lothringen mit dem Entsatzheer kommen. Je deutlicher ich den Menschen vermittle, dass ich keine Unruhe dulde und die Zusammenarbeit mit dem Feind bestrafe, umso eher halten sie sich an meine Vorschriften.«

Während der Graf sprach, überlegte Lorenzo, wie alt Hannes wohl war und was Starhemberg mit einer Hebamme anstellen würde, die einer türkischen Frau bei der Geburt beistehen wollte.

32

Der nächste Tag begann mit heftigen Regenschauern. Nach der heißen Trockenheit der letzten Wochen war es beinahe eine Wohltat. Die Wolken hingen so tief über der Stadt, dass die Spitze vom Turm von St. Stephan darin verschwand. Es war der erste Regentag während der Belagerung, und zunächst schien sich niemand daran zu stören. Sowohl die Türken wie auch die Wiener schossen weiter ihre Kanonenkugeln ab, und in den Laufgräben vor der Stadtmauer hielten die Gefechte trotz strömenden Regens an. Als das Unwetter aber an Heftigkeit zunahm, stellten beide Seiten das Feuer ein, da es immer schwieriger wurde, die Kanonen zu zünden, und sich die Kämpfe zu Schlammschlachten entwickelten, bei denen die Soldaten bis zum Knöchel im Morast versanken. Kaum schwiegen die Kanonen, breitete sich eine ungewohnte Stille aus. Nur das Prasseln des Regens war zu hören. Für wenige Stunden entstand der Eindruck völliger Normalität.

Anna erwachte mit einem sauren Geschmack im Mund. Nach ihrem Ausflug ins türkische Lager war sie erschöpft ins Bett gefallen und hatte ohne Unterbrechung durchgeschlafen. Nun schlüpfte sie in ein frisches Kleid, wusch sich Gesicht und Hände und kletterte über die schmale Holztreppe hinunter in die Küche. Der Regen hatte die Temperaturen sinken lassen, deshalb machte Anna ein Feuer, legte Brennholz in den Ofen und sah kurz den Flammen zu. Dann stand sie auf und ging zur Vorratskammer. Auf einem der vorderen Bretter lagen etwas Brot und Käse. Genug für ein ausgiebiges Frühstück, nach dem sich Anna wie ein neuer Mensch fühlte. Als sie ihr Geschirr abwusch, kamen auch Theresa und Hannes die Treppe herunter.

»Es ist so ungewöhnlich still«, sagte Theresa entschuldigend. Für gewöhnlich schlief sie nicht so lange.

»Die Kanonen schweigen wegen des Wetters«, erwiderte Anna, während sie ihren Teller abtrocknete und zurück ins Regal stellte.

»Wenn das so ist, sollte Gott es so lange regnen lassen, bis der Polenkönig mit seinem Heer kommt und die Stadt befreit.«

»Wenn der Regen über Tage anhält, wird die Zeltstadt davongeschwemmt und wir brauchen gar kein Entsatzheer«, meinte Anna.

Plötzlich klopfte es an der Tür. Anna hielt das Geräusch zuerst für den Regen, der laut gegen die Glasscheiben des Küchenfensters prasselte, aber als das Klopfen lauter und drängender wurde, erkannte sie es. Theresa war bereits bei der Tür und öffnete.

Es war die Magd der Familie Kästner, die völlig durchnässt auf der Straße stand. Theresa bat die zitternde Frau herein, aber die schüttelte den Kopf und drängte.

»Wir brauchen Eure Hilfe. Frau Kästner und die beiden großen Kinder sind krank«, sagte sie, »alle drei haben hohes Fieber, und Eric leidet unter Durchfall. Auch die Kinder der Familie, die von der Stadt bei uns einquartiert worden ist, haben Fieber.«

»Hat jemand von ihnen rote Flecken auf der Brust?«, fragte Theresa.

Die nasse, kleine Frau nickte heftig. Ihre Augen waren rot unterlaufen, wahrscheinlich hatte sie geweint, und sie atmete rasch und flach vom schnellen Laufen.

»Es wäre besser, Ihr sucht augenblicklich eine Krankenstation auf. Die Kranken brauchen einen erfahrenen Arzt.«

Die Magd schüttelte den Kopf. »Meister Kästner hat ausdrücklich nach Euch verlangt.«

»Wir sind Hebammen und keine Ärzte«, sagte Theresa verärgert. Sie wollte nicht schon wieder Schwierigkeiten mit den niedergelassenen Doktoren bekommen. Auch wenn Graf Starhemberg in einem Rundschreiben alle Ärzte, Bader, Apotheker und Hebammen dazu verpflichtet hatte, bei der Versorgung der Verletzten und Kranken mitzuhelfen.

»Das haben wir versucht«, versicherte die Magd, »aber die zwei Ärzte, die in Frage kommen, arbeiten beide im Moment im Schottenstift.«

»Stillt Frau Kästner die kleine Fabienne?«, fragte Anna. Sie hatte dem Gespräch zugehört und war nun hinzugetreten.

Die Magd nickte.

»Sie soll damit aufhören, denn wenn sie Durchfall hat, kann auch ihre Tochter die Krankheit bekommen. Gebt dem Mädchen verdünnte Ziegenmilch.«

»Wir haben keine Ziegenmilch, nur Kuhmilch«, sagte die Magd mit Tränen in den Augen. Sie wirkte übermüdet. Wahrscheinlich hatte sie seit Tagen nicht richtig geschlafen.

»Ich gebe Euch eine Schale voll mit.« Anna ging, füllte Milch in einen sauberen Behälter und kam damit wieder zurück. Als sie der Magd die Flasche überreichte, sagte Theresa seufzend: »Sobald ich gefrühstückt habe, komme ich.«

Deutlich erleichtert machte sich die Magd auf den Weg die menschenleere, graue Straße entlang, zurück in die Krugerstraße.

Theresa marschierte durch knöchelhohe Wasserlachen. Gut, dass die meisten Straßen der Stadt gepflastert waren. Das Wasser schoss aus den Regenrinnen und platschte auf die Straßen. Regentonnen liefen über, und die Erde in den Gärten konnte kein Wasser mehr aufnehmen. Als Theresa in der Krugerstraße eintraf, war sie völlig durchnässt. Die grauen Haare hingen ihr strähnig in die Stirn, und die Röcke ihres Kleides klebten auf den Beinen.

Das Tor des Kaufmanns war verschlossen. Theresa musste an das große Tor klopfen und schier ewig warten, bis die Magd ihr öffnete. Die Frau weinte und stammelte etwas von »zu spät.«

Rasch folgte Theresa der kleinen Frau über den Hof und betrat das Wohnhaus. Wortlos wurde sie in die Schlafkammer der Kinder geführt, wo Meister Kästner fassungslos am Bett seines Sohnes kniete. Für Eric kam jede Hilfe zu spät. Während draußen die Straßen vom Regen überschwemmt wurden, war der Junge buchstäblich ausgetrocknet. Kurz bevor Theresa eingetroffen war, hatte sein Herz aufgehört zu schlagen. Der kleine Körper hatte das hohe Fieber und den ständigen Flüssigkeitsverlust nicht verkraftet.

Meister Kästners Stirn berührte den schmalen Körper seines Kindes. Noch vor ein paar Tagen war Eric fröhlich über den Hof gelaufen und hatte ausgelassen gelacht. Jetzt lag nur noch die leblose Hülle eines mageren, blassen Kindes vor ihm. So als könne er ihn aus einem tiefen Schlaf aufwecken, griff er nach der schlaffen Hand des Jungen. Unaufhörlich liefen dem Mann Tränen über die Wangen.

»Warum?«, fragte er mit erstickter Stimme und drehte Theresa das Gesicht zu. Seine Augen waren vom Weinen geschwollen und rot. Aber Theresa hatte keine Antwort auf die Frage. Es ergab einfach keinen Sinn, dass Gott dieses junge, lebenslustige Kind zu sich geholt hatte.

»Wie geht es Eurer Frau und Eurer Tochter?«, fragte sie.

Der Mann schüttelte den Kopf. Er blieb noch eine Weile am Bett seines toten Sohnes knien, dann stand er mühsam auf – er war in der letzten Nacht um Jahre gealtert – und führte Theresa in die Schlafkammer, die sie mittlerweile gut kannte, hatte sie doch vor kurzem hier um das Leben der Kauffrau gekämpft. Obwohl beide Fensterflügel weit offen standen, roch es im Zimmer nach Krankheit und Tod. Sowohl Frau Kästner als auch ihre Tochter hatten hohes Fieber und waren nicht ansprechbar. Blass, schweißgebadet und apathisch lagen sie auf dem hohen Bett. Die Magd hatte ihnen kalte Wadenwickel gemacht und Weidenrindentee zum Trinken gebracht, aber weder Mutter noch Tochter behielten auch nur einen Tropfen davon bei sich. Der Nachttopf war leer, trotzdem verriet der Geruch, der von ihm ausging, was sich noch vor kurzem darin befunden hatte. Tödlich grüner Stuhl, der darauf hinwies, dass der Darm perforiert war und sich die Patienten von innen her auflösten.

»Sind noch weitere Kranke in Eurem Haus?«, fragte Theresa.

»Die Stadt hat darauf bestanden, dass wir eine Familie aufnehmen. Der Kesselflicker, seine Frau und drei Kinder wohnen im Nebengebäude. Die Kinder und die Frau sind ebenfalls krank und haben Fieber.«

Theresa trat ans Bett der Kranken. Sie fühlte Frau Kästners Puls, der kaum noch zu spüren war. »Ich habe es Eurer Magd bereits gesagt. Fabienne darf nicht mehr von der Brust Eurer Frau trinken. Ihr müsst für Sauberkeit im ganzen Haus sorgen. Niemand darf mit dem Stuhl der Kranken in Berührung kommen. Wer die Kranken versorgt, ihnen kalte Wickel anlegt, sie füttert oder ihren Nachttopf entleert, muss sich hinterher gründlich die Hände waschen«, sagte Theresa streng. »Typhus ist eine heimtückische Krankheit. Sie kann sich rasch verbreiten und schlägt unbarmherzig zu.« Theresa bezog ihr Wissen ausschließlich aus Erzählungen und den medizinischen Lehrbüchern berühmter Männer. Bis jetzt hatte sie selbst mit dieser Krankheit noch nie zu tun gehabt. Aber es schien alles genauso abzulaufen, wie sie es gelesen hatte.

Meister Kästner nickte müde. Seine Augen zeigten eine Mischung aus Trauer und Angst. Er wollte seine Frau und seine Tochter vor dem sicheren Tod retten und fühlte sich hilflos angesichts der Krankheit, der sie ausgeliefert waren.

»Gott muss mich sehr hassen«, sagte er traurig. »Und ich weiß nicht, warum er es tut.«

Theresa wollte etwas erwidern, aber es fiel ihr einfach nichts ein.

33

Lorenzo stolperte erschöpft in sein Zimmer in der Goldenen Gans und ließ sich auf sein Bett fallen. Er hatte mit Graf Starhemberg und Ingenieur Rimpler über den Einsatz von Kindern in den Schächten und Gräben unter der Stadtmauer diskutiert, jetzt fühlte er sich ausgelaugt. Er hatte nichts erreicht, seine Bedenken und Bitten waren auf taube Ohren gestoßen. Der Einsatz von Kindern war eine beschlossene Sache. Keiner der verantwortlichen Männer fand es verwerflich, Minderjährige für diese gefährlichen Arbeiten heranzuziehen. Am Nachmittag hatte er sich erkundigt, wer der Junge gewesen war, den man geköpft hatte. Es war nicht Hannes gewesen, so viel stand fest. Lorenzo schloss die Augen, er wollte den Tag und den Krieg vergessen und mit ihnen auch die Erinnerung an Anna und an seinen Vater und an alles, was in den letzten Tagen an Unannehmlichkeiten über ihn hereingebrochen war.

Plötzlich wurde die Tür zu seinem Zimmer aufgestoßen. Rudolf schaffte es nicht mehr ins Zimmer, er brach noch auf der Türschwelle zusammen. Augenblicklich sprang Lorenzo auf, eilte zu seinem Freund und zerrte ihn zum Bett. Rudolf atmete kurz und flach, sein Puls raste und sein Herz drohte seine Brust zu sprengen. Er war völlig durchnässt und mit Schlamm und Blut verschmiert.

»Ich, ich …«, stammelte er, doch Lorenzo bat den Freund, nicht zu sprechen.

»Später. Ich hole zuerst Hilfe.«

Rudolf ergriff mit einer Kraft, die man ihm nicht mehr zugetraut hätte, Lorenzos Unterarm und schüttelte langsam den Kopf. »Es ist zu spät, hol deinen Grafen, bitte!«

Lorenzo wägte alle Möglichkeiten ab. Er kannte Rudolf und fürchtete, dass er recht hatte. Diesmal hatte das Glück ihn verlassen.

»Ich hole Pater Anselm«, sagte Lorenzo.

»Nein!«, entgegnete Rudolf scharf. »Es ist wichtig, ich bitte dich inständig, bitte hol deinen Grafen. Vielleicht hängt die Zukunft der Stadt davon ab.«

Lorenzo riss sich los. Seine Müdigkeit war verflogen. Er polterte die Stufen hinunter in die Wirtsstube und lief zum Palais Starhemberg. Der Regen hatte langsam nachgelassen, aber die Straßen waren immer noch nass, so dass Lorenzos Waden mit schlammigem Wasser bespritzt wurden. Er lief an der Hofburg vorbei, durch einen düsteren Torbogen und gelangte schließlich zum Palais des Grafen. Lorenzo verlangte, augenblicklich vorgelassen zu werden.

Später sollte er sich für diese Entscheidung hassen. Der Weg ins Franziskanerkloster wäre der bessere gewesen.

Zögernd gestattete der Hausdiener dem jungen Toskaner den Eintritt ins Arbeitszimmer des Grafen. Starhemberg saß gemeinsam mit Georg Rimpler, dem Bürgermeister Liebenberg und einigen hochrangigen Offizieren rund um einen großen Tisch, auf dem eine Karte von Wien ausgebreitet war. Lorenzo erkannte die Stadtmauer, die Basteien und das Glacis. Rimpler hatte den Plan mit Linien, Kreisen und anderen Zeichen, die Lorenzo nichts sagten, bemalt.

Ungehalten stand der Graf auf, sein rotgepolsterter Sessel

wackelte bedenklich, blieb aber stehen und fiel nicht um: »Ich hoffe, es handelt sich um eine wichtige Sache, dass Ihr mich aus dieser Besprechung holt.«

»Rudolf Geiger liegt im Sterben und will Euch unbedingt sprechen«, sagte Lorenzo. Es fiel ihm schwer, die Worte auszusprechen, aber er wusste, dass sie der Wahrheit entsprachen. Nie zuvor war ihm der Krieg so sinnlos erschienen, und noch nie hatte er sich sehnlicher gewünscht, einer sinnvolleren Tätigkeit nachzugehen. Einer Tätigkeit, die nichts mit dem Krieg zu tun hatte. Das Bild eines sanften Weinhügels schlich sich in seine Gedanken. Orangegelbe Spätsommerstimmung, ein Becher Rotwein am soliden Eichentisch, ein Teller voll schwarzer Oliven und frisches Fladenbrot. Den Blick über eine schier endlose Hügelkette, gesäumt von hohen Zypressen. Ja, da wäre er jetzt gern gewesen.

»Martecelli! Was geht in Eurem Kopf vor?«, schrie Starhemberg ungehalten. Er hatte dem jungen Toskaner nun schon zweimal gesagt, dass er ihn unverzüglich zum Kurier Geiger bringen sollte.

»Verzeihung«, stammelte Lorenzo, drehte sich um und ging dem Grafen voran.

Die Wirtin wollte ihren Augen nicht trauen, als sie den jungen Advokaten mit einer Gruppe wichtiger Männer im Gefolge in ihr Wirtshaus marschieren sah. Einer von ihnen war Graf Starhemberg, der Kommandant der Stadt, darüber war sie sich ganz sicher. Ob der Halunke da oben ein Spion des feindlichen Lagers war? Der Bursche war ihr immer schon verdächtig gewesen. Die Männer donnerten mit ihren schweren Reitstiefeln hinauf in den ersten Stock, dass die füllige Frau um ihre Treppe fürchtete. Einer nach dem anderen drängte in Lorenzos winzige Kammer.

Der schmale Raum war eindeutig zu eng für so viele Männer in Rüstung. Zwei von ihnen mussten sich an die Wand drücken, um einen Blick auf den leblosen Kurier zu erhaschen. Im ersten Moment dachte Lorenzo, der Freund sei allein gestorben, ohne einen Priester und ohne die Hilfe eines Freundes. Aber als er sich dem Bett näherte, bemerkte er, dass Rudolf noch atmete. Aus der Wunde an seiner Brust sickerte Blut. Es durchtränkte den Verband und färbte Rudolfs schmutziges Hemd dunkelrot. Lorenzo schluckte hart.

Rudolf bemerkte die Besucher im Raum und schlug müde die Augen auf. »Ich habe es nicht geschafft«, sagte er leise.

»Das sehen wir. Aber warum mussten wir unsere Besprechung unterbrechen. Was habt Ihr uns mitzuteilen, Geiger?«, blaffte Graf Starhemberg den Sterbenden an. Lorenzo spürte eine unbändige Wut in sich aufsteigen. Wut auf sich selbst, auf seinen Dienstgeber und auf diesen verhassten Krieg, der die Menschen in gefühllose Kreaturen verwandelte.

Rudolf benetzte sich die trockenen Lippen mit der rauen Zunge, bevor er sprach: »Sie haben erkannt, dass ich ein Giaure bin.« Er atmete schwer. »Sie haben mich gejagt, aber ich war schneller.« Er lachte kehlig und musste husten, weiteres Blut drang aus seiner Wunde.

»Wir müssen ihn zuerst verbinden«, sagte Lorenzo. Er konnte nicht fassen, was hier vor sich ging, wollte aus dem Raum drängen und endlich ins Franziskanerkloster laufen. Aber Graf Starhemberg bedeutete ihm mit einer schroffen Handbewegung, zu schweigen und zu bleiben. »Es wird gleich jemand vom Lazarett da sein und ihn abholen«, sagte er. »Fahrt fort, Geiger.«

»Sie haben mich nicht erwischt, ich konnte rechtzeitig untertauchen«, auf Rudolfs Gesicht tauchte ein Lächeln auf.

Das Wort ›untertauchen‹ amüsierte ihn in diesem Zusammenhang.

»Ihr müsst den Kirchturm von St. Ulrich mit Kanonen unter Beschuss nehmen«, sagte Rudolf mit immer leiser werdender Stimme. »Kara Mustafa steht jeden Morgen auf dem Turm und beobachtet das Kampfgeschehen. Ich habe es mit eigenen Augen gesehen.«

Graf Starhemberg nickte, diese Information war wichtig.

»Minen … die Türken graben wie die Maulwürfe.« Rudolf verließ die Kraft, er konnte kaum noch sprechen.

»Wo vergraben sie die Minen?«, fragte Starhemberg alarmiert.

»Löwel. »

»Unter der Löwelbastei?«, fragte der Graf entsetzt. Das war genau die Stelle, die mittlerweile sehr geschwächt war.

»Wir werden Gegensprengungen durchführen«, meldete sich Rimpler zu Wort.

»Geiger, Ihr müsst uns Euren Weg ins feindliche Lager verraten, damit ein anderer an Eurer statt den Auftrag ausführen kann«, sagte Graf Starhemberg fordernd. Aber Rudolf hatte die Augen geschlossen. Er war erschöpft und atmete nur noch flach.

Graf Starhemberg richtete sich an Lorenzo: »Martecelli, kennt Ihr den Weg?«

Natürlich kannte Lorenzo Rudolfs Weg ins feindliche Lager. Der Freund hatte ihm von dem antiken Kanalsystem berichtet, aber er würde ihn nicht verraten, solange Rudolf es nicht tat.

Graf Starhembergs Nerven lagen blank. Er war übermüdet und überarbeitet. Zu viel Verantwortung lag im Moment auf seinen Schultern. Da konnte er keine Geduld für die Starrköpfigkeit junger Männer aufbringen. In einem Moment der Schwäche traf er eine Entscheidung, über die er sich später ärgern sollte.

»Es ist ganz und gar gegen jede Vernunft, aber wenn Ihr Euch weigert zu sprechen, dann bleibt mir keine andere Wahl, als Euch selbst zu schicken«, sagte der Graf.

Die anderen Männer im Raum sahen Starhemberg überrascht an. Aber der Graf schüttelte die Blicke ab: »Soll ich etwa meinen eigenen Juristen foltern lassen, damit er spricht?«

Verärgert drehte er sich zu Lorenzo: »Ihr werdet unverzüglich aufbrechen.«

In Windeseile hatte man für Lorenzo die Tracht eines orientalischen Gewürzhändlers aufgetrieben. Die ungewohnt weite Pluderhose hing lose an seinen Beinen und bewegte sich bei jedem Schritt, den er tat. Über seinen Lippen klebte ein falscher Schnurrbart, der kratzte, und die langen Haare waren unter einer kegelförmigen Mütze hochgesteckt. Nur das Tragen einer Perücke konnte schlimmer sein.

Nachdem er problemlos durch den Tunnel geklettert war, ging er jetzt das Tiergehege entlang. Rasch gelangte er ins Herzstück des türkischen Lagers. Vollbewaffnete Janitscharen ritten an ihm vorbei, weniger prunkvoll ausgestattete Fußsoldaten folgten ihnen. Es roch nach gegrilltem Fleisch und Rosmarin. Teller und Töpfe klapperten, irgendwo wurde das Abendessen zubereitet. Lorenzo sog den verführerischen Duft ein. Er hätte vor seinem Aufbruch noch eine Mahlzeit zu sich nehmen sollen. Aber er war zu nervös gewesen. Jetzt knurrte sein Magen.

Nie im Leben hätte er sich diese Zeltstadt dermaßen prunkvoll und gut ausgestattet vorgestellt. Von den Stadtmauern aus waren der Reichtum und der Luxus nicht erkennbar gewesen. Natürlich gab es auch schäbige Zelte und zerlumpte Gestalten, aber Lorenzo hatte nur Augen für die hohen, roten Zeltdächer mit den goldenen Halbmonden an ihren Spitzen. Nicht nur Männer, sondern auch Frauen und Kinder waren zwischen den Zelten unterwegs. Eine Kanone wurde in unmittelbarer Nähe abgefeuert, Lorenzo konnte das Beben auf der festgestampften, immer noch feuchten Erde unter seinen Füßen spüren. Der überschwängliche Reichtum beeindruckte Lorenzo, jagte ihm jedoch auch Angst ein, ging er doch mit dem unstillbaren Durst nach noch mehr Besitz und Macht einher.

Plötzlich kam ein kleiner Junge aus einem der Zelte gelaufen. Er trug einen riesigen, gefährlich blitzenden Säbel. Die Waffe war fast genauso groß wie der Knabe selbst. Er lief damit direkt auf Lorenzo zu und prallte mit ihm zusammen. Völlig überrascht hielt Lorenzo das Kind mit beiden Händen von sich fern.

»Piano, piano!«, sagte Lorenzo und hätte sich am liebsten auf die Zunge gebissen, weil er sich mit seiner Muttersprache verriet. Aber der Junge hatte ihm gar nicht zugehört. Er drehte sich nach seiner Mutter um, die ihm wild gestikulierend hinterherlief und mit ihm schimpfte. Lorenzo nahm dem Kind die gefährliche Waffe aus der Hand.

Mit wenigen Schritten war die Frau bei ihrem Sohn und gab ihm einen Klaps auf den Hintern. Augenblicklich begann der Junge zu schreien. Lorenzo nutzte die Gelegenheit, reichte der Mutter den Säbel, nickte und ging. Die Frau schien sich zu bedanken, war aber so mit ihrem schreienden Kind beschäftigt, dass sie sich nicht um den unbekannten Fremden kümmern konnte. Eilig ging Lorenzo weiter und verschwand hinter der nächsten Zeltreihe.

Er hatte Glück gehabt. Sein Herz raste vor Aufregung,

aber er wähnte sich in Sicherheit. Umso mehr erschrak er, als plötzlich ein berittener Janitschar vor ihm anhielt und ihn ansprach. Der Mann in roter Pluderhose, mit langem Schnauzbart und flachem Turban beugte sich zu ihm herunter. Seine dunkelbraunen Augen musterten ihn gelangweilt, er glaubte eine reine Routinearbeit zu verrichten, als er Lorenzo nach dem Losungswort des Tages fragte. Aber Lorenzo hätte auch dann keine richtige Antwort geben können, wenn er die Sprache des Feindes verstanden hätte.

Der Janitschar hatte seine Verwunderung rasch im Griff und reagierte blitzschnell. Er sprang geschickt vom Pferd, als würde er den ganzen Tag nichts anderes machen, und hielt Lorenzo seinen Säbel unter die Kehle. Lorenzo war in seinem ganzen Leben noch nie so schnell zu einem kleinen, bewegungsunfähigen Päckchen zusammengeschnürt worden.

Nur ungern trat Theresa den Weg in die Krugerstraße an. Der Weg über die Kärntnerstraße glich einem Ort der Verwüstung. Viele Häuserfassaden waren von Kanonenkugeln beschädigt und Dächer waren durchlöchert worden. Die Besitzer der zerstörten Bauwerke gaben sich redlich Mühe, den Schaden auszubessern und Dachziegel wieder zu befestigen, um sich vor dem Regen zu schützen.

Das Haus in der Tuchlauben war bis jetzt von großen Schäden verschont geblieben. Sogar die kostbaren Fenstergläser hatten dem Beben der Kanonenschüsse standgehalten. Vorgestern hatte ein Geschütz in ein Dach zwei Häuser weiter eingeschlagen. Bis auf ein lautes Krachen hatten die beiden Hebammen nichts von der Zerstörung bemerkt.

Ein Leichenwagen holperte über das Kopfsteinpflaster, er fuhr knapp an Theresa vorbei, mitten durch eine schmutzige Regenlache, und spritzte das Kleid der Hebamme an. Theresa sprang fluchend auf die Seite. Der mürrische Kutscher, ein kleiner dürrer Mann mit einem spitzen Gesicht, das an eine Ratte erinnerte, lenkte den Wagen in Richtung Augustinerkloster. Es bereitete ihm Freude, die Passanten springen zu sehen. Mit einem gemeinen Grinsen fuhr er auf die nächste Pfütze zu.

Graf Starhemberg hatte angeordnet, dass der Hof des Augustinerklosters als Friedhof für die Gefallenen dienen sollte. Auch die lauten Proteste des Vikars hatten dagegen nichts ausrichten können. Der Klosterhof war ausgehoben worden, und täglich wurden neue Leichen hineingelegt und mit Kalk zugeschüttet. Starhemberg fürchtete die Ausbreitung von Epidemien. Das Bestatten von Toten im eigenen Garten wurde mit hohen Geldstrafen und Aufenthalt im Gefängnis bestraft.

Theresa bog in die Krugerstraße ein, das Tor des Kaufmanns war wie beim letzten Mal verschlossen. Das bedeutete nichts Gutes. Am liebsten wäre Theresa umgekehrt, doch stattdessen schlug sie mit dem Türklopfer gegen das schwere Holztor. Es dauerte lange, bis die Magd öffnete. Sie war kaum wiederzuerkennen. Aus der drallen kleinen Frau war eine Person mit eingefallenem Gesicht geworden, blass, mit fettigem, strähnigem Haar und Schweißperlen auf der Stirn. Ihre Augen waren vom Weinen geschwollen und rot unterlaufen. Sie sah selbst krank aus. Wortlos bat sie Theresa herein und führte sie in den Hof, wo drei Särge zum Abtransport bereitstanden. Entsetzt starrte Theresa darauf.

Die Magd hatte sich auf die Suche nach dem Kaufmann gemacht. Wenige Augenblicke später erschien Meister Kästner. Auch er hatte sich in den letzten Tagen verändert. Sein Bauch war verschwunden, die Kleidung hing nachlässig an seinem abgemagerten Körper.

»Frau Zapf«, sagte er mit schmerzverzerrter Stimme, »Ihr kommt zu spät. Innerhalb weniger Tage hat Gott mir meine Frau und mein Kind genommen.«

Unfähig, etwas zu antworten angesichts des großen Leids, trat Theresa an die Särge. Der Kaufmann näherte sich ebenfalls. »Im ersten Sarg liegen die Frau des Kesselflickers, ihre beiden Töchter und ihr Sohn, daneben mein Eric und im letzten meine –« Dem Mann versagte die Stimme. Er konnte den Namen seiner Frau nicht aussprechen.

Innerhalb kürzester Zeit hatte die Krankheit sechs Menschen das Leben gekostet. Theresa schloss die Augen. Eine Weile stand sie nur fassungslos im Hof, ohne den Versuch zu machen, dem Mann Worte des Trostes zu spenden. Es gab nichts Tröstendes zu sagen. Nach einer schier endlosen Zeit des Schweigens fragte Theresa: »Wie geht es Emma?«

Ihre Stimme klang unnatürlich schrill.

»Ich glaube, dass sie es schaffen wird. Heute Morgen hat sie zum ersten Mal den Tee, den die Magd für sie zubereitet hat, bei sich behalten. Dafür wird die Magd jetzt krank. Sie weigert sich aber, sich ins Bett zu legen.«

»Das sollte sie unbedingt tun, damit sie nicht noch mehr Menschen ansteckt.« Theresa überlegte. »Ich werde die Frau mitnehmen und ins Schottenstift bringen. Es ist ein gutes Zeichen, dass Emma den Tee bei sich behält. Ich werde nach dem Mädchen schauen. Aber Ihr dürft weiterhin das Wasser aus Eurem Brunnen nicht trinken. Vielleicht liegt er zu nah an der Senkgrube.«

Der Kaufmann nickte: »Die Grube ist seit Wochen nicht mehr entleert worden. Der zuständige Mistsammler ist letzte Woche verstorben. Es hat sich niemand gefunden, der die Aufgabe übernehmen könnte. Wir hatten keine andere Möglichkeit. Unser Brunnen ist der einzige in der ganzen Gasse.

Kara Mustafa hat die Wasserleitung zum öffentlichen Brunnen zerstört.«

Ein heftiger Windstoß stieß die Tür zum Wohnhaus zu und wirbelte Theresas Röcke durcheinander, ein Blumentopf stürzte vom Fensterbrett auf den Boden und zerbrach in Stücke. Meister Kästner nahm das Geräusch nicht wahr. Er schien auch den Wind nicht zu bemerken, der sein unfrisiertes Haar durchwühlte.

»Der Kesselflicker hat sich heute Morgen bei den Freiwilligen gemeldet. Er kämpft ab morgen in den Gräben vor der Stadt«, berichtete der Kaufmann ohne jedes Gefühl in der Stimme. »Ich werde es ihm gleichtun, es ist ein schneller und guter Tod.«

»Kein Tod ist ein guter, wenn er freiwillig gewählt wird.«

Der Kaufmann drehte sich zu Theresa und sah ihr direkt ins Gesicht. In seinen Augen lag eine Traurigkeit, die ihn zu ersticken drohte: »Ich habe alles verloren. Ich will nicht mehr.«

»Ihr habt zwei Töchter, die Euch brauchen. Sie haben ohne Euch keine Chance zu überleben.« Theresa klang ungewollt hart. Sie meinte, was sie sagte, wusste aber nicht, ob der Kaufmann ihre Worte hören konnte. Sein Schmerz und sein Leid waren zu groß. Nur die Zeit würde ihm helfen können, über den Verlust hinwegzukommen. Erneut wirbelte ein Windstoß über den Hof. Fensterläden klapperten.

»Es ging alles so unglaublich schnell. Vor ein paar Wochen hatten wir uns darüber gefreut, dass meine Frau die schreckliche Geburt so gut überstanden hatte, und jetzt das.« Der Mann machte eine hilflose Geste in Richtung der Särge. »Wie soll ich an Gott glauben, wenn er mir alles nimmt, was mir wichtig und lieb ist?«

Theresa hatte schon vor Jahren aufgegeben, nach einer Erklärung für die unergründlichen Wege Gottes zu suchen. Sie wollte an einen gütigen Gott glauben und nicht an einen rachsüchtigen. Deshalb war sie davon überzeugt, dass Gott keinerlei Macht über Leben und Tod der Menschen hatte.

»Maria ist so schwach gewesen, dass sie nicht einmal einen Löffel voll Wasser bei sich behalten konnte«, sagte der Kaufmann, »und Eric, der kräftige Junge, der Trolle besiegt und Drachen getötet hat, lag leblos in seinem Bett und sah mich aus hilflosen Augen an. Ich werde diesen Blick nie vergessen.«

Der Kaufmann schüttelte langsam den Kopf. »Hilf mir, Vater, hat er gesagt.« Meister Kästner versagte die Stimme, sie war nur noch ein heiseres Flüstern. »Ich habe über seine Wange gestreichelt. Noch nie in meinem ganzen Leben habe ich mich so hilflos gefühlt.« Theresa berührte die Schulter des Kaufmanns, sie bebte vom tränenlosen Weinen. Theresa reichte ihm dennoch ein sauberes Taschentuch, das er wortlos entgegennahm. Er schnäuzte sich und sagte nach einer Pause: »Ich brauche eine Amme für Fabienne. Kennt Ihr jemanden?«

»In meinem Garten steht eine Ziege, ich kann Euch mit genügend frischer Ziegenmilch versorgen«, sagte Theresa.

»Fabienne verträgt die Ziegenmilch nicht, sie spuckt sie immer wieder aus. Aber ich nehme das Angebot vorerst dankend an, so lange, bis ich eine Frau gefunden habe, die meinen Kindern eine Mutter sein kann.« Der Mann drehte sich von den Särgen weg und ging auf das Haus zu. »Entschuldigt mich, in wenigen Augenblicken kommt der Totengräber, und ich will bereit sein, um meine Familie auf ihrem letzten Weg zu begleiten.«

Theresa nickte, sie würde später noch einmal vorbeischauen, um sich um Emma zu kümmern. Die kranke Magd nahm sie mit ins Schottenstift. Zu gern hätte sie den Toten die letzte Ehre erwiesen. Aber im Hospital wurde ihre Hilfe benötigt. Schon vor einer Stunde hätte sie dort eintreffen sollen, wenn sie sich noch mehr verspätete, würde sie Probleme bekommen.

Im provisorisch ausgebauten Lazarett des Schottenstifts standen die Betten so dicht aneinandergereiht, dass es dem Pflegepersonal schwerfiel durchzukommen. Obwohl die kleinen holzgerahmten Fenster alle offen standen, roch es nach Blut, Eiter, Schweiß und Urin, und es kostete Überwindung, die süßlich schwere Luft einzuatmen. Die Fenster führten alle in den ruhigen Innenhof des Stiftes. Selbst Meister Konrad, der ungewöhnliche Duftmischungen aus seiner Apotheke gewohnt war, empfand die abgestandene Luft als Zumutung für alle, die sich hier aufhalten mussten.

Eigentlich war er schon zu alt für diese Art von Arbeit, aber der Magistrat der Stadt hatte auf kein Geburtsdatum geachtet, als er die Menschen, die über Medizin und Pflege Bescheid wussten, zusammengetrommelt hatte. Auch Theresa war nicht mehr die Jüngste. Sie teilte sich mit Anna den Dienst und wechselte sich mit ihr ab. Schließlich musste auch weiterhin eine Hebamme für die Schwangeren der Stadt erreichbar sein. Die Kinder kümmerten sich nicht um Krieg und Leid, sie kamen weiterhin zur Welt, ungeachtet dessen, dass sie in eine Welt des Leids traten.

Sowohl Anna als auch Theresa hätten ihren Dienst lieber im Franziskanerkloster bei Pater Anselm verrichtet, aber sie waren im Schottenstift eingesetzt worden. Ein Beamter der Stadt hatte die Einteilung willkürlich vorgenommen, und selbst Pater Anselms Interventionen hatten die Verwaltung nicht umstimmen können.

Theresa band sich die Schürze um, die längst mit roten und gelben Flecken übersät war. Ihr ekelte schon davor, den Stoff anzufassen, aber niemand hatte sich erbarmt, die Schürze zu waschen.

Zwei kräftige Burschen trugen eine neue Tragbahre herein. Sie war außergewöhnlich schwer, denn auf ihr lag ein riesiger Mann. Theresa erkannte den kahlen Kopf sofort und beeilte sich, zum Hafner zu kommen. Hastig stieg sie über Betten und Verletzte, um zur Bahre zu gelangen.

»Wo sollen wir ihn hinlegen?«, fragte einer der Burschen, der die schwere Last schleunigst loswerden wollte.

Über dem Körper des Hafners lag ein schmutziges Tuch, das auf der rechten Seite vollkommen mit Blut durchtränkt war. Der Mann hielt die Augen geschlossen.

Theresa hob das Tuch vorsichtig an und erschrak. Dort, wo noch vor kurzem eine Hand gewesen war, befand sich nur noch ein stark blutender Stumpf. Der Hafner würde nie wieder an der Töpferscheibe arbeiten können.

»Der Mann braucht einen Chirurgen«, rief Theresa entsetzt. Weder sie noch Meister Konrad konnten hier helfen. »Wo ist Fridolin Potz?«

»Der Medicus ist nach Hause gegangen, um etwas zu essen«, rief eine der Mägde, die Wasser an die Verletzten verteilte.

»Verdammt«, Theresa stampfte auf. Sicher hatte der Chirurg wieder einmal zu tief in sein Weinglas geschaut und war über dem Mittagessen eingeschlafen. Es war nicht das erste Mal, dass so etwas passierte. Fridolin Potz war ein Chirurg, der entschieden zu viel trank.

»Der Mann verblutet, wenn er nicht behandelt wird.«

Meister Konrad trat an die Bahre heran. »Ich habe in den Schwedenkriegen gesehen, wie die Chirurgen so eine Wunde behandeln. Sie schneiden den Knochen unterhalb des Gelenks sauber ab, ziehen einen Hautlappen darüber, vernähen alles fein sauber und verbinden es hinterher.«

Theresa brach der kalte Angstschweiß aus. »Das kann ich nicht!«, rief sie entsetzt.

»Ich weiß, und deshalb wird der Mann verbluten.« Meister Konrad drehte sich um und wollte zurück zu seinen Arzneien gehen, aber Theresa hielt ihn am Ärmel fest. »Habt Ihr genug Kraft, einen Knochen abzusägen?«, fragte sie blass.

»Ich bin ein alter, zitternder Mann. Ich bin froh, wenn ich mich auf den Füßen halten kann«, antwortete Meister Konrad. Er blickte auf Theresas Hand an seinem Ärmel, die Berührung schien ihn noch mehr zu beunruhigen als die Aussicht, sich von einem Menschen verabschieden zu müssen.

»Ihr übernehmt das Sägen, ich das Nähen«, entschied die Hebamme. Wenn der Hafner sterben musste, so wollte Theresa sich hinterher nicht den Vorwurf machen müssen, nichts dagegen unternommen zu haben.

»Ihr seid völlig verrückt«, sagte Meister Konrad, hinter den dicken Brillengläsern funkelte es hellgrün.

»Ich weiß. Und jetzt lasst uns keine Zeit verlieren.« Theresa krempelte sich die Ärmel hoch, und an ihrem rechten Handgelenk kam der dünne goldene Reif zum Vorschein – ihr einziges Schmuckstück und eine Erinnerung an ihre Mutter, die diesen schlichten Reif zeit ihres Lebens getragen hatte. Beim Anblick des Reifs wich jede Farbe aus Meister Konrads Gesicht.

»Der Reif gehörte meiner Mutter. Ich will ihn nicht abnehmen«, erklärte sie entschuldigend. »Sie hat ihn mir an ihrem Sterbebett geschenkt, er bedeutet mir sehr viel. Ich werde ihn hoch hinaufschieben, dann stört er mich nicht.« Doch der alte Mann sah sie immer noch verstört an und schüttelte den Kopf.

»Ihr meint, ich soll ihn abnehmen. Wahrscheinlich habt Ihr recht. Es ist wirklich vernünftiger«, sagte Theresa, streifte das Schmuckstück vom Handgelenk und steckte es unter ihre Schürze ins Kleid.

»Meine Hände sind heute beinahe schmerzfrei«, sagte sie. »Das ist ein gutes Zeichen!«

Meister Konrad war still geworden, er antwortete nicht.

Hinterher konnte keiner der beiden sagen, wie sie die Operation geschafft hatten. Meister Konrad hatte dem Hafner Opiumkügelchen unter die Zunge geschoben, dennoch hatten drei kräftige Burschen ihn festhalten müssen, bis die Ohnmacht den Mann erlöste.

Hebamme und Apotheker hatten wie in Trance gearbeitet. Ihre Handgriffe waren Hand in Hand gelaufen, als hätten sie den Eingriff schon unzählige Male gemeinsam gemacht. Sie verstanden einander wortlos. Blicke und Gesten reichten aus, um sich zu verständigen. Als Meister Konrad den Knochen durchschnitt, war Theresa bewusst, dass er vorhin gelogen hatte. Der Gleichmut und die Gelassenheit, mit der er die Tätigkeit durchführte, verrieten, dass er schon in den Schwedenkriegen an Operationen teilgenommen hatte. Der Mann handelte mit einer Routine, die keine Zweifel aufkommen ließ. Theresa war weitaus nervöser, als sie den Hautlappen über den Knochen zog und fein säuberlich vernähte. Doch nach der dritten Naht hatte sie völlig vergessen, dass es sich um einen Menschen handelte, der unter ihr lag. Sie wurde ruhiger und arbeitete voller Konzentration.

Als alles überstanden war, kam Fridolin Potz von seiner Pause zurück. Sein Gesicht war gerötet und seine Augen waren glasig. Er hatte also tatsächlich dem Wein zugesprochen. Entsetzt schlug er die Hände über dem Kopf zusammen.

Theresas Kleid war über und über mit Blutspritzern übersät. Sie konnte das gute Wollkleid nur noch verbrennen. Meister Konrad sah nicht besser aus. Selbst seine Brille war voller rotbrauner Tupfen.

Operationen durften nur von Ärzten durchgeführt werden und auf gar keinen Fall von Apothekern und Frauen. Eigentlich wäre es die Pflicht des Medicus gewesen, die beiden anzuzeigen und vor den Richter zu bringen. Aber er tat nichts dergleichen. Denn damit hätte er zugegeben, dass er selbst das Spital unerlaubterweise verlassen und in bereits angetrunkenem Zustand noch einen weiteren Krug Wein geleert hatte. Auch wenn er es niemals offen zugeben würde, so musste er sich eingestehen, dass er selbst die Operation nicht besser hätte durchführen können.

Als wäre er mit einem Schlag nüchtern geworden, sagte er in festem Ton: »In Zeiten des Krieges herrschen andere Gesetze«, und überprüfte den sauber verbundenen Stumpf. »Offiziell habe ich diese Operation durchgeführt.« Dann schickte er die beiden nach Hause, damit sie sich ausruhen konnten. Er übernahm die weitere Pflege des Patienten und nahm sich vor, kein weiteres Wort über die heikle Angelegenheit zu verlieren.

Theresa und der alte Apotheker wuschen sich die Hände und schleppten sich aus dem Lazarett. Während Meister Konrad in seine Apotheke ging, führte Theresas Weg direkt ins Franziskanerkloster. Sie hatte das dringende Bedürfnis zur Beichte, sie musste ihr Gewissen befreien.

Pater Anselm war selbst mit der Behandlung verletzter und kranker Menschen beschäftigt. Seine Krankenstation war weitaus kleiner als die im Schottenstift, hier war nur Platz für zehn Verletzte, aber die wurden hervorragend versorgt.

Auch bei ihm war es eng und die Luft schlecht. Aber die Bedingungen im Schottenstift waren weitaus schlechter als hier. Im Vergleich zu dem Saal, aus dem Theresa soeben kam, glich das kleine, weißgetünchte Zimmer hier einer Oase der Ruhe.

»Meister Konrad und ich haben gerade dem Hafner den Arm amputiert«, berichtete Theresa. Der Pater hatte keine Zeit für ein Beichtgespräch, also musste Theresa ihre Sorgen loswerden, während der Franziskaner eine Wundsalbe herstellte. Er rührte in einem großen Topf aus Ton eine hellgraue Masse an. Der Pater war nicht entsetzt, sondern reagierte gelassen. Er warf einen prüfenden Blick auf ihr blutiges Kleid und meinte: »Da hattet Ihr Glück. Meister Konrad versteht sich auf diese Operation.«

»Er ist Apotheker, er darf Menschen keine Glieder abschneiden«, betonte Theresa in der Absicht, zurechtgewiesen zu werden. Irgendjemand musste ihr sagen, dass es nicht recht war, was sie und der alte Mann getan hatten. Doch Pater Anselm war weder als Arzt noch als Beichtvater dazu bereit.

»Glaubt mir, es ist den Menschen völlig egal, wer ihnen das Leben rettet. Hauptsache, es wird gerettet«, sagte Pater Anselm. Er griff in einen der offenen Töpfe auf dem Regal und streute ein hellgelbes Pulver in die graue Masse.

»Und wie steht es mit Gott?«, fragte Theresa herausfordernd.

»Warum sollte Gott sich daran stören, wenn eines seiner Kinder gerettet wird?« Pater Anselm ließ von seinem Topf ab und drehte sich zu einem großen Mörser aus Stein, in dem er ein Pulver verrieb, das Theresa nicht kannte, und mischte es ebenfalls unter die Salbe.

Die Antwort befriedigte sie nicht im Geringsten. Und eine

weitere Frage beschäftigte Theresa schon den ganzen Nachmittag. Meister Konrad hatte den Reif ihrer Mutter so merkwürdig angestarrt. Warum?

»Kann es sein, dass Meister Konrad meine Mutter besser gekannt hatte, als ich bis jetzt dachte?« Die Frage brach mit einer Heftigkeit aus ihr heraus, die sie selbst überraschte.

Theresa kannte Pater Anselm seit ihrer Kindheit. Er hatte Meister Konrads Alter und war genauso lang in der Stadt wie der Apotheker. Der Franziskaner blickte von seiner Arbeit auf.

»Erwartet Ihr ernsthaft eine Antwort von mir?«, fragte er amüsiert.

Theresa ärgerte sich über sich selbst. Den Weg hätte sie sich sparen können. Aus dem alten Mann war nichts herauszubringen.

»Aber er hat meine Mutter gekannt, oder?«

»Jeder hat Eure Mutter gekannt, schließlich war sie die Frau eines reichen und angesehenen Kaufmanns. Das weiß niemand besser als Ihr selbst.«

Theresa blickte in den Topf vor dem Pater, die Masse darin war nun nicht mehr hellgrau, sondern orangerot.

»Ihr solltet nach Hause gehen, Euer Tag war anstrengend und lang«, sagte der Franziskaner sanft. Augenblicklich spürte Theresa eine bleierne Müdigkeit in sich aufsteigen. Ihr Beichtvater hatte sie von der Last der unerlaubten Amputation befreit. Mit der anderen Sache, die nicht mehr als eine Ahnung war, musste sie allein fertig werden.

Auch in Meister Konrads Kopf überschlugen sich die Gedanken. Er hatte das Schmuckstück an Theresas Hand sofort wiedererkannt, denn er selbst hatte es vor vielen Jahren verschenkt. Ein Verdacht, den er seit vielen Jahren hegte, schien sich heute bewahrheitet zu haben. Meister Konrad steckte den Schlüssel ins Schloss und öffnete die Tür zu seiner Apotheke. Die wohlvertraute Geruchsmischung schlug ihm entgegen und löste in ihm ein Stück Sicherheit und Vertrautheit aus. Er ließ sich mit einer gewissen Erleichterung auf einen der Hocker hinter dem Verkaufstresen fallen. Was sollte er mit seinem neuen Wissen anfangen? War es nicht längst zu spät, um derlei Dinge zu besprechen? Vielleicht war es besser, die Vergangenheit ruhenzulassen.

»Was meinst du dazu?«

Das Skelett konnte ihm die Frage nicht beantworten. Es stand reglos in seiner Ecke, aber der Apotheker hatte den Eindruck, als grinste ihn der kahle Knochenschädel an.

Plötzlich fiel ihm etwas Wichtiges ein. Er hatte es in all der Aufregung völlig vergessen. Bevor der Hafner eingeliefert worden war, hatte im hintersten Zimmer des Lazaretts, dort, wo die Offiziere und höheren Beamten behandelt wurden, ein Bursche nach Anna gefragt. Wie hatte er den jungen Mann nur vergessen können? Es stand sehr schlecht um den Burschen, wahrscheinlich überlebte er die Nacht nicht mehr.

Aber Meister Konrad konnte einfach nicht aufstehen. Er hätte in die Tuchlauben gehen und Anna benachrichtigen sollen. Doch sein Herz schlug rascher als gewöhnlich und holperte in einem ungesunden Takt. Der Apotheker war erschöpft. Er war eindeutig zu alt für derlei Aufregungen. Sosehr er es bedauerte, aber der Bursche, ein kaiserlicher Kurier, musste einen weiteren Tag warten, und so Gott wollte, würde er morgen noch leben.

34

Anna war gerade dabei, die getrockneten Kräuter im Mörser zu zerkleinern und auf ihrer Waage abzuwiegen, um sie zu mischen, als Theresa müde das Haus betrat.

»Wie siehst du denn aus?«, rief sie entsetzt, als sie das Kleid ihrer Tante sah.

»Ich erkläre dir alles morgen. Jetzt will ich nur noch schlafen und vergessen«, sagte Theresa.

»Soll ich dir eine Tasse von dem Getränk der osmanischen Frau zubereiten? Es belebt den Geist und macht munter«, fragte Anna, während sie die Schale von der Waage nahm und die Kräuter in einen Behälter leerte.

»Nein, danke. Ich will gar nicht munter werden. Ich will nichts als meine Ruhe. Wenn ich noch einen Tag wie heute überleben soll, dann muss ich jetzt eines machen: in mein Bett fallen und schlafen.« Theresa machte sich auf den Weg in ihre Kammer. Obwohl Anna schrecklich neugierig war, hielt sie ihre Tante nicht zurück.

Als Theresa die Tür zu ihrer Kammer schloss, warf Anna einen beunruhigten Blick durch das Fenster nach draußen auf die Straße. Hannes hätte schon lange wieder zurück sein sollen. Er war zum Bäcker Wandel gelaufen, um Brot zu kaufen, aber das war mindestens vier Stunden her. Hoffentlich war dem Jungen nichts passiert. Ein herunterfallender Dachziegel, eine Kanonenkugel – im Moment gab es tausend Möglichkeiten, verletzt oder getötet zu werden. Sollte Anna ihm entgegengehen und den Bäcker nach dem Jungen fragen? Aber um diese Uhrzeit hatte er seinen kleinen Laden längst geschlossen.

Anna räumte die Waage weg, säuberte den Tisch und verwahrte die Kräuter sorgsam in der Vorratskammer. Sie beschloss, in den Garten zu gehen, um dort mit der Brombeerernte zu beginnen. Die Beeren hingen schon dunkelblau an den Sträuchern, und die Arbeit würde sie von ihren Gedanken ablenken. Anna durchsuchte das Regal in der Küche nach einer grünen Tonschüssel, ohne Erfolg. Immer öfter verbrachte sie mehr Zeit damit, Dinge zu suchen, als eigentliche Arbeiten zu verrichten. Während Anna sich über ihre eigene Schlampigkeit ärgerte, öffnete sich die Tür und Hannes betrat die Stube.

»Hier das Brot!«, rief er und legte ein eigenartiges, helles Ding, das über und über mit schwarzen Körnern übersät war, auf den Tisch. Der Junge war in den letzten Wochen enorm gewachsen. Seine Hose war ihm zu kurz geworden, seine Knöchel lagen frei.

»Was ist das?«, fragte Anna. Sie hatte endlich die grüne Schüssel gefunden. Irgendjemand hatte sie neben dem Ofen abgestellt, wo sie ganz gewiss nicht hingehörte.

»Brot!«, sagte Hannes. Er grinste von einem Ohr zum anderen, dabei bildeten sich zwei Grübchen auf seinen Wangen, die ihn trotz seiner Größe sehr jung aussehen ließen.

»Und es hat nichts gekostet«, fügte er stolz hinzu.

»Woher hast du es?«, fragte Anna leise. Ein schrecklicher Verdacht drängte sich auf.

Hannes zuckte mit den Schultern. Er wollte Anna nicht belügen, ihr aber auch nicht die Wahrheit erzählen.

»Woher hast du das Brot?«, wiederholte Anna ungehalten. Nervös trat der Junge von einem Fuß auf den anderen. Sicher waren ihm auch die Schuhe schon zu klein. Sie würden neue kaufen müssen.

Schließlich begann Hannes zu erzählen: »Die Bäcker verlangen Wucherpreise für Brot und Semmeln. Selbst der Bäcker Wandel war nicht bereit, mir Brot für einen halbwegs vernünftigen Preis zu geben. Ich hatte einfach nicht genug Münzen dabei.«

Hannes setzte sich auf die Bank: »Da habe ich an Salma gedacht und an all die Köstlichkeiten, über die die Türken verfügen, und ich ...«

Hannes beendete seinen Satz nicht.

»Da hast du gedacht, wenn die Feinde ohnehin alles haben, gehe ich einfach zu ihnen und hole mir einen Wecken Brot«, redete Anna für ihn fertig. Dazu stemmte sie beide Hände in die Hüften und richtete sich in ihrer vollen Größe, die nicht besonders beeindruckend war, vor dem Jungen auf.

»Was hast du dir dabei gedacht?«, schrie Anna.

»Ich wollte uns Brot besorgen«, antwortete Hannes trotzig. »Das Geld, das ich dabeihatte, reichte nicht einmal für ein winziges Stück einer Semmel.«

Anna seufzte laut. Was für ein verrückter Krieg. Hannes saß wie ein kleines Häufchen Elend auf der Bank und wartete auf weiteren Tadel. Er musste mit aller Macht gegen die Tränen ankämpfen. In diesem Moment war er überhaupt nicht mehr groß oder erwachsen, ganz im Gegenteil. Aber er wollte sich auf keinen Fall die Blöße geben, vor Anna zu heulen.

»Hannes, du bist mir ein Bruder, ein Sohn, ein Verbündeter«, sagte Anna, nachdem sie sich auf einen Sessel gesetzt hatte, um mit dem Jungen auf gleicher Höhe zu sein. »Ich mache mir Sorgen um dich, nur deshalb schimpfe ich. Im Brunnenschacht hast du mir erklärt, warum sich Lorenzo Martecelli an jenem Nachmittag, als er unser Haus schweigend verlassen hatte, so merkwürdig benommen hat. Es ist die Sorge gewesen, und genau die treibt mich manchmal dazu, dich anzuschreien. Natürlich ist es großartig, dass du Brot für uns alle besorgst. Aber ich will nicht, dass dir irgendetwas zustößt. Verstehst du mich?« Sie ergriff Hannes' Hand, um ihren Worten noch mehr Gewicht zu verleihen.

Zu ihrer Überraschung entzog er sie ihrem Griff nicht. Er verstand Anna, aber er hatte doch nicht anders gekonnt, als das Brot auf diese Weise zu besorgen. Nie wieder wollte er am Tod eines Menschen schuld sein, indem er nicht ordentlich genug dafür sorgte, dass etwas zu essen da war.

Anna spürte, dass sie den Jungen noch nicht überzeugt hatte: »Der Weg ins türkische Lager ist gefährlich. Wenn dich die Türken erwischen, sperren sie dich ein und foltern dich. Das ist ein Stück Brot nicht wert. Und wenn Graf Starhemberg dahinterkommt, lässt er dir auf der Stelle den Kopf abschlagen. So wie dem armen Jungen aus der Singerstraße letzte Woche.«

Hannes wusste, dass Anna recht hatte, trotzdem war das Brot wichtig. »Wenn wir kein Brot haben, verhungern wir alle«, sagte er und zog seine Hand nun doch weg.

»Nein, das tun wir nicht. Denn im Garten wachsen Bohnen, Erbsen und Linsen, außerdem haben wir Brombeeren, Eier und Milch. Damit kann man gar nicht verhungern.«

Hannes schüttelte den Kopf. Wie sollte er Anna erklären, dass er Mitschuld am Tod seiner Mutter trug?

»Nimm die grüne Schüssel und hilf mir beim Brombeerpflücken«, sagte Anna versöhnlich.

Schweigend griff Hannes danach und ging in den Garten. Irgendwann würde er Anna davon erzählen. Aber nicht heute, nicht jetzt.

35

Seit Tagen träumte Lorenzo den gleichen Traum. Sicher waren dafür die Schmerzen, das Fieber und die Aussichtslosigkeit seiner Situation verantwortlich. In seinem Traum erschienen immer wieder die Bilder von einem sanften Weinhügel, der darauf wartete, bepflanzt zu werden. Dunkle, satte Erde, die sich hatte ausruhen dürfen. Ein sandsteinfarbenes Haus im Hintergrund. Oliven-, Zitronen- und Orangenbäume. Üppige Lavendelstöcke und Rosmarinbüsche, die betörende Düfte verströmten. Das Schreien eines Esels. Hohe, schmale Zypressen. Das Kirchturmläuten um die Mittagszeit. Ein kleines Dorf auf einer Anhöhe, Häuser aus Stein, mit roten Ziegeldächern. Eine brüchige Stadtmauer rundherum, Ziegen und Schafe auf den Weiden davor. Es war ein Traum von einem beschaulichen Leben, in einer Welt, in der die Uhren langsamer tickten, in der man sich vormittags auf der Piazza zu einem Plausch traf und alle Neuigkeiten erfuhr. Eine Welt, in der man sich über das Einlegen von Oliven unterhielt und darüber, wann der richtige Zeitpunkt für die Weinernte war. Lorenzo träumte von seiner Heimat in Montepulciano.

Er hätte niemals weggehen sollen. Vielleicht hätte sein Vater eingelenkt und nicht auf der Heirat mit der langweiligen, blassen Patricia Emeterio bestanden. Lorenzo hatte nie mit ihm darüber gesprochen. Er war einfach weggelaufen, weil er die Enge auf dem Weingut nicht mehr ertragen hatte. Und jetzt? Auf engerem Raum war er noch nie zuvor zusammengepfercht gewesen. Lorenzo war sich nicht sicher, wie lange er hier überleben konnte. Seine Hände und Füße waren mit dicken Seilen gefesselt, die sich über seinen Rücken zogen.

Zusätzlich hatte man ihm eine Schlinge um den Hals gelegt, die wiederum durch ein Seil mit den Fesseln am Rücken verbunden war. Jedes Mal, wenn er versuchte, Hände oder Beine etwas zu bewegen, um die Taubheit zu beseitigen und wenigstens ein unangenehmes Prickeln in seine Gliedmaßen zu bringen, zog er die Schlinge um seinen Hals fester zu und nahm sich selbst die Luft zum Atmen. Zweimal am Tag bekam er zu trinken und zu essen. Abgestandenes Wasser und schimmliges Brot. Beides musste er im Liegen zu sich nehmen, seitlich, ohne die Hände zu benutzen. Jedes Tier fraß mit mehr Würde. Während der ersten beiden Tage hatte er jede Nahrungsaufnahme verweigert. Aber seine Aufseher hatten ihn zum Trinken gezwungen. Hatten ihm das stinkende Wasser mit einem Trichter in den Mund gegossen. Dabei wäre er beinahe erstickt.

Graf Starhemberg hatte recht gehabt. Er mochte ein guter Jurist sein, aber er war ein lausiger Kurier. Dennoch würde er niemals Informationen an den Feind weitergeben. Niemals. Lieber würde er hier in diesem Loch krepieren und vor die Hunde gehen, als einem seiner Folterknechte etwas über die Lage in der Stadt zu verraten. Innerhalb der Stadtmauern lebten Menschen, die ihm wertvoll und wichtig waren.

Plötzlich raschelte es im verfaulten Stroh. Eine fette Ratte näherte sich ihm, sie hatte ihm bereits gestern einen Besuch abgestattet, um zu schauen, ob es an dem Gefangenen etwas zu knabbern gab. Heute blieb sie eine Handbreit vor ihm sitzen und starrte ihn aus ihren dunklen Knopfaugen an. Lorenzo zischte sie an, ohne sich dabei zu bewegen. Erst beim zweiten Versuch trollte sie sich. Wie lange noch ließ sie sich vertreiben? Morgen würde sie sich bestimmt direkt vor sein Gesicht setzen.

36

In der Nacht waren neue Soldaten ins Lazarett eingeliefert worden. Graf Starhemberg hatte einen kurzen Ausfall ins feindliche Lager kommandiert. Man hatte die Feinde bis zu den Laufgräben zurückdrängen können, aber die Verluste waren hoch. Ober-Ingenieur Rimplers Oberarm war von einem Bombensplitter zerfetzt worden, er lag zu Hause und war bewusstlos. Zahlreiche Soldaten waren schwer verletzt worden, die meisten von ihnen hatte man ins Schottenstift gebracht.

Anna ging durch die Bettreihen, die heute noch enger standen als vor zwei Tagen. Ein Wehklagen und Jammern füllte den Raum. Es gab zu wenig schmerzstillende Medikamente, das Opium war schon vor Tagen ausgegangen. Nur Meister Konrad verfügte noch über ein paar Kügelchen. Doch der Apotheker war heute nicht erschienen, der gestrige Einsatz hatte ihm offenbar schwer zugesetzt. Theresa hatte Anna inzwischen von der verbotenen Amputation erzählt.

»Wo liegt der Hafner?«, fragte Anna den Arzt, Fridolin Potz. Er roch bereits jetzt nach billigem Wein und wankte, als er Anna antwortete: »Im hintersten Teil. Geht ihm überraschend gut.« Er erwähnte mit keiner Silbe, dass nicht er, sondern Theresa und Meister Konrad die Operation durchgeführt hatten. Mit zitternder Hand zeigte der Arzt auf ein Bett, das sich an der Rückseite des Saales befand. Anna nickte ihm zu und machte sich auf den Weg dorthin. Doch der Arzt hielt sie noch einmal zurück. »Bei den Offizieren und hohen Beamten … da liegt ein Kurier des Kaisers, der Euch unbedingt sprechen will. Er nervt uns alle schon die ganze Nacht. Es geht mit seinem Leben zu Ende. Vielleicht ist er schon tot. Geht lieber zuerst zu ihm.«

Anna kannte nur einen kaiserlichen Kurier: Rudolf. Eilig bahnte sie sich einen Weg zum Extraraum, der Hafner musste warten. Unterwegs griffen die Hände eines Verletzten nach ihrem Rocksaum und hielten ihn fest.

»Ich habe solche Schmerzen«, jammerte eine brüchige Stimme.

Aber Anna vertröstete den Mann auf später. Sie musste zu Rudolf. In dem Raum der Offiziere standen die Betten nicht ganz so dicht nebeneinander. Es war ein Privileg, hier zu liegen, obwohl die Luft ebenso schlecht war wie im großen Saal. Auch hier roch es nach Schweiß, Blut und Urin. Die Fenster standen offen, aber der schwache Luftzug von draußen konnte dem Geruch nichts anhaben. Anna ließ den Blick umherschweifen, konnte aber Rudolf nicht erkennen. Langsam schritt sie die Reihe der Betten ab, ohne Erfolg.

»Wen sucht Ihr denn?«, fragte ein Mann, dem der rechte Unterschenkel fehlte. Sein Gesicht war so weiß wie das Laken, auf dem er lag, und lugte so eben aus einem dicken Kopfverband heraus.

»Den Kurier, Rudolf Geiger.«

»Geiger?«, fragte der Verletzte. Seine Stimme klang tief und melodiös. Sie passte nicht in diese Umgebung, er hätte einen Musiksaal damit füllen können. »Ich glaub, der ist tot. Den haben sie heute Morgen schon rausgebracht.«

Anna spürte, wie ihr augenblicklich das Herz schwer wurde. Aber ein Soldat mit hohem Rang, der neben dem Mann ohne Fuß und mit der wunderschönen Stimme lag, mischte sich in das Gespräch ein: »Nein, der Geiger ist noch da. Sie haben ihn nur auf den Gang gelegt, weil es mit ihm ohnehin zu Ende geht. Was soll er also hier noch den Platz belegen? Er hat schon die Sterbesakramente bekommen.« Eine ganze Reihe spitzer Antworten lagen Anna auf der Zunge, doch sie verkniff sich alle. In was für einer Zeit lebten sie, in der es den Sterbenden nicht erlaubt war, sich in Würde von der Welt zu verabschieden?

Anna stolperte auf den Gang und wäre beinah über Rudolf gefallen. Man hatte ihm sein Bett weggenommen. Er lag nur noch auf einem Haufen Stroh, das mit einem Tuch bedeckt war. Wahrscheinlich sollte ihm dieses Tuch in wenigen Stunden als Leichentuch dienen. Einen Sarg gab es für ihn nicht. Die blonden Haare des jungen Mannes waren verfilzt und ungekämmt. Sein Körper war bis auf die Knochen abgemagert, und er atmete nur noch flach, kaum hörbar. Anna kniete sich zu ihm und ergriff seine Hand.

»Rudolf, könnt Ihr mich hören?« Sie beugte sich ganz nah an sein Ohr, aber er rührte sich nicht. Es schien zu spät.

Anna versuchte es noch einmal: »Rudolf, hört Ihr mich?« Diesmal blinzelte er leicht. Oder bildete Anna sich das bloß ein? Nein, Rudolf versuchte die Augen aufzumachen, es gelang ihm aber nicht. Schließlich öffnete er langsam die trockenen Lippen. Anna winkte eine Magd herbei, damit sie ihr eine Schüssel mit Wasser und ein sauberes Tuch brachte. Es kam ihr wie eine halbe Ewigkeit vor, bis die Frau mit der Schüssel wiederkam.

»Bei dem lohnt sich die Mühe nicht. Der ist in wenigen Stunden beim Herrgott«, sagte die einfältige Frau und stellte die Schüssel vor Anna auf den Boden.

»Deshalb ist es umso wichtiger, den Mann nicht allein zu lassen«, fuhr Anna die Magd an. Gerne hätte sie die kleine, dürre Frau gefragt, ob sie selbst in ihrer letzten Stunde gerne verlassen in einem Haufen dreckigen Strohs liegen wollte. Gleichgültigkeit und Kälte prägten die Menschen in diesem

Lazarett. Sicher brauchte es ein wenig von beidem, um das große Leid der Schwerverletzten zu ertragen, aber ein bisschen mehr Mitgefühl durfte man auch von Menschen erwarten, die täglich von Sterbenden und Kranken umgeben waren.

Anna wusch Rudolf das Gesicht und befeuchtete ihm die Lippen. Er atmete rasselnd und schwer. Erneut blinzelte er angestrengt und öffnete schließlich die Augen einen Spaltweit.

»Anna«, hauchte er so leise, dass sie es nur hören konnte, weil sie ihr Ohr ganz dicht an seine Lippen hielt.

»Ihr seid schon wieder … mein rettender Engel«, er lächelte. »Aber diesmal … diesmal ist es zu spät.« Rudolf schloss die Augen erneut, das Sprechen strengte ihn an. »Sie haben mich hierhergebracht.«

»Ich weiß. Kaiserliche Kuriere, höhere Beamte und Offiziere werden hierhergebracht«, sagte Anna und strich dem Mann erneut mit dem feuchten Tuch über die Lippen. Sie wollte ihm das Sprechen erleichtern. Er hatte ein schön geschnittenes Gesicht mit einem breiten Kinn und kantigen Wangenknochen.

»Das … das war ein Fehler«, sagte Rudolf. Er schaffte es nicht mehr, die Augen offenzuhalten, ließ aber Annas Hand nicht los. Es tat gut, auf dem letzten Weg nicht allein zu sein.

Anna merkte, wie sich ihr Hals eng zusammenzog, ihre Augen füllten sich mit Tränen. Wie sinnlos war dieser Tod. Der junge Mann hätte noch so viele Menschen mit seinen Späßen erheitern und unzähligen Frauen mit seinem Lächeln den Kopf verdrehen können.

Plötzlich fiel Rudolf etwas Wichtiges ein. Etwas, das er ihr schon gestern hatte sagen wollen. Mit einem Aufflackern seiner Kraft riss er die Augen auf.

»Lorenzo!«, stieß er hervor.

»Was ist mit ihm?«, fragte Anna. Seit jenem Streit in der Tuchlauben hatte sie nichts mehr von Martecelli gehört.

»Er … ist … im … Lager … der … Türken«, presste Rudolf die Worte einzeln hervor. Jedes kostete ihn Kraft. Gerne hätte Anna ihm die wohlverdiente Ruhe gegönnt. Aber sie musste wissen, was es mit Martecelli auf sich hatte.

»Warum ist Martecelli bei den Türken?«, fragte sie entsetzt.

»Er ist … er ist …«, hauchte Rudolf, »statt meiner gegangen.« Anna konnte nur noch erahnen, was der Mann im Stroh sagte.

»Ist ihm etwas zugestoßen?« Annas Herz begann gegen ihren Willen zu rasen. Sie konnte nichts dagegen tun. Es dauerte unerträglich lange, bis Rudolf antwortete.

»Gefangen und gefoltert«, sagte er tonlos. »Nehme ich an.«

»Gütiger Gott!«, stieß Anna hervor.

»Ihr müsst ihn … befreien«, sagte Rudolf überraschend klar. Er hatte die Augen noch einmal geöffnet. Annas Herz setzte für einen Moment aus, bevor es wieder zu rasen begann. Ihre Gedanken schlugen Purzelbäume. Am liebsten wäre sie aufgesprungen und im Kreis gelaufen, um besser nachdenken zu können. Aber sie wollte Rudolf ihre Hand nicht entziehen. Martecelli war im Lager der Türken. Dieser Mann bereitete einem wirklich nur Schwierigkeiten.

Rudolf hatte die Augen erneut geschlossen. Er sah jetzt friedlich aus, so als hätte er alles gesagt, was es zu sagen gab, und hielt weiterhin Annas Hand. In dieser Haltung verbrachte die Hebamme die nächste Stunde. Tausend Gedanken gingen ihr durch den Kopf. Gerne hätte sie für Rudolf gebetet, aber es wollte ihr nicht gelingen. Sie machte sich Sorgen um Martecelli. Sie brauchte einen Plan, aber im Moment konnte sie einfach keinen klaren Gedanken fassen.

Rudolfs Lippen bewegten sich ein letztes Mal. Es waren keine Worte zu hören. Aber Anna ahnte, was der Mund zu formen versuchte. »Lebt wohl.« Anna konnte sich gegen die Tränen nicht wehren, die still über ihre Wangen liefen.

»Geht noch nicht. Ich brauche Euch. Ihr müsst mir helfen, Euren Freund zu befreien«, flüsterte sie. Rudolf hörte sie nicht mehr. Anna fühlte Rudolfs Puls, konnte aber nichts mehr spüren. Sie blieb noch eine Zeitlang an seinem Lager sitzen. Es gelang ihr nun doch, für seine Seele zu beten. Anna war sicher, dass dieser Mann einen Platz bei Gott finden würde. Auch wenn sein Lebenswandel nicht immer tadellos gewesen war, hatte er sich dennoch um andere Menschen Gedanken und Sorgen gemacht. Anna deckte Rudolf mit dem Tuch zu, auf dem er lag, und verabschiedete sich von ihm.

Als sie den Raum verlassen wollte, trat ein Mönch auf Anna zu und fragte: »Seid Ihr eine Angehörige des Toten?«

Anna schüttelte den Kopf. Rudolf hatte keine Familie mehr, das hatte er ihr einmal gesagt. Lorenzo war der Mensch, der ihm am nächsten gestanden hatte.

»Darf ich Euch trotzdem seine privaten Dinge mitgeben? Vielleicht kennt Ihr jemanden, der damit etwas anfangen kann.« Der Mönch überreichte Anna einen Sack mit Kleidern und eine lederne Tasche. Anna beschloss, noch einmal zu dem Toten zu gehen und ihn anzukleiden. Rudolf sollte nicht im Nachthemd vor Gott treten, sondern in den Kleidern eines Kuriers. Der Mönch war so freundlich und half ihr beim Waschen und Ankleiden der Leiche.

Die mürrische Magd kam erneut vorbei und schimpfte leise: »Für so etwas haben wir hier keine Zeit!«

Anna erwiderte nichts. Sie fuhr einfach fort in ihrem Tun und war dem Mönch dankbar, dass auch er sich nicht unterbrechen ließ. Anna richtete Rudolfs Haar und band es ihm im Nacken zusammen, wie er es immer getragen hatte und wie auch Lorenzo sein Haar trug. Ein bitterer Geschmack breitete sich in ihrem Mund aus. Was, wenn Martecelli genauso leblos in irgendeiner Grube im Lager der Türken lag?

Als Rudolf fertig angekleidet war, deckte Anna ihn erneut mit dem Tuch zu. Mehr konnte sie für ihn nicht mehr tun.

Am Nachmittag hatten die Türken ihre Angriffe verstärkt. Ununterbrochen fielen die Schüsse der Kanonen. Sogar der Stephansdom wurde mehrfach getroffen. Eine Kugel verursachte Schäden an der Westfassade, und der Nordturm wurde in Mitleidenschaft gezogen. Starhemberg ordnete an, die Schäden mit Planen abzudecken, damit der Feind nicht sehen konnte, wie groß der Schaden war.

Auch in der Tuchlauben schlug die erste Kanonenkugel ein. Sie traf das große Haus eines reichen Kaufmanns und zerstörte einen Teil des Daches. Die Erschütterungen ließen auch die Glasscheibe im Küchenfenster der Hebammen springen.

Anna saß vor der kaputten Scheibe und kaute an einer Karotte, um ihren Magen zu beruhigen. Hunger hatte sie nicht. Der Sprung zog sich von einer Kante des Fensters zur anderen. Währenddessen umkreiste die Katze Annas Beine und sprang schließlich auf ihren Schoß. Das Tier schnupperte an der Karotte, in der Hoffnung, einen Leckerbissen zu entdecken, wandte sich empört ab und sprang fast beleidigt wieder auf den Boden. Anna nahm keine Notiz davon. Seit Rudolf ihr von Martecellis Gefangenschaft erzählt hatte, konnte sie an nichts anderes mehr denken. Immer wieder tauchte das Bild vom toten Rudolf vor ihr auf. Aber immer war es Lorenzos Gesicht, das leblos vor ihr lag.

Theresa beobachtete ihre Nichte mit Sorgenfalten. Sie ahnte, was in ihrem Kopf vorging: »Der junge Toskaner geht dir nicht aus dem Sinn.«

»Es sind schon zu viele Tote«, rechtfertigte sich Anna unnötigerweise. Ihre Tante wusste, dass es hier nicht um irgendeinen Toten ging.

»Deshalb solltest du nicht auch noch dein Leben aufs Spiel setzen«, erwiderte Theresa. Sie begann den großen Topf zu schrubben, in dem sie die Bohnensuppe gekocht hatte, und fluchte, denn ihre Finger schmerzten heute wieder besonders heimtückisch. Wahrscheinlich hatte die Operation sie überanstrengt.

Anna stand auf und nahm ihr die Bürste aus der Hand: »Lass mich weitermachen.« Bereitwillig überließ Theresa der Nichte die Bürste und den Topf, setzte sich auf einen leeren Stuhl und begann die geschwollenen Hände zu massieren. Die Krankheit war wie ein Fluch, den sie nicht mehr loswurde.

»Ich werde die schwangere Osmanin um Hilfe bitten«, sagte Anna.

»Wie stellst du dir das vor?«, fragte Theresa aufgebracht. »Du kannst doch nicht einfach ins türkische Lager spazieren und sagen: Guten Tag, ich bin Anna, die Hebamme aus Wien. Ihr haltet einen Freund gefangen, und damit bin ich ganz und gar nicht einverstanden, also lasst ihn bitte wieder frei.«

Anna verdrehte die Augen. Obwohl sie zugeben musste, dass ihr eigener Plan nicht viel besser aussah. Alles, was sie tun konnte, war, Basma um Hilfe zu bitten. Allerdings waren die Chancen, dass die stolze Frau sie unterstützen würde, sehr gering. Dennoch wollte Anna es versuchen.

»Ich sehe an deinem Gesichtsausdruck, dass deine Entscheidung bereits gefallen ist«, sagte Theresa. »Aber bitte nimm Hannes mit, damit du wenigstens nicht allein unterwegs bist.«

»Der wäre ohnehin nicht hiergeblieben«, sagte Anna. Als Hannes von Martecellis Gefangennahme gehört hatte, hatte er sofort nach ihm suchen wollen. Anna hatte ihn mit viel Überzeugungskraft und beiden Händen zurückhalten müssen. Jetzt saß er in seiner Dachkammer und wartete darauf, dass Anna ihn endlich holen kam.

»Wir brechen auf jeden Fall so früh auf, dass es drüben noch nicht dunkel wird«, erklärte Anna, ohne von ihrer Arbeit aufzublicken. Verbissen schrubbte sie den Boden des Topfs. Vielleicht war es eine falsche Entscheidung, aber wenn sie nicht ging, würde sie ewig Rudolfs toten Körper und Lorenzos Gesicht vor sich sehen. Die Vorstellung war grauenvoll.

Die Kämpfe rund um die Löwelbastei waren heftiger geworden. Das Abfeuern der Kanonenkugeln erfolgte im Minutentakt, und die Schreie der Soldaten waren unüberhörbar. Eine dicke Rauchwolke und der Geruch nach Schwefel hingen über der Stadt wie die Vorboten eines noch größeren Unglücks. Anna und Hannes machten sich dennoch auf den Weg zum Weinkeller mit dem Zugang zum antiken Kanalsystem. Ihre Verwirrung hätte nicht größer sein können, als sie die Tür des Wirtshauses verschlossen vorfanden. Während der schweren Angriffe am Nachmittag war auch das Dach dieses Hauses zerstört worden. Gleich zwei Kanonenkugeln hatten hier eingeschlagen und großen Schaden angerichtet. Das Haus war verlassen. Niemand schenkte heute hier Bier oder Wein aus.

»Wie kommen wir da hinein?«, fragte Anna verzweifelt.

Hannes holte einen Haken aus seiner Hosentasche. »Das Schloss ist nicht das Problem«, grinste er.

»Du kannst das Schloss mit einem Metallhaken öffnen?« Anna war entsetzt. Sie hatte davon gehört, dass Einbrecher in die Häuser nichtsahnender Bürger mit Hilfe solcher Haken eindringen konnten. Aber damit, dass Hannes fremde Schlösser öffnen konnte, hatte sie nicht gerechnet.

»So etwas lernt man auf der Straße«, entschuldigte sich der Junge. »Die Frage ist, ob wir am helllichten Tag ein Schloss knacken und in ein fremdes Haus eindringen sollten.«

Es war unmöglich, sie mussten warten, bis die Dunkelheit ihnen Schutz gewährte.

»Das bedeutet, dass wir im Dunkeln durch das Lager der Türken gehen müssen. Meinst du nicht, dass das leichtsinnig ist?«, fragte Anna. Hannes pflichtete ihr bei. Untertags fielen sie im bunten Treiben nicht auf, aber nachts würde jeder Wachmann sie aufhalten und sie nach ihrem Weg und ihrer Aufgabe fragen. Was dann passieren würde, war klar.

»Wir können kurz vor Sonnenaufgang ins Wirtshaus eindringen und im Brunnenschacht darauf warten, dass es hell wird«, schlug Hannes vor. Damit war Anna einverstanden, und so machten sie sich unverrichteter Dinge auf den Weg zurück in die Tuchlauben. Am Graben kamen ihnen zwei Wagen vollbeladen mit Leichen entgegen. Ob Rudolf zwischen all den leblosen Körpern lag? Anna beschleunigte ihre Schritte, so dass Hannes neben ihr fast rennen musste.

»Ihr seid schon zurück?«, fragte Theresa, als die beiden atemlos ins Haus platzten. Sie rührte gerade in einem großen Topf Ringelblumensalbe an. Der Geruch nach Rindertalg hing noch in der Luft, während die ersten gefüllten Töpfe auf dem Tisch standen.

»Das ging aber schnell.« Sie ahnte, dass etwas nicht nach Plan gelaufen war. Hannes erzählte von den Schwierigkeiten, und auf Theresas Gesicht bildeten sich neue Sorgenfalten. Mit einem geplanten Einbruch wurde die Sache noch gefährlicher, zudem mussten die beiden erneut gegen die Ausgangssperre verstoßen.

Während die Bewohner der Stadt die Ruhe der Nacht für ihren wohlverdienten Schlaf nutzten, schlichen zwei dunkle Gestalten beinahe geräuschlos durch die Naglergasse in Richtung Schottenstift. Sie drückten sich dicht an die Hausmauern und hielten bei jeder Seitengasse Ausschau nach den Beamten der Stadt. Nur noch zwei Gassen trennten die beiden von dem Wirtshaus, in das sie eindringen wollten.

Plötzlich hallten die Absätze von mindestens zwei Paar Reitstiefeln durch die dunkle Gasse. Anna sprang in einen Hauseingang und zog Hannes mit sich. Die beiden wagten kaum zu atmen, so fest pressten sie sich gegen die Tür. Anna betete, dass sie nicht geöffnet wurde. Männerstimmen waren zu hören. Eine lachte dunkel und kehlig. Die Männer kamen näher und blieben stehen. Eine schier endlos lange Stille trat ein. Weder Anna noch Hannes wagten sich zu rühren. Annas Herz schlug so laut, dass sie Angst hatte, es könnte sie verraten. Einer der Männer hustete, es klang verschleimt und ungesund. Er spuckte geräuschvoll aus. Anna konnte das Aufklatschen des Schleimklumpens hören, so nah standen die beiden neben ihnen. Der Mann mit der dunklen Stimme machte einen Witz über das Husten des anderen. Beide lachten, dann marschierten sie wieder los, in die entgegengesetzte Richtung. Erst als sie in den Hohen Markt einbogen, atmete Anna erleichtert auf.

»Kommt schnell«, sagte Hannes. »Es wird gleich hell.«

Der Junge hatte recht, sie durften keine Zeit verlieren. Rasch liefen sie zum verlassenen Gasthaus. Auf dem kleinen Platz davor stand ein Brunnen, und rund um den Brunnen befanden sich Häuser, die alle Fenster zum Hof hin hatten. Falls nur einer der Bewohner aus irgendeinem Grund nicht schlafen konnte und aus dem Fenster sah, würde er augenblicklich Alarm schlagen, weil beim Wirt am Eck zwei Diebe am Werk waren. Hannes holte seinen Haken aus der Hosentasche und machte sich ans Werk. Ohne Licht war das gar nicht so einfach, aber die jahrelange Übung hatte ihn geschickt gemacht. Während Anna nervös die geschlossenen Fensterläden nach etwaigen Nichtschläfern absuchte, sprang hinter ihr die Tür auf. Warum musste das Schloss ein so lautes Geräusch machen? Hannes zog Anna mit sich in den dunklen Raum des Wirtshauses und schloss dann hastig die Tür. Es roch nach abgestandener Wirtshausluft: nach kaltem Rauch, ranzigem Fett und verschüttetem Wein. In völliger Finsternis tasteten die beiden sich zum Weinkeller vor. Anna stieß mit dem Fuß gegen einen Schemel, der laut krachend umfiel.

»Verdammt«, fluchte sie leise. Lärm und Aufsehen konnten sie im Moment am wenigsten gebrauchen. Hannes hatte die Stufen zum Weinkeller erreicht. Er nahm Anna an die Hand und führte sie hinunter. Wie konnte der Junge sich in der Dunkelheit orientieren, wo er doch genauso wenig sah wie Anna selbst?

»Da hinten muss das Metallgitter sein«, sagte Hannes. Schon nach wenigen Schritten erreichten sie den Eingang zum Weinkeller. Das Gitter war wie immer unverschlossen. Hannes öffnete es und die beiden schlüpften hindurch. Nach wenigen Metern erreichten sie das zweite Gitter, das ebenfalls offen stand. Hannes holte seine Laterne hervor und entzündete die Kerze mit seinem Zündzeug. Den weiteren Weg kannten die beiden bereits. Es war ein Kinderspiel, bis zum Brunnen in die Vorstadt zu gelangen. Wenn auch der Rest des Vorhabens so einfach sein würde, könnte Anna jeden Tag einen Juristen aus dem Lager der Türken befreien.

Die Sonne war immer noch nicht aufgegangen, aber irgendwo krähte bereits der erste Hahn. Theresa wälzte sich im Bett hin und her. Sie konnte keinen Schlaf finden, da sie unentwegt an Anna und Hannes denken musste. Was die beiden vorhatten, war verrückt. Aber der Gedanke, dass Martecelli von den Türken zu Tode gefoltert wurde, behagte Theresa ebenso wenig wie ihrer Nichte. Der Toskaner war kein schlechter Mann. Er zeigte bloß zu viel Interesse an Anna. Schwerfällig kletterte Theresa aus ihrem Bett. Es hatte keinen Sinn, weiter darin zu liegen, sie konnte ohnehin nicht mehr einschlafen. Draußen wurde es langsam hell, es versprach ein sonniger, warmer Tag zu werden. Theresas Rücken schmerzte, sie seufzte und streckte sich vorsichtig.

Plötzlich hörte Theresa ein Klopfen an der Tür. Hatte sie sich verhört? Nein, es war deutlich zu vernehmen. Irgendjemand wollte zu dieser ungewöhnlich frühen Stunde zu ihr. Neugierig stieg sie die Holzstufen in die Küche hinab und öffnete die Tür. Meister Konrad stand auf der Straße. Überrascht bat Theresa den alten Mann herein. Er sah ebenso müde aus, wie sie selbst sich fühlte. Anscheinend hatte auch er eine schlaflose Nacht hinter sich.

»Ich weiß, ich bin früh unterwegs, aber ich konnte nicht schlafen«, erklärte der Apotheker.

»Da geht es Euch nicht anders als mir.« Theresa schloss die Tür hinter dem alten Mann. Die Straße war noch menschenleer, ein feiner Dunst lag über dem Kopfsteinpflaster. Neben den Kanonen, an die man sich gewöhnt hatte, hörte man vereinzelt Fensterläden, die sich öffneten. Doch ein Großteil der Wiener schlief noch.

»Anna hat vor kurzem ein Getränk nach Hause gebracht, das angeblich die Sinne weckt, wir könnten es probieren«, schlug Theresa vor.

»Wie heißt das Getränk?« Meister Konrad hob interessiert den Kopf.

»Kafe oder so ähnlich«, sagte Theresa.

»Woher kennt Eure Nichte die Kahvebohne?«

Theresa dachte angestrengt über eine Notlüge nach, aber der Apotheker hob abwehrend beide Hände. »Ich will es gar nicht wissen!«

Erleichtert seufzte Theresa auf. Außerdem war sie froh, dass er gekommen war. Es tat gut, abgelenkt zu werden und nicht ständig an Anna und Hannes denken zu müssen.

»Wisst Ihr, wie man das Getränk zubereitet?«, fragte Meister Konrad. Theresa schüttelte bedauernd den Kopf. Daran hatte sie gar nicht gedacht. »Wisst Ihr es?«

»Ein armenischer Freund hat mir vor Jahren aus seiner Heimat ein Säckchen mit Kahvebohnen mitgebracht. Man muss die Bohnen mahlen und anschließend mit Wasser, Zucker und Kardamom kochen. So lange, bis das Ganze beim Kochen aufschäumt.«

Theresa holte das Säckchen Bohnen und reichte es ihm.

»Am besten kümmert Ihr Euch um die Zubereitung, und ich besorge uns zwei Eier zum Frühstück«, sagte sie und ging in den Garten.

Als sie mit einer vollen Milchschüssel und zwei frischen Eiern zurückkehrte, hing ein völlig neuer, schwerer und würziger Geruch in der Küche.

»Der Kahve ist gleich fertig«, sagte Meister Konrad. Er

hatte seine Brille abgenommen, und zum ersten Mal sah Theresa seine hellgrünen Augen. Sie kamen ihr sehr vertraut vor.

Meister Konrad nahm das Getränk vom Herd und füllte es in zwei Becher.

»Das wird uns aufwecken«, sagte er. Dem Geruch nach zu urteilen, hatte er sicher recht.

Theresa beschlich das Gefühl, dass der Apotheker aus einem ganz bestimmten Grund so zeitig bei ihr erschienen war. Er war kein Mensch, der die Gesellschaft anderer suchte. Für gewöhnlich war er zufrieden damit, allein in seiner Apotheke zu arbeiten und sich seinen sonderbaren Experimenten zu widmen.

Nachdenklich verrührte sie die Eier mit der Milch und holte Mehl aus der Vorratskammer: »Ich werde uns Palatschinken zum Frühstück machen. Ich glaube, im Garten hängen noch ein paar Brombeeren, die passen hervorragend dazu.«

Meister Konrad war einverstanden.

»Was führt Euch zu so früher Stunde zu mir?«, fragte Theresa, während sie eine Schaufel voll Mehl unter den Teig mischte.

Der alte Mann kratzte sich die Glatze: »Ich bin ein alter Mann, der nicht mehr ganz klar im Kopf ist und Dinge durcheinanderbringt.«

Diesen Spruch kannte Theresa. Wenn der Apotheker keine Antwort geben wollte, redete er sich auf sein Alter und seine angebliche Verwirrtheit heraus. Theresa verdrehte die Augen und stellte die Pfanne auf den Ofen. Sie brachte Butter zum Schmelzen, und wenig später brutzelte die erste Palatschinke in der Pfanne. Schwungvoll schob sie das Frühstück auf einen Teller. Sie hatte beide Ärmel hochgekrempelt, und wieder blieb Meister Konrads Blick an dem dünnen, goldenen Armreif an ihrem Handgelenk hängen.

»Könnt Ihr Euch an Eure Mutter erinnern?«, fragte Meister Konrad unvermittelt.

»Warum fragt Ihr?« Theresa wendete die Palatschinke, »natürlich kann ich mich an sie erinnern.« Jeden anderen Menschen hätte sie aus dem Haus gejagt, hätte er diese Frage gestellt, aber Meister Konrad schien mehr über ihre Mutter zu wissen, als sie bis jetzt geahnt hatte, deshalb verzieh sie ihm nicht nur, sondern war zudem neugierig.

»Sie ist eine wunderschöne Frau gewesen.«

»Ja, das war sie«, sagte Theresa abwartend.

Meister Konrad nahm seine Brille ab, rieb sich die Augen und meinte leise: »Ich habe Eure Mutter geliebt.« Er sah Theresa dabei nicht an, holte sich seinen Teller und schob sich den ersten Bissen seines Frühstücks in den Mund.

Theresa hatte nun auch die zweite Palatschinke aus der Pfanne geholt und setzte sich zu dem alten Mann. Sie war nicht wirklich überrascht über das Geständnis. Eigentlich hatte sie damit gerechnet.

»Ich glaube, sie mochte mich ebenfalls, aber ich war arm, ein Niemand, und Euer Vater hatte Macht, Geld und Einfluss.«

Nun griff Meister Konrad zu seinem Becher Kahve und nahm einen kräftigen Schluck.

»Warum erzählt Ihr mir das jetzt, nach all den Jahren?«, fragte Theresa.

»Weil ich ein verwirrter alter Mann bin, der noch einmal über seine Jugend sprechen will. Der Reif an Eurem Handgelenk hat mich wieder an Eure Mutter erinnert. Sie hat ihn stets getragen«, er fuhr sich mit der Zunge über die Lippen. »Wer weiß, wie lange ich diese unwirtliche Erde noch bewohnen werde, und im Himmel ist vielleicht niemand an meiner Vergangenheit interessiert.«

Meister Konrads Brille lief vom Dampf des heißen Getränks an.

Theresa lächelte. »Ihr glaubt, in den Himmel zu kommen?«

»Im Reich eines gütigen Gottes ist für alle Platz. Für die großen und die kleinen Sünder.«

»Und zu welchen gehört Ihr?« Bei dem Gedanken an ihre eigenen Sünden war Theresa der Appetit vergangen. Sie würde später essen.

»Die größte Sünde meines Lebens war es, die richtige Frau zu spät kennengelernt zu haben«, seufzte Meister Konrad.

»Ich denke, dass es nur wenige Menschen gibt, die die richtigen Menschen zum richtigen Zeitpunkt kennenlernen«, sagte Theresa bitter. Über viele Jahre hindurch war sie ausschließlich den falschen Menschen über den Weg gelaufen.

»Habt Ihr es je bereut, Hebamme geworden zu sein?«

Theresa schüttelte entschieden den Kopf. »Ich habe nie ins Kloster gewollt.« Ein Lächeln umspielte ihren schmalen Mund: »Aber nach der gelungenen Operation habe ich mir gedacht, dass ich auch eine gute Chirurgin abgegeben hätte. Was denkt Ihr?«

»Ihr wärt eine hervorragende Chirurgin geworden. Aber ich fürchte, die Zeit dafür ist noch nicht reif.«

»Glaubt Ihr tatsächlich, dass Frauen eines Tages jeden Beruf ergreifen können, der ihnen gefällt?«

Meister Konrad wiegte nachdenklich den Kopf: »Ich denke, wenn es weiter so mutige Frauen wie Euch und Eure Nichte gibt, werden die Männer eines Tages umdenken müssen.«

Meister Konrad kippte den Rest seines Kahves auf den Untersetzer der Tasse und starrte auf den Sud: »Angeblich kann man die Zukunft aus dem Sud lesen.«

»Ich will lieber nichts über die Zukunft wissen«, sagte Theresa ernst.

»Ihr seid gar nicht neugierig?«

»Natürlich bin ich neugierig. Aber die Angst ist größer als die Neugier.«

Meister Konrad lachte leise vor sich hin. »Kostet das Getränk.«

Theresa griff nach ihrem Becher und setzte zu ihrem ersten Schluck an. Das schwarze, dampfende Getränk schmeckte bitter und süß zugleich. Theresa mochte den Geschmack, aber irgendetwas fehlte ihr.

»Ich bin sicher, das Getränk wird bald einen Siegeszug durch Europa feiern«, sagte Meister Konrad.

Theresa gab ihm recht: »Das kann ich mir gut vorstellen. Ich frage mich, wie das schwarze Getränk mit einem Schluck Milch schmecken würde.«

»Ihr könnt es ja versuchen.« Meister Konrad zeigte auf die Schale mit dem letzten Rest Ziegenmilch, den Theresa übriggelassen hatte.

»Ich denke eher an Kuhmilch«, sagte Theresa, goss aber dennoch einen kleinen Schluck Milch in ihren Becher. Sofort färbte der Kahve sich braun. Theresa probierte erneut. Leider dominierte der Geschmack der Ziegenmilch das Getränk, ansonsten war sie mit ihrer Kreation zufrieden. Der Kahve war molliger, runder geworden. Rasch trank sie den Becher leer, schon wenige Augenblicke später schlug ihr Herz eine Spur schneller und sie fühlte sich deutlich frischer.

»Wie spät ist es?«, fragte sie. »Ich muss zur zehnten Stunde im Schottenstift sein.«

Meister Konrad schüttelte den Kopf: »Ich denke, dass Ihr mindestens noch drei Stunden Zeit habt. Aber ich muss jetzt los. Der Beamte der Stadt hat zwar gesagt, dass ich mich heute wieder im Hospital einfinden soll, aber ich fühle mich nicht in der Lage, Wunden zu verbinden und Arme zu amputieren«, sagte er und erhob sich schwerfällig.

»Ich hoffe, dass wir das nie wieder tun müssen.«

»Da pflichte ich Euch bei«, sagte Meister Konrad. Bereits auf der Straße, drehte der alte Mann sich noch einmal um und sagte: »Falls Ihr Hilfe welcher Art auch immer braucht, so wisst Ihr, wo Ihr mich findet.«

»Danke«, sagte Theresa und sah ihm verwirrt nach. Sein langer Apothekermantel, ein Überbleibsel einer längst vergangenen Zeit, schleifte über den Boden und hinterließ einen staubfreien Streifen, den außer Theresa niemand sehen konnte.

37

Als die ersten Sonnenstrahlen in den Brunnenschacht fielen und leise Geräusche von Reitern und Fuhrwerken zu hören waren, brachen Anna und Hannes auf. Sie trugen die Kleider, die sie im Schacht zurückgelassen hatten, und schlichen sich vorsichtig aus dem Hof.

Nervös marschierten sie durch eine Zeltstadt, die bereits vor Stunden zum Leben erwacht war. An offenen Feuerstellen wurde Frühstück zubereitet. Eine Frau hängte nasse, frisch gewaschene Wäsche auf eine Leine, die zwischen zwei Zeltstangen gespannt war. Eine andere lüftete eines der Zelte und klopfte Teppiche aus, während ihr Mann vor dem Zelt auf dem Boden saß und seine Waffen gründlich putzte. Fast hätte man glauben können, dass es sich um die friedliche, gut organisierte Stadt eines fahrenden Volkes handelte. Aber die Kanonen im Hintergrund verrieten den wahren Grund für diese provisorische Zeltstadt. Anna hatte sich in den letzten Wochen so sehr an den Lärm der Kanonen gewöhnt, dass er sie auch jetzt, mitten im feindlichen Lager, nicht irritierte. Ihr Blick fiel auf einen kleinen, dürren Jungen, der auf dem staubigen Boden vor einem besonders prächtigen Zelt saß und einen kunstvoll verzierten Säbel polierte, so dass der Stahl in der Sonne glänzte. Plötzlich erschütterte eine besonders heftige Explosion die Erde. Anna konnte das Beben mit jeder Faser ihres Körpers spüren. Fast zeitgleich mit dem Lärm der Explosion ging ein Jubelgeschrei durch das Zeltlager. Was war passiert? Hatten die Türken ein Loch in die Stadtmauer gesprengt? In der Ferne hingen dichte, dunkle Staubwolken in der Luft, die sich langsam senkten. Dahinter kam die massive Stadtmauer zum Vorschein. Sie schien nach wie vor unzerstört zu sein. Aber vor der Löwelbastei klaffte ein riesiger Krater. Hannes zog Anna eilig weiter. Zielstrebig ging er auf Basmas Zelt zu. Während Anna in dem Labyrinth aus bunten Zelten hilflos verloren gewesen wäre, wusste Hannes genau, welchen der engen Wege er einschlagen musste. Plötzlich sprang ein finster dreinblickender kleiner Mann mit Pluderhose, langem Schnurrbart und Krummsäbel in der Hand vor ihnen auf den Weg. Er hatte die beiden vom Vorzelt eines besonders prächtigen Zeltes aus beobachtet, und blaffte ihnen Worte in einer Sprache entgegen, die sie nicht verstanden. Anna hielt vor Schreck die Luft an. Ihr Herz setzte für einen Moment aus, die Stimmen rundherum verebbten. Vor genau dieser Situation hatte Theresa sie gewarnt. Der kleine Mann, kaum einen halben Kopf größer als Hannes, packte ihren Arm und verdrehte ihn nach hinten. Dann hielt er Anna den Krummsäbel an den Hals und wiederholte seine Frage, die Anna wieder nicht verstand. Die scharfe Klinge bohrte sich bedrohlich in ihre helle Haut und ritzte sie auf. Blut drang aus einer feinen Schnittwunde. Von dem Mann ging ein unangenehm saurer Geruch aus. Offensichtlich hatte er sich seit Tagen nicht gewaschen. Anna wurde übel. Nur nicht zusammenbrechen und auch nicht den Mund aufmachen und sprechen, dachte sie. Hannes war wie gelähmt. Würde er weglaufen, wäre das Annas sicherer Tod. Der Druck der scharfen Waffe nahm zu und ließ plötzlich völlig unerwartet nach. Gerade noch brutal festgehalten, wurde Anna losgelassen und stolperte nach hinten, sie rang nach Luft, griff sich entsetzt an den Hals und spürte warmes Blut zwischen den Fingern.

Salma stand vor dem kleinen Mann. Sie gestikulierte und deutete auf Anna und Hannes. Es sah so aus, als versuchte sie den Mann davon zu überzeugen, dass sie ebenso taub und stumm waren wie sie selbst. Der Wachmann schimpfte, spuckte auf den Boden, wirkte aber verunsichert. Er kannte Salma und wusste, wessen persönliche Dienerin sie war. Basmas Ehemann genoss Einfluss und Macht. Mit solchen Menschen verscherzte man es sich nicht. Schon gar nicht als kleiner, unbedeutender Wachmann. Verärgert spuckte er noch einmal auf den Boden und traf Annas Schuhspitze. Am liebsten hätte Anna sich übergeben. Der Türke wischte mit dem Handrücken über Mund und Schnurrbart, drehte sich dann abrupt um und ließ die drei Taubstummen weiterziehen.

Salma trieb die Freunde an, sich rasch und unauffällig zu bewegen. Sie zog die beiden flink über den staubigen Platz und verschwand mit ihnen im Gewirr der Zelte.

»Das war knapp«, flüsterte Hannes. Anna warf ihm einen

drohenden Blick zu. Jedes Wort konnte sie verraten. Der Weg war fremd und führte an neuen Zelten vorbei. Salma nahm bewusst einen Umweg. Hier standen weniger Soldaten und nur vereinzelt Wachmänner herum, die ihnen zudem kaum Beachtung schenkten. Eine Gruppe Männer saß im Schatten unter einem großen Kastanienbaum und spielte ein fremdartiges Würfelspiel. Sie hielten kunstvoll verzierte Kürbisflaschen in den Händen und knackten geröstete Pistazien. Die Schalen warfen sie vor sich auf die festgetretene Erde. Einer der Männer hatte seinen Turban abgenommen und neben sich gelegt. Sein Kopf war völlig kahlgeschoren, was in Verbindung mit dem übergroßen Schnurrbart ungewöhnlich aussah.

Anna erkannte die leuchtende Halbmondscheibe, die sich an der Spitze von Basmas Zelt befand, schon von weitem. Kurz darauf tauchte das rote Zelt vor ihnen auf. Die vorderen Stoffbahnen waren zur Seite geschlagen. Salma trat ein und schob auch das dünnere Innenzelt zur Seite. Anna und Hannes folgten ihr. Aber Salma bedeutete Hannes, im Vorzelt zu warten, während sie Anna weiterführte. Der Raum, den Anna von ihrem letzten Besuch kannte, war leer. Salma bat Anna mit einer Handbewegung, Platz zu nehmen, und verschwand in einem abgetrennten Raum des Zeltes. Anna hatte nicht darüber nachgedacht, dass dieses mobile Heim über mehrere Räume verfügte. Ein schwerer Moschusgeruch hing in der Luft, der von einem feinen Zitronenduft überlagert wurde. Die Polster auf dem weichen Teppich waren aufgeschüttelt worden und steckten in frischen Überzügen. Sie waren alle kunstfertig mit phantasievollen Mustern bestickt. Ausgefallene Vögel mit langen Schwänzen und buntem Federkleid auf prächtigen Bäumen, welche die absonderlichsten Früchte trugen. Anna beugte sich gerade zu einem der Motive, um es besser betrachten zu können, als Basma vom hinteren Teil des Zeltes kam und die unerwarteten Besucher begrüßte. Sie war gerade dabei gewesen, ihr seidig glänzendes Haar zu kämmen. Anna war beeindruckt. Gott hatte diese Frau mit besonders viel Schönheit ausgestattet und beim Verteilen weiblicher Reize nicht gegeizt.

Dennoch wirkte Basma heute müder als beim letzten Besuch. Die Schwangerschaft neigte sich dem Ende zu und wurde beschwerlicher.

»Ihr überrascht mich«, sagte Basma und ließ sich langsam auf dem Polster mit den außergewöhnlichen Vögeln nieder. Anna war über ihre Geschmeidigkeit trotz der Körperfülle erstaunt.

»Ich nehme an, Ihr habt ein Anliegen, denn obwohl ich nicht nach Euch habe rufen lassen, habt Ihr Euch der Gefahren ausgesetzt, die Euch im feindlichen Lager erwarten.« Basma strich sich über den mächtigen Bauch. Sie saß aufrecht im Schneidersitz, und es sah aus, als hätte sie einen riesigen Ball auf ihrem Schoß. Alles an ihr war schlank und geschmeidig, dagegen wirkte der übergroße Bauch, als gehörte er nicht zu ihr.

»Ich brauche Eure Hilfe«, verkündete Anna ohne Umschweife.

Basma zog irritiert eine Augenbraue hoch. Sie war es gewohnt, dass man Anliegen in schöne Worte verpackte, sie ausschmückte und erst nach einer langen Vorrede zum eigentlichen Punkt kam. Entweder hatte die Giaurin keine Erfahrung im Stellen von Bitten, oder sie war ungehobelt und frech.

»Ein guter Freund ist in Eurer Gefangenschaft. Ich muss versuchen, ihn zu befreien«, legte Anna ihre Absichten noch deutlicher offen.

Basma sah die fremde Frau mit den roten Haaren an, ohne irgendwelche Gefühle erkennen zu lassen. Hatte sie sich verhört, oder lag es an der Fremdsprache? Aber die Giaurin schien tatsächlich zu meinen, was Basma glaubte, verstanden zu haben. Plötzlich brach sie in lautes Gelächter aus. Es dauerte eine Weile, bis sie sich beruhigen konnte.

Verärgert stand Anna auf: »Es freut mich, dass ich Euch derart erheitern konnte.«

Basma wischte sich eine Lachträne aus dem geschminkten Auge. »Es ist unmöglich, einen Gefangenen zu befreien.« Ihre Stimme klang nicht mehr amüsiert, sondern ernst.

»Unmöglicher, als sich von einer Giaurin bei der Geburt von Zwillingen helfen zu lassen?«, fragte Anna.

Basma verzog den kirschroten Mund. Ganz sicher hatte sie mit Farbe nachgeholfen, um ihn so voll wirken zu lassen. Die Osmanin sah Anna mit einer Mischung aus Belustigung, Interesse und Bewunderung an.

»Ihr habt das Herz einer Löwin, das ist gut«, sagte sie und drehte ihr glänzendes Haar zu einer Locke, »denn so kann ich sicher sein, dass Ihr alles geben werdet, um das Leben meiner Söhne und das meine zu retten, falls es in Gefahr sein sollte.«

Anna stand immer noch, und Basma bat sie mit einem Kopfnicken, sich zu setzen. »In unseren Gefängnissen sind Hunderte von Gefangenen, die für die Schanzarbeiten eingesetzt werden. Wie heißt Euer Liebster und wie sieht er aus?«

Anna hob abwehrend die Hände. »Er ist nicht mein Liebster.«

Jetzt war es pure Belustigung, die in Basmas Augen aufblitzte. Am liebsten wäre Anna im weichen Teppich unter ihren Füßen versunken, aber die schöne Osmanin wollte sie nicht so billig davonkommen lassen. »Das heißt, Ihr bittet mich, Euch dabei zu helfen, Euren Bruder zu befreien?«

Anna schüttelte den Kopf. »Lorenzo Martecelli ist ein guter Freund«, sagte sie trotzig.

»Einer, der es hoffentlich wert ist, dass Ihr Euer Leben für ihn aufs Spiel setzt«, erwiderte Basma und winkte Salma zu sich. »Solche Dinge besprechen sich besser mit einem Becher Kahve und einem Stück Lokum.« Salma verließ das Zelt.

»Euer guter Freund«, wiederholte Basma mit einer Betonung, die sie fast anrüchig klingen ließ, »woher kommt er? Ist er ein besonderer Gefangener?«

Anna zuckte mit den Schultern. Sie hatte keine Ahnung, wie wichtig Martecelli den Türken war. »Er wollte eine Botschaft aus Wien ins Lager von Lothringen bringen.«

Augenblicklich verlor Basmas Gesicht jede Farbe. Nun wusste sie, um wen es sich handelte. Es war Kara Mustafas persönlicher Gefangener und derzeit der bestbewachte Mann im ganzen Lager.

»Ein Mann mit langen Locken, ungewöhnlich blauen Augen und einer Haut wie ein Südländer. Leider eine Spur zu mager, aber sonst ein gutaussehender Mann?«, fragte Basma.

Anna nickte. Diese Beschreibung passte perfekt auf Lorenzo.

Mitleidig schüttelte Basma den Kopf: »Ich kann mich nicht daran erinnern, dass es je einem Gefangenen geglückt wäre, sich aus Kara Mustafas Gefängnis zu befreien.«

Anna sank der Mut. Andererseits hatte sie auch nicht damit gerechnet, dass es einfach werden würde. Jedenfalls war Martecelli offensichtlich noch am Leben, und das war eine gute Nachricht.

Salma kam mit dem silbernen Tablett zurück. Der wundervolle Duft nach würzigem Kahve stieg Anna in die Nase.

»Heute müsst Ihr ein Stück Lokum kosten«, sagte Basma und zeigte auf die kleinen weißen Stücke, die auf einem Teller neben dem Kahve lagen.

»Lokum?«, fragte Anna.

»Eine Mischung aus Zucker, Honig, Nüssen und Pistazien. Es wird Euch schmecken«, sagte Basma und lächelte über Annas Gesichtsausdruck. Die Aufzählung der Zutaten hatte gereicht, um Annas Stimmung aufzuhellen.

»Schwierige Vorhaben lassen sich besser planen, wenn man sich dabei einen Schluck Kahve und ein Stück Lokum gönnt«, erklärte Basma und wusste, dass die Christin ganz ihrer Meinung war.

Lorenzo summte die Melodie eines volkstümlichen Liedes, das Giuseppe, der älteste Knecht auf dem Weingut seines Vaters, bei jeder Gelegenheit gesungen hatte. Als kleiner Junge hatte Lorenzo den Text aller vierzehn Strophen auswendig mitsingen können. Es war ein Lied über ein schönes Bauernmädchen, *Villanella.* Giuseppe hatte dazu auf seiner uralten, selbstgebauten Laute gespielt, und Lorenzo und seine Schwestern hatten ihm entzückt zugehört, geklatscht und getanzt. Mariella, Lorenzos älteste Schwester, die wundervoll tanzen konnte, war im Hof gesprungen und hatte sich so lange gedreht, bis alle vor Begeisterung applaudiert hatten. Der weiße Kies, mit dem sein Vater den ganzen Hof hatte auslegen lassen, hatte unter ihren Schritten geknirscht.

Lorenzo erinnerte sich noch an die ersten drei Strophen und begann leise zu singen. Aber seine Lippen waren zu trocken, seine Stimme versagte. Er musste sich mit dem Summen begnügen. Die Melodie zauberte ihm das Bild einer Landschaft vor Augen, die ihn die Aussichtslosigkeit seiner Situation für kurze Zeit vergessen ließ. Je länger er hier festgeschnürt lag, umso intensiver wurden seine Erinnerungen an seine Heimat. Das Wort ›Montepulciano‹ allein reichte, um ihm einen warmen Schauer über den Rücken zu jagen. Es verging kein Tag, keine Stunde und bald keine Minute, in denen er nicht an die Tage seiner Kindheit zurückdachte. Ausgeblendet waren der Druck des Vaters, das verhasste Studium, die geplante Hochzeit und der Brief, der immer noch in der Goldenen Gans lag. Nur die schönen Dinge drehten sich in seinem Kopf, gaukelten ihm ein Bild der Vollkommenheit vor.

Die Gefangenschaft drohte, ihn um den Verstand zu bringen. Anfangs hatte er Gesetzestexte aufgesagt und Stellen aus Büchern rezitiert, die er auswendig kannte, um sein Gedächtnis zu trainieren. Dann hatte er Verben in Latein, Italienisch, Deutsch dekliniert. Er hatte lange Wortketten gebildet, Reime gebastelt und sich Rätsel ausgedacht. Er hatte sich mit der Ratte unterhalten, die ihn regelmäßig besuchen kam, aber immer im sicheren Abstand blieb. Bisher hatte sie nicht versucht, ihn anzuknabbern, sondern ihn nur interessiert gemustert und ihm zugehört. Vielleicht hatte sie Mitleid mit der armen menschlichen Kreatur? Danach hatte Lorenzo damit begonnen, die Ameisen zu zählen, die die Wand entlangkrabbelten. Jetzt war er an einem Punkt angelangt, wo die Hoffnung langsam sank, die Kraft ihn zu verlassen drohte und er sich nur noch an Spiele und Lieder seiner Kindheit zurückerinnern wollte. Er schaffte es nicht, seinen Geist mit juristischen Problemstellungen zu trainieren. Alles, was er wollte, war schlafen, ruhig liegen und die Schmerzen vergessen.

Gestern hatte man ihm die Fesseln gelöst, um ihn für die Befragung in einen anderen Raum führen zu können. Als das Blut in seine Gliedmaßen zurückströmte, waren die Schmerzen beinahe unerträglich gewesen. Die beiden Wachsoldaten hatten Lorenzo zwischen sich einklemmen und schleppen müssen. Man hatte ihm immer und immer wieder dieselben Fragen gestellt, doch alles, was Lorenzo nach der zweistündigen Prozedur sagte, war: »Homo homini lupus.« Danach hatte einer der Folterknechte ihm ein glühendes Eisen auf die Brust gedrückt und Lorenzos Satz endgültig zur Wahrheit werden lassen. Mit dem Gestank nach seinem eigenen verbrannten Fleisch hatte Lorenzo das Bewusstsein verloren und war in eine gnädige, weiche Dunkelheit abgeglitten. Noch nie zuvor war er für eine Ohnmacht so dankbar gewesen.

Summen, er würde weitersummen, so lange, bis sie zurückkamen, um ihn erneut zu befragen.

»Martecelli wurde gefoltert?«, fragte Anna entsetzt. Basma griff erneut nach einem Stück Lokum und reichte auch Anna das Tablett. Doch Anna war der Appetit vergangen.

»Mein Mann schreibt das Protokoll bei der Untersuchung«, sagte die Osmanin und steckte sich die weiße Nascherei in den Mund.

»Was haben sie mit ihm gemacht?« Annas Stimme drohte zu versagen.

Basma schleckte sich die Finger einzeln ab. Sie wirkte dabei wie eine Katze, die sich putzte, elegant und voller Anmut.

»Das Übliche, nehme ich an. Aber Euer Freund ist starrsinnig. Alles, was er nach zwei Stunden von sich gegeben hatte, war ein merkwürdiger Satz, den man zuerst für eine Art Geheimbotschaft hielt.« Basma lachte.

»Was hat er gesagt?«, fragte Anna. Sie spürte, wie es in ihren Ohren zu sausen begann und ihr Herz deutlich rascher schlug.

»Euer Freund scheint ein Gelehrter zu sein. Er hat einen

lateinischen Dichter zitiert. ›Der Mensch ist dem Menschen ein Wolf‹ oder so ähnlich.« Basma strich sich über ihren überdimensionalen Bauch, eines der Kinder trat gegen ihre Blase. »Ein mutiger Satz, wenn man bedenkt, in welcher Lage er sich befindet.«

»Es ist der Satz eines trotzigen Kindes«, sagte Anna. Warum musste Lorenzo so starrsinnig sein und seinen Folterknechten einen Satz entgegenschleudern, der sie noch mehr provozierte?

»Lasst uns überlegen, wie wir Eurem hübschen Freund helfen können«, sagte Basma. »Das Verhör soll morgen Abend weitergeführt werden. Mein Mann wird wieder die Protokolle schreiben, und der Oberkommandierende der Janitscharen, der Kerntruppen der osmanischen Infanterie, Arim El Samsuncabesi, ist alles andere als zimperlich. Er wird die Untersuchung durchführen. Die beiden sind im Moment auf einem Erkundungsritt und kommen erst morgen Abend zurück. Es bleibt uns also etwas Zeit, um zu überlegen und zu handeln.« Basma tippte sich an die gerade, klassisch geschnittene Nase. »Kara Mustafa ist davon überzeugt, dass Euer Freund etwas zu erzählen hat, und glaubt mir, El Samsuncabesi hat bis jetzt noch jeden zum Reden gebracht. Nur die Wenigsten haben die Tortur überlebt.«

Anna zuckte bei den letzten Worten unmerklich zusammen. Rudolfs Leichnam und die Bilder entstellter, gefolterter Menschen gingen ihr durch den Kopf.

Basma machte einen Versuch, sie zu beschwichtigen: »Kara Mustafa will unbedingt etwas über die Lage in der Stadt erfahren. Wenn Euer Freund schlau ist, erfindet er eine Geschichte.«

»Martecelli ist klug, aber nicht schlau, und er ist vor allem stur«, sagte Anna.

»Er scheint Euch sehr ähnlich zu sein.« Basma schüttelte bedauernd den Kopf: »Eine ungesunde Mischung!«

Die Osmanin veränderte ihre Lage. Dabei verrutschte ihr hellblauer Schleier, den sie daraufhin ganz vom Kopf nahm und neben sich auf den Teppich legte. Mittlerweile war sogar das Sitzen für sie beschwerlich geworden. »Wir werden den Tod Eures Freundes verhindern. Die Frage ist bloß, wie.« Basma zog einen Schmollmund, der sie jünger erscheinen ließ. Eines der Kinder trat mit einer Heftigkeit gegen die Bauchdecke, dass eine riesige Beule unter dem zarten Stoff des Kleides entstand und wieder verschwand. Basma legte ihre Hand an die Stelle, in der Hoffnung, das Kind damit zu beruhigen.

»Greift zu«, sagte Basma erneut und bot Anna ein Stück Lokum an. Aber Annas Magen revoltierte. Im Moment konnten ihn nicht einmal Süßigkeiten beruhigen.

»Morgen werden nur mein Mann und der Janitscharenaga bei dem Verhör anwesend sein. Vor der Gefängnistür wird ein Wachsoldat stehen, und bei Bedarf werden sie einen Folterknecht holen. Aber ich bin davon überzeugt, dass El Samsuncabesi das Verhör allein durchführen wird.« Es war offenkundig, dass Basma keine allzu hohe Meinung von diesem Mann hatte. Während des Gesprächs hatte sie schon einige Male durchblicken lassen, dass der Aga ein brutaler Mensch war, der nicht davor zurückschreckte, andere in den Tod zu schicken.

Schwerfällig erhob sich Basma. Der Stoff ihres Kleides raschelte und fiel in weichen Wellen ihren Körper entlang. Sie legte beide Hände auf ihren Bauch und begann langsam im Zelt auf und ab zu gehen.

»Könntet Ihr Euren Mann und den Aga nicht irgendwie ablenken?«, fragte Anna.

»Daran habe ich auch schon gedacht. Wenn es nur mein Mann wäre, da würden mir einige sehr erfreuliche Möglichkeiten einfallen, um ihn abzulenken und von einem Gefangenen fernzuhalten.« Auf Basmas Gesicht breitete sich ein anzügliches Lächeln aus, als bereite es ihr Vergnügen, ihren Mann zu verführen.

Doch dann schüttelte die Osmanin entschieden den Kopf. »Nein, ich kann meinen Mann in einem alten Keller, der als Gefängnis dient, noch dazu vor den Augen des Agas, nicht in den Himmel der süßen Verlockungen entführen.«

Anna war verwirrt. Ob die Osmanin tatsächlich Gefallen daran fand, das Bett mit ihrem Mann zu teilen? So als könnte Basma die Gedanken der Giaurin lesen, blieb sie stehen und hielt inne.

»Es ist das höchste Glück auf Erden, mit dem Geliebten das Lager zu teilen. Seid Ihr nicht dieser Meinung?«, fragte sie scharf.

Anna lief rot an. Wie konnte die Osmanin ihr diese Frage stellen? Leise, kaum hörbar, sagte Anna wahrheitsgemäß: »Meine Erfahrungen auf diesem Gebiet waren nicht sehr erfreulich.« Bei dem Gedanken an ihren verstorbenen Ehemann trat der Ausdruck des Entsetzens in ihr Gesicht.

»Dann werde ich Euch nicht helfen, den Mann zu befreien«, sagte Basma. »Seid froh, dass Ihr ihn los seid. Wir sollten dem Aga ein noch größeres Brenneisen überlassen und ihn bitten, ganz besonders empfindliche Stellen damit zu berühren.«

Es dauerte einen Augenblick, bis Anna verstand, welche falschen Schlüsse Basma gezogen hatte, und abwehrend die Hände hob: »Nein, Ihr versteht mich falsch. Mein Ehemann ist während der Pest verstorben. Lorenzo Martecelli ist nur ein guter Freund.«

Basma zog die Augenbrauen eng zusammen und sah Anna ernst an: »Ihr seid eine merkwürdige Frau, und das liegt nicht daran, dass Ihr eine Giaurin seid.«

Sie hob ihren langen, schmalen Zeigefinger an die Lippen: »Also retten wir ihn doch, den guten Freund.«

Anna seufzte. Sehr viel weiter waren sie noch nicht gekommen.

Die Osmanin begann wieder langsam im Zelt auf und ab zu gehen. Ihr mächtiger Bauch wankte dabei wie ein schwerbeladenes Schiff auf hoher See.

Plötzlich blieb sie stehen. »Ich habe eine ganz vortreffliche Idee«, sagte sie. »Wenn mein Mann und der Janitscharenaga sich morgen Abend in dem alten Haus treffen, das als Gefängnis dient, werde ich auch hingehen. Ich muss mir noch irgendeinen Vorwand ausdenken, aber der wird mir schon einfallen. Dann begrüße ich meinen Mann, und plötzlich ...«, Basma machte eine dramatische Pause und sah Anna begeistert an, bevor sie weitersprach, »... setzen meine Wehen ein. Ich kollabiere, und Ibrahim muss mich zu meinem Zelt bringen, schließlich sind seine Söhne in Gefahr. Sicher hilft ihm der Aga dabei.« Basma klatschte aufgeregt in die Hände, ehrlich begeistert von ihrer Idee. »Dann kommt Euer Auftritt. Während alle weg sind, huscht Ihr zu Eurem guten Freund und holt ihn aus dem Keller.«

Anna wartete auf weitere Erklärungen, aber die blieben aus. So einfach war das also, einen schwerbewachten Gefangenen zu befreien? Anna konnte Basmas Begeisterung nicht teilen. Wie sollte sie in den Keller eindringen, wie an den Wachposten vorbeikommen, und wie sollte sie einen schwerverletzten Martecelli aus dem Keller herausschmuggeln? Die Idee war völlig absurd, aber für Basma bereits beschlossene Sache.

»Bevor wir das Ganze genau planen, soll Salma uns noch eine Tasse Kahve zubereiten. Ihr und Euer Diener werdet heute Nacht meine gut versteckten Gäste sein. Mein Mann kommt ohnehin erst morgen zurück.« Basma strahlte, die Aufregung bekam ihr gut. Während ihre Wangen rot anliefen, verfiel Anna zu einem Häufchen Elend. Ihr Herz schlug so schnell, dass sie Angst hatte, nach einer weiteren Tasse Kahve würde es zerspringen. Ob man sie direkt zu Martecelli in die Zelle stecken würde, wenn man sie bei ihrer waghalsigen Aktion verhaftete?

38

Graf Starhemberg hatte eine Preisregelung veranlasst, die den Wucher unterbinden sollte. Ein Pfund frische Butter kostete bereits 15 Kreuzer und ein Pfund Holländischer Käse 18 Kreuzer. Das Achtel Mehl bekam man für zwischen 17 und 24 Kreuzern, je nach Qualität, und für Grieß musste man 24 Kreuzer bezahlen. Allein die Zwetschgen waren im Moment billig, denn sie wurden gerade reif. Die Äste der Zwetschgenbäume bogen sich unter ihrer Last. Das Pfund Zwetschgen kostete nur 4 Kreuzer. Trotz der Preisregelung war es enorm viel Geld, das man für Lebensmittel ausgeben musste. Theresa war sich nicht sicher, ob der Bürgermeister oder die Angehörigen des Magistrats, die jährlich zwischen 300 und 500 Gulden verdienten, eine Ahnung davon hatten, wie schwer es war, mit 12 Kreuzern pro Tag zu überleben. Mehr verdiente ein Tagelöhner nicht.

Theresa legte den Käse zurück und ging weiter zum nächsten Verkaufsstand. Die Lebensmittel in ihrer Vorratskammer schrumpften zusehends. Sie hatte noch Linsen und Bohnen, einige Zwiebeln, aber beinahe kein Mehl mehr. Für die Palatschinken hatte sie die letzte Schaufel aufgebraucht.

»Frau Zapf«, hörte sie eine Stimme hinter sich rufen. Theresa drehte sich um und sah Trude winken. Die Köchin der Gräfin Lichtenberg hatte ein Tuch umgebunden, und in diesem Tuch lag die kleine Magdalena, die Lorenzo vor dem Sommer ins Haus der Hebammen gebracht hatte. Trude strahlte und wirkte trotz der Belagerung und der widrigen Umstände sehr zufrieden. Ihre Wangen leuchteten rot, und ihre Augen glänzten. Stolz zeigte sie Theresa das kleine Mädchen in ihrem Tuch. Seit ihrer letzten Begegnung war das Kind deutlich gewachsen.

»Schön, dass es Euch so gutgeht«, sagte Theresa.

Trude nickte: »Seit wir die kleine Alena haben, fühle ich mich wie neugeboren. Jeden Abend, wenn ich zu Bett gehen, freue ich mich auf den nächsten Morgen, und das ist angesichts des Krieges keine Selbstverständlichkeit.«

»Da habt Ihr recht«, seufzte Theresa.

»Hugo und ich haben wirklich Glück«, sagte Trude. »Wir haben im Haus der Gräfin reichlich zu Essen, und bis jetzt wurde Hugo nicht zum Einsatz an die Stadtmauer gerufen. Ich glaube, dass Gräfin Lichtenberg ihre Hand dabei im Spiel hat.«

»Das kann gut sein. Wie geht es ihr denn?«, fragte Theresa.

»Den Umständen entsprechend«, antwortete Trude. »Sie hat sehr viel zugenommen, bewegt sich kaum noch und liegt den ganzen Tag im Bett.«

»Das klingt nicht gut. Sie sollte spazieren gehen, um bei Kräften zu bleiben, und zu viel zunehmen sollte sie auch nicht, denn das wäre nicht gut für ihr Kind.« Theresa hatte schon erlebt, dass Frauen, die sich während der Schwangerschaft gehenließen, ihre Kinder frühzeitig verloren oder während der Geburt keine Kraft mehr hatten und selbst mit dem Überleben kämpfen mussten.

»Ich glaube nicht, dass sie auf meinen Rat hören würde«, sagte Trude.

»Sobald meine Nichte Zeit hat, wird sie vorbeikommen und nach der Gräfin sehen«, versprach Theresa. Über den Aufregungen der letzten Wochen hatten sie die Gräfin völlig vergessen.

»Das wäre sehr fein. Manchmal mache ich mir wirklich Sorgen um die junge Gräfin. Sie tut mir ja so leid, schließlich ist sie ganz allein in der belagerten Stadt. Ihr Mann ist mit dem Kaiser geflüchtet und hat seine schwangere Frau einfach zurückgelassen.« Trude konnte ihre Empörung nicht verbergen.

Theresa bezweifelte, dass die Gräfin glücklicher wäre, wenn sie ihren Mann an ihrer Seite hätte. Aber sie nahm sich dennoch vor, in den nächsten Tagen einen Besuch im Palais Lichtenberg abzustatten, falls Anna bis dahin noch nicht zurück sein sollte.

39

Basma und Anna hatten den ganzen Vormittag damit verbracht, den Fluchtplan für Martecelli auszuarbeiten. Aber am frühen Nachmittag kam Anna zu der Einschätzung, dass der Plan genauso undurchführbar klang wie am Tag zuvor. Sie konnte Basmas Zuversicht einfach nicht teilen. Die Osmanin hielt an ihrem Vorhaben fest, Wehen vorzutäuschen und zu kollabieren. Im dadurch entstehenden Trubel sollte Anna als Wachsoldat verkleidet in Lorenzos Zelle schlüpfen, um ihn ebenfalls in die Kleider eines Wachsoldaten zu stecken und gemeinsam mit ihm die Zelle wieder zu verlassen. Das alles war vollkommen verrückt, aber es schien keinen anderen Weg zu geben. Deshalb willigte Anna trotz aller Zweifel und Bedenken in den Plan ein, um Lorenzo den Tod durch Folter zu ersparen.

Hannes und Salma sollten ebenfalls mithelfen. Sie würden mit einem Handkarren vor dem Gefängnis warten, um Martecelli, mit leeren Säcken verdeckt, unbemerkt durch das Lager zu transportieren. Ein waghalsiger Plan, der gewiss zum Scheitern verurteilt war, aber ein Strohhalm, an den sich alle klammerten.

Basma hatte es geschafft, einem der wachhabenden Soldaten die geheime Information zu entlocken, wo sich ein Ersatzschlüssel zum Verlies des Gefangenen befand. Die Antwort war erschreckend simpel gewesen. Angeblich hing der Schlüsselbund direkt neben der Zelle. Außerdem hatte die Osmanin die Kleidung von zwei Wachsoldaten organisiert. Sie kicherte wie ein junges Mädchen, als Anna in die Hose schlüpfte und sich einen selbstgebastelten Schnurrbart aufklebte. Die Hose war ihr hoffnungslos zu groß. Anna passte mit beiden Beinen problemlos in eines der Hosenbeine.

»Teure Freundin, da müssen Nadel und Faden her. So nimmt Euch niemand den Soldaten ab«, sagte Basma und unterbrach sich selbst, indem sie erneut zu lachen begann. Gut, dass Anna sich in keinem Spiegel betrachten konnte, ihr Anblick hätte ihr letztes Stück Zuversicht gänzlich zunichtegemacht. Die Tatsache, dass Basma sie als Freundin bezeichnete, beruhigte sie ein wenig und hinterließ ein warmes Gefühl in der Magengegend.

Der Nachmittag verging mit Schneidern. Basma konnte geschickt mit der Nadel umgehen. Als sie nach zwei Bechern Kahve und vielen Stücken köstlichem Lokum endlich fertig waren, sah Anna aus wie ein kleiner, aber perfekt ausgestatteter Wachsoldat. Der Säbel, der an ihrem breiten Ledergürtel hing, war schwer und störte sie beim Gehen, indem er bei jedem Schritt gegen ihren Oberschenkel schlug. Schon jetzt hatte sie dort blaue Flecken.

Hannes und Salma trennten an zwei groben Leinensäcken die Nähte auf, damit sie größer wurden und einen verletzten Mann, der auf einem Handkarren lag, verdecken konnten.

Das größte Problem stellten Annas Locken dar. Sie musste sie dreimal mit Kohlenstaub färben, damit sie endlich schwarz waren und das verräterische Rot nicht mehr durchblitzte. Auch Gesicht und Hände mussten eingefärbt werden, denn Annas helle Haut hätte sie unweigerlich verraten.

»Wie kann man nur so weiß sein?«, fragte Basma irritiert. »Geht Ihr denn niemals in die Sonne?«

»Ich denke, dass die Sonne bei uns viel seltener scheint«, meinte Anna und zupfte am Schnurrbart, der in ihrem Gesicht klebte. Das Ding juckte ganz fürchterlich. Sie hatte ständig das Bedürfnis zu niesen, was sie aber tunlichst vermeiden sollte, denn der Schnurrbart würde sich augenblicklich lösen.

»Ihr habt recht, Euer Land ist tatsächlich kalt und unfreundlich, selbst im Sommer friere ich an manchen Tagen in meinem Zelt«, sagte Basma.

Warum machten sich all diese Menschen auf, um ein Land zu erobern und eine Stadt zu belagern, die so kalt und unfreundlich waren? Doch Anna biss sich lieber auf die Zunge, als die Frage laut zu stellen.

»Eure Verkleidung sieht echt aus«, sagte Basma zufrieden.

»Ich denke, wir sollten uns langsam auf den Weg machen. Mein Mann und der Janitscharenaga sind wahrscheinlich schon bei Eurem guten Freund.«

Annas Herz begann in einer Geschwindigkeit zu rasen, die beängstigend war, und das lag ganz sicher nicht an den zwei Tassen Kahve, die sie getrunken hatte.

Da Kara Mustafa ganz besonderes Interesse an Lorenzo hatte, war der junge Toskaner nicht wie alle anderen Gefangenen in Gemeinschaftszellen untergebracht, sondern in einem Gefängnis ganz für sich. Man hatte ein altes, ausgebranntes Haus in einer der Vorstädte ausgesucht, in dem sich ein besonders tiefer Keller befand. Die abgeschiedene Lage sollte Neugierige davon abhalten, einen Blick auf den Gefangenen zu werfen. Die ehemalige Schmiede verfügte über einen nicht einsehbaren Hof und, was für die Befragung des Gefangenen sehr wichtig war, über genügend Instrumente, die als Folterwerkzeuge verwendet werden konnten. Im Hof gab es einen Brunnen, Wohngebäude und Werkstatt waren ausgebrannt. Noch vor ein paar Wochen hatten im staubigen Innenhof die Kinder des Schmieds mit Reifen und Bällen gespielt, waren einem Huhn nachgejagt, das anschließend im Suppentopf landete, und hatten dem Vater bei der Arbeit zugeschaut. Jetzt war alles Leben aus dem Hof verschwunden. Die Blumen waren verdorrt, die Gemüsebeete zertrampelt und die Obstbäume vom Feuer zerstört.

Zwei türkische Wachsoldaten saßen auf einer Steinstufe vor dem Eingang und spielten ein Kartenspiel. Die beiden hätten nicht unterschiedlicher aussehen können. Während der eine klein und untersetzt war, hatte der andere eine auffallend große Statur und war so dünn, dass er seine Hose mit einem breiten Gürtel festhalten musste, damit sie ihm nicht über die Hüften rutschte. Der Dünne aß gesalzene Nüsse und kaute sie mit offenem Mund. Er spuckte immer wieder kleine Schalenstückchen auf den Boden. Als die beiden Männer Basma in Begleitung eines anderen Wachsoldaten sahen, packten sie die Karten rasch weg und standen auf. Der Lange ließ das Säckchen mit Nüssen in seiner Jackentasche verschwinden und zog die Hose samt Gürtel ein Stück höher.

Mit einem arroganten Kopfnicken, das einer Kaiserin würdig war, schritt Basma an den Soldaten vorbei.

»Ihr könnt da nicht hinein«, sagte der Lange kleinlaut.

»Ihr wollt mir verbieten, meinen Mann zu sehen, auf den ich seit Tagen sehnsüchtig warte?«, fragte Basma scharf. Obwohl sie um zwei Köpfe kleiner war als der Mann vor ihr, hatte man den Eindruck, sie sehe auf ihn herab. Basma trug ein tannengrünes Kleid mit goldener Stickarbeit und einen Schleier in derselben Farbe. Ihr schwarzes Haar, das sie kunstvoll hochgesteckt hatte, war nur zur Hälfte von dem feinen Stoff bedeckt, und ihr Gesicht mit den kohlestiftumrandeten, ausdrucksvollen Augen war unbedeckt. Sie sah beeindruckend aus und war sich ihrer Wirkung vollauf bewusst.

Der Soldat machte einen Schritt zurück und blickte verlegen zu Boden. Sollte der Dichter Ibrahim ibn Ramazzan selbst entscheiden, ob er seine Frau bei dieser Art der Arbeit dabeihaben wollte, er selbst würde sich mit Basma nicht anlegen.

Beide Soldaten traten zur Seite und ließen die schöne Frau und den merkwürdigen kleinen Kollegen ins Innere des Hauses gehen.

Arim El Samsuncabesi hatte mit der Befragung noch nicht begonnen. Der Janitscharenaga und der Dichter saßen auf kleinen, eigens für sie aufgestellten Hockern und besprachen ihre Vorgehensweise. Beide Männer hoben überrascht den

Kopf, als sie Basma sahen. Anna hatte gedacht, sie würde sofort erkennen, wer der Dichter und wer der Janitscharenaga war. Aber die Männer waren beide groß, breitschultrig und bis an die Zähne bewaffnet. Erst ein Blick in ihre Gesichter verriet, welcher der beiden der Dichter war. Ibrahims Gesichtszüge waren weich, während El Samsuncabesis Augen eine Kälte ausstrahlten, die Anna einen eisigen Schauer über den Rücken jagte. Dieser Mann war bereit, über ein Feld von Leichen zu gehen, ohne dabei mit der Wimper zu zucken.

Basma eilte auf ihren Mann zu und umarmte ihn. Ibrahim ibn Ramazzan war Mitte dreißig, braungebrannt, mit einem kleinen, ironischen Lächeln auf den vollen Lippen. Er trug teure, aufwendig verarbeitete Kleidung, die seinen Reichtum und seinen Einfluss zeigte.

Beide Männer standen von den Hockern auf. El Samsuncabesi musterte Basma mit Blicken, die so gierig waren, als wollte er der Frau auf der Stelle die Kleider vom Leib reißen. Rücksichtslosigkeit und Brutalität leuchteten aus seinen Augen. Weder Basma noch Ibrahim bemerkten etwas davon, denn der Dichter war verärgert, dass seine hochschwangere Frau diesen schmutzigen Ort aufsuchte, und Basma musste sich voll und ganz auf ihren Mann und ihre Rolle konzentrieren. Ibrahim setzte zu einer Strafpredigt an, mit der Basma gerechnet hatte. Sie blieb davon völlig ungerührt.

Anna nutzte die Gelegenheit, um sich geschickt in den Hintergrund zurückzuziehen. Die Aufmerksamkeit der beiden Männer war auf Basma gerichtet, zudem machte der spärlich beleuchtete Raum es Anna leicht, beinahe unsichtbar zu erscheinen. An der Rückseite des Zimmers, das vor wenigen Wochen noch einer Familie als Speise- und Wohnraum gedient hatte, entdeckte sie einen Stiegenabgang. Sicher war das der Zugang zum Keller und somit zu Martecellis Verlies. An der Wand neben dem Abgang hing tatsächlich ein dicker Schlüsselbund mit ungefähr fünfzehn Schlüsseln. Wie unvorsichtig. Anscheinend rechnete hier niemand damit, dass jemand den Gefangenen befreien wollte.

Basma sprach mit ihrem Mann und dem Janitscharenaga in einer Sprache, die Anna nicht verstand. Trotzdem erkannte sie, dass Basma vorwurfsvoll und einschmeichelnd zugleich klang. Allmählich schien sich der Ärger ihres Mannes zu verflüchtigen. An der Frau war eine großartige Schauspielerin verlorengegangen. Doch der eigentliche Auftritt sollte erst folgen.

Plötzlich und völlig unerwartet schrie Basma hoch und schrill auf, griff sich an ihren Bauch, krümmte sich zusammen, verdrehte die Augen, keuchte und sank schließlich zu Boden. Beide Männer waren sichtlich entsetzt. Ibrahim beugte sich hilflos über seine Frau, während der Janitscharenaga sprachlos und steif danebenstand. Selbst Anna, die in den Plan eingeweiht war, glaubte fast, dass die Krämpfe echt waren. Die beiden Männer schienen mit der Situation überfordert, Ibrahim war die Farbe aus dem Gesicht gewichen, er warf El Samsuncabesi einen ratlosen Blick zu. Der Mann zuckte mit den Schultern und ging zu den Wachsoldaten vor der Tür. Es wurde Wasser gebracht und frische Luft zugefächert. Basma öffnete die Augen einen Spaltbreit, flüsterte schwach ein paar Worte und stieß unvermittelt einen neuen, noch höheren und schrilleren Schrei aus. Wieder verdrehte sie die Augen und sackte nach hinten. Ibrahim hob sie hoch. Er war ein großer, kräftiger Mann, der es gewohnt war, schwer zu tragen, trotzdem war es ihm unmöglich, seine Frau den ganzen Weg bis zu seinem Zelt auf diese Weise zu transportieren. Der Janitscharenaga kam ihm zu Hilfe und packte mit an. Behutsam, als transportierten sie rohe Eier, trugen sie Basma zur Tür hinaus. Die beiden Wachsoldaten liefen aufgeregt zwischen ihnen hin und her. Der Lange holte erneut Wasser, während der Dicke umständlich ein Pferd bestieg, um einen Wagen zu besorgen.

Plötzlich war Anna allein im Haus. Sie wusste, dass ihr nicht viel Zeit blieb und sie schnell handeln musste. Mit einem Sprung war sie beim Schlüsselbund, nahm ihn geräuschlos vom Haken und lief die dunklen Stiegen in den Keller. Der verdammte Säbel schlug ihr beim Laufen gegen die Knie. Auf der Treppe gab es keinerlei Beleuchtung, nur der sehr schwache Schein von oben fiel in den Gang. Schon nach wenigen Schritten stieß Anna gegen eine schwere Holztür. Hastig tastete sie nach dem Schloss und steckte den ersten Schlüssel ins Schloss. Er passte nicht, auch mit dem zweiten, dem dritten und dem vierten Schlüssel ließ sich das Schloss nicht aufsperren. Was, wenn keiner der Schlüssel ins Schloss passte? Wenn der Schlüsselbund gar nichts mit dem Keller zu tun hatte? Anna begann zu zittern, es kostete sie unverhältnismäßig viel Zeit, ins Schloss zu zielen, zudem machte der dicke Schlüsselbund einen fürchterlichen Lärm. Wenn jemand das Haus betrat, würde er die Geräusche hören. Kaum hatte sie das gedacht, drangen vom Hof her Stimmen zu ihr. Noch waren alle draußen. Anna versuchte den nächsten Schlüssel und bemerkte sofort, dass sie jetzt den richtigen gefunden hatte. Erleichtert drehte sie ihn im Schloss und stieß die Tür vorsichtig auf. Ein fürchterlicher Gestank nach menschlichen Exkrementen, Blut, Schweiß und schimmlig nassen Kellerwänden schlug ihr entgegen. Anna trat vorsichtig ein.

»Lorenzo Martecelli?«, flüsterte sie vorsichtig. In der Dunkelheit konnte sie niemanden ausmachen. Plötzlich bewegte sich ein Schatten am Boden. Jemand versuchte, sich zu ihr zu drehen. Anna stürzte zu dem Bündel Mensch. In ihren schlimmsten Vorstellungen hatte sie sich ein solches Bild nicht ausmalen können. Seine Peiniger hatten den armen Mann an Händen, Füßen und am Hals gleichzeitig gefesselt. Jede Bewegung, die der Gefangene machte, schnürte seinen Hals ein Stück weiter zu. Er war gerade dabei, sich selbst zu erdrosseln.

»Haltet still. Ich nehme Euch die Fesseln ab.« Anna kramte unter ihrem Hemd nach einem Messer, das sie bei sich trug. Rasch schnitt sie das grobe Seil durch, das tiefe, nässend blutige Spuren in Lorenzos Haut geschnitten hatte.

»Wir haben nur ganz wenig Zeit. Ihr müsst diese Kleider überziehen, damit man Euch für einen Wachsoldaten hält«, sagte Anna. Sie musste gegen ihre Tränen ankämpfen, so entsetzt war sie über den erbärmlichen Zustand des Mannes vor ihr.

Martecellis hellblaue Augen waren blutunterlaufen und tränten. Er blinzelte Anna ungläubig an. »Anna?«, flüsterte er. Nur ihren Namen auszusprechen, kostete ihn enorme Anstrengung.

»Natürlich. Wer sonst würde etwas derart Verrücktes tun?« Anna holte die Verkleidung für Lorenzo hervor, die sie ebenfalls unter ihrem Hemd trug. »Ihr müsst Euch beeilen. Sobald der Dichter und der Janitscharenaga zurück sind, haben wir verloren.«

Lorenzo versuchte sich aufzurichten. Das Blut strömte in seine Glieder zurück und verursachte schreckliche Schmerzen, die aber nicht ganz so unerträglich waren wie beim letzten Mal. Die Folterknechte hatten ihn nach ihrer Arbeit weniger eng zusammengeschnürt.

Als Anna sah, wie hilflos Lorenzo dahockte, half sie ihm beim Ausziehen seines Hemdes. Eine riesige, eiternde Brandwunde kam zum Vorschein. Anna zog die Luft geräuschvoll ein. Es war allerhöchste Zeit. Wenn sich diese Wunde entzündete, bedeutete das den sicheren Tod des Verletzten.

»Ich kann Euch jetzt nicht verbinden«, sagte sie und streifte ihm das mitgebrachte Hemd über. Wahrscheinlich war diese Verkleidung sinnlos, denn jeder konnte erkennen, dass Lorenzo schwerverletzt und ungewaschen war und direkt aus der Hölle kam. Sie hielt dennoch an ihrem Plan fest und half Lorenzo beim Anlegen der Hose, der Schuhe und des Turbans. Den Bart konnte sie sich sparen, denn während der Gefangenschaft war sein Gesicht mit dunklen Barthaaren zugewachsen. Seine dunklen Locken hingen verfilzt und strähnig in sein abgemagertes Gesicht. Anna strich es nach hinten. Wie konnte man einen Menschen derart zurichten?

»Anna«, Lorenzo stockte. »Ich … kann … nicht. Ihr … müsst mich hierlassen.«

»Unsinn«, sagte Anna. »Ich bin nicht hierhergekommen, um mit Euch zu plaudern und Euch dann zurückzulassen, sondern um Euch zu befreien.«

Lorenzo wirkte müde, so als habe er mit seinem Leben bereits abgeschlossen: »Ich … kann nicht … aufstehen. Es … ist … Wahnsinn, was … Ihr vorhabt.«

»Hört auf zu jammern«, sagte Anna. »Ich bin eine starke Frau, und Ihr müsst versuchen zu gehen.« Sie ließ keine Widerrede zu, schob ihren Arm energisch unter seine Achsel und versuchte, ihn hochzuhieven.

Es war erschreckend, wie dünn der Mann geworden war, er bestand nur noch aus Haut und Knochen. Dennoch war er so schwer, dass Anna ihn allein nicht hochbrachte.

»Ihr müsst mithelfen«, schnaufte sie.

»Das tu ich … bereits, aber … meine Füße sind … taub.«

»Wir versuchen es noch einmal. Diesmal gemeinsam.« Anna begann zu summen, wie sie es bei besonders schwierigen Geburten tat. Das Geräusch schien Lorenzo zu helfen. Plötzlich standen beide wankend im Keller.

»Dort entlang«, sagte Anna und zeigte auf den Ausgang. In Lorenzos Ohren begann es zu rauschen. Er drohte das Bewusstsein zu verlieren, wankte vor und zurück.

»Ihr dürft jetzt nicht ohnmächtig werden«, flehte Anna. Sie spürte, wie sein Körper schlaff und noch schwerer wurde. Lorenzo atmete tief durch und ließ sich von Anna die Stufen hinaufschleppen. Nie im Leben hätte sie gedacht, dass ein Mensch so schwer sein konnte. Der Weg kam ihr schier endlos vor, jede Stufe stellte ein fast unüberwindliches Hindernis dar. Endlich waren sie im halbdunklen Raum angekommen, und Anna lehnte Lorenzo gegen die Steinwand.

»Ich schließe die Zelle wieder ab, damit man nicht sofort bemerkt, dass Ihr nicht mehr da seid«, erklärte sie und lief eilig zurück, um die Holztür wieder zu versperren. Diesmal musste sie nicht nach dem passenden Schlüssel suchen. Sie hatte sich gemerkt, welcher das Schloss aufgesperrt hatte.

Als sie wieder bei Lorenzo war, lehnte dieser immer noch an der Wand. Er wirkte deutlich klarer im Kopf und sah sie jetzt direkt an. Im Halbdunkel leuchteten die glänzenden Augen fast unnatürlich. In seinem Blick lag Verwunderung.

»Anna, warum tut Ihr das?« Er nannte sie erneut bei ihrem Vornamen.

»Ihr fragt mich, warum ich aus Menschlichkeit handle?«

»Das hier geht weit über Menschlichkeit hinaus. Ihr riskiert Euer Leben, um das meine zu retten.« Lorenzo würde keinen Schritt tun, bevor Anna ihm eine Antwort gegeben hatte. Die ganze Situation war unwirklich, wie ein Traum.

Allein die Schmerzen in Lorenzos Brust waren so echt, dass es kein Traum sein konnte.

Anna zögerte: »Wahrscheinlich mag ich Euch. Ich habe Euch doch schon gesagt, dass ich verrückt bin.« Bei diesem Geständnis sah sie ihn nicht an. Deshalb konnte sie die Freude auf seinem Gesicht nicht sehen.

Vorsichtig ging Anna zum Eingang, um zu prüfen, ob draußen jemand stand. Aber der Hof war vollkommen leer. Basmas Auftritt hatte sie alle durcheinandergebracht. Trotzdem würde es nicht lange dauern, bis die Wachsoldaten zurückkehrten.

»Seid Ihr bereit für einen kleinen Spaziergang?«, fragte Anna. Ohne auf eine Antwort zu warten, griff sie Lorenzo energisch unter den Arm und zog ihn zum türlosen Eingang. Die Haustür war entfernt worden, wahrscheinlich hatte man sie anderweitig gebraucht. Ohne weiter nachzudenken, schleifte sie Lorenzo über den staubigen Hof. Es kostete den Verletzten all seine Kraft, einen Fuß vor den anderen zu setzen. Anna ging viel zu schnell, so dass Lorenzo stolperte. Aber Anna stemmte sich gegen ihn, damit er nicht zu Boden fiel.

»Wir verlassen jetzt den Hof.«

»Teuerste, ich bin nicht blind«, sagte Lorenzo.

»Ihr lasst mich nicht aussprechen. Ich wollte Euch erklären, dass wir noch eine Straße weiter gehen müssen, bis zur nächsten Kreuzung. Dort warten Hannes und Salma mit einem Handkarren, mit dem sie Euch zum Brunnen bringen können.« Lorenzos Gesicht hatte jegliche Farbe verloren. Er sah aus, als würde er jeden Moment zusammenbrechen, doch er schleppte sich tapfer weiter.

Unbemerkt gelangten die beiden aus dem Hof. Auf der staubigen Straße standen zwei Soldaten, die ähnliche Uniformen wie Anna und Lorenzo trugen. Die Männer schenkten den beiden torkelnden Gestalten keine Beachtung. Je näher Anna und Lorenzo zu der Stelle gelangten, an der Hannes und Salma warteten, desto dichter wurde das Treiben rund um sie. Es war gut, dass die Menschen alle beschäftigt waren, denn so nahm niemand von ihnen Notiz. Ein genauer Blick, und Lorenzos Verkleidung wäre aufgeflogen.

Als sie die Straßenkreuzung fast erreicht hatten, sah Anna den kleinen, dicken Wachsoldaten an ihnen vorbeireiten. Auch er bemerkte sie nicht. Er ritt die Straße zurück und bog in den Hof der niedergebrannten Schmiede ein. Hoffentlich würde er nicht gleich nach dem Gefangenen sehen.

Wie vereinbart, standen Hannes und Salma mit dem Handkarren bereit. Hannes erschrak, als er Lorenzo sah. Er stürzte sich auf ihn und half dem Mann auf den Wagen.

»Was haben die Türken mit Euch gemacht?«, fragte Hannes entsetzt. Aber Lorenzo konnte nicht antworten, er war zu erschöpft. Er schüttelte nur müde den Kopf und ließ sich von dem Jungen mit den zerschnittenen Säcken zudecken. Lorenzos Kopf sackte nach hinten, und augenblicklich schloss er die Augen.

Um zu dem Brunnen zu gelangen, der zum stillgelegten Kanalsystem führte, mussten sie die Vorstadt durchqueren. Der Weg war belebt, was der kleinen Gruppe zugutekam. Anna hielt den Blick gesenkt, damit niemand auf den Gedanken kam, sie anzusprechen. Der Handkarren holperte über den unebenen, festgestampften Lehmboden und rüttelte den verletzten Lorenzo gnadenlos durch.

Eine Gruppe Soldaten ritt ohne Rücksicht und in vollem Galopp an ihnen vorbei. Die auf den Boden donnernden Hufe wirbelten kleine Steine und jede Menge Staub auf. Nur indem Hannes und Salma den Wagen rasch auf die Seite zogen, konnten sie gerade noch verhindern, dass er kippte. Den Rest der Strecke hielten sie Ausschau nach eventuellen Reitergruppen, um rechtzeitig ausweichen zu können.

Anna lief in Gedanken versunken hinter dem Handkarren her. Was hatte sie vorhin zu Lorenzo gesagt? »Wahrschein lich mag ich Euch.« Was hatte sie sich dabei gedacht? Bestimmt war der Ausnahmezustand schuld an ihrer Bemerkung. Gut, dass Martecelli Fieber hatte. Vielleicht konnte er sich morgen an den Satz nicht mehr erinnern. Wenn es für ihn ein Morgen gab.

Endlich war der ausgebrannte Hof mit dem Brunnenschacht in Sicht. Jetzt hieß es nur noch, Lorenzo durch den Tunnel zu schaffen und schließlich aus dem versperrten Wirtshaus zu kommen. Beides erschien ihr unmöglich.

Die Kinder stellten den Karren ab, und Anna schob die zerschnittenen Säcke von Lorenzo. Er schlief. Zumindest hatte er die Augen geschlossen.

»Lorenzo! Wir müssen in den Brunnenschacht«, sagte sie und berührte ihn dabei sanft an der Schulter. Nun hatte auch sie ihn beim Vornamen genannt. Es war ein schöner Name, und es fühlte sich gut an, ihn auszusprechen. Lorenzos Augen waren umgeben von einer Unzahl kleiner Fältchen, die darauf hindeuteten, dass er gerne lachte. Im Moment kostete es ihn Überwindung, auch nur die Augen zu öffnen, und das Fieber leuchtete aus ihnen heraus. Er schien Anna nicht mehr zu erkennen.

»Hannes und ich werden Euch helfen. Aber Ihr könnt nicht länger hierbleiben. In wenigen Stunden werden sie das ganze Lager nach Euch absuchen«, erklärte Anna.

Lorenzo verstand nicht, was sie sagte, aber er sammelte alle noch vorhandenen Kräfte, um sich hochzuziehen. Mit Hilfe des alten Brunnenseils ließen Anna und die Kinder den

Verletzten in den Schacht. Anna und Hannes kletterten hinterher.

»Vielen Dank, Salma!«, sagte Anna. Es war Zeit für das stumme Mädchen, zurückzukehren. Nur zu gern hätte Anna Basma noch einmal gesprochen, um ihr vom Verlauf der Befreiung zu erzählen. Aber das musste warten. Hoffentlich würde die tapfere Frau keine Probleme bekommen. Aber Basma würde ihren hoheitsvollen Blick aufsetzen und jede Schuld von sich weisen. Von dieser Frau konnte Anna noch allerhand lernen.

Der Weg zurück durch den Tunnel verlief leichter als gedacht. Lorenzo musste zwar immer wieder Pausen einlegen und wurde mit jedem Meter, den er hinter sich brachte, schwächer, aber er setzte weiter tapfer einen Fuß vor den anderen. Über weite Strecken hielt er die Augen geschlossen und taumelte Anna hinterher. Als sie sich direkt unter der Stadtmauer befanden, erschütterte eine heftige Explosion den Tunnel. Anna hielt erschrocken inne, doch Hannes blieb gelassen: »Das sind die Sprengkommandos der Türken. Sie graben Röhren in die Erde, um die Stadtmauer zu sprengen. Aber Starhemberg hat schon Gegensprengungen befohlen, dadurch werden die Tunnel der Türken zerstört.«

»Es ist ein Wunder, dass dieser alte Kanal noch nicht entdeckt worden ist«, meinte Anna. Hannes' Worte konnten ihr Entsetzen nicht vertreiben.

»Die Gefahr, dass er einstürzt, ist viel größer.« Hannes drängte zur Eile.

Es dauerte eine Ewigkeit, bis sie das schmiedeeiserne Gitter vor sich auftauchen sahen. Sicher war es schon finstere Nacht und die Ausgangssperre in Kraft getreten. Was bedeutete, dass sie sich noch einmal durch die Stadt schleichen mussten, um ungesehen an den Wachposten vorbeizukommen. Anna und Hannes hatten bereits am Anfang des Tunnels ihre eigenen Kleider angezogen. Aber Anna sah mit ihren dunklen Haaren und dem Schmutz im Gesicht immer noch fremd aus. Für Lorenzo hatten sie keine Kleidung dabei. Er musste in der Uniform eines türkischen Wachsoldaten gehen. Sein Fieber war dramatisch gestiegen, er glühte regelrecht.

Anna zog das schmiedeeiserne Tor auf und stieg die ersten Stufen zum Wirtshaus empor. Plötzlich hörte sie hinter sich leise Schritte. Erschrocken fuhr sie herum, jemand war ihnen gefolgt. Aus der Dunkelheit tauchte eine kleine, dunkle Gestalt auf. Es war Salma, die völlig aufgelöst und verschwitzt vor ihr stand. Sie musste den ganzen Weg gelaufen sein. Aufgeregt gestikulierte sie, formte einen übergroßen Bauch und verzerrte das Gesicht, als hätte sie Schmerzen.

»Basmas Wehen haben tatsächlich eingesetzt?«, fragte Anna.

Das Mädchen konnte sie nicht verstehen, nickte aber trotzdem. Anscheinend hatten die ganze Aufregung und das herrliche Schauspiel Basmas Kinder auf die Idee gebracht, jetzt gleich zur Welt kommen zu wollen. Während Anna, Hannes und Lorenzo den Weg im Kanalsystem zurückgelegt hatten, war Salma den Weg zum Zelt gelaufen, hatte gesehen, dass Basma tatsächlich Hilfe brauchte, und war wieder zum Brunnen zurückgekehrt. Dann war sie allein durch den stockfinsteren Tunnel gelaufen. Dass sie die drei noch hier unten antraf, zeigte, wie langsam Anna und Hannes mit dem verletzten Lorenzo unterwegs gewesen waren.

»Wir müssen Martecelli in die Tuchlauben bringen, dann komme ich mit dir zurück ins Lager«, sagte Anna. Salma nickte erleichtert. Irgendwann würde Anna vor Müdigkeit zusammenbrechen. Aber jetzt noch nicht, auch wenn ihre Augen bereits brannten und die Schultern in Richtung Boden drückten.

»Lasst uns keine Zeit verlieren«, spornte sie die anderen an. Es war ein Satz, den sie heute sicher schon ein Dutzend Mal gesagt hatte.

Salma erwies sich als große Hilfe beim Transport des verletzten Lorenzo. Das Mädchen war zwar dünn, aber auch drahtig und ungeahnt stark. Lorenzo hatte sich überanstrengt und konnte keinen Schritt mehr gehen. Während sie ihn zu dritt über das Kopfsteinpflaster schleppten, betete Anna, dass sie niemandem begegneten. Die Nacht war bewölkt. Weder der Mond noch ein einziger Stern erhellte den Himmel, so konnten sie ungesehen durch die Straßen schleichen.

In der Tuchlauben waren alle Fensterläden verschlossen. Anna klopfte zuerst vorsichtig und sanft, dann immer lauter gegen die Tür. Sie hatte Angst, die Nachbarschaft zu wecken, wollte aber auch nicht zu lange auf der Straße stehen und vielleicht direkt vor dem Haus von einem Nachtwächter aufgespürt werden. Als sie erneut zum Klopfen ansetzen wollte, hörte sie Theresas Schritte. Die Tür öffnete sich, und Theresa stand in ihrem Nachthemd vor ihnen. Sie war sprachlos. Vor Freude schloss sie Anna in die Arme und drückte sie. Das hatte sie bisher noch nie getan.

»Ich habe mir große Sorgen gemacht«, sagte sie beinahe entschuldigend, ließ Anna los und trat einen Schritt beiseite, um alle hereinzulassen.

»Martecelli hat es schlimm erwischt. Bitte kümmere dich um ihn. Ich muss zurück ins Lager, weil die Frau, die mir geholfen hat, Lorenzo zu befreien, in den Wehen liegt. Ich brauche die Geburtszange und den fertig gepackten Korb.«

Anna sprudelte die Worte heraus, während Hannes und Salma den bewusstlosen Toskaner auf der Küchenbank ablegten.

Theresa machte einen Schritt auf den Verletzten zu und schüttelte entsetzt den Kopf. Die Türken hatten gründliche Arbeit geleistet. Sie riss Lorenzos Hemd auseinander und überlegte, womit sie beginnen sollte. Als sie sich über die riesige Brandwunde beugte, stand Anna bereits wieder neben ihr. Sie hatte in Windeseile alles zusammengepackt, was sie für eine Geburt benötigte.

»Ich weiß nicht, wie lange ich weg sein werde«, sagte sie.

Theresa nickte. Gerade noch erleichtert, musste sie erneut damit beginnen, sich zu sorgen.

»Willst du nicht wenigstens etwas essen oder trinken?«, fragte sie.

Aber Anna schüttelte den Kopf. »Falls mir etwas zustoßen sollte, wird Salma eine Nachricht bringen.«

»Gehe ich denn nicht mit?«, fragte Hannes überrascht.

»Hier wirst du dringender gebraucht«, sagte Anna und wandte sich zur Tür. Hoffentlich kam sie nicht zu spät.

Theresa war es mittlerweile gewohnt, beinahe ohne Schlaf auszukommen. Sie baute Martecelli, oder dem, was die Türken von ihm übriggelassen hatten, ein notdürftiges Matratzenlager in der Küche. Danach begann sie, den Mann aus seiner Kleidung zu schälen und mit Hannes' Hilfe zu waschen. Martecelli war abgemagert bis auf die Knochen, sein ganzer Körper war mit kleineren und größeren Wunden übersät. Die größte aber war die fast handtellergroße Verbrennung mitten auf der Brust. Nicht nur die Haut, sondern auch Teile seines Fleisches waren verbrannt worden.

»Ihr seid ein zäher Bursche, wenn Ihr diese Art der Folter

übersteht«, sagte Theresa und pfiff durch die Zähne. Sie versorgte eine Wunde nach der anderen, wie ein Schneider, der einen kaputten Mantel zusammenstückelte. Nach der dritten Schnittwunde, die sie nähte, sah sie keinen Menschen mehr vor sich liegen, sondern einen Gegenstand, den es zu reparieren galt. Während sie arbeitete, hatte sie keine Zeit, sich Gedanken um ihre Nichte zu machen. Hannes machte keine Anstalten, von Martecellis Rettung zu erzählen, und sie mochte ihn auch nicht dazu drängen. Später würde sie schon noch alles Wesentliche erfahren, jetzt galt es, diesen Mann zu retten, für den Anna ihr Leben aufs Spiel gesetzt hatte.

Als Theresa endlich fertig war, ging die Sonne auf, und Lorenzo schlief tief und fest. Sein Fieber war nicht weiter gestiegen, was sie als gutes Zeichen wertete. Hannes hatte ihr bis zuletzt geholfen. Nun machte sich auch bei dem Jungen die Müdigkeit bemerkbar.

»Leg dich hin und versuch zu schlafen«, sagte Theresa. Sie selbst wusch sich gründlich die Hände und machte sich daran, Frühstück zu richten. In der Speisekammer lag ein großer Laib Brot und eine Ecke holländischer Käse, die Hugo ihr gestern Nachmittag vorbeigebracht hatte. Trude hatte auf dem Markt Theresas leeren Einkaufskorb gesehen und beschlossen, ihren Mann mit Essen in die Tuchlauben zu schicken. In der Speisekammer der Gräfin bogen sich die Regale, so dass es nicht auffiel, wenn ein Laib Brot fehlte.

Im Dunkeln konnte Anna Basmas Zelt nicht erkennen. Ohne Tageslicht sahen für sie alle Zelte gleich aus. Aber Salma lief schnurstracks auf das Zelt ihrer Herrin zu, schlug die Plane auf die Seite und schlüpfte ins Innere. Anna tat es ihr gleich. Basma lag auf Polstern und Teppichen und krümmte sich vor Schmerzen, während ihr Mann, Ibrahim ibn Ramazzan, neben ihr kniete. Anna blieb augenblicklich stehen. Noch hatte der Mann sie nicht gesehen. Sollte sie sich umdrehen und das Zelt verlassen? Sie sah zwar aus wie eine osmanische Frau, konnte aber kein Wort verstehen und auch keine Antwort geben.

Plötzlich hob der Dichter seinen Kopf und blickte Anna direkt an. Es war zu spät, um davonzulaufen. Ibrahim wirkte verwirrt, kniff die Augen zusammen und schien zu überlegen. Vielleicht erinnerte er sich daran, dieses Gesicht schon einmal gesehen zu haben. Annas Herz schlug rasend schnell. Wenn sie jetzt zu fliehen versuchte, würde sie nicht einmal bis zur nächsten Zeltreihe gelangen, ohne davor von ihm eingeholt zu werden.

Ibrahims Gesichtsausdruck war immer noch nicht zu deuten, mit einer einladenden Geste winkte er Anna zu sich. Er sprach sie nicht an, sondern nickte ihr nur zu. Was ging hier vor? Langsam näherte sich Anna Basmas Lager. Die Schwangere sah Anna, und eine Welle der Erleichterung überströmte sie. Sie sagte etwas zu ihrem Mann. Ibrahim gab seiner Frau einen Kuss auf die Stirn und erhob sich. Dabei ließ er Anna nicht aus den Augen, betrachtete sie mit einer Mischung aus Argwohn und Misstrauen, verließ aber schließlich das Zelt.

Kaum war er draußen, flüsterte Basma: »Ich habe ihm gesagt, dass Ihr taubstumm seid wie Salma.«

Anna nickte, wurde aber das Gefühl nicht los, dass Ibrahim sie erkannt hatte.

Basmas Körper krampfte sich erneut unter einer heftigen Wehe zusammen. »Atmen«, sagte Anna, wobei sie Basmas Hand hielt und ihr durch gleichmäßiges Drücken den Rhythmus vorgab. Bald klang Basmas Wehe wieder ab.

»Wie weit könnt Ihr in den Wehenpausen zählen?«, fragte Anna.

»Anfangs war es nur drei, jetzt kann ich bis zwanzig zählen«, sagte Basma.

Der Geburtsvorgang verlangsamte sich, das war kein gutes Zeichen.

»Wir warten die nächste Wehe ab, dann untersuche ich Euch«, sagte Anna. Sie ergriff Basmas Hand erneut, um ihr während der Wehe das Gefühl zu vermitteln, nicht allein zu sein.

Die Wehe kam und diesmal gelang es Basma, selbst den richtigen Atemrhythmus zu finden. Anna versuchte derweil, sie von den Schmerzen abzulenken.

»Eure Vorstellung heute Nachmittag war großartig.« Basma gelang ein Lächeln. Wenig später ebbte auch diese Wehe ab.

Eilig machte sich Anna daran, Basmas Muttermund zu untersuchen. Er war erst zwei Fingerbreit geöffnet, und das, obwohl die Frau seit Stunden heftige Wehen hatte. Ihnen stand eine lange Nacht bevor. Anna holte ihren Korb und suchte nach der Tinktur mit Blauem Hahnenfuß. Außerdem kramte sie nach der Flasche mit dem Olivenöl, um den Muttermund zu massieren und während der nächsten Wehen zu dehnen.

Als Anna Basma ein paar Tropfen vom Blauen Hahnenfuß auf die Zunge tropfte, ergriff Basma erneut ihre Hand: »Ich bin Euch dankbar, dass Ihr gekommen seid. Ich habe Angst wie noch nie zuvor in meinem Leben.«

Anna strich die schwarzen Haare aus Basmas verschwitztem Gesicht.

»In ein paar Stunden werden zwei wundervolle Kinder neben Euch liegen«, sagte sie möglichst zuversichtlich, während sie eine dunkle Ahnung hatte, dass diese Geburt nicht so reibungslos verlaufen würde, wie sie es sich wünschte.

Ein heißer, schwüler Tag kündigte sich an, und Theresa graute es davor, ins Hospital zu gehen. Hannes schlief tief und fest, auch Martecelli schlief. Theresa wurde hier gebraucht. Sie konnte dem völlig übermüdeten Jungen nicht die Verantwortung für einen Schwerverletzten überlassen, zumal für einen, der den Nachmittag vielleicht nicht überlebte. Vielleicht war es klüger, hierzubleiben. Oder sollte sie Martecelli ins Schottenstift bringen lassen?

Plötzlich klopfte es an der Tür. Bestimmt war es Meister Konrad, der sie abholte, um gemeinsam den Weg ins Spital zurückzulegen. Doch als Theresa aufstand und die Tür öffnete, stand der Kaufmann Kästner vor ihr. Theresa war sprachlos. Der Mann war in den letzten Wochen um Jahre gealtert. Sein Gesicht war grau, die Augen lagen in tiefen Höhlen und waren von dunklen Schatten umrandet. Sicher hatte er seit Tagen nicht anständig gegessen. Seine Kleidung war schmutzig und ungewaschen. In einem Arm trug er seine Tochter Fabienne, an der anderen Hand hielt Emma sich fest.

Bei dem erbärmlichen Anblick, den die drei boten, spürte Theresa das schlechte Gewissen in sich aufsteigen. Sie hätte sich nach dem Kaufmann erkundigen und ihm ihre Hilfe anbieten sollen. Nun öffnete sie die Tür weit und ließ die drei eintreten.

»Schön, Euch zu sehen«, sagte sie munterer, als sie sich fühlte. »Was führt Euch zu mir?«

Der Kaufmann trat ein und kam ohne Umschweife auf den Punkt: »Fabienne scheint die Ziegenmilch nicht zu vertragen. Sie hat Durchfall. Aber ich kann keine Amme auftreiben. Meine Magd ist aus dem Hospital nicht mehr zurückgekehrt, und ich bin allein mit den zwei Kindern. Ich weiß im Moment nicht weiter.«

Theresa warf einen Blick auf den Säugling. Fabienne war immer noch zart, aber sie wuchs und schien zuzunehmen. Ihre weichen Wangen waren rosig. Während Theresa den Säugling betrachtete, klammerte sich Emma an ihrem Vater fest und sah sich mit großen Augen in der Stube um. Sie zog an dem nicht mehr ganz sauberen Hemd des Kaufmanns und forderte seine Aufmerksamkeit ein. Als ihr Vater sich ihr zuwandte, zeigte Emma auf das Lager von Martecelli.

»Ihr habt einen Kranken in der Stube liegen?«, fragte der Kaufmann.

»Lorenzo Martecelli, der junge Jurist von Graf Starhemberg, er ist schwer verletzt«, erklärte Theresa.

»Der Mann aus der Toskana?«, fragte Kaufmann Kästner entsetzt.

Theresa nickte.

»Wäre er im Hospital nicht besser aufgehoben?«

Theresa hob die Schultern. Sie wusste es selbst nicht. Aber dann dachte sie an den Kurier Rudolf Geiger und schüttelte entschieden den Kopf. Sie bat den Kaufmann, Platz zu nehmen, holte zwei Becher und den letzten Krug Apfelwein. Für Emma zauberte sie eine Schüssel Brombeeren hervor.

Theresa nahm dem Kaufmann die kleine Fabienne ab. Das Mädchen streckte ihr aus dem Wickelpolster eine kleine Faust entgegen und sah sie interessiert an. Sie hatte kein Fieber, war neugierig und wirkte nicht krank.

»Ich glaube, Ihr müsst Euch um Fabienne keine Sorgen machen. Natürlich wäre eine Amme besser als die Ziegenmilch, aber solange Ihr keine Frau findet, die Eure Tochter stillt, wird das Mädchen auch mit der Ziegenmilch zufrieden sein. Ein bisschen Durchfall heißt noch lange nicht, dass Fabienne Typhus hat.«

Der Kaufmann schenkte unaufgefordert beide Becher voll und trank einen kräftigen Schluck. »Ich weiß, aber ich bin vorsichtig geworden.«

»Was ich gut verstehen kann.« Theresa übergab Fabienne wieder dem Kaufmann, der sie bereitwillig entgegennahm. Sein Gesichtsausdruck hellte sich auf, als seine jüngste Tochter ihn anlächelte. Emma drückte der kleinen Schwester einen ungestümen Kuss auf die Stirn und stürzte sich mit Begeisterung auf die süßen, reifen Brombeeren.

»Nach dem Tod meiner Frau wollte ich mich zum freiwilligen Dienst in den Gräben vor der Stadt melden, aber ich brachte es nicht übers Herz, meine beiden Mädchen allein zurückzulassen«, sagte er, offensichtlich erschüttert darüber, jemals mit diesem Gedanken gespielt zu haben.

»Wie kommt Ihr zurecht?«, fragte Theresa.

Der Kaufmann streichelte Fabienne über den Kopf. »In meinem Arbeitszimmer stapelt sich seit Wochen die Arbeit. Ich bin auf der Suche nach einer Magd und einem Lehrling. Moritz ist bei Sprengarbeiten umgekommen und unsere Magd ist am Typhus gestorben. Ich weiß nicht, womit ich beginnen soll, weil ich ständig mit der Versorgung der Mädchen beschäftigt bin.«

»Ich verstehe«, sagte Theresa. Sie runzelte die Stirn und beschloss, heute nicht ins Schottenstift zu gehen. Ganz egal, welche Konsequenzen das für sie haben würde.

»Wenn es Euch hilft, könnt Ihr Emma heute hierlassen. Vielleicht hat sie Lust, Hannes im Garten bei der Arbeit zu helfen. Ich glaube, an den Brombeerbüschen warten noch mehr Früchte darauf, geerntet zu werden.«

Das Mädchen lächelte schüchtern und nickte. Ja, sie wolle gerne hierbleiben und auf den Vater warten.

»Die Köchin im Palais der Gräfin Lichtenberg wäre vielleicht bereit, ein Auge auf Eure kleine Fabienne zu haben. Dann könntet Ihr Euren Geschäften nachgehen und Euch nach einer neuen Magd umsehen«, schlug Theresa vor. Sie hoffte auf Trudes Hilfsbereitschaft.

Der Kaufmann atmete erleichtert durch. »Das würde mir sehr weiterhelfen. Vielen Dank.«

Die Stunden vergingen, die Wehen hielten an, aber der Muttermund wollte sich einfach nicht öffnen, obwohl eines der Kinder schon dagegendrückte. Basma war eine zähe, starke Frau. Aber allmählich verließ sie die Kraft, und Anna sehnte sich niemanden dringender herbei als ihre Tante. Was würde Theresa jetzt machen? Ruhe bewahren, das war das oberste Gebot, aber was noch?

Basma wand sich unter dem Druck einer neuen Wehe.

»Ich werde Euch etwas gegen die Schmerzen geben«, sagte Anna. »Damit Ihr Euch ein wenig entspannen könnt und Euch nicht verkrampft.«

In Basmas Augen blitzten Dankbarkeit und Hoffnung auf.

Anna schob der erschöpften Frau, die mittlerweile zu schwach war, um bei der Geburt mitzuhelfen, zwei Opiumkugeln unter die Zunge. Eigentlich hätte sie keine mehr besitzen dürfen, aber Meister Konrad hatte ihr letzte Woche von seinem letzten Vorrat etwas abgegeben. Die Wirkung setzte rasch ein, und Basma entspannte sich deutlich. Die nächsten Wehen nahm sie gelassen hin. Als Anna den Muttermund erneut untersuchte, hatte er sich tatsächlich fast doppelt so weit geöffnet. Anna nutzte die nächste Wehe, um den Muttermund durch Massieren noch etwas weiter zu dehnen. Trotz des Opiums verursachte der Vorgang Basma Schmerzen. Aber es lohnte sich, denn der Muttermund war nun beinahe ganz geöffnet, Anna konnte bereits die schwarzen Haare eines der Kinder ertasten. Als kurz darauf die Fruchtblase platzte, fuhr Basma erschrocken hoch.

»Keine Angst, das ist völlig normal«, beruhigte Anna die verunsicherte Frau. »Eure Kinder haben genug von Eurem Fruchtwasser. Sie wollen heraus und richtige Milch trinken.«

Basma rang sich ein Lächeln ab. Danach ging alles sehr schnell. Kaum war die Fruchtblase geplatzt, setzte eine Presswehe ein, und mit der zweiten Wehe steckte das Kind im Geburtskanal, bevor es mit der dritten schon draußen war und in Annas Händen lag.

»Euer Sohn sieht prächtig aus«, sagte Anna und legte den kleinen, blutigen Körper auf Basmas Bauch. Die erschöpfte Mutter strahlte und sah fassungslos auf das Geschöpf, das soeben aus ihr geschlüpft war.

Anna wartete damit, die Nabelschnur zu durchtrennen. Sie wollte Mutter und Kind diesen ersten gemeinsamen Augenblick gönnen.

Salma hatte einen Eimer mit frischem, angewärmtem Wasser gebracht, er stand neben der Landschaft aus Teppichen und Polstern. Anna durchschnitt nun mit ihrer kleinen Schere die Nabelschnur, band sie säuberlich ab und wusch den neuen, kleinen Menschen. Als sie ihn aus dem warmen Wasser herausholte, brüllte er aus Leibeskräften.

Ibrahim, der die ganze Zeit vor dem Zelt gewartet hatte, konnte die Spannung nun nicht mehr ertragen. Er hörte das Schreien eines Kindes und warf einen vorsichtigen Blick ins Zelt. Anna war gerade dabei, seinen Sohn abzutrocknen und in weiche, saubere Tücher zu wickeln. Langsam beruhigte sich der Junge. Als Anna das Bündel Mensch seinem Vater übergab, hatte es aufgehört zu weinen.

»Habe ich einen Sohn oder eine Tochter?«, fragte er in Annas Muttersprache.

»Einen Sohn«, antwortete Anna. Es war sinnlos, dem Mann eine Scharade vorzuspielen.

»Die Wände eines Zeltes sind nicht so dicht wie die eines solide gebauten Hauses«, sagte Ibrahim. Er beherrschte Annas Sprache überraschend gut, nur sein starker Akzent verriet, dass es nicht seine Muttersprache war. Wie kam es, dass die Türken, denen Anna bis jetzt begegnet war, so gebildet waren?

»Was werdet Ihr mit Eurem Wissen machen?«, fragte Anna, vor der die Bilder von Lorenzos Kerkerzelle auftauchten. Seltsamerweise verspürte sie im Moment keine Angst. Folter und Kerker schienen unwirklich weit weg zu sein.

»Welches Wissen?«, fragte Ibrahim. »Eine erfahrene Hebamme entbindet meine Frau von ihren zwei Kindern. Ihr seid eine Frau und helft meiner Frau. Allah, der Allmächtige, wird dagegen nichts einzuwenden haben. Natürlich wäre es wünschenswerter, wenn Ihr keine Ungläubige wärt. Aber wir haben Krieg, da kann man nicht wählerisch sein.« Er machte eine Pause, sah Anna durchdringend an und meinte dann: »Ich hoffe, neben diesem prächtigen Sohn auch noch eine Tochter zu bekommen, die ebenso schön sein wird wie meine Frau.«

Ibrahim ging zu Basma. Er hielt immer noch seinen Sohn, der in seinen muskulösen Armen noch winziger und zerbrechlicher wirkte. Der breitschultrige Mann beugte sich über seine Frau und küsste sie sanft auf die Stirn. Jedes gesprochene Wort wäre überflüssig gewesen. Zur Belohnung erhielt er ein erschöpftes Lächeln. Selbst am Ende ihrer Kräfte war Basma bestechend schön.

»Danach wird die weise Frau so unauffällig verschwinden, wie sie aufgetaucht ist«, sagte Ibrahim und drehte sich zu Anna, der ein Stein vom Herzen fiel. Aber ihr blieb nicht viel Zeit, die Erleichterung zu genießen, denn kaum hatte Ibrahim Anna seinen Sohn überreicht und das Zelt verlassen, setzten bei Basma erneut die Wehen ein.

Der Kopf des zweiten Kindes war deutlich größer, und obwohl der Muttermund vollständig offen war und die Wehen mit aller Heftigkeit einsetzten, steckte das Kind fest. Anna erkannte sofort, dass sie hier auf herkömmlichem Weg nichts ausrichten konnte. Ihre Finger waren weder lang noch schmal genug.

»Basma, ich muss etwas tun, was meine Kirche verbietet. Ich weiß nicht, wie Eure Priester dazu stehen.«

Trotz völliger Erschöpfung riss Basma ihre Augen überrascht auf. »Es ist mir völlig egal, wie die Priester darüber denken. Sie gebären keine Kinder. Was immer du tun kannst, tu es«, sagte sie und war sich durchaus bewusst, dass sie Anna soeben geduzt hatte.

»Ich habe eine Geburtszange, die ich in den Geburtskanal führen und mit der ich das Kind besser ergreifen kann.«

Basma nickte: »Mach einfach!« Sie hatte den Erklärungen kaum zugehört, der Schmerz drohte sie zu überwältigen und sie vertraute Anna.

Im diffusen Licht einer Kerze mit drei Dochten beträufelte Anna die Zange mit etwas Olivenöl. Es war das zweite Mal, dass sie diese Zange benutzte. Beim letzten Mal war es ein totes Kind, das sie aus dem Bauch der Mutter geholt hatte.

Anna betete still: »Bitte, lieber Gott, lass es diesmal ein lebendes Kind sein. Auch wenn die Frau vor mir eine Ungläubige ist.« Mit aller Macht versuchte sie, die Erinnerungen an das Haus in der Krugerstraße aus ihrem Kopf zu vertreiben und Basma das Gefühl zu vermitteln, dass sie im Umgang mit diesem Gerät vertraut war. Eine ängstliche Patientin würde sie selbst noch mehr verunsichern.

Anna tastete erneut nach dem Kopf: Er steckte fest und würde sich ohne Hilfsmittel auch nicht von der Stelle rühren. Basma schrie laut auf, sie konnte die Schmerzen, die rasch und mit einer unerwarteten Heftigkeit eingesetzt hatten, kaum mehr ertragen. Es fühlte sich an, als würde ihr Unterleib zerbersten. Ohne weiteres Zögern setzte Anna die Zange an. Wie ihre Tante immer, fluchte auch sie jetzt über die grobe Verarbeitung. Sie fügte Basma mehr Verletzungen zu, als notwendig gewesen wären.

Anna wartete auf die nächste Wehe. Als sie kam, sagte Anna: »Versuche zu pressen.«

Basma sammelte ihre letzten Kräfte, um der jungen Hebamme zu gehorchen, und Anna zog behutsam, aber mit Druck. Es war nur ein kleiner Ruck, aber danach ging alles von allein, und das Kind flutschte auf eines der weichen Polster.

Anna legte die Zange beiseite und traute ihren Augen nicht. Es war tatsächlich ein Mädchen. Gott hatte Basma einen gesunden Knaben und ein ebenso gesundes Mädchen geschenkt. Anna legte das Kind auf Basmas Bauch.

»Dein Mann hat bekommen, was er sich gewünscht hat«, sagte Anna. Basma war zu erschöpft, um zu antworten. Sie warf einen Blick auf ihre Tochter, lächelte und schloss zufrieden die Augen. Der Kampf war überstanden. Anna ließ den beiden Zeit und wusch zuerst gründlich die Geburtszange, bevor sie das Mädchen abnabelte und schließlich badete.

Als Ibrahim wieder im Zelt erschien, war auch sein zweites Kind in frische Tücher gewickelt. Beide Kinder hatten dichtes, schwarzes Haar und hübsche, runde Gesichter. Das Mädchen trug die Spuren der Geburtszange, die aber von ihrer mit auf die Welt gebrachten Haarpracht bedeckt waren. Ibrahim hatte während der Geburt direkt vor dem Zelt gesessen und jedes Wort mit angehört. Neugierig starrte er auf Annas Geburtszange, die auf einem sauberen Tuch lag.

»Warum verbieten Eure Priester diese segensreiche Erfindung?«, fragte er und griff nach der Zange. Anna zuckte mit den Schultern. »Sie behaupten, es sei Gottes Wille, dass die Frauen während der Geburt leiden.«

Angewidert schüttelte Ibrahim den Kopf: »Es wird höchste Zeit, dass wir Euch den wahren Glauben bringen und Eure Kreuze gegen Halbmonde ersetzen. Eine neue, bessere Zeit wird anbrechen, das verspreche ich Euch.«

Anna hätte gerne auf das Versprechen verzichtet und sehnte sich nicht im Geringsten danach, dass es eingelöst wurde.

»Man könnte diese Zange noch viel besser verarbeiten. Der Schmied, der diese Arbeit gemacht hat, verstand sein Handwerk nicht«, sagte Ibrahim abfällig.

Anna nickte seufzend: »Meine Tante musste einen Gesellen bitten, die Zange anzufertigen. Kein Meister wäre das Risiko eingegangen, das verbotene Werkzeug zu schmieden.«

»Wenn Ihr bis morgen Abend warten könnt, werde ich Euch ein vernünftiges Werkzeug anfertigen lassen«, sagte der Dichter.

Eigentlich hätte Anna das Lager des Feindes am liebsten so rasch wie möglich wieder verlassen, aber die Aussicht auf eine fein verarbeitete Zange war einfach zu verlockend. Anna willigte ein.

Nachdem Anna Basmas aufgerissene Scheide sorgfältig vernäht und sowohl die Mutter als auch die beiden Kinder gewaschen und versorgt hatte, ruhte sie sich auf einem der kostbaren Polster aus und fiel in einen unruhigen Schlaf. In ihrem Traum erschien ihr das abgemagerte Gesicht Lorenzos. Seine fiebrigen Augen starrten sie leer, beinahe tot an, und Anna konnte plötzlich nicht erkennen, ob es sich um Lorenzos oder Rudolfs Gesicht handelte. Mit Schweißperlen an der Stirn erwachte sie. Ob der Toskaner noch am Leben war? Theresa würde alles tun, um ihn zu retten, dessen war sie sich sicher. Aber so merkwürdig es ihr auch erschien, am liebsten hätte sie den Mann selbst versorgt.

Sie schloss erneut die Augen, doch die ungewohnten Geräusche, die fremden Stimmen und die unbekannte Sprache hinderten sie daran, noch einmal einzuschlafen. So lag sie mit offenen Augen in den Kissen und starrte auf die Zeltdecke. Die beiden Kinder im Zelt schliefen tief und fest. Sie waren von der Geburt erschöpft. Auch Basma schien zu schlafen. Als Anna sich ihr zuwandte, stellte sie überrascht fest, dass die Osmanin ebenfalls mit offenen Augen dalag.

»Ich bin müde, aber ich kann nicht schlafen«, sagte Basma, »ohne deine Hilfe hätte ich diese Geburt nicht überlebt.«

Anna schüttelte den Kopf: »Das wissen wir nicht. Aber es war zweifelsohne gut, dass ich die Geburtszange dabeihatte.«

Basma betrachtete liebevoll die beiden Kinder: »Sie sind so perfekt. Ich danke dir, dass du uns geholfen hast, zu überleben.«

»Den wichtigsten Teil hast du geleistet«, sagte Anna. Plötzlich stieg eine Traurigkeit in ihr hoch, die sie gerne wieder vertrieben hätte.

Basma bemerkte nichts davon. Ihr Blick war weiter auf

ihre Kinder gerichtet: »Ich kann nicht glauben, dass ich diese beiden Geschöpfe zur Welt gebracht habe. Plötzlich hat mein Leben einen Sinn.«

Anna schüttelte den Kopf: »Du bist müde von der Geburt. Schließ die Augen und versuch zu schlafen.«

»Das kann ich nicht«, sagte Basma müde, aber zufrieden. Sie betrachtete ihre Kinder noch eine Weile, dann schloss sie die Augen, ohne zu schlafen.

Anna hingegen lag hellwach auf ihrem Polster. Sie zweifelte an ihrem Beruf. Wie sollte sie weiterhin eine gute Hebamme sein, wenn sie bei jeder Geburt um ihr eigenes totes Kind trauerte? Wann würde dieser Schmerz, den sie so lange hatte zurückhalten können, wieder vergehen?

Der Vormittag im Lager der Türken verging rasch. Die Kanonen klangen auf dieser Seite der Stadtmauer genauso laut und unnatürlich wie auf der anderen.

Als eines der Kinder erwachte, half Anna der jungen Mutter, den Säugling an die Brust zu legen. Das Stillen funktionierte problemlos. Basma wirkte nach dem kurzen Schlaf erholt, und als auch das zweite Kind lauthals seinen Hunger verkündete, war Basma kräftig genug, das Kind zu sich zu holen und selbst anzulegen.

Den Nachmittag verbrachten die beiden Frauen mit Gesprächen über Basmas Heimat. Die Osmanin erzählte von ihrem großen Haus mit dem Garten und dem riesigen Feigenbaum, dessen Früchte so süß waren, dass sie wie warmer Zucker schmeckten. Sie berichtete vom Ausblick auf das Meer, von der unendlichen Weite des Ozeans und dem Salz, das er auf Haut und Lippen hinterließ. Basma erzählte von gelehrten Medizinern in ihrem Land und Spitälern, in denen Menschen operiert wurden, indem man ihre Bäuche aufschnitt und wieder zusammennähte. Von riesigen, goldenen Moscheen, in denen man auf weichen Teppichen zu Gott betete, und von Frauen, die sich in kostbare Tücher hüllten, damit sie vor den Blicken der Männer sicher waren. Anna lauschte mit wachsender Begeisterung und offenem Mund.

Als die Sonne langsam unterging, wurde die Öffnung zum Zelt zurückgeschlagen und Ibrahim trat ein. Wie versprochen, hatte er eine neue Geburtszange dabei. Das Werkzeug war in ein kostbares rotes Samttuch gewickelt. Allein das Stück Stoff war ein Vermögen wert. Ehrfurchtsvoll packte Anna das Geschenk aus und brachte vor Begeisterung kein Wort heraus. Die Zange war perfekt. Sie hatte lange, fein gearbeitete Greifarme und war robust genug, um während einer Geburt gute Dienste zu leisten.

»Diese Zange ist wundervoll. Sie wird vielen Frauen das Leben retten«, sagte Anna gerührt.

»Leider nur den Frauen der Giauren«, meinte Ibrahim bitter. Er kratzte sich den fast kahlen Kopf: »Wollt Ihr bei uns bleiben und nach der Eroberung mit uns zurück nach Istanbul gehen? Ihr könntet den wahren Glauben annehmen und ein zivilisiertes Leben als muslimische Frau führen.« Es war ein großzügiges Angebot und ernst gemeint, aber Anna schüttelte den Kopf.

»Ich kann nicht.« Anna verspürte keinerlei Wünsche, ihren Glauben zu wechseln. Manchmal verstand sie die Wege ihres eigenen Gottes nicht, wie sollte sie mit denen eines fremden Gottes zurechtkommen?

Schweren Herzens verabschiedete sie sich von Basma. Trotz des unterschiedlichen Glaubens hatte sie sich dieser Frau sehr nah gefühlt.

»Leb wohl«, sagte Anna und schluckte die Tränen hinunter. Basma erging es ähnlich.

»Leb wohl, tapfere Giaurin. Ich glaube, dass wir einander wiedersehen werden.«

»Hast du das im Sud deines Kahves gelesen?«

Basma schüttelte den Kopf: »Nein, das spüre ich!«

Anna umarmte die Osmanin ganz vorsichtig, damit deren Milchproduktion nicht durch den Druck auf die Brüste angeregt wurde, dann verließ sie eilig das Zelt, ohne sich ein weiteres Mal umzudrehen.

40

Die Luft war zum Schneiden dick. Theresa hatte alle Fenster im großen Saal des Hospitals geöffnet, dennoch kam kein Luftzug herein. Die verletzten Soldaten und Freiwilligen stöhnten unter ihren Verletzungen und der stickigen Luft. Die Medikamente neigten sich dem Ende zu. Immer öfter mussten Amputationen ohne Narkosemittel durchgeführt werden. Die Operierten schrien, bis die Ohnmacht sie für die nächsten Stunden von den höllischen Schmerzen erlöste. Mittlerweile war Theresa der tägliche Weg an diesen Ort verhasst, so wie allen anderen, die zwangsverpflichtet waren, hier ihren Dienst zu leisten. Fridolin Potz gehörte ebenso dazu wie Meister Konrad und ein Bader, der sich aufs Ziehen von Zähnen verstand. Tagein, tagaus mussten sie dem Sterben der Menschen zusehen und hilflos danebenstehen, wenn Kinder ihren Verletzungen erlagen, weil die notwendigen Medikamente fehlten. Die Tage im Hospital ernüchterten, stumpften ab und verbreiteten eine Leere, die ungesund war.

Anfangs hatte Theresa sich um jeden Verletzten bemüht, hatte sich mit den Angehörigen unterhalten und kleine Wünsche erfüllt, wie einen Becher Wasser direkt am Bett oder ein Extrapolster für das gebrochene Bein. Jetzt war sie froh, wenn sie sich an die Namen der Verwundeten erinnerte und nicht vergaß, die Verbände rechtzeitig zu wechseln.

»Wie lange wird dieser Wahnsinn noch anhalten?«, fragte einer der Verwundeten.

»Ich weiß es nicht«, sagte Theresa. Sie musste weiter zum nächsten Patienten. Aber der Verwundete war hartnäckig. Er war ein ganz junger Bursche, dem eine Kanonenkugel den rechten Arm weggerissen hatte. Er würde sein ganzes Leben lang ein Krüppel sein.

»Kommt Euer Vater heute noch vorbei?«, fragte er. Theresa blieb abrupt stehen. Ihr war entfallen, dass der Bursche unter Fieberschüben litt. Sie ging zurück, griff ihm auf die Stirn, aber die war kühl. Sofern das unter diesen Temperaturen möglich war.

»Mein Vater ist seit langem tot«, sagte sie und drehte sich erneut zum Gehen.

»Das kann nicht sein«, sagte der junge Mann. Theresa wandte sich dem Verletzten noch einmal zu. Sie hatte keine Zeit für derlei Unfug.

»Er war gestern hier und hat mir Geschichten über ferne Länder erzählt, über Riesen und Eidechsen, die von seiner Decke hängen«, sagte der Bursche und bewegte dazu seinen eingepackten Stummel, der einst ein Arm war.

»Ihr meint Meister Konrad, den Apotheker«, sagte Theresa.

Der Junge, der höchstens siebzehn Jahre alt war, nickte.

»Wie kommt Ihr darauf, dass er mein Vater ist?«, fragte Theresa scharf.

»Ich dachte nur …, Ihr habt dieselben hellgrünen Augen … Entschuldigt.« Der Bursche machte ein betroffenes Gesicht, und Theresa bereute ihren scharfen Ton.

»Ihr irrt Euch«, sagte sie, »Meister Konrad und ich sind nicht miteinander verwandt.«

»Werdet Ihr ihn dennoch fragen, ob er kurz zu mir schauen kann?« In seiner Stimme lag ein Flehen, dem Theresa nicht widerstehen konnte.

»Natürlich werde ich das«, sagte sie und klang nicht mehr ganz so streng, dafür aber verwirrt. Meister Konrad war heute nicht im Hospital erschienen. Niemand wusste, warum. Vielleicht waren ihm die Anstrengungen der letzten Tage und Wochen zu viel gewesen. Theresa nahm sich vor, nach ihm zu sehen.

41

ALS ANNA IN DIE TUCHLAUBEN ZURÜCKKEHRTE, schlug die Turmuhr von St. Stephan die siebente Stunde nach Mittag. Trotz der Angriffe auf den Dom funktionierte die Uhr noch und wiegte die Wiener in Sicherheit.

»Anna!« Hannes stürzte sich voller Begeisterung auf sie und grinste übers ganze Gesicht. »Wie schön, dass Ihr endlich wieder da seid.«

»Ich freue mich auch, wieder hier zu sein«, sagte Anna.

Hinter Hannes' Rücken erschien Emma. Das kleine Mädchen trug heute ein halbwegs sauberes Kleid und hatte eine ordentliche Frisur unter ihrer kleinen Haube.

»Nanu, haben wir Besuch?«, fragte Anna.

Hannes erklärte Anna, warum Emma hier war, und dass

er auf Theresa wartete, die immer noch im Schottenstift sei, und auf Meister Kästner, der Fabienne von Trude abhole, um dann auch Emma zu holen.

Anna schwirrte der Kopf. Sie war gerade mal zwei Tage weggewesen, und schon erkannte sie ihr Heim kaum wieder.

»Wie geht es Martecelli?«, fragte sie. Die Frage beschäftigte sie seit ihrem Aufbruch.

»Eure Tante sagt, er ist ein zäher Bursche«, antwortete Hannes grinsend.

»Und das bedeutet …?«, fragte Anna weiter.

»Er sitzt im Garten«, sagte Hannes. »Eigentlich sollte er in der Küche liegen. Aber er hat mich so lange gequält, bis ich ihm aufgeholfen habe. Eure Tante wird mit mir schimpfen. Aber ich glaube, dass Martecelli noch mehr Rügen abbekommen wird.«

Anna atmete erleichtert auf, stellte ihren Korb ab und ging in den Garten. Unter dem Apfelbaum saß Lorenzo im Schatten und schlief. Natürlich war er immer noch blass und mager, wie hätte sich dieser Umstand in zwei Tagen ändern sollen? Aber er schien kein Fieber mehr zu haben. Theresa hatte ihm saubere Kleidung beschafft und ihm dabei geholfen, sich selbst und seine dichten Locken zu waschen und zu kämmen.

Anna wollte den Verletzten nicht wecken und schlich zurück ins Haus, doch als sie sich umdrehen wollte, öffnete er die Augen. Lorenzo blinzelte gegen das tiefstehende Sonnenlicht: »Die schwarzen Locken stehen Euch gut.«

»Verzeiht, wenn ich es unterlassen habe, ein Vollbad zu nehmen, bevor ich das Haus betrat«, sagte Anna.

Lorenzo lächelte schief: »Ich verzeihe Euch, wenn Ihr dafür mein unrasiertes Gesicht entschuldigt.«

»Ich denke, das lässt sich machen. Es freut mich, dass es Euch wieder bessergeht.« Nach kurzem Zögern setzte sich Anna zu Lorenzo auf die Bank.

»Diesen Umstand habe ich ausschließlich Euch zu verdanken«, sagte Lorenzo. Anna war nicht sicher, ob die ungewohnt sanfte Tonlage des Toskaners sie beunruhigen sollte. Ihr Herz begann schneller zu schlagen, wie immer irritierten sie seine hellblauen Augen.

»Ich würde Euch jederzeit wieder retten«, sagte sie. »Informiert mich rechtzeitig, damit ich genügend Zeit habe, mir einen Plan auszudenken.«

»Euer letzter war sehr gut.« Lorenzo sah sie von der Seite an. Er ergriff ihre Hand, die vor Nervosität feucht war, doch er bemerkte es kaum. »Anna, ich stehe tief in Eurer Schuld. Ihr habt Euer Leben aufs Spiel gesetzt, um mich zu befreien.« Seine Augen wirkten wie Magnete, von denen sie sich nicht lösen konnte.

Lorenzo roch nach Rosmarin und Zedernholz. Anna mochte die Mischung, dennoch entzog sie ihm ihre Hand.

»Ihr seid mir nichts schuldig. Ich würde es wieder tun«, wiederholte sie, stand hastig auf und strich ihre Röcke glatt. Bei alldem bemühte sie sich, Lorenzo nicht anzusehen.

»Wie habt Ihr von meiner Gefangenschaft erfahren?«, fragte Lorenzo.

Anna ließ sich mit ihrer Antwort Zeit. »Euer Freund, der Kurier Geiger, hat es mir erzählt.«

»Rudolf?«, fragte Lorenzo. »Wie geht es ihm?«

Anna antwortete nicht. Stattdessen schüttelte sie traurig den Kopf. Der Schmerz, der daraufhin in Lorenzos hellblauen Augen erschien, versetzte ihr einen Stich.

Lorenzo lehnte den Kopf gegen den Apfelbaum und starrte in die Blätterkrone: »Verdammt.«

Anna erwiderte nichts. Das Bild des sterbenden Kuriers tauchte vor ihr auf und schnürte ihr die Kehle zu. Sie schluckte hart.

»Man hat mir seine Tasche übergeben. Sie liegt in meinem Zimmer, ich werde sie Euch später bringen.«

Ein bitteres Lächeln umspielte Lorenzos Mund. Rudolf hatte also recht behalten. Seine Tasche erreichte ihn tatsächlich. Wie gern hätte Lorenzo darauf verzichtet.

»Ihr müsst mich entschuldigen, aber ich muss diese entsetzliche Farbe aus meinen Haaren waschen«, sagte Anna.

»Natürlich.«

Anna trug Eimer voll Wasser in die Küche, erwärmte sie auf dem Ofen und sperrte die Tür ab. Als sie ins warme Wasser tauchte, fiel die Spannung der letzten Stunden von ihr ab wie schwerer Ballast, den sie mit sich herumgeschleppt hatte. Anna beobachtete den Dampf, der sich auf den großen gusseisernen Pfannen über dem Herd niederschlug. Sie hatte ein paar Tropfen eines kostbaren Rosenöls ins Wasser gegeben, ein verschwenderischer Luxus, aber wenn sie die Augen schloss und das Geräusch der Kanonen im Hintergrund überhörte, konnte sie sich selbst ein Bild der Normalität vorgaukeln. Anna ließ sich Zeit. Draußen hörte sie Hannes und Emma lachen. Offenbar mochten die beiden einander. Emma schien Hannes an seine verstorbene kleine Schwester zu erinnern, und Emma war froh, einfach ein paar Stunden unbeschwert herumtollen zu können.

Lorenzo saß bestimmt noch im Garten und trauerte um seinen Freund. Er war zu schwach, als dass er allein ins Haus hätte gehen können. Anna betrachtete die Haut an ihren Fingern, die vom Wasser schrumpelig geworden war. Das Wasser war längst kalt, aber sie wollte einfach nicht aus der

Wanne steigen. Die Welt außerhalb der Wanne war kompliziert. Einerseits fühlte sie sich zu Lorenzo hingezogen, andererseits jagte ihr gerade dieses Gefühl Angst ein.

Lorenzo hatte ihre Hand ergriffen, er würde es wieder tun, und Anna wusste nicht, ob sie beim nächsten Mal genug Kraft hatte, ihm die Hand wieder zu entziehen.

42

AM NÄCHSTEN MORGEN SCHICKTE LORENZO Hannes mit einem kurzen Brief zu Graf Starhemberg. Bereits eine halbe Stunde später standen zwei Wachbeamte der Stadt in der Tuchlauben, um Lorenzo persönlich zum Stadtkommandanten zu begleiten. Lorenzo kam sich vor wie bei einer Zwangsvorführung, was ihn in seinem Vorhaben bestärkte, nach dieser Belagerung seine Zukunft neu zu überdenken.

»Seht Ihr denn nicht, dass der Mann schwer verletzt ist? Er kann unmöglich den weiten Weg mit Euch gehen«, schimpfte Theresa.

Aber einer der Wachmänner schüttelte den Kopf: »Wir haben die Anweisung, den Juristen unverzüglich zu Graf Starhemberg zu bringen. Ganz egal, in welchem gesundheitlichen Zustand er sich befindet.«

»Ich habe den Mann nicht zusammengeflickt, damit Ihr ihn jetzt umbringt«, sagte Theresa, stemmte beide Hände in die Hüften und versperrte den Männern den Weg ins Haus.

Die beiden sahen sich hilfesuchend um.

Lorenzo stand wackelig im Türrahmen. »Vielen Dank für Eure Fürsorge«, sagte er. »Aber es wird schon irgendwie gehen. Die beiden freundlichen Männer können mich notfalls auch tragen.«

Es war klar, dass sie das nicht tun würden. Einer der Beamten grunzte missbilligend. Lorenzo setzte sich langsam in Bewegung. Augenblicklich wich die Farbe aus seinem Gesicht. Er geriet ins Wanken, Theresa stürzte zu ihm, um ihn aufzufangen, doch er hielt sich allein auf den Beinen.

»Oh, ich sehe, wie Ihr es schafft«, sagte sie verärgert.

Auch die Beamten sahen ein, dass sie den Juristen in diesem Zustand nicht ins Palais des Grafen schaffen konnten. Unverrichteter Dinge zogen sie ab und kamen wenig später mit einer Sänfte wieder. Lorenzo quälte sich in die winzige Holzkiste und ließ sich tragen.

Graf Starhemberg war gerade dabei, seine Rüstung abzulegen, als Lorenzo vorgelassen wurde. Der Transport in der Sänfte hatte Lorenzo zugesetzt. Der Graf bot ihm augenblicklich einen Stuhl an und betrachtete seinen Juristen, während er selbst mit verschränkten Armen an seinem Schreibtisch lehnte.

»Seit wann seid Ihr wieder in der Stadt?«, fragte er ernst.

»Seit drei Tagen.«

»Und warum erfahre ich erst jetzt davon?«, donnerte der Graf verärgert.

Lorenzo blieb ruhig. Nach der Tortur in türkischer Gefangenschaft war dieser Wutausbruch eine Lächerlichkeit.

»Was hätte es geändert, wenn ich mich schwerverletzt mit letzter Kraft zu Euch geschleppt hätte? Ich habe meinen Auftrag nicht durchführen können, bin in Gefangenschaft geraten und wieder befreit worden. Bis vor wenigen Stunden habe ich nicht allein den Abtritt besuchen können, geschweige denn zu Euch kommen.«

Graf Starhemberg stutzte ob der Dreistigkeit seines Juristen.

»Ihr seid mein Untergebener. Ihr habt hier zu erscheinen, ganz egal, wie schlecht Euer Gesundheitszustand ist. Der interessiert mich nicht im Geringsten! Und wenn Ihr es nicht schaffen solltet, hierherzukommen, dann habt Ihr jemanden zu schicken, der mich über Euren Zustand informiert«, schrie der Graf aufgebracht.

»Den Fehler habe ich einmal gemacht. Rudolf liegt jetzt in irgendeinem Massengrab«, sagte Lorenzo bitter.

Starhembergs Augen verengten sich, er ballte beide Hände zu Fäusten, und Lorenzo wappnete sich innerlich für den nächsten Wutausbruch. Doch der blieb aus. Stattdessen entspannte sich der Graf, setzte sich Lorenzo gegenüber und faltete die Hände vor seinem Bauch.

»Ihr seid verärgert über den Tod Eures Freundes«, sagte er.

»Nein, ich bin fassungslos wütend«, antwortete Lorenzo.

»Das kann ich verstehen. Aber das hilft uns im Moment nicht weiter. Erzählt mir alles vom Lager der Türken, und was Ihr dort erlebt habt.«

Nach einer kurzen Pause atmete Lorenzo tief durch und begann dann mit seinen Erzählungen. Bis auf zwei Details ließ er nichts aus. Er verschwieg Anna und ihre Rettungsaktion und behauptete, der Kanal sei bei einer der Sprengungen eingestürzt.

»Es gibt also keinen geheimen Verbindungsweg mehr zwischen dem türkischen Lager und der Stadt?«, fragte der Graf.

»Keinen, der mir bekannt ist. Nur eine Maus wäre klein genug, um jetzt noch den Weg zu beschreiten, den ich gegangen bin.«

Der Graf nickte zufrieden. Die Moral in der Stadt drohte langsam zusammenzubrechen. Es gab immer mehr Bürger, die laut über eine Kapitulation nachdachten, und nicht mehr nur hinter vorgehaltener Hand. Diese Stimmen durften nicht ins türkische Lager dringen.

Lorenzo erzählte Starhemberg von den riesigen Vorräten an Nahrungsmitteln und Munition, welche die Türken in ihrem Lager hatten.

»Natürlich haben sie genug Nahrungsmittel«, schnaufte der Graf verärgert. »Sie plündern die Städte und Dörfer rund um Wien. Täglich sehen wir ihre Truppen ausreiten und mit Lebensmitteln und Vieh wieder zurückkehren. Selbst wenn es uns gelingt, die Stadt zu halten, und das Entsatzheer rechtzeitig eintrifft, wird der entstandene Schaden den Menschen einen harten Winter bescheren.«

»Glaubt Ihr an das rechtzeitige Eintreffen Sobieskis?«, fragte Lorenzo.

»Wenn ich es nicht täte, wäre es besser, die Stadt auf der Stelle zu übergeben«, sagte der Graf und erhob sich müde. »Sobald es Euch wieder bessergeht, möchte ich Euch wieder hinter Eurem Schreibtisch sehen.« Damit war für ihn die Unterredung beendet.

Unter ebenso großen wie schmerzhaften Anstrengungen kam Lorenzo wieder auf die Beine. Vor der Tür warteten die beiden Burschen, die ihn zurück in die Tuchlauben trugen.

Der Weg führte an der Goldenen Gans vorbei, und Lorenzo bat die beiden Träger, kurz anzuhalten. Er wollte der Wirtin mitteilen, dass er, sobald er sich besser fühlte, sein Zimmer wieder beziehen würde.

Die Männer setzten die Sänfte vor dem Eingang ab, über dem ein Schild mit einer gelben Gans hing. Das Tier wies starke Ähnlichkeit mit einer Taube auf. Mühevoll kletterte Lorenzo aus der Holzkiste und wankte auf die offenstehende Tür zu. Die dicke Wirtin stand hinter ihrem Tresen und trocknete Tonbecher ab. Sie hielt in ihrem Tun inne, als sie Lorenzo erblickte. Ihre Kinnlade klappte nach unten, entsetzt starrte sie den jungen Juristen an. Dann schüttelte sie den Kopf, stellte den Becher zur Seite und wischte sich die nassen Hände an ihrer nicht mehr ganz sauberen Schürze ab. Sie trat auf Lorenzo zu.

»Ihr lebt noch«, sagte sie überrascht. Ihr fettes Haar rutschte unter der Haube hervor. Noch bevor Lorenzo ihr antworten konnte, fuhr sie fort: »In die Kammer könnt Ihr nicht mehr, die habe ich weitervermieten müssen. Anordnung vom Stadtkommandanten.« Sie zeigte mit dem Zeigefinger nach oben, um die Position Graf Starhembergs anzudeuten.

»Glaubt mir, ich habe das nicht gerne gemacht, denn jetzt wohnt eine vierköpfige Familie in Eurer Kammer, und die machen so viel Lärm, dass es kaum auszuhalten ist.«

Lorenzo interessierte es nicht, wie laut seine Nachmieter waren. »Was habt Ihr mit meinen Sachen gemacht?«, fragte er.

»Die habe ich natürlich aufgehoben«, sagte die Wirtin eine Spur zu schnell. Sie ging zurück zum Tresen und kramte einen schmutzigen Sack hervor. Darin befand sich Lorenzos gesamter Besitz, was ihm reichlich wenig erschien.

Die Wirtin trat verlegen von einem Bein auf das andere und meinte dann unwirsch: »Einen Teil der Kleidung hab ich verschenkt. Schließlich habe ich gedacht, Ihr seid tot.«

»Ihr habt meine Kleidung verschenkt?«, fragte Lorenzo fassungslos.

»Glaubt Ihr etwa, ich kann alles aufheben, was bei mir vergessen wird?«

Lorenzo griff nach seinem Sack, der schwerer war, als er

aussah. Das lag an den drei Büchern und den Reitstiefeln, die sich hoffentlich darin befanden.

»Wo ist mein Geldbeutel?«, fragte Lorenzo.

»Es gab keinen Geldbeutel«, sagte die Wirtin verschlagen.

»Wie bitte?«

»Die paar Münzen, die ich gefunden habe, reichten gerade für die Miete, die Ihr mir schuldet. Den Rest habe ich verwendet, um eine Messe für Euch lesen zu lassen.« Die dicke Frau wagte es tatsächlich, Lorenzo ins Gesicht zu schauen, während sie ihn anlog.

»Wenn eines meiner Bücher fehlt, zeige ich Euch beim Stadtrichter wegen Diebstahl an«, sagte Lorenzo verärgert.

»Die Bücher sind alle da«, sagte sie eilig. »Und vielleicht ist die Messe doch nicht so teuer gewesen.« Nervös kramte sie unter ihrer Schürze und holte einen kleinen Sack voll Münzen hervor. Den drückte sie Lorenzo in die Hand. »Aber mehr ist ganz bestimmt nicht übriggeblieben«, versicherte sie.

Lorenzo wusste, dass sie log, doch wollte er seine kostbare Zeit nicht weiter mit dieser Person vergeuden. Entschlossen griff er nach seinem Sack und zog ihn hinter sich her. Er konnte ihn nicht über die Schulter legen, dazu fehlte ihm im Moment die Kraft. Die Sänfte befand sich direkt vor dem Eingang des Wirtshauses. Mit einem Surren in den Ohren und weichen Knien kletterte er hinein und schloss augenblicklich die Augen.

43

Der kleine dürre Mönch lief den gepflasterten Weg von der Donau zum bischöflichen Palast hinauf. Seine einfachen Holzsandalen klapperten so laut auf den quadratischen Steinen, dass die Menschen, denen er begegnete, hastig auf die Seite sprangen. Verschwitzt und völlig außer Atem klopfte er an die Tür des Palastes. Ein stiller Mönch in langer, schwarzer Kutte öffnete ihm und brachte ihn unverzüglich zu Pater Abraham, der das Schreiben schon seit Tagen erwartete.

»Na, endlich!«, sagte Abraham und erhob sich schwerfällig aus seinem reichverzierten Stuhl hinter dem prachtvollen Schreibtisch. Ungeduldig brach er das Siegel des Briefes auf und überflog den Inhalt. Auf seinem Gesicht machte sich Zufriedenheit breit.

»In zwei Tagen soll Sobieski die Donau bei Tulln übersetzen«, sagte er und lächelte.

»Gott hat unsere Gebete also doch noch erhört.« Der dicke Augustinerpater bekreuzigte sich und warf einen erleichterten Blick aus dem hohen Fenster. Er würde diesen wundervollen Ausblick auf die Donau vermissen.

»Es wird höchste Zeit, aufzubrechen. Ich möchte rechtzeitig in Wien sein, um dem Entsatzheer mit einer erbaulichen Rede Mut zuzusprechen«, sagte der Pater und wandte sich wieder dem Mönch zu.

»Der Kapuzinerprediger Marco d'Aviano begleitet die Truppen. Es ist anzunehmen, dass er in Tulln eine Messe abhalten wird«, sagte der Mönch vorsichtig. Die Schweißperlen tropften von seiner Stirn und fielen auf die viel zu große Kutte. Er hatte sich beim Laufen überanstrengt.

»Unsinn«, sagte Abraham ungeduldig, »die Männer brauchen die erbaulichen Worte eines großen Redners. Ich werde unverzüglich aufbrechen. Die Zeit des untätigen Wartens ist endlich vorbei.« Abraham rieb sich die Hände.

Während der letzten Wochen hatte er viel Zeit zum Nachdenken gehabt. Darüber, wie er Gottes Welt ein Stück besser machen und von Ungläubigen und Hexen befreien konnte. Im Moment war Wien der geeignete Ort, seine Vorhaben in die Tat umzusetzen. Zuerst galt es, die Türken in die Flucht zu schlagen, dann würde Pater Abraham sich um die Hexen in der Stadt kümmern.

»Sag dem Stallmeister, dass ich heute noch nach Wien aufbrechen werde«, wies Abraham den Mönch an und faltete die Hände vor seinem mächtigen Bauch. »Hoffentlich hält Starhemberg noch ein paar Tage lang aus. Der tapfere Mann weiß nicht, dass die Polen bereits im Anmarsch sind.«

Am Nachmittag wurde die Stadt von einer gewaltigen Detonation erschüttert, die alle bisherigen Kanonenschläge in den Schatten stellte. Eine gewaltige Staubwolke hing in der Luft. Eine Mine der Türken hatte die Burgbastei zerstört. Sofort stürmten viertausend Mann auf die ungeschützte Stadtmauer. Graf Starhemberg befehligte die Truppen, denen die Aufgabe zufiel, die Türken zurück in die Laufgräben zu drängen. Der Kampflärm übertönte die Kanonenschüsse. Säbel und Schwerter schlugen aufeinander. Männer schrien, um die eigene Angst nicht zu spüren oder weil die Kampfverletzungen sie um den Verstand brachten. Notdürftig ausgerüstete Bürger der Stadt stießen Dutzende Türken von der Stadtmauer in den Graben, wo viele jämmerlich starben. Erst als die toten und verletzten türkischen Angreifer sich in den Laufgräben stapelten wie schwere Mehlsäcke, gab der Oberkommandant der Türken den Befehl zum Rückzug. Die Verluste auf beiden Seiten waren enorm.

Graf Starhemberg zog sich erschöpft in sein Stadtpalais zurück. Lorenzo begleitete ihn. Er hatte sich in den letzten Tagen überraschend schnell erholt und war so weit genesen, dass er wieder aufrecht gehen und leichte Lasten tragen konnte. Er hatte sogar in den hintersten Reihen beim Abtransport der Verletzten mitgeholfen. Lorenzo wusste, wo die jungen Männer hingebracht wurden, konnte sich aber beim besten Willen nicht vorstellen, wie man sie in den Sälen des Lazaretts unterbringen und versorgen wollte. Es gab weder Medikamente noch Verbandsmaterial. Um sauberes Wasser zu bekommen, musste das Pflegepersonal weite Strecken zurücklegen, denn wichtige Wasserleitungen waren zerstört worden und der Brunnen des Stiftes wegen der übervollen Senkgruben nicht mehr zu verwenden. Der Kampfwille und Widerstandsgeist der Belagerten schrumpfte. Alle sehnten ein Ende des Kriegswahnsinns herbei. Vielen war es egal, wie dieses Ende aussah.

Erschöpft ließ sich Starhemberg auf einen der bequemen Sessel in seinem Arbeitszimmer fallen. Er verzichtete sogar darauf, seine Rüstung auszuziehen. Erstmals lag Unsicherheit in seinem Gesicht, als er Lorenzo bedeutete, sich ebenfalls zu setzen, was dieser bereitwillig tat.

Kaum hatten die beiden Platz genommen, wurde die hohe weiße Tür mit dem goldenen Blütenmuster rund um den Türgriff abrupt geöffnet. Der Bürgermeister, gefolgt von drei Stadträten, kam unaufgefordert hereinmarschiert. In jeder anderen Situation wäre Starhemberg entrüstet aufgesprungen und hätte die Herren darauf hingewiesen, dass sie sich anzukündigen hätten. Aber heute war er zu erschöpft, zu müde und zu niedergeschlagen.

»Wir können die Stadt nicht mehr halten«, sagte Bürgermeister von Liebenberg ohne Umschweife. Er trug eine graue Perücke, die rechts und links wie ein schwerer Teppich auf seinen Schultern lag. Sein Gesicht hatte eine ungesunde dunkelrote Farbe, und auf seiner Nase prangte ein riesiges Furunkel. Die Stadträte standen hinter Liebenberg und nickten ihm beistimmend zu.

Starhemberg erwiderte nichts, setzte sich gerade auf und wartete.

»Wir haben keine Nachricht vom Entsatzheer, von dem nach wie vor jede Spur fehlt. Die Verwundeten in den Spitälern liegen übereinander, weil es an Platz mangelt. Die Lebensmittel werden knapp, und die Verluste sind nach jeder neuen Kampfhandlung größer, als die Stadt es verkraften kann.« Bei diesen Worten nahm der Bürgermeister unaufgefordert Platz, die nächste Unverschämtheit, gegen die Starhemberg keinen Einwand erhob. Die beiden Stadträte blieben stehen. Alle drei Männer trugen saubere Alltagskleidung, was davon zeugte, dass sie selbst an den Kampfhandlungen am Nachmittag nicht teilgenommen hatten.

Als Starhemberg weiterhin schwieg, fuhr der Bürgermeister, der das Schweigen des Stadtkommandanten fälschlicherweise als Zustimmung wertete, in seinem Redeschwall fort.

»Der Rat ist mehrheitlich der Meinung, dass wir uns ergeben sollten«, sagte der Bürgermeister aufgeregt. Lorenzo konnte seine Aufmerksamkeit nicht von dem Furunkel auf Liebenbergs Nasenspitze abwenden. Sosehr er sich auch bemühte, die gelbe, entzündete Hautstelle nicht anzustarren, es gelang ihm nicht. Immer wieder wanderten seine Augen zur Bürgermeisternase.

Starhemberg schien das Furunkel nicht wahrzunehmen. Er schüttelte langsam den Kopf, sprach bedächtig und ließ keinen Zweifel darüber aufkommen, dass er jedes Wort ernst meinte: »Ich werde diese Stadt nicht aufgeben. Wir werden Wien halten, bis das Entsatzheer eintrifft.«

Nervös wandte der Bürgermeister sich den beiden Stadträten zu. Die zuckten hilflos mit den Schultern.

»Notfalls führen wir den Kampf innerhalb der Basteien fort«, sagte Starhemberg. »Ich werde die Gassen hinter der Löwelbastei verbauen und mit Schanzen versehen lassen. Außerdem werden wir das Artilleriefeuer auf die Türken verstärken, um ihre Tätigkeiten in den Gräben zu stören.« Starhemberg stand auf. Seine Müdigkeit schien verschwunden zu sein.

»Aber wir haben bald keine wehrfähigen Männer mehr«, warf einer der Stadträte ein. Er war ein kleiner, untersetzter Mann mit dickem Schnurrbart und einer viel zu hohen Stimme.

»Wollt Ihr behaupten, Ihr seid kein wehrfähiger Mann?«, fragte Starhemberg scharf.

Der Mann öffnete den Mund, um etwas zu erwidern, klappte ihn aber wieder zu, ohne etwas zu sagen. Er fühlte sich sichtlich unwohl.

»Ich werde diese Stadt nicht aufgeben«, wiederholte Starhemberg. »Solange wir Männer haben, die eine Waffe halten können, werden die Türken diese Stadt nicht einnehmen.«

Er ging zurück zu seinem Sessel und setzte sich wieder. »Und solange ich Stadtkommandant bin, wird es keine Verhandlungen mit den Türken geben.«

Liebensberg Gesicht färbte sich noch dunkler, und sein gelbes Furunkel glänzte wie ein fettes Spiegelei auf seiner Nase: »Ist das Euer letztes Wort?«

»Ja! Und ich rate Euch, keinen Widerstand zu leisten. In Kriegszeiten kann auch ein Bürgermeister oder ein Stadtrat wegen Hochverrats im Gefängnis landen«, sagte Starhemberg mit fester Stimme. Ohne Frage hatte er seine alte Selbstsicherheit wiedergefunden.

»Ihr wagt es, uns zu drohen?«, empörte sich Liebenberg, während er entsetzt aufsprang.

»Ja, und glaubt mir, im Ernstfall wird es keine leere Drohung bleiben.«

Liebenberg schnaufte verächtlich. Er winkte die Stadträte zu sich, und ohne sich zu verabschieden, verließen die drei Männer den Raum. Von Liebenberg knallte die Tür erbost hinter sich zu.

Lorenzo starrte verblüfft auf die Tür. Graf Starhemberg stützte die Ellbogen auf die Lehnen seines Stuhls und schloss die Augen. Die offenkundige Erschöpfung des Stadtkommandanten rührte Lorenzo. Dabei hätte er nicht gedacht, dass er für diesen strengen Mann jemals so etwas wie Mitgefühl empfinden würde.

»Ihr solltet versuchen, Euch auszuruhen, bevor es zum Kampf innerhalb der Basteien kommt«, sagte Lorenzo.

»Das würde ich gerne, aber selbst in meinem Bett finde ich derzeit keinen Schlaf.« Graf Starhemberg erhob sich schwerfällig und entließ seinen Juristen mit einem Kopfnicken.

44

Am frühen Nachmittag wurde ein Junge auf einer Trage ins Spital gebracht, dessen Oberkörper von schweren Verbrennungen entstellt war. Er war von einem brennenden Pfeil getroffen worden. Neben der Trage kniete die weinende Mutter. Der Anblick ihres Kindes kostete sie beinahe den Verstand.

»Der Bub hat keine Chance. Legt ihn nach nebenan«, sagte Fridolin Potz und deutete auf die Seite, wo die Todgeweihten lagen. Er war überarbeitet, müde und wie immer betrunken und hatte keine Lust, sich um hoffnungslose Fälle zu kümmern. Verzweifelt klammerte sich die Mutter an der Trage fest und weinte.

»Das könnt Ihr nicht tun, mein Kind lebt. Bitte versucht, es zu retten.«

Der Arzt ging weiter, ohne die Frau weiter zu beachten. Er hatte heute schon zu viele weinende Mütter und verzweifelte Ehefrauen gesehen. Er konnte das Leid nicht mehr ertragen.

»Gebt den Trägern zwei Kreuzer und lasst Euren Sohn ins Franziskanerkloster bringen. Vielleicht kann Pater Anselm Eurem Kind helfen«, sagte Anna so leise, dass nur die Mutter sie hören konnte. Die Frau reagierte sofort, lief zu den Trägern zurück und steckte ihnen zwei Geldstücke zu. Die beiden nahmen die Kreuzer und trugen den Jungen wieder aus dem Saal.

Im Laufe des Nachmittags wurden immer mehr Verletzte gebracht. Es gab keinen Platz mehr in den Sälen, auch die Gänge waren vollbelegt mit Verwundeten. Nicht nur Männer, sondern auch Frauen und Kinder hatten sich bei den Sprengeinsätzen verletzt. Tränen und Blut, wohin man schaute. Anna wollte keine abgetrennten Arme, zerfetzten Beine und aufgeschlitzten Bäuche mehr sehen. Am liebsten wäre sie auf der Stelle nach Hause gelaufen, hätte sich in ihr Bett gelegt, die Decke über den Kopf gezogen und geschlafen. Aber im Augenblick war Schlaf ein Wunschgedanke, der immer weiter in die Ferne rückte, je voller das Schottenstift wurde.

Anna wusch Verletzungen mit Wasser aus und legte Verbände an, so als wasche sie Geschirr oder poliere ihre Schuhe. Sie flößte den verwundeten Soldaten Wasser ein und gaukelte ihnen vor, es befinde sich Schmerzmittel darin. Einigen half der Glaube an das Medikament, das gar nicht vorhanden war.

Als sie sich auf den Weg ins Franziskanerkloster machte, wurde es bereits dunkel. Auf den Straßen herrschte heilloses Durcheinander, die schweren Kämpfe am Nachmittag ließen das Ausmaß des Krieges spüren. Da Starhembergs Männer an der Stadtmauer im Einsatz waren, gab es im Moment niemanden, der für Ordnung sorgte.

Annas Weg führte sie an zwei völlig zerstörten Gebäuden vorbei. Wo heute Morgen noch hübsche Häuser mit gelbem Verputz und kunstvoll gestalteten Fassaden gestanden hatten, befanden sich jetzt nur noch Trümmerhaufen. Anna ließ die Ruinen eilig hinter sich und bog in die nächste Gasse ein. Kurz darauf tauchte vor ihr das hohe Gebäude des Franziskanerklosters auf. Im Kloster, das sonst ein Ort des Friedens und der Andacht war, wimmelte es wie in einem Bienenstock. Die Krankenstation hatte vergrößert werden müssen, und ein Schlafsaal der Mönche war für die Verwundeten geräumt worden. Anna lief einen dunklen Gang entlang und gelangte direkt zu Pater Anselm.

Der alte Mann beugte sich gerade über einen Patienten, als sie den Raum betrat. Anna näherte sich leise, um den Pater nicht zu stören, aber Anselm hatte sie kommen sehen und wandte sich ihr zu.

»Seid gegrüßt, Anna Stöckel. Ich nehme an, Ihr kommt, um nach dem Jungen zu fragen, den Ihr mir am Nachmittag geschickt habt.«

»Hat er überlebt?«

»Bis jetzt schon, aber der arme Bub hat fürchterliche

Schmerzen, gegen die ich kaum etwas tun kann. Es gibt keine Schmerzmittel mehr, deshalb habe ich ihn in eine Wanne mit kaltem Wasser gelegt. Hoffentlich sorgt das für ein bisschen Linderung. Wie ist die Lage im Schottenstift?« Der Pater stand auf und ging mit Anna ein paar Schritte in den unbeleuchteten Gang. Nur das schwache Licht einer Laterne, das vom Hof heraufdrang, kämpfte wacker gegen die Dunkelheit.

»Die Lage ist menschenunwürdig«, sagte Anna. »Das Leid unfassbar. Die Menschen stumpfen ab. Ein Toter zählt so wenig wie ein Haufen alter Lumpen.«

»Hier ist es ähnlich. Ich bete zu Gott, dass dieser Krieg bald zu Ende ist, denn ich weiß nicht, womit wir die Verwundeten behandeln sollen«, sagte Pater Anselm mit einem tiefen Seufzer.

»Manche Leute meinen, Starhemberg sollte endlich kapitulieren.«

Pater Anselm schüttelte seinen hageren, kahlen Kopf: »Ich bin Priester und kein Soldat oder Stadtrat. Ich vertraue darauf, dass die Verantwortlichen wissen, was sie tun.«

Anna dagegen war sich schon lange nicht mehr sicher, ob irgendeiner der mächtigen Männer wusste, was er eigentlich tat.

»Habt Ihr von Meister Konrad gehört?«, fragte sie. Der alte Mann war heute wieder nicht im Schottenstift erschienen.

»Nein, ich dachte, er arbeitet bei Euch im Stift.« Pater Anselm sah sie überrascht an, die Sorge in seiner Stimme war unüberhörbar.

»Das sollte er, aber wir haben ihn seit Tagen nicht gesehen.«

Der Franziskaner zog die Augenbrauen hoch. »Vielleicht sollte man in seiner Apotheke nachsehen. Ich kann im Moment leider das Spital nicht verlassen.«

Anna versprach, auf dem Heimweg bei dem Apotheker vorbeizuschauen.

»Wie geht es der kleinen Magdalena?«, fragte Pater Anselm. Er wollte etwas Erfreuliches hören, bevor Anna ging.

»Trude ist eine sehr fürsorgliche Mutter und ganz vernarrt in das kleine Mädchen. Seit kurzem kümmert sie sich auch um Fabienne, die kleine Tochter des Kaufmanns Kästner. Und Hannes passt auf Emma auf. So kann der Kaufmann seinen Geschäften nachgehen. Neben seiner Frau und seinem Sohn hat er auch seine gesamte Dienerschaft verloren.«

Pater Anselm schüttelte traurig den Kopf: »In der Not erkennt man die wahren Helden. Es ist dennoch höchste Zeit, dass dieser Wahnsinn ein Ende hat. Richtet Eurer Tante einen schönen Gruß von mir aus«, sagte der Franziskaner zum Abschied und ging zurück zu seinen Patienten.

Erschöpft verließ Anna das Hospital. Sie hatte keine Lust, in die Wollzeile zu gehen, um Meister Konrad einen Besuch abzustatten. Aber die Sorge um den alten Mann war noch größer als die Müdigkeit. Vielleicht hatte er sich bei einem seiner Experimente verletzt. Seit neuestem hatte er ein Mikroskop. Weiß der Kuckuck, was das für ein sonderbarer Apparat war.

Es war völlig dunkel, als Anna in die Wollzeile einbog. Niemand kontrollierte heute die Ausgangssperre, überall liefen Menschen aufgeregt herum. Die Angriffe der Türken hatten sich verdoppelt. Angeblich war ihnen bei der Löwelbastei der erste Durchbruch gelungen, aber Starhemberg hatte sie erfolgreich zurückgedrängt. Die Kanonen schossen ohne Unterbrechung, seit dem Nachmittag hing eine dicke Rauchwolke über der Stadt.

Anna hatte die Apotheke erreicht. Es drang kein Licht aus dem Gebäude. Auf ihr Klopfen bekam Anna keine Antwort. Also trommelte sie mit der Faust gegen die schwere Holztür, aber es rührte sich nichts.

»Der ist nicht zu Hause!«, rief eine alte Frau aus dem Fenster des Nachbarhauses.

Anna wollte trotzdem noch nicht aufgeben. Sie drückte das Gesicht gegen die Fensterscheibe und versuchte, einen Blick ins Innere der Apotheke zu werfen, konnte jedoch nichts erkennen. Meister Konrad hatte weder Kerze noch Öllampe angezündet. Ein letztes Mal klopfte Anna heftig gegen die Tür. Wieder ohne Erfolg.

»Ich hab Euch doch gesagt, der ist nicht zu Hause«, rief die Frau. Sie lehnte im Fensterrahmen und beobachtete Anna.

Ohne der Zuschauerin Beachtung zu schenken oder mit Erfolg zu rechnen, griff Anna nach der Türklinke und versuchte, die Tür mit Schwung zu öffnen. Ihre Überraschung hätte kaum größer sein können, sie purzelte ins Innere der Apotheke und konnte sich selbst nur mit äußerst viel Geschick vor einem Sturz bewahren.

Eine entsetzliche Geruchswolke schlug ihr entgegen. Neben der gewohnten Apothekenmischung lag noch ein weiterer, scharfer Gestank in der Luft. Er erinnerte Anna an ungewaschene Füße und Urin.

»Meister Konrad?«, fragte sie vorsichtig. Anna konnte nichts sehen, es war stockdunkel im Raum. Wo hatte der Apotheker sein Feuerzeug und eine Kerze?

»Meister Konrad, seid Ihr hier?«

Plötzlich hörte sie ein Rascheln. Es kam vom Verkaufstresen. Ob sich ein Dieb dahinter versteckte? Jemand, der die letzten noch vorhandenen Medikamente für sich horten wollte?

Vorsichtig ging Anna auf den Tresen zu. Das Rascheln wurde lauter und klang mehr wie ein Röcheln, als plagte sich jemand mit dem Atmen. Anna wagte einen Blick ins Dunkle und erschrak. Am Boden lag, zusammengekrümmt, eine dunkle Gestalt. Anna erkannte Meister Konrad erst, als sie sich zu ihm kniete.

»Um Himmels willen«, sagte sie und schlug entsetzt beide Hände vors Gesicht.

Anna versuchte, den alten Mann aufzusetzen. Sie hatte keine Ahnung, wie lange er schon hilflos am Boden lag. Der unangenehme Geruch ging von ihm aus. Sein Körper war kalt, aber er atmete und öffnete blinzelnd die Augen.

»Wo ist Euer Bett, damit ich Euch hinbringen kann?«, fragte Anna.

Der alte Mann schüttelte den Kopf.

»Ich brauche Decken, damit ich Euch zudecken kann. Ihr friert.« Anna sah sich im Dunkeln um, ihre Augen hatten sich inzwischen an die Finsternis gewöhnt. Im Nebenzimmer standen eine Bank und ein Tisch. Auf der Bank lagen Polster, die sie holen ging, um es dem alten Apotheker bequemer zu machen. Auf einem Haken an der Wand hing sein Apothekermantel, den breitete sie über ihn und wickelte seinen Körper fest damit ein.

»Mein Herz«, sagte der alte Mann. »Es will nicht mehr.« Meister Konrad zitterte, seine Lippen waren trocken, er konnte seine Augen kaum offen halten.

Anna hielt seine kalte Hand und fühlte sich ratlos. Wenn sie den alten Mann verließ, um Hilfe zu holen, würde er vielleicht allein sterben müssen. Eine Weile saß sie im Dunkeln und überlegte fieberhaft.

»Bitte … holt Eure Tante«, sagte der Apotheker. »Und … Euren Juristen«, fügte er hinzu.

Anna sah ihn verwundert an. »Theresa Zapf und Lorenzo Martecelli?«

Meister Konrad nickte.

Zu gern hätte Anna gefragt, was der alte Mann von den beiden wollte, verkniff sich aber die neugierige Frage.

»Bitte ... beeilt Euch, ich ... habe nicht mehr viel Zeit.« Die Stimme des alten Mannes war brüchig und schwach.

»Seid Ihr sicher, dass ich Euch allein lassen soll?«

Erneut nickte der Apotheker.

Anna strich ihm über die faltige Wange, dann stand sie auf, verließ die Apotheke, raffte ihre Röcke hoch und lief so schnell sie konnte die Wollzeile hinauf, über den Stephansplatz, den Graben entlang und bog völlig erschöpft in die Tuchlauben ein.

Mit hochrotem Kopf, rasendem Herzen und nach Luft ringend, platzte sie ins Haus.

»Meister Konrad«, keuchte sie.

Lorenzo war soeben aus Graf Starhembergs Palais zurückgekehrt. Hannes, Emma und er saßen am Tisch, während Theresa sich ums Abendessen kümmerte. Alle Augen richteten sich auf Anna. Die hielt sich die stechenden Seiten, immer noch außer Atem.

»Meister Konrad liegt im Sterben. Er will, dass du und Lorenzo zu ihm kommt«, sagte Anna zu ihrer Tante.

»Hat er gesagt, warum?«, fragte Theresa und legte das Messer zur Seite, mit dem sie gerade Karotten geschnitten hatte.

»Nein, aber er will dich sehen. Ich glaube, dass er die Nacht nicht überleben wird.«

Lorenzo war bereits aufgestanden und zur Tür gegangen: »Seid Ihr sicher, dass er auch meinen Namen genannt hat?«

»Ja«, sagte Anna, erwähnte aber nicht, dass er Lorenzo als ihren Juristen bezeichnet hatte.

»Dann sollten wir keine Zeit verlieren.« Lorenzo warf Theresa einen auffordernden Blick zu.

Sie schien immer noch zu zögern. Ungewöhnlich langsam nahm sie ihre Schürze ab, faltete sie säuberlich zusammen und hängte sie über einen Sessel. Dann steckte sie das graue Haar zurück unter die Haube.

»Hannes, bitte lauf ins Franziskanerkloster und bitte Pater Anselm, in die Wollzeile zu kommen. Er wird seinem alten Freund die Sterbesakramente erteilen wollen.« Am liebsten hätte Anna die Tante mit beiden Händen bei der Tür hinausgeschoben und zur Eile angetrieben.

Hannes bemerkte Annas Nervosität, sprang vom Tisch auf und machte sich augenblicklich auf den Weg. Emma sah Anna ängstlich aus großen Augen an. Das Mädchen verstand nicht, was hier vor sich ging, aber sie spürte, dass alle sich um einen alten Apotheker sorgten.

Als Anna mit ihr allein war, versuchte die Kleine, sich verschüchtert unter der Bank zu verkriechen. Anna hielt sie davon ab: »Willst du mir beim Kochen helfen?« Emma nickte dankbar.

Der warme Schein einer Wachskerze erhellte den kleinen, fensterlosen Raum nur notdürftig. Theresa und Lorenzo hatten Meister Konrad auf die Bank im Nebenzimmer der Apotheke gelegt, da auch ihre vereinten Kräfte nicht ausgereicht hätten, den Körper des alten Mannes unbeschadet über die schmale Holztreppe in den ersten Stock zu tragen.

Der Apotheker lag bleich auf den Polstern und zitterte. »Mir ist kalt«, sagte er leise, obwohl es in dem kleinen Raum ausgesprochen warm und stickig war. Lorenzo hatte seine Jacke bereits ausgezogen, sein Hemd war nach den Geschehnissen dieses Tages nicht mehr ganz sauber.

»Wo habt Ihr Eure Decken?«, fragte Theresa.

Meister Konrad zeigte mit seiner dürren, knöchernen Hand zitternd in den ersten Stock, und Lorenzo machte sich langsam auf den Weg nach oben. Es war ein langer Tag gewesen, und er fühlte sich bei weitem noch nicht so kräftig wie vor seiner Gefangenschaft. Seine Brust schmerzte. Die Holzstiege knarrte bedenklich unter seinen Stiefeln. Hier oben war die Luft noch schweißtreibender als unten. Lorenzo schnappte zwei Decken und kletterte vorsichtig wieder nach unten. Anschließend packte Theresa den alten Mann sorgfältig in die dicken Decken.

»Ich will ... ein Testament machen«, verkündete Meister Konrad, dabei sah er an der Hebamme vorbei und suchte Lorenzos Gesicht. »Könnt Ihr so etwas aufsetzen?«

»Selbstverständlich. Ihr müsst mir nur sagen, was der Inhalt Eures Letzten Willens sein soll.«

»Ich möchte ... die Apotheke ... meiner Tochter überlassen.«

Lorenzo konnte seine Überraschung nicht verbergen. Er warf einen fragenden Blick zu Theresa, doch die war aufgestanden, hatte sich zurückgezogen und saß jetzt schweigend in einer Ecke. Ihr Gesicht war auf den Boden gerichtet. Selbst im schwachen Licht der Kerze konnte man sehen, wie blass sie plötzlich geworden war.

Lorenzo wandte sich wieder dem Apotheker zu: »Dazu müsst Ihr mir den Namen Eurer Tochter nennen und mir verraten, wo ich sie nach Eurem Tod finden kann.« Er setzte sich an den Tisch. »Außerdem brauche ich Papier und Tinte.«

»Ist alles ... im Tisch.« Meister Konrad nickte zum Schreibtisch, an dem Lorenzo bereits saß. Unter der Schreibtischplatte befand sich eine breite, tiefe Lade. Lorenzo kramte in einem heillosen Durcheinander nach sauberem Papier, einer brauchbaren Schreibfeder und einem Tintenfass. Anscheinend hatte hier seit Jahren niemand mehr aufgeräumt. Wahllos waren irgendwelche Briefe, Zeichnungen und Notizen in die Schublade gestopft worden.

Nach einer Weile hatte Lorenzo alles beisammen und legte die Dinge vor sich auf die Tischplatte. Er wartete auf den Namen der Frau, die bald Besitzerin der Apotheke sein sollte.

»Meine Tochter ... Theresa Zapf ... soll nach meinem Tod die Apotheke übernehmen –« Meister Konrads Stimme brach ab, und Lorenzo hielt verblüfft inne. Sein Blick wanderte erneut zu Theresa.

Die Frau wirkte sehr gefasst. Erst als sie aufstand, sah Lorenzo die Tränen in ihrem Gesicht. Sie liefen über ihre Wangen und tropften auf das dunkle Kleid.

»Warum habt Ihr nie ein Wort zu mir gesagt?«, fragte sie den Apotheker, während sie sich an das Fußende der Bank setzte. Ihre Stimme klang vorwurfsvoll.

»Ich habe es nicht gewusst«, antwortete der alte Mann. Ein trockener Husten folgte. Meister Konrads Gesicht verzog sich schmerzhaft, er griff an seine Brust, dorthin, wo sich das Herz befand. »Der Reif ... an Eurem Handgelenk ... hat es mir verraten. Ich habe ihn ...« Wieder unterbrach der Husten den Redefluss. »Ich habe ihn ... vor Jahren Eurer Mutter geschenkt. Sie hat versprochen, ihn immer zu tragen.« Die Worte kosteten den Apotheker seine allerletzte Kraft. »Oder an unser Kind weiterzugeben.« Nach kurzem Zögern fügte er hinzu: »Ihr habt meine Augen«, und versuchte zu lächeln.

Theresa gelang es nicht, das Lächeln zu erwidern. Sie starrte den alten Mann ernst an. Zeit ihres Lebens war sie der Meinung gewesen, dass der Kaufmann Zapf sie gehasst hatte. Jetzt stellte sich heraus, dass er gar nicht ihr Vater gewesen war.

Es klopfte an der Tür, Pater Anselm betrat die Apotheke. Mit ungewohnt hastigen Schritten kam er nach hinten in den Nebenraum. Ein Blick in die Runde verriet ihm, was hier vorging. Er war der Einzige im Raum, der immer gewusst hatte, in welchem Verhältnis Theresa und Meister Konrad zueinander standen, aber das Beichtgeheimnis hatte ihn daran gehindert, sein Wissen preiszugeben. Beinahe erleichtert ging er auf den Apotheker zu.

Lorenzo beobachtete das Geschehen und versuchte sich so klein wie möglich zu machen. Er war hier fehl am Platz, eine Figur, die nicht ins Spiel passte. Tief über den Schreibtisch gebeugt, setzte er mit geübter Hand das Testament auf. Er zögerte, Theresa als Meister Konrads Tochter anzugeben.

»Wäre es nicht besser, einfach Theresa Zapf zu schreiben, ohne den Verwandtschaftsgrad zu nennen?«, fragte er vorsichtig. »Niemand würde nach Meister Konrads Tod glauben, dass Frau Zapf seine Tochter war.«

Pater Anselm drehte sich zu Lorenzo und pflichtete dem jungen Mann bei. »Ihr habt völlig recht. Alles andere würde nur für unnötige Aufregung sorgen.«

Von der Bank, auf der Meister Konrad lag, kam ein verächtliches Schnaufen: »Es war mir zeit meines Lebens egal, was die anderen über mich redeten.«

»Ich weiß, mein Freund. Das ist einer der Gründe, warum die Dinge sich so entwickelt haben und die Frau, die du geliebt hast, sich nicht für dich hatte entscheiden können«, erwiderte Pater Anselm, trat näher und kniete sich zu seinem Freund. Seine alten Knochen schmerzten, aber er verzichtete auf ein Polster.

»Sie hat ihn geheiratet, weil er mehr Geld und Einfluss hatte.« Obwohl seine Stimme kaum hörbar war, klang Meister Konrad verbittert.

»Nicht nur, und das weißt du ganz genau«, sagte Pater Anselm sanft.

So spannend das Gespräch auch war, Lorenzo hätte sich am liebsten in Luft aufgelöst. Seine eigene komplizierte Familiengeschichte reichte ihm vollauf, da mochte er nicht noch in andere Geschichten verstrickt werden.

»Lasst den Verwandtschaftsgrad unerwähnt, schreibt einfach Theresa Zapf, vereidete Hebamme der Stadt Wien«, sagte Pater Anselm.

Meister Konrad verdrehte die Augen sichtlich empört.

Plötzlich meldete sich Theresa zu Wort: »So leid es mir tut, aber ich will das alles niemandem erklären müssen. Ich will nicht als Eure Tochter erwähnt werden.« Sie weinte immer noch, und ihre Stimme klang fremd. »So vieles hätte anders sein können ...« In ihrem Kopf drehten sich die Gedanken wie ein bunter Kreisel.

»Ich habe es immer nur geahnt, nie gewusst«, versuchte sich Meister Konrad zu verteidigen. Die Schmerzen in seiner Brust nahmen zu. Er schloss die Augen, und es entstand eine erdrückende Stille. In dieser warmen, dicken Luft machte sie auch den anderen Anwesenden das Atmen noch schwerer.

»Das Testament ist fertig«, sagte Lorenzo. Er las vor, was er geschrieben hatte, und fügte hinzu: »Wir brauchen zwei ehrbare Bürger, die den Willen bezeugen.«

Meister Konrad konnte sich nicht aufsetzen. Er setzte seine Unterschrift im Liegen auf das Papier. Pater Anselm unterschrieb als Zeuge und flüsterte Lorenzo zu: »Der Vertrag ist nicht rechtskräftig, wenn der zweite Zeuge nach Meister Konrads Tod unterschreibt. Habe ich recht?«

Lorenzo nickte. Im Moment sah es nicht so aus, als ließe sich noch rechtzeitig ein vertrauenswürdiger Zeuge auftreiben.

»Ich bin davon überzeugt, dass der Kaufmann Kästner seine Unterschrift unter das Papier setzen wird«, sagte Pater Anselm.

»Und wer wird den Kaufmann um diesen Gefallen bitten?«, fragte Lorenzo knapp, jedoch ahnte er bereits die Antwort.

»Ich hatte gehofft, dass Ihr das tut.«

»Ihr wollt, dass ich einen Kaufmann darum bitte, seine Unterschrift im Nachhinein unter ein Testament zu setzen?«, fragte er entsetzt. Sein Ruf als Jurist stand auf dem Spiel. Lorenzo zögerte, er überlegte und sagte schließlich: »Ich werde mich auf den Weg machen und den Mann darum bitten, hierherzukommen. Vielleicht schafft er es noch rechtzeitig.«

Pater Anselm nickte dankbar.

Als Lorenzo zwei Stunden später mit dem Kaufmann in der Apotheke eintraf, lag Meister Konrad bereits mit gefalteten Händen und geschlossenen Augen auf der Bank. Ohne Fragen zu stellen, setzte Meister Kästner seine Unterschrift unter das Dokument.

45

IM TÜRKISCHEN LAGER GLAUBTEN ALLE an den baldigen Sieg. Das Entsatzheer der Giauren war unterwegs, aber bis zu dessen Eintreffen würde Kara Mustafa das Kreuz auf St. Stephan gegen einen Halbmond eingetauscht haben. Die Verluste in den Grabenkämpfen waren hoch, aber die türkische Armee war riesig, und immer noch traf Nachschub aus dem Osten ein.

In Basmas Zelt hielten die Zwillinge Dilara und Miran die junge Mutter auf Trab. Kaum war eines der Kinder satt, forderte das andere seine Nahrung ein. Basma hatte den Eindruck, ununterbrochen zu stillen. Ohne Salmas Hilfe wäre Basma heillos überfordert gewesen. Das Mädchen nahm ihr die Kinder ab, sooft sie nur konnte. Auf diese Weise fand auch Basma hin und wieder ein paar Stunden Schlaf. Ibrahim hatte es vorgezogen, die Nächte nicht im eigenen Zelt zu verbringen. Er benötigte seinen Schlaf, um Kara Mustafa zu begleiten und jede Einzelheit seines bevorstehenden, ruhmreichen Sieges festzuhalten. Zwei, höchstens noch drei Tage, dann würde die Stadtmauer endlich fallen.

»Ich mache mir Sorgen um Anna«, sagte Basma zu Salma. »Ich hätte nicht zulassen dürfen, dass sie zurückgeht. Wenn unsere Truppen in die Stadt einfallen, ist keine Frau sicher. Sie werden Anna …« Basma brach ab. Dilara erwachte und schrie. Das Mädchen hatte Hunger. Seufzend erhob sich Basma, ging zum Bett ihrer Tochter und hob sie hoch, um sie an ihrer Brust zu beruhigen. Dem aufgeregten Schreien folgte ein zufriedenes Schmatzen.

»Kurz bevor die Truppen in die Stadt einfallen, müssen wir Anna herausholen. Ich kann nicht zulassen, dass sie von wild gewordenen Janitscharen erschlagen wird«, sagte Basma.

Ihre letzten Worte entgingen Salma, denn Basma wandte sich dabei ihrem Kind zu, weshalb Salma die Worte nicht von ihrem Mund ablesen konnte. Sie ahnte jedoch, was Basma vorhatte, und war bereit, die tapfere Giaurin aus der Stadt zu befreien.

Am Morgen nach Meister Konrads Tod zog Lorenzo in die Krugerstraße zu Meister Kästner. Der Toskaner hatte seine Sachen gepackt und nahm das Zimmer, das der Kaufmann ihm angeboten hatte, dankbar an. In der Tuchlauben herrschte Platznot, und so war dies die beste Lösung.

Bevor er gegangen war, hatte er zu Theresa gesagt: »Ich habe ein Testament aufgesetzt, in dem Meister Konrad seine Apotheke der Hebamme Theresa Zapf vermacht. Diese Information werde ich weitergeben. Alles andere liegt an Euch.«

Seither war Theresa sich nicht sicher, ob sie dem jungen Mann dankbar sein musste. Die Neuigkeit, dass die Hebamme die Apotheke erben sollte, hatte sich trotz Kriegswirren rasch in der Stadt herumgesprochen. Dass Theresa die Tochter des alten Apothekers war, wussten neben Pater Anselm nur sie selbst und Lorenzo.

Seufzend blickte Theresa von ihrer eintönigen Tätigkeit auf. Seit die Tür hinter Lorenzo ins Schloss gefallen war, wickelte sie Verbände zu kleinen Rollen auf. Die Arbeit bereitete ihr Schmerzen, aber Theresa nahm sie heute gar nicht wahr. Ihre Gedanken drehten sich ausschließlich um ihre Vergangenheit. Ihre Mutter hatte den Mann, von dem sie angenommen hatte, dass er ihr Vater gewesen war, betrogen. Er hatte allen Grund gehabt, sie dafür zu hassen. Theresas Leben war eine einzige Lüge, ihre Geburt das Resultat einer heimlichen Liebschaft. Theresas trübe Gedanken wurden abrupt unterbrochen, als Hannes zur Tür hereinstürmte und sofort in die Stube gepoltert kam.

»Sobieski ist mit seinen Truppen im Wienerwald angekommen. Die Türken stellen ihre Männer für die Schlacht auf. Aber die meisten arbeiten weiter an den Minen, sie wollen die Stadt einnehmen, bevor Sobieski sie angreifen kann«, sprudelte der Junge die Nachrichten nur so heraus.

Theresa stand auf und ging zum Fenster. Sie schaute auf die Straße, wo aufgeregte Menschen Richtung Stadtmauer liefen, um sich vom Eintreffen des Entsatzheeres zu überzeugen. Vielleicht war die Lage doch nicht aussichtslos, und sie würden befreit werden. Dann würde dieser Ausnahmezustand mit all den Regeln, Geboten und Verboten wieder aufgehoben werden, das sinnlose Sterben hätte ein Ende, und sie alle könnten wieder ganz normal ihrer Arbeit nachgehen, ohne verwundete und verstümmelte Burschen und Männer versorgen zu müssen.

»Wer von uns beiden geht heute ins Schottenstift?«, fragte Anna. Sie war soeben aus dem Garten gekommen und hatte Hannes' Nachricht noch nicht gehört.

»Anna, das Entsatzheer ist da!«, rief Hannes.

Eine Mischung aus Freude und Entsetzen spiegelte sich auf Annas Gesicht. Eine entsetzliche Schlacht stand bevor. Und damit noch mehr Verwundete und Verletzte.

»Ich hoffe, Basma kann sich mit ihren Kindern rechtzeitig in Sicherheit bringen.«

Theresa kehrte zum Tisch zurück: »Ich werde heute ins Schottenstift gehen. Bleib du zu Hause bei Hannes. Ich nehme an, dass Meister Kästner Emma wieder vorbeibringen wird.«

46

»NEIN!«, SCHRIE BASMA, stürzte sich auf den toten Körper ihres Mannes und weinte so laut, dass selbst die Menschen in den Zelten am Rande des Lagers von ihrem Schmerz erfuhren.

Ibrahim war bei einer Sprengung von einem Gesteinsbrocken an der Schläfe getroffen worden und auf der Stelle gestorben. Zwei Soldaten hatten ihn auf eine Bahre gelegt und den Leichnam zu seiner Frau getragen, die nun fassungslos am Boden kniete und den toten Körper umklammerte, als könnte sie ihm mit ihrer eigenen Wärme wieder Leben einhauchen.

Basmas Haar bedeckte das Gesicht des Dichters wie ein dunkler Vorhang. Er sah friedlich aus, hatte die Augen geschlossen, nur ein dünnes, bereits getrocknetes Blutrinnsal klebte an seiner Schläfe. Es sah aus, als würde er jeden Moment aus einem friedlichen Schlaf erwachen.

»Du darfst nicht sterben«, schrie Basma. Zu ihrer Trauer mischte sich Wut auf ihren Mann, weil er an diesem fürchterlichen Krieg teilgenommen hatte, auf Allah, dass er seinen Tod zuließ, und auf sich selbst, dass sie Ibrahim gefolgt war. Jetzt saß sie allein mit zwei Kindern mitten im Kriegsgeschehen und musste sehen, wie sie zurechtkam.

Basma klammerte sich an Ibrahims Brust und weinte sein schmutziges Hemd nass. Es durfte einfach nicht wahr sein. Gleich würde er aufwachen, die Augen öffnen und sie mit seinem schrägen, ironischen Lächeln ansehen.

Die beiden Männer, die die Bahre ins Zelt gebracht hatten, wussten nicht recht, was sie tun sollten. Ratlos sahen sie einander an. Der Befehl hatte gelautet, den Mann ins Zelt seiner Frau zu bringen, damit sie sich verabschieden konnte. Im Anschluss sollten sie den toten Dichter zu den restlichen höherrangigen Gefallenen tragen, damit man alle gemeinsam angemessen beisetzen konnte. Aber Basma machte keine Anstalten, sich von dem Leichnam ihres Mannes zu trennen. Die beiden Soldaten konnten nicht den ganzen Tag neben der trauernden Frau verbringen, sie hatten noch andere Aufgaben zu erledigen.

Plötzlich wurde der Vorhang des Zeltes energisch zurückgeschlagen. Arim El Samsuncabesi stand im Zelt und schickte die beiden Männer mit einer lästigen Handbewegung fort. Die beiden entfernten sich dankbar, ihr Problem hatte sich rasch gelöst.

Basma schaute kurz hoch, beugte sich aber sofort wieder weinend über die kalte Brust Ibrahims. Die Trauer und die Tränen in ihren Augen hatten sie blind gemacht für die Gefahr, in der sie sich befand. Hätte sie aufmerksam in das Gesicht des Agas geschaut, wäre sie vorbereitet gewesen auf das, was jetzt kam. Gewalt, Gier und ein Funken von Wahnsinn blitzten in den schmalen, hellbraunen, fast gelben Augen auf.

»Der eine geht, der andere kommt«, sagte er. Seine Stimme hatte etwas Endgültiges, Triumphierendes. Basma wurde erneut von einem Weinkrampf geschüttelt, deshalb hörte sie nicht, was der Mann hinter ihr sagte. El Samsuncabesi stemmte die Hände in die Hüften und stellte sich breitbeinig hinter Basma auf. Es war der Schatten, den er auf ihren zusammengekauerten Körper warf, der sie erneut aufblicken ließ.

»Was wollt Ihr?«, fauchte sie. Es war offensichtlich, dass er nicht gekommen war, um sich von Ibrahim zu verabschieden. Ohne jede Vorwarnung machte er einen Schritt auf Basma zu, griff brutal nach ihrem Oberarm und zog sie auf ihre Füße. Seine kräftigen Finger bohrten sich tief in ihr weiches Fleisch.

»Ihr tut mir weh«, sagte Basma. Der Übergriff war so schnell gekommen, dass Basma sich nicht wehren konnte. Sie stand dicht vor dem großen, breitschultrigen Mann, dem sie gerade eben bis zu den Schultern reichte. Was wollte der Janitscharenaga von ihr? Er war ein Vertrauter ihres Mannes gewesen, er sollte ihre Trauer teilen. Aber das Gegenteil schien der Fall.

Der Janitscharenaga drehte Basma brutal mit dem Gesicht zum Leichnam ihres Mannes. »Sieh ihn dir ein letztes Mal an. Ab heute wird er nicht mehr Nacht für Nacht in dein Zelt kriechen, um bei dir zu liegen.« Seine Stimme war voller Hass.

Sein Kopf senkte sich, dann hauchte er in Basmas Ohr: »Du gehörst jetzt mir.« Sein langer Schnurrbart streifte ihre Schultern. Angeekelt versuchte sich Basma wegzudrehen, aber sein fester Griff ließ es nicht zu. Sie wand sich wie eine Schlange, doch je mehr Widerstand sie leistete, umso fester wurde sie gehalten. Wenn er den Druck noch ein bisschen verstärkte, würde er ihr den Oberarm brechen. Amüsiert über Basmas Willensstärke, lachte El Samsuncabesi. Das Geräusch, das aus seiner Kehle drang, klang nach Gewalt.

»Lasst mich los«, zischte Basma. »Sonst schreie ich um Hilfe.«

Das Lachen wurde lauter, wie ein reißender Fluss, der Hochwasser führte und mit seiner Kraft alles mit sich riss, was ihm im Wege stand, um Tod und Verderben zu hinterlassen.

»Schrei nur, mein Täubchen, es wird dir nicht helfen. Du bist gerade zum Freiwild geworden, und ich bin dein Jäger. Wir sind nicht in Istanbul, wir sind im Krieg, da herrschen andere Gesetze. Niemand schützt auf dem Schlachtfeld eine Witwe. Im Moment bist du nichts Besseres als eine Soldatenhure. Du hast Glück, denn du hast mich, und ich werde dafür sorgen, dass kein anderer jemals wieder seine dreckigen Finger nach dir ausstreckt. Sollte er es dennoch wagen, hacke ich sie ihm einfach ab.« Die letzten Worte ließ er sich auf der Zunge zergehen wie den letzten Bissen der Nachspeise nach einem besonders guten Essen.

»Lasst mich sofort los. Ibrahim liegt direkt vor Euren Füßen, habt Ihr nicht einen Funken Ehrfurcht vor ihm?«, sagte

Basma und versuchte erneut, sich aus seinem Griff zu winden. Ohne Erfolg.

»Ehrfurcht vor einem Dichter?« Der Aga spuckte auf den weichen Teppich, Basma würde ihn hinterher wegwerfen müssen.

»Es waren die schlimmsten Monate meines Lebens. Jeden Abend mit dem Wissen schlafen zu gehen, dass dieser Weichling dich besteigt. Nicht Manns genug, um mit dem Säbel zu kämpfen. Immer eine Schreibfeder in der Hand.« Der Aga spuckte noch einmal aus. Diesmal direkt auf den Toten.

Basma schrie auf.

»Was wollt Ihr von mir?« Sie zitterte und ärgerte sich über sich selbst über dieses Zeichen der Schwäche.

»Das weißt du ganz genau«, sagte er so nah neben ihr, dass der Hauch seines Atems ihren langen, schmalen Hals streifte, und eine seiner Hände legte sich besitzergreifend auf ihre Hüfte. Basma schauderte. Ihr ekelte vor diesem Mann.

»Ich werde niemals das Bett mit Euch teilen«, sagte sie leise, aber bestimmt. Es war ein erniedrigendes und unwürdiges Schauspiel, das der Aga neben dem Toten veranstaltete, doch es schien ihm Vergnügen zu bereiten. Der Tote konnte nicht mehr sehen, wie sein ehemals Vertrauter ihn hinterging, aber die Anwesenheit seiner Leiche verlieh der Situation genau die Portion an Verachtung, die El Samsuncabesi zur Höchstform auflaufen ließ.

»Glaubt mir, Ihr werdet darum betteln, mir gefällig sein zu dürfen.« Mit einem geschickten Griff drehte er Basmas Arme auf den Rücken und band ihre Handgelenke mit einem Seil zusammen, das er plötzlich aus seiner Hose zauberte. Er zwang Basma auf die Knie, und sie landete bei Ibrahims Füßen. Mit einem Satz war er beim Lager der Zwillinge, die nichtsahnend in ihrem Bett schliefen. Wahllos griff er nach einem Kind und zerrte es mit einer Hand hoch. Dilara begann augenblicklich zu weinen. Und mit dem ersten Ton hörte Basmas Herz für einen Moment auf zu schlagen, bevor es wie wild zu rasen begann.

»Nein«, flüsterte sie. »So ein Ungeheuer seid selbst Ihr nicht.« Panik stieg in ihr auf, denn sie spürte, dass der Mann zu allem fähig war. Sie musste ihn aufhalten, bevor ein Unglück passierte.

»Löwen fressen die Kinder ihrer Rivalen auf«, sagte er und grinste. Dabei entblößte er große gelbe Zähne, die Basma tatsächlich an einen Löwen erinnerten, seine Augen glitzerten dunkelgelb. Der Aga hielt Dilara mit ausgestrecktem Arm über den Boden. Das Mädchen schrie noch lauter, als spürte es die Bedrohung, und Basmas Magen krampfte sich zusammen.

»Nein, bitte nicht.« Basma versagte die Stimme. Sie krabbelte auf ihn zu, stürzte nach vorne und richtete sich wieder auf.

»Ihr werdet lernen, mir zu gehorchen«, sagte der Aga. Zufrieden und voller Genugtuung blickte er auf die kriechende Frau. Plötzlich drehte er sich um und ließ Dilara fallen wie ein Stück Holz.

Der Schrei, den Basma ausstieß, war markerschütternd. Dilara landete auf dem Teil des Bodens, der nicht mit dem weichen Teppich ausgelegt war. Das Weinen des Kindes war mit einem Schlag beendet. Es lag regungslos auf dem Bauch, das kleine Gesicht nach unten gekehrt. Basma wusste, dass sie soeben ihre Tochter verloren hatte. Sie verharrte am Boden, legte den Kopf auf die Knie und schloss die Augen. Tränen hatte sie keine mehr. Sie hockte einfach nur da und wartete auf das nächste Unglück. Der Aga kam auf sie zu und beugte sich über sie.

»Ihr wisst nun, was passiert, wenn Ihr mir nicht gehorcht. Es liegt an Euch, das Leben Eures zweiten Kindes zu schützen.« Geifernd vor Gier fasste er in Basmas dichtes, schwarzes Haar, durchwühlte es und atmete schwer. Basma hatte keine Kraft, sich der widerwärtigen Berührung zu entziehen. Mitten in seinem Tun hielt der Aga inne, stand abrupt auf und verließ ohne ein weiteres Wort das Zelt.

Basma wagte nicht, sich zu bewegen, der Mann hatte sie mit seiner Berührung beschmutzt. Wasser, sie brauchte viel Wasser, um den Schmutz wieder loszuwerden.

47

»Sie haben es tatsächlich geschafft«, sagte Graf Starhemberg fassungslos. Er stand auf einem der Stadtwälle und blickte in Richtung Kahlenberg. Sein Gesichtsausdruck spiegelte seine Gefühlslage wider.

»Lasst uns hoffen, dass Kara Mustafa weiterhin an seinen Fehlentscheidungen festhält und es verabsäumt, unserem Entsatzheer seine Infanterie entgegenzuschicken.« Der Graf war müde. Er hatte seit Tagen keinen Schlaf gefunden. Dunkle Ringe, schwere Tränensäcke und rot unterlaufene Augen legten Zeugnis darüber ab, wie er seine Nächte verbracht hatte.

Lorenzo sah nicht besser aus. Die Wangen des Toskaners waren eingefallen, und seine sonst sonnengebräunte Haut wirkte grau. Er hatte sich von den Strapazen seiner Gefangenschaft noch nicht erholen können, was nicht zuletzt mit dem dauernden Schlafmangel zu tun hatte.

Lorenzo konnte den Blick nicht abwenden von dem Schauspiel, das sich ihm bot. Niemand hatte damit gerechnet, dass Sobieski es tatsächlich schaffen würde, sein Heer rechtzeitig nach Wien zu bringen. Wie viele Männer waren mit ihm gekommen, um die Übermacht von dreihunderttausend Türken in die Flucht zu schlagen? Auf den Hängen des Kahlenbergs formierten sich die Truppen. Lorenzo konnte Reiter sehen, die sich in geordneten Reihen aufstellten, und Männer, die Kanonen in Stellung brachten. Eine Gruppe kleiner, emsig arbeitender Ameisen in bunten Uniformen, die den Befehlen einiger weniger gehorchte. Ob die bunten Ameisen wussten, worauf sie sich einließen? Wie viele von ihnen würden diese Schlacht nicht überleben und ihren Familien niemals davon berichten können, wie beeindruckend die Zeltstadt rund um Wien vom Kahlenberg aus betrachtet ausgesehen hatte?

Wieder fielen Schüsse. Kanonen wurden abgefeuert, und weißgrauer Rauch stieg auf. Dass es nach zwei Monaten immer noch Munition gab, war erstaunlich.

»Martecelli!«, rief Starhemberg verärgert. »Wo seid Ihr schon wieder mit Euren Gedanken?«

Lorenzo schüttelte den Kopf. Es fiel ihm schwer, sich zu konzentrieren, ständig drifteten seine Gedanken ab. Die ganze Situation erschien ihm unwirklich.

»Wie weit sind die Arbeiten an den Verbarrikadierungen?«, fragte der Graf und machte sich daran, den Wall zu verlassen. Lorenzo folgte ihm.

»Es wurde alles so ausgeführt, wie Ihr es angeordnet habt. Ein Junge hat sich das Bein gebrochen, aber sonst kam es zu keinen Zwischenfällen.«

»Das ist erfreulich. Und nun geht in Euer Zimmer und ruht Euch ein paar Stunden aus, bevor es richtig losgeht.

Sobald Sobieski das Signal zum Angriff gibt, will ich Euch hier auf einem der Wälle sehen.«

Lorenzo bog in die Krugerstraße ein und ging gerade auf das große Tor des Kaufmanns zu, als er jemanden hinter sich aufgeregt rufen hörte: »Meister Martecelli!«

Es war Hannes, der ihm entgegengelaufen kam und mit den Händen aufgeregt in der Luft fuchtelte. »Ich brauche Eure Hilfe!« Der Junge schwankte regelrecht, so sehr hatte er sich beim Laufen verausgabt. Um nicht umzufallen, stemmte er sich mit der rechten Hand gegen die Hauswand. Lorenzo wollte ihn festhalten, aber er schüttelte den Kopf. »Es geht schon, danke.« Auch der Junge sollte mehr schlafen. Er sah ungesund aus und war so dürr wie zu dem Zeitpunkt, als er zu den beiden Hebammen gezogen war.

»Was ist passiert?«

»Basma ist hier, aber Salma ist im Tunnel verschüttet. Die Türken haben eine Mine gesprengt, und bei der Explosion ist das Kanalsystem eingebrochen«, rasselte Hannes einen lückenhaften Bericht herunter. Lorenzo versuchte, die Bruchstücke zu einem sinnvollen Ganzen zusammenzusetzen, was ihm aber nicht recht gelingen wollte.

»Ihr müsst mir helfen, Salma zu retten«, sagte der Junge unter Tränen. »Sie … hat es … verdient.« Lorenzo hatte den Jungen noch nie dermaßen aufgelöst erlebt. Er legte Hannes einen Arm um die Schulter. Warum war die Osmanin in Wien, und warum saß ihre Dienerin im Tunnel fest?

»Lass uns in die Tuchlauben gehen, und erzähl mir noch einmal die Geschichte *piano, piano,* Schritt für Schritt. Ich fürchte, ich habe nicht alles verstanden. Danach werden wir entscheiden, was zu tun ist«, sagte Lorenzo. Seine ruhige Stimme zeigte augenblicklich Wirkung bei Hannes. Der

Arm des Toskaners war wie ein Rettungsanker, an dem man sich festklammern konnte. Hannes hörte auf zu zittern. Während die beiden zum Haus der Hebammen gingen, berichtete Hannes der Reihenfolge nach von den Ereignissen der letzten Stunden.

Basmas Ehemann war tödlich verunglückt. Als man ihr den Leichnam ihres Mannes gebracht hatte, war der Janitscharenaga, der Lorenzo damals hätte verhören sollen, ins Zelt eingedrungen, hatte Basma bedroht, gefesselt und eines ihrer Kinder auf den Boden fallen lassen. Das Kind hatte reglos auf dem Boden gelegen, bis Salma von ihren Einkäufen zurück ins Zelt gekommen war und es aufhob. Da begann das Mädchen plötzlich wieder zu weinen.

Salma befreite ihre Herrin, und die beiden packten augenblicklich alles zusammen.

Basma nahm Salma an der Hand, schnappte beide Kinder und flüchtete. Weg vom Lager, weg von El Samsuncabesi. Gemeinsam liefen sie zu dem alten Brunnen, um durch den geheimen Gang zu flüchten. Über ihnen tobten die Kämpfe, und neben ihnen gruben die Türken ihre Minen.

Kurz vor dem Weinkeller gab es eine Explosion, die den Tunnel zum Einstürzen brachte. Basma ging mit Dilara und Miran vorneweg, während Salma mit einem Teil des Gepäcks hinter ihr war. Eine dicke Wolke aus Geröll und Staub begrub Salma. Basma versuchte sie zu finden, aber der Staub nahm ihr die Luft zum Atmen. Es folgte eine weitere Explosion, und Basma konnte im letzten Augenblick den Tunnel verlassen. Dank Annas präziser Beschreibungen hatte sie sofort in die Tuchlauben gefunden, wo sie jetzt saß und von den Hebammen versorgt wurde. Hannes war in die Krugerstraße gelaufen, um Lorenzo zu verständigen.

»Das ist eine schreckliche Geschichte.« Lorenzo konnte

sich deutlich an die großen, ausdrucksvollen Augen des stummen Mädchens erinnern, das ihn gemeinsam mit Hannes durch das türkische Lager gekarrt hatte. Die Vorstellung, dass Salma verschüttet in einem alten römischen Kanalsystem langsam erstickte, löste eine ohnmächtige Wut in ihm aus.

Als Lorenzo und Hannes die Stube in der Tuchlauben betraten, war Theresa damit beschäftigt, Basmas Kinder in den Schlaf zu wiegen. Emma sah ihr dabei fasziniert zu. Die Säuglinge sahen aus wie ihre kleine Schwester Fabienne.

Die Osmanin saß blass auf der Bank, während Anna eine Schürfwunde auf dem Unterarm der Freundin verband. Basma hob den Kopf und nickte Lorenzo zu. Wo war ihr Stolz geblieben? Sie musste ihn irgendwo zwischen ihrem Zelt und Annas Haus verloren haben. Vielleicht lag er verschüttet mit Salma im alten römischen Kanal. Lorenzo legte seinen Kopf schief und lehnte sich mit verschränkten Armen gegen die Wand.

»Meister Martecelli und ich werden nach Salma suchen. Ihr müsst uns erklären, wo Ihr Salma zuletzt gesehen habt«, sagte Hannes hastig. Am liebsten wäre er schon wieder auf der Straße. Er wollte keine Zeit verlieren. Das türkische Mädchen, das um einige Jahre älter war als er selbst, lag ihm sehr am Herzen.

»Es war am Ende des Tunnels. Ich habe die Gitter noch nicht sehen können«, sagte Basma tonlos. In ihren Augen lag eine alles verzehrende Traurigkeit. »Der Tunnel ist eingebrochen, die Trümmer haben Salma …«, sie konnte die Worte nicht aussprechen. Verzweifelt verbarg sie ihr Gesicht in der unverletzten Hand und schluchzte.

Anna berührte die Freundin an der Schulter. »Vielleicht konnte sie in die andere Richtung zurückgehen. Es muss nicht der ganze Tunnel eingestürzt sein.«

»Wenn El Samsuncabesi sie in die Hände bekommt, wird er ihr die Haut vom Körper ziehen und jeden Zentimeter mit heißem Öl begießen«, sagte Basma und heulte nun hemmungslos. »Sie hat doch schon so viel Elend durchleben müssen.«

»Wir brauchen eine Schaufel und ein Seil«, sagte Lorenzo und schaute sich suchend um. Hannes eilte in den Garten, wo in einem Schuppen die Gartengeräte aufbewahrt wurden. Kurz darauf kam er mit einem Spaten, einer Schaufel, einem Seil und einer Hacke zurück.

Basmas Augen weiteten sich erschrocken, als sie die Hacke sah. »Mit diesem Gerät werdet Ihr das Mädchen in kleine Stücke hacken«, flüsterte sie.

»Vielleicht müssen wir uns einen Weg schlagen«, sagte Hannes.

Anna stand entschieden auf: »Ich werde mit Euch kommen.« Sie griff nach ihrem Schultertuch, das auf einem Haken neben der Tür hing. Lorenzo öffnete den Mund, um etwas zu erwidern, war aber klug genug, zu schweigen.

Basma lehnte ihren Kopf an die Wand hinter sich und schloss die Augen, bevor sie sich wieder mit Tränen füllten. Noch vor wenigen Tagen hatte sie mit Ibrahim über ihren Garten in Istanbul gesprochen und darüber nachgedacht, ob die Früchte des Feigenbaums schon reif waren. Jetzt saß sie in der Küche einer Giaurin, war froh, dass ihre Kinder lebten, und zitterte um das Leben ihrer freigekauften Sklavin, die ihr längst eine Tochter geworden war. Sie wusste in einer Minute nicht, was die nächste bringen würde.

»Vielleicht kannst du dich ein wenig ausruhen«, sagte Anna. Lorenzo sah sie von der Seite an. Im Moment schien Schlaf das Allheilmittel zu sein. Jeder wünschte ihn dem anderen und keiner gönnte ihn sich selbst.

»Dann wollen wir«, sagte er. Hannes war bereits vorausgeeilt.

In dem heillosen Durcheinander und der großen Erwartung auf die bevorstehende Schlacht bemerkte niemand, dass drei Personen in das leerstehende Wirtshaus an der Ecke schlüpften.

Der Schankraum war dunkel, und es roch immer noch nach Rauch und Alkohol. Anna hielt sich dicht an Lorenzo, sie würde niemals Freundschaft mit der Dunkelheit schließen können.

»Habt Ihr Zündzeug und Kerze dabei?«, fragte sie. Lorenzo holte beides aus seiner Tasche und erntete ein dankbares Lächeln. Schon nach wenigen Schritten waren sie bei der zweiten Gittertür angekommen.

»Einer sollte hierbleiben, um notfalls Hilfe zu holen«, sagte Lorenzo.

»Ich will mitkommen«, sagte Hannes bestimmt. »Ich bin klein und kann durch winzige Löcher schlüpfen.«

Damit hatte er recht. Aber der Gedanke, allein im Dunkeln auf die beiden warten zu müssen, gefiel Anna ganz und gar nicht.

Als könnte er ihre Gedanken lesen, sagte Lorenzo: »Ich habe noch eine Kerze dabei.«

Er holte eine weitere Wachskerze aus seiner Jackentasche und entzündete sie an seiner Kerze. Mit einem Lächeln, das Anna einen wohligen Schauer über den Rücken jagte, reichte er ihr das Licht. Seine Augen blitzten hellblau auf. Es war ein denkbar ungünstiger Moment, um festzustellen, dass man einen Mann anziehend fand, doch Anna hatte sich noch nie so zu ihm hingezogen gefühlt wie jetzt.

Hannes ging bereits vor in den Tunnel.

»Halt«, rief ihm Lorenzo hinterher. »Warte auf mich. Ich will dir das Seil um den Bauch binden.«

»Wie bitte?« Der Junge drehte sich fragend um.

»Anna wird das andere Ende halten. Auf die Weise finden wir dich wieder, falls du dich verirrst oder verschüttet wirst.«

»Was für eine großartige Idee«, sagte Anna fasziniert.

»Sie stammt nicht von mir. Den Trick haben sich schon die alten Griechen ausgedacht. Man sollte ihre Geschichten nicht unterschätzen.«

»Aber für Euch haben wir kein Seil«, sagte Anna.

Lorenzo zuckte mit den Schultern: »Ich werde mich dicht an Hannes halten.« Er verknotete das Seil um Hannes' Mitte und reichte Anna das andere Ende. Dann machten sie sich auf den Weg, während Anna zurückblieb.

Schon nach wenigen Metern lagen Geröllbrocken und Steine auf dem sandigen Boden. Basma hatte mit ihrer Einschätzung recht gehabt. Die Einsturzstelle war sehr nah am Tunnelende. Immer noch lag eine Menge Staub in der Luft, der das Atmen erschwerte.

Anfangs war es ein Leichtes, über die Hindernisse zu steigen, aber je weiter sie vordrangen, umso schwieriger wurde das Vorwärtskommen. Der Tunnel wurde enger, Lorenzo musste gebückt gehen und schließlich kriechen.

Plötzlich war der Gang völlig verstopft, und es gab kein Weiterkommen. Hannes drehte sich um, er konnte Annas Licht nicht mehr sehen. Doch das lag nicht an der Entfernung, sondern an der Kurve, die der Tunnel genommen hatte.

Hannes begann mit bloßen Händen die Steine wegzuräumen, während Lorenzo die Schaufel zu Hilfe nahm. Schon beim ersten Spatenstich löste sich eine neue Ladung Sand von der Decke und landete auf Lorenzos Kopf.

Er fluchte laut. »*Maledetto!*«

Der Sand rieselte von seinen Haaren direkt in die Augen und brannte dort entsetzlich. Für einen Moment konnte er nichts sehen. Lorenzo rieb sich mit den staubigen Fingern über die Augenlider, was das Brennen aber nur noch verschlimmerte.

Völlig vergessend, dass die Freundin taub war, rief Hannes Salmas Namen. Augenblicklich ärgerte er sich über seine Dummheit. Schweigend grub er weiter und schaffte einen Stein nach dem anderen aus dem Weg.

Plötzlich griff Lorenzo dem Jungen auf die Schulter. »Still«, sagte er und legte seinen Finger an den Mund. Hannes hielt inne. Auch er konnte das Geräusch hören, auf das Lorenzo ihn aufmerksam machen wollte. Es war ein gleichmäßiges Klopfen, so als würde jemand mit einem Stein beharrlich auf einen anderen schlagen, um auf sich aufmerksam zu machen.

»Das ist Salma«, sagte Hannes und griff nach dem Spaten, um rascher voranzukommen. Lorenzo fischte nach einem Stein und beantwortete Salmas Klopfen mit einem ganz ähnlichen Takt.

»Sie kann Euch nicht hören.« Es war Zeitverschwendung, was der Toskaner da veranstaltete, dachte Hannes.

»Aber sie kann die Erschütterungen spüren«, sagte Lorenzo und klopfte unbeirrt weiter.

Verwirrt starrte Hannes den Juristen an.

»Leg deine Hand auf einen der Felsen.« Als Lorenzo erneut den Stein auf den Boden schlug, weiteten sich Hannes' Augen vor Staunen. Er konnte die Schläge tatsächlich spüren, die sich mit leichten Schwingungen auf seine Hand übertrugen.

»Wie habt Ihr das herausgefunden?«, fragte der Junge fasziniert.

»Purer Zufall«, gab Lorenzo zu, legte den Stein weg und griff erneut nach der Schaufel. Wieder rutschte eine Ladung Sand von der niedrigen Decke. »Wir sollten uns beeilen, hier wird es immer ungemütlicher.«

»Ich glaube nicht, dass es draußen viel besser ist«, sagte Hannes.

»*Si!* Damit hast du vermutlich recht.«

Salma war an die Stille gewöhnt. Sie war taub zur Welt gekommen, daher waren alle Bilder, die sie in sich trug, geräuschlos. Aber sie kannte unterschiedliche Arten der Stille. Es gab die Stille mit den bunten Bildern, wenn rund um sie gefeiert und getanzt wurde. Bilder, die sie aus ihrer Kindheit kannte. Wenn die Familie sich mit anderen lieben Menschen getroffen hatte, um ein Fest zu feiern. Diese Stille war lustig gewesen, und wenn Salma lachte, dann spürte sie dieses hüpfende Geräusch in sich, so wie es auch alle anderen lachenden Menschen spüren mussten. Ein Gefühl, das sie mit den Hörenden teilen konnte. Dann gab es die traurige Stille, wenn Menschen weinten. Salma konnte das Schluchzen nicht hören, aber sie kannte das glucksende Brennen, das beim Weinen entstand. Es fing in der Brust an und arbeitete sich hoch zu den Augen, wo es in Tränen herauslief. Dabei nahm es dem Weinenden die Luft zum Atmen. Und dann kannte sie die Alltagsstille, die sie ständig umgab, die Stille, die sie gelehrt hatte, doppelt so vorsichtig zu sein wie ihre Mitmenschen, weil sie ihnen immer einen Schritt voraus sein musste. Immer auf der Hut, um rechtzeitig zu verschwinden, wenn Gefahr drohte.

Die Stille, die sie jetzt umgab, unterschied sich von allem, was sie bisher erlebt hatte. Eingesperrt in einem winzigen Loch, rund um sie nur Sand und Geröll und über ihr irgendwo ein lebensrettender Luftschacht. Die absolute Finsternis und die Unfähigkeit, selbst die eigene Stimme zu hören, trieben Salma in eine bis jetzt unbekannte Angst. Dabei hatte Salma schon so manch gefährliche Situation in ihrem kurzen Leben hinter sich gebracht. Aber dieses Abgeschnittensein vom Licht war schlimmer als alles. Sie konnte nichts wahrnehmen außer der Kälte auf ihrer Haut und dem Geruch nach Erde und Sand. Sie suchte im Dunkeln nach Steinen und begann, diese gegeneinanderzuschlagen. Es war nicht die Hoffnung, die sie dazu trieb, sondern der Wunsch, etwas außer Schmerzen und Furcht zu spüren. Salma hatte keine Vorstellung davon, was andere Menschen dabei hören konnten. Aber es tat gut, dieses Klopfen zu fühlen. Salma klopfte Minuten, Stunden, Tage, sie wusste nicht, wie lange. Sie hatte jedes Gefühl für Zeit verloren. Die blutigen Schrammen taten sehr weh, und sie merkte, wie das Blut ihre Knöchel entlangtropfte. Doch solange sie Schmerzen fühlte, war sie am Leben.

Plötzlich nahm sie neben ihrem eigenen Klopfen noch etwas wahr. Zuerst dachte sie, es wäre ihr Herz, das so heftig schlug, dass es sich auf die Steine um sie herum übertrug. Aber dann erkannte sie, dass es ebenfalls ein Klopfen war. Sofort keimte Hoffnung in ihr auf. Vielleicht hatte sie jemand gehört. Ein Giaure, ein Muslime, ganz egal. Ein Mensch. Salma klopfte immer weiter. Es war ein Strohhalm, an den sie sich klammerte, aber er versprach Leben, deshalb schlug sie die Steine weiter aneinander.

»Hinter diesem Felsen muss sich ein Hohlraum gebildet haben«, sagte Lorenzo. »Wir müssen versuchen, den Felsbrocken irgendwie wegzuschaffen, ohne damit den Stützpfeiler darüber zu lockern.«

Hannes warf einen Blick nach oben. Das schwache Kerzenlicht reichte aus, die Gefahr zu erkennen, in der sie sich befanden. Verzweifelt versuchten sie, den Brocken zu verschieben, aber ihre Kraft reichte einfach nicht aus. Jedes Mal, wenn sie glaubten, den Felsen ein kleines Stückchen verrückt zu haben, mussten sie sich eingestehen, dass sie sich irrten.

Plötzlich näherte sich vom Ausgang her eine Lichtquelle. Anna hatte ihren Posten verlassen, weil sie die tatenlose Unruhe nicht mehr aushielt. »Rückt auf die Seite, damit ich Euch helfen kann«, sagte sie energisch.

»Was habt Ihr mit dem Seil gemacht?«

»Ich habe es am Gitter festgebunden.« Anna ergriff einen Spaten und schob ihn unter den Felsen. »Wenn wir alle drei Werkzeuge unter den Felsen schieben und gemeinsam drücken, können wir den Felsbrocken vielleicht bewegen.«

»Das ist eine hervorragende Idee«, sagte Lorenzo, nahm auch den anderen Spaten und die Hacke und schob die beiden unter den Felsen.

Jeder ergriff eine Stange. Gemeinsam zählten sie bis drei und drückten dann so fest sie konnten. Zuerst wackelte der Brocken nur sanft hin und her, aber dann ließ er sich mit einem kräftigen Ruck zur Seite rollen. Zeitgleich stürzte der Stützpfeiler weg und eine Lawine von Schutt und Sand prasselte auf die drei Menschen im Tunnel nieder. Der Staub drang in ihre Lungen. Hannes und Anna mussten husten. Lorenzo hielt sich den Ärmel vor Mund und Nase, aber auch er spürte den Hustenreiz. Es dauerte eine ganze Weile, bis sich der Staub einigermaßen gesenkt hatte.

»Anna, Hannes?« Lorenzo konnte nichts sehen, da die Staublawine beide Kerzen gelöscht hatte.

»Mir geht es gut«, sagte Hannes.

»Mir auch«, schloss Anna sich an. »Mein bestes Arbeitskleid ist ruiniert, ich fürchte mich vor der Dunkelheit, aber sonst ist alles bestens.«

»Habt Ihr die Kerze noch?«, fragte Lorenzo.

»Nein, ich habe sie zuvor am Boden abgestellt.«

»Ich fürchte, dann haben wir ein Problem. Wie sollen wir ohne Licht weitersuchen?«

Hannes meldete sich zu Wort. »Ich glaub, ich hab die Kerze gefunden. Hier liegt etwas Langes, Weiches … und es ist warm.« Lorenzo suchte nach seinem Feuerzeug, schlug erneut einen Funken und entzündete die Kerze noch einmal. Das schwache Licht der Flamme zeigte das Ausmaß der Verwüstung. Der Brocken war zwar aus dem Weg geräumt, aber auch dahinter war alles voller Geröll und Schutt. Zumindest war der Weg zurück zum Ausgang noch frei. Hannes duckte sich, räumte einen besonders großen Stein zur Seite und entdeckte einen winzigen, schmalen Weg.

»Ich klettere hinein«, sagte er.

Anna wollte ihn zurückhalten. Es war Wahnsinn, sich in diese instabile Höhle zu begeben. In diesem Moment ertönte erneut das Klopfen, das ihnen zuvor so viel Hoffnung gemacht hatte. Salma war also noch am Leben.

Hannes wartete nicht darauf, von einem der beiden Erwachsenen das Einverständnis zu bekommen. Er kniete sich hin und kroch in das Loch.

»Wie geht es da drinnen weiter?«, fragte Lorenzo, während er Hannes' Seil festhielt, als könnte er den Jungen damit vor dem Verschüttetwerden beschützen, und sich dicht vor das Loch kniete.

»Keine Ahnung, ich kann ja nichts sehen«, sagte Hannes.

Anna stellte sich so dicht hinter Lorenzo, dass ihre Hand seine Schulter berührte.

»Hier ist ein Loch«, kam es aus dem schmalen Gang.

Plötzlich hörte das Klopfen auf und wurde durch eine unheimliche Stille ersetzt. Gespannt starrte Lorenzo in die Dunkelheit. Er konnte Hannes nicht mehr ausmachen, spürte aber noch den Zug am Seil.

»Ich habe Salma gefunden«, rief Hannes aus dem Tunnel.

Anna drückte Lorenzos Schulter vor Freude.»Ist sie verletzt?«

»Ich weiß es nicht. Ich kann ja nichts sehen, und sie kann nichts sagen.«

Verärgert schüttelte Anna den Kopf. Manchmal war ihr Mund schneller als ihr Gehirn. Sie ließ Lorenzo immer noch nicht los.

»Ich kann Salma nicht hochheben. Und sie kann nicht aufstehen.« Hannes mühte sich verzweifelt ab, die Freundin durch den Tunnel zu hieven, ohne Erfolg.

Warum war dieses Loch nur so verdammt schmal! Lorenzo passte beim besten Willen nicht durch. »Binde ihr das Seil um den Bauch, vielleicht können wir sie gemeinsam herausziehen. Du stützt sie, und wir ziehen.« Etwas Besseres fiel Lorenzo nicht ein. Die Zeit arbeitete gegen sie, denn von oben bröckelten erneut Sand und winzige Steine auf sie herab. Eine weitere Sprengladung würde den Tunnel zum Einstürzen bringen.

Eine Weile hörte man keinen Mucks, dann rief Hannes: »Ich habe das Seil befestigt.«

»Gut, dann versuchen wir zu ziehen«, rief Lorenzo zurück und reichte Anna ein Stück des Seils.

»Fester«, rief Hannes.

Lorenzo verstärkte den Zug, Anna tat es ihm gleich.

»Es funktioniert!«

Lorenzo spürte, dass sich eine Last am anderen Ende des Seils in Bewegung setzte. Anna leuchtete mit der Kerze in den schmalen Gang. »Ich kann einen dunklen Rücken sehen«, sagte sie aufgeregt. Lorenzo zog allein weiter. Hannes kam langsam rückwärts näher, während er Salma unter den Achseln festhielt.

Als Hannes nah genug war, fasste Lorenzo nach ihm und half ihm und Salma aus dem Loch. Das schwache Licht der Kerze zeigte nur einen Bruchteil der Wunden, die Salmas Körper bedeckten. Dennoch griff sich Anna entsetzt an den Hals, das Mädchen sah erbärmlich aus. Ihr Gesicht war staubig und zerkratzt, ihr rechtes Bein unnatürlich verdreht und von ihren Fingerknöcheln tropfte Blut.

Ohne weitere Erklärungen versuchte Lorenzo, Salma hochzuheben. Seine eigene Wunde hinderte ihn, und so fassten Anna und Hannes mit an. Gemeinsam schleppten sie das verletzte Mädchen zum Ausgang. Als das Gittertor vor ihnen erschien, wurde der Tunnel von einer heftigen Erschütterung erfasst. Anna blieb vor Schreck stehen, aber Lorenzo drängte sie, weiterzugehen.

»Lauft«, schrie er, so laut er konnte, und stieß sie unsanft an. Anna warf die Kerze weg, raffte ihre Röcke und lief.

Später konnte keiner der vier mehr sagen, wie sie es geschafft hatten, den Tunnel unversehrt zu verlassen, bevor die Decke vollständig eingestürzt war. Steinbrocken, Staub und Sand rieselte herunter. Man konnte nichts mehr sehen, der Durchgang war zur Gänze verschüttet.

Aber Anna, Lorenzo, Salma und Hannes befanden sich bereits hinter dem zweiten Gittertor im sicheren Weinkeller und blickten fassungslos auf die Verwüstung hinter ihnen. Über tausend Jahre hatte dieser Tunnel existiert. Jetzt war alles zerstört, für immer. Niemand würde jemals erfahren, welch großartige und revolutionäre Sanitäranlagen die Römer in Wien errichtet hatten.

Anna lehnte sich gegen eines der Weinfässer. »Wann wird dieser Wahnsinn ein Ende haben?«

»Vielleicht schon in ein paar Stunden«, sagte Lorenzo. Er strich Anna eine verstaubte Locke aus der Stirn.

»Und dann?«, fragte Anna.

Lorenzo zuckte mit den Schultern. Niemand konnte im Moment vorhersagen, wie die Schlacht um Wien ausgehen würde.

48

Es versprach ein milder Herbsttag zu werden. Feine Dunstwolken hingen noch über den Wäldern und Hügeln im Norden der Stadt, die Sonne ging warm und goldfarben auf und tauchte die Landschaft in ein sanftes Licht. Ein Tag wie geschaffen für ein Picknick am Kahlenberg. Mit saftigen Weintrauben, frischen Haselnüssen und dem letzten Wein vom Vorjahr könnte man sich ein feines Plätzchen unter dem Schatten eines großen Walnussbaums suchen und dort die letzten Sommerstunden des Jahres genießen. Aber an diesem Sonntag dachte niemand an einen friedlichen Spätsommerausflug.

Siebzigtausend Männer warteten auf den Hängen des Kahlen- und des Leopoldbergs darauf, sich dem aussichtslos scheinenden, ungleichen Kampf gegen dreihunderttausend türkische Belagerer zu stellen. Seit den frühen Morgenstunden wurden die Truppen neu formiert, wurde überlegt, mit welcher Strategie man angreifen sollte.

Die ersten Gefechte hatten schon stattgefunden. Kanonenschüsse waren gefallen, der Geruch von Schwarzpulver hing in der Luft und verlieh dem milchig weißen Herbstnebel eine ungewöhnliche Duftnote. In Heiligenstadt und Nussdorf lieferten die Türken massiven Widerstand. Sie verschanzten sich in zerstörten Häusern und Gehöften, so dass um jedes Gebäude eigens gekämpft werden musste und das Entsatzheer nur langsam zur Stadtmauer vordringen konnte.

Lorenzo hatte mit Graf Starhemberg schon in den frühen Morgenstunden seinen Überwachungsposten bezogen.

»Ihr habt Euch nicht an meinen Ratschlag gehalten«, sagte der Graf, wirkte jedoch nicht verärgert, sondern belustigt.

»Ihr habt Euch auch keine Ruhe gegönnt.«

»Müsst Ihr immer versuchen, das letzte Wort zu haben?«, sagte der Graf kopfschüttelnd. »Seht Euch nur diesen verrückten Kara Mustafa an. Der Mann hat überhaupt keine Ahnung, was er tut. Er lässt seine Leute immer noch in den Laufgräben und den Minen buddeln, während seine Soldaten in den Vorstädten ums Überleben kämpfen. Er glaubt tatsächlich, mit einer letzten Sprengung die Stadt einnehmen zu können. Wie konnte man diesem Mann die Befehlsgewalt über dreihunderttausend Männer geben?«

Lorenzo wusste aus eigener Erfahrung, wie nahe die Türken mit ihren Minen bereits an der Stadt waren. In der Nacht hatten sie einen der tatsächlich existierenden Verbindungsgänge zerstört, in der Annahme, einen neuen zu sprengen.

Starhemberg schüttelte den Kopf über die Fehlentscheidungen des Feindes: »Heute Abend wird Wien wieder frei sein und die Türken werden fliehen.«

Nur zu gerne hätte Lorenzo dem Grafen geglaubt. Er selbst konnte beim besten Willen nicht erkennen, was genau sich auf dem Schlachtfeld abspielte. Welche Partei nun im Vorteil war und welche im Nachteil. Alles, was er sah, waren Tausende von Männern, die im Namen Allahs und im Namen Jesu Christi ihr Leben auf dem Schlachtfeld ließen. Rauch, Staub, Blut, klirrende Säbel und schreiende, weinende Menschen. Das rasende Töten würde erst ein Ende haben, wenn es auf einer Seite mehr tote als lebende Männer gab. Aber wie wollten die Heerführer erkennen, welche Männer zu ihnen gehörten? Im Kriegsgetümmel sahen alle gleich staubig aus. Ihre fanatischen Schreie verrieten, dass sie in ihrem Rausch dazu bereit waren, alles zu zerstückeln, was sich ihnen in den Weg stellte. Freund wie Feind.

Sollte Lorenzo jemals einen Sohn haben, würde er ihn davon abhalten, Soldat zu werden.

Wie konnten Priester es wagen, zu behaupten, dieses gottlose Treiben wäre im Namen des Herrn? Woher nahmen sie den Mut, den Soldaten Gottes Segen mit auf das Schlachtfeld zu geben? Was sich vor Lorenzos Augen abspielte, konnte Gott nicht gefallen, niemals.

»Da hinten formieren sich die polnischen Engelsreiter«, rief der Graf begeistert. Lorenzo hatte von den eigenartigen Rüstungen der polnischen Elitetruppe gehört. Wirklich vorstellen konnte er sich die Panzer mit den riesigen, künstlichen Flügeln am Rücken nicht.

Graf Starhemberg geriet ins Schwärmen: »Ein genialer Kopf und hervorragender Reiter muss sich diesen Schmuck ausgedacht haben.«

Auf ein Signal, das weder der Graf noch Lorenzo gehört hatten, stürmte eine berittene Gruppe vom Kahlenberg direkt hinunter in Richtung Heiligenstadt. Das ohrenbetäubende Geräusch, das ihre Flügel am Rücken erzeugten, war bis zum Beobachtungsposten an der Stadtmauer zu hören.

»Um Himmels willen«, staunte Lorenzo. »Sind ihre Pferde taub, dass sie diesen Lärm ertragen können?«

»Nein, aber sie sind eigens dafür ausgebildet worden«,

sagte der Graf und pfiff anerkennend durch die Zähne. »Was man von den Pferden der Osmanen nicht behaupten kann. Seht nur, wie sie fliehen und ihre Reiter abwerfen.«

Ein Offizier kam gelaufen, er hielt vor dem Grafen an und schnaufte zweimal durch, bevor er Bericht erstattete. »Bei der Löwelbastei versuchen die Türken, über die Stadtmauer zu gelangen. Wir drängen sie zurück, so gut es geht.«

»Ich komme sofort«, sagte der Graf und machte sich auf den Weg. Lorenzo wollte ihm folgen, aber der Graf hielt ihn zurück.

»Ich will, dass Ihr hierbleibt und weiter Ausschau haltet. Gebt mir regelmäßig Bericht über die Situation. Ich will keine Einzelheit verpassen und über alles informiert werden.«

Lorenzo nickte, doch was sollte er beobachten und worüber berichten? Im Moment würde er die Schlacht so zusammenfassen: Tod, Gewalt, sinnloses Sterben – und das auf beiden Seiten.

Den ganzen Tag über wurde gekämpft. Fassungslos, staunend und voller Hoffnung standen die Wiener auf der Stadtmauer, den hohen Dächern und den Kirchtürmen, um das Geschehen zu beobachten. Viele hatten nicht mehr damit gerechnet, dass das Entsatzheer tatsächlich eintreffen würde. Jetzt jubelte man den Befreiern zu. Gegen fünf Uhr erkannten alle, auch die kriegsunerfahrenen Beobachter, dass die Türken überrascht worden waren und sich zurückzogen. Immer mehr Osmanen flüchteten. In ihren Reihen war ein heilloses Durcheinander zu erkennen. Zelte wurden niedergerissen, Säcke rasch gepackt. Wer konnte, schwang sich auf ein Pferd und floh in Richtung Osten.

Kurz bevor Kara Mustafa seine Flucht antrat, gab er den Befehl, alle Gefangenen hinzurichten. Es waren in erster Linie Frauen und Kinder, die in einem Akt der Vergeltung für die Schmach der Niederlage kaltblütig erschlagen und erstochen wurden. Die Menschen hinter der Stadtmauer mussten dem Blutbad hilflos zusehen, und ihr Hass auf die Besatzer wurde noch weiter geschürt. Die Sonne schien noch immer, doch niemand konnte sie hinter den Rauch- und Staubwolken erkennen. Zu spät befahl Kara Mustafa seinen Soldaten in den Laufgräben und Minen, die Stellungen zu verlassen. Gefangen in den Laufgräben, hatten sie keine Möglichkeit zur Flucht. An die sechshundert Männer wurden vom Entsatzheer auf der Stelle erschossen oder wie Vieh niedergeknüppelt. Viele von ihnen hinterließen Frauen und Kinder. Nur die wenigsten von ihnen waren freiwillig in diesen Krieg gezogen.

Die Zahl der Leichen stieg ins Unermessliche. Verstümmelte Menschen lagen übereinander, ihr Blut tränkte den festgestampften Boden und färbte den Lehm dunkelrot.

Gegen zehn Uhr abends, es war längst finster geworden, ertönte der allerletzte Schuss. Danach senkte sich eine ungewohnte, beinahe unheimliche Stille über das Schlachtfeld. Wien war befreit. Die Türken waren abgezogen, zumindest jene, denen die Flucht rechtzeitig gelungen war.

49

Lorenzo war einer der ersten, die gemeinsam mit Starhemberg das verlassene Schlachtfeld abritten. Sein Pferd, eine braune Stute, scheute ununterbrochen, das Tier war es nicht gewohnt, über leblose Menschenkörper zu steigen.

Eigentlich war Lorenzo ein guter Reiter. Schon als kleines Kind hatte er sicher im Sattel gesessen, aber jetzt kämpfte er mit seinem Tier.

Vor ihm stapelten sich die Leichname, lagen quer übereinander. Männer mit aufgeschlitzten Bäuchen, abgetrennten Armen und abgeschlagenen Köpfen. Tod und Verwüstung, wohin das Auge reichte. Mit der aufgehenden Sonne kamen auch die fetten, schwarzen Mistfliegen. Sie kreisten über den Leichen und waren die Einzigen, die sich an dem Elend erfreuten. Das Ausmaß des entstandenen Leids war unglaublich. Der Geruch nach Blut und Kadavern hing über dem Schlachtfeld, verpestete die Luft. Von Gott fehlte hier jede Spur. In den Kirchen wurden die ersten Dankgottesdienste abgehalten. Ob die Priester einen Blick auf das Schlachtfeld geworfen hatten?

Vor der Stadtmauer war die Erde von Minengängen und Laufgräben zerfurcht. Die Männer, die bis vor kurzem darin gebuddelt hatten, lagen nun erschlagen da und tränkten das aufgerissene Land mit ihrem Blut. Viel hatte den Belagerern nicht mehr gefehlt. Ein weiterer Tag, und die Stadtmauer wäre gefallen. Dann hätte das Blutbad innerhalb der Stadtmauern stattgefunden. Das Entsatzheer war in allerletzter Minute eingetroffen.

Starhemberg staunte über die zurückgelassenen Schätze der Feinde. »In den nächsten Tagen werden die Wiener wie die Heuschrecken über dieses Feld herfallen.«

»Werdet Ihr etwas dagegen unternehmen?«

Der Graf schüttelte den Kopf: »Vorerst nicht. Die Menschen haben gehungert, es ist gut, wenn sie sich ein Stück vom Kuchen des Feindes holen. In spätestens zwei Tagen wird der Kaiser hier sein und selbst die Befehle erteilen. Ich nehme an, dass er Anspruch auf die Kriegsbeute erheben wird. Aber was bis dahin weg ist …«

Zwei dürre, zerlumpte Kinder liefen weinend über das Feld, suchten die Leichen nach einem bekannten Gesicht ab. Viele von ihnen waren in den letzten Stunden des Krieges zu Waisen geworden.

»Das Leid ist unfassbar«, murmelte Lorenzo.

»Ihr seid zu weich für einen Krieg«, sagte Starhemberg. Aber der Anblick der Kinder war auch dem hartgesottenen Soldaten in seiner prunkvollen Rüstung nicht gleichgültig.

»Ihr könnt etwas tun, was Eurem Gemüt entspricht«, sagte der Graf. »Bischof Kollonitsch hat sich bereit erklärt, für die Verpflegung der Waisen dieses Krieges aufzukommen. Sammelt die Kinder ein und bringt sie zu ihm, bevor er sein Versprechen rückgängig macht.«

Graf Starhemberg war sichtlich zufrieden mit seiner Entscheidung. »Ich werde Euch zwei Beamte der Stadt zur Seite stellen, damit Ihr zügig ans Werk gehen könnt.«

Lorenzo konnte nichts erwidern. Diesmal hatte er eine Aufgabe bekommen, der er den Sinn nicht absprechen konnte, dennoch hätte er sie gerne abgelehnt.

Die Tore der Stadt waren immer noch vermauert, aber die Wiener strömten, wie Graf Starhemberg es vorausgesagt hatte, aus den Ausfallspforten ins türkische Lager, um sich zu holen, was die Belagerer zurückgelassen hatten. Eine Plünderung unglaublichen Ausmaßes begann. Ziegen, Hühner, Schafe, Mehl, Waffen, Geschirr, Teppiche, alles wurde in die Stadt geschleppt.

Basma hatte eines von Annas Kleidern angezogen und sah dem Treiben von der Stadtmauer aus zu. Noch vor ein paar Tagen war sie auf der anderen Seite der Mauer gewesen, hatte an Sieg, Ruhm und Schätze geglaubt. Nun sah sie zu, wie die Zelte ihrer Landsmänner zerlegt und abtransportiert wurden.

»Ich muss zurück ins Lager«, sagte Basma und legte ihre Hand auf Annas Arm.

»Das ist unmöglich«, sagte Anna. »Man wird dich trotz meines Kleides als Osmanin erkennen und auf der Stelle töten.«

»Ich weiß, wo die Kahvebohnen gelagert wurden.«

Anna zuckte mit den Schultern: »Irgendjemand hat sie sicher schon gefunden. Was willst du damit machen?«

»Ich glaube nicht, dass die Wiener damit etwas anfangen können.« Basmas Augen begannen zu leuchten wie damals, als Anna ihr zum ersten Mal begegnet war.

»Vergiss es«, sagte Anna. Aber in Basmas Kopf begann eine wundervolle Idee, Form anzunehmen.

»Die Bohnen werden uns reich machen«, flüsterte sie, aus Angst, einer der umstehenden Menschen könnte sie hören.

»Ich strebe keinen Reichtum an«, sagte Anna.

Aber Basma wischte ihre Bemerkung ungeduldig mit einer Handbewegung weg. Mit Salmas Rettung war ein Stück ihrer Würde zurückgekehrt.

»Wer soll die Bohnen denn in die Stadt bringen?«, fragte Anna, die merkte, dass es sinnlos war, Basma die Sache auszureden. Salma fiel mit ihrem gebrochenen Bein aus. Für Hannes allein war die Sache zu gefährlich, und Anna hatte keine Lust, ein Trümmerfeld voll verstümmelter Soldatenleichen zu betreten.

»Was ist mit deinem guten Freund Martecelli?«, fragte Basma. Anna zuckte mit den Schultern. Vielleicht würde er es machen, aber im Moment hatte er sicher andere Dinge im Kopf.

»Lass uns zu dem Haus gehen, in dem er momentan wohnt«, schlug Basma vor, hakte sich bei der Freundin unter und zog sie von der Stadtmauer herunter. Anna seufzte.

Eigentlich sollte sie ins Schottenstift, aber sie gab nach und begleitete die Osmanin. Widerstand war ohnehin zwecklos.

»Es tut mir leid, aber Martecelli ist nicht da. Graf Starhemberg hat dem Einzug des Polen zugestimmt. Es blieb ihm nichts anderes übrig. Jetzt muss rasch ein Empfang vorbereitet werden«, sagte Meister Kästner, während er die beiden Frauen neugierig musterte. Von Lorenzo hatte er von Basmas Ankunft in der Tuchlauben erfahren.

»Aber vielleicht kann ich Euch ja weiterhelfen.« Er trat zur Seite und bat seinen Besuch mit einer einladenden Handbewegung, einzutreten.

»Das glaube ich nicht. Basma hat die fixe Idee, ins Lager der Türken zu gehen.«

»Wollt Ihr an den Plünderungen teilnehmen?«, fragte der Kaufmann, bereute jedoch augenblicklich seine Worte.

»Verzeiht, wie einfältig von mir, sicher wollt Ihr Euer Eigentum zurückholen und nicht die Reste der Geflohenen und Toten einsammeln.« Meister Kästner sah die Osmanin bewundernd von der Seite an. Sie war eine außergewöhnlich schöne Frau.

»Ihr irrt«, sagte Anna scharf. »Meine Freundin hat tatsächlich vor, an den Plünderungen teilzunehmen.«

Basma stieß die Freundin mit dem Ellbogen in die Seite und übernahm selbst ihre Verteidigung. »Ich bin seit drei Tagen Witwe. Ich suche nach einer Möglichkeit, für mich und meine Kinder eine neue Zukunft aufzubauen«, sagte sie.

»Und im Lager befindet sich der Schlüssel zu dieser Zukunft?«, fragte Meister Kästner, in dessen Blick sich nun ein gewisser Spott geschlichen hatte.

»Im Lager befinden sich Säcke voll Kahvebohnen. Sie sind ein Vermögen wert, und ich bin sicher, dass kein Wiener weiß, was er damit anfangen soll«, sagte Basma, nicht bereit, sich verunsichern zu lassen.

»Sprecht Ihr von diesem vortrefflichen schwarzen Getränk, das die Sinne belebt und den Geist anregt?« Das Interesse des Kaufmanns war geweckt.

»Ja, das meine ich.«

»Wenn Ihr jemanden findet, der meine beiden Töchter beaufsichtigt, werde ich Euch helfen, die Bohnen zu holen. Vorausgesetzt, Ihr beteiligt mich an Eurem Fund.«

Anna lag die Frage auf der Zunge, warum er die Mädchen nicht im Palais Lichtenberg und in der Tuchlauben unterbringen wollte. Aber sie schluckte die Frage hinunter, der Kaufmann schien absichtlich auf diese Möglichkeit zu verzichten.

»Bereits vor einem halben Jahr hat mir ein befreundeter Kaufmann aus Genua dazu geraten, ins Kahvegeschäft einzusteigen. Ich hatte damals Bedenken«, erklärte der Kaufmann.

»Dies wäre eine hervorragende Gelegenheit, herauszufinden, wie die Wiener auf das Getränk ansprechen«, schlug Basma vor. Sie wollte an ihrem Schleier zupfen, merkte dann aber, dass sie ja gar keinen trug. Auf ihrem Kopf saß eine von Annas kleinen Hauben.

Meister Kästner lächelte: »Einverstanden, ich helfe Euch dabei, diese Kahvebohnen in Sicherheit zu bringen.«

»Ich werde Euch den Weg beschreiben und in der Zwischenzeit auf Eure Töchter aufpassen. Zuvor muss ich allerdings meine eigenen beiden Kinder holen. Sie werden bald hungrig werden.«

Plötzlich durchschaute Anna Meister Kästners Bitte. Er sorgte sich seit Wochen um seine kleine Fabienne, da das Mädchen die Ziegenmilch so schlecht vertrug. Nun hatte er die Möglichkeit, eine stillende Frau bei sich aufzunehmen. Eine Frau, die Zwillinge ernährte, konnte vielleicht auch ein drittes Kind stillen.

»Ihr solltet nicht allein gehen«, sagte Basma bestimmt.

»Hannes kann Euch begleiten«, schlug Anna vor, »wenn er nicht schon längst vor der Stadtmauer ist.«

Aber Hannes war nicht im Lager, sondern leistete Salma Gesellschaft, die sich von ihrem Abenteuer im Tunnel erholte. Ihr Bein war geschient, und sie musste liegen, ansonsten ging es ihr prächtig. Sie unterhielt Hannes mit der Schiefertafel und zeichnete, was immer der Junge wünschte.

»Ich darf ins Lager der Türken?«, fragte Hannes begeistert. Er sprang vom Boden vor seinem Bett auf, in dem Salma im Moment lag, und hüpfte mit zwei großen Sprüngen die Holztreppe hinunter. Eilig lief er auf die Straße, wo Meister Kästner bereits mit einem Wagen wartete. Endlich würde Hannes das Ausmaß der Schlacht sehen und vielleicht den einen oder anderen Schatz aus dem Lager holen können. Basma packte ihre Kinder zusammen und machte sich auf den Weg in die Krugerstraße.

»Ich dachte, du wärst längst im Schottenstift«, sagte Theresa vorwurfsvoll, als sie die Nichte, den Kaufmann und die Osmanin sah.

»Das hatte ich auch vor. Aber Basma wollte Lorenzo um Hilfe bitten, er war aber nicht da, und jetzt wird Meister Kästner ins türkische Lager gehen.«

»Da werden sie Martecelli vielleicht treffen. Sein Dienstgeber hat ihm den Auftrag erteilt, alle Waisenkinder einzusammeln, weil Bischof Kollonitsch versprochen hat, sie auf seine Kosten in der Stadt zu verpflegen.«

»Woher weißt du das?«, fragte Anna.

»Es gibt Laufburschen, die sich mit dem Verbreiten von Neuigkeiten ihr Geld verdienen«, sagte Theresa verärgert.

»Aber warum muss Lorenzo die Kinder einsammeln? Ich dachte, er wird dabei sein, wenn Sobieski von Starhemberg empfangen wird.«

»Wahrscheinlich hat er sich um die Aufgabe gerissen, bei seiner Vorliebe für Waisenkinder. Ich hoffe nur, er bringt uns nicht noch ein elternloses Kind ins Haus. Im Moment platzen wir aus allen Nähten«, sagte Theresa wieder einmal schlechtgelaunt. Sicher schmerzten ihre Hände.

»Und bevor ich mich noch mehr ärgern muss, gehe ich ins Schottenstift. Schließlich wird eine von uns beiden dort erwartet.« Theresa stapfte an Anna vorbei. Sie hatte ihr Schultertuch genommen und machte sich auf den Weg.

»Bist du sicher, dass nicht ich gehen soll?«, rief ihr Anna hinterher, aber Theresa schnaufte bloß ärgerlich.

»Mir soll es recht sein«, sagte Anna, die nicht die geringste Lust verspürte, um den Dienst im Schottenstift zu streiten.

Noch bevor Sobieski feierlich in Wien einziehen konnte, um seinen Triumph in vollen Zügen zu genießen, kamen die ersten Soldaten des Entsatzheeres in die Stadt. Müde Männer, die nach entbehrungsreichen Wochen der Wanderschaft eine grausame Schlacht geschlagen hatten. Das Blut der Feinde und nicht selten auch das der Kameraden klebte noch auf ihren Röcken. Sie hatten die Zeltstadt auf Schätze abgesucht und so manches kostbare Schmuckstück gefunden. Jetzt sehnten sie sich nach Wein, Bier und Frauen. Dinge, die sie im zerstörten Lager der Türken nicht finden konnten, denn die Frauen waren alle geflüchtet oder abgeschlachtet worden, und Alkohol war den Muslimen verboten.

Nur die wenigsten Soldaten dachten daran, dass die Stadt

zwei Monate lang belagert worden war. Hinter den Mauern saßen keine ruhmreichen Sieger, die ihre Befreier reichlich bewirten konnten, sondern ausgehungerte Menschen, denen es am Nötigsten fehlte.

Sobieski hatte seine Truppen davor gewarnt, in der Stadt zu plündern, und jenen Strafen angedroht, die sich nicht an seine Befehle hielten. Den meisten seiner Männer reichten die Schätze vor den Stadtmauern. Aber einige waren noch volltrunken vom Gewaltrausch der Schlacht und entschlossen, den Wahnsinn mit weiteren Demütigungen fortzusetzen.

Anna antwortete nicht sofort auf das wilde Pochen an ihrer Tür. Meister Kästner und Hannes konnten unmöglich schon wieder zurück sein. Sie waren gerade erst weggegangen, und Theresa würde nicht klopfen. Vor allem nicht mit dieser Heftigkeit. Sie legte ihre Handarbeit zur Seite und wollte zur Tür, als diese brutal eingetreten wurde. Zwei Soldaten standen im Türrahmen und polterten unaufgefordert in die Stube. Es waren große Männer mit schmutzigen, derben Gesichtern. Einer hatte eine breite Narbe über der rechten Schläfe, der andere eine schiefe, geschwollene Nase, als wäre sie erst vor kurzem gebrochen worden. Der Mann mit der Narbe grinste, dabei entblößte er eine Reihe schwarzer Stummelzähne. Er stieß die Tür mit einem Fußtritt wieder zu, stellte sich davor und nickte dem anderen zu. Der Mann mit der gebrochenen Nase war kleiner, er bewegte sich langsam auf Anna zu und sagte etwas in seiner Muttersprache, was Anna nicht verstand.

Augenblicklich war Anna sich der Gefahr bewusst, in der sie sich befand. Schreien, sie musste laut schreien, aber ihre Kehle war ausgetrocknet, sie konnte keinen Laut von sich geben. Hilflos öffnete sie den Mund wie ein Fisch im Trockenen. Es würde sie ohnehin niemand hören. Am allerwenigsten Salma in der Dachkammer.

Anna machte einen Schritt rückwärts, ging auf den Tisch zu und stellte sich dahinter. Der Mann kam näher, ein fürchterlicher Geruch nach Schweiß, Dreck und Urin ging von ihm aus. Sicher hatte er seit Wochen weder Wasser noch Seife benutzt. Annas Herz begann zu rasen, es drohte zu zerspringen, so schnell schlug es. Der Soldat versuchte den Tisch wegzuheben, aber er war zu schwer und zu massiv. Deshalb machte er sich daran, ihn zu umrunden. Anna musste wegrennen. Aber wohin? In den Garten, da konnte sie laut um Hilfe rufen. Vielleicht würde man sie hören.

Entschlossen stürzte sie sich auf die Gartentür, aber der Mann mit der Narbe machte einen Satz von der Eingangstür weg und folgte ihr. Er hielt sie am Arm fest, erwischte nur ihren Ärmel, der dunkelgrüne Stoff riss, und Anna stolperte über die Türschwelle. Sie fiel auf eine harte Steinplatte im Garten, die das Gemüsebeet einrahmte.

Anna schrie, so laut sie konnte. Es kamen auch tatsächlich schrille Töne aus ihrem Mund, aber das schien dem Mann zu gefallen. Er lachte. Der Gestank, der dabei aus seinem Mund drang, drohte Anna die Besinnung zu nehmen. Plötzlich hatte er ein dreckiges, blutverschmiertes Tuch in der Hand, das eben noch in seiner Hose gesteckt hatte, und stopfte es ihr zwischen die Zähne. Anna würgte, die Luft blieb ihr weg. Sie würde ersticken. Gut, so musste sie die grausame Gewalttat nicht miterleben. Aber sie bekam gerade noch genug Luft, um nicht zu sterben. Stattdessen schmeckte sie Blut. Der andere Soldat stapfte aus der Küche. Seine schweren Reitstiefel polterten über den Küchenboden. Er feuerte seinen Kameraden an, in einer Sprache, die Anna, sollte sie das hier überhaupt überleben, trotz ihres melodiösen Klangs für immer hassen würde.

Der mit der Narbe beugte sich über sie und riss brutal an ihren Röcken. Das Kleid war ruiniert, und Annas weiße Schenkel lagen nackt vor ihm. Panik erfasste sie, sie strampelte, weinte, versuchte zu schreien, wand sich, alles ohne Erfolg. Der Mann war schwer, er legte sich auf sie und verpasste ihr eine Ohrfeige, so dass ihr Hinterkopf auf den harten Steinboden knallte. Kurz wurde ihr schwarz vor Augen, aber die erlösende Ohnmacht wollte sich nicht einstellen. Wieder das Bild der eigenen weißen Schenkel. Wie damals im Schlafzimmer des Kaufmanns Stöckel. In ihrem Kopf hämmerte und klopfte es, sie wollte sich wehren, aber sie war wie gelähmt.

Der mit der gebrochenen Nase lachte, er beobachtete den anderen gierig, wartete darauf, selbst an die Reihe zu kommen. Ungeduldig drehte er sich weg, öffnete seine Hose und fummelte an sich selbst herum. Offenbar brachte er die enge Hose nicht über den dicken Hintern. Anna hörte ein Geräusch aus der Küche, im selben Moment erhob sich ein Schatten über dem Mann, der auf Anna lag. Ein gewaltiger Schlag, und der stinkende Soldat brach über ihr zusammen. Anna blinzelte benommen und versuchte, sich zu befreien. Sie sah Lorenzo, der mit ihrer großen gusseisernen Pfanne wie ein Berserker auf den zweiten Soldaten losging. Der zog sich gerade die Hose wieder hoch und war zu überrascht und verwirrt, um rechtzeitig zur Waffe zu greifen. Mit einem einzigen Schlag mitten auf die Stirn ging er zu Boden. Lorenzo schlug noch ein zweites Mal zu, aus purem Hass und grenzenloser Wut. Er war sich selbst plötzlich fremd. Beide Männer bewegten sich nicht mehr. Lorenzo hatte sie soeben getötet. In einem einzigen kurzen Augenblick war er zum Mörder geworden. Jetzt stand er fassungslos da und zitterte.

Entsetzt kniete er sich zu Anna, die sich langsam aufsetzte. Ihr Hinterkopf blutete, sie fühlte sich benommen. Sie saß stumm da. Während ihr die Tränen über die Wange liefen, schaute sie an sich hinab und sah doch immer nur die weißen, nackten Schenkel. Ihr Blick glich dem eines gehetzten Tiers. Lorenzo wollte den Arm um sie legen, sie beruhigen, aber als er sich nur einen Schritt näherte, blitzte ein Funken Wahnsinn in Annas Augen auf.

Hilflos kniete er sich neben sie. Die beiden toten Soldaten lagen ein Stück von ihnen weg.

»Anna, könnt Ihr mich hören?«, fragte Lorenzo besorgt. Anna sah ihn nicht an, starrte nur auf den Boden. Seine Worte drangen nicht zu ihr, sie erkannte ihn nicht einmal.

»Ihr seid verletzt. Ich bringe Euch zu Pater Anselm ins Franziskanerkloster.«

Anna begann heftig zu zittern. Ihr ganzer Körper bebte, und ihre Zähne schlugen gegeneinander. Lorenzo holte eine Decke, mit der er Anna einpackte. Diesmal ließ sie die Berührung zu.

»Anna, wir müssen los. Ihr braucht Hilfe«, sagte er entschieden. Trotz der Decke zitterte die junge Hebamme immer noch. Ihre Augen blickten durch ihn hindurch. Würde sie sich wehren, wenn Lorenzo sie hochhob? Aber Anna konnte im Moment überhaupt nichts tun, außer zu zittern.

»*Povera bella*! Es tut mir so leid, ich bringe Euch jetzt zu Pater Anselm.« Lorenzo hob Anna auf wie ein verwundetes Tier und legte sie über seine Schulter. Sie ließ es einfach geschehen, ohne sich zu wehren oder ihm zu helfen, dadurch war sie schwer wie ein großes Stück Holz. Lorenzo ging unter ihrer Last in die Knie und rappelte sich wieder hoch. Von irgendwoher nahm er die Kraft, Anna geschultert wie einen Sack Mehl bis ins Franziskanerkloster zu tragen.

Pater Anselm ließ Anna in eine der leeren Kammern seiner Mönche bringen. »Sie braucht Ruhe«, sagte er, wohl wissend, dass es nicht in Ordnung war, eine Patientin bevorzugt zu behandeln. Aber nach der versuchten Vergewaltigung konnte man ihr unmöglich einen überfüllten Saal voller verwundeter Soldaten zumuten.

»Ich denke, das Beste wird sein, Anna schläft sich erst einmal aus. Morgen sieht die Welt vielleicht wieder anders aus«, sagte Pater Anselm. Er klopfte dem jungen Juristen auf die Schulter und drängte ihn aus der Kammer, in der Anna untergebracht war.

Nur widerwillig verließ Lorenzo das Hospital. Wieder auf der Straße, beschloss er, die Leichen aus dem Garten in der Tuchlauben entfernen zu lassen, bevor Theresa zurückkam. Danach musste er zu Bischof Kollonitsch, um sich um die Versorgung der Waisenkinder zu kümmern. Und schließlich sollte er rechtzeitig bei Graf Starhemberg erscheinen, damit er beim Empfang des polnischen Königs dabei war. Der Graf würde toben, sollte er sich verspäten.

Buchstäblich in der letzten Sekunde lief Lorenzo die Treppe des Dienstboteneingangs hinauf, um in Graf Starhembergs Palais einzutreffen, bevor Jan Sobieski unter dem Jubel der Wiener Bevölkerung durch den Vordereingang eintrat. Lorenzo war verschwitzt, abgekämpft und müde. Graf Starhemberg warf ihm einen ärgerlichen Blick zu, den Lorenzo geflissentlich übersah.

Neben Sobieski waren auch sein Sohn sowie der Kurfürst von Bayern und der Kurfürst von Anhalt, der polnische Kanzler und weitere hochrangige Heerführer anwesend. Die Polen hatten ihre schmutzigen Kleider gegen prunkvolle Rüstungen getauscht. Sie waren die ruhmreichen Befreier, und als solche wurden sie von der Bevölkerung empfangen.

Die anfangs reservierte Stimmung im Palais wurde bald lockerer, bis man schließlich ausgelassen miteinander feierte. Das Weinfass, das Starhemberg für seine Gäste hatte öffnen lassen, trug einen wesentlichen Teil zur fröhlichen Stimmung bei.

Lorenzo gelang es nicht, sich von der guten, scheinbar unbeschwerten Laune anstecken zu lassen, dafür hatte er an diesem Tag bereits zu viel Leid gesehen. Es reichte für ein ganzes Menschenleben. Allein am Vormittag hatte er mit den beiden Beamten zweihundert Waisenkinder eingesammelt. Sicher war das nur ein Bruchteil von denen, die noch hilfesuchend umherirrten. Winzige Kinder, die noch nicht richtig sprechen konnten, manche waren so klein, dass sie noch nicht einmal laufen konnten. Ihre Mütter und Väter waren vor ihren Augen dahingemetzelt worden, für Allahs und Gottes Sieg. Was würde aus ihnen werden? Für kurze Zeit stellte Bischof Kollonitsch Essen für sie bereit. Aber was, wenn die Freude über den Sieg gegen die Anhänger des Islams verraucht war?

Starhemberg winkte seinen Juristen zu sich. »Ihr seht erbärmlich aus«, zischte er verärgert.

»Ich fühle mich auch erbärmlich«, sagte Lorenzo.

Der Graf schnaufte verächtlich: »Ich will, dass Ihr die Gespräche aufmerksam verfolgt. Vor allem jene, die zwischen Sobieski und seinem Sohn geführt werden.«

»Ich weiß nicht, ob meine Polnischkenntnisse dazu ausreichen«, sagte Lorenzo ehrlich.

»Ihr seid der Einzige in diesem Raum, der ansatzweise verstehen kann, was gesprochen wird«, flüsterte Starhemberg. »Ich wollte dieses Treffen verhindern, aber Sobieski hat darauf bestanden, und wenn wir ehrlich sind, so steht es dem Polen auch zu. Er hat uns vor einer türkischen Machtergreifung bewahrt. Ganz egal, wie sehr der Kaiser gegen dieses Treffen wettern wird.«

Müde ließ sich Lorenzo neben seinem Dienstgeber nieder und tauchte in ein polnisches Gespräch ein, in dem es um Siege, Schlachten und Verluste ging. Keiner der Männer am Tisch dachte darüber nach, wer sich hinter den »Verlusten« verbarg. Tote Männer, die Witwen und Halbwaisen zurückließen. Annas Gesicht tauchte vor ihm auf. Lorenzo versuchte es zu verdrängen. Gleich morgen früh würde er ins Franziskanerkloster eilen, um nach ihr zu sehen.

Hannes und der Kaufmann Kästner saßen schweigend auf dem schwerbeladenen Wagen und fuhren zurück in die Krugerstraße. Mindestens fünfzig riesige Säcke voll mit den kostbaren Kahvebohnen lagen auf dem niedrigen, flachen Wagen. Ihre Beute war ein kleines Vermögen wert. Aber keiner der beiden konnte sich im Moment über die Beute freuen. Die Erinnerung an die vielen Toten, über die sie hatten steigen müssen, um zu den Säcken zu gelangen, war noch zu frisch.

Hannes hatte sich kostbare Schätze erhofft. Jetzt war er froh darüber, dass er den Ort des Grauens rasch wieder hatte verlassen können. Noch nie zuvor hatte er so viel Blut, so viele verstümmelte Leichen auf einmal gesehen. Er würde dieses entsetzliche Bild sein Leben lang nicht vergessen können.

Dem Kaufmann erging es nicht viel besser. Dieser Krieg hatte das Leben seiner Frau und das seines Sohnes gefordert. Jetzt versuchte er, aus den Folgen der Schlacht Gewinn zu schlagen. Er fühlte sich entsetzlich. Aber er war Kaufmann und Vater, er musste an die Zukunft denken und daran, wie er seine verbleibende Familie ernähren sollte.

Als der Wagen in den Hof der Krugerstraße einfuhr, kam ihnen Emma aufgeregt entgegengelaufen und winkte. Ihr blondes Haar war zu einem kunstvollen Zopf geflochten. Meister Kästner warf seiner Tochter einen verwunderten Blick zu.

»Habt Ihr die Kahvebohnen bekommen?«, fragte Emma und versuchte, auf den Wagen zu klettern, um neugierig in die Säcke zu schauen.

Meister Kästner hob seine Tochter vom Wagen. »Ja, wir haben die Bohnen, aber du wirst enttäuscht sein, mein Schatz. Sie sehen nicht sehr wertvoll aus.«

»Aber Basma hat gesagt, sie sind ein Vermögen wert«, sagte Emma und zog einen Schmollmund.

Hannes öffnete einen der Säcke und reichte Emma ein paar der Bohnen: »Die anderen Leute haben geglaubt, die Bohnen wären Kameldreck.«

Emma hielt sich die Hand vor den Mund und kicherte.

Nun trat auch Basma in den Hof. Sie hatte vom Fenster aus beobachtet, wie der Wagen in den Hof gefahren war und der Kaufmann die neue Frisur seiner Tochter betrachtet hatte.

»Ihr habt zwei wundervolle Töchter«, sagte sie. »Emma hat darauf bestanden, dass ich ihr Haar flechte. Ich hoffe, Ihr habt nichts dagegen.«

»Es steht ihr sehr gut«, antwortete der Kaufmann knapp.

Basma trat unsicher von einem Bein auf das andere: »Eure kleine Tochter …«

»Was ist mit Fabienne?«, fragte Meister Kästner beunruhigt.

»Ich weiß, es steht mir nicht zu, und wärt Ihr hier gewesen, hätte ich Euch fragen können. Aber so …« Basma erkannte sich selbst kaum wieder. Sie stotterte und fühlte sich verunsichert.

»Was habt Ihr getan?«, fragte Meister Kästner scharf.

»Ich habe sie gestillt. Aber das Mädchen hatte Hunger, und die Ziegenmilch schmeckte ihr nicht.«

»Ihr habt was?«, fragte der Kaufmann erleichtert. Am liebsten hätte er die fremde Frau dankbar in den Arm genommen.

Basma deutete seine Frage falsch: »Es tut mir leid, es wird nicht wieder vorkommen.«

Meister Kästner machte eilig einen Schritt auf die Osmanin zu: »Ihr habt mich missverstanden. Ich bin Euch sehr dankbar für das, was Ihr getan habt. Könntet Ihr Euch vorstellen, neben Euren Kindern auch Fabienne zu stillen? Ich würde Euch selbstverständlich dafür bezahlen.«

Basma sah den Mann verwundert an: »Ihr wollt, dass ich die Amme Eurer Tochter werde?«

»Amme und Haushälterin. Ich würde eine passende Magd für Euch einstellen, und wenn Ihr wollt, auch eine Köchin. Ihr wärt für die Erziehung der Kinder, den Einkauf und den Haushalt zuständig.«

Als Basma zögerte, beeilte sich Meister Kästner hinzuzufügen: »Wir können auch zwei Mägde einstellen. Es ist bloß so, dass im Moment niemand eine Stelle als Magd sucht. Doch das wird sich bald wieder ändern.«

»Das geht alles sehr schnell«, sagte Basma. »Lasst mich darüber nachdenken. Vorerst werde ich Eure kleine Tochter stillen. Dazu muss ich allerdings hier einziehen. Habt Ihr ein passendes Zimmer für mich und meine Kinder?«

»Wie viele Zimmer wollt Ihr denn?«, fragte der Kaufmann erleichtert. Eine schwere Last fiel von seinen Schultern.

50

Verärgert betrat Lorenzo Pater Anselms Apothekerzimmer. Der Franziskaner zerrieb Pulver in einem Mörser und blickte auf.

»Euer Mitbruder lässt mich nicht zu Anna. Er steht wie ein Wachsoldat vor ihrer Kammer und schickt mich zu Euch«, kam Lorenzo gleich zur Sache, während er noch den Raum durchschritt. Er stützte sich mit beiden Händen an der Werkbank ab und wartete auf eine Erklärung.

»Junger Freund, habt etwas Geduld. Ich verstehe Eure Aufregung, aber Anna ist völlig verwirrt. Es wird ein paar Tage dauern, bis sie wieder mit anderen Menschen sprechen kann. Im Moment kann ich es nicht verantworten, dass Ihr sie besucht.« Pater Anselm schob den Mörser beiseite und umrundete die Bank.

Lorenzo hatte keine Geduld, er wollte Anna sehen.

»Es war nicht das erste Mal, dass ein Mann Anna diese Art von Gewalt angetan hat. Im Moment kämpft sie mit den Gespenstern ihrer Vergangenheit«, erklärte der Pater.

»Wie lange wird dieser Kampf dauern?«, fragte Lorenzo.

»Das kann ich Euch nicht sagen.« Der alte Franziskaner schüttelte traurig den Kopf.

Ohne sich zu verabschieden, trat Lorenzo auf den Gang. Dort schlug er mit der Faust gegen die Steinmauer. Dieser verdammte Kaufmann! Als die Haut an seinen Knöcheln aufplatzte, hörte Lorenzo auf, wischte nachlässig das Blut in seinen Rock und verließ das Kloster. Wie betäubt lief er in die Tuchlauben. Dort öffnete Hannes ihm die Tür und ließ ihn eintreten.

Basma sammelte gerade die wenigen Dinge zusammen,

die ihr gehörten. »Ob Anna mir das Kleid borgt, bis ich ihr ein neues kaufen kann?«, fragte die Osmanin.

»Wohin geht Ihr?«

»Ich ziehe zu Meister Kästner. Fabienne verträgt die Ziegenmilch nicht, und ich habe genug Milch, um drei Kinder zu stillen.« Basma legte die letzte Stoffwindel auf ihren Sack und verschnürte ihn. Sie besaß nur wenige Habseligkeiten, bei ihrem eiligen Aufbruch aus dem Lager hatte sie nur das Notwendigste mitgenommen.

»Anna wird in ein paar Tagen zurückkommen, dann ist hier einfach nicht genug Platz für uns alle«, sagte die Osmanin und zeigte mit der Hand in den kleinen Raum.

»Ihr habt von –«, Lorenzo stockte, »von dem Vorfall gehört?«

Basma nickte, während Theresa schweigend auf der Bank saß. Sie sah alt aus. In sich selbst zusammengesunken wie eine Greisin, beobachtete sie mit ernster, trauriger Miene die Osmanin.

»Ich werde morgen kommen und nach Salma sehen. Vielen Dank, dass sie bleiben kann, bis ihr Bein so weit verheilt ist, dass sie es wieder belasten kann. Falls ich irgendetwas für Euch tun kann …«

Theresa schüttelte den Kopf: »Lasst nur, Ihr habt selbst genug zu tun. Salma ist hier in besten Händen. Macht Euch keine Sorgen. Hannes wird Euch in die Krugerstraße begleiten.«

Basma verabschiedete sich. Als die Tür ins Schloss fiel, waren Lorenzo und Theresa allein in der kleinen Stube, die plötzlich sehr leer wirkte.

»Setzt Euch«, sagte Theresa. Sie deutete auf die Bank neben sich. »Und erzählt mir von dem Überfall.«

Lorenzo ließ sich auf die Bank sinken. »Da gibt es nicht

viel zu erzählen. Ich bin zufällig vorbeigekommen, und es war zu spät.« Es lehnte den Kopf gegen die Wand und nahm das Gesicht in beide Hände. Theresa sah besorgt auf seine blutigen Finger.

»Ich werde Euch einen Verband machen«, sagte Theresa.

»Das ist nicht nötig, ich habe bloß gegen eine Wand geschlagen.«

Theresa hob eine Augenbraue: »Eine ungewöhnliche Art des Zeitvertreibs. Hat es die gewünschte Wirkung erzielt?«

»Nein, es hat nichts verändert. Pater Anselm hat mich nicht zu Eurer Nichte gelassen, und Anna ist immer noch in ihrer Welt, in der es nur schlagende und vergewaltigende Männer gibt. Ich nehme an, sie hält auch mich für einen davon.«

Theresa stand auf: »Ich koche uns zwei Becher von diesem neuen türkischen Getränk.«

»Wie kommt es, dass alle von Annas Schicksal gewusst haben und trotzdem niemand etwas dagegen unternommen hat?« Seine dunklen Locken verdeckten das müde Gesicht.

»Ihr meint Annas Ehe mit diesem Kaufmann Stöckel?«

Lorenzo nickte, und Theresa antwortete nicht sofort. Sie wartete, bis der Kahve zu kochen begann. Nur ungern gestand sie sich ein, dass sie anfing, diesen Toskaner zu mögen. Als die dunkle Flüssigkeit zu schäumen begann, hob Theresa das Gefäß vom Herd weg und sagte: »Ein Mann hat das Recht, seine Frau zu züchtigen, das wisst Ihr als Jurist besser als jeder andere. Wir leben in einer Welt, in der die Männer die Gesetze schreiben.«

»Solange Frauen diese Gesetze hinnehmen, wird sich daran nichts ändern«, sagte Lorenzo bitter und fügte hinzu: »Wenn Mütter ihre Töchter an gewalttätige Männer verkaufen und dabei zusehen, wie diese sie vergewaltigen, wie soll dann ein Richter etwas falsch daran finden.«

»Ich verstehe Eure Wut, aber die Welt ist komplizierter. Eine einzelne Mutter kann keine Gesetze verändern, um ihr Kind zu retten. Außerdem gibt es Väter, die ebenfalls ein Wort mitzureden haben, und in den allerseltensten Fällen liegt ihnen das Schicksal ihrer Töchter besonders am Herzen.« Theresas Stimme klang bitter. Sie war gerade dabei, ihre Schwester Hermine zu verteidigen, obwohl das eigentlich das Letzte war, was sie tun wollte.

»Ihr seid gestern im allerletzten Moment gekommen.«

Lorenzo schüttelte traurig den Kopf: »Nein, ich habe es Euch schon gesagt. Ich bin zu spät gekommen. Die Männer haben Anna zwar nicht vergewaltigt, aber sie haben sich auf sie gestürzt wie Tiere. Brutale Tiere, die aus Lust töten und nicht aus Hunger.«

Theresa verteilte die dunkle Flüssigkeit auf zwei Becher. Plötzlich fiel ihr ein, dass sie dem Kahve keinen Kardamom beigemischt hatte. Lorenzo zuckte mit den Schultern, es war ihm gleich.

»Aber ich habe etwas Kuhmilch, wollt Ihr die? Ich selbst finde die Mischung sogar besser als das scharfe Gewürz.«

Wieder hob Lorenzo die Schultern. Er hätte sich auch mit heißem Wasser begnügt.

»Wie habt Ihr es geschafft, die beiden Männer zu überwältigen?« Die Frage beschäftigte Theresa schon seit gestern. Sie hatte die Leichen der Männer nicht gesehen. Lorenzo zeigte auf die gusseiserne, schwarze Pfanne, die Theresa zum Omelettbacken verwendete.

»Ihr habt die beiden Soldaten mit unserer Pfanne erschlagen?«, fragte sie ungläubig.

»Mit meinem Säbel hätte ich gegen zwei erfahrene Soldaten keine Chance gehabt. Ich bin Jurist und kein Kämpfer.« Lorenzo nahm einen Schluck von seinem Kahve.

Trotz der ernsten Angelegenheit begann Theresa plötzlich zu lachen. Gut möglich, dass sie soeben im Begriff war, ihren Verstand zu verlieren. Aber die Vorstellung, dass die Omelettpfanne Anna das Leben gerettet hatte, war ohne Frage komisch. Das Leben war verrückt, im Moment konnte sie ihm nur mit Irrsinn begegnen. Theresas Lachen hatte etwas Befreiendes und etwas Ansteckendes. Nach dem zweiten Schluck Kahve stimmte Lorenzo in das Lachen ein. Zuerst nur zögerlich, aber dann in vollen Zügen. Zum Glück konnte Salma sie in der Dachkammer nicht hören. Sie hätte am Verstand der Giauren gezweifelt und sich ernsthafte Sorgen gemacht.

51

GEGEN MITTAG TRAF KAISER LEOPOLD mit einem Schiff aus Dürnstein in Wien ein. Starhemberg ließ drei Salven aus einer Kanone abfeuern, um den Herrscher zu begrüßen.

Einige Schaulustige waren gekommen, um den Habsburger zu sehen. Der Rest der Wiener war nach wie vor dabei, die Schlachtfelder zu plündern oder die Schäden an den Häusern zu beseitigen. Leopold besichtigte das Schlachtfeld und machte keinen Hehl daraus, dass er verärgert war. Mit hoch erhobenem Kopf und düsterer Miene schritt er das Glacis ab. Der Kaiser war fest davon überzeugt, dass der Dank der Wiener ihm hätte gelten sollen und nicht Sobieski. Schließlich war er der Kaiser und Regent über das Habsburgerreich. Sobieski war in den Augen des Kaisers bloß ein primitiver Emporkömmling.

Während einer kurzen Unterredung mit Starhemberg ließ

der Kaiser den Stadtkommandanten seinen Unmut spüren. Es war Starhembergs Fehler gewesen, Sobieski die Tore zu öffnen und ihn in der Stadt zu empfangen. Graf Starhemberg schluckte allen Widerspruch hinunter und begleitete den Kaiser auf seinem Rundgang durch die Stadt. Jetzt erst wurde das gesamte Ausmaß der Verwüstung und Zerstörung sichtbar. Während der Belagerung war man damit beschäftigt gewesen, durchzuhalten und am Leben zu bleiben. Jetzt konnte man sich auch den materiellen Schäden widmen.

Leopold war entsetzt über den Zustand seiner Hofburg. Niemals konnte er hier einen angemessenen Hof halten. Starhemberg nahm Leopolds spitze Bemerkungen mit Gelassenheit entgegen. Er hatte keinen Grund, sich zu beschweren, denn der eigentliche Held der Stunde war er, der Mann, der Wien tapfer gegen die Türken verteidigt hatte. Wäre es nach dem Willen einiger anderer einflussreicher Männer gegangen, hätte die Stadt kapituliert. Das wussten die Wiener, und das wusste auch der Kaiser. Deshalb bedachte Leopold seinen tapferen Stadtkommandanten mit einem kleinen Gut im Marchfeld.

Am Abend lud der Kaiser in einem Seitentrakt der Hofburg, der nicht ganz so stark in Mitleidenschaft gezogen war, zum Festessen ein. Die Mächtigen des Landes unterhielten sich bei gebratenem Fasan und glacierten Maronen darüber, wie man den Türkenkrieg fortsetzen konnte. Denn eines war klar: Jetzt, da der Feind angeschlagen war, konnte man ihn mit Leichtigkeit in die Schranken weisen und endlich zurück auf seinen Kontinent drängen.

Im christlichen Abendland gab es keinen Platz für Andersgläubige. Es galt, die heilige katholische Kirche und das Habsburgerreich zu schützen, zu verteidigen und zu vergrößern.

Während Kaiser Leopold versuchte, dem reichen Adel die Vorteile eines Krieges schmackhaft zu machen, begannen die Wiener, die langsam verwesenden Toten in Massengräbern zu verscharren. Die türkischen Gefallenen wurden in die Donau geworfen, und die toten Soldaten des Entsatzheeres möglichst rasch beigesetzt. Die Stadttore wurden wieder freigelegt, die Barrikaden beseitigt. Man reparierte die zahlreichen Schäden an Dächern und Hausmauern. Die Planen, die man am Dach von St. Stephan angebracht hatte, um den Türken vorzugaukeln, noch über genügend materielle Reserven zu verfügen, wurden wieder abgenommen. In den nächsten Wochen wollte man die Schäden beheben.

Über eintausend Kanonenkugeln hatten allein in den Stephansdom eingeschlagen. Der Bischof der Stadt schlug vor, alle erbeuteten Kanonenkugeln zu sammeln und daraus eine riesige Glocke für St. Stephan zu gießen. Die Glocke sollte im Südturm aufgehängt werden und für alle Wiener läuten, damit niemand jemals den glorreichen Sieg über die Muslimen vergaß.

Neben den Reparaturen an den Bauwerken stellte das größte Problem nach wie vor die Versorgung der Verwundeten dar. Waren vor der Schlacht die Lazarette bereits überfüllt gewesen, so liefen sie jetzt förmlich über. Daran konnten auch die Schiffe nichts ändern, die vollbeladen mit Medikamenten und Verbandszeug im Hafen vor Anker gingen. Es gab einfach nicht genug Menschen, die in der Lage waren, die Verletzten zu versorgen. Trotz Graf Starhembergs Befehl, dass alle Apotheker, Bader, Ärzte und Hebammen nach wie vor mithelfen mussten, die Verwundeten zu verarzten, herrschte in den Lazaretten ein heilloses Durcheinander.

Theresa verbrachte fast Tag und Nacht im Schottenstift, nur zum Schlafen kam sie für ein paar Stunden in die Tuchlauben. Basma hatte darauf bestanden, dass Meister Kästner Salma mit einem Wagen in die Krugerstraße bringen ließ. Das Bein des stummen Mädchens heilte langsamer, als anfangs erhofft. Salma hatte sich im Tunnel einen komplizierten Bruch zugezogen. Trotz der Schiene von Pater Anselm konnte sie ihr Bein immer noch nicht belasten.

Hannes verbrachte ebenfalls viel Zeit in der Krugerstraße. Mit seinem außergewöhnlichen Talent für Zahlen war er dem Kaufmann eine große Hilfe. Wenn Theresa müde aus dem Schottenstift nach Hause kam, war sie häufig allein. Sie machte sich Sorgen um ihre Nichte. Anna saß immer noch apathisch in ihrem Bett im Franziskanerkloster, sah durch ihre Besucher hindurch und verweigerte Essen wie Trinken. Jedes Mal, wenn Theresa ihre Nichte besuchte, schüttelte Pater Anselm traurig den Kopf. Innerhalb weniger Tage war Anna bis auf die Knochen abgemagert. Ihre hübschen Rundungen waren verschwunden, ihr Kleid schlotterte nur noch lose an ihrem Körper. Weder der Franziskaner noch Theresa hatten eine Idee, wie sie Anna helfen konnten. Es war, als hätte sie selbst beschlossen, an dem erlittenen Leid zu zerbrechen.

Gleich nach dem Frühstück verließ Kaiser Leopold die Stadt. Die Hofburg war von den Kämpfen so mitgenommen, dass es ihm unmöglich erschien, hier zu verbleiben, deshalb machte er sich mit seinem gesamten Hofstaat auf den Weg nach Passau. Der Kaiser wollte erst wieder nach Wien kommen, wenn ein Teil der Hofburg wieder aufgebaut war und er halbwegs anständig hier leben konnte. Kisten und Truhen voll mit Kleidung, Schuhen, Perücken und Geschirr wurden wieder auf Kutschen geladen und sorgsam verstaut. Anschließend setzte sich der kaiserliche Reisetross langsam und schwerfällig in Bewegung. Die meisten der Adeligen, die

Kaiser Leopold zu Beginn des Krieges nach Passau begleitet hatten, blieben nun in Wien. Sie machten sich daran, die Schäden an ihren Palais' ausbessern zu lassen und billig Grundstücke rund um die Stadt aufzukaufen. Jetzt waren sie zu einem Spottpreis zu haben, in wenigen Jahren würden sie ein Vermögen wert sein. Die Fürstin Auersberg war ebenso unter den Käuferinnen wie Graf Lichtenberg und andere mit Rang und Namen.

Überall in der Stadt wurde gekehrt, gehämmert, gesägt und geklopft. Graf Starhemberg erließ den Befehl, dass jedes Bürgerhaus eine männliche Arbeitskraft stellen musste oder fünfzehn Kreuzer Ersatzzahlung zu leisten hatte, damit die Wehranlagen der Stadt schnell wieder instand gesetzt werden konnten. Lorenzo verstand Starhembergs Anweisungen, aber er sah auch, wie schwierig es für manche Haushalte war, eine männliche Arbeitskraft zur Verfügung zu stellen. Vielen Haushalten hatte der Krieg alle Männer geraubt, und in anderen lagen Väter, Söhne, Knechte und Lehrlinge schwerverwundet im Bett.

»Es gibt Familien, die einfach keine Arbeitskraft stellen können. Euer Befehl würde diese Familien in den Ruin treiben«, sagte Lorenzo. Er stand in Graf Starhembergs Arbeitszimmer, wo sich seit gestern wieder der alte, kostbare Schreibtisch mit Tropenholzeinlegearbeiten befand.

»Was schlagt Ihr vor?«, fragte der Graf.

»Ich glaube, es wäre sinnvoll, in Härtefällen eine Ausnahme zu machen«, sagte Lorenzo.

»Und wer soll diese Härtefälle überprüfen?«

Lorenzo wurde bewusst, dass er sich soeben eine Zusatzaufgabe aufgehalst hatte.

Der Graf lächelte zufrieden: »Ihr werdet diese Aufgabe übernehmen.«

Lorenzo nickte. Seit seiner Rückkehr aus der Gefangenschaft war er immer mehr zu einer Art Privatsekretär des Stadtkommandanten geworden. Er regelte alle angenehmen und unangenehmen Dinge für seinen Dienstgeber und wurde dem Grafen ein Vertrauter, der er gar nicht sein wollte. Lorenzo fühlte sich zunehmend seiner Freiheit beraubt, während der Graf auf die Dienste seines Juristen nicht mehr verzichten wollte. Lorenzos Vorgänger, Paul Hochner, war mit einer schönen Summe in den Ruhestand geschickt worden.

52

Im Kloster der Augustiner Barfüsser fand nach langer Zeit wieder ein Festessen statt. Der Koch hatte einen Freudenschrei ausgestoßen, als die Brüder mit einem Ochsen gekommen waren, den ihnen ein polnischer Offizier geschenkt hatte. Das Tier war auf der Stelle geschlachtet worden, und jetzt verarbeitete der Koch die schönsten Teile zu einem herrlich saftigen Braten. Im Klostergarten hatte er ein paar Zwiebeln ausgegraben, und sein Kräuterbeet gab noch genug Salbei und Rosmarin her, um das Fleisch zu würzen. Endlich würde es in seiner Küche wieder duften. Vorbei war die Zeit der dünnen Suppen, die auch dann nach nichts schmeckten, wenn man sie mit Salz und Kräutern verfeinerte. Ohne eine kleine Portion Fett schmeckte eben alles fad und leer.

Welch ein Glück, dass sich ausgerechnet heute hoher Besuch angekündigt hatte. Pater Abraham kam direkt aus Passau. Es war eine Schande, dass der arme Mann nicht die Predigt für Sobieskis Truppen hatte halten dürfen. Aber der Pole hatte seinen eigenen Prediger dabeigehabt. Egal, bald würde Pater Abraham wieder von der Kanzel des Wiener Stephansdoms predigen und alle großen und kleinen Sünder an ihre Beichte erinnern. Der Koch überlegte, ob es im Weinkeller noch eine Flasche vom Wein aus dem Vorjahr gab. Dies wäre die passende Gelegenheit, sie zu öffnen.

Zufrieden rührte er in seiner Sauce. Bald würde alles wieder wie früher sein. Die Ziege hatte zur Feier des Tages eine doppelte Portion Milch gegeben. Alle in der Stadt spürten, dass die Gefahr gebannt war. Das christliche Wien würde auch weiterhin christlich bleiben. Den Halbmond würde man bestenfalls als Form für süßes Gebäck verwenden.

Der Koch hatte in den letzten Tagen der Belagerung eine interessante Idee gehabt. Wie würde es aussehen, wenn man süßen Teig mit Nüssen und Zimt füllte und hinterher zu kleinen Halbmonden formte? Er könnte seine Idee zum Dessert ausprobieren. Ob Pater Abraham sich an der Form stoßen würde? Nicht wenn er seiner Süßspeise einen echten Wiener Namen gab: Nusskipferl.

53

Am Vormittag waren zweitausend Verwundete nach Böhmen und Mähren abtransportiert worden. Man hatte sie auf offenen Wagen in langen Kolonnen aus der Stadt gebracht. Einige Schaulustige hatten auf den Straßen gestanden und den tapferen Soldaten hinterhergewunken.

Die sanitäre Situation der Stadt war nach wie vor katastrophal. Zwar hatte man mittlerweile beinahe alle Toten vom Schlachtfeld beseitigt, und der Gestank nach verwesendem Fleisch verschwand allmählich, doch war es noch nicht gelungen, die zerstörten Wasserleitungen wieder zu reparieren. Was zu einer anhaltenden Wasserknappheit führte, da wichtige öffentliche Brunnen nicht funktionierten. Wer über keinen eigenen Brunnen verfügte, musste zu den Nachbarn gehen, um Wasser zu holen.

Das Schottenstift war nach dem Abtransport der Soldaten beinahe leer, also schickte der Leiter der Krankenstation auch Theresa nach Hause. Ihr unfreiwilliger Einsatz war damit beendet. Theresa legte die schmutzige Schürze zusammen und machte sich auf den Weg in die Tuchlauben. Unterwegs überlegte sie, welche Arbeiten dort auf sie warteten. Der Garten musste aufgeräumt und die Kräuterbeete mit Reisig bedeckt werden, um für die ersten kalten Herbstnächte vorbereitet zu sein.

Theresa brachte es nicht fertig, nach Hause zu gehen. Statt am Graben abzubiegen, ging sie weiter ins Franziskanerkloster. Obwohl sie nach dem Frühstück schon da gewesen war.

Pater Anselm erkannte die Hebamme schon von weitem. Er ließ seine Arbeit stehen und ging auf Theresa zu. Mit traurigem Blick ergriff er beide Hände der alten Frau und schüttelte den Kopf: »Und wenn Ihr den ganzen Tag hier verbringt, werdet Ihr Annas Gesundheitszustand nicht verändern.«

Theresa entzog dem Pater ihre Hände: »Aber wie soll es bloß weitergehen? Anna verweigert seit Tagen das Essen und starrt apathisch gegen die Wand. Ich habe den Eindruck, sie erkennt mich nicht einmal.«

Pater Anselm machte keinen Hehl aus seiner Sorge: »Anna

hat sich zurückgezogen. Im Moment habe ich keine Idee, wie wir sie wieder in unsere Welt holen können. Wenn ihr Zustand sich nicht bessert, müssen wir an eine Anstalt denken.«

»An eine Anstalt? Das kann nicht Euer Ernst sein!«, schrie Theresa.

»Ich weiß, dass das keine gute Lösung ist. Aber habt Ihr einen besseren Vorschlag?«, fragte der Pater.

»Diese Orte sind menschenunwürdig. Schlimmer als jedes Gefängnis. Niemals werde ich meine Nichte dorthin geben. Ich werde selbst für sie sorgen«, sagte Theresa entschieden.

»Ich kann Euch verstehen. Aber Ihr seid nicht mehr die Jüngste. Wie lange werdet Ihr diese Aufgabe übernehmen können?«

»Anna wird wieder gesund. Sie ist eine großartige Hebamme und wird bald wieder arbeiten!«, sagte Theresa, drehte sich auf dem Absatz um und lief den Korridor des Hospitals entlang. Ohne sich zu verabschieden, verließ sie das Kloster.

Zu Hause ging sie zu der Truhe mit dem doppelten Boden und öffnete sie. Zwei Säcke befanden sich nun darin. Theresa holte den Samtsack heraus und zog ihn auseinander. Eine wundervoll verarbeitete Geburtszange kam zum Vorschein. Das Gerät war um vieles besser als ihre eigene und sogar noch feiner und präziser als Brunhildes Zange.

Theresa nahm die Zange in beide Hände, wiegte sie und bewunderte ihre Leichtigkeit.

»Anna hat mein Versprechen eingelöst«, flüsterte Theresa zu sich selbst. Dicke Tränen liefen über ihre Wangen. »Und jetzt wird sie dieses wundervolle Gerät vielleicht niemals einsetzen können.«

Plötzlich schrie Theresa laut. Sie hatte diesen Schrei seit Tagen mit sich herumgetragen. Ihn loszuwerden, war ein unglaublich befreiendes Gefühl.

»Warum?«, schrie sie verzweifelt und trommelte mit den Fäusten auf den Holzfußboden.

Theresa starrte das Kruzifix über dem Esstisch an: »Findest du es wirklich so verwerflich, wenn wir den Frauen die Schmerzen bei der Geburt nehmen? Hasst du uns tatsächlich so sehr?« Theresa weinte laut und hemmungslos. Erst als das Samttuch so nass war, dass sie es zum Trocknen aufhängen musste, versiegten ihre Tränen. Theresa packte beide Geburtszangen wieder in die Kiste, band sich eine saubere Schürze um und machte sich daran, Gemüse für einen Eintopf zu schneiden.

54

LORENZO HATTE DIE AKTIENBRIEFE in Rudolfs Tasche schon vor Wochen zu seinem Bankier Meister Kleiss gebracht, der alle weiteren Schritte für ihn erledigt hatte. Lorenzo wollte verhindern, dass die Ostindien-Kompanie mit seinem Vater Kontakt aufnahm, wie Rudolf es vorgesehen hatte.

Nun hielt er einen Brief aus Amsterdam in der Hand. Er öffnete den Umschlag und konnte im ersten Moment nicht glauben, was er da las. Rudolfs Aktien waren 5000 Gulden wert. Lorenzo wurde flau im Magen. Bis jetzt hatte er ein Jahreseinkommen von 180 Gulden gehabt, was in etwa dem Lohn eines inneren Ratsmitglieds entsprach. Graf Starhemberg war die Arbeit seines Juristen gutes Geld wert. Lorenzo gehörte zu den Bestverdienern der Stadt. Mit dem, was er bis jetzt gespart hatte, und dem Einkommen der Aktien war er ein reicher Mann. Er konnte tun und lassen, was er wollte, und war nicht mehr auf seine Stelle als Jurist angewiesen.

Lorenzo ließ sich auf sein Bett fallen und starrte an die weißgetünchte Decke des Zimmers. Er war reich, und dennoch fühlte er sich leer und unzufrieden.

Am späten Nachmittag machte Lorenzo sich auf den Weg zu Meister Kleiss, der in der Judengasse sein Büro hatte. Seit er in Starhembergs Dienst stand, hatte er einen Teil seiner Einkünfte bei Meister Kleiss angelegt. Der Bankier hatte Verbindungen in die Toskana, weshalb Lorenzo sich für ihn entschieden hatte. So konnte er eines Tages zurück in seine Heimat gehen, ohne seine gesamten Ersparnisse mit sich herumtragen zu müssen. Ein Geschäftspartner seines Bankiers würde ihm in Siena seine Wertpapiere aushändigen oder die entsprechenden Summen auszahlen.

Das kleine, aber imposante Haus des Bankiers hatte die Belagerung ohne größere Schäden überstanden. Zwei Handwerker waren gerade damit beschäftigt, einige Dachschindel auszuwechseln und eine kleine Kanonenkugel aus der Fassade der Frontseite herauszuklopfen, ansonsten war das Gebäude unversehrt. Lorenzo betrat das Haus, dessen Räume mit italienischen Einrichtungsgegenständen gefüllt waren und über große, helle Fenster verfügten, die für genügend Tageslicht sorgten. Alles in dem Haus erinnerte Lorenzo an seine Kindheit, der geschnitzte Eichentisch genauso wie die Becher aus rotbraunem Terrakotta und die bunte Vase aus Muranoglas.

Der Bankier, ein kleiner untersetzter Mann mit hoher Perücke und einer dicken Brille auf der Nase, erhob sich hinter seinem Schreibtisch und reichte Lorenzo die Hand: *»Buonasera, signor Martecelli. Come sta?«*

»Buonasera, sto abbastanza bene, grazie.«

Meister Kleiss freute sich jedes Mal, wenn er seine Italienischkenntnisse ein wenig auffrischen konnte. Ohne große

Erklärungen legte Lorenzo die Aktien auf den Schreibtisch. Beim geschäftlichen Teil hielt sich der Toskaner lieber an die Muttersprache des Bankiers, damit es nicht zu Missverständnissen kam.

»Ich möchte diese Papiere in Sicherheit wissen, bis ich mir im Klaren darüber bin, was ich damit anfangen soll.«

Der geschäftstüchtige Bankier griff nach dem Packen und sog die Luft ein.

»Ihr seid ein reicher Mann«, sagte er nicht ohne Neid.

»Ich weiß.«

»Selbstverständlich bewahre ich die Papiere für Euch auf. Seid Ihr sicher, dass Ihr Euer Vermögen nicht gleich anlegen wollt, damit das Geld für Euch arbeiten kann?«, fragte Kleiss, und die kleinen Augen, die hinter der dicken Brille noch winziger aussahen, als sie tatsächlich waren, blitzten bei dem Gedanken an all die Möglichkeiten, welche diese Summe bot, gierig auf.

»Nein, ich will bloß, dass Ihr es für mich verwahrt. Ich weiß nicht, wie lange ich noch in Wien bleiben werde.«

»Ich verstehe«, sagte der kleine Mann. »Eure bisherigen Einlagen sind im Moment Teil einer Schiffsladung auf dem Weg nach Sizilien. Es wird nächste Woche im Hafen von Neapel eintreffen. Wenn die Ware verkauft ist, werdet Ihr einen beträchtlichen Gewinn erzielt haben. Soll ich das Geld neu investieren?« Er deutete auf Papiere, die vor ihm auf dem Tisch lagen. Lorenzo überlegte. Meister Kleiss war ein Genie, was das Anlegen von Geld betraf. Er hatte in den letzten Jahren sein Einkommen beinahe um ein Drittel vergrößert. Dennoch zögerte Lorenzo. Er hatte nicht vor, einen weiteren Winter in Wien zu verbringen. Aber im Moment wusste er auch nicht, wohin er gehen sollte.

»Legt vorerst alles zusammen. In einigen Wochen werde

ich wissen, wie ich das Geld anlegen werde.« Der kleine, fleißige Bankier nickte und verstaute die Aktien in einer Mappe, die er an einem sicheren Ort aufbewahren wollte.

Ganz egal, was der Franziskanerpater zu ihm sagen würde, heute würde Lorenzo sich nicht wegschicken lassen. Er hatte lange genug gewartet. Falls Anna immer noch im Kloster lag, würde er sich notfalls mit Gewalt Zugang verschaffen, was zwar nicht dienlich für ihre Genesung war, ihn aber davon abhielt, verrückt zu werden.

Den Kopf voller Sätze, die er dem Pater sagen wollte, marschierte er den Gang zu Annas Zimmer entlang. Als er auf Pater Anselm stieß, begrüßte ihn der Franziskaner freundlich. Er hatte nichts dagegen, dass Lorenzo Anna besuchen wollte.

»Ich bitte Euch bloß, nicht zu erschrecken, wenn Ihr Anna seht«, sagte der Pater leise. Sein Gesicht spiegelte die Sorge wider, die ihn beschäftigte.

»Warum sollte ich erschrecken?«, fragte Lorenzo beunruhigt.

»Anna hat sich in ihre eigene Welt zurückgezogen und lässt keinen von uns an sich heran. Sie spricht nur selten, und dann auch nur in kurzen Sätzen. Außerdem hat sie seit Tagen nichts gegessen.«

Ohne zu antworten, drängte Lorenzo sich an dem Pater vorbei. Er hätte längst kommen sollen. Warum nur hatte er sich vertrösten lassen und so lange gewartet?

Vorsichtig öffnete er die Tür zu der winzigen Zelle. Es war ein kahler, weißgetünchter Raum mit einem kleinen Fenster, das auf den ruhigen Innenhof führte. Vor dem Fenster stand ein riesiger Kastanienbaum, der von den letzten Sonnenstrahlen des Tages beleuchtet wurde und herbstlich goldgelb durchs Fenster strahlte. In der Zelle befanden sich außer einem Bett nur ein kleiner Hocker und ein schlichtes Holzkreuz, das an der Wand gegenüber vom Bett hing.

Anna saß aufrecht in ihrem Bett und starrte auf den Kastanienbaum. Die langen roten Locken, die sich als wilder Farbtupfer vom Rest des Zimmers abhoben, waren der einzige Hinweis darauf, dass die Frau auf dem Bett Anna war. Die sommersprossigen Wangen waren eingefallen und grau. Annas Körper war so dürr und abgemagert, dass Lorenzo darüber tatsächlich erschrak. Die einst dunkelgrünen Augen waren farblos und stumpf geworden. Eine alles verzehrende Traurigkeit lag in ihnen, die Lorenzo die Kehle zuschnürte und das Atmen schwermachte.

Hilflos stand er vor dem Bett. Nicht einmal in seinen schlimmsten Alpträumen hatte er sich Annas Zustand so dramatisch vorgestellt. Unbeholfen sah er sich um und griff schließlich zu dem Hocker vor dem Fenster. Er stellte ihn neben das Bett und setzte sich.

»Ich wollte schon früher kommen«, begann er, und obwohl er gedämpft sprach, klang seine Stimme erschreckend laut und tief in seinen Ohren. Auch Anna zuckte zusammen, sah aber weiter durch Lorenzo hindurch.

»Anna, erkennt Ihr mich?«

Eine lange, schier endlose Pause entstand. Lorenzo hatte die Hoffnung auf eine Antwort fast aufgegeben, als Anna heiser sagte: »Natürlich erkenne ich Euch.«

Vorsichtig ergriff Lorenzo Annas Hand. Ein einziger Satz ließ ihn neue Hoffnung schöpfen. Aber Annas eiskalte Hand erstarrte unter seiner Berührung. Voller Bestürzung und Ekel sah sie auf seinen sonnengebräunten Handrücken, als handelte es sich um Ungeziefer, das es abzuschütteln galt. Lorenzo zog seine Hand zurück.

Er stützte seine Ellbogen auf die Knie und legte die Stirn in beide Hände. Langsam schüttelte er den Kopf: »Was hat dieses Schwein Euch angetan?«

Vom Hof drangen leise Stimmen in den winzigen Raum.

»Warum lasst Ihr es zu, dass er immer noch Macht über Euch hat?« Lorenzo sprach mehr zu sich selbst als zu Anna. Sein Gegner war ein toter Kaufmann.

»Meine weißen Schenkel ... Genau wie damals ... Das gleiche Bild.«

Lorenzo hob den Kopf. Annas Stimme war leise, kaum hörbar, ein Flüstern wie der Wind vor dem Fenster.

»Er hat mich mit Gewalt genommen ... immer ... und immer wieder.« Lorenzo musste sich anstrengen, um ihre Worte zu verstehen.

»Und wenn er fertig war, lief er in die Kirche, um zu beten. Danach kam er heim –«, Anna zögerte, bevor sie fortfuhr: »Dann schlug er wieder zu, weil ich es gewesen war, die ihn zur Gewalt verführt hatte ... Ich bin schlecht.«

Erstmals in seinem Leben hätte Lorenzo einen Menschen ohne Skrupel der Folter übergeben. Tausend Torturen fielen ihm für den Kaufmann ein.

»Anna, seht mich an.« Mit einer vorsichtigen Berührung an ihrem Kinn brachte er Anna dazu, ihren Kopf zu heben und ihn anzusehen. »Ihr seid nicht schlecht, er war es, und das wisst Ihr«, sagte er, während er ihr fest in die Augen blickte.

»Das Böse steckt in mir. Die Soldaten haben es auch gesehen.« Anna biss sich so fest auf die Lippen, dass die spröde, trockene Haut aufplatzte und blutete.

»Euer Ehemann war ein Schwein, dem man besser gleich nach der Geburt die Männlichkeit abgeschnitten hätte, und die zwei Soldaten waren brutale, geile Böcke, denen der

Wahnsinn des Krieges den Verstand und die Menschlichkeit genommen hat.«

Seine Worte schienen keinerlei Wirkung auf Anna zu haben.

Lorenzo ertrug diesen traurigen, leeren Blick nicht länger. Auch auf die Gefahr hin, genau das Verkehrte zu tun, stand er auf, setzte sich auf die Bettkante und nahm Anna in den Arm. Die abgemagerten Schultern fühlten sich kantig an und bohrten sich hart in seine Brust. Anna bebte am ganzen Körper, doch sie wehrte sich nicht. Vielleicht spürte sie die Berührung gar nicht.

»Ich bin böse und schlecht«, flüsterte sie.

»Ihr seid verrückt, das ist alles. Aber das wart Ihr bereits, als ich Euch kennengelernt habe, deshalb mag ich Euch.« Lorenzo streichelte über ihre zerzausten Locken.

Plötzlich und völlig unerwartet begann Anna zu weinen. Ihr Brustkorb wurde von den Schluchzern heftig geschüttelt. Wie Hochwasser führende Gebirgsbäche stürzten die Tränen aus ihren Augen. Sie durchtränkten Lorenzos Hemd, durchnässten ihr Nachtkleid und tropften auf das Bettzeug. Das leise Schluchzen wurde immer lauter.

Anna weinte wie noch nie zuvor in ihrem Leben. Einmal angefangen, schien sie nicht mehr aufhören zu können. Sie beweinte ihre Kindheit mit einer Mutter, von der sie nie geliebt worden war, sie beweinte die Jahre der Gefangenschaft. Gefangen in einer Ehe, die nur aus Elend, Schmerz und Demütigungen bestanden hatte. Getreten, misshandelt und missbraucht. Und sie beweinte das Kind, das nicht in ihr hatte wachsen dürfen. Das sie trotz Wahnsinn und Gewalt hätte bekommen wollen und das sie schließlich mit dem Inhalt des Nachttopfes hatte wegspülen müssen.

Hilflos saß Lorenzo da, streichelte weiter über Annas üppige Lockenpracht und hielt ihren knochigen Körper fest.

Wie ein Kind wiegte er sie hin und her und flüsterte leise in ihr Ohr: *»Sch, sch! Mia amore, non piange!«*

Aber seine Bemühungen, sie zu beruhigen, führten nur dazu, dass Anna noch heftiger weinte. Leise öffnete sich die Tür der Kammer. Pater Anselm steckte besorgt seinen Kopf herein und zog ihn sofort wieder zurück, als er sah, was hier vor sich ging. Geräuschlos schloss er die Tür wieder zu.

Es dauerte eine Ewigkeit, bis Anna aufhören konnte, zu weinen. Sie hatte die Traurigkeit über Jahre zurückgehalten, jetzt suchten die Tränen mit Gewalt ihren Weg in die Freiheit.

Irgendwann wurde das Schluchzen wieder leiser. Lorenzo kramte in seinem Hosensack nach einem Taschentuch, aber wie immer hatte er keines dabei. Anna schnäuzte sich in den Ärmel ihres Nachthemds.

»Es gehört ohnehin gewaschen«, sagte sie.

Lorenzo lächelte erleichtert. Vorsichtig strich er eine nasse Locke aus ihrer Stirn und schob sie hinter Annas Ohr.

»Mia bella amore«, flüsterte er und sah dabei tief in die verweinten Augen. Er küsste Anna sanft auf die Stirn und nahm sie erneut in den Arm. Danach wagte er es nicht mehr, sich zu bewegen, aus Angst, damit den Augenblick zu zerstören.

Die Sonne ging unter, es wurde dunkel, aber er bemerkte es nicht. Erst als es an der Tür klopfte und ein Laienbruder mit einer Schüssel dampfender Linsensuppe hereinkam, hob Lorenzo den Kopf und traute sich, die Umarmung zu lösen. Er stand auf, um sich zu verabschieden.

»Ich komme morgen wieder«, sagte er und küsste Anna sehr sanft auf den Mund. Sie ließ es geschehen und brachte ein unsicheres Lächeln zustande. Das erste seit Wochen.

Gutgelaunt verließ Lorenzo das Hospital und lief in die Krugerstraße. Den arbeitenden Menschen auf der Straße schenkte er keine Beachtung. Trotz einbrechender Dunkelheit wurden die Aufräumarbeiten fortgesetzt. Als Lorenzo am Palais Auersberg vorbeikam, bemerkte er die kleine, dürre Frau nicht, die das Gebäude durch einen der Nebeneingänge für Dienstboten verließ. Er kannte Gudrun nicht und wusste deshalb auch nicht, dass sie neben Anna und Theresa vereidete Hebamme der Stadt war, und selbst dieses Wissen hätte ihm nicht verraten, dass die Tochter der Gräfin bereits von einer Hebamme betreut wurde.

55

Den nächsten Tag verbrachte Lorenzo damit, all jene Haushalte zu überprüfen, die angaben, keine männliche Arbeitskraft stellen zu können. Die Überprüfung war schwieriger, als er sich das vorgestellt hatte. Jede Familie hatte zuvor einen komplizierten Antrag stellen müssen. Es lag nun an Lorenzo, zu beurteilen, ob es zulässig war, die Haushalte von der Pflicht zu entbinden. Am liebsten hätte er alle Anträge bewilligt, aber er wusste, dass er sich damit nur Schwierigkeiten einhandeln würde.

Als er endlich mit seiner Arbeit fertig war, dämmerte es bereits. Lorenzo kaufte beim Bäcker ein Säckchen kandierter Haselnüsse. Rasch hatten sich die Regale der Geschäfte wieder mit Lebensmitteln gefüllt, auch wenn manches nach wie vor überteuert war. Mit dem Säckchen in der Hand lief Lorenzo zum Franziskanerkloster. Er nahm immer zwei Stufen auf einmal, um schneller zur Krankenstation in den ersten Stock zu gelangen. Die Tür zu Annas Kammer stand offen. Das war merkwürdig. Eilig lief Lorenzo den Gang entlang. Als er eintrat, war die Kammer leer, das Bett abgezogen und das Fenster verschlossen. Lorenzo trat wieder auf den Gang und stieß mit Pater Anselm zusammen.

»Immer mit der Ruhe«, sagte der Pater und rieb sich die Nase. »Ihr habt eine harte Stirn.«

»Entschuldigt«, sagte Lorenzo, »wo ist Anna?«

»Ich nehme an, dass sie zu Hause in der Tuchlauben ist.«

»Wie bitte?«, Lorenzo glaubte, sich eben verhört zu haben.

»Anna ist geheilt. Als sie heute Morgen ihre Sachen zusammenpackte, hat sie eine spitze Bemerkung über unseren Koch fallen lassen, angeblich schmeckte die Linsensuppe gestern Abend wie Abwaschwasser.«

»Das heißt, Ihr habt sie entlassen?«

»Ja, mein junger Freund. Ihr habt Anna geheilt«, sagte der Pater und grinste breit.

Lorenzos Gesicht hellte sich auf. Das war eine unglaublich gute Nachricht.

»Ich hätte da übrigens noch ein paar schwierige Fälle. Einen Mann, der glaubt, er wäre ein Vogel. Ein Mädchen, das den ganzen Tag weint …«, sagte Pater Anselm.

»Ein anderes Mal vielleicht«, grinste Lorenzo und winkte dem Pater zu. Er hatte auf dem Absatz kehrtgemacht und lief zurück zum Ausgang.

»Ich muss in die Tuchlauben. Vielen Dank für die Auskunft. Auf Wiedersehen!« Er winkte dem Franziskaner zu.

Als Lorenzo in die Tuchlauben einbog, verließ Hannes gerade das Haus. Der Junge freute sich, Lorenzo zu sehen, aber er war in Eile: »Ich muss ins Palais Lichtenberg. Die Gräfin liegt in den Wehen, und Anna hat gerade einen Boten geschickt. Ich soll ihren Korb nachbringen.« Hannes deutete auf den Korb an seinem Arm.

»Anna und Theresa sind beide im Palais?«, fragte Lorenzo verwirrt. »Anna ist doch eben erst aus dem Hospital entlassen worden.«

Hannes hob die Schultern an: »Sie ist am Vormittag nach Hause gekommen und am Nachmittag von Hugo ins Palais Lichtenberg gerufen worden. Theresa hat darauf bestanden, sie zu begleiten.« Er schloss die Tür hinter sich und versperrte sie. Den Schlüssel steckte er in seine Hosentasche.

Lorenzo erkannte Annas Korb, er ahnte, was sich darin befand. »Ist es der Korb mit dem ganz speziellen Inhalt?«

»Ich denke, ja. Aber ich habe nicht hineingesehen«, antwortete Hannes.

»Ich habe den gleichen Weg, ich werde dich ein Stück begleiten«, sagte Lorenzo.

Das Kind der Gräfin befand sich verkehrt herum in ihrem Bauch. Besonders für eine Erstgebärende war dies eine denkbar ungünstige Lage. Theresa kniete vor der Gräfin und rieb sich immer wieder über die geschwollenen, steifen Finger.

»Es tut mir so leid, aber meine Finger spielen einfach nicht mit. Der Geburtskanal ist zu schmal für die geschwollenen Knöchel«, flüsterte sie ihrer Nichte zu.

Anna trat einen Schritt näher. Theresa brauchte sich nicht zu entschuldigen.

Die Wehen kamen in kurzen Abständen, und der Muttermund war beinahe ganz geöffnet, aber das Kind wollte noch nicht heraus. Es steckte mit dem Po voran fest.

Anna kniete sich auf den Boden. Sie fühlte sich leicht schwindelig, hatte sie doch die letzten Tage im Bett und ohne Nahrung verbracht.

Eine neue Wehe setzte ein, und die Gräfin atmete zu schnell und zu flach. Anna ergriff ihre Hand und gab ihr einen langsameren Rhythmus vor, den die junge Frau sofort annahm.

In der Wehenpause massierte Anna den Muttermund der Gräfin mit Rosenöl.

»Jakobskreuzkraut?«, fragte Anna in Theresas Richtung. Die nickte.

»Fünfzehn Tropfen unter die Zunge.«

»Wir sollten doppelt so viel geben«, erwiderte Anna überzeugt. Sie wusste, dass sie das Richtige tat. Erstaunt über Annas Sicherheit, suchte Theresa nach der Tinktur und reichte sie Anna.

Der Muttermund war nun vollständig offen. »Bei der nächsten Wehe dürft Ihr kräftig pressen«, sagte Anna.

Die Hände der Gräfin ballten sich zu Fäusten, Theresa trat zu ihr und hielt eine davon fest.

»Ganz ruhig«, sagte sie sanft. Die Stimme der alten Frau wirkte beruhigend.

Die angekündigte Wehe setzte ein, und Anna erlaubte der Gräfin zu pressen. »Nicht so fest, sonst reißt Eure Scheide«, sagte sie ernst. Die Gräfin hielt sich erstaunlich diszipliniert an Annas Anweisungen.

»Tief weiteratmen, gleich ist Euer Kind da«, sagte Theresa. Trotz der schmerzenden Hände wirkte sie jetzt zufrieden. Weniger mit sich selbst als vielmehr mit ihrer Nichte.

Beim Einsetzen der nächsten Wehe rutschte das Kind in Annas Hände, und die Gräfin lachte vor Erleichterung.

»Ihr habt eine wunderschöne Tochter«, sagte Anna.

Ein seliges Lächeln legte sich über das Gesicht der Gräfin. Anna legte das blutige Kind auf den Bauch der Mutter, die es sofort mit ihren Händen umschloss. Das Mädchen schrie nicht, es wirkte völlig entspannt, so wie alle anderen im Raum.

»Ihr habt recht, sie ist wunderschön«, sagte die junge Gräfin gerührt.

Plötzlich wurde die Tür zum Schlafzimmer gewaltvoll aufgerissen. Wie ein böser Racheengel stand die Fürstin Auerberg im Raum. Ihre gepuderte Perücke wackelte auf ihrem Kopf, sie machte ein finsteres Gesicht und ihre breiten Röcke raschelten. Hinter ihr stand eine kleine, dürre Frau in einem schäbigen Kleid. Anna hatte Gudrun seit Wochen nicht mehr gesehen.

»Ich beschuldige Euch, während der Geburt meines Enkelkindes unerlaubte Hilfsmittel verwendet zu haben«, sagte die Fürstin mit fester Stimme. Ruhig zeigte sie mit dem Finger auf Anna und Theresa. Mit ihr drang eine Welle kalter Luft in den Raum, augenblicklich fing ihre Enkeltochter an zu schreien.

»Mutter, Ihr seid von Sinnen, Ihr erschreckt Eure Enkelin«, rief die junge Gräfin. Dabei streichelte sie über den Rücken des winzigen Mädchens, und das Kind beruhigte sich wieder. Die wärmende Hand der Mutter reichte aus, um dem Winzling genug Sicherheit zu vermitteln.

»Ihr arbeitet mit Teufelswerkzeug«, rief die Fürstin, sie drehte sich um und sah zu Gudrun. Die kleine Frau versuchte, sich unsichtbar zu machen. Jemanden hinter seinem Rücken anzuschwärzen und dafür Geld zu kassieren, war eine Sache, ihm dabei ins Gesicht schauen zu müssen, eine andere.

»Wonach soll ich nun suchen?«, fragte die Fürstin und stürzte sich auf die beiden Körbe der Hebammen. Anna tauschte mit ihrer Tante entsetzte Blicke aus. Es war zu spät, die Frau aufzuhalten.

»Nach einer Zange«, sagte Gudrun mit zitternder Stimme.

Eugenia Lichtenberg machte eine abfällige Handbewegung. »Mutter, wenn es Euch beruhigt, so untersucht die Körbe. Außer Tinkturen, Salben und Ölen werdet Ihr nichts finden.«

Anna räusperte sich, sie wusste genau, was die Fürstin gleich ans Tageslicht befördern würde. Ob Gudrun in der ersten Reihe stehen wollte, wenn man sie und ihre Tante am Scheiterhaufen anzündete?

Die Fürstin schritt auf einen der beiden Körbe zu und durchwühlte ihn. Er war vollgestopft mit Fläschchen und Töpfchen. Dann wandte sich die Fürstin zum zweiten Korb. Anna fühlte sich schwindelig, ihr war übel, in ihren Ohren sauste es. Die Fürstin kramte in Annas Korb. Ihr blass gepudertes Gesicht war hochrot, und ihre Perücke drohte vollends von ihrem Kopf zu rutschen. Angewidert förderte die Fürstin ein Nadelset, Faden und noch einmal Töpfe und Flaschen mit Medizin hervor. Anna wartete darauf, dass die Fürstin auf den Boden des Korbs kam, um ein bestimmtes Gerät herauszuholen. Aber nichts dergleichen geschah. Verärgert schüttelte die Fürstin beide Körbe, stellte sie auf den Kopf, aber nichts fiel heraus. Kein doppelter Boden, kein Tuch, rein gar nichts. Die Zange war verschwunden.

Anna warf ihrer Tante einen fragenden Blick zu, aber die schüttelte nur verständnislos den Kopf. Verwirrt zuckte Anna mit den Schultern.

Theresa war die Erste, die ihre Sprache wiederfand: »Verehrte Fürstin, könnt Ihr uns verraten, wonach Ihr sucht? Eine Zange ist das Werkzeug eines Schreiners und nicht das einer Hebamme.«

»Sie lügt!«, geiferte Gudrun. Ihre Stimme überschlug sich, und sie trat aus dem Schatten der Fürstin. »Die beiden haben eine Zange, mit der sie die Kinder aus dem Leib der Mütter ziehen können. Die Frau vom Bäckermeister Wandel hat es mir erzählt.« Gudrun griff ebenfalls nach den leeren Körben und durchsuchte sie. Aber auch sie konnte nichts finden.

»Sie haben die Zange weggezaubert«, schrie die kleine Frau in einem letzten Anflug von Hoffnung. Sie wusste, dass sie dieses Spiel verloren hatte.

Die Fürstin warf ihr einen vernichtenden Blick zu: »Macht die Sache nicht noch lächerlicher, als sie ohnehin schon ist. Ich werde dafür sorgen, dass Ihr Eure Konzession verliert und innerhalb des Reiches auch keine mehr bekommen werdet. Packt Eure Sachen und verschwindet aus der Stadt.«

Gudrun schluckte. Sie hatte riskant gespielt und viel verloren. Niedergeschlagen verließ sie den Raum.

Die junge Gräfin setzte sich auf. Sie hatte keinen Moment an der Unschuld der Hebammen gezweifelt. »Wollt Ihr Euch nicht Eure Enkeltochter ansehen?«, fragte sie ihre Mutter.

»Ein Mädchen«, sagte die Fürstin abfällig. Aber etwas in ihr zog sie zum Bett ihrer Tochter und ihrer Enkeltochter hin. Ihr sehnsuchtsvoller Blick machte aus ihren harten Worten eine Lüge. Für den Bruchteil einer Sekunde ließ ein Lächeln ihre Augen aufleuchten. Sie war soeben Großmutter geworden.

»Mutter, sie hat Eure Augen.«

Die Fürstin rückte die Perücke zurecht. Anna schnitt gerade die Nabelschnur des Mädchens durch. Danach wusch sie das Kind und wickelte es in saubere Tücher. Das fertig geschnürte Bündel legte sie der Fürstin widerwillig in den Arm. Vielleicht konnte zwischen der Großmutter und der Enkeltochter ein Band geknüpft werden, das die nächsten Jahre hielt. Vorsichtig, als handle es sich um den wertvollsten Schatz der Welt, hielt die Fürstin das Mädchen im Arm: »Sie hat einen wunderschönen Kopf.«

»Eure Enkeltochter hat es vorgezogen, verkehrt herum auf die Welt zu kommen und den Kopf zu schonen.«

»Ein kluges Mädchen«, sagte die Fürstin versöhnlich.

Anna nutzte die Zeit und packte rasch ihren Korb. Sie wollte dieses Haus so schnell wie möglich wieder verlassen. Als sie fertig war, gab die Fürstin das Kind an ihre Tochter weiter. Sie bedachte Anna und Theresa mit wortlosen Blicken und verließ ohne ein Wort der Entschuldigung das Zimmer.

Anna wusste, dass diese Frau einen anderen Weg suchen würde, sie und ihre Tante aus dem Weg zu schaffen.

Als Anna und Theresa zurück in die Tuchlauben kamen, war es kurz nach Mitternacht. In der Stube war immer noch Licht. Auf dem Tisch stand eine der wertvollen Wachskerzen und brannte. Hannes war auf der Bank eingeschlafen. Jemand hatte ihn mit einer Decke zugedeckt. Der Junge hatte auf die Hebammen warten wollen. Neben ihm befand sich noch eine weitere Gestalt. Anna erkannte den dunklen Lockenkopf auf der Stelle.

»Lorenzo, was macht Ihr zu so später Stunde hier?«, fragte Anna, ihre Stimme konnte neben Verwunderung einen Anflug von Freude nicht verbergen.

»Ich habe doch gestern versprochen, heute nach Euch zu sehen«, antwortete Lorenzo müde.

Während Anna sich erschöpft zu Lorenzo auf die Bank setzte, ging Theresa wortlos zum Ofen, legte Holz nach und machte sich daran, Wasser zum Kochen zu bringen.

»Das Säckchen Kahvebohnen ist bald leer«, sagte sie voll Bedauern.

»Meister Kästner hat so viel von dem Zeug, dass er Euch sicher davon abgibt«, sagte Lorenzo. Er sprach eine Spur zu laut. Hannes drehte sich schmatzend um, dass ihm die

Decke von den Schultern rutschte, er wachte aber nicht auf. Anna hob die Decke auf und packte den Jungen damit ein.

»Wie ist die Geburt verlaufen?«, fragte Lorenzo.

»Reibungslos.« Anna zog die Stirn kraus und sah Lorenzo neugierig an.

»Kann es sein, dass Ihr etwas mit dem Fehlen der Geburtszange zu tun hattet?«

Lorenzo zögerte mit seiner Antwort. Gestern erst hatte er ein kleines Stückchen von Annas Vertrauen gewinnen können. Es sah so aus, als sollte er es heute schon wieder verlieren.

»Glaubt mir, ich wollte Euch damit nicht schaden. Ich habe mir furchtbare Sorgen gemacht. Die Sache mit der Anklage ist noch nicht lange her, und es gibt Menschen, die sie trotz Belagerung noch nicht vergessen haben …«

Lorenzo konnte den Satz nicht beenden. Theresa begann am Herd lauthals zu lachen. Davon wurde Hannes nun doch munter. Der Junge setzte sich verschlafen auf, seine kurzen Haare standen wirr von seinem Kopf ab.

»Ich wollte die Zange nicht aus dem Korb nehmen. Echt nicht!«, verteidigte er sich.

»Der Junge hat recht. Ich habe ihn dazu gezwungen. Ich hatte Angst, die Gräfin oder ihre Mutter könnten Euch Probleme bereiten. Es tut mir leid«, sagte Lorenzo.

Theresa lachte immer noch. Allerdings nur noch leise. Sie schenkte drei Becher voll mit dem fertigen Kahve und trug sie zum Tisch.

»Ihr braucht Euch nicht zu entschuldigen. Ihr habt mir und meiner Tante das Leben gerettet«, sagte Anna. Zur Bekräftigung ihrer Worte legte sie ihre Hand auf Lorenzos Unterarm. Ihre Wangen färbten sich dabei rot, und sie hatte das Gefühl, in ihrem Magen flatterten Tausende von Schmetterlingen. Als sie die Hand wieder wegnahm, um nach ihrem Kahvebecher zu greifen, sah Lorenzo ihr sehnsuchtsvoll nach.

Bevor Theresa damit begann, über die Geburt und Fürstin Auerberg zu erzählen, fragte Hannes: »Können wir jetzt das Säckchen mit den kandierten Haselnüssen öffnen?« Dass die Nüsse eigentlich für Anna bestimmt waren, ließ er gern außer Acht.

Erst als die Kerze nur noch ein kleiner Stummel war, standen Theresa und Hannes auf und gingen in ihre Betten.

Anna begleitete Lorenzo zur Tür. Die Nacht ging bereits ihrem Ende zu, der Himmel färbte sich hellgrau.

»Ich habe Euch gestern geküsst«, sagte Lorenzo unsicher, »und Ihr habt es zugelassen. Wenn ich heute …?«

»Ihr habt mich geküsst?«, fragte Anna entsetzt. Etwas in ihren Augen verriet Lorenzo, dass sie sich über ihn lustig machte.

»Es gibt Menschen, die behaupten, Juristen reden zu viel.« Lorenzo stemmte sich mit einer Hand an der Hauswand ab, an der Anna lehnte.

»Diese Menschen haben …« Annas letztes Wort ging in einem entschlossenen, aber sehr zärtlichen Kuss unter.

56

Der Empfangssaal, in dem Pater Abraham auf seine Beichttochter wartete, war so riesig und prachtvoll eingerichtet, dass selbst er, der Reichtum an der Seite des Kaisers gewohnt war, sich beeindruckt umsah. Man hatte die Decke mit vergoldeter Stuckarbeit verzieren und Teile davon mit Wandmalereien versehen lassen. Für diesen Teil der Arbeit hatte man eigens zwei Künstler aus Italien kommen lassen, die ein ganzes Jahr lang ausschließlich mit der Verzierung der Decke beschäftigt gewesen waren. Die hohen schmalen Türen, die den Raum noch größer erscheinen ließen, waren mit goldenen Schnitzarbeiten verziert. Hochbegabte Kunsttischler aus Tirol hatten hier wahre Meisterleistungen vollbracht.

Abraham studierte die Gemälde an der Decke. Die Gräfin hatte einen Hang zum Sündhaften. Die halbnackte Hera schwebte direkt über Abrahams Kopf und winkte ihm anzüglich zu. Der Augustiner betrachtete ihre weißen Brüste mit einer Mischung aus Ekel und Erregung.

In diesem Moment öffnete sich die hohe Tür zu den Arbeitsräumen, und die Fürstin Auerberg trat auf ihn zu. Sie warf dem überraschten Pater einen amüsierten Blick zu: »Gefällt Euch meine Hera?«, fragte sie. Der spöttische Unterton in ihrer Stimme war nicht zu überhören.

Augenblicklich lief Abraham rot an. »Ich finde die Darstellung heidnischer Figuren in einem christlichen Haushalt äußerst unpassend.«

»Natürlich«, die Fürstin senkte amüsiert ihren Blick. Es war nicht zu erkennen, ob sie sich über den Augustiner lustig machte oder tatsächlich seiner Meinung war.

»Ich habe eine repräsentative Aufgabe zu erfüllen und empfange täglich hochrangige Persönlichkeiten«, sagte die Fürstin entschuldigend und wies zur Decke. »Ich muss mich nach der Mode richten. Und …«, die Fürstin schmunzelte, »Gott mag die Malerei, denn er hat ein Wunder vollbracht, indem er dieses Palais weitgehend vor den Kanonenkugeln bewahrt hat.«

Abraham nickte und murmelte etwas Unverständliches.

»Außerdem muss ich zugeben, dass mir Heras Darstellung gefällt«, sagte die Fürstin mit nun unverhohlenem Grinsen. Vielleicht wollte sie den Pater noch einmal erröten sehen. »Ich finde Heras Körper wunderschön. Gleichzeitig ist es dem Künstler gelungen, ihren frustrierten und unglücklichen Gesichtsausdruck hervorragend zu treffen. Hera, die Schutzgöttin der Ehe, war selbst eine unverstandene und betrogene Frau. Darin liegt eine gewisse Ironie, meint Ihr nicht auch?« Mit einer einladenden Geste trat die Fürstin einen Schritt zur Seite und bat den Augustiner in ihre Arbeitsräume.

Abraham schüttelte den Kopf. Er musste seine Gedanken ordnen, um den verdorbenen Vorstellungen dieser Frau gewachsen zu sein. Wie auf allen Frauen lastete auch auf der Fürstin die Evasünde.

Geräuschlos schloss die Fürstin die Tür hinter Abraham und folgte ihm zu ihrem Schreibtisch.

»Gott hat die Ehe eingerichtet, damit die Menschen sich fortpflanzen. Die heidnischen Geschichten, die neuerdings wieder in Mode kommen, tragen zum Verfall der Sitte und des Anstands bei und untergraben unsere christlichen Werte«, sagte Abraham streng.

»Ich bin ganz Eurer Meinung.« Die Fürstin war wie immer perfekt gekleidet und dementsprechend geschminkt. Eine dicke Schicht hellen Puders lag auf ihrem Gesicht, die Wangen waren dezent mit roter Farbe nachgefärbt. Ihre Lippen hatte sie eine Spur greller gefärbt als üblich, um ihrem Gegenüber ihr wahres Alter nicht preiszugeben. Abraham fühlte sich in ihrer Nähe unwohl.

Mit einem lauten Rascheln richtete die mächtige Frau ihre eleganten violetten Röcke und setzte sich hinter ihren

Schreibtisch. Sie bedeutete dem Augustiner, ebenfalls Platz zu nehmen. Mit spitzen Fingern griff sie nach der kleinen weißen Porzellanglocke, die auf einem silbernen Teller lag, und klingelte. Augenblicklich erschien eine adrett gekleidete Zofe, die ein Tablett mit einer Kanne voll dampfenden Tees, zwei leeren Tassen und Konfekt brachte. Nachdem sie das Tablett auf dem Schreibtisch abgestellt hatte, verneigte sie sich kurz und verließ leise den Raum.

»Ich hoffe, Ihr mögt das neue Modegetränk vom englischen Hof. Es heißt Tee, Ihr kennt es sicher. Es schmeckt ganz vorzüglich.« Die Fürstin schenkte aus der reichlich verzierten Kanne Tee in die Tassen und reichte dem Pater eine davon. Das weiße Porzellan war ebenso zerbrechlich wie kostbar und war mit Goldrand und kleinen Rosen verziert. Selbst der Kaiser verwendete kein besseres Geschirr. Falls es in der Absicht der Fürstin lag, ihren Besucher zu beeindrucken, war ihr dies bereits gelungen. Abraham liebte den Luxus. Teurer Tee aus Indien, serviert in kostbarem Porzellan, das war eine Besonderheit. Beherzt griff der Augustiner nach einem Stück Konfekt. Während er sich ganz dem Genuss der kandierten Feige hingab, tropfte der Zucker aus seinem Mund und er wischte ihn mit dem Ärmel ab. Die Fürstin versuchte, ihren Ekel zu verbergen.

»Womit kann ich Euch dienen?«, fragte sie mit hochgezogenen Augenbrauen.

»Mir ist zu Ohren gekommen, dass Ihr Großmutter geworden seid. Ich gratuliere Euch.«

»Vielen Dank«, sagte die Fürstin, während sie den Pater abwartend beobachtete.

»Eine Person, der ich Vertrauen schenke, hat mir zugetragen, dass Eure Tochter die Unterstützung von zwei Hebammen in Anspruch genommen hat.« Die Stimme des

Augustiners klang so süß wie das Konfekt, nach dem er erneut griff.

»So ist es.«

»Ich kenne diese beiden Frauen«, sagte der Augustiner.

»Ich weiß, dass Ihr sie kennt. Ihr habt vor der Belagerung der Stadt versucht, die beiden Frauen wegen Hexerei anzuklagen.«

Den Bruchteil eines Augenblicks wirkte Abraham verwirrt. Doch dann erinnerte er sich daran, damals mit dem Fürsten Kontakt aufgenommen zu haben: »Ich hege nach wie vor den Verdacht, dass diese beiden Frauen, die bei der Geburt Eurer Enkeltochter anwesend waren, mit dem Teufel im Bunde sind.«

Die Fürstin neigte überrascht den Kopf.

»Besonders die ältere der beiden beobachte ich seit Jahren mit wachsendem Unbehagen«, sagte Abraham.

»Und warum kommt Ihr mit diesen Überlegungen zu mir?«

»Mir ist weiterhin zu Ohren gekommen, dass Ihr mit der Arbeit der Hebammen nicht zufrieden wart und den Rat einer dritten Frau eingeholt habt.«

»Ich werde dafür sorgen, dass Gudrun bis in den hohen Norden verbannt wird. Diese Frau ist einfältig und geschwätzig!«, erwiderte die Fürstin und trommelte verärgert mit den Fingern auf den Tisch. Gudrun versuchte ihren Hals zu retten und schwärzte die Konkurrentinnen nun bei der Kirche an. Die Fürstin schätzte es nicht, wenn hinter ihrem Rücken über sie gesprochen wurde. Das kostbare Porzellan begann zu scheppern.

»Das kleine, zänkische Weib ist keinen weiteren Gedanken wert. Jeder andere in dieser Stadt hätte meinem Vertrauten dieselben Neuigkeiten zutragen können.« Abraham machte eine abfällige Handbewegung und griff nach einem neuen

Stück Konfekt. »Ich bin zu Euch gekommen, weil ich Euch meine Unterstützung anbieten möchte. Es ist in Gottes Sinn, wenn den beiden Frauen das Handwerk gelegt wird.«

Die Fürstin hörte auf, mit den Fingern zu trommeln. Vielleicht sollte sie Gudrun doch verschonen.

»Die beiden Hebammen haben während der Belagerung im Schottenstift gearbeitet«, sagte Abraham.

»Alle Hebammen, Ärzte, Bader und Apotheker sind von Starhemberg zum unfreiwilligen Dienst aufgefordert worden.«

»Ich weiß«, sagte der Priester und schleckte sich mit der Zunge über die Lippen. »Einer meiner Mitbrüder hat von einer Magd im Schottenstift erfahren, dass Theresa Zapf dem Hafner den Unterarm amputiert hat.«

Die Fürstin sog laut die Luft ein. Sollte es stimmen, was der Pater sagte, wäre es ein Leichtes, die alte Hebamme Zapf zu beseitigen. Die Fürstin ersparte sich das Spinnen von Intrigen durch erfundene Geschichten und eine Menge Zeit, die sie im Moment ohnehin nicht hatte. Es reichte, einfach die Wahrheit ans Tageslicht zu bringen. Wenn die Tante erst im Gefängnis saß, konnte man während des Prozesses die Nichte in irgendeiner Form der Mittäterschaft beschuldigen.

»Wer kann diese Geschichte bezeugen?«, fragte sie.

»Der Arzt Fridolin Potz.«

»Der kleine, stinkende Mann, der zum Frühstück schon eine ganze Flasche Wein leert?«

»Ebender«, sagte Abraham. Auch ihm wäre ein vertrauenswürdigerer Zeuge lieber gewesen.

»Egal«, sagte die Fürstin, »er ist ein studierter Arzt, und das allein zählt. Ich werde mich um die Angelegenheit kümmern.«

»Ich wusste, dass Gott sich auf Euch verlassen kann«, sagte Abraham zufrieden.

57

Seit Tagen schob Theresa zwei unangenehme Dinge vor sich her. Die Ränder ihrer Suppenschüsseln waren allesamt abgeschlagen. Gestern hatte sie sich beim Abwasch ihre geschwollenen Finger damit zerschnitten. Eine Verletzung, die sie sich hätte ersparen können, wenn sie den längst fälligen Gang zum Hafner gemacht hätte, um neue Suppenschüsseln zu bestellen. Aber Theresa drückte sich davor, dem Hafner zu begegnen. Seit der Amputation hatte sie ihn nicht mehr gesehen und nicht mit ihm gesprochen. Die zweite unangenehme Sache hing mit der Apotheke zusammen. Seit einigen Tagen war sie die offizielle Besitzerin von Meister Konrads Apotheke samt Inventar. Theresa graute davor, in den persönlichen Dingen ihres Vaters herumzuwühlen. Nach dem Frühstück rieb sie ihre entzündeten Hände mit einer selbstgemischten Kräutersalbe ein und fasste einen Entschluss. Sie schickte Hannes mit einer Bestellung auf den Hafnersteig und bat Anna darum, in die Wollzeile zu gehen, um dort nach dem Rechten zu schauen.

Nur widerwillig übernahm Anna diese Aufgabe, aber der bittende Gesichtsausdruck ihrer Tante überzeugte sie schließlich. Anna griff nach dem dicken Schlüsselbund, schnappte sich ihr Schultertuch und machte sich auf den Weg. Sie lief den Graben entlang, überquerte den Stephansplatz und näherte sich der Wollzeile. Anna nahm den Häuserdurchgang, der direkt vom Stephansplatz in die Wollzeile führte. Ein dunkler, schmaler Weg, in den nur spärlich Tageslicht drang. Hier roch es modrig und feucht, Anna hielt ihren Blick auf das Kopfsteinpflaster gesenkt, um nicht zu stolpern oder auszurutschen. Jemand hatte den Inhalt seines Nachttopfs auf die Straße gekippt. Anna wich dem unappetitlichen Haufen aus und stieß dabei mit einem Mann zusammen, der es eilig zu haben schien.

»Anna, Ihr solltet den Blick lieber nach vorne richten, anstatt die Steine am Boden zu zählen«, sagte Lorenzo grinsend und rieb sich die Schulter, gegen die Anna geprallt war.

Anna errötete. Wie sollte sie dem Mann begegnen, der sie gestern Abend erneut geküsst hatte? Sie bekam weiche Knie. Nervös und ungewöhnlich schnell presste sie die Antwort heraus: »Ich bin auf dem Weg in die Apotheke meiner Tante.«

Lorenzo trug eine dicke Mappe unter dem Arm. »Soll ich Euch begleiten?«, fragte er höflich wie immer. Mit dem gestrigen Abend schien sich nichts für ihn verändert zu haben.

»Dafür wäre ich Euch sehr dankbar«, sagte Anna in dem Bemühen, sich ihre Verwirrung nicht anmerken zu lassen. Was hatte sie erwartet? Dass Lorenzo sie auf offener Straße umarmte? Schweigsam liefen die beiden nebeneinanderher. Der Weg war nicht weit, denn die Apotheke befand sich nur wenige Meter von dem Häuserdurchgang entfernt. Anna holte den Schlüsselbund hervor und suchte nach dem passenden Schlüssel. Erst der dritte passte.

Die Tür schwang auf und die beiden traten ein.

»Um Himmels willen, hier erstickt man ja!«, sagte Lorenzo und lief zu einem der Fenster, um es zu öffnen. In der abgestandenen Luft mischten sich die unterschiedlichsten Gerüche, die wenigsten davon waren angenehm. Zudem hatte sich eine feine Staubschicht auf alle Einrichtungsgegenstände gelegt. Selbst die beiden Skelette sahen grau aus.

»Ohne den alten Meister Konrad sieht die Apotheke wirklich gruselig aus«, sagte Anna.

Lorenzo stimmte ihr mit einem Nicken zu.

»Ich weiß gar nicht, was ich hier soll.« Anna setzte sich auf einen Hocker, der früher hinter dem Verkaufstresen gestanden hatte und sich jetzt mitten im Raum befand. »Theresa wollte nicht herkommen, weil sie nicht in den Dingen ihres ...« Anna sprach das Wort ›Vater‹ nicht aus.

»Das kann ich gut verstehen«, sagte Lorenzo. »Es ist leichter, vor unangenehmen Dingen davonzulaufen, als sich ihnen zu stellen.«

»So wie Ihr vor der geplanten Ehe davongelaufen seid?«, fragte Anna. Dabei hob sie den Kopf und sah Lorenzo nun direkt an. An jenem Nachmittag am Nussberg hatte er davon erzählt, war ihren Fragen dann aber ausgewichen. Damals hatte sie es einfach hingenommen, doch nun war ihr Interesse an diesem Mann geweckt. Sie wollte mehr über ihn erfahren.

»Habt Ihr es je bereut, weggegangen zu sein?«

Lorenzo seufzte: »Seit meiner Gefangennahme im türkischen Lager vergeht kein Tag, an dem ich nicht über diese Frage nachdenke.«

»Und zu welcher Antwort kommt Ihr?«

Lorenzo zögerte, machte einen Schritt auf sie zu und ging vor ihr in die Hocke: »Stellt Euch vor, ich wäre nicht davongelaufen. Ich hätte Euch niemals kennengelernt.« Lächelnd ergriff er ihre Hände und küsste sie sanft. Anna war jedoch nicht gewillt, sich erneut abspeisen zu lassen, und zog ihre Hände weg.

»Ihr weicht meiner Frage schon wieder aus. Ihr wisst alles über mich, aber ich habe keine Ahnung über Eure Vergangenheit«, sagte sie verärgert.

Lorenzo erhob sich wieder. »Was wollt Ihr hören?«

»Die Wahrheit.«

Lorenzo lachte: »Die kenne ich selbst nicht. Ich weiß nicht, was ich will. Über zwanzig Jahre hatte ich immer nur das gemacht, was mein Vater von mir wollte. Kein Wunder also, dass ich damals unzufrieden war. Dann tat ich einmal das, von dem ich glaubte, es würde mich glücklich machen: Ich bin von zu Hause weggelaufen und habe damit eine Menge Menschen unglücklich gemacht.«

»Vielleicht seid Ihr selbst jetzt glücklicher«, sagte Anna.

»Vielleicht.« Lorenzos Stimme klang bitter, und Anna ärgerte sich über ihre Neugier. Eine Weile schwiegen beide. Anna starrte auf den Fußboden und biss sich auf die Unterlippe.

Schließlich sagte Lorenzo: »Auf der einen Seite wünsche ich mir mit jeder Faser meines Körpers, wieder zu Hause zu sein und dort guten Wein zu machen. Auf der anderen Seite weiß ich, dass mein Vater es niemals billigen würde, wenn ich nicht das Amt eines Richters oder eines anderen hochrangigen Beamten einnähme.«

»Könnt Ihr nicht beides tun?«, fragte Anna.

Lorenzo hob die Schultern. »Kann sein. Aber nun lasst uns endlich mit der Arbeit beginnen. Eigentlich sollte ich eine Menge anderer Dinge erledigen.« Er warf einen Blick auf die Mappe, die er mit sich getragen hatte und die jetzt auf dem Tresen der Apotheke lag.

Eilig stand Anna auf und ordnete ihre Röcke. Sie wollte auf keinen Fall allein in dieser Apotheke herumwühlen.

»Was sollen wir nur mit all den Dingen tun?« Stirnrunzelnd sah sich Lorenzo in dem übervollen Raum um.

»Ich habe nicht die geringste Ahnung.«

»Der Apothekerschrank ist sicher ein Vermögen wert«, sagte Lorenzo, trat an den Schrank und fuhr mit dem Finger über das Holz. Es war massiv und dennoch fein verarbeitet. Auf jeder Seite des Schranks befand sich eine Unzahl von Laden, die sich alle problemlos öffnen und schließen ließen.

Nicht eine davon klemmte. Auch die Gläser, die auf den Regalen an der Wand standen, sahen kostbar aus. Sie waren alle gleich groß und mit kunstvoll gestalteten Buchstaben versehen.

»Vielleicht findet Eure Tante jemanden, der den Schrank kaufen möchte.«

»Ich denke, dass sie das ganze Haus verkaufen wird«, sagte Anna.

Lorenzo öffnete eine der Laden und schloss sie sofort wieder. Etwas Eingedörrtes, Schrumpeliges lag darin. »Das Beste wird sein, wir lassen einen Mistsammler kommen, der alles auf einen großen Wagen wirft und vor der Stadt in einer riesigen Grube verscharrt.«

»Aber dann würden wir so wunderschöne Dinge wie diese Muschel für immer verlieren«, sagte Anna und hielt ihm eine handtellergroße rosafarbene Muschel entgegen.

Lorenzo verdrehte die Augen. Sie würden diese Apotheke sicher nicht vor Mitternacht verlassen.

58

Fridolin Potz sass an seinem Tisch und starrte mit glasigen Augen auf den Lederbeutel, der vor ihm lag. Der Beutel war prall gefüllt mit Geldstücken.

Wenn er vor Gericht seine Aussage wiederholte, würde er noch einen weiteren Sack erhalten, und sobald Theresa Zapf auf dem Scheiterhaufen brannte, noch einen dritten. Alles, was er für diesen Geldregen tun musste, war, die Wahrheit zu sagen. Potz hatte keine Ahnung, wer den Mann bezahlte, der ihm den Beutel überbracht hatte. Es war ein schmieriger Bursche mit gelben Zähnen gewesen. Einer von den Kerlen, die für ein paar Münzen alles tun würden. Er hatte gesagt, dass sein Auftraggeber ein wichtiger, einflussreicher und wohlhabender Mann sei. Dem Medicus war es gleich. Er griff nach seinem Becher und trank ihn in einem Zug leer. Er wollte ihn erneut füllen, aber der Krug war leer.

»Mathilde!«, lallte er. Doch seine Magd hörte ihn nicht.

»Mathilde!« Jetzt wurde er lauter.

Eine kleine, dralle Frau mit schmutziger Haube erschien. Sie starrte auf den Krug und nahm ihn wortlos mit in die Küche. Der Arzt sah ihr nach und flüsterte undeutlich: »Aber diesmal den roten, ungarischen Wein. Der ist besser.«

»Ihr könnt ja ohnehin nichts mehr schmecken«, murrte die Magd. Seit der seltsame Besucher das Haus verlassen hatte, hatte ihr Herr drei volle Weinkrüge geleert.

»Mecker nicht rum, sondern bring mir den Wein«, rief der Medicus und schlug mit der Faust auf den Tisch.

Kopfschüttelnd verließ die Magd das Zimmer.

Potz lehnte sich gegen die Wand. Sein Kopf dröhnte. Er konnte nicht mehr ganz klar denken. Eigentlich hatte er nicht vorgehabt, die Geschichte aus dem Schottenstift zu erzählen. Er war ein Säufer, aber kein schlechter Mensch. Die Hebamme und der Apotheker hatten gute, saubere Arbeit geleistet. Sie hatten nur deshalb operiert, weil er selbst nicht im Hospital gewesen war. Aber genau das war das Problem. Der schmierige Mann hatte ihm gedroht. Wollte ihn anzeigen, weil er seine Pflicht als Arzt vernachlässigt hatte. Potz konnte gar nicht anders, er musste die Geschichte erzählen.

Die Magd kam mit dem frisch gefüllten Krug zurück und stellte ihn krachend auf den Tisch.

»Nicht so laut«, schimpfte der Arzt. Während er seinen

Becher vollschenkte, gingen einige Tropfen daneben. Er würde einfach so viel trinken, bis er die ganze unangenehme Geschichte vergaß.

»Wie kann ein Mensch so viele Dinge ansammeln?«, fragte Lorenzo. Er hatte seit Stunden genug vom Durchsuchen der Apotheke. Sein Magen knurrte, seine Augen brannten und er war müde. Noch nie zuvor hatte er so viele eigenartige Dinge auf einem Haufen gesehen: eingelegte Froschbeine, getrocknete Schlangenhäute, zerriebene Haifischzähne, die Liste ließ sich beliebig fortsetzen.

Anna hingegen schien das Durchforsten der Laden und Regale richtig zu genießen. Je länger sie suchten und kramten, umso mehr Spaß schien sie daran zu haben. Sie öffnete jede Dose, um daran zu schnuppern, und blätterte jedes Buch durch, auf der Suche nach Raritäten.

»Oh, seht nur: ein getrocknetes Edelweiß«, rief sie und hielt es Lorenzo begeistert entgegen. »Diese Pflanze wächst hoch oben in den Alpen.«

»Wie schön, können wir bald gehen?«

»Und hier, das muss ein Enzian sein. Ich kenne diese Pflanzen nur aus Büchern. Ob Meister Konrad jemals so weit gereist war?«

»Anna, es ist draußen schon lange dunkel. Wir sollten aufbrechen, damit wir mit der Stadtwache keine Probleme bekommen«, sagte Lorenzo.

Doch es dauerte noch eine weitere Stunde, bis Anna sich endlich trennen konnte. Schließlich löschte Lorenzo das Öllämpchen aus und ging zur Tür. *»Andiamo!«*

Anna folgte ihm. Bevor Lorenzo auf die Straße trat, wandte er sich noch einmal um. Er stand nun ganz dicht bei Anna. Sie konnte seinen Herzschlag fast spüren, so nahe war er.

Anna sog den Duft von Rosmarin und Sandelholz ein. Sie kannte diesen Geruch und mochte ihn. Obwohl die Öllampe kein Licht mehr gab, war es hell im Raum. Ein praller Vollmond schien durch die Fensterscheibe.

»Habt Ihr Euch je gefragt, wie es mit uns beiden weitergehen kann?«

Anna zuckte mit den Schultern. Sie wusste es nicht. Das Wort ›Ehe‹ hing zwischen ihnen wie ein Schwert, das drohte herunterzusausen, um die wachsenden Gefühle für immer zu zerstören.

»Ihr werdet zurück in die Toskana gehen, werdet eine Stelle als Jurist annehmen, werdet großartigen Wein machen und die Frau heiraten, die Euer Vater für Euch vorgesehen hatte«, sagte Anna. Beim letzten Teil des Satzes krampfte sich etwas in ihr zusammen.

Lorenzo sah sie verletzt an: »Wie könnt Ihr glauben, dass ich je eine andere Frau als Euch heiraten würde?«

»Ist das ein Heiratsantrag?«

»Ja, ich denke, das ist einer.«

»Lorenzo, ich mag Euch. Aber ich weiß nicht, ob ich noch einmal verheiratet sein möchte. Ihr verwirrt mich, bringt mich durcheinander. Meine Gefühle zu Euch irritieren mich.« Während ihrer Worte war Anna errötet.

Lorenzo lächelte: »Das geht mir umgekehrt nicht anders. Auch Ihr verwirrt mich täglich aufs Neue.« Er rollte eine ihrer roten Locken auf seinem rechten Zeigefinger auf.

»Im Moment bin ich unverheiratet und frei. Verheiratet bin ich …«

»… gefangen«, ergänzte Lorenzo.

Anna nickte.

»Ich habe nicht vor, Euch gefangenzuhalten, und ich fürchte mich vor einer Ehe ebenso sehr wie Ihr«, sagte Lorenzo.

Aber Anna schüttelte heftig den Kopf: »Da ist noch etwas.«

Lorenzo wartete auf eine Erklärung. Seine hellblauen Augen machten es Anna beinahe unmöglich, die Worte auszusprechen, die sie belasteten. Leise und unheimlich schnell sagte sie: »Ich habe Angst vor ... dem Ehebett.«

Falls Lorenzo sie jetzt auslachte, war die Sache für sie entschieden: Sie würde nie wieder ein Wort mit ihm wechseln. Aber er lachte nicht, er sah sie ernst an, steckte eine ihrer roten Locken hinter ihr Ohr und küsste sie so zärtlich und leidenschaftlich, wie er es noch nie getan hatte. Hinterher hätte Anna nicht mehr sagen können, wie sie aus der Apotheke und in die Krugerstraße gekommen war. Sie hätte auch nicht erklären können, wie sie die schmale Holztreppe zu seiner Kammer hochgestiegen war. Anna verstand kaum eine der vielen Liebeserklärungen, die ihr Lorenzo in seiner Muttersprache ins Ohr flüsterte, aber sie begriff rasch, dass sie sich in seinen Armen sicher fühlen konnte. Anna ließ sich einfach fallen. Als es draußen zu dämmern begann, war Lorenzo zufrieden unter einem Berg roter Locken eingeschlafen. Anna hingegen lag noch lange wach und dachte nach.

Als sie erwachte, war Lorenzo bereits fertig angezogen. Er saß neben Anna auf der Bettkante und sah zu, wie sie langsam die Augen öffnete. Durch das angelehnte Fenster drangen Vogelgesang und die ersten Geräusche der Straße zu ihnen herein. Ein Mann fluchte über seinen Handkarren, der über das Kopfsteinpflaster holperte. Es war, als gehörten die Geräusche zu einem anderen Leben.

»Guten Morgen, *mia amore*!«, sagte Lorenzo und küsste Anna auf die Stirn. »Ich muss los. Ich habe gestern eine Menge Dinge unerledigt liegenlassen. Kommst du alleine zurecht?«

Anna nickte, der Alltag hatte sie wieder.

»Bis später«, sagte er und griff nach der Türklinke. Doch es war Anna, die ihn noch nicht gehen lassen wollte. Mit dem Bettlaken vor der Brust sprang sie auf und holte Lorenzo erneut zu sich ins Bett.

»Graf Starhemberg muss heute eine Stunde ohne dich auskommen«, sagte sie bestimmt. Lorenzo ließ sich nicht zweimal bitten.

Basma hatte sich rasch im Haus des Kaufmanns eingelebt. Die drei Säuglinge und die kleine Emma ließen ihr keine Zeit, mit ihrem Schicksal zu hadern. Emma hatte die schöne fremde Frau sofort ins Herz geschlossen. Die Zuneigung des Mädchens war wie Balsam auf Basmas geschundener Seele. Emma versuchte alles genau so zu machen, wie Basma es tat. Sie wollte sich kleiden wie sie, wollte ihre Sprache erlernen und ihre Lieder singen. Trotz der Arbeit mit den drei Säuglingen versuchte Basma, so viel Zeit wie möglich mit dem kleinen Mädchen zu verbringen. Wenn sie nicht mit Emma spielen, ihr keine Lieder vorsingen oder Geschichten erzählen konnte, dann beschäftigte Salma sich mit ihr. Innerhalb weniger Wochen verwandelte sich Emma von einem ruhigen, verschlossenen Mädchen wieder in das aufgeweckte Kind, das sie vor dem Krieg gewesen war.

Basma hatte eine wunderschöne Kammer mit Blick in den Innenhof bezogen. Die drei Säuglinge schliefen bei ihr. Letzte Nacht war auch Emma zu ihr geschlichen. Die Osmanin hatte sich nicht dagegen gewehrt und das Mädchen unter die Decke schlüpfen lassen. Dabei hatte sie die Geräusche gehört, die der Toskaner Lorenzo Martecelli beim Heimkommen verursacht hatte.

Basma war aufgestanden und hatte aus dem Fenster geschaut. Entsetzt hatte sie einen Blick auf den Rücken seiner weiblichen Begleitung geworfen. Leider hatte Basma das Gesicht der Frau nicht erkennen können. Aber sie würde dem Mann die Leviten lesen, sobald er über den Hof käme.

Müde saß sie nun in der Küche und wartete, doch anscheinend hatte sie Lorenzo verpasst. Wahrscheinlich war sie gerade dabei gewesen, eines der Kinder zu stillen, als er sich vorbeigeschlichen hatte.

Erneut öffnete sich die Tür des Nebengebäudes. Basma stieß einen entzückten Überraschungsschrei aus, als sie Anna aus dem Gebäude treten sah. Rasch stand die Osmanin auf, sie wollte Anna nicht gehen lassen, ohne ihr ein Frühstück aufzudrängen. Fabienne, die gerade an ihrer Brust trank, protestierte, doch ausnahmsweise reagierte Basma nicht sofort.

»Anna, komm herein!«, rief sie und winkte die Freundin zu sich.

Als Anna die Küche betrat, waren ihre Wangen gerötet und ihre Augen glänzten.

Basma warf ihr einen wissenden Blick zu: »Jetzt ist der Toskaner doch noch mehr als ein guter Freund geworden.«

Anna hob lächelnd die Schultern. Sie hatte nicht vor, über die letzte Nacht zu reden.

»Wie geht es dir?«, fragte sie.

»Gut«, sagte Basma und schien es auch wirklich so zu meinen. »Eines der Kinder hat immer Hunger, aber dank deiner wundervollen Teemischung aus Kümmel, Anis, Fenchel, Majoran und Dill scheint meine Milch niemals versiegen zu wollen.«

»Für den Anfang ist das gut so«, sagte Anna. »Wenn du irgendwann nicht mehr so oft stillen musst und deshalb willst, dass deine Brüste nicht dauernd voller Milch sind, kannst du mit Salbeiblättern dafür sorgen, dass die Milch weniger wird. Aber jetzt wäre es noch zu früh.«

Basma legte die satte und zufriedene Fabienne in die Wiege zurück, und für eine Weile waren alle drei Kinder ruhig.

Anna löffelte den süßen Brei, den Basma ihr aufgedrängt hatte: »Hast du dich schon entschieden, ob du hierbleiben willst?«

Basma nickte: »Meister Kästner ist ein guter, hilfsbereiter Mann. Er hat mich erneut gebeten zu bleiben, und im Moment wäre es unsinnig, an etwas anderes zu denken.«

»Das ist eine vernünftige Lösung.«

»Bis jetzt war Vernunft nie meine Stärke. Aber als Mutter von zwei Kindern und als Ersatzmutter von zwei kleinen Mädchen kann ich es mir nicht mehr leisten, einfach zu tun, wonach mir gerade ist.«

Anna musste an Rudolf denken. Der Kurier hatte über sich und die Vernunft etwas Ähnliches gesagt. Annas Schüssel war leer gegessen, sie wollte aufstehen und zum Spülstein gehen, um sie auszuwaschen.

»Lass die Schüssel«, sagte Basma. »Heute kommen zwei Frauen, die sich um die freie Stelle als Magd bewerben.«

»Es ist gut, dass du und Salma Hilfe bekommen werdet.«

»Ja, manchmal müssten die Tage doppelt so lang sein, um alles erledigen zu können. Aber es ist gut. Denn solange ich arbeite, muss ich nicht an andere Dinge denken.«

Anna ging zu ihrer Freundin und berührte ihre Schulter. Sie spürte die tiefe Traurigkeit, die Basma noch lange beherrschen würde.

»Meister Kästner fühlt ähnlich wie ich«, sagte Basma, »er hat seine Frau und seinen Sohn verloren.«

»Ich weiß.«

»Er kann meine Trauer verstehen. Der Schmerz wird dadurch zwar nicht kleiner, aber er ist leichter zu ertragen.«

Anna streichelte der Freundin über das glänzende, schwarze Haar, da meldete Miran sich lautstark zu Wort.

»Ich muss los«, sagte Anna, »bis bald.«

Als sie im Hof war, hatte Miran zu weinen aufgehört. Sie konnte sein Schmatzen nicht hören, es sich aber lebhaft vorstellen. Mit diesem Bild im Kopf, machte sie sich raschen Schrittes auf den Weg nach Hause.

Die Tür in der Tuchlauben war versperrt. Anna klopfte, und es dauerte eine Ewigkeit, bis Hannes ihr die Tür vorsichtig einen Spaltweit öffnete. Ängstlich schaute er auf die Straße, als er Anna erkannte, öffnete er die Tür, schloss sie aber rasch wieder hinter ihr. Verwirrt trat Anna ein.

»Hannes, was ist los mit dir?« Hannes' Augen waren rot geschwollen, offensichtlich hatte er geweint.

»Sie … haben … Theresa … abgeholt«, stotterte er. Kaum waren die Worte heraus, begann er erneut, laut zu weinen.

»Wer hat Theresa abgeholt?« Anna fasste den Jungen an den Schultern und zwang ihn, ihr ins Gesicht zu schauen.

»Die Wachbeamten der Stadt. Sie haben sie in Ketten abgeführt.«

»Aber warum haben sie das getan?« Annas Herz begann zu rasen, in ihrem Kopf überschlugen sich die Gedanken.

Hannes stürzte sich in Annas Arme. Das hatte er bis jetzt noch nie getan, aber er fühlte sich so elend wie selten zuvor. All die Ereignisse der letzten Wochen waren zu viel für ihn. Unter lautem Schluchzen stammelte er eine Erklärung: »Mitten in der Nacht … du warst nicht da … sind sie gekommen!« Er klang ein bisschen vorwurfsvoll und er duzte Anna, aber das schien sie nicht zu stören.

»Sie haben Theresa geholt, weil sie dem Hafner die Hand wegoperiert hat.«

Anna fasste sich an den Mund, während sie Hannes weiter an sich gedrückt hielt.

»Wer hat das behauptet?«, fragte sie.

»Der Arzt. Potz, oder so ähnlich.«

»Fridolin Potz, der alte Säufer!« Augenblicklich wurde Anna von einer unbändigen Wut erfasst.

»Wo haben sie Theresa hingebracht?«

»Ins alte Stadtgefängnis«, sagte Hannes.

»Wir müssen dorthin. Kommst du mit?« Anna stand auf, ihre Bluse war nass von Hannes' Tränen. Der Junge schnäuzte sich laut in seinen Ärmel und nickte.

»Oder besser, du läufst zum Palais Starhemberg und holst Lorenzo. Sag ihm, er soll zum alten Stadtgefängnis kommen. Es ist dringend.«

Laut fiel die Tür hinter ihnen ins Schloss. Anna versperrte die Tür, raffte ihre Röcke hoch und lief los. Hannes folgte ihr, bog aber am Graben in die entgegengesetzte Richtung ab.

58

Der Gefängniswächter zeigte sich unbeeindruckt von Annas Flehen. Er ließ sie nicht zu ihrer Tante, auch nicht für einen kurzen Augenblick. »Ich darf niemanden zu Theresa Zapf vorlassen. Sie hat selbst zugegeben, dem Hafner die Hand abgeschnitten zu haben. Es wird ihr noch diese Woche der Prozess gemacht. Bis dahin bleibt sie hier.« Mit seiner verbeulten Lanze deutete er auf das alte Gebäude hinter sich. Auch seine Uniform hatte schon bessere Tage gesehen. Der grobe Stoff war zerschlissen und an den Knien und Ellbogen so dünn, dass man Angst haben musste, sie würde gleich zerfallen. Der Mann sah ungepflegt aus, seine fettigen Haare hingen ihm strähnig in die Stirn.

Anna überlegte, ob es sinnvoll war, ihn weiter anzuflehen. Aber der eisig kalte Blick des Wachbeamten hielt sie schließlich davon ab. Vorschrift war Vorschrift, deshalb würde er sich nicht erweichen lassen. Der Mann spuckte einen dicken Schleimpatzen neben sich auf den Boden, um seine Entschlossenheit zu bekräftigen.

»Wo habt Ihr sie untergebracht?«, fragte Anna.

»Im Turm. Es ist eine feine, helle Zelle«, grinste der Mann und legte dabei eine Reihe schwarzer Stummelzähne frei.

Anna atmete auf. Der Turm war zugig, aber wenigstens nicht so finster wie die Zellen im Keller. Anna überlegte. Sollte sie warten, bis Lorenzo kam, oder lieber sofort weiter zum Stadtrichter? Die Entscheidung wurde ihr abgenommen, denn Hannes und Lorenzo kamen bereits um die Ecke gelaufen und steuerten direkt auf sie zu. Lorenzos Gesicht wirkte ernst. In der Eile hatte er seine Jacke offen gelassen, sie flatterte in Richtung Rücken.

»Hannes hat mir schon alles erzählt«, sagte Lorenzo kurzatmig. Er hielt sich kurz die Seite und warf Anna einen besorgten Blick zu. Rasch zog er Anna vom Eingang des Gefängnisses fort.

»Wir müssen sie da rausholen!« Annas Stimme überschlug sich.

»So beruhige dich doch erst einmal«, sagte Lorenzo.

»Wie soll ich mich denn beruhigen, wenn meine Tante in einem dreckigen Loch sitzt und selbst zugegeben hat, dem Hafner den Unterarm amputiert zu haben.«

Lorenzo legte Anna entsetzt die Finger auf den Mund: »Pst! Wir wissen nicht, was Theresa gesagt hat.«

»Aber sie hat es wirklich getan«, flüsterte Anna ihm zu. »Der Mann wäre verblutet, wenn Theresa und Meister Konrad ihn nicht operiert hätten.« Ihre Stimme bebte vor Aufregung.

»Hier ist nicht der geeignete Ort, um über diese Angelegenheit zu reden. Lass uns in die Tuchlauben gehen und in Ruhe über die nächsten Schritte nachdenken.«

Theresas Zelle war ein kleines, stinkendes Loch mit einer schimmligen Strohmatratze und einem winzigen Fenster ohne Glas, das sich so hoch in der Wand befand, dass Theresa nicht hinausschauen konnte.

Es war feucht und kalt, was ihren Gelenken zusetzte, besonders in den Fingern. Die Köchel waren rot und angeschwollen, jede Bewegung verursachte Schmerzen. Theresa versuchte, sie ruhig zu halten. Bewegungslos hockte sie zusammengekauert auf dem eiskalten Steinfußboden. Vor ihr stand eine Schüssel mit einem Eintopf, dessen Zutaten man nicht mehr bestimmen konnte. Es sah unappetitlich bröckelig und braun aus. Theresa hatte ohnehin keinen Hunger. Das Wasser in dem Krug daneben war abgestanden, es roch nach Abfall, und ganz sicher würde sie Durchfall davon bekommen.

Die Zelle sah genauso aus wie jene vor zwanzig Jahren in Augsburg. Vielleicht sahen die Gefängniszellen in allen Städten dieser Welt gleich aus. Die Menschen waren sich einig, wie Verbrecher untergebracht werden mussten.

Theresa hatte die Bilder von Augsburg noch genau im Kopf, nur an Brunhildes Gesicht konnte sie sich nicht mehr erinnern. Alles, was ihr von der Frau geblieben war, war das

Bild ihres von der Folter entstellten Körpers. Theresa konnte ihr Wimmern hören, sah die blutenden Schnitte, die gebrochenen Knochen und die verbrannten Hautstellen vor sich. Die Folterknechte hatten Theresas Bild von ihrer Lehrherrin für immer gelöscht und gegen eine Erinnerung an Gewalt und Schmerz eingetauscht.

Theresa schüttelte den Kopf, wollte die Bilder verdrängen, aber sie waren da und lösten eine Angst aus, die ihr langsam den Rücken hochkroch wie Ungeziefer, gegen das sie sich nicht wehren konnte. Langsam nahm die Angst Theresa in ihren Besitz. Sie schlich sich in ihre Gedanken ein, in ihren Blick, in ihre Haltung. Jeder, der sie hier zusammengekauert hocken sähe, könnte ihre Angst förmlich spüren.

Brunhilde war eine starke Frau gewesen, aber als die glühenden Eisen ihren Körper berührt hatten, hatte sie geschrien, hatte gefleht und gebettelt, dass man endlich damit aufhören sollte.

Theresa hatte schon vor Jahren aufgehört, an einen Gott zu glauben, den man mit persönlichen Wünschen belästigen konnte. Aber jetzt fasste sie einen Wunsch in Worte und hoffte inständig auf seine Erfüllung: »Herr, bitte gib, dass ich diesen Ort lebend verlassen werde.«

Graf Starhemberg saß hinter seinem kostbaren Schreibtisch.

»Ihr wollt, dass ich mich für eine Frau einsetze, die sich erdreistet hat, die Arbeit eines Chirurgen zu übernehmen?«, fragte er und legte dabei einen Brief von einem Stapel des Tisches auf einen anderen. Es war eine nutzlose Handlung, mit der Graf Starhemberg seine Finger da beschäftigte. Lorenzo wusste das, denn er hatte die Stapel zuvor dort abgelegt.

»Sie hat dem Hafner das Leben gerettet«, sagte Lorenzo. »Der Mann wäre verblutet, wenn sie nicht reagiert hätte.«

Graf Starhemberg verzog den Mund: »Kann Euer Wunsch, die alte Hebamme zu retten, etwas mit Eurem wachsenden Interesse an ihrer Nichte zu tun haben?«

Lorenzo konnte seine Überraschung nicht verbergen, was den Grafen amüsierte. Er lachte: »Ich bin im Moment über alle Vorgänge in dieser Stadt unterrichtet. Das solltet gerade Ihr wissen.«

Kurz zögerte Lorenzo: »Dann wisst Ihr sicher auch, wer hinter der Festnahme steht.«

»Natürlich weiß ich das«, sagte der Graf. Er bedeutete Lorenzo, sich zu setzen, anscheinend rechnete er mit einem längeren Gespräch.

»Theresa Zapf hat mächtige Feinde.«

»Wie mächtig?«, fragte Lorenzo.

»Einen angesehenen Prediger, der zu den beliebtesten Kirchenmännern des Kaisers zählt, und eine Fürstin, der die halbe Stadt gehört.«

Lorenzos Hoffnungen sanken: »Pater Abraham und Fürstin Auerberg.«

Graf Starhemberg nickte.

»Frau Zapf hatte die Arbeit des Arztes übernommen, weil dieser sich zu Hause betrunken hatte«, sagte Lorenzo bitter.

»Ich weiß«, sagte Graf Starhemberg und erhob sich. »Die ganze Angelegenheit gefällt mir ebenso wenig wie Euch. Wenn meine Motive auch weniger ehrenhaft sind als die Euren.« Er umrundete den Schreibtisch, verschränkte die Arme vor der Brust und begann im Raum auf und ab zu wandern.

»Der Einfluss des Fürsten Auersberg und im Besonderen der seiner Frau nimmt langsam Ausmaße an, die mir sehr missfallen. Nur zu gern würde ich ihnen vor Augen führen, dass ihre Allmacht Grenzen hat. Doch in diesem Fall ist die Anklage so ungeheuerlich, dass man kaum etwas dagegen unternehmen kann.« Der Graf kehrte zurück zu seinem Schreibtisch und setzte sich. »Die Fürstin ist durchtrieben. Sie hat sich nicht nur einer Feindin entledigt, sondern sich auch deren Apotheke angeeignet. Angeblich hat der zuständige Beamte ihr bereits die Übernahme zugesagt.«

»Das kann nicht sein«, sagte Lorenzo. »Die Apotheke gehört Theresa Zapf, ihre Nichte ist die rechtmäßige Erbin.«

Graf Starhemberg schüttelte den Kopf: »Im Moment herrscht ein heilloses Durcheinander. Liebenberg, der Bürgermeister, ist tot, viele der hochrangigen Beamten sind im Krieg gefallen. Berge von Akten sind auf mysteriöse Weise verschwunden. Angeblich bei Angriffen vernichtet worden. Derzeit ist es ein Leichtes, Häuser zu erwerben und Grundstücke zu übernehmen. Um die Apotheke einer Gefangenen, deren Todesurteil schon so gut wie feststeht, wird hinter den Kulissen gefeilscht. Und solange die Stadtregierung nicht wieder an Einfluss gewinnt, machen die besten Beziehungen zum Kaiser das Rennen. Zapfs Nichte muss froh sein, wenn sie selbst nicht vorgeladen wird. Schließlich hat sie mit ihrer Tante im Schottenstift gearbeitet. Wahrscheinlich ist es nur eine Frage der Zeit, bis die Fürstin auch gegen sie intrigiert.«

Der Graf sprach aus, was Lorenzo schon seit heute Morgen befürchtete. Anna musste so rasch wie möglich die Stadt verlassen. Vielleicht lag bereits ein Haftbefehl gegen sie vor. Fieberhaft dachte Lorenzo nach. Eine vage Idee nahm in seinen Gedanken Gestalt an, die er auch sofort aussprach: »Angenommen, Frau Zapf hätte ihre Apotheke bereits verkauft, und das Haus gehörte jetzt einem ehrenwerten Kaufmann, dann könnte die Fürstin keinen Anspruch auf das Gebäude erheben.«

»Das stimmt. Aber leider war das nicht der Fall. Oder etwa doch?« Der Graf sah seinen Juristen neugierig an, aber

Lorenzo schwieg. Nach einer Weile fragte er: »Wer außer der Fürstin hätte noch Interesse an der Apotheke?«

»Ich«, sagte Graf Starhemberg unverhohlen, aber mit einem Lächeln. »Wie Ihr wisst, habe ich dem Polen Kolschitzky die Lizenz für eine Kahvestube gegeben und ihm ein passendes Lokal versprochen. Zuerst habe ich an das Haus des Goldschmieds in der Naglergasse gedacht. Aber ich würde mich nur ungern davon trennen. Die Apotheke in der Wollzeile würde sich hervorragend dazu eignen.«

Die Gedanken rasten durch Lorenzos Kopf. Eine wahnwitzige Idee, die mit Urkundenfälschung einherging, nahm auf gefährliche Weise Gestalt an. Aber dieses Wagnis würde er nur eingehen, wenn der Lohn dementsprechend hoch war.

»Die Wachbeamten im alten Stadtgefängnis unterstehen im Moment noch Eurem Kommando«, sagte Lorenzo vorsichtig.

Der Graf nickte.

»Wer sorgt für die Verpflegung der Beamten während ihres Dienstes?«

»Eine Großküche, die von der Stadt bezahlt wird«, sagte der Graf. »Was habt Ihr vor? Wollt Ihr die Männer vergiften, um in einer halsbrecherischen Aktion die alte Hebamme zu befreien und hinterher mit ihr zu flüchten? Ich dachte, Ihr interessiert Euch für die Nichte.« Der Graf machte sich über Lorenzo lustig und schien sich prächtig zu amüsieren.

»Ich denke, dass ich Euch die Apotheke besorgen kann. Im Gegenzug würde ich gerne dem Verpflegungskorb der Wachmänner eine Flasche Rotwein beisteuern.« Lorenzo war über seine Unverfrorenheit selbst am allermeisten überrascht. »Kann sein, dass die Flasche rein zufällig mit einer Prise Schlafmittel versetzt sein wird.«

Der Graf sah ihn erstaunt an. Er kniff die Augen zusammen und musterte seinen Juristen. »Ihr habt in den letzten Wochen viel dazugelernt. Ich schätze Euch von Tag zu Tag mehr. Aber ich fürchte, dass ich von Euren neuen Fertigkeiten nur noch wenig Nutzen haben werde.«

Er erhob sich erneut: »Gehe ich recht in der Annahme, dass Ihr, falls es Euch gelingen sollte, die alte Frau zu befreien, mit ihr und ihrer Nichte zurück in Eure Heimat gehen werdet?«

»Im Moment scheint mir das die einzige Möglichkeit zu sein«, antwortete Lorenzo.

»Es wird schwierig werden, so rasch einen geeigneten Nachfolger für Euch zu finden.« Der Graf stampfte verärgert auf. »Der Preis für diese Apotheke erscheint mir fast zu hoch.«

Lorenzo legte den Kopf schräg und schwieg.

»Andererseits werde ich Euch so und so verlieren. Anna Stöckel kann nicht in der Stadt bleiben. Also werdet auch Ihr gehen. Wenn ich Euch helfe, die Wachmänner mit einer Flasche Rotwein zu erfreuen, bekomme ich zumindest die Apotheke.« Graf Starhemberg kniff die Augen zusammen. »Eine Bedingung stelle ich aber noch.«

Lorenzo sah seinen Dienstgeber abwartend an.

»Ich will wissen, wer die Unterschrift fälschen wird. Ich nehme an, dass es eine perfekte Fälschung sein wird, sonst würdet Ihr diesen Plan niemals in Erwägung ziehen. So weit kenne ich Euch.«

Lorenzo hoffte, dass der Graf recht hatte und er Salmas Fähigkeiten nicht überschätzte.

»Wenn ich die Person verrate, bringe ich sie in große Gefahr«, sagte Lorenzo.

»Nicht mehr als Euch selbst, mich oder all die anderen Personen, die an dieser Angelegenheit beteiligt sind«, erwiderte der Graf. »Die ganz besonderen Fertigkeiten dieser Person könnten in den nächsten Monaten von enormer Wichtigkeit sein, und dabei denke ich nicht nur an meinen persönlichen Vorteil, sondern an die Zukunft dieser Stadt.«

Lorenzo zuckte mit den Schultern, er hatte ohnehin keine Wahl: »Ich werde mit der Person sprechen.«

59

»Natürlich kann Salma Theresas Unterschrift unter einen Kaufvertrag setzen«, sagte Basma und rief ihre stumme Dienerin, die sich augenblicklich an die Arbeit machte. Salma hatte in der Vergangenheit schon häufiger falsche Unterschriften für ihre Herrin unter Briefe und Verträge gesetzt. Das Mädchen konnte nicht nur Gegenstände, Tiere und Menschen naturgetreu wiedergeben, sondern auch die Schriftzüge der Menschen kopieren. Die Tatsache, dass in Zukunft auch Graf Starhemberg von ihrer Fertigkeit wusste, schien weder Basma noch sie selbst zu stören.

Nun saß das dunkelhäutige Mädchen am breiten Schreibtisch in Meister Kästners Arbeitszimmer, wo die hohen Fenster sie mit genügend Licht versorgten, und mühte sich mit den fremdartigen Schriftzeichen der Giauren ab und im Besonderen mit den Zeichen einer ganz bestimmten Unterschrift.

Währenddessen wartete man in der Küche. Basma hatte für alle Kahve gekocht. Nur Hannes hatte das Getränk dankend abgelehnt und sich lieber für einen Becher heiße Honigmilch entschieden.

»Auch wenn die Wachmänner schlafen, wird es nicht leicht sein, Theresa aus dem alten Gefängnis zu befreien«, sagte Lorenzo. Er konnte selbst noch nicht fassen, was für einen kühnen Plan er da verfolgte.

»Wir haben Euch zu viert aus Kara Mustafas Gefängnis herausgeholt. Da wird es uns doch gelingen, eine alte Frau aus einem Turm zu befreien«, sagte Basma und verdrehte die Augen.

»Herr Martecelli hat recht«, warf der Kaufmann ein. »Es ist kein Kinderspiel, in den Turm vorzudringen. Die Zellen werden zwar nur von zwei Männern bewacht, aber das Gebäude ist alt, verwinkelt und eng. Ich kann mich nicht erinnern, dass bis jetzt je ein Gefangener von dort entflohen ist. Für gewöhnlich werden nur die Schwerstverbrecher im Turm untergebracht.«

Anna wurde zunehmend unruhiger.

»Falls es Euch dennoch gelingt, die alte Frau aus dem Turm zu befreien, müsst Ihr rasch aus der Stadt verschwinden. Ihr braucht einen Wagen und einen bestechlichen Wachmann an der Stadtmauer.«

Lorenzo warf Anna einen unsicheren Blick von der Seite zu. Die Ereignisse der letzten Stunden hatten sie zu raschen Entscheidungen gezwungen. Was würde Theresa davon halten, mit Anna und ihm nach Montepulciano zu gehen? Und vor allem: Was würde sein Vater sagen, wenn er nach der langen Abwesenheit, während der sich Lorenzo kein einziges Mal gemeldet oder auch nur auf die zahlreichen Briefe geantwortet hatte, ohne Vorwarnung mit zwei Hebammen daherkam? Als Anna zuversichtlich zurücklächelte, verwarf Lorenzo seine Ängste. All diese Überlegungen konnte man später anstellen, jetzt galt es erst einmal, Theresa zu befreien.

»Hugo hat sich bereit erklärt, uns bis nach Wiener Neustadt zu bringen. Dort kennt er einen Hufschmied, der uns drei Pferde leihen kann«, sagte Anna.

»Kannst du reiten?«, fragte Lorenzo.

»Theresa ist eine gute Reiterin. Ich kann mich auf einem Pferd halten. Sofern es nicht zu wild ist!«, sagte Anna.

Lorenzo nickte, das würde reichen.

»Habt Ihr genug Geld, um über die Alpen zu kommen?«, fragte Meister Kästner. »Ich kann Euch welches borgen.«

Aber Lorenzo schüttelte den Kopf: »Ich verfüge über genügend finanzielle Mittel. Danke. Aber kennt Ihr Kaufleute, die bereit wären, uns gegen Bezahlung ein Dach über dem Kopf zu geben? Die Besitzer zahlreicher Gasthäuser versuchen Reisende übers Ohr zu hauen, und im Wald kann man im Moment nicht übernachten, da immer noch Tartaren durchs Land ziehen. Es ist eine gefährliche Zeit, um eine Reise anzutreten.«

Meister Kästner kratzte sich nachdenklich am Kopf: »Ein paar Namen sollten mir da schon einfallen. Ich werde sofort Briefe aufsetzen, die Ihr mitnehmen könnt und die Euch als meine Freunde ausweisen.«

»Vielen Dank!«

Der Kaufmann wandte sich Hannes zu: »Was ist mit dir? Willst du mitgehen oder lieber bei mir eine Lehre beginnen? Du hast ein außergewöhnliches Talent für Zahlen, und ich suche einen fleißigen Lehrling.«

Hannes riss verblüfft die Augen auf. Eine richtige Lehrstelle, das war eine einmalige Gelegenheit. Hilfesuchend drehte er sich zu Anna.

»Diese Entscheidung kann ich dir nicht abnehmen«, sagte sie.

Hannes wirkte verwirrt. Auf so eine Gelegenheit hatte er sein ganzes Leben gewartet. Aber hierzubleiben würde bedeuten, Anna und Theresa zu verlieren. Der Junge fühlte sich hin und her gerissen.

Der Kaufmann sah Hannes' Unentschlossenheit: »Du musst dich nicht jetzt gleich entscheiden. Denk in Ruhe darüber nach.«

Leise öffnete sich die Tür, und Salma trat schüchtern in die Küche. In der einen Hand hielt sie einen Kaufvertrag, in der anderen Meister Konrads Testament, auf dem sich Theresas Unterschrift befand. Basma stand auf und trat zu ihrer stummen Dienerin. Sie nahm ihr beide Dokumente ab und verglich die Unterschrift des Mädchens mit der Originalschrift auf dem Testament.

»Salma, du kannst zwar weder hören noch sprechen, dafür hat Allah dich mit einem Talent ausgestattet, das er nur wenigen Menschen schenkt. Du bist eine wahrhaft große Künstlerin!«, sagte Basma und reichte Lorenzo beide Dokumente.

Er betrachtete eingehend den Kaufvertrag und konnte kaum glauben, was er sah. Salmas Schriftzug war von Theresas Unterschrift nicht zu unterscheiden.

»Das ist unglaublich!«, staunte er.

»Jetzt können wir nur noch hoffen, dass der Rest des Plans genauso reibungslos funktioniert«, sagte Lorenzo.

60

Theresa hatte aufgegeben und sich auf das halb durchgefaulte, verlauste Strohbett gelegt. Der kalte Steinfußboden war zu kalt geworden. Ihre Gelenke schmerzten, die meiste

Zeit konnte sie an nichts anderes denken als an ihren wunden Körper. Ihre Knöchel pochten und pulsierten, so als würde jemand mit einem Messer darin herumstechen. Bald würden sie kommen und tatsächlich zustechen. Aber bis jetzt hatte man ihr keine Beachtung geschenkt. Die gefährliche Ruhe vor dem großen Sturm. Einmal am Tag kam der Gefängniswärter und brachte ihr den fürchterlich grauen Eintopf, auch den aß sie mittlerweile. Man versuchte ihr die Würde zu nehmen, langsam, aber beständig, wie ein Tropfen, der den Stein aushöhlt. Aber Theresas Würde war unantastbar. Das sagte sie sich immer und immer wieder. Eine Zauberformel, die sie stark machte und ihr Macht verlieh. Wenn bloß die Gelenke nicht so furchtbar schmerzen würden.

Theresa versuchte sich vom Schmerz abzulenken, rief sich Gesichter bestimmter Personen ins Gedächtnis. Menschen, die wichtig in ihrem Leben gewesen waren. Aber es waren nur zwei, die vor ihr auftauchten: Anna und Hannes. Alle anderen Gesichter waren verschwunden, völlig ausgelöscht. Theresas Mutter, der Mann, den sie immer für ihren Vater gehalten hatte, und der tote Meister Konrad, alle waren weg. Gesichtslose Gestalten in einem Schleier des Vergessens. Einzelne Fetzen tauchten auf, ein dunkler Apothekermantel, hellgrüne Augen, der Geruch nach sumpfigem Auwasser, aber kein Gesicht. Theresa war so vielen Menschen begegnet, hatte so viel erlebt, nun würde sie hier alles vergessen. Verärgert schlug sie mit der Faust in das faulige Stroh und bereute es sofort, denn augenblicklich durchdrang ein stechender Schmerz ihre entzündeten Gelenke.

Plötzlich näherten sich Schritte über den Gang. Es war zu früh für das Essen. Theresa hatte das Gefühl für die Zeit immer noch nicht verloren. So als tickte in ihr eine Uhr, wusste sie genau, wann es Nacht und wann Tag war. Ein Schlüssel drehte sich im Schloss, und die Tür öffnete sich knarrend. Theresa war sich nicht sicher, ob sie dieses Geräusch mögen sollte. Es war immer mit einer möglichen Bedrohung verbunden, aber gleichzeitig auch mit Hoffnung. Die Tür war die einzige Verbindung zur Außenwelt.

Theresa erkannte den kleinen, untersetzten Mann in der schwarzen Kutte sofort. Sein stechender Blick durchbohrte sie, und Theresa setzte sich augenblicklich auf. Er sollte sie nicht zusammengekauert auf dem Boden sehen, diesen Triumph wollte sie ihm nicht gönnen. Also steckte Pater Abraham hinter der Verhaftung und nicht die Fürstin, wie Theresa geglaubt hatte. Oder waren es beide?

Hinter dem Pater tauchte der Gefängniswärter auf. Er war ebenfalls ein dicker Mann, der träge wirkte und nicht der Schlaueste zu sein schien. Aber im Unterschied zu dem anderen Wärter machte er sich keinen Spaß daraus, die Gefangenen zu quälen.

»Ihr könnt gehen«, sagte Abraham abfällig zu dem Wärter hinter sich. Der einfache Mann war sich nicht sicher, ob er tatsächlich gehen sollte. Eigentlich durfte er den Pater nicht allein mit der Gefangenen lassen, denn er war nicht ihr Beichtvater. Im Gegenteil, er war ihr Ankläger.

Der dicke Wärter kratzte sich am Kinn und überlegte. Schließlich sagte er langsam, aber bestimmt: »Ich bleibe vor der Tür!« Theresa war ihm dankbar für diesen Satz. Die Gewissheit, dass jemand vor der Tür stand und ihre Hilferufe hören konnte, gab ihr ein Gefühl von Sicherheit, obwohl sie wusste, dass es trügte.

Abraham wollte etwas entgegnen, unterließ es aber und begnügte sich mit einem genervten Schnaufen.

»Meinetwegen«, zischte er und winkte den Mann weg, als

wäre er ein lästiges Insekt. Er schlug die Tür hinter dem Wärter zu und wandte sich zu der Gefangenen.

»Die Stunde der Gerechtigkeit ist gekommen«, sagte er und holte tief Luft. Trotz der Kälte in der Zelle schwitzte er. Seine Tonsur glänzte, und auf seinem Doppelkinn bildeten sich glitzernde Schweißperlen.

»Warum habt Ihr es immer auf mich abgesehen?«, fragte Theresa. Es war tatsächlich Neugier, die sie zu dieser Frage trieb. Sie war es müde, von dem Pater verfolgt zu werden. In Augsburg wie in Wien.

Der Pater trat einen Schritt auf sie zu. Er roch verschwitzt und ungewaschen. Zusammen mit dem unangenehm süßen Parfüm entstand eine Geruchsmischung, die Theresa zwang, sich abzuwenden.

»Über zwanzig Jahre warte ich nun auf diesen Augenblick«, sagte er. Sein Gesicht war so nah an dem von Theresa, dass sie jetzt auch noch seinen Knoblauch- und Zwiebelatem abbekam.

»Ich habe Euch gesehen, wie Ihr damals in den Donauauen gebadet habt. Nackt, wie Gott Euch geschaffen hat. Ohne Scham, wollüstig und voller Sünde. Zuerst allein und dann mit Eurem Liebhaber. Jeden Nachmittag habe ich Euch beobachtet und mich gefragt, wann Gott Euch für diese Sünde bestrafen wird.« Bei diesen Worten atmete der Pater schwer, und in seinen Augen blitzte etwas auf, das Theresa trotz ihres Alters und ihrer Lebenserfahrung nicht zuordnen konnte. Vielleicht sah so der Wahnsinn aus. Auf einmal fiel Theresa wieder ein, dass sie damals an manchen Nachmittagen geglaubt hatte, beobachtet zu werden. Ihr Gefühl hatte sie also nicht getäuscht.

Fassungslos starrte sie Abraham an: »Ihr habt heimlich hinter einem Busch gesessen und mir beim Baden zugesehen?« Mit einem Schlag war ihre Angst vor dem kleinen, dicken Mann verschwunden. Alles, was sie ihm noch entgegenbrachte, war Verachtung. »Wie könnt Ihr es wagen, mir gegenüber von Sünde zu sprechen. Wie nennt Ihr das, was Ihr getan habt?«, zischte sie.

Das Gesicht des Augustiners lief rot an: »Euer Körper ist Sünde. Ihr habt ihn dazu verwendet, mich zu verführen und sündige Gedanken in mir zu wecken. Das Werk einer Dienerin des Teufels. Seht Euch an. Ihr seid alt, aber Ihr seid immer noch groß und schlank, und Euer Busen ist straff. Das ist das Werk des Teufels.« Der Mann starrte auf ihren Busen. Am liebsten hätte Theresa die Stelle ihres Körpers mit beiden Händen bedeckt. Trotz des Kleides fühlte sie sich plötzlich entblößt.

Unerwartet machte Abraham einen Schritt auf Theresa zu. Dicke Schweißperlen tropften von seiner Stirn auf seine ungewaschene Kutte. Als er nur noch eine Elle von ihr entfernt war, hob Theresa abwehrend die Hände: »Geht keinen Schritt weiter!«

Abraham verharrte in seiner Bewegung, als hätte er sich in Stein verwandelt. Kinder spielten auf der Straße ähnliche Spiele. Seine Augen weiteten sich. Nun war er es, der Angst hatte: »Ihr habt mich vor Jahren in der Au verflucht. Ihr und Euer Liebhaber. Seit jenen Nachmittagen wird mein Geist von sündigen Gedanken erfasst. Erst Euer Tod wird mich von diesem Fluch erlösen.«

»Ich habe Euch nicht verflucht«, sagte Theresa, »wie hätte ich das tun sollen?«

Schrill, unnatürlich und laut lachte der Augustiner auf. Jetzt war es tatsächlich Wahnsinn, der in seinen Augen aufloderte.

»Ihr seid verrückt.«

Plötzlich begann der Augustiner zu keuchen, er war völlig außer Atem. Unter seiner Kutte regte sich seine Männlichkeit. Kurz darauf zeigte sich ein verräterischer Fleck. Entsetzt starrte Abraham an sich herab.

»Was habt Ihr getan?«, kreischte er.

Angewidert drehte Theresa sich von ihm weg.

»Verschwindet!«, sagte sie leise und widerstand der Versuchung, den Irren mit irgendeinem unsinnigen Fluch zu belegen.

»Ich komme morgen wieder, um mich zu vergewissern, dass Ihr noch lebt«, sagte der Pater und machte einen Schritt zurück. »Ihr werdet einem Prozess, der peinlichen Befragung und dem Scheiterhaufen nicht entgehen!«

»Gebt acht, dass Ihr neben keinem Priester steht, wenn ich brenne. Es wäre peinlich, wenn der sehen würde, wie sich Eure Erregung plötzlich erhebt.« Theresa warf einen eisigen Blick auf den dunklen Fleck auf der Kutte.

»Schweigt, Hexe!«, schrie Abraham.

Da öffnete sich die Tür, und der dicke Wächter streckte seinen kahlen Kopf herein: »Ist alles in Ordnung?«

Abraham drehte sich abrupt um und verließ hastig und mit zusammengepressten Lippen die Zelle. Er rauschte an dem Wärter vorbei und rempelte ihn dabei unsanft an. Dieser zuckte mit den Schultern und ließ die schwere Tür ins Schloss fallen.

Während sich die Schritte entfernten, sackte Theresa erschöpft auf dem schimmligen Stroh zusammen. Müdigkeit überfiel ihren Körper. Sie wollte nur noch schlafen, um Kraft zu sammeln. Denn die würde sie in den nächsten Tagen brauchen. Erneut schickte sie ein Gebet zu Gott: »Bitte, gib mir die Kraft, keine Schwäche zu zeigen.«

61

Pünktlich zur siebenten Stunde nach Mittag brachte eine Magd einen Korb voll Essen ins Stadtgefängnis. Neben Brot, Zwiebeln, einer fettigen Pastete und einem winzigen Stück Käse lag auch eine Flasche Wein im Korb. Dabei musste es sich um einen Irrtum handeln, denn die Wachbeamten bekamen nie Alkohol. Eigentlich war ihnen das Trinken von Wein während des Dienstes ausdrücklich untersagt, was sie aber nicht davon abhielt, regelmäßig eine Flasche Wein zu leeren.

Der dicke Wärter mit dem runden Gesicht und der Glatze übernahm eilig den Korb und schickte die Magd wieder weg, bevor sie merkte, dass der Wein gar nicht fürs Stadtgefängnis vorgesehen war, und ihn wieder mitnahm.

Weit nach Mitternacht schlichen Hannes, Anna und Lorenzo über den Hohen Markt zum alten Turm. Sie waren alle drei zur Tarnung in dunkle Mäntel gehüllt.

»Wenn alles nach Plan läuft, liegen die beiden Wachmänner bereits schlafend unter dem Tisch«, flüsterte Anna.

»Ich kann mir nicht vorstellen, dass sie das Mittel, das du dem Wein beigesetzt hast, nicht schmecken. Es hat ja ganz abscheulich gestunken«, meinte Lorenzo.

»Nicht jeder hat eine so feine Nase wie du«, erwiderte Anna. Sie war davon überzeugt, dass die beiden Männer den Wein tranken, ohne nur einen Gedanken an den bitteren Nachgeschmack zu verschwenden.

Der dunkle Schatten eines hohen Gebäudes tauchte vor ihnen auf. Sie waren am alten Stadtgefängnis angekommen. Aus der kleinen Stube der Wachmänner drang diffuses Licht.

»Sie sind noch wach«, flüsterte Hannes.

»Nur weil ihre Öllampe brennt, heißt das noch lange nicht, dass sie wach sind«, meinte Lorenzo.

»Vielleicht haben sie den Wein doch nicht getrunken«, sagte Anna, der nun doch Zweifel kamen.

»Hannes, du bleibst wie besprochen vor dem Gebäude stehen und pfeifst laut, falls Gefahr drohen sollte. Anna kann das Pfeifen vielleicht im Zimmer der Wachmänner hören und rechtzeitig weglaufen«, sagte Lorenzo. Der Junge nickte und stellte sich hinter den großen Nussbaum vor dem Gebäude. Von hier aus hatte er eine gute Sicht auf den Platz, ohne selbst gesehen zu werden.

Lorenzo nahm Anna an der Hand und öffnete die Tür zur Wachkammer. Die Scharniere quietschten laut.

»Dieser Tür würde eine Schmierung nicht schaden«, flüsterte er und trat in den halbdunklen, kahlen Raum. Anna folgte ihm. Bis auf einen Tisch und zwei Stühle war der winzige Raum leer. Auf dem wackeligen Holztisch stand eine kleine Öllampe, die unruhiges, flackerndes Licht gab und bizarre Schatten an die Wand warf. Der Korb mit dem Abendessen der Wachmänner stand auf dem Boden, die Speisen schienen unberührt.

»Wo sind die Wachmänner?«, fragte Anna und sah sich irritiert um.

Beunruhigt schüttelte Lorenzo den Kopf. Irgendetwas stimmte hier nicht. Sie hatten erwartet, die Wachmänner schlafend unter dem Tisch zu finden. Aber nun war der Raum leer und der Korb noch voll Essen.

Anna warf einen Blick in den Korb: »Die Flasche mit dem Wein fehlt.«

»Vielleicht sind die Männer mit der Flasche in den Turm gestiegen und haben dort getrunken.«

»Warum sollten sie das tun?«

Lorenzo zuckte mit den Schultern: »Willst du wie vereinbart hierbleiben oder lieber doch mitkommen?«

»Ich komme mit!«, sagte Anna entschlossen.

Lorenzo ergriff die Öllampe und ging voraus. Hinter der winzigen Kammer befand sich ein schmaler Gang. Am Ende dieses dunklen, fensterlosen Gangs zweigten zwei Treppen ab. Eine führte in den Keller und eine in den Turm. Lorenzo stieg über die Steinstufen zum Turm empor.

»Vorsicht, die Stufen sind glatt«, flüsterte er. Er hatte den Satz noch nicht ausgesprochen, als Anna schon ausrutschte. Sie verlor das Gleichgewicht, konnte sich aber im letzten Moment noch an Lorenzos Mantel festhalten und sich hochziehen.

»Ich hab doch gesagt, es ist glatt.«

»Aber zu spät«, sagte Anna zerknirscht.

»Hast du dich verletzt?«

Anna schüttelte den Kopf. Sie folgte Lorenzo dicht und trat nun vorsichtiger auf. Die Wendeltreppe wurde mit jeder Kurve noch enger, so dass das Weitergehen selbst für Lorenzo, der sehr schlank war, zunehmend unangenehm wurde, und Annas Röcke streiften an beiden Seiten die raue Steinmauer. Plötzlich drang ein schwaches Licht von oben zu ihnen.

Lorenzo blieb stehen und lauschte, konnte aber nichts hören. Leise schlich er weiter. Das Rascheln von Annas Röcken klang unnatürlich laut. Sie waren am Ende der Treppe angelangt. Vor ihnen öffnete sich ein runder Raum. In einer Wandhalterung steckte eine billige Fackel, deren Licht fast im eigenen Rauch erstickte. Die Fackel rußte und stank. Anna schüttelte angewidert den Kopf und hielt sich die Hand vor Nase und Mund. Eine einzige, massive Holztür befand sich vor ihnen, dahinter lag Theresas Zelle. Neben der Tür stand eine ebenso massive Holztruhe.

Anna zupfte Lorenzo am Ärmel und deutete zur Truhe, denn hinter ihr lag ausgestreckt ein dicker Wachbeamter und schlief. Lorenzo näherte sich dem schlafenden Mann mit der Öllampe. Der Mann grinste im Schlaf, schmatzte und drehte sich um, als die Lichtquelle ihn anleuchtete. Sofort nahm Lorenzo die Lampe wieder weg. Dann sah er auf der Truhe auch die Weinflasche stehen, in die Anna heute Morgen das Schlafmittel gemischt hatte, und zwei Holzbecher. Neben dem Wein lag ein dicker Schlüsselbund.

»Wie freundlich von den Männern«, sagte Lorenzo und griff beherzt danach.

»Ich frage mich, wo der zweite Wachmann ist.« Anna sah sich um, konnte aber niemanden entdecken. Der Raum bot keinerlei Versteckmöglichkeiten. Währenddessen probierte Lorenzo die Schlüssel aus. Bereits der zweite passte. Die Tür sprang auf, und Lorenzo trat vorsichtig ein.

»Theresa Zapf?«, fragte er leise. In diesem Moment knallte von hinten ein schwerer Gegenstand auf seine Schulter. Lorenzo ging augenblicklich in die Knie, die Öllampe glitt aus seiner Hand und fiel zu Boden. Auf der Stelle fing das Stroh Feuer.

Anna schrie entsetzt auf, sah hinter Lorenzo und entdeckte dort Theresa. Die alte Frau zitterte und starrte Lorenzo entsetzt an. Sie ließ den Stock, mit dem sie zugeschlagen hatte, fallen und presste beide Hände gegen den offenen Mund.

»Ich dachte … ich wollte …«, stammelte sie fassungslos.

»Wir müssen hier raus«, schrie Anna mit Panik in der Stimme. Die Flammen griffen schnell um sich, die halbe Kammer hatten sie bereits erfasst. Dicker, schwarzer Qualm lag in der Luft und kratzte beim Atmen in den Lungen.

»Lorenzo, kannst du mich hören?«, fragte Anna. Er öffnete blinzelnd die Augen, sah das Feuer und hob sich eilig, aber noch benommen und wackelig auf die Füße. Er rieb sich die schmerzende Schulter. Es schien nichts gebrochen zu sein.

»Ihr habt eine ungewöhnliche Art, Eure Befreier zu begrüßen«, sagte er zu Theresa. Die aber stand immer noch zitternd und starr vor Schreck hinter der Tür.

»Theresa, kannst du die Stufen hinuntergehen? Wir müssen uns beeilen, damit wir draußen sind, bevor der ganze Turm in Flammen aufgeht.«

Die alte Frau nickte, blieb aber wie angewurzelt stehen.

»Dann komm!«, schrie Anna. Sie packte ihre Tante an der Hand und zog sie unsanft hinter sich zur Treppe.

»Was machen wir mit dem schlafenden Wächter?«, fragte Anna.

»Den müssen wir hierlassen. Wir schaffen es nicht, ihn die Treppe hinunterzuschleppen«, sagte Lorenzo.

»In der Zelle liegt noch einer«, sagte Theresa. »Er war betrunken und wollte über mich herfallen. Aber er ist quasi im Stehen eingeschlafen. Ich dachte, dass Ihr der zweite Wachmann seid, deshalb habe ich den Prügel des schlafenden Wächters genommen und Euch …«

»Gut, dass Ihr so klein seid und meinen Kopf nicht erwischt habt.«

»Ihr könnt euch später unterhalten«, rief Anna. Sie hustete, der Qualm drang aus der Zelle in den runden Vorraum.

»Schnell, die Treppe hinunter!« Anna wollte als Erste über die Stufen laufen und rutschte erneut aus. Diesmal konnte sie sich an der Steinmauer abfangen. Sie schürfte sich das Handgelenk auf und fluchte. Theresa und Lorenzo folgten ihr vorsichtig. Schon bald lag der schmale Treppenabgang vollkommen im Dunkel, das Licht des oben wütenden Feuers reichte nicht zu ihnen herunter. Die drei mussten sich seitlich festhalten und jede Stufe mit den Füßen abtasten.

Als sie schließlich das Wachzimmer erreicht hatten, drang helles Mondlicht durch das kleine Fenster. Anna stürzte auf die Tür zu, riss sie auf und stolperte auf die Straße. Hannes wartete immer noch hinter dem Nussbaum.

»Das hat ja ewig gedauert«, sagte er vorwurfsvoll.

Rasch liefen sie in die nächste Seitengasse, in der Hugo mit der Kutsche wartete. Er winkte den vieren zu. Hannes kletterte auf den Kutschbock, Theresa, Anna und Lorenzo zwängten sich ins Innere der Kutsche.

Laut ratterte der Wagen über das Kopfsteinpflaster und näherte sich dem Kärntnertor. Von weitem hörte man die Feuerglocke läuten. Das Signal, das einen Brand anzeigte und alle Bürger dazu aufrief, beim Löschen des Brandes mitzuhelfen. Fensterläden wurden aufgerissen und Lichter entzündet. Hugo lenkte unbeirrt den Wagen, und noch bevor die Löscharbeiten begannen, erreichten sie das Kärntnertor.

Dort stand ein kleiner, untersetzter Wachsoldat. Er wartete bereits ungeduldig darauf, die riskante Aufgabe hinter sich zu bringen. Hugo warf dem Mann vom Kutschbock aus einen Sack voll Münzen zu, worauf der Soldat für einen kurzen Augenblick das Tor öffnete. Kaum war der Wagen durch, wurde das Tor wieder geschlossen. Erleichtert lehnte sich der Mann gegen die Stadtmauer.

Es dauerte eine Weile, bis Theresa sich halbwegs beruhigte. Ihr war übel, sie zitterte und gleichzeitig war sie überwältigt von der Freude über die Befreiung. Schweigend nahm sie wahr, dass sie sich auf dem Weg in die Toskana befanden. Später würde genug Zeit bleiben, sich ausführlich zu unterhalten. Als sie Perchtholdsdorf erreicht hatten, bat sie darum, auch auf dem Kutschbock sitzen zu dürfen. Sie wollte an die frische Luft. Hannes und Hugo rückten zusammen.

Lorenzo nahm neben Anna auf der Sitzbank Platz. Es war eng, aber das störte nicht. Lorenzo legte den Arm um Annas Schultern.

»Ob Hannes es bereuen wird, Meister Kästners Angebot nicht angenommen zu haben?«, fragte Anna.

Lorenzo schüttelte den Kopf: »Mein Vater wird einen erstklassigen Weinhändler aus ihm machen.«

»Aber was wird er zu mir sagen?«, fragte Anna mit unüberhörbarer Unsicherheit in der Stimme.

»Wer?«

»Dein Vater. Er wird darauf bestehen, dass du eine andere Frau heiratest.«

»Nicht, wenn ich schon verheiratet bei ihm ankomme«, sagte Lorenzo und setzte ein breites Grinsen auf.

»Wie bitte?«

»Auf dem Weg in die Toskana gibt es eine Menge schöner Kirchen, in denen man hervorragend heiraten kann. Alles, was du dort sagen musst, ist *›si‹*.«

»Ich denke, das kann ich mir merken.«

»Und wenn mein Vater uns nicht aufnehmen will, bauen wir uns ein eigenes Haus. Ich habe genug Geld. Du heiratest einen reichen Mann.«

»Das hast du mir bis jetzt verschwiegen.«

»Es war bis jetzt nicht wichtig«, sagte Lorenzo und suchte Annas Blick.

»Wie lautet das kleine Wort?«

»Si!«

Nachwort

Ich konnte dieses Buch nur deshalb so zügig schreiben, weil ich 2007 das große Glück hatte, mit Hilfe des Wiener Autorenstipendiums ein Jahr »Auszeit« zu nehmen.

In Wien neigt man dazu, die Geschichte zu verklären und Ereignisse und Personen in besonders vorteilhaftem Licht darzustellen. Wenn man über die Türkenbelagerung von 1683 spricht, denkt man an einen glorreichen Sieg des Entsatzheeres und an das tapfere Ausharren der Wiener Bevölkerung. Die eigentlichen Verlierer dieses Krieges vergisst man gerne: die Bauern in den Dörfern und Märkten des Umlandes, die verschleppten und in die Sklaverei verkauften Frauen und die elternlos zurückgelassenen Kinder.

Ich habe mich bemüht, ein möglichst authentisches Bild von Wien im Jahr 1683 zu zeichnen.

Einige der handelnden Personen sind historisch belegt. Es ist tatsächlich Graf Starhemberg zu verdanken, dass die Stadt nicht vorzeitig kapituliert hat, und es ist die Schuld des Kaisers und seiner Ratgeber, dass die Menschen im Umland der Stadt nicht besser geschützt wurden.

1683 lebte in Wien ein Prediger, der Abraham a Santa Clara hieß. Er schrieb eine Reihe von Hetzschriften gegen die Türken, aber auch ein Buch, in dem er Beweise für die Existenz von Hexen anführte und beschrieb, wie diese Hexen zu bekämpfen seien.

Die Geburtszange wurde von einem Engländer namens

Chamberlen erfunden. Ihr Einsatz war 1683 in Wien verboten, und eine Hebamme, die gegen dieses Verbot verstieß, riskierte ihr Leben.

Obwohl es im katholischen Habsburgerreich zahlreiche Hexenverfolgungen gab, blieb Wien weitgehend davon verschont. Eine einzige Verurteilung im Jahr 1583 ist historisch nachgewiesen.

Anna, Theresa, Lorenzo, Hannes und Basma sind meiner Phantasie entsprungen. Was sie erlebt haben, könnte sich aber durchaus so abgespielt haben.

Wer mehr über Wien und das Jahr 1683 erfahren möchte, dem empfehle ich das Buch »Wien anno 1683« von Johannes Sachslehner. Diesem spannenden Sachbuch habe ich viele hilfreiche Hintergrundinformationen entnommen.

Zuletzt noch ein großes Dankeschön an meine Lektoren Uta Rupprecht und Lothar Strüh. Und, klar, einen dicken Dank an meine Familie, die geduldig ausharrte, wenn ich stundenlang vor meinem Computer saß.

Oliver Pötzsch

Die Henkerstochter

Historischer Kriminalroman

Originalausgabe

ISBN 978-3-548-26852-1
www.ullstein-buchverlage.de

Kurz nach dem Dreißigjährigen Krieg wird in der bayerischen Stadt Schongau ein sterbender Junge aus dem Lech gezogen. Eine Tätowierung deutet auf Hexenwerk hin, und sofort beschuldigen die Schongauer die Hebamme des Ortes. Der Henker Jakob Kuisl soll ihr unter Folter ein Geständnis entlocken, doch er ist überzeugt: die alte Frau ist unschuldig. Unterstützt von seiner Tochter Magdalena und dem jungen Stadtmedicus macht er sich auf die Suche nach dem Täter.

UB469

ullstein

Petra Durst-Benning

Das gläserne Paradies

Roman

ISBN 978-3-548-26791-3
www.ullstein-buchverlage.de

Die große historische Saga der Erfolgsautorin Petra Durst-Benning geht weiter: Glück und Glas sind zerbrechlich. Das erlebt die junge Wanda am eigenen Leib, als sie 1911 zu ihrer Glasbläserfamilie in den Thüringer Wald zurückkehrt: Das gläserne Paradies ist in Gefahr, denn eine der wichtigsten Hütten soll verkauft werden. Wanda versucht mit allen Mitteln zu helfen. Doch was als vielversprechende Rettungsaktion gedacht war, endet in einer Katastrophe.

»Eine von Deutschlands First Ladies des historischen Romans« *Bild am Sonntag*

»Petra Durst-Benning versteht es wunderbar, zu unterhalten und vergessene Orte mit Leben zu füllen.« *SWR*